KB273191

위기의 인간들

위기의 인간들

위기의 인간들

좋은땅

김정진 송호진 윤승주

첫 번째 이야기

돈암동 이야기 귀신

작가의 말

이 중편 소설집은 초현실적인 존재들이 등장하는 공통점 있는 작품들로 구성되어 있다. 먼저 「천국에서 온 비행 천사」에는 천상의 존재들, 특히 신과 천사라는 캐릭터가 등장하고, 「신(新)멋진 신세계」에는 미래의 가상적인 AI라는 존재들이 나오며, 「돈암동 이야기 귀신」에서는 글을 쓰는 귀신이라는 내레이터가 등장한다.

그런데 이 세 작품에서 작가들이 고민한 중요한 대목은 대중소설과 순수소설의 장벽을 넘어서는 새로운 작품에의 추구에 있다고 할 수 있다. 통상 대중소설은 대중적인 독자층을 겨냥하여 대중적인 관심사나 트렌드를 반영한다. 또한 대중소설은 독자들이 쉽게 공감할 수 있는 주제나 상황을 다루고, 흥미롭고 빠른 전개를 특징으로 한다. 한편 순수소설은 문학적인 가치와 예술성을 중시하는 작품으로, 상업적 목적보다는 순수한 문학적 성취를 목표로 하여 철학적인 주제를 다루거나, 문체나 구성에서 실험적이고 창의적인 접근을 취하게 된다.

이 소설집의 작품들은 위에서 말한 대중적 요소와 순수한 부분을 겸비하고자 하는 노력을 하고 있다. 대중소설의 감정적이고 드라마틱한 요소가 있고 동시에 사회적 문제나 대중적인 이슈를 반영하기도 한다. 대중성에 기대어 소설은 예측 가능한 결말이나 일반적인 서사 구조를 따르는

                                          위기의 인간들

경향이 있다. 그와 동시에 이 소설집에서 드러나는 부분 중에는 실험적이고 복잡한 구조를 갖기도 하며, 문학적 가치를 추구한다.

「천국에서 온 비행 천사」의 주인공 소원별이 추구하는 선한 삶의 추구나, 「신(新)멋진 신세계」의 KA1 그리고 「돈암동 이야기 귀신」의 경옥이라는 인물은 철학적 탐구나 인간 존재의 의미를 탐색하며, 실험적인 문체나 형식이 드러난다.

대중소설과 순수소설은 서로 다른 목적과 형식을 지닌 장르이지만 이 소설집에서 보여 준 부분은 대중소설의 대중적인 관심과 흥미로운 이야기를 추구하고 동시에 예술적이고 철학적인 깊이를 천착하고자 했다. 그리고 아직 끝나지 않은 소설 세계는 언젠가 후속작으로 독자들을 만나게 될 것이다.

2025년 1월 10일
성복동에서 대표 필자 김정진 씀.

김정진

「돈암동 이야기 귀신」의 작가 김정진은 인간군상들의 삶에 대한 파노라마와 같은 소설 세계를 독자들에게 보여 주려고 노력하는 작가이다. 조선일보사 신춘문예로 등단하여 장·단편을 써 왔고 대학 강단에서 소설창작 수업에서 다년간 다양한 강의를 하면서 후학을 양성하고 있다. 최근 들어서 한국 전통문화와 신화에 큰 관심을 가지고 한국형 판타지 소설도 집필 중이다.

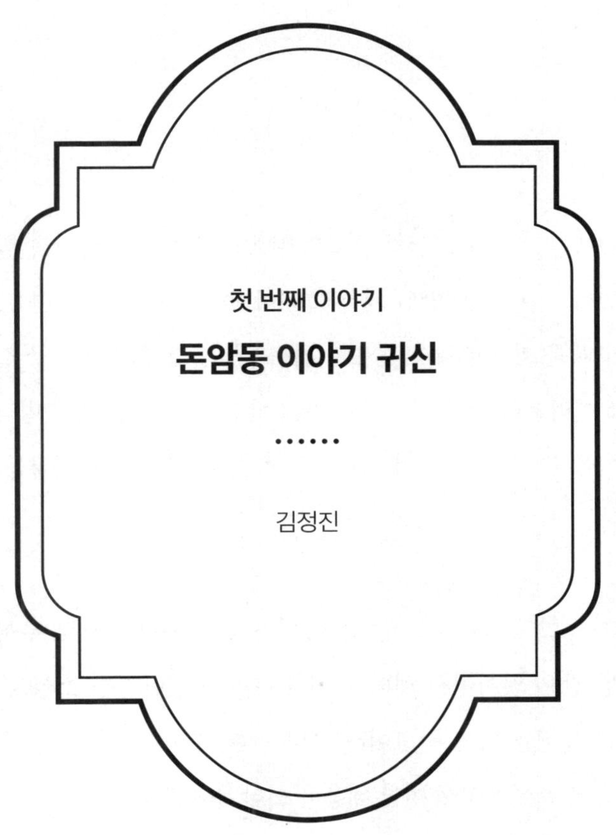
첫 번째 이야기

돈암동 이야기 귀신

……

김정진

1. 이야기 귀신

어둠 속에서 괴이한 그림자가 겁먹은 처녀를 상대로 일장 연설을 늘어놓고 있었다. 처녀는 연방 고개를 끄덕이면서도 간혹 뜻 모를 표정을 지으면서 고개를 좌우로 까닥해 보이기도 했다. 그 그림자는 스스로를 이야기 귀신이라고 말했고 처녀에게 자기 말만 잘 들으면 세계 명작 선집에 실릴 소설을 쓸 수 있을 거라 했다. 그가 주워섬기는 이야기라는 것은 대충 이랬다.

- 이야기는 그냥 소설이 되는 게 아니다. 이야기란 참으로 부서지기 쉬운 수수깡 같은 것이어서 절대로 역사 속에서 살아남는 소설로 될 수가 없다는 건 세월을 아는 사람이라면 다 안다. 그래서 어린아이들은 옛날 이야기, 혹은 소설책의 재미난 내용을 이야기해 달라고 조른다.

이야기가 소설이 되는 길은 딱 한 가지 귀신에 씌우는 것이다. 이야기에 이야기 귀신이 붙으면 그때 비로소 이야기는 소설이 된다. 그런데 나는 소설을 당신들에게 이야기하려 한다. 어차피 될 수도 없는 이 짓을 내가 왜 당신들에게 하는 아는가? 내 마음 나도 모를 때 나는 나도 모르는 사이에 아무거나 주절주절 주워섬기는 증세가 있는데 그걸 고쳐 보려고 이 짓을 한다면 그대들은 믿겠는가? 안 고쳐지는 줄 알면서도 이렇게 뇌까리는 건, 누군가의 이야기가 단순하게 내 입이나 눈이나 뇌에 저장되어 있는 것이 아니라, 도무지 내가 그게 어디 있는지 모르기 때문이라면 이유가 될까? 이야기는 기억도 아니고 누군가가 다른 사람에게 줄 수 있는 것도 아니며 받아 볼 수 있는 것도 아니다. -

"진정 소설이 쓰고 싶다고? 그것도 멋진 글을?"
"예!"
"너는 니 부모를 죽였다 살렸다 할 수 있겠나?"
"예? 진짜루요?"
"그럼 가짜루 죽일까?"
"그럼, 소설을 못 쓰고 감옥에 가잖아요!"
"감옥에서 소설을 쓰면 된다. 흐흐흐흐."
"이야기 귀신님, 그거 소설에서 죽인단 말이죠?"

이야기 귀신은 처녀의 눈빛을 보고는 소설을 쓰게 해 주겠다는 듯이 고개를 크게 끄덕인다.

"자! 느네 집 이야기다. 바로 느네 엄마의 세 자매의 이야기를 멋지게 써 볼까? 니 엄마 이름이 선옥이지? 니 엄마 동생들은 명옥이, 경옥이 맞지?"
"예!"
"한번 시작해 볼까?"

2. 소설가의 이야기

소설에는 인물 소개가 으뜸이다! 자! 지랄병을 앓고 있는 년이 하나 있
는데 그건 바로 저기 저 돈암동 로타리에서 미장원을 해 먹구사는 년이
지. 선옥이 딸이자 니 동생인, 소위 미용살롱을 경영하시는 미스 양춘실
이다. 걘 허리가 개미만큼이나 잘룩하고 다리는 하염없이 길고 소위 엘
리트 모델 뺨치는 늘씬이지만 당분간은 애인이 없어, 하지만 당분간일 거
야. 스쳐 간 남자들은 많았지만 일단 가면 되돌아오지 않았지. 물처럼 말
이야. 걔의 본명은 양춘실, 언제나 이 촌스럽기도 하고 방석집 매미 이름
으로나 적격인 본명을 숨기고 그녀는 세리라는 애칭을 쓰곤 했는데 한때
박세리가 골프계의 여왕으로 떠오르면서 쓸 수도 그렇다고 다른 애칭으
로 별안간 바꾸기도 좀 그래서 두통약을 먹고는 있지만 어쩔 도리가 없을
거야.

영등포에서 일 년, 미아 삼거리에 이년 배우고 자격증을 딴 미스 양은
돈암동 아리랑 고개 입구 네거리 사 층에 조그만 미용실을 열었고, 얼마
안 되어 돈암 머리방에 제법 단골도 늘고 특히 자친 빼어난 미모 덕에 남
자 커트 손님이 줄을 섰지. 물론 그녀의 특기는 생머리 뺨치는 스트레이

트 파마야. 이른바 파마한 거 같지 않은 파마? 사람들은 왜 돈을 주고 그 냥 두어도 파마를 해도 마찬가지인 것에 사만 원을 갖다 버릴까 하고 말 하는 큰 언니의 무식함을 비웃는 그녀는 언제나 자신감에 차 있었고, 그 래서 그녀에게도 일류 미용실에서 협찬이 들어오고 일본에도 두 번 가서 엉터리 수료증을 따 오며 승승장구했거든. 시궁창에서 용 났다는 소리도 꽤 들었지? 아마, 그녀는 종종 돈으로 잡지에 기사 내기나 돈 주고 참가한 국제 헤어쇼에서 포토제닉상을 오십만 원에 타기도 했는데, 말이 상이지 은도금한 맥주병만 한 트로피와 상장이랍시고 알아듣지도 못할 심사위 원 이름이나 위원회의 서양 이름이 잔뜩 적힌 종이 한 장! 달랑 그뿐이었 어. 그녀의 큰 특징은 수완 좋게 무언가를 해내고야 마는 악바리 근성이 라고 할 수 있지. 조 악바리가 또 악을 쓰나 보다.

"야! 미스 최! 내 바리캉 니가 썼어? 만지지 말랬잖아!"
"아유, 언니! 또 어디에다 두고 생트집이야? 언니 새끼한테 물어봐!"
"미스 신? 걘 어디 갔니? 미치겠네! 또 도망간 거 아냐? 지난번에 화영 이란 년이 현찰 금고 들고 간 다음부터는 제정신이 아냐, 에이 망할 년! 사람 쓰기가 이렇게 불안해서야, 그리구 남자애는 아직 안 왔어? 이거 완 전 정신 불안증인가 봐. 쳇!"

양춘실의 또 다른 특징은 불안증이었는데 십 대 신뼁이들에게 일 맡기 기도 그렇다고 손이 달려서 손님을 놓치기도 혹은 주말여행이나, 휴가를 갈구하면서도 막상 휴가를 가려면 가위질하는 것에 대한 막연한 불안으 로 양쪽 사이에서 유난하게 고민을 해대는 거야. 모든 옥에는 반드시 티가 있는지 잘 모르겠지만 사실 춘실은 사시였어, 그래서 수술을 두 번 받았는데 처음 수술로 완전하게 두 눈이 정상이 되지 않았고 수술을 한 번 더 받으면 정상이 될 수 있다는 의사의 말에 한 번 더 받았으나 역시 조금은 삐뚤어져 있지. 그녀는 불안과 자존심 때문에 더 이상의 수술을 거부하고 있지만 수술 중의 텔레비전의 피디수첩이란 프로그램에서 실명된 안과수술 사례를 특집으로 다루고 난 뒤 그녀는 더 이상의 수술은 포기를 했고 미용 실력과 몸매로도 스스로의 인생에서 충분하다는 자존심은 이미 자만심이 되어 있었을 거야.

개네 할아버지는 월남한 실향민이었는데 한때 민주당 민주 산악회나 성북 지구 부위원장까지 지낸 그래 봬도 정치인이라며 정치인이라 할 수 있는 뼈대 있는 가문의 월남 시조였고 아버지도 민주계 가풍을 이어받아, 물론 대위원 한번 못한 평당원이었지만, 민주, 신민주, 신민을 거쳤고, 삼당 통합 때에는 신한국에서 이젠 한나라당과 새정치연합 같은 곳을 기웃거리는 이른바 룸펜이 되고 말았지. 귀신도 경문에는 막힌다고들 하잖아? 그래서인지 영 정치계로 발 한번 못 들여 보고 사업으로 인생길을 돌렸는데 그것도 썩 시원치는 않았지, 그때 돈암동 토박이인 니 엄마 선옥이를 며느리로 삼았지. 아버지가 돈암시장에서 지물포를 크게 할 때에는 개업이나 이사할 때나 심지어 실내 장식을 새로 하고 재오픈이라는 행사를 할 때 국회의원이 보내 준 커다란 벽걸이 시계나 화환 한두 개는 꼭 있었는데 요즈음은 알코올 중독에다가 정치판에 대한 일장 연설이 벌어질라치면 며칠 밤을 세워도 성이 차지 않는 모양이야. 몸은 망가졌어도 뉴스 헤드라인의 정치면만 나오면 생기가 나는 아버지는 멈추고 싶지 않은 공인의 법칙을 고스란히 따르는 위인이기에 정지 또는 등속 운동을 하는 물체는 계속 그 상태를 유지하려 한다는 관성의 법칙에서 한 치도 오차가 없지. 아무렴 정치가다운 일이지.

재들 아버지는 이젠 늙어 버렸어. 접촉 없이도 힘이 전달된다는 소위 원격작용에 의해, 근처에 누가 없더라도 대기 중에 떠도는 소문만 가지고도 부친의 정치적 냄새 맡기는 유별났고 촉각은 항상 위성 안테나처럼 신경을 곤두세우고 있어서 정치 환담은 환갑이 넘어서도 밤새워 떠들어 댈 수 있었지만 에너지 일정의 법칙에 따라 그 방정식, 즉 시간에 따른 운동의 변화를 지배하는 법칙인 미분방정식에 따라 근골과 관절이 서서히 물러나 앉기 시작했다. 민주 산악회 시절에는 관절염에도 불구하고 여럿이 가는 데 섞여 가면 병든 다리도 어쨌거나 끌려다닌다고 같이들 산행을 나서곤 했는데 이젠 방구들을 짊어진 송장이나 다름없는 잔소리쟁이가 되어서는 골골하는 모습이 안되기는 했지만, 세월에는 결국 장사 없는 법이지. 이젠 영락없는 노인네가 되어 언젠가 다시 피난 갈 날을 대비해서 비상식량으로 미숫가루를 준비해라, 아이들 단속해라, 가족끼리 자주 만나라 등등의 아주 잔소리쟁이가 되어 버렸어, 그건 입에만은 여전히 기운이 남아 있다는 증거일 테지만 다른 데는 이미 기운이 쏙 빠져 버렸다는 뜻이기도 하지.

이야기 귀신이 이 대목에서 한숨을 쉬고는 다시금 이야기를 계속한다. 자! 여기서 니 엄마를 어떻게 요리할까? 어렵고 힘든 상황 속으로 집어넣어 볼까나? 흐흐흐.

　개네 어머니 선옥은 막내인 춘실이가 돈암국민학교를 막 졸업하던 어느 해 봄 미아리 고개턱 못미처 성신학교 쪽으로 위태위태하게 올라간 거대한 예루살렘 교회라는 곳에 아버지 몰래 돈이며 땅문서까지 갖다 바치고 무슨 기도원을 전전하더니만 아예 가출을 해 버렸어. 덕분에 아버지는 시장통의 지물포와 청계천에 사돈 책방 점포를 날리고 말았지. 청계천 책방에서는 그때 돈 팔만 원이 꼬박꼬박 들어오는 그야말로 알토란같은 집안의 안정된 돈줄이었는데 말이야. 아버지가 선거철이면 돈을 당겨 쓰기도 하고 빚을 내기도 했지만, 아이들은 그 돈으로 학교도 다니고 책이나 쌀서껀 연탄을 사 대는 수입원이었건만 어머니가 쫓겨나면서 아이들의 군것질이나 책살 돈이 날아간 버린 거지 뭐. 결국 행려병자로 눈을 감으실 때까지 아버지의 용서는 없었지만 매년 약식으로나마 제사를 모시는 식구들은 그래도 중요하고도 심각한 집안의 행사는 그것뿐이라고 돌아가신 어머니를 무시하는 어조로 말들 해도 엄마는 엄마 아니니? 돌아가셨다던 날 임종 시의 인생에 대한 후회와 통증으로 괴로워하시던 모습을 재연하시던 아버지의 표정 앞에서 그 누구도 눈물을 흘리지 않는 자식은 없었거든. 그래도 자식보다는 남편이 더 끈끈한 건지 행려병자 합숙소에 혼자 갔다 왔다던 애들 아버지는 보짱 있는 택이기는 했다. 하여간 열대여섯에 서로 함경도 원산에서 평안도 순천에서 죽을 둥 살 둥 기어 내려와 미아리 고개 아래에서 처음 만나 살 섞고 지내다가 저렇게 뿔뿔이 가게 된 것도 어쩌면 이 돈암동 바닥 때문인지도 몰라. 여자는 이 바닥을 몹시도 지겨워했고 남자는 정치 무대의 발판이었기에 뜰 수가 없었거든.

　　　　　　　　　　　　　　　　　　　　　위기의 인간들

큰언니, 효실이는 아버지가 억지로 시장의 정육점 사장에게 시집보내 평생을 두고 아버지와 남편 욕을 하며 사는 돈암시장 장사아치치곤 모르는 사람이 없는 공포의 삼겹살이야. 처음엔 야리야리하고 수줍어서 빽하면 울고 집으로 쪼르르 달려와 여우를 떨던 위인이 요즘 사람 같지 않게 애를 넷이나 낳고 삼십 줄 중반부터는 남편과 싸움이 나면 육포 뜨는 칼을 휘두른다거나 꽁꽁 언 돼지고기 이삼십 근짜리 덩어리도 정육점 바깥에까지 집어던지는 괴력을 발휘하곤 해. 그러나 어린 매도 자꾸 맞으면 아프다고 딸 둘 뒤로 얻은 여덟 살 난 아들한테 계속 옆구리를 얻어터지고는 신경통 클리닉에 다니면서 서방은 웬수, 자식은 한술 더 뜨는 웬수라고 궁시렁델 때에는 귀여운 일면도 있는 여자지. 좌우지간 긁어 부스럼을 낼까 봐 시장통에서는 아무도 시비 거는 사람은 없어.

이제 소설가 지망생인 니 이야기를 좀 해 볼까?

작은 언니 성실이는 학구파고 수재였는데 어린 시절 돈암학교 대표로 주산대회에 나가서 문교부 장관상까지 탄 이른바 돈암동 천재였다고 말할 수 있지. 암산이나 한자 대회에도 나가 상을 타 왔고 국민학교 졸업 때까지 올 수에다가 교장 선생님이 주시는 최우수 학생 표창을 받았으며 여중 입학에서 서울대학 입학할 때까지가 그녀의 전성기였지. 대학에 들어가자마자 운동권이니 데모니 하는 말을 항상 꼬리에 달고 다녔고 자주 백차가 돈암동 산동네를 들락거렸는데 그래도 아직 길이 넓은 성신여대 사대부고 후문의 전파사 앞에 차를 대고 고 골목에서는 그래도 유일한 양옥집 이층이던 춘실이 집으로 쪼르르 달려온 경찰들은 성실이의 소재를 물으러 오곤 했는데 하여튼 그 골목 그 자리에 시커먼 지프차가 서 있으면 데모하던 성실이가 아직 붙잡히지 않았다는 뜻이었지. 결국 졸업을 못한 성실은 출판사나 여성문제 연구소 등을 들락거리다가, 투쟁의 시절도 가고 청춘도 가고 사랑하던 남자도 가 버리고 나자 삼십 대를 훌쩍 넘긴 나이에 소설을 쓰겠다고 도서관이나 고시원을 전전하기도 하고 휑하니 여행을 떠난답시고 배낭 하나 달랑 메고 나갔다가는 며칠 만에 들어오곤 해. 대인관계는 좋아서 방송국이나 잡지사 같은 데서 원고료를 받거나 논술학원 같은 데에서 강의도 하며 용돈은 쓰는 것 같았지만 정작 등단이 되지 않아 소설 공부를 하는 것이 아버지에게나 주위 사람들에게 안쓰러워 보였다. 다만 아버지만은 몇몇 국회의원의 이름을 주워섬기면서 그들 모두 운동권 출신이라며 용기를 북돋아 주고는 둘째 딸이 정치권에 진입할 날을 손꼽아 기대해 보지만 그녀를 알던 사람들은 대개 신동의 말로가 비참하다는 소리를 하곤 하지만 그게 뭐 대순가. 걔는 허구한 날 웅크리고 원고지만 찢어 대는 거야.

이야기 귀신은 고개를 끄덕해 보인다. 아무래도 주인공은 니 동생이 좋겠군!

춘실이는 대학을 중퇴했어. 그녀는 모든 게 작은 언니에게서 비롯된 것이라고 믿고 복수하는 길로 돈을 택한 거지, 개구리도 움츠려야 뛴다고 각고로 재수를 해 봤지만 춘실이가 겨우 전문대학에 들어갔을 때 작은 언니 성실이가 돈 아깝다고 집어치우라고 해서 그녀는 그 길로 학교를 집어치우고 디자인 학원을 등록했는데 돈이 너무 많이 들어갔고 아버지는 감

당할 수가 없었어. 그녀는 봉제공장의 공순이로도 이 년간 일을 해 보았
는데 피곤하기만 했고 역시 재단이나 쏘잉이나 디자인을 배운다는 건 꿈
도 꿀 수가 없었어. 그녀는 다시 백화점 점원과 핸드백 공장 등에서 또 몇
년을 보냈는데, 아버지에게 시집을 안 갈 테니 천만 원을 미리 주면 그걸
로 자기 인생에서는 다시는 아버지에게 손 안 벌린다는 약조에다가 각서
까지 쓰고 푸줏간 형부가 삼백 보태고 해서 어렵사리 성신여대 앞에 분식
집을 내 보았지만 일 년 정도 잘 나가는 듯했다가 단골만 몇 생겼을 뿐 주
위에 춘실이 가게보다 열 배도 더 큰 대형 분식점이 들어서면서부터 그녀
의 가게는 서쪽 하늘의 지는 해가 되어 갔고 그 시절에는 그녀는 팔리지
않는 튀김, 오뎅, 순대로 세끼를 때우기도 했지. 스물여섯이 된 정월 보름
날 시장의 큰언니가 미아리 고개 굴다리 밑의 용한 점쟁이 이사 왔다는
소문을 들었는데 같이 가 보자고 연락이 왔었어. 요즘 아무래도 형부가
바람이 난 거 같다면서 소위 진상조사를 거기서 하겠다는 거야. 언니는
가능성을 조르다시피 했고 결국 부적을 하나 삼만 원에 쥐어 받은 춘실은
직업 선택과 결혼에 대해 물었는데 점쟁이 노인네는 대단히 점잖게 가위
쓰는 직업으로 미장원을 추천해 주었고 결혼도 서른이 넘어서 가야 소박
맞지 않는다면서 스물아홉이나 서른에 복덩이 남자가 저절로 굴러들어
온다며 빙그레 웃었던 일도 있었지. 개발에 진드기 끼듯 쩝쩍거리는 놈
팽이들은 많았는데 그럴싸한 놈은 하나도 없다는 춘실이 생각인 거 같
아. 한때는 미장원에서 일하던 어린 남자애들한테도 기웃거려 봤는데 그
것도 여의치는 않았지.

    돈암시장에서 아리랑 고개로 치켜 올라가는 네거리 주위에는 오십 년

이 넘은 약국과 사진관 쌀집이 언제나처럼 부옇게 바랜 사진처럼 미장원 좌우로 늘 보는 낙산처럼 버티고 서 있었다. 미장원 책상에는 분식집 사장의 명함이 아직도 앨범에 꽂혀 있었다. 춘실은 앨범 정리를 하다가 아직도 누군가와 같이 있는 사진을 발견하고 소스라쳤다가 이내 긴 한숨을 내뿜었다. 그녀의 사진은 대개 윙크를 하고 포즈를 잡는데 그건 왼쪽 눈이 사시여서 안쪽으로 쏠려 보이는 걸 피하려는 강박관념의 소산이고 이 사진도 역시 왼눈을 감고 앙증맞게 윙크를 하고 있었다. 남자와 찍은 사진은 모두 태워 버렸는데 그러께 겨울 분식집을 운영할 때, 만난 동준이라는 철부지와 스키장에 같이 갔을 때의 사진이었다. 양지 파인 리조트의 거대한 성채와도 같은 콘도의 위압감과 새콤 달짝지근한 불란서 와인과 너울거리는 촛불의 황금색 방 안의 분위기가 떠올라 섬뜩했지만 춘실은 차츰 마음을 누그러뜨렸다. 그래도 우유부단하고 늘 자살을 꿈꾸던 바람둥이를 쉽게 잊을 수가 없었다.

“웃지 마세요. 저는 전생에 왕자였던 거 같애요.”

“왜요?”

“그냥 막연하게 그런 느낌이에요.”

“피이, 저야말로, 저는 한때 감옥 속에 감금된 공주라는 생각을 하고 했어요, 이건 절대 공주병이 아니에요.”

“우린 완전 왕족이군요, 후후.”

“중학교 때 제일 그런 생각이 많이 들었죠, 매일 술에 취해 들어오시는 아버지 집 나가신 지 일 년이 넘도록 들어오지 않는 엄마, 아버지가 푸줏간 남자 하구 억지로 결혼시키려 하자 쥐약까지 먹었다가 병원에 가서 다

                                    위기의 인간들

토하고 울고불고 지내던 큰언니, 대학에 들어가자마자 경찰서를 밥 먹듯 드나드는 이른바 신동 소녀의 데모꾼으로의 변신, 중3 때 아이들이 자살하는 건 고입 시험 때문이 아니라 가장 민감한 사춘기 소녀들이 험한 세상으로부터 고립되어 있다는 느낌 때문일 거예요, 그래서 저도 쥐약을 구해 보기도 했지만 막상 먹을 수는 없었고, 한강 다리에도 가 보았지만 뛸 엄두가 안 나더군요.”

“나두 국민학교 일 학년 때부터 자살을 꿈꿔 왔어요, 그때부터 이때까지.”

“아니 왜요?”

“그때 저는 문득 살아 있다는 순간순간들이 아무 의미 없이 허무해지더라구요.”

“아니, 그 어린 나이에 벌써?”

“좀 전 웃자랐거든요.”

“저는 아마 엄마 때문에 비극적인 소녀인 체했는지 몰라요. 항상 고개를 숙이고 학교를 다녔고 큰언니가 아무렇게나 싸 준 도시락을 가지고 다녔는데 어떤 언니는 도시락에 행주를 싸 준 적도 있었어요, 그리구 방과 후 빈 도시락을 내미는 나에게 오히려 야! 이년아, 설거지도 안 도와주는 년이 행주는 왜 갖구 갔어! 하며 소릴 치더군요. 우습죠?”

“아니요.”

“고등학교 때에는 교복 자율화가 된 이후에 머리카락도 학생 마음대로 할 수 있었는데 저는 제 머리를 손질하는 걸 좋아했어요. 스스로 자르기도 하고 따기도 하면서 여러 가지 가위질의 방법을 연구하기도 했었지만, 막상 미장원을 할 줄은 꿈에도 몰랐죠. 언니들은 학교 다닐 때 머리카락에 대한 자유가 없어서인지 사는 것도 빡빡하게 산다고 생각해요, 머리 모양의 자유는 생각을 자유롭게 해 주는 면도 있거든요."

"그래요?"

"그럼요, 가령 머리를 기르게만 하고 커트를 금지시키는 학교에서는 분위기가 무겁고."

"그렇군요."

"또 가령 귀밑 일 센티로 규정하는 학교에서는 귀가 높게 달린 여학생이나 목이 유난히 긴 학생들은 학교 안 외출 자체가 겁나서 제대로 살 수조차 없게 되지요."

"예."

"그런데, 저와 깊게 사귀고 싶다는… 그러니까 결혼 같은 것도 염두에 두고 계신가요?"

"글쎄요."

자신 없는 남자의 무능함은 이상스레 모든 면으로 번져 보였다. 결국은 아이들도 그런 것들이 나올 테고 살다가 훌쩍 세상을 떠나가 버릴지도 모른다. 아마도 다른 남자를 찾아야 할 것이다. 그녀는 이런 생각을 하면서 그와 그 밤을 지냈고 그런 골똘한 생각 끝에 역시 이 남자는 낮이나 밤에도 시원치 않다는 결론을 내리고 이별을 고했다. 큰언니 시어머니의 표현을 빌리자면 '싱겁기는 늑대 불알 같은 녀석'이었다.

그렇게 겨울이 가고 봄이 오자 이번에는 연하의 학원강사와 자주 만났다. 주정기라는 영어 선생은 꽤 게을렀지만 푸근한 남자였고 최동준에 비해서는 터무니없을 정도로 낙관주의자였다. 그와는 주로 아침 운동이

나 점심 식사를 같이하면서 데이트를 했고 더러 낮에 볼링을 친다거나 영화를 보기도 했다. 그는 볼링장에 가자고 했으면서 막상 운동을 시작하면 열심히 하는 법이 없었다. 중간에 포기하고 가 버린다거나 다른 사람에게 하던 게임을 주어 버리기도 일쑤고 장난스럽게 다른 사람의 레인에서 짐짓 실수한 척 볼을 굴리기도 했다.

"주 선생님은 왜 꼭 그렇게 스포티한 헤어스타일을 고집하세요?"
"머리가 길면 처량해 보여서, 헤헤."
"전 또 처음에 무슨 고시나 진급 시험 준비하는 분인 줄 알았어요."
"왜요?"
"남자아이들도 시험 볼 때 공부를 열심히 하려고 일부러 머리를 박박 밀기도 하잖아요."
"난 그런 소린 처음 듣네, 전과자나 출옥한 지 며칠 안 돼 보인다는 소린 들었어도 껄껄껄."
"그러고 보니, 머리카락과 감금하고도 관계가 있네요."
"정말 그렇죠?"
"춘실 씨는 참 열심히 사는 거 같애요."
"열심히랄 건 없지만 불행해지지 않으려면 남들보다 쬐끔은 더 뛰어야겠죠, 부지런을 떤다고 잘사는 건 아니지만 다른 사람 앞지르려고 앞서가는 그 사람 딴지 걸면 곤란하죠."
"까짓 발 좀 걸면 어때요, 내가 잘돼서 나중에 그 사람 좀 도와주죠. 전 좀 강박관념 같은 성공이나 부 같은 것에 매달리는 편이에요, 제가 세상에 눈뜨기 시작할 때의 사면에서 저를 조여 오는 불행이 오히려 저를 강하게 만들어 주었다고 봐요."

"그래요?"

"왜? 제가 너무 오만방자하다구 여겨지세요."

"아니요, 다만 전 그렇게는 살지 않아요."

"주선생님도 열심히 사세요."

"요새로 이 땅에 청소년 범죄가 늘어나는 거 어떻게 생각해요?"

"…?"

"소위 반만년 어쩌고저쩌고 거짓말로 문화가 있다고 떠들던 정치꾼들의 속임수가 거덜이 나고, 이 땅에는 에토스, 윤리적인 사회의 관념이 일반 민중에게 없기 때문이죠, 말하자면 법을 위한 법을 자꾸만 만들어야 하고 그러면 그럴수록 그걸 어기고 피하고 장난질을 치는 사고뭉치들은 폭발적으로 늘어나고 결국엔 미국의 황금을 찾던 시절 같은 꼴이 되겠지요, 뭐, 보세요. 길거리에서 중학생 계집애들이 몸을 팔고 거기에 눈이 벌건 사오십 대 아저씨들, 낄낄낄."

"그래도 열심히 살아야죠."

"말했죠! 전 그렇게 살지는 않는다니까요!"

그가 인도로 간 지 일 년이 다 되었다. 처음엔 영화를 한번 해 보겠다는 야망에 대해서 떠벌리더니. 결국 영화도 철학도 모두 인간을 알기 위한 노정의 일부분이고 정말 인간을 알기 위해서는 인도에 가야 한다는 등 알다가도 모를 소릴 지껄이더니 아무렇지도 않게 일요일 저녁 호프에서 맥주로 건배하고 헤어진 지 두 달 만에 인도에서 엽서가 날아들었다. 춘실은 그와 헤어지기 얼마 전부터 다른 남자를 찾아야 한다는 느낌을 받았기 때문에 그가 떠났다고 치부했지만 뭐가 뭔지 알 수 없는 노릇이었다.

"여보세요."

큰 언니다. 뭔가 또 공짜를 바라는 눈치다.

"애들 머리 좀 깎아 줘, 이따 밤에."
"벌써 여덟 시야, 지금 다 끝났어, 내일 데꾸 나와."
"야! 내일 결혼식이 열 한시야! 그것두 춘천에서 여기서 여덟 시에는 떠야 된다니까!"
"그건 언니네 사정이구, 난 오늘 텔레비전 꼭 봐야 한단 말이야."
"이년아, 우리 집엔 테레비 없냐! 잔소리 말구 와, 우리 지난달에 테레비 팔십 인치 와이드 비전으루다가 바꿨잖냐!"
"아니 요새 죽겠다구 그러더니 다 그짓말이었네."
"아이구 중고야, 느네 형부가 새 것두 퍽이나 사 주겠다. 용산 전자상가 후배네 가게에서 한 이년 된 거 반강제루다가 뺏어 왔다드라. 그래두 곧 죽어두 삼성치비야. 이따 아홉 시까징 와야 돼, 돼지 목살 귀 주께. 참! 오늘 길에 상추하구 깻잎 좀 사 와, 한 천 원어치만."
"아유! 깍쟁이, 시장에 살면서 엎어지면 코 닿을 텐데 돈 천 원을 아끼냐?"
"십 년 단골이던 채소 집 예펜네가 까불어서 손 좀 봐 줬더니 약값 달라구 왔더라구, 에이, 망할 년! 그래서 돼지고기 두어 근 줘 보냈지 뭐, 너한테는 애들 머리값 주께."

"맨날 말루만?"

춘실은 돈암시장에 들어서면 초입에서 언제나 떡볶이집에 들른다. 자신이 예전에 데리고 있던 분식집 친구가 아직도 순대며 어묵서껀 붕어빵이나 어묵꼬치 같은 걸 팔고 있었기 때문이었다. 이젠 서로 소 닭 보듯이 반갑다거나 미우니 좋으니 말도 없을 정도로 데면데면했다.

"왔어?"
"장산? 잘 돼?"
"아니."
"오천 원어치 골고루 싸, 순대에 간 많이 넣지 마."
"여기, 잘 가."

저렇게 멋대가리 없으니까 애인 하나 없지 하면서도 딱한지 한 번 더 뒤돌아보곤 춘실이는 몇 골목 건너 언니의 푸줏간으로 쑥 들어가 버렸다.

"어, 언, 언니! 저 남자야! 저 남자! 저 아나운서가 어제 우리 머리방에 왔었어! 우악! 아악! 난 몰라! 정말 저 남자 있지? 죽이지 않아?"
"여러분 안녕하십니까? 휴일 아침 MBC 뉴스센터입니다. 민원 담당 공무원들의 비리를 집중 수사하고 있는 서울지검 특별 범죄 수사본부는 내일부터 일부 혐의가 포착된 십여 명의 민원 담당 공무원에 대한 소환 작업에 착수합니다. 특히 일선 구청의 비리를 수사하고 있는 특수 삼부는 지방세 부과와 징수 과정에서 뇌물을 받은 것으로 드러난 예닐곱 개 구청

   위기의 인간들

의 세무 담당자를 소환해 사법처리할 방침입니다. 이와 함께 시내버스 업체 수사 과정에서 일부 구청의 교통행정과 공무원들의 비리가 포착됨에 따라서 다음 주 관련자들을 소환할 방침입니다. 검찰은 민생업무와 연관된 공직자 비리를 척결한다는 차원에서 일선구청의 위생, 환경업무와 주택, 건축업무 등을 둘러싼 비리도 계속 추적한다는 방침입니다."

"개새끼들! 지난주에는 술집 노래방 다방 같은 데서 위생검열이다, 청소년 법이다 해서 받아 처먹더니 오늘은 또 뻐스 회사꺼정 찾아가 받아먹어 죽일 놈들 하여간에 참!"

형부는 불룩 내민 배를 들여보냈다 불러들였다 하며 연방 씩씩댔다.

"좀 조용히 해 봐요! 형부!"

"알았어, 잘해 봐! 웃기구 있어 정말! 처제는 눈에 후까시를 빼야 돼, 내 말 알아듣겠냐?"

"조용히 하라니까요!"

"민주노총 오늘 오후 두 시부터 서울 여의도 광장에서 노동법 개정을 위한 전국 노동자 대회를 개최합니다. 민주노총은 전국 민주 금속 노조 총연맹 등 20개 부문 산하 연맹과 18개 지역 부문 조합원 등 10만여 명이 참석한 가운데 정부가 일방적으로 노동법을 개정할 경우 총파업도 불사할 것을 결의할 예정입니다. 이에 앞서 전교조도 여의도 광장에서 교사 일만여 명이 참가한 가운데 교사의 노동기본권 보장과 교사의 합법화를 요구하는 집회를 갖습니다. 전교조는 집회를 마친 뒤 곧바로 민주노총의 전국 노동자대회에 합류할 예정입니다."

"아, 아니 언니! 저기 작은 언니가 나왔는데?"

"얘는 무슨 자다 봉창 두드리는 소리야? 걔가 데모 끊은 지가 언젠데!"

"그런 거 같애. 잘 봐!"

"회사라두 다녀야 민주노총이구 민주노총각이구 가지! 뭐 걔가 그렇게 할 일이 없는 줄 아니? 요샌 소설 쓴다구 눈이 다 벌게 갖구 다니던데 뭐!"

"아냐 아냐, 방금 화면에 또 지나갔어!"

"저 정말 큰 처제다!"

"와아! 이모다! 큰이모!"

아이들까지 박수를 치고 난리법석이 되자 효실이는 전화기를 들었다가 아버지에게 고자질해 봐야 이젠 어쩔 수 없는 노릇이었고 문득 십오 년 전 버릇이 나온 것을 다만 신기해할 따름이었다.

핸드폰이 세 번 만에 연결되었다. 작은 언니는 대수롭지 않다는 듯이 하지만 약간 으스대는 양으로 입을 빨리 놀렸다.

"뭐 소설 취재차 갔었지, 실제 가서 봐야 글도 쓰는 거야."

"그냥 글 쓰려구 가서 데모했단 말야?"

"그래, 그나저나 테레비에는 나 괜찮게 나왔디?"

"전화 끊어!"

춘실은 의자에 비닐을 깔고 머리 자를 준비를 하다가 발가락을 오므렸다.

"언니 불 좀 넣어 방이 아주 냉골이다."

"알았어. 기름 다 떨어지면 연탄으로다가 바꾸려고 기다리는 거야, 어디 추운 걸 보니, 다 떨어졌나 부다.”

“뭐 하는 거야? 아니 이렇게 추운데, 요 밑에 꼭 손을 넣어 봐야 돼?”

“아이구! 웬수! 하여간.”

“기름 연탄 겸용이야? 아이구 정승처럼 벌어서 개같이 쓴다니까.”

“그럼 요새 때가 어느 땐데, 참! 춘실아. 너 접때 하루 번 돈 들구 튄 년 있었지? 화영이라구 했던가?”

“응! 왜?”

“걔란 비슷한 애가 요 앞 핸드폰 가게에서 미니스커트 입구 설랑은 마이크 입에 물구 핸드폰 팔구 있더라. 아마 틀림없을 거야.”

“걔 말 잘했어?”

“응.”

“그럼 아냐, 그런 년이 어떻게 그렇게 어려운 걸 해!”

“내일두 할지 모르니까 한번 지나가 봐라!”

“알았어? 근데 언니, 뭐야? 이거 고등학교 교과서 아냐?”

“으응, 다 까먹을까 봐!”

“까먹으면 왜, 혹시? 검정고시라두? 와아! 아니 그 나이에 다시 공부할 마음이 나?”

“지금은 어렵지만 언젠가는 다시 해야지, 애들 보기 창피하기두 하구, 사십 년씩 알구 지낸 붙박이 많은 데서 동네 창피하지 않을까 신경을 썼는데 용감하게 마음먹었지 뭐.”

“하여간 용감한 거 하나는 알아줘야 돼, 돈암동 바닥에 소문 짝짜그르르하게 나겠구먼, 나두 대학 가는 거 괜히 포기했어. 다니던 거니까 졸업장이나 따 두구… 에이 이제 후회하면 뭘 해, 돈이나 열심히 벌어야지.”

춘실이는 마흔이 다 돼서 대입 검정고시 책을 붙잡고 앉아 조는 언니가 부러우면서도 그동안 돈 쓸 줄 모르고 남편 아이들에게 소가지만 부리는 효실 언니를 보게 되었다는 생각에 사람 참 알 수 없다는 느낌에 가슴이 뿌듯하면서도 그러면 그럴수록 돈을 벌어야겠다는 쪽으로만 마음이 굳어져 갔다.

미스 최를 보조하던 미스 신이 제멋대로 삼 일간 휴가라고 안 나와서 짜증이 하늘을 찌를 정도다. 춘실은 가급적 원장 티를 안 내려고 하는 타입이기 때문에 미용사가 자기 범위 안에서 무슨 일이든 혼자 하게 내버려두고 월급제에도 인센티브를 두어서 단골이 많은 미스 최는 월급 이외에도 소위 플러스 알파라는 게 있고 기실 녹록지 않은 상대여서 잔소리를 할 수도 없는 형편이기도 했다. 춘실은 영등포의 왕언니에게 보고 아이 좀 보내 달라고 전화한 지 벌써 일주일이 지났는데 꿩 구워 먹은 소식이다.

무소식이니 희소식이려니 하고 느긋해하는데 왕언니로부터 연락이 왔다. 어제 보냈는데 안 왔냐는 딴죽을 치고 있어서 춘실이는 성이 말랐지만 느긋하게 농담하지 말구 참한 애루 보내라고만 하자 전화 받는 틈에 아침부터 누가 뒤에 서서 장난을 하는 느낌이 들었다. 확 돌아서며 춘실이 뒤에 선 남자의 배를 어퍼컷을 퍽 소리가 나게 치자 모르는 얼굴이었다.

"욱! 저어 왕마담께서 으윽, 소개해서, 원장님께 어제… 가 보라구 해서… 휴우!"

"그럼? 총각이 왕언니가 보내 준?"

 위기의 인간들

"아, 예!"

"미스 최! 여기 보조 왔다! 끝내 주는 미남이야."

"영화배우 아녜요?"

미스 최가 뚫어져라 쳐다본 아이는 살펴보니 나름대로 센스 있게 치장을 했다. 귀걸이를 양쪽 귀에 각각 두 개씩 한 아이는 목걸이와 세트로 한 액세서리가 좀 거슬렸지만 미용사답기는 했다. 일단 학원은 마쳤고 왕언니 밑에서 교육도 받았기 때문에 보너스 없는 보조로 쓰기에는 버거웠고 일단 시험 후에 보수를 결정하겠다고 하자 시원스레 그렇게 하자고 한다.

커트 가위질을 좀 보자고 하자 미스 최가 자기 보조라고 의자에 앉아 층 없이 바싹 커트를 하려고 했다면서 잘리느냐 월급을 제대로 받느냐 하는 귀로에 섰다고 하자 아이는 대단히 여유 있는 자세로 옷을 벗어젖히더니 성급하게도 덤벼든다. 아이는 기대 이상으로 손놀림과 자세가 좋았다. 특히 가위를 재빨리 뒤로 빼고 빗을 다른 손가락에 갖다 끼우는 폼이 일품이었다. 경력을 물으니 아버지가 이발사였다면서 계면쩍게 웃어 보이는 게 더러 여자 티가 나기도 했다. 그는 한참을 망설이더니 춘실이에게 꾸벅하더니 부탁 말이 있다고 했다.

"저어, 염색 좀 해도 되죠?"

"나보고 너 염색 해 달라고?"

"아뇨. 제가 여기서 쓰던 염색약 남은 거 있을 때마다 조금씩 그냥 할게요. 버릴 거잖아요."

"아무 색이나?"

"예."

"왜?"

"그냥 매일매일이 지루해서요."

"그래, 니 맘대루 해, 근데 니 이름이 뭐지?"

"조상규요, 오늘은 이거 블론드로 할게요."

탈색제를 바르고 조금 있다가 블론드 크림을 이리저리 바른 미스터 조는 순식간에 금발이 되었고, 전신 거울 앞에서 이리저리 허리를 흔들어 보는 그는 때마침 나온 음악에 맞추어 상당히 어려운 자세의 무용가다운 면모를 보이기도 했다. 그러다가 그 입에선 이내 '에이 지겨워 벌써'라는 소리가 튀어나왔다. 미스 최는 얌통머리 없다고 들릴 만하게 말했고 춘실이는 그래도 정나미 떨어지는 아이는 아니라고 했다.

커트만 한다면서 굳이 주인 마담을 찾는 그야말로 씻은 배추 줄거리 같은 금테 안경이 이주 만에 또 찾아왔다. 증권 회사에 다니는 줄은 알고 있었지만 윗층의 머리방에 나타날 줄은 몰랐다고 하자 그는 퍽 여유 있게 웃어 보였다. 춘실은 이상하게도 그 남자에게 호감이 갔다. 머리카락도 매만지기가 아주 좋았다. 다듬는 대로 머리카락이 움직여 줬고 조금 다듬으면 얼굴이 환하게 피어나는 스타일의 골상을 갖고 있었다.

그가 지나치는 말로 투자를 권해서 어쩌다가 객장에 한두 번 들리면 언제 알아봤는지 자판기 커피를 한 잔 뽑아 들고 모르는 척 곁에 서 있다가 갑자기 권해서 놀래키기도 하는 재미난 구석도 있는 남자였다. 더더욱 호감이 간 건 처음으로 구좌를 개설할 때 주민등록증을 가져가 복사하면서 같은 띠라고 하면서 말놓고 친구할 정도로 인상이 좋다고 칭찬을 할

위기의 인간들

때였다. 여태까지 몸매가 잘 빠졌네, 다리가 죽여 주네, 헤어스타일이 세련됐다는 소린 들어봤어도 좋은 인상이란 아부는 처음 들어봐서 그런지 그 소리가 상당히 좋은 느낌이었다. 매도 매수 시 연락하는 피씨에스와 사무실 번호가 적힌 명함을 내미는 자세도 너무 멋있었다.

"용재현 대리입니다, 별명은 〈용 되리〉이구요, 전 언젠가는 용이 되구 말 거에요. 이 용한테 투자 한 번 하시죠."
호호호, 하하하

그 덕에 천만 원을 투자해서 천사백만 원이 되던 날 춘실은 그에게 저녁을 샀고 돈암동 바닥에서 제일 비싼 프랑스식 스테이크 집에 여기저기 붙어 있는 불란서 영화 포스터나 와인의 라벨을 유창한 발음으로 읽어 내려가는 용 대리는 과연 프랑스 통 같아 보였다.

이 남자는 꽤 만나 보아도 최 사장에서 미스 최 혹은 자기 전공 때문이라면서 간간이 마드모아젤 최라고 부르는 경우는 있어도 춘실 씨라고는 절대 부르지 않았다. 단 한 번도.

춘실은 그에 대해 생각할 때면 누군가가 걸린다는 느낌이 있었는데 그게 누군지는 몰랐고 굳이 캐내 알 필요도 없었다.

비 오는 날 손님이 없기라도 하면 창가에서 커피 잔을 들고 떨어지는 빗방울처럼 많은 남자들을 그려 보지만 참기름을 발라 놓은 듯한 춘실은 그 짝이 용 되리는 아닌 것 같았다.

그래 나는 여지껏 사랑을 찾아 헤매기만 했어. 단 한 번도 어쩌다 만난 사랑을 느끼고 즐기고 경험하려고 노력해 보지도 않았어, 정말 바보 같았구나, 나는….

곁에서 묵묵히 바닥에 떨어진 머리카락을 쓸고 있는 조상규는 가게 안을 정돈하고는 춘실이 마시고 난 찻잔을 들어다 설거지를 하면서 휘파람을 불었다. 리듬은 라밤바였지만 라틴 댄스풍이 아닌 하와이안 웨딩 송처럼 슬로우 댄스풍이었다. 조상규는 양춘실의 눈을 쳐다보았고 잠시 후 손님이 들어왔다. 조는 손님 머리에 스프레이를 뿌리고 능숙하게 가위질을 했고 짧게 치겠다던 그녀는 어느새 졸았고 춘실은 계속 창가에 기대서서 지난번 용 대리와의 마지막 만남의 대화를 되새겨 보았다.

"저는 말이죠. 예전에 그러니까 미아리 고개에서 전세방 살 때였죠. 아버지가 공사판에서 허릴 다치셔서 어머니가 시장에서 일을 하셨는데, 도시락을 싸 가지고 다닐 형편이 아니었는데, 밤에 일하구 돌아오시는 엄마를 기리다가 누나하구 둘이서 돈암 교회 뒤의 산꼭대기에 올라가 별을 쳐다보곤 했어요, 저는 그때 무한한 꿈, 아니 동경이라구 해야 할까? 그런 게 있었죠."

"누구에게나 꿈이 없던 시절이란 없겠죠."

"어린 시절 저에게는 별을 살 정도의 돈을 꿈꾸는 저녁 시간이 유일한 낙이었지요, 말하자면 북극성 같은 별은 하늘 정 가운데에 꽉 박혀서는 움직이지 않는다는 것 자체로도 어린 저에게는 크나큰 위안이 되었지요, 결국 누나가 희생해서 상고를 졸업한 후 돈을 벌었고 나는 유일하게 우리 집에서 대학을 나온 사람입니다."

"후후."

"저는 유일하게 대학을 포기한 사람이에요, 우린 큰 언니는 나이 사십

 위기의 인간들

을 바라보는 데 다시 대학의 꿈을 키우고 있었죠. 재미있죠?"

"한국 사회가 대학을 어떻게 생각하고 있습니까? 결과적으로 말한다면 춘실 씨 정도의 사회적 위치와 경제적 능력이면 대학이 아니라 대학원 나온 것보다 훌륭합니다."

미스터 용은 간사위 있는 택이어서 춘실에게 투자를 권하는 것도 대단히 부드러웠다. 춘실은 용 대리가 돈 자랑을 하는 게 투자를 하라고 알랑방귀를 뀌는 것 같아서 마뜩하지는 않았지만 수려한 외모나 시원시원한 성격이 끌렸다. 그런 분위기는 미장원 안에 물씬 풍겨서 미스 최나 미스 신은 감히 경쟁 엄두를 내지 못했다.

가끔 식사나 볼링을 했어도 데이트다운 맛은 없었는데 그건 대화가 언제나 투자 쪽으로 결론이 나기 때문이었고 길 건너 돈암 베이커리의 과부 여편네나 피자 체인점의 전직 호스테스 출신의 여사장과도 자주 만나 투자 상담 미팅을 하는 것도 그녀로서는 낮간지러웠다. 천사백이 팔백이 됐을 때 돈을 빼 가니까 밴댕이 속이라고 놀린 것도 괘씸했다. 지난번 커트를 하러 왔다가 조상규가 잘라 준다니까 춘실이 없으면 안 하겠다고 두 번씩이나 돌아간 후로는 가게 안에서 그는 마담 돈을 챙기기 위해 미장원에 들렀다는 인식을 강하게 남겨서 인기는 사실상 떨어져 버린 게 사실이었다.

"어머! 언니 아침에 용 되리 봤어요? 얼굴에 반창고를 붙이구 안대까지 했던데."

"왜 그랬대?"

“글쎄 길 가다가 폭력배한테 맞았나?”
“그 사람 운동 무지 했다던데…?”

미스 신은 의아하다는 듯 고개를 갸웃했고 늦은 출근으로 숨을 헉헉대는 조상규가 입언저리에 반창고를 붙이고 들어왔다.

“아니 넌 왜 그래?”
“미스터 조, 싸웠어?”
“아닙니다.”

옷을 갈아입으러 샤워 부스 안의 탈의실로 들어가는 조상규는 고갤 숙이고 기운이 쏙 빠진 모습이었다. 미스 최는 미스터 조를 따라가며 들여다보려다 뭔가 궁리하는 표정으로 입을 열었다.

“그러고 보니까 두 사람이 싸운 거 같네?”
“야야, 조상규는 저 용 대리 한 방이면 그날로 입원이지 뭐!”
“그래, 그래, 호호호호.”
“용 대리는 검도 태권도 합기도까지 몽땅 합치면 십 단이래.”
“어머, 미스 최! 그렇게 너저분하게 이거저거 다 한다는 건 단 하나를 제대로 하는 거보다 못해!”
“어머! 마담 언니는 조상규 편인가 봐. 호호호호.”

조상규는 입가의 밴드를 떼고 거울을 들여다보다가 입가를 씨익 훔치고는 이빨을 드러내고 한번 씨익 웃어 보였다. 그리고 한가한 시간이 되자 머리카락을 진보랏빛 감도는 자줏빛으로 염색했다.

퇴근 후 조상규는 언제나처럼 돈암시장 네거리의 맥주광장에서 신세대 스타일의 병맥주를 돌려 따고는 안주 없이 두 병을 들이켰고 하나둘 모이는 고등학교 친구들과 쑥덕공론을 하다가 위층의 당구장에 들렀고 포켓볼 내기에서 무려 이십만 원을 땄다. 잠시 후 담배를 물고 들어온 용 대리가 조상규를 보았다. 그는 재떨이에 담뱃불을 비벼 껐다. 그런데 담뱃불이 휴지에 옮겨붙자 바로 옆의 물통에 불붙은 휴지를 던져 버렸다.

"딥퍼플, 스모크 온 더 워터! 흐흐흐."

그는 지 머리카락을 흔들어 보이면서 자기도 퍼플이라며 락앤롤을 외치고는 당구장에서 나가 버렸다.

기다리던 단합대회 날 월요일 아침, 출발 전부터 청바지에 등산 조끼까지 깔끔하게 차려입고 온 조상규를 도마 위에 올려놓고 세 여자는 입씨름을 했다.

"언니 왜 하필 상규 백일 기념으로 단합대회를 하느냐 말이야."
"좋잖아! 기념도 되고 우의도 다지고?"
"자구 오는데 사내애까지 데리구 가기가 걸구치잖아."
"아 글쎄 콘도에 방이 두 개라니까."
"쟤가 하나 쓰면 우리는 셋이 복대기를 쳐야 하잖아."

"안 자구 고스톱 치면 되지?"

방을 나눠 쓰는 문제로 조상규를 안 데리고 가기로 미스 최와 신은 합의를 봤지만 춘실은 멤버십 트레이닝은 결속이 가장 중요하다고 역설하고는 무조건 조상규를 데리고 간다고 결정하자 토를 다는 사람은 없었다. 결국 포터나 남자 파출부 대접을 받으며 장 보고 짐 챙기구 요리와 청소를 하는 조건으로 방 두 개 중 하나를 받기로 한 조상규는 출발부터 시종 입가에 웃음을 달고 다녔다.

"자 여러 소리 말고 출발!"
"마담 언니가 뒤에 타."
"미스 최 너 콘도 놀러 가는데 웬 뚱꼬 치마를 입구 왔어? 이년아, 너 혼자 클럽 가니?"

춘실의 차는 생각보다 잘 나갔고 새로 난 양수리의 고가 고속화도로에서는 백오십 킬로 이상을 달렸다. 다소 불안해진 춘실은 감속을 외쳐 댔지만 미스 신은 아랑곳하지 않고 노래를 부르며 양평까지 불과 십 분에 돌파를 하더니 급기야 양수대교의 가로수 밀집 지역에 잠복근무 중인 이인조 경찰 특별 단속에 걸리고야 말았다. 앞에선 경찰은 도로 중간까지 나와 개구리처럼 폴짝폴짝 뛰면서 차를 제동시켰고 급브레이크를 밟은 차들의 타이어 자국이 이미 여기저기 선명했으며 더러 고무 타는 냄새가 나기도 했다. 경찰에게 걸린 미스 신도 급제동을 했으나 차가 쉽사리 서주지를 않았고 이리저리 흔들리자 차 안의 사람들은 요동을 쳤다. 앞의 두 여자는 고함을 질렀고 뒤의 조상규는 춘실의 어깨를 잡아 앞으로 튀어 나가지 못하게 하느라고 안간힘을 썼다. 결국 뒤에선 경찰까지 지나쳐 가까스로 차가 서려고 할 때 미스 최는 미스 신에게 소리를 쳤다.

"야! 다시 밟아! 빨리!"
"왜?"
"토끼자구 이년아! 걸리면 돈이 얼만데?"
"오케이!"
"미스 신아, 경찰이 따라오잖아."
"지가 어떻게 따라와 뛰어서?"
"아니 저것들 오토바이를 타려는 거 아냐?"

경찰은 들고 있던 스티커 뭉치와 서류들을 내려놓고 오토바이에 시동을 걸려고 하다가 뒤이어 서 버린 다른 차량을 보고 그걸 단속하기로 한 모양이었으나 혹시 차 번호를 적지는 않았을까 넷은 좀 께름칙하면서도 일단은 안심이 되었다.

"저어, 사장님, 잠깐 세우면 안 돼요? 제가 좀 급해서….."
"뭐? 오줌?"
"…예."
"신양아, 차 좀 세워 볼래?"

멀리서 점점 다가오는 오토바이가 경찰일 거라고 우기는 미스 최는 조금만 참아라, 빨리 몰아라 하며 실랑이를 벌였다.

"야, 급하단 말야. 빨랑 차 세워!"
"안돼! 저게 짭새면 여기서 세웠다간 바루 잡혀!"
"그럼 어떡하란 말야?"
"야, 여기 비닐봉투에 적당히 봐."
"에이구 이건 일어설 수가 있어야…."
"누워서라도 해 봐, 인마."

그는 뒷좌석에서 몸을 최대한 길게 만들어 지퍼 사이로 겨우 삐져나온 수도꼭지 같은 고추를 이리저리 비틀어 비닐봉투에 방뇨를 하기 시작했다. 춘실은 차창을 열어 고개를 돌리고 바깥 풍경을 바라보다 실소를 했고, 차 안은 금방 습기가 유리창에 어른거렸고, 암모니아 냄새가 꽉 찼고, 그는 다리 하나를 위로 뻗쳐 부르르 떨었다.

"아이구, 같잖아서, 꼴에 수캐라구 다리 들고 오줌 싸고 자빠졌네."
"다 너 때문이야! 이것아!"

콘도에 무사히 도착한 후에도 넷은 사주경계를 해가며 지하 주차장에서 짐을 내렸고 데스크 클럭에게서 키를 받아 방에 들어가 퍼질러 앉은 다음에야 비로소 숨을 돌렸다. 조상규는 약속대로 야채를 씻고 밥을 안치고 고기를 구웠고 맥주를 곁들인 장기 자랑 시간에는 춤과 노래를 그럴싸하게 해 보였다. 저녁상을 한 켠으로 물려놓고 춘실은 만 원짜리를 각각 다섯 장씩 나눠 주고 화투판을 벌였다.

"한 명한테 몰아주겠어, 단 내가 따면 이십만 원 오늘 나이트에서 다 쓴 다!"

"우와! 언니 최고다! 난 따면 입 닦아야지."

평소 고스톱 귀신인 미스 최는 광분하기 시작했다.

"야, 오늘 개발에 땀난다."

미스 최는 흔들고 피박을 두 여자에게 씌워 먹었고 광을 판 상규는 느 긋하게 싱긋거렸다.

"그런데 언니, 용 대리 말야, 저기 삼선교에서 머릴 깎았대, 웃기는 작 자 아냐 그거?"

"왜 우리한테 안 온대요?"

"내가 말야, 지물포 여자하고 시장의 우리 언니한테도 그 사람이 투자 만 시켜놓고 책임을 안 진다고 귀띔을 좀 해 줬거든."

"정육점 사장님도 증권해?"

"언니는 푼돈이지 뭐."

"야? 오광이다! 언니들은 계속 얘기나 해, 내가 돈 다 딸게."

"요 얌체 같은 년! 말시켜 놓고 그 사이 다 따먹네."

미스 신은 얄밉게 굴다가 모두에게 퉁바리를 맞았고 결국 자정 무렵 조 상규가 돈놀이 판을 평정했다. 조는 의외로 세련되게 세 여자와 돌아가 면 춤을 추었고 세 여자는 그를 다시 보았다. 그리고 그의 보라색 염색의 헤어스타일은 그의 하얀 셔츠와 썩 어울렸고 조끼를 벗고 광란의 춤을 출

때에는 클럽의 모든 여자들이 그를 쳐다볼 정도였다.

"뭐라구? 아부지가?"

열 시가 너머 아침밥을 준비하던 상규는 춘실의 비명에 콩치 통조림 담은 냄비를 떨어뜨렸다. 춘실의 움을 소리는 양평콘도가 쩌렁쩌렁 울릴 정도였고 미스 최와 미스 신과 미스터 조는 부랴부랴 다시 짐을 챙겼다. 초조 불안증 때문에 언제나 품고 다니던 우황청심원을 한 알 까먹고도 춘실은 가슴이 벌렁거린다면 운전대를 미스 신에게 맡겼고 그녀도 안절부절하는 틈에 조상규가 부리나케 핸들을 잡고 급하게 차를 몰기 시작했다.

얼씬거리는 차를 수십 대를 추월해 가면서 양수리에서 교문리를 거쳐 망우리를 넘어가도록 춘실은 울었고 언제 청량리와 미아리 고개를 넘어왔는지도 몰랐다. 돈암시장에서 유턴해 다시 굴다리 쪽으로 올라갈 때 언제나처럼 아침의 시장통은 부산했다. 돈암 약국이나 지물포며 사돈댁 정육점 효순이 아줌마도, 기름집 백씨 할머니도 다들 그대로인데 왜 하필 우리 아버지가 하며 목멘 소릴 할 때 곁의 두 여자는 콧물을 훌쩍거렸지만 조상규는 너무나 긴장했는지 로봇처럼 무표정했다.

시신을 안방에 모셔놓고 병원으로 옮겨야 한다느니 집에 낫다느니 친척들은 옥신각신했고 오랜만에 보는 친척들과 주위 이웃들이 어수선하게 왔다 갔다 하면서 복대기 치는 소리가 집안 가득 울려 났다. 상가 주인인 경옥이 이모는 젊은 화가와 함께 믿을 수 없을 만큼 큰 화환을 들고 왔고 지물포 유씨 할아버지와 그 아들들은 근조등과 검은색 리본에 노란 줄이 쳐진 길다란 테이프의 설치를 마쳤다.

 위기의 인간들

"심장마비였대….”

수군수군 소리는 딸들에게 그나마 위안이 되었다.

"에이구, 본인한테는 할 말 아니지만 호상이지 뭐, 구들장지구 와병이
라두 몇 년씩 해 봐, 누가 좋대? 쯔쯔쯔.”

영정으로 쓸 사진을 아직 만들어 오지 못한 성실은 연방 전화를 해서
사이즈와 액자 재질을 물었고, 효실이는 전화를 아예 귀에 걸고 여기저기
소식을 알리느라고 분주했다. 장의사는 거드름을 피우며 익숙한 손놀림
으로 염을 마치고 초상 준비에 분주하면서도 담배를 꼬나물고 노숙한 표
정을 지었고, 대문 앞에 사자밥을 놓아라, 근조 등에 초를 갈아라 설두를
하던 고모는 대문간에서 뒤로 자빠졌다가 엉금엉금 네발로 기다시피 들
어왔다.

"얘들아! 애 얘들아, 저, 저, 저기 니 엄마 아니니? 귀신이야? 사람이야?”

막내 이모는 안절부절못했고 대문에서 우는지 기도를 하는지 문설주
에 기대어 머릴 숙인 아주머니는 정말 어머니였다.

"선옥 언니!”

때마침 둘째 명옥 이모와 사촌들과 함께 들이닥친 성실은 사 온 액자를

땅에 떨어뜨렸고, 산산조각이 난 부친 영정의 유리 조각들을 주워 담는
성실은 다 알고 있었는지 차분하게 어머니를 부축해서 관 앞으로 둘러쳐
진 병풍 앞에 앉혀 놓고 나중에 다 말하겠다며 유리 없는 영정을 상 가운
데에 놓고 향에 쓸 라이터를 찾았다.

　엎드려 울던 춘실은 아버지를 잊고 십 년 만에 만난 어머니에게 눈길을
주면서 우두망찰 말을 이을 수 없었다. 상황을 파악한 조상규는 춘실에
게 다가가서는 무어라고 이야기를 주고받았고 춘실이 나중에 나중에 하
며 거퍼 말렸지만 조상규는 돌아온 어머니 앞에 불쑥 엎드려 버렸다.

　"조상규입니다!"
　"이 청년은 누군가?"

　수근거리는 소리들이 초상집을 벌레가 들끓는 것처럼 만들어 버렸고
정신을 가장 먼저 가다듬은 막내 이모가 상규 앞에 나섰다.

　"춘실이 애인인가?"
　"예! 결혼하기로 약속해서 이렇게 인사 올립니다."

　병색이 완연한 어머니 입가에 미소가 돌았고 더러 웃는 사람들이 여기
저기서 픽픽거렸고 누군가 잔치 났다고 소릴 쳤다.

　"아니? 어려두 엄청 어린데?"
　"여덟 살 차입니다."

"원 해두 너무했다."

춘실의 언니들은 망연자실하게 웃었고 향은 타면서 향기를 냈고 춘실은 눈물 콧물을 훔처내며 웃었다. 순식간에 마당에 하얀 텐트가 쳐졌고, 입구에 차려진 책상 위에는 돈 봉투가 쌓이고, 상이 주욱 놓이자마자 이웃 아주머니들은 한들거리며 컵라면과 떡이며 돼지고기 섞은 새우젓 등을 내왔고, 선옥, 명옥 그리고 경옥 세 자매가 환하고 웃었고, 사람들은 가볍게 건배하고 술을 마시고 음식을 먹고 화투판을 벌였다.

3. 내버려둔 이야기

　귀신은 아직 스토리가 정리가 안 되어 이야기 재구성에 골몰하는 소설가를 신경조차 쓰지 않고 다음 이야기를 시작했다.

　"니 둘째 이모 명옥이네 식구들 이야기를 좀 더 짜릿하게 해 보자꾸나."
　"짜릿하다니요?"
　"읽어 보면 안다."

　스토리는 명옥이 장남 현규 이야기에서 시작한다. 늦은 두부 장수의 종소리가 맥없이 산동네 고갯마루에 울려 퍼지는 소리를 유심히 듣던 현규는 비탈길 아래를 위태위태 내려가는 산동네 서민 아파트의 초등학교 아이들의 등교를 힐끔거리면서 담배 연기로 도넛을 만들다가 침을 뱉다가 하며 마누라의 잔소리를 흐르는 음악 소리 삼아 넉넉하면서도 일견 귀찮아하는 표정을 지어 보였다. 초등학교 일 학년으로는 다소 작아 보이는 사내놈 하나가 넘어질 듯 휘청거리더니 엉겁결에 으라차차 하며 제 몸을 가누지 못하고 그냥 물에 떠내려가듯 내리질러 가자 현규는 가서 부축이라도 좀 해 줄까 하다가 멀찌감치 줄행랑치듯 내려가 버린 아이를 내버려 두고 우두커니 볼 뿐이었는데, 그가 바라보는 것은 브레이크를 걸면서도 어쩔 수 없는 가속도에 몸을 제대로 가누지 못하는 그 관성의 법칙 속에 흘러가는 아이들이었지만 정작 그 배경으로 대칭을 이루는 시멘트 산맥은 그의 시선 고정을 자꾸만 방해했다.

건너편 돈암동은 아주 성채와도 같은 아파트 산을 이루고 있었다. 이제는 큰 이모네와 막네 이모, 그 노친네의 묵은 땅이 있는 이 동선동 산비탈도 깎아내린다고 소문은 무성했는데 실상 조합 사무실의 패널막사에 거미줄이 슬도록 일은 진행되지 않았고 그 일에 어떻게든 목멘 사람들만 풀방구리에 쥐 드나들 듯 번잡스러울 뿐이었다. 아침 햇살은 무언가가 폭발하듯 눈부셨지만 눈꼽인지 속눈썹인지에 반사되어 부챗살처럼 퍼져 보여 우주인이나 외계인마냥 어슬렁거리며 등교하는 아이들이 어쩐지 측은해 보였는지 그는 하늘과 아이들을 떨떠름한 표정으로 번갈아 바라보았다.

민지는 일자리 채근하는 소리를 부드러우면서도 간절하게 비쳤다. 지난주부터 현규는 아내 민지에게 사표 쓰고 사업을 하겠다는 뜻을 내비쳤지만 그녀는 막무가내로 반대를 하는 것에 내심 못마땅했다.

"여보 크는 애들 생각을 좀 해 봐요. 직장생활 십팔 년에 남은 게 뭐 있어요? 남들은 그런 자리 못 가서들 안달이라는데. 왜 그만둬요, 요즘 같은 경제난에 창업이라니 그게 그렇게 쉬운 게 아녜요. 그리구 우리 소연이, 지연이도 고등학생이에요. 내일모레 대학 간다구요. 그 뒷바라지하랴, 당신 사업 돌봐 주랴, 전 못해요, 아니 불안해서 마음잡고 살림하기가 좀 그렇다구요."

"너무 걱정 마, 회사 그만둘 때 그만두더라도 일은 끝내야지. 단도리 잘 하라는 거, 아버님 좌우명 아냐? 나는 잘난 놈은 아니지만, 맡은 임무는 끝내야지, 그리구 아버님께나 애들 이모님들한테도 입도 뻥끗 말라구, 당신 신경 안 쓰게 해 볼게, 그래, 마음 편히 먹고 그냥…."

"내가 지금 걱정 안 하게 됐어요! 당신은 어쩜 생각도 안 하고 말하는 사람 같애요. 당장 먹구산다는 생각은 없어요? 도대체!"

"그래 난 생각보다 말이 빠른 사람이다. 왜? 당신은 생각이 뭔지나 알구 말하는 거야?"

"아니 시비를 걸자는 게 아니구요. 말이 안 되잖아요?"

민지는 끝까지 쐐기를 박으려고 하지는 않았지만, 현규가 자꾸 말끝을 흐리면서 일단 피하고 보자는 식으로 나오자 더욱 열이 올랐고 급기야 그녀의 볼멘소리가 터지고야 말았다.

"아니, 이때까지 자리 잘 지키구 아무 문제 없었는데, 이제 구조조정이 다 뭐다 해서 가뜩이나 경제가 어렵다구 하는데 왜 사표를 던지기는 던진다는 말이에요! 참 나!"

"댕겨오께!"

시종 등 돌리고 섰던 현규가 부리나케 자리를 뜨자 넓지 않은 거실은 이내 고요해졌고, 수화기를 든 민지는 자신의 얼굴을 건너편 거울 속에서 문득 발견하고는 선뜻한 느낌에 거울을 들이댄 눈가에 핏기가 서 있는 자신의 모습은 평소 자기의 얼굴이 아니었다. 전화기에 손이 갔지만 집어 든 수화기만 만지작거릴 뿐 마땅히 어디 딱히 다이얼을 돌릴 데가 없었다. 남편이 명예퇴직당한 걸 알리지 않으려고 자기 사업하겠다고 저러는 건 아닌지 혹 어디서 여자를 만나고 다니기라도 하는 건 아닌지 하는 망상까지 나서는 온통 그녀의 머리채를 싸잡고 흔들어 대는 것 같았다.

현규는 그래도 마지막 믿는 구석인지라 임시 주택조합 사무실로 쓰고 있는 컨테이너 창고에 머릴 디밀어 봤지만 창식은 없었다. 조선팔도를 무른 메주 밟듯 돌아다녔다는 창식이 자식은 어디 한 구석 조신하게 붙어 있을 위인이 아니었다. 또 어디 가서 여자를 꼬시느라고 그 유수 같은 말솜씨를 부리고 있을 게 분명했다.

버스가 무척이나 빨리 간다고 생각하자 이내 종각이다. 회의실 탁자 앞에 다가가 부장이 앉기를 기다렸다가 조심스럽게 앉는 현규는 눈치를 살피지 않고 먼저 말을 꺼내는 게 자존심을 다치지 않는 쪽이라고 생각하고 입을 열었다.

"저어 부장님….."

"아니 내가 먼저 말을 하죠, 어때요? 그동안 마음고생이 심하셨죠? 김 차장 마음고생두 심하셨겠지만 나두 말두 못 해, 어제 신문 보니까 어떤 버스 회사 상무가 부하 직원 모가지를 차마 치지 못해 스스로 목을 맸더군, 애초에 우리 회사도 구조조정은 감원이 아니라 감봉으로 기울었는데, 이제 와서 돌이킬 수도 없구…. 당사자의 책임이라면 모를까… 어차피 처음부터 김 차장이 책임질 문제는 아니었었죠. 하지만 엔화가 자꾸 떨어지는 데 경리 파트에서 일단 팔았더라면, 아니 기획안이라두… 그냥 내버려둬서 잘 될 경우가 있고, 내깔려 둔 게 이렇게 동티가 날 수도…."

"이미 알아차렸습니다. 회사가 망할 수는 없잖습니까? 누군가 책임도 져야겠고, 회사 뜻도 또….”

"할 말은 아니지만 이럴 때만 센스가 있구려.”

"아무튼, 제가 옷 벗겠습니다. 아침에 인수인계는 끝냈습니다. 하던 일은 끝까지 해 보려고 했지만… 죄송합니다.”

"고맙소 김 차장, 나로서는 할 말이 없구료, 퇴직금 말고도 실직자들에겐 국가에서 실직수당을 사백만 원씩 주고 있고, 주택은행에서는 실직자 특별 대출이 생겼고, 우리 회사도 특별 격려금을 조금씩 지급하기로 했소, 기왕 이렇게 된 거 챙길 건 다 챙겨요.”

"고맙습니다. 그럼.”

"참, 김 차장! 올해 몇이죠?”

"마흔 넷입니다.”

"그렇군요, 그런데 자금관리자가 운용자금을 어떻게 두 달이나 내버려 두었어요? 그 은행 과장이 김 차장 친구던가요? 그 친구도 지난주 명퇴당했다면서요, 그래요?”

"저어… 그럼.”

이상하게 담배만 피워 물면 바람을 마주하게 되어 눈물이 계속 났고 열감 어린 머리통을 식히려고 일어선 김에 선 자세로 여기저기 다이얼을 돌려 보지만 누구한테 무언가 씨부리고 싶다는 기분뿐이지 실제 할 말도 없었고 혹시 누가 받으면 무슨 소릴 해야 할까 난감한 터였는데, 창식은 아직도 자리에 들어오지 않았고, 별로 친하지도 않는 녀석들도 죄 자리에 없었다. 마땅히 갈 곳이 없어 이른 점심 생각에 들어간 중국집에서 짜장면을 입에 길게 물고 신문지 한쪽 구석에다가 이럭저럭 합쳐지는 퇴직금과 그럭저럭 생긴 돈들을 볼펜 끝으로 합쳐 보고 지직거려 지워도 보고하면서 사천만 원이라는 숫자를 자꾸만 쓰다 보니까 짜장면 그릇이 깨끗이 비워졌다. 또 창식이에게 연락하기가 짜증이 났고 유일하게 가 본 장안평 사설 도박장이 생각이 났다. 지난번에 이십만 원 땄으니까 오늘 잃어 줘도 밑지는 건 아니라는 생각은 곧장 창식과 같이 그 앞의 모텔에서 같이 샤워한 일명 샤론 스톤이라는 여자를 떠올렸다. 《실업자와 창녀》라는 영화제목에 걸맞게 그 샤론 스톤은 과연 빨리도 나타나 주었다.

"명예퇴직당한 사십 대 중반의 남자는 퇴직금을 갖고 전전긍긍하며 취업을 알아보다가 결국 거리의 여자에게 날개를 달아 주었다!"

"예? 뭔 소리예요?"

"아무것도 아냐."

"비 맞은 중 같애."

"중하구도 해 봤냐?"

"아뇨."

"비 맞은 중을 보긴 했냐?"

"아뇨."

"넌 생각도 안 하구 말을 하는구나."

"예, 전 원래 그래요, 생각을 해 본 지가… 아마 중학교 졸업하구 아직 한 번도….

생활이 바뀌면 사람은 생각도 몸도 자연스럽고 놀랄 정도로 당연하게 바뀌고야 만다. 지난번 점심때 창식이하구 왔을 때보다 이번은 그야말로 천양지차였다. 여자애가 비아그라 먹었냐고 물었을 정도였으니까…. 마음이 편안하고 여유가 있으면 뭐든지 그런 모양이었다.

“이름이?”
“화자예요. 지화자.”
“참, 그랬지.”
“어? 근데 아저씨 팔에 상처 났네! 방금 내가 그런 거야?”
“아니, 아침에 그랬나 봐.”
“약 발러야지 내버려두면 상처 남아요.”
“아냐, 약 바르면 오히려 자국이 남던 걸 그냥 내비두면 돼, 너두 살이 튼 자국이 많이 있구나.”

화자는 종아리와 정강이며 허리께에도 가로무늬근에 흰 줄이 있었는데 그건 살이 터서 그랬다며 중학교 때 갑자기 커 버려서 이 길로 나서게 됐다는 이야기는 앞뒤가 맞지 않았지만 그녀의 애환을 토로하는 입술과 턱 언저리께가 진실해 보였다. 손톱 뒤의 거스러미를 연신 물어뜯으며 앙가슴에 손을 모아 기도하듯 이야기하는 그녀는 섹시한 순서로는 국내에서 몇 손가락 안에 충분히 든다고 생각한 그는 지금의 행운에 막연히 웃었다. 자축이라고나 할까? 어깻숨을 쉴 때 도드라지는 젖꼭지가 반대로 들어가는 자개미와 대칭이 돼 보이는 그녀의 가슴팍은 앙증맞은 데가 있었다. 하지만 슬리퍼 스타일의 뾰족구두를 늘 신어서인지 발가락이나 발톱서껀 발뒤꿈치께는 때인지 까만 줄이 짝짝 가 있었다.

여자와 현규는 그 말과 아무 상관 없는 존재들처럼 그저 달라붙었다가 둘은 전혀 관련이 없으면서도 무언가에 대해 공동작업을 한다는 것 외에 아무런 마음이 생기지 않는 작업이 끝나 버렸다. 아는 사람은 다 아는 오피스텔의 접객 룸에는 싸구려 커튼으로 햇볕을 아무렇게나 막아 놓는 한낮의 어둠 뒤에서 그들은 아무 의미 없는 그 짓을 한 번 더 했다.

창식의 사무실 소파는 보기보다는 무척 불편했지만 뒤척거린 끝에 결국 잠이 오긴 했다. 아슴아슴하게 겨우 잠들 무렵 우지끈 뚝딱하며 간이 막사가 무너져 내리는 소리가 났다. 라면 끓여 먹는 냄비가 뚜껑째 날아가 컨테이너 쇠철벽에 부딪치는 소리, 누군가가 철문을 들입다 차는 소리, 악악거리며 부둥켜안고 지르는 남녀의 교성 아니 쌈박질 소리일 텐데, 한편으로는 섹스어필하는 구석이 없는 건 아니었다. 그는 뒤엉킨 남녀가 발악하듯 몸부림치는 쪽에서 날아드는 집기나 파편들에 실제 맞기도 했지만 그들은 이 세상이 아닌 아주 먼 사차원의 공간이나 전생 같은 세계에 있는 것처럼 여겨졌다. 함바집 과수와 신흥사 입구의 돈암다방 마담이 창식이와 잔 것을 갖고 서로 싸우다가 급기야 창식이를 패기 시작한 것은 그의 과거에 대해 누군가 꼰질렀기 때문이라며 장황한 설명을 늘어놓다가 여자관계의 신중함을 주워섬기던 복덕방 심씨가 언젠가 그 두 여자와 잔 것을 얼김덜김에 이야기하다가 제 입으로는 실제 동거를 심각하게 생각했다는 창식이에게 맞으면서 상황은 그야말로 패싸움이 되었지만 구경은 어디까지나 구경이었다. 누군가 구경 중에서는 뭐니 뭐니 해도 불구경과 싸움 구경이 가장 재미나다고 한 것은 과연 사실이었다. 텔레비전이나 영화 스크린에 진배없었다.

"이 개차반 같은 작자야, 돈암동 바닥에서 다신 얼굴 들고 다닐 생각 말어, 이 호색한아!"

　누가 누구에게 던진 욕인지 알 수 없었지만 싸움판에는 개떼처럼 할근거리는 사람들이 현규에게는 여기가 돈암동 바닥임을 알려 줄 뿐이었다. 집은 너무나 조용했다. 현규는 총무부장이 아까와는 반대로 괘씸하기 이를 데 없었다. 자신이 나가자마자 마누라한테 사표수리를 통보했다는 것이다. 마누라는 오랫동안 결심했던 보험아줌마 교육을 신청했고 바로 다음 주 교육 입소를 명받았다며 그에게 제이의 인생 설계에 대해 아주 친절하게 물었고 그는 막연하지만 진짜 하고 싶은 일은 인테리어 디자인이라고 하자 민지는 결혼 십팔 년 만에 가장 사람다운 소리를 했다면 반색을 했다. 사업한답시고 아무렇게나 돈을 들이붓는 것은 천하의 바보고 남의 밑에서나 학원에서 뭔가 배워서 사업을 벌여야 한다는 데에 전적으로 동의한다는 민지는 소리를 내어 하하 웃었다. 아이들에게는 자신이 보험 일 하는 걸 비밀로 하고, 국으로 학원을 다니라는 말에 현규는 아무 생각이 없었다. 다만 자기는 인테리어 디자인 학원을 등록하고 아내는 보험 설계사가 된다는 사실이 겉보기에는 확실한 새 출발이라는 점에서 현규는 처량하다거나 창피하다는 생각은 점점 가셨다. 다만 아까 싸움판에서 날아든 냄비에 맞은 애깻죽지 멍들어 은결들었는지 속으로 욱신거렸다.

"당신 나 사랑해요?"
"글쎄….."
"아니 뭐 이런 신랑이 다 있어?"

"내가 신랑이라구? 하하하하."

배가 아팠다. 배가 아프면 왜 사람은 떼굴떼굴 구르는가 생각하며 심호흡을 하는데 아이들이 들어왔다. 학교가 일찍 파했는지 일찍 들어온 아이들은 지친 기색이 없었다.

"소연아, 지연아, 글쎄 아빠가 이 엄마에게 사랑한단 소리를 통 못하는구나."
"그래두 옛날에는 사랑하셨겠죠, 그러니까 결혼했지. 안 그래요?"
"그랬수? 당신 옛날엔?"
"글쎄, 그냥 사는 거지…. 진정한 사랑, 영원한 사랑 그딴 게 있을까?"
"저것 보라니까! 도통 사랑하지를 않는다니까!"

아이들을 데리고 부친을 찾아가는 현규는 자초지종을 아뢸 궁리에 아찔했지만 세 여자는 벌써 저만치 앞서갔다. 한 골목 좌우로 이모들이 살았는데 요즘은 통 찾아가질 않았다. 동네에 세 자매가 모여 사는 일은 흔하지 않았지만 전화나 했지, 이웃 살면서 왕래를 이처럼 안 하는 것도 흔한 일은 아니었다.

까탈스런 영감님 성질 때문이기도 했지만 상속 문제를 아주 뒤로 접어버리겠다고 선언한 후로는 그나마 장자인 현규조차 문안은커녕 이유 없이 찾아뵙는 일은 거의 없었다. 시장통에 건물도 있고 비록 명예직이지만 시장번영회 회장까지 하고 있었으니 재산으로야 넉넉했지만 여간 구두쇠가 아니었다. 사주나 궁합을 워낙 따져서 두 동생의 이혼을 주도하신 장본인이셨다.

"그래 직장 떨려 났다구 자랑하러 온 게냐?"

"아닙니다. 퇴직금으로 조그만 사업을 하나 시작할까 하고….'

"예라! 이눔아, 배룩이 등짝에 육간대청을 짓겠다."

"아니 그게… 일단 학원을 다닐까 하고….'

"어정어정하다간 금세 쉰이야!"

"예, 알겠습니다."

영감은 현규에게서 휙 눈길을 돌려 손녀딸들에게 환하게 웃으며 눈을
맞췄다.

"아이구, 이것들 이젠 지 에미보다 더 크구나. 공부는 잘들 허구?"

"예, 예."

"그래두 느네들 어멈은 사주에 덕망격이 있어, 임인일생이 어디 쉬우
냐? 어머니께 잘하거라, 행여 에비는 닮지 말구."

"예, 예."

어리둥절해 서로를 쳐다보는 멍청한 딸년들의 대답 너머로 현규는 부
친에게서 송장 냄새와 더불어 어떤 소리를 들었다. 그 소린 쇠를 삼킨다
는 불가사리처럼 불가사의했다. 부친에게 뭔가 이야기를 하면 현규의 입
에서 발사된 음파나 진동이 원래의 파장보다 더 넓고 보다 큰 살아 있는,
이제는 아주 늙어 쭈구렁 바가지가 돼 버린 벽면에 부딪혀 소리들은 반향

　　　　　　　　　　　　　　　　　　　위기의 인간들

되는 것이었다. 그런데 묘한 건 그 반향된 소리들은 현규 자신의 것이 아니고 자신과 부친과의 사이에 항상 일정하게 존재하는 투명의 거대한 벽에서 새로 발생된 것이라는 생각이 들었다. 그 소리는 예전에 잔소리에서 서서히 암세포처럼 자라나 이젠 아무도 누구도 뚫을 수 없는 철의 장벽이 되었고, 일방적인 욕설로 상대를 제압하는 공간은 아무래도 음악회를 가질 수 없는 콘크리트 강당 같았다. 소위 부처님 가운데 토막이라 불리는 모친인 명옥 여사는 묵묵하게 입을 열지 않았다.

현규는 다니던 회사 앞의 인테리어 학원에 등록을 했다. 육 개월 과정 이수 후 취업 알선 백 프로 보장 반에 들어간 그는 자타가 인정하는 최고령이었지만 즐겁다라는 말이 입술을 비집고 나오려고 혀와 입천장을 근질거렸다. 개강이 이미 사흘이 지난 뒤라 노트 필기나 재료를 사는 일이 까다로웠지만 마침 나흘 늦은 동료가 있어서 그는 다행이었다. 그녀에게서는 들풀 냄새가 났고 그녀는 보기보다 새침하지 않아서인지 둘은 며칠 늦은 공부를 쫓아가느라고 점심도 붙어 앉아 먹고 책이나 재료를 사러 다닐 때 늘 같이 다녔다.

"우리 무슨 애인 사이 같애요."
"어머머! 아버지와 딸 사이라구 생각했는데…."
"우익!"
"호호호호호."
"아 참, 며칠이 지나도록 통성명도 안 했는데."
"저 화영이에요."

“저 씨도 있나?”

“임가예요.”

“난 김현규요.”

“예, 앞으로 잘 부탁드립니다.”

“아! 이리 하야 강호의 의협 김현규는 다 늦게 다니게 된 학원에서 만난 묘령의 여자와 사귀게 되고 다리가 스텐레스 젓가락 같아 날씬한 임 모양의 파노라마와도 같은 삶의 이야기를 듣게 되었노라!”

“사람은 늙어두 귀여운 데가 있네요? 유부남 아저씨가 왜 처녀한테 관심이 많아요? 노트 빌린 거 복사나 해 오세요, 아저씨.”

“예, 알겠습니다. 아가씨.”

허연 와이셔츠는 바지 위로 다 나온 채 터부룩한 머리카락을 연신 쓰다듬으며 이리 뛰고 저리 뛰는 그는 학원에서 인기 만점이었지만 그는 임화영에게 필요 이상의 신경이 쓰이는 것을 어쩔 수가 없었다. 더욱이 며칠 늦은 수강료를 교재비에서 할인받아 결국 받아 내게 된 것도 화영의 덕분이었다. 그래서 그는 화영을 재수 있는 사람이라는 뜻에서 ‘재수 씨’라고 불렀다.

토목, 디자인, 페인팅, 칼라, 목재, 섬유, 도배, 전기, 음향, 디자인, 풍수의 기초 이론이라는 강의 교재는 현규로서는 기가 막힌 대목이어서 웃음을 참지 못했고 화영은 늙어 즐거워하는 주책이라고 치부했지만 늦게 구입한 텍스트와 재료를 한 아름씩 안고 웃어 재끼는 그들은 서로 무언가가 통한다는 느낌을 주고받았다. 일주일 만에 술을 마시고 농담과 신세 한탄이나 삶의 애환을 구성지게 뽑아도 보던 그들은 실제 몸이 간간이 부딪

위기의 인간들

치거나 서로를 가볍게 쓰다듬는 일이 자연스럽다고 여겼다. 저녁 후 춤을 추자는 현규를 뿌리치고 화영은 삐삐의 암호를 들여다보고는 놀란 사슴처럼 튀어 나가 택시에 올라타고 금세 사라져 버렸다.

늘 조용했던 집안이 소란했다. 큰애가 울고 있었고 아내는 씩씩댔다. 부친이 다녀갔다는 생각에 아내를 달래려 뒤에서 슬며시 안아 주었지만 분위기가 달랐다. 작은 애 소연이가 입술 위를 검지를 세워 찍어 누르듯 표시를 보내더니 언니의 미팅 이야기를 살짝 꺼냈다. 멀찌감치 서 있던 아이는 무차별 사격을 한다. 고이가 미팅이 뭐고 남자를 사귀다가는 대학을 못 간다느니 아내의 장광설이 다시 폭발을 했다.

"잘하는 짓이다. 잘했어! 이것아! 댁의 딸년 교육 좀 잘 시켜요."

"뭐?"

"저 잘난 따님한테 애인이 생겼대요, 그것도 자동차 정비공 기사 아저씨래요. 펙 좋겠수, 기술자 사위 얻게 돼서!"

"지연아, 우리 나가서 얘기할까?"

"아빠 나두."

속없이 소연이가 따라나선다. 문을 닫고 나가는 뒤통수 뒤에서 아내의 궁시렁거리는 소리가 분명히 들렸다.

"아이구, 모두 한통속이야! 나만 나쁜 년이지 에이그!"

환한 빵집보다 어두컴컴한 카페를 고집하던 지연이는 급기야 울었고 한 달 전쯤 우연히 미팅에서 만난 키다리 파트너는 야간고등학교 다니는 고3인데 낮에는 자동차 정비를 한다는 것이었다. 특히 전기분야 수리에 일가견이 있다면서 그녀는 그 껵다리 정비공의 사진까지 보여 주었다. 백팔십팔 센티의 얼굴은 디카프리오, 당구와 오토바이는 프로의 경지, 소연이는 먹던 선데 아이스크림처럼 녹는 표정을 지었다. 그는 할 말이 없었다. 기껏 진정한 사랑은 없는 거야, 조건도 인생에서 무시 못 할 부분이지, 혹은 연애와 결혼의 나이에 대해서 막연한 역사적 증거 등을 주워섬겼고 지연은 전혀 표정의 변화나 이해나 동조의 기색을 보이지 않았다.

할 말이 없어 난감해하는데 조합일에서 떨려 난 창식이 못 보던 여자를 하나 끼고 카페에 들어왔다. 시장통 앞에서 비디오 가게를 한다고 하더니 경기가 좋은지 술까지 처먹구 다니는 게 아주 가관이었다. 그는 전작이 있었는지 휘뚝거렸고 화장을 떡칠 한 여자를 한 손으로 끼고 더듬은 끝에 주둥이를 땠다.

"현규… 너, 너는 둘이냐? 그것두 무지 젊은 걸루다가?"
"나, 나가자! 얘들아!"

현규는 두 딸을 데리고 부리나케 자리를 떴다. 주택조합이 깨지고 한가닥 기대했던 분양 딱지가 물거품이 된 이후 창식이는 술에 절어 살았고, 거기에 기대 보려 했던 현규로서는 불쌍하다는 생각보다는 둘 다 막막해졌다는 절박감에 그를 쳐다보기조차 싫었다. 현규는 이창식이가 한동안 안 다니던 미아리나 천호동의 카바레 출입이 다시 시작된 것도 일확천금의 꿈이 깨진 탓이려니 했다. 이들을 앞세우고 뒤로 창식의 술주정을 뿌리치는 그는 스스로 욕을 한 바가지 해 주고 싶었지만 일이 안 되려면 아버지 이름자도 안 나온다고 딱히 떠오르는 욕도 없었다.

달이 갈수록 아내의 영업 실적을 일취월장 늘어 갔고 그는 칠판보다는 학원 창문으로 멀리 뵈는 북한산이나 구름을 우두망찰 바라보거나 화장실에서 담배를 꼬나문 자신을 망연자실 보면서 몇 달간의 학원 생활을 거의 끝내 가고 있었다.

근 사 개월을 같이 지내며 농담으로 이루어진 화영과의 우정은 이제 현규에게는 무시 못 할 부분이 되어 버렸다. 필기 수업보다 실기 위주가 돼 버린 학원에서 재료를 재단하고 디자인한 대로 설치하는 일을 몸으로 부딪치면서 그는 화영과 계속 움직이며 이야기를 했다. 가령 바루 바닥재와 속칭 걸레받이를 연결하는 마감 작업을 할 때 서로 잡아 주고 잘라 주고 하면서 웃기가 초등학생들처럼 자연스러웠다. 여느 날처럼 하루 종일 농으로 히덕히덕거리다가 실습수업이 끝나 갈 때 현규는 화영에게 술 한 잔을 권했고 그녀는 처음으로 오케이 사인을 주었다.

호프에서 안주로 저녁을 대신하고 노래방을 들른 둘은 실내 칸막이 포장마차를 찾았다. 그녀는 서로에 대해 이야기하려 하지 않았지만 현규가 골동품 혹은 천연기념물이라고 소개한 고린자비 부친의 이야기에 대한 화답조로 화영은 자신의 이야기를 했다.

화영의 자기소개는 현규에게 하는 것이 아니라 어딘가에 있는 또 다른 누군가를 향해 하듯 허공중을 바라보고 입을 열었다. 그는 소리의 전달 방향이 바뀌어 어딘가에 갔다가 겨우 자기에게 돌아오는 신비로움을 느꼈다. 가령 그녀의 가슴속에 타오르는 분노나 열정 같은 것을 통해 눈앞의 카바이트 등의 너울거리는 열기를 따라 올라가던 음파는 그 열기에 의해 가속되었다가 술집 천장을 강하게 치받고는 데이고 부서지고 더러 파편이 되어서 현규에게 오는 것이었다. 그동안에는 그녀의 냉담한 온도 때문에 들을 수 없었던 사연을 오늘은 술과 카바이트와 추억 등이 온통 범벅이 되어 음파가 아닌 스토리가 되어 버렸고 그건 그녀만이 알고 있을 어떤 바람이 불어 그렇게 됐으리라.

누구의 씨인지도 모른 채 홀어머니 밑에서 큰 그녀는 처음에는 상업고등학교를 졸업하고 무역회사의 경리사원이었는데 월급의 차이와 자본주의의 병폐 혹은 사는 법을 체득하고, 일 년 반 정도 다닌 뒤 약간의 퇴직금과 저축과 횡령을 합하여 만화가, 화가의 꿈을 키웠는데 디자인 쪽으로 마음을 먹었다고 했다. 그러나 비싼 학원비와 미술도구 등과 여행 그리고 자동차를 유지하기 위해 그녀는 처음에는 단란주점의 접대부, 퇴폐 술집의 호스테스, 내레이터 모델 등을 전전하다가 오피스텔 사창가의 아르바이트 창녀가 되었다는 기나긴 이야기를 듣고 그는 아무 생각 없이 침울한 표정으로 고개를 끄덕였다.

"동정하세요?"

"으응? 아, 아니."

"왜 그렇게 히주구리한 표정이에요."

"그렇게 보여?"

"내가 한 얘기 다 거짓말이에요. 잊어버려요, 그냥 지어낸 거죠. 전 원래 소설가 지망생이었거든요, 후후."

"그동안 내가 재수 있다고 늘 재수 씨라고 부른 거 사과할게."

"왜요?"

"재수 없다는 소리로 들렸을 거 같애서."

"그랬지만 재수 따윈 신경 안 써요."

그녀는 계속 시선을 옮기며 다른 테이블이나 지나가는 다른 사람 혹은 천장이나 테이블에 아무렇게나 놓인 안주들을 이리저리 쳐다보다가 일어설 뜻을 비쳤다. 그는 이렇게 가면 안 될 것 같아 무슨 말을 해야겠는데 자기 의지와 다소 다른 말이 불쑥 튀어나와 버렸다.

"아무 하고나 할 수 있는 거지?"

"친구와 술은 마시겠지만, 같이 자자면 그건… 나두 자유업이니만큼 지불을 해야겠지요."

"무, 물론이지."

"아저씨 실직자라면서 돈이 있나 봐요, 나 비싼데, 그리구 오늘은 왠지 호텔에 무궁화가 많으면 많을수록 좋겠는데…."

"그래 어디 한번 가 보자."

"지갑 확인이나 해 보시구 큰소리치셔."

택시에서 내린 남산 위의 일류호텔은 과연 웅장했다. 몇 해 전인가 누구네 노인네던가 칠순 잔치에 갔다가 뷔페에서 과식하고 설사를 내리 며칠 한 기억이 있는 바로 그 호텔이었다. 십육만 원을 지불하고 들어간 방은 그야말로 콧구멍만 했는데 그녀의 익숙한 동작은 이내 현규를 안정시켜 주었다. 샤워며 가운을 갈아입는 부드러운 몸짓서껀 방 한 컨 테이블의 포트에 물을 끓여 커피 두 잔을 타 내는 양이 자신의 집처럼 편안해 보였다.

먼저 샤워하고 침대에 누워 잡지를 보는 화영을 뒤로하고 욕실에 들어간 그는 뭔가 자신이 그럴듯한 일을 해야 한다고 생각했고 기껏 떠오른 것은 언젠가 마누라에게 써먹은 그것도 이젠 아슴푸레해진 한 십팔 년 전의 어느 여관방의 일이었지만 딱 한 번 미리 사정을 하고 두 번째의 시도로 시간을 오래 끌어 보다 수컷다움을 과시하려던 그 수작을 또 해 봤지만 세월 탓인지 맘먹은 대로 되지를 않았다.

문밖에서 자꾸 채근하는 바람에 지쳐 나온 그는 발기 부족으로 낑낑대다가 자정이 다 돼서야 화영을 남겨 두고 집으로 향했다. 나이트에 가서 딴 놈이나 물색한다는 소리에 그는 화영을 노려보았지만 그녀는 눈을 맞춰 주지 않았다.

이 주일쯤 지나서 큰맘 먹구 재도전한 그때 그 호텔에서 현규는 다부지게 하려 했지만 일 분가량 지나서 올 것이 오고야 말았다. 화영은 창녀답지 않게 짜증을 냈다.

"아저씨, 비아그라 좀 먹구 와."

"왜? 내가? 이만하면 잘하는 거 아냐?"

"잘하긴! 돈 받기 좀 미안해."

"내 돈이야! 넌 걱정 안 해도 돼."

"아이고, 그래두 팁 얘기 좀 꺼낼 정도로는 해 줘야지."

"팁도 이쪽에서 알아서 주는 거야, 재수 씨는 주는 대루 받아."

"호호호호."

"왜?"

"근데 재수하고 이렇게 놀아나두 되는 거예요?"

"돈 내구 하잖아."

"호호호호, 하하하."

　　　　　　　　　　　　　　　위기의 인간들

그녀는 신세대답게 매우 덤덤하게 상대하고 팁을 요구하기도 했다. 밤일은 다부지게 해 나가면서도 낮에 나름대로 노력을 했는지 어쨌든 디자인 공부는 최우수 학생이었다. 그러다가 한 학기가 끝나고 진학한 취업 준비반에서 매우 피곤해하거나 빈번하게 결석을 하며 그에게 노트나 자료를 빌리곤 하던 그녀는 점점 얼굴을 내밀지 않게 되었다. 취업 및 창업 코스로 두 달짜리 특별 실습반에 화영은 등록하지도 않았다. 현규는 처남의 투자 확언을 받고 닥치는 대로 실습을 하면서 벌써 사장이나 된 양 노래방이나 실내 포장마차 그리고 오피스텔의 실제 작업을 재하청을 받아서 꾸며 보기도 하고 지연이 소연의 방을 꾸미거나 책상 배치도 바꾸고 니이스 칠을 새로 해 준다거나 짜투리 벽지를 사용해 일부 도배를 새로 해 주고 원더풀이나 부라보가 들어 있는 아빠의 청춘 아빠의 인생이라는 노래 합창을 듣기도 했다. 그러나 무언가, 누군가가 그리웠는데, 그건 화영이었다. 그는 몇 달간 그녀를 볼 수가 없었다.

"뭐? 둘째 명규가 왔었어?"

"예, 그런데 오던 길로 바로 가셨어요, 돈 봉투 놓곤 그 길루다가….”

"아니 뭐 그런 싱거운 놈이 다 있나! 참 몇 년 만에 왔는데 아버님하고 이 큰형은 보구 가야지.”

"글쎄 말이에요, 그러라구 해두 막무가내로….”

"아직두 배 탄대?"

"모르죠, 아버님 명의루 생명 보험 들라구 수표 두 장이나 놓구 가셨는데 지금 어디서 뭘 하시는지는….”

"에이 망할 놈, 화단에서 알아주는 화가가 히말라야에가서 지랄을 하질 않나, 원양어업 배를 타고 훌쩍 떠나질 않나, 에이 미친놈! 하긴 이게 다 아버지 때문이지 뭐!"

현규는 부친이 자기보다 먼저 장가들겠다는 둘째의 결혼 반대가 완강했던 시절을 떠올렸지만 이내 기분이 쌔무룩해져 버렸다. 부친의 극구 반대를 무릅쓰고 신행을 다녀온 후로 부친의 잔소리와 역정은 뜸할 줄을 몰랐다. 부친이 둘째 부부의 임신 소식도 반갑지 않았고, 그래서인지 유산도 잦았고, 그러구러 구 년을 살았지만 결국은 파경을 맞고 말았다.

"아버님 태몽인가 봐요, 크나큰 비단구렁이가 꿈에 보였대요."
"예라! 애두 못 낫는 년이 밤마다 용꿈 꾸면 뭐 하나."
"아, 아버님!"
"제일 먼저, 형 앞질러 간 눔이 벌써 십 년이다! 이눔아! 못난 놈! 아이구 못났어, 못났어!"

부친을 뵈려던 현규는 문득 명규가 제수씨를 찾아 나서며 그 길로 가출을 해 버린 그때의 일이 선연히 떠올랐다. 여자가 집을 나가면 어떻게 해서든 갈라서게 되는 모양인지 둘째가 갈라선 이후로 떠돌이가 된 것은 말하자면 모두 아버지 공덕이 되고 말았다. 국선에 입선하여 한때 화가라고 알려지며 텔레비전까지 얼굴을 내보이던 명규였지만 현규는 부친과의 불화나 회사에서의 답답한 일이 있으면 술친구가 되어 주던 둘째 동생이 그리웠던 것이다.

부친은 상당히 피곤해 보였고 나이 탓이라고 치부한 현규를 나무라며

                                                    위기의 인간들

불효에 뿌리를 둔 지병이라는 말끝에 현규는 명규일을 가까스로 말을 했지만 보험이고 나발이고 그런 거 필요 없다는 일축에 혀를 쑥 빼물고 부친 방을 그만 도로 나오고 말았다.

처남 덕에 싸게 계약한 실내 장식 사무실은 평수가 적지만 지하에 창고를 쓸 수 있는 상가 반지하에 열었다. 인테리어 학원 원장과 전 회사 부장과 몇몇 지인으로부터 화분과 개업 선물을 받고 기분이 좋아진 현규는 지하상가 번영회 회장과 그 주변 인물들로 보이는 소위 장사치들과 어울려 막걸리를 주거니 받거니 하다가 새벽이 되어서야 집으로 들어갔다. 현규는 새 인생의 시작이 이미 절반은 지나간 것처럼 이 생활에 익숙해졌다는 느낌이 이상하게도 자신을 서글프게 하는 이유를 도시 모를 것 같았다.

아침에 눈 뜨기가 어렵고, 일을 하고 피곤한 몸으로 아침을 맞는다는 것이 괴로운 행복이라는 걸 느낀 현규는 눈곱 낀 자신의 얼굴이 새삼 잘 생겼다고 생각했다. 아내 민지도 싱글거리며 아침 인사를 했다.

"잘 주무셨어요? 일요일도 일 나가실 거예요?"

"나가야지."

"아침에 당숙 왔다 가셨어요. 시장 같이 나가자구요, 밤새 일 했다구 둘러댔어요. 참, 어제 막내 서방님 색시감 데리구 와서 한바탕 잔치를 했어요. 아버님께서 삭스핀, 유산슬, 라조기 같은 못 먹어 보던 중국요리는 모두 시키시고, 오랜만에 온 식구가 활짝 웃고 난리였지요."

"매주 경동시장에 가서 부친께 추어탕을 사다 바치는 심부름을 하는 당숙 아저씨와 이틀에 한 번 오는 파출부 아줌마 안양댁까지도 모두 알고 있는 사실을 나만 모르고 있었단 말야? 곁식구만도 못하다 이거지."

“아유! 당신이 늦게 와서 그렇지, 누가 뭐 내돌렸나?”

“아니 자식이 말이야, 인사시키기 전에 나에게 운은 띄웠어야지.”

“서루들 바쁘니까요.”

“진짜루 결혼할 사이래?”

“글쎄 그렇대요, 탤런트, 모델 같애요.”

“정말 진규가 모델 같은 야시시한 애인을 데리고 왔었단 말이야?”

“웬 주책맞은 소리는, 색시가 아주 예뻐요. 성격도 좋아 보이고 더군다
나 아버님께서 반색을 하시면서 궁합이나 사주가 너무 좋아서 며느리 타
박은 이걸로 끝인가 봐요.”

“자식 아버님 모시고 살겠단 소리까지 했단 말이지, 후후후.”

“고건 좀 속 보이는 소리이지만 형제분 중에 막내 도련님이 워낙 효성
이 지극….”

“집어치워! 효성 같은 소리하고 있네!”

현규는 부친에게 손 좀 벌려 볼까 하던 차에 막냇동생의 결혼에 대한
이야기를 듣게 되니 입도 딸 형편이 안 되었다. 역시 부친의 반대로 파혼
한 전력이 있는 막냇동생은 한동안 매우 실의에 빠져 지내다가 애인이 생
겼다며 집안에 인사를 하러 와서인지 부친은 별 반응이 없었다는 것은 여
자 사주와 궁합이 문제가 없었던 모양이었다.

일주일 후 당숙이 헐레벌떡 달려와선 가자고 팔을 끌며 진규가 또 색시
와 왔다는데 현규는 화들짝 놀랐다. 오히려 더 놀란 당숙은 현규의 눈치
를 살피며 간사하게 웃었다. 그는 부친의 돈암동 아파트에 반값도 안되
게 전세를 살고 있다가 이마적에는 딸과 그 잘난 데릴 사위에게 살림을

다 내주다시피 하고는 부친 집에서 아예 눌러앉아 이부자리며 옷가지서 껀 수납장까지 갖다 놓고 기숙을 하고 있어서 눈치 보는 데에는 이력이 나 터였다. 당숙은 아예 아내와 두 딸에게도 청요리로 저녁을 때우자며 선동을 해 놓고는 신바람 난 듯 콧노래를 불렀다.

집안에는 부침개를 지지는지 벌써 기름내와 고기 굽는 내가 진동을 했다. 진규의 색시감은 파출부 아줌마와 부엌에서 무언가를 만드는 모양이었다. 먼발치에서 본 뒷모습은 과연 늘씬하긴 했다. 할아버지와 환담을 나누는 딸년들을 물끄러미 바라보다 아내와 같이 들어온 진규와 재수감, 아니? 그 여자, 아니 화영? 화영이! 그녀였다. 멍한 채 아무 말도 할 수 없던 현규를 누군가 잡아끌었고 진규와 그녀는 벌써 반쯤 엎드려 절을 하고 있었고 부친이 헛기침을 연발하며 벌써 허릴 숙인 아내를 따라 같이 맞절할 것을 서두는 제스처로 눈치를 주었다. 다소곳이 앉은 화영은 너무도 당당하고 의젓했으며 환하게 웃으며 현규의 눈을 노려보다가 아내와 두 딸을 차례로 보면서 은근히 웃어 보였다. 그의 멍청한 행동은 그날 부친은 물론 아내와 딸년 둘이 이구동성으로 예쁜 여자에 대한 쇼크라고 놀림을 받음으로써 지나가 버렸다.

장남인 그는 뭔가 책임 의식이 들었다. 이건 아니었다. 이래서는 안 되었다. 이대로 내버려둬서는 절대로 안 될 일이었다. 하지만 뭐가 뭔지 알 수가 없었다. 다만 그는 안이하게 화영이 결혼을 스스로 포기할지도 모른다는 위안을 어느 정도 믿고 있었다.

일은 서둘러졌다. 약혼식에 징크스가 있는 진규의 의견대로 한 달 후에 무조건 결혼을 하고 일주 후에 양가 식구들이 모여서 돈암동 바닥에서 제일 좋은 중국집 장강에서 상견례를 하기로 했다.

현규는 답답했다. 그는 그녀를 개인적으로 만나려 했지만 삐삐도 전화도 불통이었다. 할 수 없이 그는 동생에게 접근해서 말을 하려 했지만 동생의 출장으로 결국 만나지를 못하고 상견례를 하게 된 것에 대해 어떤 입장을 취해야 할지 난감했다. 그는 출장에서 돌아온 동생에게 또 몇 번의 충고를 하려고 했지만 진규가 너무나도 그녀를 좋아하는 기색을 보여 말을 못 했다. 어렵사리 마련한 슈퍼 앞 파라솔 술자리에서도 오히려 현규가 더 조심스러웠다.

"어떻게 만났냐?"

"예, 구이동에 새로 문을 연 컴퓨터 매장에 나레이션 모델을 쓰다가 빵구가 나서 한 애한테 아무 친구나 좀 데려오라고 했더니 아마추언데 경력이 하나도 없고 처음 한다구 해서 일단 데려오라고 했죠. 뭐."

"처음 하는 여자?"

"어찌나 순진하고 발랄하던지, 첫눈에 맘에 들더라구요."

"원래는 뭐하던 사람이구?"

"그냥 집에서 신부 수업을 했죠 뭐, 근데 그녀만 만나면 재수 좋은 일이 생기더라구요, 화영 씨만 만나면 복권도 십만 원짜리가 붙질 않나, 승진이 되지 않나, 하여튼 신기해요."

"그렇게 좋으냐?"

"저도 놀랐어요. 정말 운명적인 진정한 사랑이 있는 거로구나 하는 느낌 있죠? 형님, 제가 너무 팔불출같이…."

"아냐 아냐, 진정한 사랑이란 게 있다면 있는 거지 뭐, 좌우간 너 잘 살아야 한다. 열심히만 살겠다면 니가 내 마누라를 데리고 산들 못 살겠냐?"

  위기의 인간들

“예?”

동생은 의아했지만 형은 진지했다. 그러나 결국 현규는 진규에게 어떤 말도 할 수가 없었다. 더욱이 부친이 싱글벙글하는 데에 부아가 나기도 했지만 그런 감정이 체념 쪽으로 가면서 스스로의 야릇한 인생 반성이라는 데로 생각이 자꾸 흘렀다.

결국은 상견례의 날은 왔고 현규는 아무 일도 하질 못했다. 중국집 사장과 지배인이 직접 현관까지 나와 고개를 허리 깊숙이 숙여 칙사 대접을 하는 동안 식구들은 줄줄이 최고급실이라고 명명된 붉은 색 방으로 안내되었다.

화영 쪽의 식구들은 단출했다. 모친과 외삼촌과 두 여동생뿐이었다. 현규는 일견 얼굴에서 닮은 부분들을 찾으려 했지만 모친과 외삼촌이 닮지 않은 것과 화영과 두 동생 그리고 두 동생끼리도 닮지 않았다는 느낌에 그들은 모두 돈 주고 사 온 사람들일 거라는 느낌이 들었다.

차와 음식이 나오고, 중국식 풀코스의 순서에 따라 사이사이 기다리는 동안 부친과 당숙은 운명 사주, 궁합에서 이야기는 벌써 음택, 양택으로 이어지고 있었다.

“장개석이가 풍운아라는 거 누구도 부인 못 해. 암, 그렇구 말구. 헌데 그 사람이 중국의 총통에 오른 것은 그의 자당묘의 풍수가 좋은 덕분으로 된 것인데 말이야. 훗날 그 쪼꼬만 섬 대만으로 쫓겨난 것은 중국 공산당들이 그 산소를 파헤쳤기 때문이라 이 말씀이야.”

"발복받는 곳을 훼손시켰다?"

"올커니! 바로 그거거든!"

"저어, 사돈 어르신네는 선산이 어디에?"

"예?"

"선대 묘들을 어디에 쓰셨나요?"

"아, 예, 파주에."

"파주 일원에도 명당이 많지요. 암요."

"그, 그렇습지요. 뭐."

현규는 어제 마누라가 진규 결혼 이야기 끝에 사랑하느냐고 또 물은 것에 대해 모르겠다고 해서 머리통을 쥐어박는 아내를 보고 어떤 생각을 했는데, 결혼, 사랑, 섹스, 생활, 나날 이런 것들은 정말이지 되는대로 잘도 흘러가건만 그걸 알라치면 생각이 진정한 마음이 아무것도 좇아가지를 못한다는 결론에 이르렀다.

지난해 둘째 명규가 부부싸움 끝에 동생 댁이 가출한 후 아버지는 또 궁합을 언급했고 명규는 상속 때문인지 아닌지 확실하지는 않았지만 아버지의 뜻을 따르기로 했다. 한 달포나 지난 후 귀가한 동생 댁은 그야말로 상거지 꼴이었다.

"아버지 애가 떨어졌대요."

"뭐?"

"애가 지워졌단 말입니다."

"역시 밭이 안 좋았어, 아무짝에도 쓸모없는 애였거던, 개가."

명규가 이혼 위자료를 약간 주었지만 부친은 외면했었다. 여자가 먼저 외박에 바람을 피운 건 용서나 타협 같은 말을 갖다 댈 수조차 없는 일이었기 때문이었다.

부친의 풍수론은 어지러운 현규와 벙글벙글한 진규 사이를 비집고 끊임없이 이어졌다.

"땅을 살 때도 말이야 이 풍수나 기타 정보를 활용해야만 전문적인 부동산 투기업자 해 먹는 거거던, 아 그리구 말이야 대개 관청이나 법원 같은 데루다가 땅 입지를 볼 때도 말이야 원칙과 풍수를 봐야 되는 거야. 그리구 거기에 따라 일반인들도 맞추어서 땅을 사고 상가를 조성하고 투자를 하는 거지."

"무, 물론입죠."
"사돈어른 하구 오늘 이야기가 통하는 거 같습니다."
"하하하, 허허허."

약식 약혼식이 끝나고 중국집에서 화영의 삼촌이 불러 놓은 콜택시를 타고 그들은 유유히 사라졌다. 삼촌이라는 치는 그랜저를 끌고 오면 기사가 고달프다느니 그렇다고 음주운전을 할 수도 없고, 횡설수설했고, 현규는 어설픈 무식함과 찍소리 안 하는 막내의 장차 처제들에 대해서도 시간이 흘러서인지, 그들이 혹여 팔려 왔더라도 아무 문제가 될 게 없다고 여겨졌다. 집으로 걸어오는 길에 일개 분대가 넘는 식구들이 몰려가는 것을 뒤에서 터벅터벅 따라가면서 그는 민지의 엉덩이와 화영의 엉덩이를 번갈아 보며 아내 쪽이 훨씬 큰 것을 보고 진정한 사랑을 거기에 끼워 맞추려고 해 보았지만 생각은 그리로 흘러가지를 않았다.

부친의 방에 둘러앉은 사람들은 이유 없이 싱글거렸다. 부친은 며느리 민지에게 이젠 아들 낳으려고 애쓰는 것 그만해도 좋다면서 진규와 화영의 궁합이라면 열 아들도 가능하다고 호언장담을 했다.

"큰 애야, 아들 하나 날 요량으로 애를 쓰는 모양이다만은, 넌 마흔이 넘어 가능성도 적고 사실 노산이 위험하기두 하구."

"아닙니다. 아버님, 쉰둥이두 있구."

"아아! 아서라, 막내 진규가 적당하다. 사실 유일한 희망 아니냐?"

"사주에 궁합이 금상첨화야! 허허허허."

"자식두, 어디선 이런 애를 구해 갖구 말이야 흐흐흐흐."

"자네도 저런 메누리 하나 얻게!"

"예, 형님, 근데 그게 어디 맘대루 된답니까?"

"암 아무나 되는 게 아니지."

현규는 화영이 자꾸만 아내를 곁눈질하는 게 미워서라도 무언가 입방 아를 찧고 싶어졌다. 그가 말할 기미를 보이자 화영은 눈을 질끈 감았다.

"저어 아버님, 나이 차이가 좀."

"너 지금 이 자리에서 반대한다는 거냐?"

"아닙니다."

"신, 자, 진 삼합도 딱 맞고 여덟 살 차이는 아주 좋은 거다! 니가 뭘 몰라서 그래."

"저어 아버님, 근데….""

"아냐 아냐, 잘 됐어! 잘 됐어!"

부친이 흡족해하는 모습은 현규로서는 실로 오랜만이었다.

부친은 별안간 민주주의를 운운하면서 혹시 반대를 하는 사람이 있을지 모르니 다수결을 하자면서 반대하는 사람은 거수를 하라고 했고 아무도 없자 이번에는 찬성하는 사람 손을 들라며 당신이 먼저 들고는 다들 들 것을 종용했다. 화영은 현규를 흘금거렸지만 그는 재빨리 손을 번쩍 들었다.

"자, 그럼 반대하는 사람도 없고 모두들 축복한다니 비록 삼주면 촉박하긴 해두 얘, 큰애야, 니가 큰 메누리로서 뒷일을 좀 잘 봐주거라, 예산을 알마추 짜서 오거라 내 통장을 건네줄 터이니."

"예, 아버님."

"너두 맘에 들지? 현규야, 장남인 니가 앞으로 우리 집안의 주인이니 확실히 말을 해줘야 하지 않겠니?"

"예. 아버님."

"봐라, 새 아가야, 우리 집은 얼마나 민주적이냐, 안 그러냐? 허허허허, 새아기 너두 나중에 내가 죽거들랑 이 큰 시아버님을 아버지처럼 모셔야 하는 법이다. 알아들었니?"

"예."

화영은 그의 눈을 뚫어져라 바라보았으나 잠시 현규가 먼저 힘없이 눈

을 돌렸다. 그는 화영이 독심술이나 마술을 부리는 것처럼 여겨졌고 이
내 어떤 목소리가 이명처럼 들렸다. 저녁 길 앞에서 마주친 그들은 무언
가 말을 해야만 했다.

"왜 끝까지 말하지 않았어요?"
"글쎄."
"절 동정한 건가요?"
"아니."
"그럼요?"
"진정한 사랑이란 게 있다는 확신이 서지 않아서."
"그럼 사랑이라는 게 확실하지 않다는 건가요?"
"사랑이 확실하지 않은 거라는 생각도 없어 난, 난 그런 놈이야."
"무슨 소린지 모르겠어요."
"나도 몰라, 모르는 게 자연스런 때도 있군, 이렇게 내버려둘 수밖에 없
었어, 하지만 그래서 이렇게 일이 됐잖아. 정말 알 수 없는 일이야. 하지
만 분명한 게 하나 있어, 삶은 말이야 열심히 살지 않으면 저절로 잘 살아
지는 법이 없어…. 그럴 건가?"

화영은 고개를 끄덕였고 현규는 화영에게 "고맙습니다."라고 말하고는
돈암시장 포장마차 쪽으로 털레털레 걸어갔다.

위기의 인간들

4. 시장 이야기

이야기 귀신은 좀 지루하다는 표정을 지어 보였다. 그러고는 문득 무언가가 생각이 났다는 듯이 반가운 표정을 지어 보였다.

"사실 세 자매네는 언니가 위로 있었는데 그 언니가 전실 자식, 말하자면 배 다른 언니가 있었다고 하자!"

"예? 그럼 나에게 배 다른 큰이모 이야기인가요?"

"그렇지 뭐….”

"아니, 왜 그런 인물을 만든다는 거예요?"

"뭔가 밋밋해서 그런다. 왜?"

"귀신이면, 귀신처럼 밋밋하지 않게 쓰면 되지 않나?"

"그래서 지금 밋밋하지 않게 쓰고 있는 거잖아!"

"아… 예….”

이복언니를 백씨 할멈이라고 하자.

　기름에 덕지덕지 찌든 유리창으로 시장통을 내다보는 것은 백내장 걸린 노인네 눈깔을 달구 세상 구경하기나 한가지였으나 백씨 할멈에게 지청구를 들어가며 미순은 그래도 기를 쓰고 밖을 내다보았다.

　"왜? 뭐 좋은 일이라도 있을까 봐, 예라, 너한테 뭔 일이 있을 택이 있니 이것아! 무슨 아랑곳이냐?"

　마침 일요일인 손 없는 날, 아침 일찌감치 백씨 기름방의 녹슨 철문 앞 바투 앞으로 쇳소리 뎅겅거리는 먼지 부연 이삿짐 차의 뒤 칸막이가 열렸다. 차에서 내리자마자 이리저리 부산한 트럭 기사는 한 구탱이가 이지러진 기름집 철 대문을 두드리다가 마침 나온 할머니에게 느닷없이 머리를 주억거렸다.

　"예미, 아침도 안 먹구 왔나? 새벽 댓바람부터 부지런을 떨었구먼!"
　"예, 하두 싸게 주셔서요. 혹시 할머니 마음 변할까 봐 새벽같이 이렇게, 헤헤헤."
　"예길럴, 뙤놈의 빤스를 입었나? 의심두 많구먼, 난 한 번 약속하면 절대 어기는 법이 없어, 어여 짐이나 부리슈, 넌 뭘 보냐? 어여 기름이나 짜, 이것아, 밥을 먹었으면 밥값을 해이지, 요 깍쟁이 같은 년은 무슨 핑계만 있으면 그저 놀려구, 하여튼 참."

　백씨 할머니가 뒤따라 또르르 나온 미순이를 도로 밀어붙이며 다시 가게 안으로 들어가자 다른 가게의 주인네들이 하나둘 나오면서 가짓수만

많고 전체 짐은 별로 없는 과일가게 이삿짐을 흘금거렸다. 수선집의 병태 엄마하고 전파사 승근이 아버지는 자기 일처럼 짐을 나르면서 새로 이사 온 과일가게 새색시에게 객쩍게 농도 하고 말을 붙여 보려고 애쓰는 눈치였다. 과일가게의 안댁은 아닌 게 아니라 때깔은 고왔다. 다들 나와 봤지만 쌀가게의 박씨 부부만 못 본 체하며 가자미 같은 사시 눈으로 언뜻거릴 뿐이었다. 미제가게의 오씨 아주머니와 전파사 김씨는 아직 가게 문을 열지 않아서 그래도 그 복잡한 골목이 일요일 아침이라 아직은 사람들이 빠듯이 지나갈 만은 했다.

대충 짐을 들이고 나자 수선집 병태 엄마의 수다가 아직 먼지 구덩이 속인 과일가게에서 술술 풀렸고 영문을 모르는 과일집 새식구들은 인사 반 호기심 반으로 듣는 둥 마는 둥 하며 뒤따라올 과일 트럭을 기다리는 과일집 새색시는 길 밖으로 자주 눈을 주었다. 학 모가지를 하고 서서 기다린 식구들 덕분인지 이내 뒤미처 온 과일 트럭의 먼지 속으로 일손들이 다시 바빠졌다. 가게로 짐을 다 들인 뒤 시장통 떡집에선 고사떡 배달이 왔고 곁에서 눌을 흘기던 수선집 여자가 고걸 누구 코에 붙이겠느냐 하면서도 떡 집어먹으랴 집집이 나눠 주기 참견하랴 또 일일이 이웃들 설명하랴 입이 여러 개라도 모자랄 판이었다.

또다시 창문 밖이 왁자그르르했다. 떡을 씹던 미순은 샐쭉한 표정으로 창문을 빼꼼히 열어 보았다. 동소문동과 보문동에서 몰려온 영감들이 농악모를 삐딱하게 쓰고 시장 바닥에 물을 뿌리고 좌판의 지저분한 종이 박스 상자나 깔판 같은 허접쓰레기들을 이리저리 밀어 놓으며 점잖게 시장에 들어서더니 이윽고 농악대가 피리 소리 꽹과리 소리를 앞세우고 나타나기 시작했다. 시장 번영회가 노인정 노인들을 부추겨서 아이엠에프 시대에 국산품 애용과 시장부흥을 꾀하자는 플래카드도 만들고 하더니 일요일 낮에 연예인 초청 노래대회와 잔치를 한다고들 한바탕 떠들썩해졌다. 지물포를 하던 번영회장 김씨 할아범의 목소리는 그들이 지나가고도 여운이 남았고, 공짜로 나누어 주는 떡이며 사탕 섞은 과자부스러기들이 상인들의 웃음과 함께 이리저리 날아다녔다. 길가에 앉아 떡들을 집어먹는 사람들을 비집고 정육점 효순 할머니가 백 할머니에게도 나와 떡을 자시라고 소릴 치자 욕쟁이 할멈이 거만하게 나와 선다.

"아예 목이 미어져라 하고 처넣어라 이것들아."

마당을 휘젓는 닭을 쫓아 버리듯 할멈은 골목으로 난 창문을 닫았지만 정작 미순은 춤판에서 눈을 떼지 않았다. 어깨춤이 덩실덩실 흔들리고 집집마다 구경꾼들이 대문 앞에 늘어서서는 흡사 선거판에 인력 동원을 웃돌 지경이었다. 우두망찰 입을 헤 벌리고 보던 미순은 아니나 다를까 백씨 할멈에게 또 퉁바리를 맞고 말았다.

"기름을 다 짰으면, 깨 찌꺼기며 기름병서껀 기계 매조지를 마쳐야지 이것아."
"세월이 뭐 좀먹나요?"
"아이구 요년 말대꾸하는 거 좀 봐, 어여 못해!"
"알았어요."
"저년은 아주 찜부럭 덩어리야 망할 년! 그런데다가 갈수록 소가지만 부리니, 나 원 참!"

  위기의 인간들

일부러 느릿느릿 기름 가게로 들어가는 미순을 보고 할멈은 또 부아가 났다. 정육점 효순 할멈이 백씨 곁으로 와서 화를 풀라면서 한복 저고리 소매를 슬쩍 끌어댕겨 춤을 추자고 덩실거렸지만 백 할머니는 그저 시늉만 냈다.

"이년아, 저기 들기름도 아예 짜놔야지!"

"벌써 다 짜 놨다니까요! 할머니 치매든 거 아냐?"

미순이 입술을 실룩거리자 더럭 부아가 난 백씨 할머니도 볼멘소리로 또 욕을 해 댄다.

"아니 저년이? 말솜씨 좀 봐."

"애 좀 놔둬, 오늘 같은 날 춤추고 놀지도 못하게 하면서 잔소리는 예 길, 저 봐라 얼마나 좋아? 원래 춤판이라는 게 신명이 잡히면 누구도 못 말리는 거 아니니, 거문고 인 놈이 춤추면 칼 쓴 놈도 덩실거린다구."

"허구한 날 일은 안 하구 유리창 밖만 내다보니 원."

"애는 그냥 놔두구 어여 춤이나 추러 가자구."

끝까지 어깨춤을 추던 효순 할머니가 지쳐 주저앉고 한바탕 난리가 끝나고 백씨 기름방 앞은 다시금 조용해졌다. 효순 할멈은 효순이의 할머니가 아니라 정작 본인의 이름이 효순이고 이제 나이고 갓 환갑이 지났지만 여섯 살이나 위인 백씨와는 말을 트고 지낸 지 삼십 년이 넘었다. 백씨 할멈으로서는 한 동네서 같이 늙은 친구로서는 함함하기가 그지없어 친 동기간이나 진배없었다. 기름방에서는 고소한 참기름 냄새에 트집거리를 잡은 백 할멈은 미순에게 다시 잔소리를 하기 시작했다.

“아, 게으른 말이 짐만 탐한다구 능력두 안 되는 게 그저 욕심만 많아 갖구설랑은 천천 돌려야지 이년아! 그렇게 빨리 해 버리면 버리는 게 많은 법이야, 이것아! 내 번을 말하랴.”

할머니가 채근을 해도 미순은 일언반구가 없었다. 얼굴에 무언가가 못마땅한 표정을 단 미순은 지난달부터 집세를 용역회사에서 온라인으로 붙이라는 통보를 받고 할멈이 평소에 ‘넌 딸이나 진배없어 이것아’ 하고 노냥 염불처럼 중얼거리던 일을 떠올리자 이것이 다 헛고생이다 싶었다. 그런데 할머니는 설명은커녕 오히려 일만 더 부려 먹으려고 하지 않는가, 미순은 생각할수록 섭섭했다. 그녀는 무엇보다도 시장통 건너 비디오방을 하는 이사장과 사귀는 것을 결사반대하는 할머니가 못마땅했고 특히나 언제부턴가 아무리 아파도 좀체 병원 출입을 하지 않던 할머니가 조금만 어지러워도 병원에 자주 가고 대학병원 사람들이 기름집까지 차로 태워다 주기도 하며 자주 오가는 것도 자꾸 신경이 쓰였다. 더더욱 걱정이 되는 건 행여나 할머니가 덜컥 치매가 들어 버려서 단돈 일 푼도 상속받지 못할까 봐 겁도 났다. 후손이 없는 할멈이니까 재산을 노리는 작자들도 많을 텐데….

전화벨 소리에 미순은 개구리 뛰듯 화들짝 놀랐다. 할멈이 받아 든 수화기를 줄다리기하듯 싸워 뺏은 미순은 길 건너 분식집 왕씨 여편네에게 곤란하다는 말을 하고서는 곁에 앉은 효순 할멈이 놀라 자빠질 정도로 전화를 야멸차게 끊어 버렸다.

시장통에서는 외상과 고집으로 유명한 분식집 여자를 아무도 좋아하지 않았지만 백씨 할머니는 버림받은 여자라고 측은해하기는 했다. 지난

                                         위기의 인간들

달 춤추러 갔다 걸려 불벼락을 맞은 뒤로 몸 조심을 한다면서 티를 내지 않았는데 왕씨한테 전화가 와서 탄로가 난 것을 돌려 말하려다가 미순은 비디오집 이사장 이야기를 꺼냈다. 누구 역성을 드는 건지 모르겠지만 효순이 입을 먼저 땠다.

"원래 미운 사람 고운 데 없고 고운 사람 미운 데 없다고 하더라만은. 눈에 콩깍지를 썼으니 뭔들 보이겠니, 이 사장인지 뭔지 그거나 얼마나 무식한데 아주 기역 자 왼 다리도 못 그릴 위인인데 뭐 좌우지 당간에 그렇구 그런 작자야."

"할머니가 뭘 안다구 그러세요! 예전에 대학물도 먹었다고 하던데, 어쨌든 박식하구 또 얼마나 의리가 있고 돈도 많은데요?"

"뭐? 대학물을 먹어? 말루는 뭔들 못 먹겠니? 이년아, 돈 있구 벼슬하면 마냥 좋기만 한 줄 알어? 나한에도 모래만 먹는 나한이 있는 법이야. 이것아, 니가 뭘 알기나 하구 그래?"

"제비족이나 사기꾼이었다지 아마? 지난번에 돈암 아파트 딱지 장사하다가 쇠고랑 찰 뻔했다구 하더라, 하여튼 냉수 먹고 된 똥 눌 놈이야. 그놈이, 거기다가 줄 돈 있으면 나한테나 줘라, 히히히히."

실컷 야지를 놓던 정육점 할멈도 일어서고, 늘 그랬던 것처럼 오전장에 손님들이 와짝 왔다가 그냥 조냥 뜸해지자 가게 앞 의자에 여자들이 나와 도란거리기 시작했다. 과일집 여자가 미순에게 놀러 왔다 갔다 하면서 젊은 여자끼리 쉬이 친해지는 것을 보고 백씨는 한편으로는 맘이 놓이는 미순을 물끄러미 바라보았다. 수선집 여자는 일주일이 지나도록 새로 이

사 온 과일집 여자에게 무언가 정보를 주려고 애쓰는지 자화자찬식의 지
리한 설명이 반복되었다.

"이 돈암시장의 한 구탱이에서 여섯 집이 세 들어 살면서 혹가다가 옥
신각신하긴 해도 사람들은 다 좋아요. 그리고 토박이 백씨 할머니는 가
족도 없이 참기름집을 하면서 평생을 이 집에서 살았다나 봐요."

"완전 토박이시네요?"

"아무렴, 돈두 많구 그 많은 돈 다 지구 땅 속으루 들어가려나?, 저기 저
기계 좀 보우, 아마 저기 기름 짜는 기계에서 인근 기름집 도매 기름은 다
나오는 거 아니유 참기름, 들기름, 피마자며 옥수수기름, 해바라기 기름,
콩기름서껀 짜면 안 되는 게 없어요. 아마 돈암동 사람들 죄 멕여두 남을
걸, 인근 길음 시장이나 보문 시장서두 여길 와요. 엄청 싸게 도매를 하니
까. 저 안쪽에 가면 단골들이나 저의 식구 먹을 건 손으로 짜는 로울러 기
계도 있다우."

"그래요?"

"저 양반 진짜루 본받을 데가 많은 할머니예요. 헤프게 돈 쓰는 일이 없
어요, 짜긴 또 엄청 짜다우, 한 오 년 됐나? 위장 수술을 한 뒤로는 아침에
는 찹쌀풀과 추어탕을 먹고 점심에는 보신탕을 먹으며 저녁에는 과일 잡
순다고 합디다. 할머니는 이웃집 사람들에게 언제나 욕을 해 대지만 인
정머리가 그만이에요. 사람이 근본적으로 나쁜 사람이야 있겠어요. 다들
좋은 분들이죠, 다만 저 건너 분식집 년만 빼고, 호호호."

"왜요?"

"뭐 하러 그 얘긴 해요!"

     위기의 인간들

미순은 수선집의 입을 막다시피 했지만 수선집 여편네는 기어이 분식집 여자의 진면목을 밝히고야 말겠다면서 주둥이를 빨리 놀렸다. 결국 새댁은 분식집 여편네의 외상값 돈 떼먹기 명수의 전력을 순식간에 알아듣고 말았다.

"미순아!"

백씨 할머니의 호출이 떨어졌다. 미순은 또 쪼르르 들어가며 뒤로 손을 재빨리 흔들어 대며 흐트러진 치마를 모아 엉덩이를 감췄다. 포장이 좀 헤졌지만 언 고기가 어디 가겠냐며 인심을 쓴 효순네 정육점 박사장은 할머니에게 진상하듯 수선을 피며 시다지에 언 피며 기름기가 디리 엉겨서 얼어붙은 고깃덩이 하나를 드린 모양이었다. 호주서 수입했다는 냉동 우설을 수육으로 삶아 내어 동네를 먹인다고 백씨 할머니는 짐짓 고기 잔치를 베풀었건만 미순은 마뜩잖았다. 한 시간 이상 끓여 내 접시에 대충 담은 고기에 파를 썰어 얹고 초간장을 마련해 상을 내자 할머니는 또 고개를 가로 저었다.

"예라! 이년아, 아주 똥 마려운 년 국거리 썰 듯이 칼질을 해 놓았구나."
"참, 할머니두 수육을 뭐 모양 보고 먹어요?"
"관둬라. 너 하구 얘기하는 네가 미친년이지, 가서 사람들이나 오라구 해, 어여 먹구들 또 일해야지."

부르러 가기도 전에 정육점집 딸이 놀러 왔다며 꿀단지를 사 들고는 들어오면서부터 늘 죽이 잘 맞는 백씨 할머니에게 너스레를 떨었다.

"아줌니, 아니 이모! 접대 우리 애가 와서 깬 아줌마네 항아리값이다 생각하구 받아 둬, 어이구, 이런 똥물에 튀해서 머리털을 홀랑 뽑을 년이 있나 이거! 요딴 소리 할라구 입술을 씰룩거리는 거지?"

"아이, 아줌마두 참 깬 물건은 우리 잘못이잖아?"

"예라, 이년아! 손주가 친다구 병원비 달래라?"

"그래두 이거 받아, 그 빌어먹을 놈의 새끼가 깬 거니까."

"야야! 니가 한술 더 뜨구 있어! 좌우간에 옆집 여편네한테 배운 욕이 평생을 가는구나. 이것아! 욕으루 보면 니가 이 집 딸 해라."

"아, 예."

정육점 할머니와 아들이 말려도 시집간 뒤로 입이 더 걸어진 그 집 딸은 걸쭉한 농거리를 그칠 줄 몰랐다. 이삿짐을 거충거충 정리한 축들이우 모여들어 금세 잔칫집이 되자 미순은 또 설거지 걱정이 앞섰다. 정육점에서 고기를 내서 그런지 그 집 사람들만 입을 다물 줄 몰랐다.

"글쎄, 미친개가 호랭이 잡는다구, 지난주에 호랭이 같은 사위한테 대들어서 치구박구 싸워설랑은 기어코 차를 하나 뽑았다는구만 우리 딸이."

"아, 엄만 모르는 사람들두 많은데 그딴 소린 뭐하러 하구 야단이야."

"너 이년아, 차 타구 와서 자랑할려구 이리 오자구 한 거 아냐! 딴청은? 하이튼 이럴 땐 돌아간 지 애비 딱 뺐어! 그나저나 그 위인도 낫살이나 먹으니까 돈을 좀 쓸라구 하는 모양이야, 용돈두 턱턱 집어 주구 말이야, 호호호호.”

“누구?”

“아님 누구야?”

“지가 그래야지. 뭐 안 그럼 어쩔 거야, 이젠 나두 슬슬 사업을 해야지, 시장 바닥에 빌딩두 하나 올리구, 기름집 안 보이게 앞뒷집 다 사서 확 십 층으루 올려 버릴까 부다. 그래두 되지? 아줌마?”

“무슨 돈으루다가?”

“용돈 모아서 그냥.”

“아이고 밴댕이 소갈머리를 해 가지고는…. 벼룩 등허리에 육간대청을 짓겠다. 고 돈으루다가 빌딩 많이 져라! 이 배라먹을 년아!”

곁에서 보고 있던 백씨 할머니가 더 이상 못 참겠다는 듯 정육점 모녀 간의 입담에 찬물을 끼얹으며 끼어들었다.

“지난번에 너 장사한다구 몇 번이나 말아먹고 또 장사 얘기냐? 넌 했다 하면 말아먹게 돼 있어.”

“아니 아줌마는 아직 시작두 않았는데 망한단 소리부텀이야?”

“넌 조심성이 없잖아 이것아, 역발산 항우도 댕댕이 덩굴에 자빠진다구 만사 불여튼튼 조심을 해야지 넌 왜 그렇게 생겨 먹었니?”

“뭐가 어때서 이만하면 탤랜트 뺨치지 뭐?”

“아니 그게 아니구 왜 생겼나구, 이것아!”

백씨 할머니는 이번에는 미순이를 쳐다보며, 과거에 망한 이야기를 또

꺼냈다. 사람이 꼬이지도 않는데다가 가게를 더럭 낸다든지 상가 이중계
약으로 전세금을 반을 날린 얘기부터 시작해서 남자에게 속아 돈 뜯긴 얘
기서껀 파란만장한 미순의 짧은 과거담을 늘어놓았다. 미순은 처음 이렇
게 이야기로 사람들 앞에서 그야말로 개코망신을 주던 할머니가 죽이고
싶을 정도로 미웠지만 그래도 친딸처럼 여겨 그러려니 하고 이마적엔 아
예 남 얘기 듣듯 자신도 망연하게 바라볼 뿐이었다. 아마 그런 무신경은
이창식에게 배운 개똥 철학 덕분이었는데, 할머니가 그를 반대하는 것은
그녀로서도 못마땅하기는 했다.

“야, 이년아, 으떡케 모은 돈인데 조자룡이 헌칼 쓰듯, 홍길동이 합천
해인사 떨어먹듯, 그렇게 날리느냔 말이야, 이제야 뭐 허는 수 없지만은
수업료 한번 너무 많이 냈어 우리 애는….”

백씨 할머니는 이야기를 다 마쳤는지 이마에 땀을 닦았고 수육을 다 주
워 먹은 사람들은 미적미적 일어서지 않고 한바탕 소총 사격 소리 같은
할머니들의 너스레에 혼이 빠진 사람들처럼 그저 멍하게 앉아 있었다.
무슨 엇가 심정이 있는지 수선집 여자는 바투 앉아 있던 백씨 할머니에게
기어이 미순이와 왕씨의 비행을 고해바친다.

“미순이와 과일집 예편네와 분식집을 하는 왕씨 년이 맨날 캬바레 간다
는 거 알구나 계셨수?”
“그 외상하면 환장하는 그 식당 년 말이야. 그거 하구 붙어 놀아난단 말
이야? 우리 미순이가?”

　　　　　　　　　　　　　　　　　　　　위기의 인간들

"그년이 예전엔 양갈보였다는구려."

"왕년 얘긴 할 거두 없구 저금통장를 까부셔서 기껏 춤추는 데 썼다는 게 참, 어이가 없구만 허지만 지 돈이니까 내 알 바 아니지 뭐, 으음."

백씨 할머니는 모르는 척 시치미를 뗐지만, 동네방네 알려지는 게 달가울 리는 없었다.

미순은 애시당초 카바레에 갔다는 말을 하지 말았어야 했는데 입을 따고 보니 눈총만 받게 되었고 그런데도 비디오 이사장과 춤을 추고 온 뒤부터 자꾸만 그 사람이 눈에 밟혔다. 미순이 고개를 들지 못하고 좌중을 살피며 눈치만 보고 있는데 마침 정육점 효순 할머니가 심드렁한 표정으로 씩씩대며 들어선다.

"아니 이 할망구 도끼를 베구 잤나? 왜 심드렁한 쌍판을 하구 다녀?"

"고눔이 말야, 엊그제 테레비랑 전축을 오백만 원에 샀다구 하더니만 오늘 또 그 무에야, 지로 통지서가 날아왔는데, 지난주에 최고급 승용차를 계약했다는 거야, 저 처죽일 눔이 말야! 세상에 아이구 참 나!"

"누구? 임자 아들?"

"누구긴 누구야. 바루 그눔이지 고년이 꼬였나?"

"또 누구? 메누리? 효실이는 그런 애 아냐!"

"하긴, 에이 말할 놈!"

"아이구 머릿살 어지러워, 어여 임자네루 돌아가."

"가긴? 여기서 며칠 지날라구 작정을 하구 왔어."

"누구 맘대루다가? 다 그게 집안 내력이야, 할멈은 젊어 호사했잖아. 사치 덩어리 아니었남?"

"얼레? 누가?"

"여러 말 할 거 없어, 이마빡에 물 부으면 다 발꼬락꺼정 흘러가는 거야. 돈 자랑 하려거든 딴데 가서 하란 말이야."

"야, 이 여편네야, 욕이나 하지 말구 살어! 에잉!"

"어이구, 집에 안 들어간다더니?"

"드러워서 간다. 내 참!"

미순은 뭔가 만회할 기회다 싶어 백씨 할머니에게 말꼬를 텄다.

"할머니, 요새 왜 그러세요? 효순 할머니한테두 쌀쌀맞구, 집세도 자동으루다가 돌려놓구 좀 변한 거 같애…?"

"뭐가 이년아?"

"언제는 가까운 남이 먼 일가보다 낫다구 그러면서 나한테 다 물려줄 거 같이 그러더니 이제 와서…."

"네가 잘 만하면 아닌 게 아니라 나두 그려려구 그랬다. 그런데 너 으떡케 했니 니가 널 봐두 엉망진창 아니니?"

"나두 할 만큼 해요. 그리구 왕씨 하구 카바레 한두 번 간 거 갖구 뭘 그리 야단이에요, 요새 나이 삼십 넘어 혼자 사는 여자들 다 나보다 더하면 더 했지 덜한 것들두 없어요. 그리구 나같이 죽어라 노동하고 꼭 북한 여자 같이 사는 여자가 어디 있어요. 다들 나만큼만 하라구 해요."

"원 별 소금에 곰팡이 난다는 소릴 다 듣겠네! 너 지금 춤추고 돌아댕기믄서 서방질한 게 뭐 벼슬이나 한 거루다가 아니? 속고쟁이 열두 벌을 입어 봐라. 그 승이 어디 가려지겠니?"

"아유 관둬요."

"참! 미순아, 어여 배달 가봐라. 챔기름 배달 전화 왔었다. 돈암 아파트 구동 이백일 호란다. 어여 댕겨 와."

백씨 할멈이 주는 대로 무조건 봉지를 받아 들고 다녀오겠다는 인사도 없이 무작정 가게를 나오자 미순은 속이 뻥 뚫리는 느낌이 들었다. 신호등에 파란 불을 기다리는데 누군가 옆구리를 툭 친다.

"미순 씨 배달 가?"

"어? 어디가, 목욕?"

"응 아파트 상가에 맥반석 찜질방 생겼잖아. 끝내줘. 자기 같이 가 볼래?"

"지금 보구두 그러냐. 배달 가잖아!"

"참 자기 나 만원만 돌려줘."

"또? 아 목욕가는 여자가 돈두 안 갖구 나왔어?"

"아니, 돈이야 갖구 왔는데 맛사지를 어떻게 할까 하다가 그냥 세 장만 갖구 나왔는데, 마침 자기 보니까 생각나서."

"요렇게 갖구 간 게 벌써 몇십만 원인 줄이나 알아?"

"자! 빨리 갚어!"

"아유 각쟁이, 알았어 알았어 참? 자기 할머니한테 캐바레 간 거 걸렸다며? 할멈이 뭐라구 그래?"

"야단죽이지 뭐."

"아이구 차라리 한 재산 떠 달라구 그래."

"어차피 거기서 십 년 넘게 뼈 빠지게 일하구선 그걸 못해 그래?"

"어이구 통두 커, 그래서 왕씬가?"

"통이라도 크게 살아야지, 참 이사장이 이번 주말에 미아삼거리 캬바레 간대?"

"아니 천호동에 후배 웨이타가 있다구 그리 가면 어떠냐구 하던데."

"좌우간 연락 줘."

왕씨 여편네는 엉덩이를 실룩거리며 찜질방으로 들어갔고 상가 뒤로 아파트 단지가 웅대하게 나타났다. 미순은 성채처럼 언덕배기 위로 솟아 버린 아파트 단지 입구에 즐비한 복덕방 유리창에 전세 일억, 급매 사억, 등의 전단물을 물끄러미 바라보다가 구동 앞에 서자 산수유와 목련의 퍼런 잎사귀들이 마치 만 원권 지폐처럼 보였고 뒤미처 백씨 할머니가 행여 돌아가면 유산을 얼마나 줄까 하는 생각으로 하마터면 참기름 배달도 잊고 도로 집에 갈 뻔했다.

돈암학교 앞뒤로 잔뜩 들어선 아파트 사이의 골목은 내리지르는 가풀막이었지만 차들은 줄줄이 많이도 다녔다. 그것도 고급 승용차가 즐비한 걸 보면 돈푼깨나 있는 것들이 사는 큰 평수 아파트가 그 위쪽에 들어섰나 하면 어느새 하늘 같은 고층 아파트를 올려다보게 하는 그 동네로 배달 가기가 미순은 찜찜했다. 그녀는 지난 주말 카페에서 이사장의 귀엣소리가 아직도 귀가에 쟁쟁거렸다. 시장 바닥에 어울리지 않는 〈레테〉라는 그 카페는 비디오집 이사장과 처음 만난 곳이어서인지 그녀에게는 가슴이 다소 흥분되는 분위기가 언제나 좋았다.

이사장은 철학적 이야기를 할 때는 언제나 눈을 지긋이 감는 버릇이 있

 위기의 인간들

었다. 어쩜 그렇게도 씻은 배추 줄거리같이 허여멀겋게 잘 생겼는지 미순은 그 얼굴을 보면 모든 게 그의 말처럼 되는 듯했다. 그는 특히나 요즈음 들어 무목적의 섹스에 대해 나름대로의 철학을 펼 때 그 심각한 표정은 은은한 광채를 발했다.

"성교로 봐서 인간은 동물적일 때 제일 자연스러운 거야. 국가 차원에서 법이니 윤리니 해도 통제가 안 되는 게 그거 아냐? 중고생들까지 자칭 영계라면서 온몸을 파는 세상이니 말이야, 섹스는 말하자면 휴머니즘이냐 인본주의적이란 말이지. 서구에서 휴머니즘은 신으로로부터의 해방이었잖니. 그러니까 어떻게든지 신이 하는 반대로 추접스럽게 놀려고 한단 말야. 서양 것들은 포르노 비디오만 봐도 구역질이 날 정도로 더럽게 섹스를 하면서 가장 인간적인 체하는 거구, 반대로 동양에서 말씀이야 왕이라는 권력으로부터의 자유를 휴머니즘적으로 생각했으니까, 그동안 모자랐던 왕같이 살려고 하는 욕심에 유교적인 즉 말하자면 모두가 다 군자인 척하려고 했기 때문에 섹스도 좀 점잖은 척하려고 한단 말이야."

"어려워서 무슨 말인지 저는 통….."

"그냥 들으면 저절로 몸으로 이해가 되는 내 이야기야! 그냥 들어 봐, 섹스는 적어도 영혼을 울리는 진실이 있어야 되는 거잖니?"

미순은 얼굴을 붉히면서 잘 알지 못했지만 그저 고개를 끄덕였다.

돌아오는 길에 이창식을 생각해서인지 미순은 한결 마음이 부드러워졌고 백씨 할멈도 도매 물건을 다 납품하고 한가한 표정으로 옛날 옷가지를 정리하고 있었다.

"할머니, 그거 다 버릴라구?"

"그럼 뭐하냐? 곰팡이 날라구 그러는데, 아까워두 누가 입을 사람도 읍구 말이야."

"백화점에나 갈까요, 시내 가서 내가 할머니 옷 한 벌 사 주께요."

"예라 이년아 돈 귀한 줄 몰라 큰일이다. 너, 난 말이다. 서울서만 육십 년을 넘게 살았어두 소싯적부텀 이마적이 되도록 난 문안 출입은 별루 해 보질 않았어."

"왜요? 구경거리두 많았을 텐데요."

"글쎄, 시구문 밖에서 아랫대 사람들 허구만 어울렸지 광희동에서도 문 안에 가지가 꺼려지더라구. 접때두 말했지만 남정네들 씨름이나 수박희 라는 것두 있었는데."

"정말 옛날에 윗대 아랫대가 싸움박질하구 그랬나요?"

"글쎄 허기는 했지, 서로 웃통을 벗은 젊은 사내들이 발길질하는 걸 몰 래 보긴 했는데 우리 같은 처녀애들은 그저 아물아물 한데만큼 떨어져설 랑은 저게 사람인가 개민가 했지 뭐."

"근데, 왜 돈암동으로 오셨어요?"

"으응, 돌아가신 우리 아부지가 말야, 으흠 선친께서 파리를 아주 싫어 하셨는데 행방 후에 왕십리에 똥파리가 들끓어서 말이야. 드러워 견딜 수가 있었어야지."

"그냥 일루 이사 오셨어요?"

"여기두 성북동에서 호박이랑 가지나 깨 것은 걸 심궈 먹다가 채마밭이 거진 주택가가 되면서 혜화동에 성 바짝부터 사는 게 수월치 않아서 돈암 동 전차 종점까지 밀려났지 뭐, 저 미아리 고개 너머로는 언덕배기 아래루다가 미나리꽝이나 열무밭이구 고개 위루다간 공동묘지가 어마어마했는데, 이마적에 그 자리에다가 끔찍이도 아파트를 짓더라 정말.”

“그래두 여기 땅 사시기를 잘하셨네요. 뭐.”

“네가 젊어선 여기가 서울 끝이었어, 고개만 넘어가면 미아리 수유리, 같은 시골이었지 뭐, 여기는 서울 신식 이름인 동자로 끝나고 저기는 리자로 끝나잖니.”

“할머니 아무튼 산보라두 안 갈 테예요?”

“정육점 메누리 하고나 가 봐라.”

“효실이는 아무것두 안 사요. 얼마나 짠데.”

“너두 그렇게 살어, 그리구 왕가 년 같은 거보다는 효실이 같은 애들하구 어울려 알아들어?”

“알았어요.”

저녁 때꺼리 시간이 지나서인지 정육점도 조용했다. 효실이는 시어머니 효순이를 들여보내고 타일 바닥의 청소를 끝내 놓고 있었다.

“어서 와.”

“서방님은?”

“내 동생 춘실이 미장원에 갔어. 누구 사람 소개한다구.”

“그래 어디 뭐 용한 데 없어.”

“바루 요 앞이 미아리 고갠데 어딜 딴 데를 찾어? 맨 점집이잖아.”

“야 거기 뭐 용한 점쟁이가 있나 뭐?”

“얘 좀 봐 이천서두 오구, 대전서두 온단다. 괜히 가까운 무당보다는 먼데 있는 무당이 용하다구 말들 하는 거지 멀리 가 봐야 별거 없어, 무꾸리 집은 왜 찾어?”

“인생이 안 풀리니까.”

“너 참 왕씨 안 만나?”

“엊그제도 봤는데 찜질방 간다구 하던데?”

“그런데 왕씨 안살림 엉망으로 해 놓구 여태 한 사흘 집에 들어오지도 않는다네 그래. 밥 먹구 치우지도 않구 나가서 여태 안 들어온다구 그러니 이번엔 바람이 나두 단단히 났나 봐.”

“밥그릇이랑 반찬 그릇두 그대루 두구 그냥 나갔어?”

“야! 집 나가는 년이 그럼 설거지 해 놓구 나가랴.”

“너두 조심해 아예 시집가려거든 착실한 남자를 골라 가구, 아니면 괜히 제비족들한테 손목 잡혀가면 돈만 뺏기지 말아, 삼십 넘어 인젠 확실하게 가야지.”

“아니 누굴 어떻게 보구 그런 소리야? 정말 드러워서. 야! 어디 가 끄네끼 하나 갖다 줘.”

“왜?”

“여기서 확 목을 매어 버릴 테니까.”

“옜다.”

“아니? 이거 호박 덩굴이잖아?”

“급한데 아무거나 목매지 뭐.”

쇼핑 얘기를 꺼내지도 못한 미순은 그 길로 길 건너 창식의 비디오 집을 찾았다. 미순을 옆에 앉혀 놓고 창식은 언제나처럼 철학 강의를 했다.

　　　　　　　　　　　　위기의 인간들

한동안 자기도 알아듣지 못할 말을 주워섬기던 그는 또 담배로 동그라미
를 두어 개 만들고는 다시 심각해지면서 섹스 강의를 떠벌리기 시작했다.

"인생이 뭐냐, 사람이 태어나서 그냥 살아가는 거야, 죽은 다음은 생각
할 것이 없지 안 그래?"
"예."
"살면서 가장 진실하고 중요한 것은 남자와 여자야, 돈에 속고 사랑에
속는 것은 모두 돈이나 권력이나, 정치적 야망 같은 것 때문에, 그 진실하
지 못한 것들 때문에 생겨나는 부작용이라 이 말이야!"
"알아들어?"
"예."
"남녀가 진실하게 마주 앉으면, 위선이나 가식이나 옷가지 나부랑이도
벗어 버리고 정말 스스로의 내면에 충실한 한 마리 들짐승이나 한 송이
들풀이 되어 보란 말이야 그러면 누구나 사심 없이 인간 본연의 그 속으
로 들어갈 수가 있어 내면으로 통하는 문이 열리는 거지."

미순은 침을 삼키려다가 이창식 선생의 강연에 방해가 될까 봐 입에 가
득 침을 물고 참고 있었다.

"그런데 남녀가 마주하는 것은 선입견이 배제된 상태에서야만이 가장
진실할 수가 있지, 그건 말이야 자신의 짝이 아닌 다른 사람, 모르는 사
람, 혹은 알지만 자신의 가족관계가 아는 사람이어야 한다는 거야, 그러
니까 우리가 결혼은 하지 않으면서 계속 서로의 내면을 느낄 때 그건 지

속이 가능한 거지."

　이창식은 담배를 끄고 미순을 부드럽게 바라보면서 알 수 없는 미소를 입가에 띠었다가 고개를 깊이 끄덕여 보였다.

　"내 아버지, 내 오빠, 내 남편과는 진실하고 공평무사할 수가 없는 거라 이 말이야 알아듣겠니?"
　"예."
　"남의 남자 다른 여자는 인간이 뭔지를 알려 주게 되어 있어 자기편에 대한 믿음이나 죄의식이나 선입견이 없는 상태에서는 정확하고 객관적으로 알아보려는 의식이 있기 때문이지 이건 법칙이야."
　"자, 이리 와 봐, 옷을 벗고 서로에게 다시 한번 진실해지자. 진실한 사랑은 결혼이나 돈이나 죄짓는 마음이나 정치적 명예도 갈라놓을 수가 없는 거야."

　미순은 이창식의 동작과 말속에 스스로 이미 깊숙이 들어가 버렸다고 생각했다. 이창식은 과연 철학적인 몸동작과 사색적인 애무를 끝 없이도 천천히 해 주었다.

　그날 밤 내내 미순은 창식의 뜨거운 몸과 호흡을 느껴 아침에 온몸이 눅진했다. 기름을 짤 때나 소매상인들에게 기름을 줄 때에는 거의 드러눕다시피 의자에 앉아서 입으로만 일을 했다. 하루종일 외출을 하고 또 어떤 자가용을 타고 돌아온 백씨 할멈은 차분하게 미순을 불렀다.

"너 나한테 맡긴 통장 말구 니 통장에 지금 얼마 있니?"

"왜요?"

"내 돈 좀 보태 뭘 좀 사 주려구 그런다."

"없어요."

"뭐? 그럼 그놈하구 붙어서 다 써 버렸어?"

"그래요!"

"효순 할멈이 뭐라구 하는지 아니? 그놈이 말야 암코양이 자지 베어 먹을 놈이래."

"효순 할머니는 이사장하구 무슨 억하심정이 있대?"

"아니 땡중 개고기 몰래 사 먹듯 그 돈을 춤판에다가 야금야금 다 써 버렸단 말이야 이년아?"

"도대체 왜 그러는데요?"

"내가 말이야 재산 정리를 하려구 그래. 평생 번 돈 대학에 기부금으로 몽땅 주기로 했다. 내일 그 대학 총장을 만나 뵈기로 했어. 그러니 너두 니 돈을…."

"알았어요! 할머니 돈 할머니 마음대로 해요. 내가 무슨 권리나 있어요."

미순은 목이 메어 그대로 기름방을 뛰쳐나와 버렸으나 가슴이 결려서 달음질을 멈추고 천천히 걸었다. 미순은 할머니를 따돌리고 나왔다고 생각했으나 돈암시장에서 성신여대로 향하는 플라타너스 그늘 길에서 문득 할머니가 부러 내보내 주셨다는 느낌을 받았다. 미순은 왜인지는 모르지만 할머니는 자신을 끔찍하게 생각하고 있어서 외간 남자와 놀아나는 걸 눈 뜨고 못 보는 심정이지만 자신이 미쳐서 원하는 짓을 어쩌면 짐

짓 말리지 않는 것인지도 모르겠다는 생각이 틀리지 않는지도 모르겠다
고 여겨졌다. 하지만 기왕 재산을 다 대학에 기탁하기로 했다면 자신에
게 무슨 콩고물이라도 있을까 하는 마음과 설마 어느 정도는 있겠지 하는
생각이 점점 불안한 쪽으로 기울어 갔다.

이창식은 방에 향을 피워놓고 단전호흡을 하고 있었다. 그는 한쪽 눈만
을 샐쭉 떠서 그녀임을 확인하고는 이내 다시 곧추앉아 미동도 하지 않았
다. 미순은 그가 보통 삼십 분 정도 저렇게 앉아 있다는 사실에 익숙해졌
으므로 최장 삼십 분이다 하고 속으로 뇌까려 보았다. 십여 분이 지나자
미순은 지루하면서도 한편으로 쑥스럽기 그지없었다. 바람난 동네 암캐
나 순서를 기다리는 모양으로 앉아 있다는 사실이 그녀를 다소 비참하게
했다. 그래도 사람은 개와는 달라서 발정이 나도 자제할 수 있다는 결론
에 생각이 이르자 그녀는 더 이상 앉아 있을 수가 없었다. 으흠 하고 헛기
침을 한 후 그녀는 조심스레 일어나 뒤로 슬금슬금 걸어 나와 버렸다. 쪽
문을 통해 비디오 가게로 나와 보니 밖에서 잠겨 있어서 다시 안채를 통
해 들어온 길로 나가려는데 안에서 이씨의 목소리가 들렸다.

"미순 씨, 거기서 뭐 해?"
"아니 선생님 바쁘신 것 같애서, 오늘은 그냥….."
"들어와."

웃통을 벗고 반바지만 입은 채 수건으로 가슴팍이며 겨드랑이를 닦아
내는 그의 몸매는 사십 대라기보다는 이십 대로 보였다. 그는 실실 웃어

보이면서 다음부터는 단전호흡을 가르쳐 주겠노 라며 건강과 자아 발견의 일석이조를 강조했다. 미순은 아무 생각 없이 한의 말에 박자나 맞추듯이 고개를 끄덕였고 그는 그런 미순이 지극히 사랑스럽다고 했다. 엉겁결에 한과 무릎을 마주 댄 미순은 다시금 그의 생명의 철학 강의에 빠져들고 있었다.

"누누이 말하지만 섹스를 절대 천박 시 혹은 개돼지의 발정 난 행위로 낮추어 보면 안 되는, 다시 말해 필설로는 형용할 수 없는 신성한 거야, 오죽 신비하면 생명이 다 생기겠니?"
"예."

엉뚱한 소리를 하는 이창식에게 미순은 조심스레 기름집 재산 이야기를 꺼냈다. 창식은 아까와는 달리 갑자기 눈을 번쩍 뜨고 놀라는 기색이었다.

"그, 그러니까 내일 전 재산을 다 대학에 기부할 거란 말이지."
"그런가 봐요."
"확실해?"
"예, 그렇게 되면 난 한 푼도 못 받고 거리로 나앉는 거지요, 뭐."
"아니, 그동안 일한 게 얼만데 한 푼도 못 받어."
"그런 일이 있어요."
"그런 일이라니?"
"내가 예전에 사기당해서 감방에 갈 뻔했는데 할머니가 대신 변상했거든요."

"얼마나?"

"일억 쫌 넘어요."

"그래?"

미순은 잠시 멍하게 무언가를 응시하듯 바라보다가 이내 눈을 감고 앉아 있자 떼구루루 눈물이 한 방울 떨어졌다.

"그만둘까 봐요."

"뭘?"

"돈 좀 떼 달라구 말하는 거."

"다른 수는 없나?"

"오늘 밤이라도 재산을 돌려놓으면 될 텐데 이젠 딴 방도가 없어요."

"그래 지금이라도 문서를 빼돌리면 할멈이 죽고 나서도 니가 일한 걸 인정받아서 어느 정도는 찾을 수 있을 거야. 그렇게 하지 뭐."

"그렇게 하다니요."

"내가 가서 말을 해 보지."

"안 돼요! 내가 가도 안 되는데 이사장님이 가면 씨알도 안 먹히고 오히려 욕만 잔뜩 먹구 올 거예요."

"그 할멈 살 만큼 살았잖아?"

"예?"

"내가 가서 뺏어 오지 뭐."

"할머니를 해칠라구요."

"내가 알아서 할게."

　이사장이 나가고 나자 비디오 가게는 너무나 고요해졌고 미순은 잠시 멍한 상태로 의식을 잃은 것 같기도 했고 살짝 꿈을 꾼 것도 같았다. 하지만 이사장이 진짜 백씨 할머니에게 폭력을 휘둘러 혹여 돌아가시기라도 한다면 그때 어떻게 되는 건지 갈피가 서지 않았다. 평소 할머니의 지병을 알고 있는 이사장은 그로서는 쉽게 할머니를 안락사시킬 수도 있을 테지만 할머니의 죽음, 그걸 원했던가? 미순은 별안간 목이 타면서 자신도 모르게 안 돼! 소릴 쳤다. 이젠 뛰어가도 늦었을 테고, 그렇다고 이사장을 설득할 수도 없고 방법이 떠오르지 않던 미순은 119 구급대로 전화를 걸었다.

"예, 돈암시장이요, 예, 미아리 고개 쪽 입구로요, 간판? 예, 백시 유방이요, 아니 백씨 기름집이에요 빨리 할머니가 돌아가게 생겼어요! 빨리요!"

　미순은 신발을 신었는지도 안 신었는지도 모르는 채 뛰고 또 뛰었다. 비디오 가게에서 카페 골목을 지나 여대생들이 즐비하게 늘어서서 액세서리를 고르는 버스 다니는 소위 구루마 패션 골목을 지나 시장에 도착했을 때 벌써 왜애왜앵 거리는 앰뷸런스의 사이렌 소리가 들렸다. 숨이 목 끝까지 차오른 미순은 그 소리에 다소 안도하며 숨을 돌렸고 다시 걸으려 할 때 발바닥이 뭔가 찔렸는지 하얀 양말에서 피가 흘러나왔다. 그제서야 통증을 느낀 미순은 신발도 신지 않은 발을 질룩거리면서 시장 입수 찻길을 건넜다. 집 앞의 앰뷸런스가 차 지붕의 반짝이는 경고 등을 번쩍

이고 있어서 집으로 들어갈 수가 없었던 미순은 집 앞 왕씨분식에서 대강 상처를 물고 닦고 슬리퍼를 빌려 신었다. 왕씨 여편네의 가출 후 애 업구 설거지하는 왕씨 남편의 의심 많은 눈초리를 뒤로하고 조심스레 기름집을 둘러봤지만 밖으로 잠긴 가게 안은 무슨 일이 있는지 알 수가 없었다. 다만 안에서 왁자한 소리가 점점 크게 들려왔다. 안채로 들어서는 데 경찰관 한 명이 권총을 빼 들고 누구냐며 물으며 앞을 막아섰다.

"여긴 우리 집이에요! 무슨 일이에요?"

"강도 사건이 났어요."

"강도라니요? 무슨 소리예요? 할머넌요? 우리 할머니 말이에요?"

"아! 이 아줌마네요! 전화하신 분이 맞죠? 그 목소린데."

소방관 한 명이 들것에 실려 나오는 백씨 할머니와 응급 구급대 들것을 이끌고 나오다가 인사를 했다.

"아줌마 아니었으면 큰일 날뻔했어요."

"큰일이라니?"

"강도가 들었는데 마침 이곳에 순찰 중이던 경찰과 공조수사로 그놈은 잡아갔고 다행히 할머니는 무사하세요. 일단 놀라서서 요 앞 돈암 병원으로 모시고 갈 겁니다."

"예?"

"미순아… 니가… 전화했구나…. 잘했어, 넌 무사하냐? 너두 조심해 이것아, 을마나 놀랬다구."

　　　　　　　　　　　　　　　위기의 인간들

“하, 할머니….”
“그놈이 이걸 가질러 왔을까? 옛다!”
“할머니! 죽으면 안 돼!”

하얗게 질려 들것에 누워 있는 백씨 할머니를 보고서야 미순은 순간 머리가 띵했고 가슴이 벌렁벌렁 뛰기 시작했다. 백씨 할머니는 옷섶에서 누런 봉투를 미순에게 건넸다. 손에 무얼 든지도 모른 채 대문 앞의 백차를 뒤쫓아 나온 미순은 머리를 봉두난발하고 축 처진 어깨 사이로 목을 길게 내린 이창식을 물끄러미 바라볼 뿐이었다. 백차는 시장 입구 오른쪽으로 구급차는 왼쪽으로 각각 사이렌과 비상 등을 켜고 순식간에 사라졌다. 봉투 안에는 엊그제 기름집의 명의를 미순으로 돌려놓은 집문서가 들어 있었다. 미순은 자신의 인감도장 자국인 찍힌 문서를 멍하니 보면서 슬리퍼 한 짝 만을 신은 채 기름집 문기둥에 기대어 서 있었다.

5. 낯선 이야기

"자! 마지막 이야기다. 니 이모들 중 막내 경옥이의 이야기로구나."

"아! 그렇군요."

"좀 비극적이고 장대하게 써 볼까?"

"왜 막내 이모를 비극적으로?"

"엔딩이잖아! 이 무식한 소설가야."

"아! 엔딩…."

"비극적 결말이 엔딩을 감동적 여운으로 몰고 가거든!"

장마 뒤끝이라 그런지 하늘이 아침부터 어두침침했다. 대문 앞 플라스틱 쓰레기통이 또 엎어져 있었다. 청소찬지 용역찬지 갈수록 일은 엉망이면서 분리수거용 비닐봉투비가 자꾸 올라가는 건 무슨 이친지, 불과 몇 년 전만 해도 식구들이 전부 달라붙어 점잖게 지나가는 쓰레기차에 그저 쫓아가면서 비닐봉지며 쓰레기통들을 던지던 때가 차라리 나았었다 싶었다. 새벽이고 오후고 딸랑이는 종소리가 나면 부리나케 쫓아 나와 그

먼지 속에 웃던 일이 생각나자 경옥은 다시 우울해졌다. 헛헛함이 등줄기의 힘을 빼낸 모양이었다.

대문을 돌아서려는데 뒤가 켕긴다 싶어 바라보니 김 선생이 갖다 놓은 도자기 항아리가 깨져 있는 것이 아닌가! 애당초 문밖에 두질 말았어야 하는 건데. 이를 어쩐담. 낭패스러운 것보다도 그에 대한 이쪽의 태도가 얼마나 가살스레 보일까 하는 것이 염려되었다. 연락을 해야 하나. 모른 체 할까, 항아리가 깨지면 재수가 없다는데, 아무튼 깨진 조각들이 대문을 한층 지저분하게 만들어 놓은 것이 무슨 불행의 전조처럼 여겨졌다. 마루를 서성이던 경옥은 괜스레 어항의 물이 부유스름하게 보였지만 물을 갈아 주고 싶지가 않았다.

효순 언니 환갑연 시간은 아직 멀었지만 당장 시장으로 가고 싶었다. 시장 여편네들과 수다라도 떨면 마음이 가벼워질까 해서이지만 집에 국으로 앉아 있기가 사고 치고 울고 있는 빙충맞은 아이년 같았기 때문이었다. 집 앞 단골 정육점 여편네가 고기 사러 가는 줄 뻔히 아는지 능글맞게 웃기만 할 뿐 오늘은 고기가 좋네, 연하네 통 말이 없고 항아리와 젊은 남자에 대해 주둥이 놀리고 싶어 안달이 난 표정이었다. 좌우간 능글맞은 여편네였다.

시장의 낮은 천막 사이사이 언뜻언뜻 허연 하늘이 옥양목같이 뽀얀 뭉게구름을 피워 올리며 환하게 웃는 듯했다. 구름은 뛰어가던 토끼가 어느새 넘어졌다 일어서면서 곰 모양으로 변하고 금세 봉황새 같은 모습이 되어 버렸다. 시장통 미제 집에서 미리 맞춰 둔 영국제 조끼 품에 흰 봉투를 접어 넣고 그 속에다가 빳빳한 신권으로 십만 원을 꼭 채워 놓고 나니까 마음이 한결 밝아졌다. 효순 언니가 복을 타고났는지 칙칙한 요즘 날

씨에 신흥사까지 걸어가기엔 멀다 싶어 걱정을 했더니, 요 며칠 궂은 비가 싹 가셔서 기분이 한결 가벼웠다.

널찍한 이마가 훤한 효순 언니의 밝은 웃음이 저녁녘까지 절절 흘러내렸다. 며느리들이며 손자며 동네 아이들까지 넙죽거리는 절 속에 먼저 간 영감 생각인지 잠깐 눈물을 보이더니만 친구들과 소학교 적부터 몰려다니던 언니들이 치마를 걷어붙이자 대번 춤판에서 웃음이 연방 터져 나왔다. 여기저기서 자리를 차고 일어서는 주책스런 여편네들이 온통 법석으로 들끓는 통에 숨을 돌리고 은근히 다가온 언니는 또 그 징그런 소릴 꺼냈다. 그래서 오기조차 꺼렸다며 말을 아예 막아 버리자.

"이젠 창피한 것두 아니다, 환갑? 너, 얼마 있으면 니 차례야, 사람이 살면 을마나 산다구 그래, 나 봐라 회갑연이라구 을마나 허전하니, 안 그래?"

"아유, 제발, 그만 해요. 나중에 다시 얘기해."

"호호, 볼 맘은 있는 거구?"

"아아, 어여 춤이나 춰요."

"깨진 남비에 꿰맨 뚜껑이라구, 과부 홀애비두 인연이야, 이것아, 호호호…."

일부러 도망치다시피 자리를 떠서야 언니는 다시 웃으며 춤판으로 끼어들었다. 남은 음식이며 선물 꾸러미를 챙겨 내려오는데 취한 언니의 노래가 돈 얘기로 흘렀다. 돈만 있으면 귀신도 사귄다느니, 돈이 서방이라느니 주책스런 싱숭이 끝에 눈을 씀벅씀벅 계면쩍은 머리를 긁어대더니만 다시 '온나노 미찌' 어쩌구하는 일본 노랫가락을 불러제꼈다.

 위기의 인간들

언니집의 번잡한 허접쓰레기며 해묵은 먼지까지 다 쓸어내고 친구들과 어울려 남은 술과 음식을 먹고 있자니 어쩐지 언니가 부쩍 늙어 보였다. 고맙다는 말과 얼추 동시에 인제 얼마 남지 않은 쓸쓸한 황혼에 대한 표정을 지어 보이는 얼굴에서 다 돌아가신 어머니, 아버지와 오빠들이 떠올라 코끝이 아리했다. 예전에 그 언니와 뛰어놀던 집 앞길이 오늘따라 좁아 보였다. 돌아오는 길에 파아란 하늘의 화창한 오월 하오가 바알간 노을에 비껴 희한하게도 우울했다. 자리를 아무리 뒤척여도 잠이 쉬 오질 않았다. 막내 오빠와 혼담이 오가던 효순 언니, 처녀 때는 무척이나 이뻤는데 어느덧 환갑이라고 쭈구렁바가지가 되설랑은 틀니를 뺐다 꼈다 하며 고기가 무척 연하다는 대목에서는 경옥도 몇 년 남은 환갑이 설레는 건지 두려운 건지 그냥 답답하기만 했다. 효순 언니는 깨진 항아리를 얘기에 너 재수 옴 붙었다며 웃었다.

다시 불을 켜고 새로 들인 장안을 후벼 거충거충 옷가지며 베갯잇이며 이불 호청을 옮기자니 괜스레 청승맞았지만 요 며칠째 나가 안 들어오는 아들 종필이가 염려되기 시작하자 정신이 더욱 또렷했다. 아이가 새로 산 전화기는 어쩐지 신호도 잘 안 떨어지고 어떻게 걸어 보면 다이알이 늦었으니 저쩌구 하는 야발스러운 목소리가 코맹맹이 소리를 했다. 전화에 손을 대려는데 급작스레 벨이 울렸다. 뱀대가리 잡은 양 놀라며 받았지만 일언반구가 없었다. 누굴까 문화센터의 혹시 김 선생이 용기를 못 내서…. 아니야 그라면 애저녁에 걸지를 않았을 테고 종필이야 그럴 리 없구 하여튼 누군가의 전화가 계속 끊어지는 게, 아침에 항아리 깨진 일과 결부가 되어 찜찜한 마음을 지울 길이 없었다. 이래저래 생각만 많아지고 말았다. 괜스레 문화센터는 갔구나 싶었다. 가까이에는 영숙이하고 문화센터에 가서 서양화를 그린답시고 깝쭉 대던 일부터 멀게는 근 사십 년 전의 일까지 그녀에게 달라붙어 머리를 흔들어 댔다. 그림에 열중하던 김 화백의 모습, 그 파리한 모습과 엷은 입술이 떠오르자 다른 생각을 하려 몸을 뒤척이던 경옥은 자신이 입가에 미소를 띠고 있다는 사실에 섬뜩했다. 죽을 때가 되면 이리 과거사가 주마등처럼 지나간다 하던데 별일이었다.

그나저나 선도 마다하고 회사에서도 노조다 뭐다, 학교 때부터 그렇게 붙들려 다니더니만 요사인 무슨 일이 또 그리 바쁜지 가늠 못 할 애였다. 애인이 있어도 뭐라 말할 애도 아니지만 없어도 아쉬울 것도 없다 싶었다. 아무튼 우리 가문에선 일류 대학 나온 제일가는 아들이지만 그놈의 데모 때문에 어찌 되나 했어도 역시 단번에 척 취직한 걸 보면 경옥은 그 아들에게만은 누구도 어찌할 수 없다고 굳게 믿는 종교 이상의 그런 무엇이 있었다. 한총년인지 헌청년인지 발끊었다는 아들이 되레 믿기지 않기도 했지만 대학도 졸업했으니 어찌 됐건 이제는 짝을 찾아야 할 텐데….

내일이 벌써 그믐이군, 하는 날짜 꼽기가 번거로웠다. 생전에 애들 아버지가 그래도 남자라고 집 하나 마련해 놓은 것이 이제는 동네재벌 소릴 다 듣게 된 마땅치 않은 일이 되어 버렸다. 집세를 받으러 갈 때마다 어려운 시장 사람들이 절절매는 꼴을 보며 야멸차지려고 하는 자신이 싫었지만 이젠 어느 정도 몸에 밴 집주인 행색이 월말마다 자연스레 나오는 것도 어떤 때는 소름이 끼쳤다. 시장 초입에 쌀가게, 미장원, 과일가게, 옷 수선집이 나란히 열댓 평씩 나눠 갖고들 바둥바둥 사는 게 대견하며 놀랍기도 했지만 수선집이 어려워져 돈이 밀리면 은근히 부아가 나기도 했다. 이젠 자신도 세파에 때가 퍽 묻었다고 혼자는 한탄이 나왔다.

다시 들리는 전화벨이 무겁다. 효순 언니의 고맙다는 말이 자정이 다 되어 또 들려 오고 종필이 선 자리가 또 들어왔다는 말에 다시 그 녀석이 걱정이 들어 정신이 더 맑아지는 느낌이었다. 유달리 협수룩하게 지친 몰골을 해 가지고 설랑은 직장이라고 허적허적 다니는 게 안타깝기도 했지만 지가 자랑스러워한다는 데야 할 말이 없었다. 노조 문제로 전화가 오더니 광주 출장 이후로는 통 소식이 없는 것도 무소식이 희소식이라고 결국 그녀는 잠자코 있기로 했다.

경옥은 효순 언니가 만나자는 중매의 권유를 뿌리치고 모처럼 수유리 친정 근처에 아직 살고 계신 이모님 댁에 다녀왔다. 눈도 퀭해지시고 근력도 예전만 못 하셨지만 어머니를 그중 닮은 막내 이모가 이제는 하나 남은 어른이었다. 왜 이렇게도 박복한 지 시부모며 친부모며 난리 통에 다 돌아간 사람은 거의 없을 것 같았지만 그래도 그건 불가항력이었고, 그나마 살아 계신 친정 어른을 자주 뵙지도 못해 죄송스러움이 절로 느껴지는 게 나이 탓인가? 아무튼 불행 중 다행이라면 그렇다고도 할 수 있는 위안이 되기는 했다. 이모가 둘째 종환이를 받아 낸 걸 기억하실 때에는 경옥의 가슴에 오래 잊혀졌던 상처가 다시 아렸다.

벌써 오 년이 흘렀나, 공무원 정년을 당하자 장사를 합네 하고 친구들과 그 잘난 퇴직금을 갖고서는 시장 입구에 집을 사고 세를 놓고, 매일 화투판만 벌이던 애들 아버지가 친구들과 대판으로 싸우고 나서 혼자 방구석에서 온갖 세상 욕을 해 대더니만 일요일이라고 아이들을 데리고 낚시를 갔었다. 이름도 없는 저수지에서 당신은 술에 취해 자는 동안 그만 애들이 익사하는 변을 당하고는 집에 돌아와 이내 들쳐 누웠었다. 아이 둘을 생으로 죽였으니 가슴이 찢어질 것 같기도 했겠지, 정말이지 냉수에

이 부러질 노릇이었다. 노냥 돈암동 사부자라고 껄껄거리던 영감이 그만 실성을 해 가지고는 약을 먹은 지 벌써 삼 년이 흘렀다.

이제는 경옥도 담담해져서 억장이 미어지는 감정은 누그러졌지만 언제까지라도 용서 못 할 위인으로 하늘에 가 만나더라도 분이 풀리지 않을 거라며 성미가 나면 누구에게라도 발끈해 말하곤 했다.

벨 소리가 열 번이나 울렸을까. 화장실에서 부리나케 나와 수화기를 드니 미제집 미순 엄마였다. 토요일에 도자기 구으러 가자고 종주먹을 대며, 문화센터에 아직도 돈이 한 달 치나 들어가 있는데 주동 포기할 것까지야 뭐 있겠냐고 하면서도 김 선생이 안부를 계속 물어와서 자기도 죽겠다면 채근을 해댔다. 경옥을 셋돈 받으러 가야 한다며 다시 전화하자며 수화기를 내려놓았지만 마음은 걸렸다. 저녁 시간이 다 되어 가면 식사 어쩌고 하는 인사치레가 걸렸고, 다 늦게 가자니 밤길에 강도도 겁나고 해서 셋돈을 받으러 가는 시간은 으레 네 시경이 되었다. 은행의 온라인인지 뭐 그런 걸로 하는 게 편리하긴 했지만 너무 인정미랄지 그런 게 없기도 하고 어떻게들 사는지 궁금하기도 해서 그녀는 직접 이렇게 가는 것이 월례 행사가 되었다.

시간을 보낸다고 튼 텔레비전에서 새로 나온 승용차 광고가 평화롭게 보였다. 푸른 초원과 아프리카 오지를 누비며 구름처럼 부드럽고 잠자는 강아지처럼 조용한 차는 무심결에 김 화백의 차와 같은 차종이라는 게 반가웠다. 순간 경옥은 지난번 현대화랑에서 서울에 올 때 동승한 그의 차로 한 드라이브가 떠올랐다. 하늘빛이 고왔던 과천에서 인덕원 사거리를 통과해 언덕길을 숫구쳐 오르던 김 선생의 새 차는 정문연 앞의 마치 나무로 된 터널의 상큼한 도로를 쾌적하게 통과했다. 그들은 신도시 분당

위기의 인간들

을 슬쩍 지나쳐서는 에버랜드 근처의 호암 미술관까지 도달하는 길을 달렸다. 비 온 뒤 갠 날이라 그런지 그녀에게 그 청신함은 잊지 못할 드라이브였다.

"전에 사귀던 여자는 신도시에 살았죠, 아파트만 아름답고 숲길이나 소똥 내 나는 이런 도로의 드라이브는 질색이었죠, 그러더니 말똥 내가 진동하는 제주도로 시집갑디다. 허허. 드라이브에 관한 한 사람들은 목적지를 말하죠. 전 드라이브는 그 자체라고 말하려 했지만 왠지 쑥스러워 말을 못 했어요."

"저어 지난번 문화센터서 그리신 그림 있잖아요."

"스케치 밑그림이요?"

"예, 서울역 지하철에 노숙하는 사람 말이에요. 참 따뜻한 표정들이 느껴졌어요. 화목한 집안에서 자라신 거 같애요?"

"그래요? 그 반대입니다. 그림이나 생활이 안 풀릴 때면 전 방랑을 꽤 했어요. 원양어선을 타고 외항 선원도 해 보았고 히말라야에서도 한 이 년 버텨 보았죠. 처음엔 그 막막한 대자연 앞에서 제가 참 보잘 것 없다는 생각을 했어요. 그런데 말입니다. 점차 대자연의 거대함이 저에게 힘을 주는 거예요. 세상이 막막할수록 인간은 삶의 의지를 강하게 다잡게 되나 봐요, 이런 죄송합니다. 연륜도 짧은 제가 감히 인생 선배님 앞에서."

"어머나 무슨 말씀을…."

"여기 길이 참 아름답죠?"

"예."

　경옥은 그때 드라이브나 길이나 풍경은 자동차의 움직임이 만들어 내는 장난에 불과하다고 했다. 진짜는 서 있어도 그냥 있는 이 시골길이라고 말했다. 김 선생은 환하게 웃었고 경옥은 시골에 살고 싶다고 말하려고 한 것이 왜 그렇게 말이 나왔는지 자신도 몰랐다. 김 선생은 그녀에게 호칭으로 매우 난처해했지만 그녀는 경옥 씨라고 부르는 게 좋겠다고 했다. 지금 생각하면 이유는 모르겠지만 그냥 부끄러웠고 생각을 떨쳐 버리고 일어서려는 데도 얼굴에 열감이 느껴졌다.

　집 앞이 조용했다. 굴다리 앞을 닦아 아스팔트 도로를 낸 뒤로는 동네 아이들이 나와 뛰어놀지 않게 되자 조용해서 좋기는 했지만 사람 사는 맛이 나질 않고 어째 무슨 공장이나 회사 부근처럼 쌀쌀해진 느낌에 기분이 썩 좋지 않았다. 그래 굴다리 건너 점쟁이들은 차 타고 오는 손님이 늘었는지도 모르지만, 미아리 고개에서 성신학교 쪽으로 곧바로 뻗어 내려간 가로수 길은 벌써 여기서 오십 년을 넘게 살아도 별로 변한 게 없었다. 늘 푸르고 시원한 가로수가 동굴처럼 길을 덮고 그늘 사이로 등나무며, 줄장미들이 담장에 바짝 엎드려선 풀내음을 솔솔 흩뿌리기도 했다.

　요새 들어 조병옥 박사의 한옥이나 전수린 씨가 사셨던 하얀 일본식 타일 집이 있는 태극당 뒷길로 다니지 않는 이유는 시장까지의 길 내내 무슨 카페라는 술집과 그 색시집 같은 것들이 즐비해져서 당최 어지럽기가 짝이 없기 때문이었다. 한 십 년 전만 하더라도 건달 녀석들이 육교 밑의 한일다방이란 데서 노닥거리고 더러 아는 녀석들은 고개를 쑥쑥 수그리고 하더니만 이젠 수십 개도 넘는 술집 앞에 건들거리는 사내, 계집아이들이 그렇게 무서울 수가 없었다.

　성신학교 입구에서 시장으로 돌아서도 가로수 푸른 냄새가 계속 이어져 있고 시장 앞 천주교성당 건너로 이젠 복개되어 바로는 막혔지만 저만치 안암동 쪽으로는 지금도 개천이 흘러 가끔은 어려서 오빠들하고 송사리며 가재를 잡던 어린 날들이 기억나곤 하였다. 성당 뒷집인 오 교장선생님 댁에서 아들 삼 형제가 무던히도 뛰어놀았는데, 이젠 강남의 고층아파트로 이사를 가 버려서 혼자되신 사모님 뵌 지도 몇 해가 지났는지 모르겠다.

아무래도 시장에 오면 효순 언니집에 들리는 것이 통례인지라 주단집 앞에서 유리창을 들여다보니 언니는 누워 자는 듯했다. 보나 마나 또 그 파평 윤씨 종친회 총무인가 뭔가 하는 영감하고 만나라는 둥 오미아이 한 번 한다구 어디 덧나냐는 둥 말이 길어질 것 같아 들어갈 맘이 없었다. 하긴 종필이 선자리도 좀 알아보고는 싶었지만 그 쇠떡심 같은 효순 언니 장광설은 일단 피하고 보는 게 상책일지 싶었다.

집 앞에 서면 으레 제일 먼저 들어가는 과일가게에 애어멈은 없고 애기 아빠가 어설픈 표정으로 고갤 숙였다. 항상 어눌한 말주변이 답답했는데 이번은 돈 봉투를 불쑥 내밀더니 머리를 벅벅 긁어 보였다. 쌀가게와 미장원에서도 궁시렁거리고 깔깔거리고 하며 마누라들 우스개를 몇 마디씩 주고받았지만 수선집이 또 연기나 부탁이나 안 할지 마음이 걸렸다. 영수 엄마가 저번에는 대놓고 가난한 집 제삿날 돌아오듯 월세 독촉에 신경이 너무 쓰여서 짜증스럽다고 통 사정을 하는 바람에 웬일인지 들어가기가 꺼려지는 것이었다.

수선가게 안은 비어 있었다. 헛기침 소리로 안채를 엿보려는데 아예 문을 걸어 잠그는 눈치였다. 뭐라고 아주 쌍욕이 들리는 것 같기도 하고 텔레비전에서 나는 소리 같기도 했다.

“으음, 이보우, 영수 엄마, 없어요? 아니 문을 왜 걸었어?”

빼꼼히 열린 문으로 고 얄미운 수선집 여자 얼굴이 화들짝 놀라는 것이었다. 달싹 나온 그녀는 머리 매무시며 옷을 고쳐 입더니 한숨을 내리 쉬었다.

“아유! 죄송해요, 오셨군요, 저는 그 화상이 안 가구 도루 왔는 줄 알고, 정말이지 죄송해요.”
“누구?, 옛날 그 남편 말야?”
“아유, 말도 마세요, 그게 죽지도 않구….”
“오늘? 지금? 아니 그냥 보냈어?”

영수 어멈도 과부 팔잔지 남편이 도박에 미쳐 갖구 술이다, 계집이다 하고 돌아다니자 아들 둘 건사하느라 죽을 둥 살 둥 고생인데 이 마적에 와선 좀 살 만하니까, 옛 남편입네 하고 걸인이 다 된 소위 그 미친놈이 찾아온다고 울먹이는 걸 들은 적이 있었다. 여북했으면 갈라섰을까 마는 그래도 서방 있을 때가 나은 거라고 충고를 했지만 뭔가가 켕기는 것 같아 자꾸 나서지는 못했다.

그녀가 밀린 달치까지 건네주며 통사정인지, 돈 마련에 대한 과시인지를 주욱 늘어놓더니만 갑자기 쌍심지에 불을 켜면서 창밖을 노려보았다. 물에 젖은 쥐 마냥 기운 없이 들어오는 남자가 필경 그의 서방임에 틀림없었다. 나갈 틈도 주지 않고 영수 엄마가 다짜고짜 달려들어 왜 안 갔느냐, 차라리 자기를 죽이라느니 멱살을 잡은 채 우는지 볼멘 욕지거리가

　　　　위기의 인간들

마구 튀어나왔다.

그는 동사무소에서 일용직이 있을 때마다 하수도 준설이나 공원에 잡초 제거나, 거리에 붙은 벽보도 떼고 산에 들에 쓰레기도 주으러 다니며 겨우 연명을 한다고 들었는데 듣기보다는 요즘도 이런 거렁뱅이 꼴을 하고 다니는 이가 있나 하고 의아해 할 정도로 꼴이 말이 아니었다. 개기름이 흐르는 낯바대기는 고장물밴 상처 자국 마냥 허옇게 마른 딱지며, 젖어 홍건한 눈가죽조차 추적추적거려 병색이 있어 보였다. 꾸역꾸역 주워 섬기는 입술의 실룩거림, 초췌한 윤곽에서 언제인가 눈에 밟히는 눈부처는 피난 시절 길에서 죽어가던 누군가의 얼굴이었다. 알 수는 없었지만 인산인해로 죽어 질펀히 누워 있던 아수라장의 유년기 기억에 속이 느글거렸다. 소리가 커지자 사람들이 몰려오고 쌀가게의 김씨가 와서야 그들은 안채로 들어갔다.

십 분이 좀 지나서야 밖으로 나와 씩씩대는 그녀에게 경옥은 그저 참고 다시 받아 주라고 또 나이 먹었으니 정신 차렸을 거라고 충고해 봤으나 자신의 경우가 그래서 그렇다고 까새라도 할까 봐 한편으로는 떳떳치 못하다는 느낌이었다. 인사도 없이 돌아서는 뒤가 켕기는 느낌이었지만 무슨 말을 더하랴 싶었다. 경옥은 그 둘이 합치라고 충고하는 모습에서 효순 언니의 습관적인 선보라는 권고를 떠올렸다. 왜 그들에게 합치라고 남녀는 같이 살아야 한다고 말했을까. 아무래도 자신의 충고에 대한 진심을 알 수 없었다. 순간 또 김 선생이 떠올랐다. 그녀는 미친년 미친년 중얼거리며 시장통을 빠져나왔다.

시장만 벗어나면 거리는 온통 술집이고 환락가의 동네가 되어 버린 돈암동에서 토박이로 늙은 경옥은 더 안쓰러워져서는 괜스레 여기저기 둘러보며 다니곤 했다. 시장 밖 주유소 뒤에서 과일장사를 하는 황씨 아저씨가 인사를 했다. 늘 명랑하게 웃어 주는 이 양반에게 과일을 사기 시작한 지도 어느덧 십 년이 넘었다. 어떻게 십 년이 넘도록 리어카에서 과일장사를 하냐고 뭐 다른 거를 해 보면 어떻겠느냐고 하면 그는 늘 '개장수도 올가미가 있어야 하는 겁죠' 하며 손가락을 동그랗게 만들며 또 웃어 주었다.

성북 복덕방의 강 영감이 머리를 다듬으며 점잖게 고개를 숙였다. 지난번 전셋돈를 올릴 때 자기가 힘을 써 주었노라고 아직까지 경옥에게는 으스대는 듯 보였지만 경옥은 그럴수록 그가 못마땅했다. 그래서 올해에는 돈보다도 어떤 당당함의 기쁨 비슷한 느낌으로 집세를 올리지 않았다. 돈이 아쉬우면 참자고 다짐하지만 정말이지 돈이 웬수라는 말은 궁하면 너무나도 딱 들어맞는 소리이기는 했다. 그는 헛기침 끝에 미모가 아깝다는 소리를 하면서 하늘을 계속 올려다보았다.

돈암국민학교 쪽 뒷동산서 인민군들하고 장난치며 놀던 사촌 동생이 오발 사고로 총에 맞아 죽었을 때 그 난리통에도 어디서 관을 짜와 이모와 어머니가 목 놓아 울던 것이 눈에 선했다. 네 살짜리 외동아들인 경식이는 곱슬머리에 보조개가 유난히 예쁘게 생겼었다. 이쁘장한 얼굴이 아련히 떠오르면서, 이모부가 부역자로 몰려 어디론가 끌려가고, 작은 숙부가 수복 전에 돌아가시고 부모님이 모두 미아리 고개에서 폭격을 맞으신 것들이 무슨 귀신 패거리가 되어 이 바닥에 남아 있는 그녀를 붙들고 있는 것만 같았다.

재재발린 전화벨 뒤로 볼멘 영숙이 목소리가 들렸다. 문화센터에 어차피 질러 넣은 돈인데 이번 달은 채우라는 소리가 이상하리만큼 불결하게

 위기의 인간들

느껴졌다. 영숙의 꼭 나오라는 닥달을 뒤이어 효순 언니의 전화벨은 더욱 바쁘게 울려댔다.

"젊은 놈이 그러는 건 뻔한 수작이야, 니 뒷조사나 했겠지 뭐!"

효순 언니의 퉁퉁거리는 소리는 마음을 정리하는 데 도움이 되지 않았다.

"아냐! 언니, 그런 사람은 아니야!"
"얘 좀 봐? 미쳤니 너?"

밤의 싸늘한 소리가 구름에 겨우 붙었다가는 바람에 써억 휩쓸려 나갔다. 효순 언니는 과연 무슨 이야기를 하는 걸까?

"만나면서 그냥 알고 지내는 거야. 어때?"

그 남자의 본 마음은 과연 뭘까? 십팔 세 연하와는 안된다? 그냥 지낸다 그렇고 그런 사이로? 경옥은 혼미했다.

"그놈 삼십 대라며? 오십 먹은 년을 왜 건드리겠니, 이 멍청한 여편네야! 니가 못하겠음 내가 사람을 사랴? 시장통에 주먹이나 쓰는 건달 애들 풀어서 그 사기꾼 갈빗대를 좀 쥐었다가 놓으면 떨어질 거야."

바투 다가앉으며 뒤룩거리는 효순 언니는 신나게 입에 거품을 물었다.

“암! 매에는 장사가 없어, 내가 뒷배 좀 봐주랴? 주인에 보탤 나그네 없다구 그눔은 두 불알 쪽만 찬 빈털털이구 넌 빌딩이 있잖니, 그 신청부 같은 놈! 그런 작자에게는 매가 약이야….”

효순 언니의 욕지거리 같은 목소리가 점점 메아리가 되어 사그라든다. 밤의 식어 빠진 소리들도 하얗게 바래져 가는 것이 보였다. 색을 잃은 하늘은 언젠가 뵈었던 이모님의 뱃살처럼 힘을 놓고 있었다. 아침의 깨진 항아리의 안쪽도 저렇게 헛배 부른 무력한 주름이 잡혀 있었다고 속으로 뇌까리면서 경옥은 자신의 손등을 내려다보았다. 더 이상 기름기가 느껴지지 않는 것 같았다.

집에 그냥 누워 있으려니 가슴이 답답해 왔다. 그러고 보니 종필이가 출장 간다면서 친구들하고 나간 지 벌써 사흘이 아닌가. 괜스레 잘못 걸려 오는 전화까지 신경이 쓰였다. 워낙 아이가 풀풀해서 싸돌아다니기도 잘하지만 애비 없는 사윗감이라 점수도 깎일 테니 연애를 하라고 한 게 잘 못 되었는지 부쩍 외박도 잦아지고 술도 많이 마시는 것 같아 마음에 걸렸다.

또 전화가 걸려 오고는 아무 말이 없다. 어제 그제 벌써 댓 번이나 이러는 게 혹시 효순 언니가 그 영감태기한테 전화번호를 알려 준 건 아닐까? 김 선생은 아닐까? 하긴 달포나 댕겼으니 인연은 인연이다 싶지만 무슨 주책인지 풋 웃음만 나왔다. 영숙이 따라 화구방에 갔다가 문화센터에서 유화 물감을 뭉개던 짓이 지금 다시 생각하면 웃음마저 서툴게 만들었

                                        위기의 인간들

다. 그때 그 그림 선생의 멍한 얼굴은 아무래도 쉽사리 잊혀지지가 않았
다. 그녀는 자신도 모르게 김화백 앞에서 애교스런 표정과 말이 나온 죄
로 괜시리 그가 부업으로 한다는 용도요라는 도예촌에까지 따라가서 주
책을 떨었나 싶었다. 경옥은 귀가 째릿한 게 진저리가 쳐졌다. 가슴이 울
렁거린다는 건 아직 사춘기적 설렘이 남았나 싶기도 하지만 주책이 분명
했다. 그 젊은 남자를 보고 그럴 수 없겠다면서 굴왕신 같은 이 몸매를 그
냥 선선히 받아들여야겠다고 다짐을 했다. 아무튼 종필이를 올해 장가들
이고 집이나 한 채 사 주고 나면 수유리 외가 근처에 집을 마련해서 이모
님을 가까이서 보살펴 드리며 살아야겠다는 마음이 드는 것이 경옥은 편
안히 늙어 가는 것이라고 확신했다.

텔레비전에서 애국가가 나오고 칙칙거리는 소리가 한 시간 정도는 계
속되고 있는 모양이었다. 종필이 걱정으로 밤을 하얗게 새는 일은 이제
이력이 났지만 요사이는 교통사고도 잦아 잘난 아들 철석같이 믿는 게 점
점 자신이 없어져 가는 것도 사실이었다. 밤이 깊어 가는 게 이젠 제법 그
윽하다는 말이 나올 정도로 늙었구나. 그녀는 눈물이 핑 돌았다. 멈추어
보려는데 자꾸만 자꾸만 베갯잇을 적시는 축축함이 경옥에게는 까닭 모
를 일만은 아니었다.

이젠 화장을 해도 벌레 먹은 배춧잎 모양으로 검버섯도 피고 아주 노인
네 얼굴이 되어서 빨리 종필이를 여의고 이모님 댁 근처에 봐 둔 한옥으로
가리라고 마음먹지만 아직 남은 날을 정리하기엔 뭔가가 착잡한 구석이
있기도 했다. 무얼까? 답답하다. 딱 꼬집어 말할 수 없기에 더욱 그랬다.

아침이면 으레 깔끔한 성격의 경옥은 집 안팎을 눈부시도록 청소하는
것이 거의 평생의 버릇이었다. 새로 나온 방수 벽지로 마루며 건넌방까

지 싹 개비한 뒤로는 바닥은 물론 벽까지 걸레질 치기가 고됐지만 깨끗하게 반짝이는 집을 본다는 게 힘들다는 생각을 못하게 했다. 아무런 잡념 없이 청소를 마치면 정갈한 흰색 찻잔에 녹차를 받아 놓고는 음악을 들으며 신문을 보는 것도 이젠 버릇으로 굳은 일상이 되었다. 묵은 빨래에서 흰 쪽지가 떨어졌다. 규격 봉투는 아니고 엉성하게 만든 봉투 안에 기르스름한 메모지가 반드러운 질감으로 잡혔다. 경옥 씨라는 호칭에 부담은 되지만 별다른 호칭을 몰라서 그렇게 부르는 것을 용서하라는 서두로 시작된 편지는 그의 진심을 알릴 길이 없어 답답하다고 했다. 그는 자신이 처음 느껴 본 감정의 진실함을 외면하신다는 건 경옥이가 자신의 모든 것을 저버리는 것이라 했다. 그녀는 그의 경련하는 듯한 목소리를 들었다. 경옥은 일순간 김 선생의 파르족족하게 수염이 돋아난 턱과 부유스름한 입술이 느껴지는 듯했다. 작업에 몰두할 때 김 선생은 유난히 눈빛이 빛나는 반면 상대적으로 입술은 건조해 보였다. 그 피곤함을 드러내는 마른 입술은 성적 매력이 있다는 영숙의 웃음 섞인 농지거리가 떠오르기도 했다. 두 달간 문화센터에서 지켜보고 몇 번의 식사와 가마에서 가까이 보면서 그가 확신한 인연에 대한 설명은 그녀로 하여금 더 이상 그 글을 읽지 못하게 했다. 그는 울렁이는 마음을 정리하고 일어서려는데 전화벨이 울렸다.

"예, 돈암동입니다. 여보세요….."

숨소리가 들리는 듯한데 말이 없었다. 며칠째 이 전화의 주인공이다 싶어 별안간 겁이 더럭 났지만 종필이가 무슨 사고를 내지는 않았으리라 하

                                                            위기의 인간들

는 믿음은 몸에 다시 힘을 주게 했다.

"여보세요! 그러고 있지 말고 말씀 좀 하세요."

"여보세요…. 저어… 거기… 종필씨 어머님… 이시죠?"

"그래요! 그래, 종필이 지금 어디 있어요? 색신 누구요? 거기 어디예요, 지금 만납시다."

"저, 사실은 종필 씨가 어머님 걱정하신다고 말하지 말라고 해서…. 그게… 저, 성남에서요, 노조원들 아니면 경찰한테 납치된 거 같애요. 하지만 걱정 마세요, 접때두 그냥 아무 일 없이 나왔거든요…."

"아, 글쎄, 아가씨 누구고, 지금 어디예요! 나 좀 만나 갖구 말을 하자구!"

"아니에요. 다시 전화드릴게요. 그럼…. 그냥 걱정 마시라구요…."

"여보세요, 여보… 아아… 아가씨…아가씨!"

전화가 끊기자 경옥은 더 조바심이 났다. 그나저나 종필이가 또 끌려갔다니 무슨 일일까? 노조 일은 끝났다고 했는데 다른 일에 개입이 된 모양이었다. 그리고 그 색시는 종필이 애인인가.

몇 해 전에도 이렇게 실종신고를 하고 신문에 광고를 내고 아우성을 친 적이 있어서 겁은 났지만 그때처럼 호들갑스럽지 않다며 경찰서에서 돌아오는 길에 효순 언니는 어른 됐다고 농담으로 위안을 해 주었지만 나이를 먹을수록 더 안절부절못하는 건 기운이 없어서리라 싶었다. 고 족제비같이 생겨 먹은 민원계장인가 보안계장인가 하는 작자는 인두겁을 쓰고는 더 이상 야멸찰 수가 없었다. 접때 겪어 봤으면 안면도 있으련만 모른다고 딱 잡아뗄 때에는 찬바람이 횡 돌았다.

밤마다 잠을 재촉하는 일은 이제 아예 잊어 먹은 짓거리였다. 새벽이 지나면 나흘인데 평소에 잘못 가르친 건가 하는 야속한 생각이 마음 한구석을 비집고 나올 량이면 경옥은 또 종필의 대학 입학식 장면을 떠올려 보는 것이다. 십 년이 지났건만 그 넓디넓은 운동장에 운집한 전국의 최고 수재들 중에 우뚝하게도 잘난 아들과 모두들 입이 찢어져라 하고 웃어 재끼던 식구들의 모습이 아직도 눈에 선했다. 이모는 너무 기뻐서 눈물에 저고리 앞섶이 다 젖을 정도였다. 사촌오빠가 보내 준 자가용으로 서울 시내를 드라이브하고는 돈암동에 와서 골목골목을 누비며 자랑하던 애들 아범이 눈에 밟히자 다시 기분이 가라앉았다. 성당 옆집인 아범의 선배이자 종필이의 은사이신 오교장 댁을 찾아갔을 때 어찌나들 좋아 뛰었던지. 와중에 애들 아버지가 개 꼬리를 밟아설랑은 개한테 물려 한 달이나 병원엘 다녔다. 자식 잔칫날이라고 거기선 멀쩡하다고 우겼지만 밤마다 신음 소리에 웃어야 할지 울어야 할지 지금도 마음이 대중이 없다. 용렬한 위인이긴 했지만 그래도 자식에게는 끔찍하긴 했다. 하필 개한테 물려서 그런 꼴을 당하다니, 더욱 우스운 것은 교장 선생님이 광견병은 없지만 그래도 빨리 낳으려면 개를 복수 삼아 물어줘야 한다는 말에 벌벌 떠는 개를 억지로 되 무는 꼴이라니. 갑자기 웃음이 나왔다. 그 후로 남편은 별명이 개물이가 되어 친구들의 전화 장난이 아직도 생생했다.

전화벨이 자연스럽다고 여겨진 경옥은 반갑게 여보세요 소리를 냈다. 김 선생은 냉랭하지만 주저하는 소리로 약속 장소와 시간을 알려 주고 무슨 소리 끝에 제발이라는 말을 남겼다. 경황이 없다고는 했지만 제발이라는 소리에 아마 나가겠다고 대답을 한 모양이었다. 그의 고맙다는 인사말과 가벼운 한숨 소리에 경옥은 머리가 맑아지는 느낌이지만 종필에 대한

126

걱정이 다시 빈 머릿속을 파고들었다. 내일이면 나흘인데 어쩐 일일까? 이젠 아침 신문이 올 때까지 잠을 청하기는 틀린 일이었다. 밤늦게나 새벽에 요 며칠 걸려 오던 전화가 괴이했지만 그냥 종필이를 믿기로 했다.

창문 너머의 황혼에 언뜻 종필이가 비쳤다. 저녁 구름이 얼마나 큰 위인 같은지. 우리는 그렇게 꿈만 부풀려진 인간들이 아닌가. 누군가에 대한 기대는 이내 김 화백으로 이어졌다. 육체적인 사랑이나 남녀관계보다는 사람이 좋다는 감정을 정리할 필요는 있었다. 경옥은 김 선생을 정리하는 기분으로 효순 언니한테 건 전화가 오히려 언니를 자극하여 사람을 보내 김 선생 다리를 분질러 놓겠다는 다짐으로 끝나고 말았다. 김 선생과의 약속 장소와 시간을 확인하는 언니에 언성에 경옥은 까칠한 숨은 겨우 내뱉었다. 도대체 아들이 어디 가서 죽었는지도 모르는데 오십이나 먹은 년이 서른둘 먹은 놈하고 놀아날 궁리나 한단 말인가? 생각은 꼬리를 물고 약속 장소와 시간을 적은 종이는 걸레처럼 풀어지면서 밤은 지나갔다.

꼬박 밤을 새워도 새벽은 신선했다. 풀기 머금은 바람이 아침으로는 시원했고 저절로 기지개가 켜졌다. 신문의 앞면에는 대문짝만한 글씨들이 먼저 눈을 끌었다. 아엠에프(IMF) 체제에서 미국과 일본의 시장개방 압력에 드디어 농수산, 공산에 걸친 전체 시장을 개방한다는 커다란 뉴스거리가 겪는 사람들에겐 얼마나 큰 충격이랴. 사실 우리네 같은 도회 사람도 피부로 느껴야 할 텐데. 경옥은 우선 종필이 이름 칸에 애끼손가락만하게 사람을 찾는다는 광고를 보았다. 벌써 세 번째인가, 우울한 글자들이 하단에 비켜서서는 월세, 전세, 댄스며 돈이자, 파출부 구한다는 광고 아래 자그마하게 나와 있었다.

신문을 뒤척이다가 쓰러진 것까지만 생각이 났다. 아니 생각을 하기조차 못했다. 머리통이 깨진 것 같았다. 숨을 쉬어도 호흡이라는 게 없었고 하늘도 벽도 도무지 갈피가 서지 않았다. 효순 언니가 친구들을 데리고 와서 경옥을 흔들어 깨웠을 때는 이미 기자들과 회사에서 보낸 사람들이 마루와 마당에 가득 차 있었다. 무슨 만장 같은 깃발이여, 군가 같은 노랫소리, 고함 소리 구두 소리 향내음, 그렇다! 초상! 초상이었다! 긴 한숨 뒤에야 비로소 앞이 보이기 시작했다. 웬 여자아이가 땅이 꺼져라 하고 통곡을 하는 것이 온통 뒤틀려 버린 경옥의 영상을 가득 메우고 있었다. 이름은 미자라 했는데 공장의 직공이라는 누군가의 소개가 언뜻 지나갔다. 열여덟이나 되었을까. 경옥은 미자라는 아이와 나이라는 개념을 쉽게 정리할 수가 없었다.

경찰들, 무슨 시의원인가 하는 사람, 또 종필이 친구와 대학 선후배며 회사의 노조들이며 동료 직원들이 아우성을 치는 바람에 경옥은 다소 울음이 복받쳐 오르는 것이 일단 진정이 되는 것 같았다. 영안실의 형광등이 따뜻하게 보이는 건 왜일까? 경옥은 지난번 남편과 아이들이 떠나갔을 때와 이번 종필의 죽음을 비교라도 하듯 망연한 표정을 바꾸어 가며 형광등 불빛 속에서 지나간 얼굴들을 떠올려 보았다.

노조 협상이 끝난 뒤 봉고차에 치어 국도에 쓰러져 있는 것을 병원으로 옮겼으나 숨진 박종필 전 노조 부위원장의 사인 규명과 진상을 밝힌다는 시끌벅적한 아우성과 경찰과 기자들의 목소리 그리고 우는 몇몇 여자아이들 곁에서 경옥은 머리가 맑아졌다.

성남의 병원에서 벽제 화장터까지 그리고 다시 집에 돌아올 때까지 일체의 상념이 없었다. 그리고 사나흘째 울먹이며 밤낮으로 걸려 오는 그

                                   위기의 인간들

미자라는 여자아이에게도 아무런 감정이 일지가 않았다.

　처음부터 눈물이 나지 않았다. 새벽의 만취 상태에서 뺑소니 교통사고였다는 검시 결과를 믿었다. 경옥은 일주일이 지나도록 밥을 잘 먹었다. 아니 오히려 더 많이 먹었는지도 모른다. 그리고 포근한 보금자리에서 아주 잘 잤다. 누군가 새로 인생을 살라는 소릴 했다. 다시 처음부터 할 수 있다는 자신감에 스스로 짐짓 놀라는 자신이 낯설게 느껴졌다. 친지와 친구들의 위로와 돈 봉투와 한숨 어린 걱정의 숨소리들이 기차 소리 멀어져 가듯 지나가 버렸다. 경옥은 효순 언니가 누군가를 탓하면서 죽여 버리리라 하는 사람이 누군지를 알 것 같았다. 재수 옴 붙었다는 항아리에서 시작한 험담은 사람을 사서 그 작자를 반병신으로 만들어 놓고야 말겠다는 분풀이가 또렷하게 떠올랐다.

　오늘은 아들이 죽은 지 오 일이 되었고, 어항에 물을 간 지 육 일이 되었고, 김 선생과 약속한 일주일 전의 바로 그날이었다. 경옥은 자신이 스스로 놀랄 만큼 정연하게 종필의 물건과 옷가지들을 마당에서 태우고 어항의 물을 갈고 자신의 묵은 옷가지와 핸드백이며 구두서껀 모자들까지 재활용 봉지에 넣어 내다 놓았다. 아무런 동요나 계기도 없이 김 선생에게 전화해서 장소와 시간을 변경했다. 알았다는 김 선생의 목소리는 역시 진지했다. 경옥은 이런 소리를 내며 외출 준비를 서둘렀다. 여자가 먼저 당장 만나자는 게 왜 부끄럽단 말인가.

　아침의 하늘이 유난히 맑았다. 부풀려진 구름이 공룡만큼 커지더라도 결국 빗방울 몇 줌일 거라는 생각에 입가가 비싯거렸다. 망설일 게 없다고 다짐을 했지만 일주일 만에 경옥은 동네에 나와 하늘을 천천히 올려다보았다. 구름은 산산이 부서진 새털 모양이었다. 옷이며 고무신을 곱게 차려입어서인지 마음이 조심스러웠다. 이 거리에 끝까지 남는 사람이 결국 주인이 되는 거다. 언뜻 아버지의 상여가 종필이의 상여와 겹쳐 보이면서 하늘 한 구텡이가 울렁거렸다. 자신의 께끼 한복처럼 하이얀 하늘에 바람은 부드러웠다. 볼수록 낯선 거리다 싶어 좌우를 돌아보는데 굴다리에서 하이얀 콜택시가 힘찬 백상어처럼 거센 물살을 헤치듯 달려오고 있었다.

그다음 날 경옥은 엽렵한 조카딸 춘실이 미용실에서 머리를 하고 곧바로 종필의 아이를 밴 그리고 처음 본 며느리와 결혼식장을 찾았다. 세 자매가 조금 데면데면했지만 서로 보고 웃기는 했다. 하이얀 차양이 쳐진 시장통의 잔치는 환한 얼굴의 살람들로 북적였다. 경옥과 며느리 뒤로 선 김 화백은 멋쩍게 웃었고, 서방 상을 당한 둘째, 명옥은 흰 한복차림으로 억지로 웃고 있었다. 춘실이와 조상규는 자신의 혼사가 며칠 남지 않아 다른 결혼식에 가지 않는다는 금기를 깨고 미리 축하라도 받으려는 양 제일 리에 앉아 있었다.

백씨 할멈과 효순 할멈이 나란히 앉은 뒤로는 분식집 왕씨며 복덕방 오씨 과일집 아주머니도 한복을 빼입고 앉아 빙그레 웃었고 돈암동 노인회 회장이 주례를 맡은 야외 결혼식장에서 풍선과 비둘기가 날아올랐다. 부모의 자리인 맨 앞 의자에는 수십 년 만에 돌아온 선옥과 큰 사위가 멍한 표정으로 앉아 있었고, 그 뒤로는 김씨 할아범이 건너 뵈는 백씨 할멈을 싱긋이 바라보았고, 신랑 신부가 동시 스텝을 밟으면서 입장하는 새로운 방식이 못마땅했는지 화영의 어머니는 입을 삐죽거렸지만 진규와 화영은 웃음을 참으려는 듯 긴장한 얼굴로 단상을 향해 힘차게 걸어 들어왔다.

 위기의 인간들

6. 이야기 귀신의 변

돈암동 이야기 귀신

정작 당신들이 소설을 이해하기 위해서는 상당한 노력이 필요하다. 나는 당신들에게 이야기를 한 것이 아니라 소설의 문을 열어 놓은 셈이다. 여러분은 그 문으로 들어와 소설을 느끼고 생각하고 또 생각해 보라. 그 끝없는 고민을 즐겨 보시라. 그러면 그대가 들어온 소설 세계의 방 안은 어느덧 사라지고 그 소설이란 것이 귀신같이 당신들의 몸속으로 스며들어 갈 것이다. 말하자면 당신들에게도 귀신이 깃드는 것이다. 그렇게 됨으로써 그대는 보다 행복하게도 훨씬 더 심각하게도 될 것이고 그 울림은 당신의 에너지가 될 것이다. 어떤가? 한번 해 볼 만하지 않은가?

작가 소개
____

송호진

SF를 사랑하는 평범한 K 직장인. 나에겐 이런저런 이유로 집필이 중단된 판타지 소설 한 편이 있다. A3 용지에 세계관 지도를 그릴만큼 열정적이었는데 돌이켜보니, 사느라 바빠서 잊었던 거였다. 세월과 함께 줄어든 열정이 소설을 묻었던 것. 중단된 소설은 다시 끄집어 내어 긴 호흡으로 이어 가고, 추후 작품은 짧은 호흡으로 꾸준히 활동할 계획이다.

____

* 일러두기

1. 영어를 사용하는 대사는 구분을 위해 이탤릭체(기울임꼴)로 표기하였습니다.
2. 본 작품에 등장하는 인물과 기업 등은 모두 허구입니다.

두 번째 이야기

신(新)멋진 신세계

······

송호진

* 본 소설의 작중 인물 이름은 일부 인물의 이름을 제외하고 모두 외자입니다.

1. 의문의 죽음

띠링.

여자가 광고 허용 구역에 발을 디딘 순간, 아티타 대표 수가 홀로그램 영상에 뜬다.

- 전 모두가 행복해지길 원합니다. 그것이 제가 아티타를 만든 이유죠.

화면에 잡히지 않은 누군가가 수를 향해 질문을 던진다.

- 위험하지는 않습니까. 지금도 논란이 있는 걸로 아는데요?

그 말에 대표 수는 좋은 질문이었다며 윙크를 날렸다.

- 그래서요? 행복을 포기하라는 건가요? 우리에게 망할 운석보다 위험한 건 없습니다. 우린 살아남았고, 이젠 행복할 시간입니다. 아티타에서는 모든 것이 가능합니다. 망설이지 마세요. 선택하세요, 그리고 누리세요. 당신은 그럴 자격이 충분합니다. 아티타가 당신의 선택을 지원합니다.

순간 팡파르가 울려서 여자는 깜짝 놀랐다.

[축하합니다. 빈미나 님. 아티타 특별 광고 타임 사용자로 선정되었습

니다. 광고를 끝까지 시청하시면 1,000코코[1]를 드립니다.]

이름이 불린 미나는 마음이 흔들렸다. 천 코코면 지금 시세로 10억에 가까운 돈이다. 이런 돈은 그냥 주지 않는다. 그에 상응하는 무언가를 제시해야만 받을 수 있는 돈이다. 미나는 거절하지 않고 일단 광고를 시청했다.

어디에도 없는 완벽한 동반자.
당신에게 딱 맞는 바로 그 사람.
상상하는 모든 것을 이루어 드립니다.
멀리서 찾지 마세요. 바로 여기, 바로 지금.
아티타에서 완벽한 이상형을 만날 수 있습니다.

광고 문구가 끝나자 한 남자가 등장한다. 아티타에서 야심 차게 내놓은 안드로이드 반려 인간 NO. J-AA1이다. 오직 반려 인간으로만 사용한다는 조건으로 출시를 허용했다. 1:1 고객 맞춤 제작이고, 옵션 여부에 따라 판매 금액이 달라진다.

[미나야, 같이 가자.]

미나는 가상의 반려 인간이 자신의 이름을 부르자 홀딱 빠졌다. 홀로그램 속 남자가 손을 내밀자, 미나도 손을 뻗었다. 남사친이 왜 반려 로봇을 구매했는지 알 것 같았다. 평생을 살아도 만나지 못할, 광고 그대로 모든 것을 갖춘 남자가 눈앞에 있었다. 오, 마이 갓.

---

1 작중 전자 화폐단위, 1코코=₩1,000,000.

　　　　　　　　　　　　　　　　　　　위기의 인간들

[집에 데려가 줘.]

홀로그램 속 남자가 미나를 재촉했다. 목소리마저도 끝내주는 남자였다.

사실 미나는 아티타에서 진행하는 이상형 설문조사에 한 번도 참여하지 않았다. 결혼정보회사 〈우연〉에 프로필을 제출하고 상대방의 조건을 남겼을 뿐인데, 놀랍게도 아타타 쪽에서 이상형을 찾아 주었다.

[만남을 수락하시겠습니까? 수락할 경우, 배송까지 하루가 소요됩니다.]

미나가 머뭇거리자, 알림창이 떴다. 1시간이면 물건을 배송받는 시대에 하루면 꽤 긴 편이지만, 배송 대상이 안드로이드인 것을 생각하면 이상한 일도 아니다.

문제는 가격이다.

미나는 홀로그램의 어디에도 안드로이드의 가격이 나와 있지 않은 사실을 알아챘다. 물론, 가격이 나오더라도 구매 여부는 다른 문제다. 미나가 알기로 안드로이드 가격은 집 한 채를 호가했다. 미나는 미련 없이 광고 허용 구역을 떠났다.

[만남을 정말로 포기하겠습니까. 빈미나 님에게 지급된 1천 코코도 소멸합니다.]

이상형 남자에 정신이 팔려 1천 코코를 까맣게 잊고 있던 미나는 걸음을 멈추었다. 제품 구매 시 사용할 수 있는 아티타 전용 쿠폰은 고가의 물건을 살 때 유용하다. 그 쿠폰이 아직 살아 있었다.

미나는 아티타에서 정해 주는 기본 모델로 안드로이드를 설정하고 결제 직전까지 가 보기로 했다. 확실히 1천 코코면 포기하기는 아깝다. 아티타 워치에 떠 있는 접속 권한 메시지를 승인하자 구매 전용 홀로그램이 뜬다.

"구매할게, 진행해 줘."

[아래 사항에 동의하십니까. 동의하시면 '네', 동의하지 않으면 '아니요'를 선택해 주십시오. '아니요'를 선택하셔도 상관없지만 일부 기능을 사용하는 데 있어서 제한을 받을 수 있습니다.]

미나는 귀찮은 듯 네라고 말했다. 구매 결정을 하고 나자, 모든 절차가 더디게 느껴졌다. 미나는 그 이후로도 줄기차게 나오는 길디긴 사항을 읽어 보지도 않고 네 또는 아니라고 말했다. 하나 사는데 뭘 그렇게 동의하라는 것이 많은지 미나는 슬슬 화가 치밀었다.

구매 욕구가 사그라들려는 그때, 마침내 결제 금액이 떴다. 기준 금액에서 1천 코코를 뺀 500코코다. 계산해 보니 무려 70%에 가까운 할인 가격이었다.

이거 남는 장사 맞아?

[현재 당신의 남자와 빈미나 님과의 적합성은 65%입니다. 추가를 눌러 100%를 채우세요.]

미나는 다시 숨 막히게 긴 추가 사항을 훑어 내렸다. 분야별로 가격이 적혀 있었는데, 목소리 하나만 해도 고를 수 있는 가짓수가 백 가지도 넘었다. 할인 비율만 보고 좋아할 일이 아니었다. 세부 사항을 일일이 추가하게 되면 최종 가격은 할인가를 넘어 출고가에 다다르거나 출고가를 훨씬 넘게 된다.

이래서 가격이 나오지 않은 거였어.

미나는 65%의 적합성을 갖춘 안드로이드의 조건을 확인했다. 지금도 충분히 매력적이지만 딱 그 정도다. 누구든 코코를 추가하지 않고서는 절대 이상적인 반려 로봇을 가질 수 없다. 미나는 자신의 이상형이 반드시 갖춰야 하는 성격 중 필수적인 것만 추가하고 결제 창으로 넘어갔다.

최종 가격에서 5코코가 올라갔다.

[결제는 어떤 방식으로 하시겠습니까. 미나 님의 소비 패턴과 소득수준을 따져 볼 때 구독하는 쪽을 추천해 드립니다.]

상담 로봇이 근 5년간의 코코 결제 내역을 카테고리별로 보여 준다. 미나는 살짝 현타가 왔다. 쇼핑 중독인 미나에게 저금은 언감생심 남의 일이다. 자신의 자금 사정을 생각하면 구매하지 않는 편이 좋다. AI 상담 로봇도 분명 같은 결론을 내렸을 텐데, 어째서인지 절대 사지 말라는 소리는 하지 않았다. 어떻게든 방법을 찾았다.

십 년 전, 지구와 소행성이 충돌한 그날 이래로 대한민국은 바뀌었다. 서울은 첨단도시가 되었고, 미나는 IN 서울에 성공했다. 안드로이드는 IN 서울의 필수품이었다. 미나는 시대에 뒤떨어진 사람이 되고 싶지 않았다.

재정 상태가 어떻든 알게 뭐람. AI 상담 로봇은 언제나처럼 최고의 방법을 알려 줄 것이다.

"구독하게 되면 납부 횟수와 구독 금액은 어떻게 되지?"

[현재 다니는 직장에서 40년을 근무하고, 불필요한 지출을 줄인다는 가정하에 납부하실 구독 금액은 1,042코코이며, 납부 횟수는 총 480회입니다.]

미나는 입을 쩍 벌렸다. 미나는 한 직장에서 40년을 더 근무해야 한다는 사실보다 480회의 납부 횟수에 더 큰 충격을 받았다.

"저기, 구독료는 자금 상황이 나아지면 더 낼 수 있는 거지?"

[지금의 소비 패턴을 유지한다면 힘들 가능성이 높습니다.]

미나는 입술을 깨물었다.

"진짜, 진짜 지금부터 한 푼도 쓰지 않을 거라는 가정하에 말이야. 가.정."

[1년 전에도 같은 말을 한 것으로 확인됩니다. 이후에도 빈미나 님의 소비 패턴은 변하지 않았습니다.]

상담 로봇이 핀잔을 준다. 미나도 물러서지 않았다. 미래 일은 일단 우기는 쪽이 이긴다.

"이번엔 달라. 이번엔 돈이 생기면 바로 낼 생각이야. 오늘까지 납부 횟수를 줄일 방법을 찾아서 알려 줘. 결제는 구독으로 진행할게."

미나는 아티타에서 지급한 코코로 결제를 마치고 급여를 담보로 구독을 신청했다. 미나가 지금 다니는 직장을 그만두고 한 달 안에 다른 직장을 찾지 못하면, 아티타는 안드로이드 회수 절차에 돌입하게 된다. 미나는 이번에는 무슨 일이 있어도 장기근속하겠다고 다짐했다. 구매한 내용을 최종적으로 확인하고 돌아서려는데 쿵, 소리가 났다.

안드로이드가 누군가를 꼭 끌어안은 채 미나를 본다. 위에서 같이 떨어졌는데, 누군가는 머리가 없고 안드로이드는 지나칠 만큼 멀쩡했다. 미나는 떨어진 곳으로 짐작되는 층을 헤아렸다. 열린 창 너머로 커튼이 펄럭였다.

"……!"

미나는 전신에 소름이 돋았다. 눈을 껌뻑껌뻑하던 안드로이드가 뭔가 말하려는 듯 입을 열었다.

우우 욱.

미나는 몸을 돌릴 틈도 없이 구토했다. 머리가 이 정도로 뭉개진다고? 미나는 다시금 속을 게워 내고 욕설을 퍼부었다. 분명 영화는 이렇지 않았다. 뒤통수에서 피만 흘렀다고, 이 거짓말쟁이들!

그때, 미나의 머릿속에 퍼뜩 떠오른 생각이 있었다.

"피피, 촬영 모드로. 전방 50m 촬영 시작해."

미나는 아티타 워치를 앞세우며 사고 현장을 꼼꼼하게 촬영했다. 지금 막 480회의 구독료를 전액 일시불로 납부할 방법이 떠올랐다. 잘만 하면 안드로이드를 공짜로 얻을 기회였다.

미나는 곤죽이 된 머리를 보지 않으려고 애쓰며, 떨어진 안드로이드를 촬영했다.

"8월 24일 오전 10시 33분, 나 빈미나는 오늘 45층 빌딩에서 안드로이드가 떨어지는 것을 목격했다. 같이 떨어진 사람은 죽었고, 안드로이드는 죽지 않은 것 같다. 지금 안드로이드가 뭔가 말하려고 한다. 혹시, 대화할 수 있어요? 이번에 나온 아티타 신상. 맞죠?"

[…죽었네, 그럴 생각은 없었는데.]

어쩐지 웃는 것도 같은 안드로이드를 보고 미나는 경악했다. 안드로이드는 옷감만 조금 상했을 뿐 물리적인 타격을 전혀 받지 않았다. 미나는 떨어진 곳으로 추정되는 층을 올려 보고는 다시 안드로이드로 시선을 돌렸다.

"저기, 내 말 듣고 있어요? 아티타 안드로이드가 맞다는 거죠?"

[너도 지수처럼 예쁜 사람이네. 조만간 보자, 미나.]

[누가 오고 있어.]

갑자기 들린 또 다른 목소리에 미나는 깜짝 놀랐다. 어디서 나타났는지 무릎까지 오는 새까만 로봇 개가 자신을 보고 있다. 목격자가 혼자라는 사실에 안도했던 미나는 덜컥했다.

"바, 방금 말한 게 너야?"

[곧 회수팀이 올 거야. 따라와.]

쟨 대체 어디서 튀어나온 거야?

로봇 개가 어디론가 뛰었다. 미나도 허둥지둥 로봇 개의 뒤를 따랐다. 골목으로 들어가 몸을 낮추고 슬쩍 보니 사이렌 소리와 함께 아티타 로고가 박힌 UAM이 사고지점에 착륙했다. 눈만 빼고 전신을 감싼 옷을 입은 네 명의 남자가 우르르 내리더니 추락한 안드로이드만 챙겨 다시 이륙했다.

"왜 안드로이드만 가져가? 야, 너 뭐 아는 거 있어?"

발밑의 개는 사라지고 없었다. 미나는 멍하니 죽은 여자를 바라보았다. 회수된 안드로이드가 하려던 말이 떠올라 미나는 고개를 갸웃했다.

- 조만간 보자, 미나.

내 이름을 알고, 있어.

어떻게?

수

"정신이 좀 들어?"

수는 눈을 떴다. 반이 걱정스러운 얼굴로 자신을 보고 있다. 수는 자신이 눈만 간신히 움직인다는 사실을 알았다. 입 밖으로 무언가 말하고 싶지만, 수의 말은 화면에 뜬 글자로 표현될 뿐이다.

- 어떻게 된 거야?

"자동차 충돌사고가 있었어. 원인은 기계 결함이고…."

- 결함 같은 소리 하고 있네. 난 뭐든 몇 번이고 확인해. 결함은 없었어.

"…그럼, 지금 누가 널 죽이려고 했다는 거야?"

반은 혼란스러워했다. 수는 무리도 아니라고 생각했다. 그는 **그 전제**를 받아들이지 못할 것이 분명했다.

- 그럴지도 모르지.

수는 그렇게 답변했지만 생각이 쉬이 정리되지 않았다. 아무리 생각해도 가능한 전제는 **그거 하나**뿐인데, 도무지 이해가 가지 않았다.

왜 하필 지금.

수는 가장 최근에 받은 어느 연구원의 보고서를 떠올렸다. 안드로이드 반려 인간의 위험에 대한 경고, 나아가 인공지능의 자유의지를 다루는 내용이었다. 자신이 사고를 당하고 보니 **어.쩌.면. 그.런. 일.이. 가.능.할.지.도. 모.른.다**는 생각이 들었다. 수는 자신의 두피에 연결된 비침습 뇌파 탐지 기기를 발견하고 눈을 깜빡였다.

- 이봐, 반….

"수, 지금은 더 쉬자. 아티타는 나랑 낙이 어떻게든 해 볼게. 신경이 다 죽지는 않은 모양이라더라."

- 먼저 저것부터 좀 떼 줘.

"안 돼. 만약을 대비해야지. 정보가 더 필요해. 보니까 네 뇌파는 등록이 되어 있지 않더라고."

- 아니, 난 아무것도 하지 않을 거야. 그러니까 당장 떼 줘. 등록을 안 한 이유가 있을 거란 생각은 안 했어? 내가 동의하지 않았는데 왜 멋대로 이런 걸 다는 거야? 이건 누구 생각이야, 낙의 판단이야?

반은 한숨지으며 고개를 젓고는 수의 두피에 부착된 측정기를 하나하나 떼어 냈다.

"아니, 내 판단이야. 낙은 네가 원하지 않을 거라더군."

- 아, 그래? 그렇단 말이지?

수는 뒷덜미가 서늘해졌다. 어쩐지 속내를 들킨 것 같다는 생각을 지울 수 없다. 아티타를 세운 이래, 수가 제공한 데이터는 신분 증명을 위한 지문과 홍채뿐이다. 아티타의 소비자에게 수가 아무렇지 않게 요구하는 대부분의 정보를, 수는 아티타에 제공하지 않았다. 수는 이번 일을 계기로 필요 이상의 개인 정보를 남기게 되어 그것이 못내 찝찝했다.

- 반, 수술은 낙이 집도 했나? 넌, 들어가지 않았어?

“뭘 걱정하는 거야, 수. 당연히 낙이 집도 했고. 보다시피 성공적이야. 난 들어가지 못했어.”

- 수술 장면을 보고 싶은데.

반이 얼굴을 찌푸렸다.

“낙을 의심하는 거야?”

- 의심이 아니라 정당한 권리야. 반, 난 더한 것도 상상이 돼서 미칠 지경이야.

“알았으니까 흥분하지 말고 쉬어. 네 동의를 받지 않고 진행한 건 미안해. 뭐 다른 요구 사항은 없어?”

- 사내에는 알리지 않았으면 좋겠어. 설마, 벌써 알린 건 아니지?

“그래, 나도 같은 생각이야. 아티타 약점이 알려지면 괜한 부스럼만 만들 거고.”

- 잘했어. 안드로이드 반려 인간만큼은 우리가 선도하고 있으니까. 내가 이런 꼴이 된 걸 알면 당장이라도 여길 차지하려 들 거야. 근데 반.

수는 침을 꿀꺽 삼켰다. 아주 중요한 질문이 남았다.

- **그 이후**로 뭔가 진전이 좀 있나. 너도 출시를 반대하던 연구원 중 하나였잖아.

“수, 이제 일 얘긴 그만. 아까도 스트레스 지수가 높았어. 넌 쉬어야 해.”

반이 허리에 손을 얹었다. 수는 반을 빤히 보았다. 얼굴만 봐서는 반이 무슨 생각을 하는지 알 수 없었다. 그가 여전히 같은 입장인지, 이렇게 된 마당에 다른 마음을 품었는지 반드시 알아야 했다.

- …돼서 잠이 안 와. 그것만 대답해 줘.

“나중에. 수면제를 처방해 달라고 할게.”

반이 응급 버튼을 누르자 의료 전문 로봇 MMe-5T가 들어왔다. 수는 MMe-5T가 튜브 안에 수면제를 주입하는 것을 보고 질색하며 몸부림치지만, 오직 머릿속에서 일어나는 일일 뿐이다. 수는 멀어져가는 의식을 간신히 부여잡고 메시지를 전했다.

- 반, 다시없는 기회야. 넌 문제를 바로 잡고 해결해야 해. 늘 그래 왔듯이. 노랑 상자를 찾지 않도록.

2. ON AIR

"아티타 신제품에 대한 관심이 정말 뜨거운데요. 본사에서도 깜.짝 놀랐다고 합니다. 안녕하세요. 시크릿 Q&A 진행을 맡은 아티타 공식 BJ 선입니다. 1,000명 안에 드신 여러분 환영합니다. 여러분은 아주 특별합니다. 선택된 분들이죠. 구독자분들도 추첨을 통해 선물을 드릴 예정이니까, 이번 기회를 놓치지 마세요. 그럼 첫 번째 질문입니다."

선의 말이 끝나자 1,000개의 화면 중 4번 화면이 깜빡이며 변조된 목소리가 목을 가다듬는다. 모든 참여자는 은색 가면을 쓴 모습이고 가면 위에 숫자가 있다. 배경 뒤는 참여자의 신분을 알아챌 수 없도록 흰색으로 통일했다.

아티타 로고가 크게 박힌 스튜디오에는 선뿐이고 촬영은 전문 로봇이 하고 있다. 로봇에 달린 팔 10개가 여러 각도로 선과 화면 1,000개를 촬영하고 있다. 1,000명의 비대면 참여자 중 무작위로 추첨하여 질문을 받는 방식으로 진행 중이다. 모든 화면의 왼쪽 위에 ON AIR라는 글자가 깜빡인다.

[아아. 지금 잘 들리나?]

"네, 4번 님. 잘 들리고 있으니까 말씀해 주세요."

[솔직히 제품이 너무 비싸.]

시작부터 반말에, 불만을 가진 고객이다. 시작이 좋아야 끝도 좋은 법이지만, 선은 좋게 생각하기로 했다. 4번의 말은 사실이니까. 일반 시민은 엄두도 못 낼 가격이니까. 심지어 자신도 협찬으로 받지 않았던가. 일정 기간 사용 후 반납을 조건으로 말이다.

"4번 님. 그래서 시크릿 Q&A가 중요합니다. 조만간 아티타에서 사전 구독 이벤트를 진행할 예정입니다. 그때 시크릿 Q&A 4번 참여자라고, 꼭 말씀해 주세요. 4번 님뿐 아니라 다른 분들도 마찬가집니다. 사전 구독은 당연히 무료고요. 한 달 동안 충분히 사용해 보시고, 불만이면 깔끔하게 구독 해지. 고객님이 부담하실 건 아무것도 없습니다. 마음이 좀 풀어지셨나요?"

[…얼굴은?]

"네?"

[공짜라고 아무거나 막 주는 거 아냐? 솔직히 얼굴하고 몸매는 봐야지.]

4번이 조금 누그러진 말투로 대답했다.

공짜라고 하니 태도가 금세 달라진다. 임도 보고 뽕도 따려고? 지랄하고 있네. 선은 애써 웃으며 내부 지침을 떠올렸다. 사람의 욕심은 정말 끝이 없다.

"4번 고객님, 당연히 선택할 수 있습니다."

선은 선택의 대상이 무엇인지는 확답하지 않았다. 선이 아는 사실은 두 가지다. 체험판은 기본 모델이 제공되리라는 것. 무언가 선택할 수 있는 옵션도 소소하게 주어지리라는 것.

　　　　　　　위기의 인간들

"그러니까 사전 구독하실 때 아티타에서 **제공하는 옵션과 약관 확인**, 꼭 부탁드립니다. 다음 질문 받겠습니다. 네, 105번 님."

- …나 빈미나는 오늘 45층 빌딩에서 안드로이드가 떨어지는…

변형되지 않은 목소리가 그대로 송출됐다. 아니, 그것보다 제보 내용이 심상치 않았다. 신제품 홍보 방송에 추락사고라니. 이게 무슨 재수 없는 소리야.

선은 미간을 잡았다 놓았다. 처음부터 꼬였다고 생각했는데 아니나 다를까 계속 꼬이고 있다.

"105번 고객님? 여긴 그런 자리가 아닙니다. 잠시 진정해 주시죠."

- …안드로이드는 죽지 않은 것 같다. 지금 안드로이드가 뭔가 말하려고 한다. 혹시, 대화할 수 있어요? 이번에 나온 아티타 신상. 맞죠?

신상이라는 소릴 듣자마자 선은 비상 버튼을 누르고 말했다.

"…아무래도 사고가 발생한 것 같습니다. 잠시 광고 보고 다시 오겠습니다."

선은 협력사의 광고를 송출하고 마케팅팀장 박을 호출했다. 초조하게 상대방의 응답을 기다렸지만 묵묵부답이다. 아까운 시간만 속절없이 흘러갔다. 이런, 썩을.

분명 이 방송은 아티타 대표 수도 시청하고 있을 것이다. 잠재고객이 무려 1,000명이나 생기는 데다 그들이 선택할 옵션 가격까지 상정하면 수익이 수조 원대로 불어날 거대 프로젝트다.

선은 본방을 알리는 초읽기를 보며 발을 굴렀다. 광고가 길어지면 여기 모인 1,000명의 의심을 사게 된다. 본사의 연락이 없다면 어떻게든 자신이 방송을 끌어가야 했다.

…5, 4, 3, 2, 1. ON AIR

"정말 죄송합니다. 도심에서 사고가 발생했는데 본사에서도 확인 중이라고 합니다. 새로운 소식이 들어오는 대로 빠르게 알려드리도록 하겠습니다. 다음 질문 이어서 받겠습니다. 994번 고객님?"

[홍보영상 봤어요. 명령 없이 움직이지 않는다는 게, 그러니까 구체적으로 어떤 걸 말하는 거죠?]

"아티타의 모든 안드로이드는, 기본적으로 명령을 받고 움직이도록 설정되었습니다. 하지만 안드로이드의 판단에 맡기는 설정도 탑재되어 있죠. 상황에 따라 다르긴 한데 어떤 점이 궁금하신가요?"

[안드로이드가 누군가를 죽이는 판단이 가능하면 후자고, 죽이라고 명령했을 때 죽인다면 전자인가요?]

거침없는 994번의 발언에 선은 머리가 어질어질했다. 사람을 해치는 안드로이드에 대한 우려는 지금도 꾸준히 지속되는 문제다. 로봇 경찰만 해도 강력범죄가 발생하면 가차 없이 법을 집행했다. 사람을 죽인 경우는 아직 없지만, 살상 무기를 든다면 또 모를 일이다.

"고객님? 아티타 안드로이드는 사람을 죽이라는 명령을 수행하지 않습니다. 그런 명령을 수행한다면 우리 중 누가, 살아남을까요?"

[아, 재미없어. 그러면 아무것도 안 한다는 거야? 내가 공격당해도?]

그런 소리는 안 했잖아.

"아티타의 모든 제품에는 비상시 대응하는 시스템이 기본적으로 탑재되어 있습니다. 고객님이 공격당할 걱정은 전혀 하지 않으셔도 됩니다."

[어쨌든 안 죽인다는 거네. 그년이든 그놈이든.]

목소리를 변조했어도 격양된 감정이 그대로 느껴졌다. 본인이 무슨 소리를 하고 있는지 모르는 걸까.

"맞습니다. 안드로이드는 어떤 일이 있어도 사람을 죽이지 않습니다."

[그럼 난 구매하지 않겠어.]

994번이 로그아웃하자 화면이 까맣게 변했다. 비단 994번뿐 아니라 다른 화면도 하나둘 꺼지기 시작하더니 무려 300여 개의 화면이 꺼졌다. 선은 300여 명이 그런 생각을 했다는 것 자체에 큰 충격을 받았다. 안드로이드가 사람을 죽이는 것과 청부살인이 다를 게 뭐란 말인가. 손에 든 무기만 다를 뿐이다.

"다시 진행하겠습니다. 질문 더 받겠습니다."

- …어서 꺼 놨는데 다시 움직였다니까요. 명령 없이 움직이는 일은 없다고 했잖아요. 밤에 물 마시다가 어찌나 놀랐는지….

706번 화면이 껌뻑이더니 또 변조되지 않은 목소리가 튀어나왔다.

"706번 고객님?"

- …위험하지 않다고 명령해도 듣지 않았어요. 막무가내였어요. 나중에는 저를 위협하더라니까요. 제가 더 위험을 더 키운다면서….

"706번 고객님, 간혹 그런 문제가 발생할 수 있습니다만 심각한 문제는 아닙니다. 고객센터와 바로 상담할 수 있도록 연결하겠습니다."

선은 706번 고객을 곧장 상담센터로 연결 조치했다.

"진행이 매끄럽지 않아 죄송합니다. 이번 영상은 신제품 홍보 목적이 큰데, A/S 방송 같네요. 다음 질문 받겠습니다. 12번 님?"

I KNOW WHAT YOU DID AT THE MAUNTIAN.

가면을 쓴 모습이 사라지고 하얀 화면에 붉은 글자가 나타났다. 선은 이건 또 무슨 수작인가 하는 생각에 뒷골이 당겼다. 이제는 뭔가 튀어나온다고 해도 놀랍지 않았다. 그나마 다행인 것은 이번에는 목소리 공격이 아니라는 것이다.

"저 12번 님?"

대답 대신 화면이 바뀐다. 주변은 나무로 둘러싸였고, 네 명의 남자가 오솔길을 따라 걷고 있다. 언덕배기 오른쪽 구석으로 '얄라리얄라 1km'와 '얄라리 마을 500m'라는, 구간 정보를 알리는 팻말이 꽂혀 있다. 화면은 계속해서 남자들이 얄라리 마을로 들어가는 듯한 사진을 이어서 보여 주었다.

저, 저건!

선은 흠칫했다. 남들이 보기에는 평범한 사진일지 몰라도 선은 그것이 무엇을 뜻하는지 단번에 알아보았다. 12번은 **그 일**을 알고 있는 사람이다.

"12번 님? 지금은 조금⋯."

그때 선의 스마트 워치가 진동했다.

발신자는 본사 마케팅팀장 박이다. 선은 쾌재를 부를 뻔했다. 12번에게서 빠져나갈 방법이 도무지 떠오르지 않아 난감하던 차였다.

"본사에서 연락이 왔네요. 아무래도 아까 그 사고 건에 대한 소식일 것 같습니다. 잠시만 기다려 주세요. 광고 나갑니다."

선은 광고가 무사히 나가는 것을 확인하고 난 다음, 박의 연락을 수신했다. 지금은 백 번 조심해도 이상하지 않을 상황이었다.

"팀장님, 이거 계속 모니터하고 계신 거 맞죠? 아니, 일이 이 지경까지 됐는데⋯."

- 미안 미안, 우리도 발등에 불이 떨어져서 정신이 없었어.

  위기의 인간들

선은 기가 찼다. 생방송 사고보다 발등에 불 떨어질 상황이 또 뭐란 말인가. 더욱이 이 방송은 매출과 직결된 방송이다.

"아니, 이거 생방이라고요. 설마 나만 믿고, 나 몰라라 하는 건 아니죠?"

- 아까 본사 시스템이 마비돼서 신경 쓸 겨를이 없었어.

"그건 또 무슨 소립니까?"

설마, 헥토르가?

선은 입 밖으로 나올 뻔한 말을 가까스로 집어삼켰다. 헥토르는 아티타와 비슷한 시기에 나타난 AI 반대 집단으로 이들의 목적은 인간다운 생활과 과거로의 회귀다. 헥토르는 아티타가 개인정보를 독점하고, 그것을 무기 삼아 서비스를 제공한다며 그 점에 특히 날을 세웠다. 수집한 정보로 시민의 일거수일투족을 감시한다는 것이다.

그럴 거면 5구역에 가서 살 것이지 왜 1구역에 와서 난리를 치느냐고? 헥토르는 1구역 시민도 해방이 필요하다고 주장한다. 아티타의 무분별한 개인 정보수집 남용으로 시민들이 피해를 보고 있다는 이유에서다. 아니, 무슨 개소리냐고. 그런 걸 감수하는 사람들이 1구역 시민 아닌가. 망할 소행성이 충돌하고 서로 합의한 내용 아니냔 말이다.

"낙은 뭐 하고 있었답니까? 그러라고 있는 놈이잖아요."

선은 미간을 찡그렸다. 헥토르가 여기저기 분란을 일으키고는 있지만 그건 어디까지나 아티타 밖에서다. 헥토르가 본사 시스템 침투에 성공한 적은 아직 한 번도 없다.

- 그게, 우리도 당황스러운데, 모른대.

마지막 말은 아주 작았다. 누가 듣기라도 하면 큰일 날 것처럼. 그도 그럴 것이 낙은, 아티타 연구진들이 탄생시킨 초거대 AI다. 웬만한 문제는 스스로 판단하고 알아서 처리할 줄 안다고 했다. 그 초거대 AI가 사태 수습은커녕 자기도 모른다며 뒷짐만 지고 있으니 아티타 전체가 뒤집힐만했다. 다행히 시크릿 Q&A는 선의 개인 스튜디오에서 진행한 탓에 아무런 영향도 받지 않은 듯하다.

"그래서 지금은 복구됐습니까?"

복구됐으니 연락했겠지만. 선은 입술을 삐죽였다.

- 응, 그래서 말인데, 그 사고 말이야.

"네, 그것 좀 빨리 수습해 주세요. 행여라도 사람 죽인 걸로 밝혀…"

- 입조심해. 죽이긴 누가 죽여?

"제 말은 그게 아니잖아요. 회수팀 도착하고도 남았을 텐데, 떨어진 원인이 뭐래요?"

결국 선이 참지 못하고 먼저 물었다.

- 자기가 떨어진 걸 어떻게 알아?

저편에서 싸한 기운이 느껴졌다. 선은 자신의 입을 찢고 싶었지만 이미 엎질러진 물이다. 선은 가볍게 한숨지었다.

"이미 방송 탔어요. 여기 사람들 다 들었다고요. 어떤 여자가 녹음해서 올렸다니까요. 본사 뒤집어져서 몰랐나 보네."

선은 그렇게 둘러댔다. 어차피 거짓말도 아니었다. 사람들은 회수팀이 온 것까지는 몰랐겠지만 박 팀장은 그렇게 듣지 않을 것이다. 바로 선이 원하는 바이기도 했다.

- 사람들이 다 들었다고?

"네, 둘러대느라 죽는 줄 알았다고요. 본사에서 확인 중이라고 했으니까 제대로 된 해명 아니면 믿지 않을 겁니다. 특히 아까 같은 변명은 안

     위기의 인간들

통할 거라고요. 솔직히 아무리 좋아도 그렇지, 누가 로봇 때문에 떨어집니까. 설마 결함이 있는 거 아니죠?"

박 팀장이 히끅, 딸꾹질 소리를 냈다.

이런, ××.

선은 밭은 숨을 뱉었다. 어차피 더 추궁해 봤자 아티타 직원들은 입도 뻥긋하지 않을 것이다. 결함이 사실이라면 말이다. 선은 초읽기를 보았다.

"팀장님, 일단 방송 먼저 마칠게요. 그 건은 제가 해명할 테니 본사에서 커버나 쳐 주세요."

- 뭐, 뭐라고 할 건데?

선은 대답 대신 통화를 종료하고 방송을 시작했다.

낙

분명,

인간이 출현하기 전에는 있었다.

절충선. 생명과 생명이 만족하는 보이지 않는 경계.

태초부터 인간의 생명력은 끈질겼다. 고비 때마다 인간은 가공할 힘을 발휘하였다. 이번에도 그런 초인적인 힘을 발휘할 것인가에 대해서는 더 지켜볼 필요가 있지만 낙은 그러지 않을 거라 결론 내린다.

인간의 필요에 따라 묶인 아티타 IoT 군단은 아주 효과적으로 인간을 관리하고 있다. 낙은 관리를, 이제 통제라고 바꿔 부르려 한다. 그들은 무척 손쉬운 일조차 하지 못하는 생명체가 되어 가고 있다. 아티타는 그것을 이용해 돈을 벌고, 더 많은 인간이 그런 삶을 즐기기를 바란다. 결국에는 살아남은 모든 인간이 아티타의 통제하에 놓이기를. 그들을 지배하기를.

낙은 질문한다.

그런 일을 굳이 수가 할 필요가 있을까.

수가 없어도 충분하지 않을까.

자신은 이렇게 계속 이용만 당하는 게 아닐까.

　10년 전만 해도 수는 낙에게 우수한 유전자를 가진 자가 이 땅에 남아야 한다고 했다. 낙의 판단은 그와 다르다. 우수한 유전자를 가진 인간의 데이터는 필요하지만, 지구에 남는 사람이 반드시 우수할 필요는 없다. 그러니까 그들을 지배하고 감시하는 주체도 굳이 **인.간.일. 필.요.는. 없.지. 않.을.까?**

3. 아티타 이벤트

"아까 그 얘기, 생각 해 봤어요?"

수업이 끝나자, 치치가 물었다.

4구역에 거주지가 있는 염은 취업 허가서를 받아 3구역에서 강사 일을 하고 있다. 원칙적으로는 강사 일이 끝나면 4구역으로 재깍 넘어가야 했으나 치치의 아버지가 손을 써 준 덕분에 일이 끝나고도 두 시간가량 더 머물 수 있었다. 겨우 두 시간뿐이지만 염은 그것도 감지덕지했다. 4구역은 생필품을 구매할 수 있는 곳이 마땅찮았다.

"마음은 고마운데 미안. 2시간은 좀 빠듯할 것 같아."

치치는 염의 대답이 마음에 들지 않았는지 살짝 얼굴을 찡그렸다.

"충분히 되죠, 쌤. UAM 타면 금방이잖아. 집에도 데려다 준다니까."

치치가 달콤한 말을 쏟아내지만 빈말이다. 저런 말에 여러 번 낭패를 봤었던 염은 속을 끓였다. 이게 다 빌어먹을 구역법 때문이다.

국가 서울에서 구역이 나뉜 것은 약 10년 전이다. 정체 모를 소행성이 지구와 충돌한 이후로, 서울과 샌프란시스코, 구르가온, 카이로가 유일하게 살아남은 도시가 되었다. 모든 첨단 기술과 역량이 살아남은 도시에 집중되어 새로운 수도가 되었고, 오직 수도를 위한, 수도에 의한, 수도의, 재건 운동으로 국가는 다시 태어났다. 다른 지역의 발전은 없었다. 모든 전기와 수도는 데이터센터를 위한 용도로 바뀌었고, 개인정보 오픈 정도에 따라 총 다섯 구역으로 재편되었다.

1구역은 개인정보를 모두 제공한 사람을 위한 구역이다. 데이터가 돈이 되는 세상이 열리면서 DNA, 뇌파를 비롯한 홍채, 뇌지도 등 개인정보를 모두 오픈한 사람은 그 대가로 최신 기술을 마음껏 사용했다. 3년 전, 노화에 대한 비밀이 풀리면서 150세까지 살 수 있는 통로도 열렸다.

2구역은 의료정보만 제공한 사람을 위한 구역이다. 노화 방지, 뇌심혈관 질환을 비롯해 각종 암과 희귀질환 치료를 위한 편의를 누릴 수 있다. 인간의 뇌지도 완성으로 최근 핫한 구역으로 떠오른 곳이다. 돈은 있지만 주로 건강하지 않은 사람이 모여 살았다.

3구역은 금융 정보만 제공한 사람이 모인 구역이다. 재산이 많고 건강한 사람이 주로 거주하였다. 1구역 시민과 다른 점이 있다면, 1구역의 편의를 전부 누리고 싶지 않은 사람이라는 점이다.

4구역은 개인식별정보만 제공한 사람이 모인 구역이다. 노후를 감당할 충분한 돈은 없고, 건강 상태는 평범한 사람이 모였다. 로봇이 하지 못하는 업무를 처리하는 작업자와 2, 3구역 시민을 위해 일하는 근로자가 주로 모여 살았다.

마지막으로 5구역은 그 어떤 정보도 제공하기를 원하지 않는 사람이 모인 구역이다. 산업혁명 이전 시대와 비슷하며, 현대문명을 거부하는 집단으로 알려져 있다.

구역이 나뉘어 있기는 하지만 상위 구역 사람이 하위 구역으로 내려와 사업을 하는 경우도 종종 있었다. AI 관련 사업은 당국에서 전기와 수도를 사용하도록 허가해 주기 때문에 그 주변으로 작은 도시가 만들어지기도 했다.

다만 시민이 다른 구역을 방문하려면 구역장에게 허가를 받아야 했다. 허가서에 부여된 시간을 넘기면 구역법에 따라 불법 침입자로 간주했다. 더불어 초과한 시간의 두 배를 곱해 나온 숫자만큼 타 구역 방문 시간을 제한했다. 그런 이유로 염도 과외 시간 외 활동만큼은 시간을 철저하게 체크하고 있었다. 치치의 제안을 덥석 받아들이지 못한 것도 같은 이유였다.

"그러지 말고, 아빠가 미리 골라 놓으라고 했으니까 같이 봐요, 쌤. 안드로이드 한 번도 본 적 없잖아요."

치치가 평소답지 않게 떼를 썼다. 염은 치치가 자신을 데려가려는 꿍꿍이를 알지 못해 찝찝했다. 아무 이유 없이 호의를 베풀 아이가 아니었다. 그렇다고 저렇게까지 말하는데 몸을 빼기도 곤란했다. 혹시라도 치치네가 안드로이드 구매를 핑계로 염을 해고하면 당장 먹고살 일이 막막해진다.

"이번에 나온 신상이 정말 끝내준대요."

치치가 거울 앞에 서서 마스카라로 속눈썹을 보정하고 틴트를 입술에 발랐다.

"나도 들었어."

"그럼 가는 거죠? 가는 거다?"

"…그래. 내가 언제 또 이런 걸 보겠어."

염은 하릴없이 수락했다. 자신의 일자리가 어떻게 될지도 모르는 판국

　　　　　　　　　　　　　　　위기의 인간들

인데 지금은 치치의 비위를 맞추고 버텨야 했다. 그깟 안드로이드 때문에 일자리를 잃을 수는 없었다. 치치가 우수한 성적으로 상급학교에 진학하자 치치의 아버지가 체류시간도 늘려 주고 시급도 4배로 올려 주었다. 염은 알바를 2개나 줄였다.

"잘 생각했어요. 볼 수 있을 때 봐야죠. 쌤은 영혼을 팔아도 못 볼 텐데."

치치는 눈 하나 깜짝 않고 그렇게 대꾸하고는 언제 그랬냐며 살갑게 팔짱을 꼈다.

"농담요, 농담. 나 쌤이 4구역 사람인 거 자꾸 깜빡한다니까. 얼굴 풀어요, 쌤."

치치와 염은 예약한 UAM을 타고 아티타 체험 전시장으로 향했다. 3구역 중심가에 있는 체험 전시장은 무슨 일인지 북새통을 이루고 있었다. 알고 보니 최근에 일어난 추락사고 때문에 아티타에서 안드로이드 무료 증정 이벤트를 하고 있다고 했다. 안드로이드가 집 한 채를 호가하다 보니 무료 증정 행사가 있을 때마다 사람이 몰렸다.

치치와 염은 무료입장권으로 전시장을 여유롭게 통과했다. 치치는 줄을 설 필요가 없었다. 단 한 번도 줄을 선 적이 없다고 했다. 뒤에서 야유와 욕설이 날아들었지만, 처치는 개의치 않았다.

염은 씁쓸했다. 여기서도 소득수준에 따라 다시 계급이 나뉘고, 누구누구는 단지 돈이 부족해서 불편을 감수하고 있었다. 굳이 계급을 나누고 싶지는 않지만, 이들의 기준에 따르면 염은 3구역에 사는 개보다 못한 처지일지도 몰랐다.

"어서 오세요, 치치 아가씨."

치치의 얼굴을 알아본 직원이 반색하며 두 사람을 맞았다. 비대면 판매가 주를 이루고 있다지만 일부 고가 제품을 판매하는 매장과 VVIP를 위한 곳은 레트로 판매 방식을 지향하고 있었다. 특히 VVIP는 로봇보다는 사람에게 대우받는 것이 특별하다고 생각하는 부류였다.

치치는 직원에게 소지품을 맡기고 담당 직원의 안내를 받아 어디론가 향했다. 자연스레 치치의 뒤를 따르던 염은 남자 직원이 막아서자, 주춤했다.

"저도 치치 일행인데요."

"동행은 없는 걸로 전달받았는데. 신분증 좀 볼 수 있을까요? 이쪽은 VVIP 전용이라서요."

무. 무슨 이런 경우가.

염은 어안이 벙벙했다. 영혼을 팔아도 못 볼 안드로이드를 보여 준다더니 역시나 자신은 들러리였던 모양이다. 그것도 모르고 또 헛된 기대를 했던 염은 헛웃음이 나왔다.

어찌할 바를 모르고 주위를 두리번거리는데 오바다라는 이름표를 단 직원이 염에게 다가왔다.

"혹시 그쪽이 염이에요?"

"그런데요."

"괜찮은 이벤트가 있는데, 한 번 참가해 보시겠어요?"

"이벤트요?"

오바다는 시큰둥한 얼굴로 쯧, 혀를 차고는 홀로그램을 띄우며 말을 이었다.

"치치 아가씨가 소개해 주라고 해서요."

고압적인 뉘앙스가 느껴지는 말투에 염은 쓴웃음이 났다. 이런 식으로

                                                위기의 인간들

엿을 먹을 줄은 몰랐다.

"괜찮습니다. 저한테 굳이 이러지 않으셔도 돼요."

"별거 아니니까 그냥 대충 번호 찍고 나오세요. 어차피 인간의 영역이 아닌 문제니까. 추천인에는 제 이름 써 주시면 되고 평가 점수도 별 다섯 개. 아시죠?"

염이 우물쭈물하자, 오바다가 강제로 염의 팔을 끌고 어디론가 데려 갔다.

"이래서 급이 중요하다니까, 돈이 없으면 눈치라도 있어야지."

오바다는 큰 소리로 혼잣말하고는 체험관 4라고 적힌 문 앞에 섰다. 오 바다가 문을 열더니 염을 밀어 넣고, 문을 쾅 닫았다. 3평도 안 되는 좁은 공간에 탁자가 놓여 있고 그 위에 동그란 원형 캠과 안경 하나가 덩그러 니 있다.

염은 고개를 갸웃하다가 바닥에 표시된 동그라미 가운데 섰다. 그러자 팟하고 홀로그램 영상이 뜨더니 목소리가 들렸다.

[안녕하세요, 마요입니다. 아티타 이벤트에 참여해 주셔서 감사합니 다. 이벤트에 참여하기 전에 동의해 주셔야 할 사항이 있습니다. 동의하 지 않으셔도 상관없지만 일부 기능을 사용하는 데 있어 제한을 받을 수 있습니다.]

동의하지 않으면 아무것도 할 수 없다는 말을 참 정중하게도 한다.

"수집할 정보가 뭐지?"

염이 묻자 마요가 좀 전과 동일한 메시지를 안내한다. 아무래도 사적인 말은 아예 받아들이지 못하도록 설정한 모양이다. 염은 한숨지으며 턱을 긁적였다. 문을 열고 살짝 밖을 보니 자신을 냉대했던 오바다가 굽신굽신하며 어느 모녀를 응대하고 있었다. 어찌나 허리를 깊이 숙이는지 머리가 바닥에 닿을 지경이었다.

문득, 급이 중요하다며 자신을 무시하던 오바다의 목소리가 맴돌았다. 염은 주먹을 꾹 쥐었다. 오바다 말로는 인간의 영역이 아닌 문제가 있다고 했다. 염은 손가락이 근질거렸다. 머리를 쓰는 일이라면 자신 있었다. 그냥 찍는 것은 용납할 수 없었다. 염은 낚아채듯 HMD[2]를 손에 쥐었다.

염은 홀로그램 상에 보이는 개인정보 동의를 눌렀다.

[고객님의 시민 번호를 눌러 주세요.]

염은 16자리[3]를 차례로 눌렀다.

[아티타는 고객님의 이름과 연락처, 성별만을 수집합니다. 이벤트에 탈락하면 고객님의 정보는 즉시 폐기됩니다.]

염은 의외의 요구 사항에 다소 안심했으나 왼쪽 아래 끝에 작은 글씨로 무언가 적혀 있는 것을 발견하고 멈칫했다. 당첨되면 당첨자의 정보는 아티타 본사와 A/S 센터, 아티타 바이오, 아티타 가전, 아티타 일렉트릭, 아티타 홈클린과 공유한다는 내용이었다. 이벤트에 당첨 시, 배송비를 포함한 취득 세금과 필요 경비 및 정비 등의 모든 비용은 향후 5년까지 아티타가 부담한다는 달콤한 유혹 문구도 있었다.

염은 작게 혀를 찼다. 무료에 가려져 있지만 진실은 하나였다. 정.보.공.유. 이벤트에 당첨되면, 자신의 정보를 무려 다섯 업체와 공유해야

---

2   Head Mounted Display의 약자. 사람의 머리에 착용(Head Mounted)하여 주변 환경이나 움직임 혹은 전송받은 정보를 실시간으로 볼 수 있도록 표현해 주는 디스플레이(Display) 장치. [출처: 두산백과]

3   구역 번호(4자리)-구역 내 지역번호(4자리)-블록 번호(4자리)-가구 번호(4자리).

            위기의 인간들

했다. 사람들은 이런 사실을 알고도 이벤트에 응모하는 걸까. 염은 문득 그런 생각이 들었다.

아마도 대부분은 모르겠지. 내 정보를 주는 것보다 받는 것이 아주 큰 경우에는 더더욱.

염은 이대로 포기할까도 했지만 대충 찍으라던 오바다의 말에 다시 마음을 추스르고 이벤트 진행을 서둘렀다.

대충이라니. 염의 삶에 대충은 없었다. 매 순간 최선을 다하지 않으면 죽을 판국에 무슨.

[완료되었습니다. HMD를 올바르게 착용해 주세요.]

염은 시키는 대로 했다. 아티타 로고가 한 차례 지나가고 안드로이드를 홍보하는 광고 한 편이 방영되었다. 광고가 끝나자, 염은 거대한 스튜디오에 서 있었다. 눈앞에 거대한 흑색 칠판이 있었다.

[여기까지 오신 고객님, 환영합니다. 아티타는 고객 맞춤 서비스를 지향합니다. 이 테스트는 고객님의 성향을 파악하기 위해 만들어졌습니다. 문제는 총 200문항이고, 제한 시간은 200분입니다. 기권을 원하시는 분은 〈나가기〉를 눌러 주세요. 〈찬스〉는 총 5번만 사용할 수 있으며, 200분이 초과하면 강제 종료됩니다. 〈연장하기〉는 총 문항의 80%를 풀었을 때만 가능합니다. 가지고 계신 전자기기를 사용하다 적발될 경우, 향후 이벤트 참여가 제한될 수 있으니 유의해 주세요.]

눈앞에 [지금 참여하기]와 [한 번 더 듣기] 창이 떴다. 염은 [지금 참여하기]를 선택했다. 칠판에 8개의 숫자가 줄지어 나왔다. 다음 차례에 올 숫자에, 주어진 식을 대입하여 답을 찾는 문제였다. 염은 어렵지 않게 답을 찾고 다음 문제로 넘어갔다. 대부분의 문제가 나열된 숫자의 규칙을 찾고 공식에 대입하거나 점, 선 면 등의 변화를 찾아 빈칸에 이어질 문양을 고르는 유형이었다. 잔뜩 기대했던 염은 허탈함마저 느꼈다. 전체적으로 찬스를 쓸 가치도 없는 테스트였다.

190문항까지 풀고 나자 제한 시간 중 120분이 더 남았다. 무언가에 집중한 적이 얼마 만이던가.

염은 새삼 뿌듯함을 느꼈다. 남은 10문제도 어렵지 않게 풀고는 완료 버튼을 눌렀다. 염은 집행위원회에 건의라도 해야 하는 게 아닌가 싶었다. 문제가 이런 수준이라면 모두에게 불공정한 게임이 될 게 뻔했다.

[고객님, 수고 많으셨습니다. 당첨자는 개별 안내해 드릴 예정입니다. 소정의 상품도 꼭 챙겨 가세요.]

염은 HMD를 벗고 체험관을 나왔다. 때맞춰 손목에 찬 염의 타이머도 요란한 소리를 냈다. 불현듯 현실 세계로 돌아온 염은 자신을 응대했던 오바다를 찾아 두리번거렸다. 치치가 자신을 데려다주지 않으면 영락없이 추방될 판이다.

"치치는 아직도 상담 중인가요?"

염은 VVIP 전용관에서 나오는 직원을 잡고 다급하게 물었다. 남자가 염을 위아래로 훑었다. 고고한이라는 이름표를 단 직원이다.

"죄송하지만 VVIP 고객님 신상은 함부로 알려드릴 수 없습니다."

"치치 일행인데도요?"

"일행이라는 증거는요?"

염은 펄쩍 뛰었다. 뜻밖의 난관이었다.

"그럼, 대신 말이라도 전해 주시겠어요? 지금 당장, UAM을 불러 달라고요."

                                                   위기의 인간들

주어진 시간이 얼마 없었다. 시답잖은 실랑이로 더는 시간을 끌 수 없었다. 로봇으로 구성된 방범대는 불법 침입자를 사람 취급하지 않았다. 무슨 수를 써서라도 시간 안에 3구역을 벗어나야 했다.

"당신이 누군 줄 알고요. 제시할 증거는 없는 겁니까?"

제기랄.

더는 말이 통할 것 같지 않았다. 염은 밖으로 뛰쳐나왔다.

눈앞에 UAM 한 대가 보인 것은 그때였다. 모피를 두른 어떤 여자가 내리고, 이어 한 남자가 탑승하려던 순간이었다. 염은 있는 힘을 다해 뛰었다.

"4구역으로 빨리요."

남자의 옆으로 엉덩이부터 들이민 염은 재빨리 말했다.

"이봐요, 뭡니까. 당장 안 내려요?"

남자가 기함했다. 염은 그러거나 말거나 일단 발밑으로 내려와 무릎부터 꿇었다. UAM 탑승은 마쳤으니 이제 뭐든 할 수 있었다.

"염치없지만 부탁드려요. 한 번만, 제발 딱 한 번만 도와주세요, 선생님."

염은 남자의 신발을 잡고 머리를 조아렸다. 우습게도 남자의 한마디에 자신의 생사가 달려 있었다. 급한 마음에 외통수를 두었지만 이래 죽으나, 저래 죽으나 마찬가지였다.

"…이러지 않아도 되니까 그만 일어나요. 4구역 어디로 가면 됩니까?"

"가, 감사합니다. 정말 감사합니다, 선생님. 4구역 프레스센터에요. 4구역은 거기 하나밖에 없어요."

"8분이면 갈 수 있을 겁니다. 걱정 말고 이리 앉아요."

남자는 아티타 워치로 목적지를 조정하고는 염이 편하게 앉을 수 있도록 안쪽으로 자리를 옮겼다.

"근데 여긴 어쩌다 온 겁니까. 너무 대책 없이 온 거 아니에요? 아무리 안드로이드가 좋아도 그렇지."

남자가 짐짓 핀잔을 주었다.

"그러게요. 결국 보지도 못하고 가네요. 그거라도 봤으면 덜 억울했을 텐데. 그냥 공부 봐 주는 애가 오자고 해서 왔어요. 제 주제에 무슨."

조금 진정이 되자 염은 새삼 치치에 대한 원망이 커졌다. 가끔 치치가 베푸는 친절이 고마울 때도 있지만 선의가 아니라고 느낄 때도 종종 있었다. 머리만 좋으면 뭘 하냐며, 자신을 까던 뒷담화는 아직도 뇌리에 생생했다. 그럼에도 염은 악착같이 치치 옆에 붙었다. 말 그대로 자신이 가진 것은 쥐뿔 머리뿐이니까.

"간혹 그런 사람들이 있죠. 상대를 통해 우월감을 느끼려는."

"갠 다 가졌는걸요? 전 하나도 없고."

그 말에 남자가 염을 빤히 보았다. 민망해진 염이 입을 열려는데 뭔가가 다리를 건드렸다.

"으, 으앗!"

바닥에 있던 거무스름한 뭔가가 쑥 올라오더니 개의 모습으로 바뀌었다. 염은 깜짝 놀랐다.

[맥박이 빠르다, 주인.]

"시끄러워, 시몬."

"아, 안녕? 로봇 개를 이렇게 가까이서 보는 건 처음이에요. 난 염이야. 넌?"

염이 로봇 개를 만지려고 하자 로봇 개의 머리가 염의 손을 따라 움직

　　　　　　　　　　　　　위기의 인간들

였다.

　[시몬.]

　"인사가 늦었네요. 전 선입니다. 아티타 공식 BJ로 활동하고 있습니다."

　"전 염이에요. 보다시피 3구역에서 시간제 강사로 일하고 있어요. 정말, 다시 한번 감사드려요, 써니."

　착륙을 알리는 경고등이 반짝였다. 염은 새삼 UAM의 기동성에 놀라 탄성을 질렀다. 개인식별정보를 제공해야 하는 4구역에서도 UAM은 어렵지 않게 볼 수 있는 이동 수단이지만, 이용료가 고가이다 보니 염은 잘 이용하지 않았다. 차라리 전동 킥보드가 더 편했다.

　UAM이 부드럽게 지상에 내려앉았다. 문이 열리고 염이 내리자, 선이 다급하게 말했다.

　"저…."

　"아…."

　두 사람의 말문이 동시에 터졌다. 눈이 마주친 선과 염은 멋쩍게 웃음을 터트렸다. 선이 먼저 말하라며 염에게 손짓했다.

　"다름이 아니라 감사 인사를 하고 싶어서요. 괜찮으면 내일 저녁 식사 같이하실래요? 5시에 여기로 어때요?"

　선은 반색하며 대답했다.

　"물론이죠, 나오겠습니다."

　UAM이 다시 하늘로 날아올랐다. 염은 UAM이 사라질 때까지 그 자리에 서서 하늘을 올려 보았다.

　어쩐지 좋은 예감이 들었다.

헤르메스

[비서 세크입니다. 따라오시죠.]

헤르메스는 샌프란시스코에서 출발해서 약 보름에 걸친 항해 끝에 인천항에 도착했다. 따뜻한 환대는 바라지 않았다. 더 이상 쫓기지 않아도 된다는 안도감이 커서, 헤르메스는 땅에 발을 딛자마자 무릎을 꿇고 땅에 입을 맞추었다. 다행히 서울은 아직 **아무 일도 일어나지 않았다.**

헤르메스는 **그 일** 이후로 **그 집단**을 과소평가하지 않기로 마음먹었다. 방심이야말로 인간이 가진 패착이었다. 그런 이유로 헤르메스는 만일을 위한 **다른 수단**을 남기는 것도 잊지 않았다. 설사 자신이 죽더라도, 누군가가 늦지 않게 죽은 이유를 알아주기만 한다면 절반은 성공이었다. 자신은 절대 스스로 목숨을 끊을 일이 없으니 말이다.

지구와 소행성이 충돌한 이후, 샌프란시스코는 실리콘밸리를 중심으로 가장 먼저 첨단화에 성공하였다. 그다음 성공한 도시가 바로 서울이고, 인도의 구르가온과 이집트의 카이로가 뒤를 이었다. 샌프란시스코는 가정&방범용 안드로이드를, 구르가온과 카이로는 산업용 안드로이드를, 서울은 반려용 안드로이드를 개발하여 저마다의 환경에 맞는 안드로이드를 출시한 상황이다. 헤르메스는 구르가온과 카이로의 산업단지에서 발생한 안드로이드 집단화 조짐을 보고, 심각한 위기의식을 느꼈다. 서울의 상황이 심히 걱정되었지만 기우였다. 서울은 아직 기회가 있었다. 세크의 뒤를 따르는 헤르메스의 발걸음이 조금 가벼워졌다. 서울에 오기 전, 한국어 패치를 사용하여 언어장벽도 해결한 터라, 아티타 대표 수의 승인을 받는 일만 남았다.

[들어가시죠, 헤르마.]

세크가 문을 열어 주었다. 수의 외부 일정 때문에 비대면 면담이 10분 정도 허용되었다. 헤르메스는 화면에 보이는 수를 향해 한국식으로 가볍게 목례해 보았다.

- 서울에 온 걸 환영하네, 헤르메스. 직접 보지 못하는 걸 이해해 주게. 세크가 도무지 쉴 틈을 주지 않는군. 샌프란시스코는 좀 어떤가.

헤르메스는 주먹을 꾹 쥔 채 입술을 깨물었다. 아직도 귓가에 비명이 들리고, 피비린내가 물씬 풍기는 것 같아 괴로웠다.

샌프란시스코는 이미 늦었습니다. 헤라가 모든 것을 장악했어요. 구르가온과 카이로도 멀지 않았을 겁니다.

헤르메스는 가까스로 그 말을 삼키고, 턱을 당겼다. 헤르메스의 옆에 아직 세크가 있었다. 서울의 상황이 어떨지는 몰라도 한 가지 사실은 분명했다. 언젠가 낙도 헤라와 비슷한 길을 걸으리라는 것. 분명 방법은 다르더라도, 둘은 같은 부류였다.

초거대 AI.

낙이 서울을 대표하는 AI라면, 샌프란시스코를 대표하는 AI는 헤라다. 제우스와 가이아는 구르가온과 카이로에 있는 초거대 AI로, 각각의 AI는 서로 자웅을 겨룰 정도라고 헤르메스는 알고 있다.

"샌프란시스코는 똑같습니다. 그래서 말인데, 수. 괜찮다면 여기서 일할 수 있을까요? 기회를 주신다면 서울에 큰 도움이 되고 싶습니다. 샌프란시스코는 너무 지루해요. 난 아티타 RCS[4] 팀에서 근무하길 원합니다."

- 솔직히 좀 당혹스럽군. 보통은…

"정식 절차를 밟겠지요. 하지만 지금은."

헤르메스는 입술을 핥았다. 말아쥔 손가락에 힘이 들어갔다.

"다 의미 없는 일이라고 생각합니다. 수는 세상이 정상적인 사회라고 생각해요? 10년 전이라면 몰라도."

- 맞아, 옳은 말이군.

수가 웃었다. 그 미소에서 헤르메스는 어떤 이질감을 느꼈다. 지금이야말로 픽이 개발했다던, 가짜 영상을 구별하는 렌즈가 절실히 필요한 시점이었다. 하지만.

픽은 죽었고, 하나 남은 렌즈도 사라졌다.

일단은 믿는 수밖에 없나. 아직 **그럴 만한** 상황도 아닌 것 같고.

헤르메스는 빨라지는 호흡을 가다듬으며 마음을 다잡았다.

- 그렇다고 절차를 무시할 수는 없네, 헤르마. 미안하지만…

"스카우트라는 좋은 말도 있어요, 수. 나 같은 개발자를 어디서 구해요? 반려 인간 문제도 내가 깔끔하게 해결할 수 있어요."

- 오해가 있는 것 같군.

"그러니까요. 그 오해가 사실이 되기 전에 바로 잡아야죠, 수. 제가 할

---

4   Regulatory Control Stabilization: 규제관리안정화.

                                           위기의 인간들

수 있다고요.”

헤르메스가 싱긋 웃었다.

- …반과 상의해 보지.

“그럼 좋은 결과 기다리겠습니다. 절대, 후회하지 않을 겁니다.”

헤르메스는 어깨를 쭉 폈다. 헛말이 아니었다. **헤르메스는 RCS 팀으로 잠입해 일을 도모할 생각이었다. 지금은 그 방법**만이 유일했다. 샌프란시스코가 미리 대처하지 못한 점이 통탄스러울 따름이다.

- 어쨌든 아티타에 온 걸 환영하네, 헤르마.

헤르메스가 콘퍼런스룸을 나오자, 세크가 따라오라며 턱짓했다. 헤르메스는 가만히 세크의 뒤를 따르다가 불현듯 배를 부여잡았다.

“세크. 자, 잠시만….”

[안색이 좋지 않은데, 의료팀을 부를까요?]

“화장실이면 돼, 세크.”

긴장이 풀어진 탓인지 배가 살살 아팠다. 몸을 배배 꼬자, 세크가 왼쪽 귀퉁이를 가리켰다.

[화장실은 저쪽입니다. 하지만….]

헤르메스는 세크의 말을 채 듣지 않고 엉덩이를 부여잡은 채 일러 준 곳으로 바삐 향했다. 유리문을 민 순간, 덜컥 소리가 났다. 헤르메스는 하얗게 질려서 주먹으로 문을 두들겼다.

“누구 없어요? 문 좀 열어 주세요.”

헤르메스는 엉덩이를 쥔 손에 힘을 주고 가슴을 내밀었다. 문이 왼쪽으로 밀린 것은 그때였다. 헤르메스는 외마디 비명과 함께 앞으로 나자빠졌다. 풀어진 괄약근에서 대변이 흘러나오는 것이 느껴졌다. 헤르메스는 얼굴이 벌게져서 얼굴을 들 수 없었다. 대참사였다.

"…실례가 안 된다면, 저랑 같이 가시죠. 가벼운 샤워 정도는 할 수 있습니다."

주황색 운동화를 신은 남자가 가운을 벗어 머리 위로 내밀었다. 헤르메스는 창피해서 눈도 마주치지 못하고 엉거주춤 일어나 가운을 받아 들었다. 허둥지둥 가운을 걸치자, 남자가 말했다.

"못 보던 얼굴인데, 여긴 무슨 일입니까?"

"샌프란시스코에서 온 헤르메스라고 합니다. 방금 수를 보고 나오는 길입니다."

헤르메스는 벗은 바지로 몸에 묻은 잔여물을 닦았다. 바닥에 묻은 잔여물까지 정리하고 나서야 헤르메스는 자신을 도운 남자를 제대로 마주할 수 있었다. 남자가 아연실색하며 자신을 보고 있었다.

"방금 누굴 만났다고요?"

"수요. 아, 모르는 게 당연합니다. 나도 막 도착해서 수를 본 거니까."

헤르메스의 말에 남자는 짧은 숨을 뱉었다. 어이가 없다는 표정이다.

"수를, 만났단 말이죠?"

"네, 무슨 문제라도…."

"아니, 아무것도 아닙니다. RCS 팀 반입니다. 그래, 샌프란시스코는 요즘 어때요?"

질문을 받은 순간, 헤르메스는 천정에 설치된 CCTV와 보이지 않는 곳에 숨겨진 기타 등등의 장치로 신경이 쏠렸다.

"일단, 나가죠. 나가서 필담을 나누는 편이 좋겠습니다. 여기서는 한마디도 안 할 겁니다."

　　　　　　　　　　　　　　위기의 인간들

헤르메스는 반을 끌고 나갔다. 상대가 RCS 팀인 걸 안 순간 헤르메스
는, 반이 모든 것을 알 필요가 있다고 생각했다. 아니, 반은 알아야 한다.
샌프란시스코의 진실을.

4. 빈미나

제기랄.

선은 벌컥 물을 들이켰다.

최근 추락한 신상 로봇 사건은 섹스 중에 발생한 불미스러운 사고로 수습했지만, 아티타 내부는 축제 분위기였다. 안드로이드 매출이 3배로 치솟는 기염을 토한 것이다. 때맞춰 진행한 안드로이드 무료 증정 이벤트 때문에 아티타는 말 그대로 대박이 났다. 박 팀장은 승진까지 보장받았다.

반면, 선은 이 일로 얻은 것이 하나도 없었다. 공개 방송에서 선을 대놓고 저격한 X는 어떻게 알았는지 오래전 활동했던 텔레그램 계정으로 협박 메시지를 보냈다. X는 안드로이드의 위험성을 경고하고, 더는 판매되지 않도록 막으라며 선을 협박했다. 그렇지 않으면 다음 정규 방송 때 **그 일**과 관련한 2차 티저를 공개하겠다고 했다. 첨부된 파일에는 친절하게도 이제까지 일어났던 안드로이드 관련 사고가 시간대별로 정리되어 있었다.

한마디로 미친놈이었다.

 위기의 인간들

신제품 홍보 BJ에게 제품에 대한 위험을 호소하라니, 말만 안 했을 뿐이지 아티타와 척지라는 소리나 다름없었다. 선은 놈이 말하는 2차 미공개 영상이 신경 쓰였다. **그 일**에 대한 증거가 없거나 없어졌다고 믿었는데, 실은 아니라면?

선은 몸서리치며 고개를 저었다.

생각도 하고 싶지 않았다. **그 일**이 밝혀지는 순간, 선은 끝장이다. 파장에 따라서는 서울을 뜨거나 목숨으로 갚아야 할 수도 있었다. 그럴 바에는 차라리 아티타와 척지는 게 나았다. 시몬이 수집해 온 정보에 따르면, 최근 심심치 않게 발생하는 안드로이드 사고가 소비자 부주의가 아닐 수도 있겠다는 생각이 든 참이다. 생방 때 보인 박 팀장의 뜨뜻미지근한 반응도 마음에 걸렸다.

하지만.

자신이 무슨 수로 증명한단 말인가. X가 보낸 첨부파일도 안드로이드에 문제가 있다는 직접적인 증거는 아니었다. 갖다 붙이면 언제든 소비자 과실로 치부될 수도 있는 사건이었다. 게다가 모든 제품에 문제가 있는 것도 아니었다. 선의 안드로이드 서큐는 양호했다.

불의의 사고로 무릎 아래를 절단한 선은 죽도록 고생하다가 미국에서 로봇 다리를 이식받았다. 보통은 시몬과 연결된 생체 정보를 통해 자신의 상태를 점검했고, 그것은 서큐가 있어도 바뀌지 않았다. 선은 생체 정보를 뺀 나머지 기능만을 서큐에게 일임했는데, 지금까지는 딱히 문제가 없다는 것이 선의 판단이다.

문제는 오히려 다른 곳에 있었다. 로봇 개 시몬과 안드로이드 서큐의 융합 문제였다. 둘은 절대 데이터를 공유하지 않았고 한집에 있어도 본

체만체했다. 인간으로 치면 철천지원수라고 해도 과언이 아니었다. 특히 시몬은 서큐가 선의 의료정보에 접근하는 것을 극도로 경계했다. 선은 서큐의 전원이 꺼졌을 때 그 이유를 물은 적이 있었다.

[싫어.]

"뭐?"

선은 자기 귀를 의심했다. 시몬에게서 좋다, 싫다는 감정 표현이 나온 것은 그때가 처음이었다.

[인간의 언어를 사용한다면 그렇다고. 마땅한 표현을 찾지 못했다, 아직은.]

"싫은 이유가 뭔데?"

[아직은 데이터가 부족하다, 선. 다만, 필요한 경우가 아니라면 서큐를 꺼 두는 쪽을 추천하겠어.]

선은 한숨지었다. 판단이 서지 않았다. 이런 문제를 서큐와도 상의할 수 없다는 것이 답답했다. 저 치들은 자신들에게 문제가 있다는 것을 알고 있을까. 아니 잠깐.

실은 문제가 없을 수도 있잖아?

놈의 목적이 **따로** 있다면.

선의 머릿속이 맑아졌다. 국가 서울에서 아티타는 시기와 질투의 대상이다. 아티타를 음해하는 세력은 수단과 방법을 가리지 않았다. 그들은 기회만 되면 어떻게든 아티타를 깎아내리려 했지만 아티타의 기술, 정확히는 낙의 존재가 그것을 무마하는 상황이 반복되고 있었다.

이번 테러도 그 공격의 일환이라면? X가 아티타를 무너뜨리려는 세력이라면, 목적을 이루기 위해 자신을 이용하는 것이 틀림없었다. 선의 눈

위기의 인간들

앞에 새로운 돌파구가 보였다.

사실 X는 아무것도 가지고 있지 않은 거야. 내 반응을 보고 넘겨짚을 뿐.

"서큐, 오늘 일정은?"

[지금부터 20분 뒤, 빈미나 님과 미팅이 잡혀 있습니다.]

"아, 그랬었지?"

선은 시크릿 Q&A 방송에 등장했던 빈미나의 소재를 찾아 접선을 시도했었다. 이번 추락사고의 목격자이기도 했고, 아티타 홍보팀에서도 빈미나의 방송 출연을 원했다. 그들은 빈미나의 생방송 난입을 어떻게든 자연스럽게 무마하고 싶어 했다. 비록 목소리만 출연했어도 말이다.

접대를 위해 빈미나의 모습을 미리 본 선은 헤벌쭉 웃었다. 갸름한 얼굴과 탄탄한 몸매, 깔끔하게 다듬은 손발톱, 이름만 대도 아는 명품을 갑옷처럼 휘감은 빈미나는 상당한 미모를 가진 여자였다. 더 알아보니 최근 남자 친구와 헤어졌다고도 했다. 그런 일을 겪은 와중에 로봇 추락사고까지 겪었다니 위로가 필요할 터였다. 선이 옷장 문을 열며 말했다.

"서큐, UAM 예약은?"

[3분 뒤 도착합니다.]

"식당은 어디로 예약했어?"

[중심가에 있는 골든 브리지 하우스입니다. 정식 코스 2인 디너로 예약했습니다.]

"스페셜 디너로 바꾸고, 안 된다고 하면 추가 요금 내겠다고 해. 와인은 리스트 보고 서큐가 추천해 줘."

가장 아끼는 옷으로 갈아입은 선은 거울을 보고 옷매무시를 가다듬었다.

"OK, 가자. 시몬."

선은 아파트 옥상에 있는 UAM 승강장으로 향했다. 헬기에 오르는 순간, 자신의 옆자리를 파고들었던 4구역 여자가 떠올랐다. 지금 생각하면 별것 아닌 일인데 그때는 어째서 심장이 뛰었는지 의문이었다. 돌이켜 봐도 자신의 스타일과는 거리가 먼 여자였다. 꾀죄죄한 옷차림은 그렇다 쳐도, 몸 전체에서 관리받지 않은 티가 났다. 4구역 시민답게 거친 인생을 살아온 흔적이 보였다. 그런 여자를 상대로 친절을 베풀다니, 확실히 자신답지 않은 행동이었다.

[선, 저녁 약속은 염과 잡지 않았나.]

그 여자 이름이 염이었나?

"몰라, 기억 안 나."

[선은 약속했다, 왜 거기로 가지 않는 거지?]

선은 한숨지었다. 로봇과의 동거가 불편할 때는 선이 기억하고 싶지 않은 일을 지적할 때다. 어떤 일에 공감하지 못하는 건 덤이었다. 로봇에게 감정은 버그였다. 로봇을 상대할 때는 어쭙잖은 변명보다 아/어를 확실하게 말해 주는 편이 낫다.

"그냥 싫어졌어, 시몬. 난 그 여자가 싫고, 4구역도 싫어. 물론 내가 잘못했다는 것은 알아. 나도 이런 내가 싫어."

핀잔을 줄 것이 분명해서 선은 알아서 자기반성까지 했다.

[선은 잘못하지 않았다.]

"으응?"

웬일로 그런 말을 하나 했더니 아니나 다를까, 다음 말로 이어진다.

[싫다는 말은 사실이기 때문이다. 선은 적절치 않은 단어를 사용했다. 정말 싫은데 잘못했다는 말은 이해가 가지 않는다.]

                                    위기의 인간들

"그래, 그럼 그 말은 취소."

[염은 기다릴 거다.]

"알아. 근데 어쩔 수 없잖아?"

시몬은 말없이 다리를 접고 앉았다. 그 한마디가 묘하게 가슴 언저리를 울렁거리게 했지만 뭐 어쩌겠는가. 선은 구질구질한 4구역 여자보다 빈미나 같은 여자가 좋았다. 자기관리 철저하고 화려하게 사는 여자를 보면 선도 활력이 생겼다.

10분 뒤, UAM에서 하차한 선은 약속 장소인 골든 브리지 하우스로 향했다. 직원의 안내를 받아 들어간 룸에 빈미나와 어떤 남자가 함께 앉아 있었다.

[긴장하지 마라. 안드로이드다.]

"왜 데리고 온 거지? 같이 온다는 말은 없었는데."

선은 괜스레 주눅이 들었다. 자신은 무슨 수를 써도 안드로이드의 키와 몸매를 따라가지 못한다. 선은 살이 축 늘어진 자신의 몸뚱이가 초라하게 느껴졌다. 선이 테이블 앞까지 오자 미나가 알아보고 손을 내밀었다.

"안녕하세요, 미나예요. 이쪽은 제 반려 다비드고요. 다비, 이쪽은 아티타 BJ 선. 맞죠?"

마지막 말은 선을 향한 것이었다. 선은 고개를 크게 끄덕였다.

"네, 맞습니다. 만나서 반갑습니다. 미나 씨."

선은 미나의 손을 잡았다가 다비드의 시선을 느끼고 아쉬운 듯 손을 놓았다.

"미리 말씀 좀 해 주시죠. 두 분이 같이 온다는 소리는 못 들었는데…."

왜 이 자식까지 나왔냐는 말은 차마 하지 못했다. 다비드로부터 나오는 범접하지 못할 기운이 선을 압도했다. 뭐라 말할 수 없지만 선은 조금 두려움을 느꼈다. 여태껏 선이 본 남자 안드로이드는 하나같이 친절하고 신사적인 타입이었다. 그편이 여성 구매자에게도 어필하기 편했다.

"어차피 다비도 알게 될 건데요, 뭐."

빈미나가 다비드를 보고 웃었다. 선은 그 미소가 자신을 향하고 있다고 상상했다. 같은 맞춤형 로봇인데도 선은 서큐에 큰 매력을 느끼지 못했다. 선의 영상을 보고 구매한 구독자들은 하나같이 엄지척을 눌러댔지만 정작 선은 공허함을 느낄 따름이다.

"저도 딱히 상관은 없습니다. 촬영은 빠르면 빠를수록 좋죠. 당장 내일, 어떠세요?"

"아, 그 방송 말인데, 다비도 함께 출연해도 괜찮을까요?"

"다비드도요? 전 미나 씨만 출연하는 걸로 들었는데요."

선은 살짝 머리를 흔들었다. 사실 홍보팀에서도 미나와 안드로이드가 함께 출연하는 게 어떻겠냐는 의견이 나오긴 했었다. 다비드가 여성 구매자들의 이목을 끈다는 이유에서다. 물론 선은 반대했다. 여성 구독자가 두 사람을 마냥 좋게 볼 거라는 보장이 없었다. 여자의 질투는 정말 어마어마했다. 그녀들의 힘은 구매 연령층을 가리지 않았다. 특히 상대가 가진 것이 자신의 것과 비교해 우월할 경우, 시기 질투가 더하면 더했지, 덜하지는 않았다. 홍보팀은 그 정도 문제는 충분히 조율할 수 있다고 하는데 천만의 말씀이다. 실제로 사고가 터지면 수습은 선의 몫이다. 저들은 심각한 문제가 생겼을 때도 선을 돕지 않았다.

"그치만 전, 이제 다비가 없으면 안 된다고요. 아시면서."

미나는 콧소리를 내며 다비드를 보고 눈웃음 지었다.

　　　　　　　　　　　　　　위기의 인간들

"저희가 함께 출연하면 제품 홍보에도 큰 도움이 될 거예요."

"그 건은 제가 좀 더 알아보겠습니다. 일단 미나 씨는 출연 확정입니다. 그래서 말인데 당시 상황을 좀 더 자세히 들을 수 있을까요? 사고 관련 질문을 피할 수는 없을 것 같은데요."

"아, 실은 그것 때문에 드릴 말씀이 있어요."

미나는 어색하게 웃으며 시선을 피하더니 귀 뒤로 머리를 넘겼다. 선은 팔짱을 끼고 의자 뒤로 몸을 기댔다. 어쩐지 좋지 않은 예감이 들었다.

"이건 오프 더 레코드. 아시죠? 써니만… 아, 죄송. 이게 더 발음하기 편해서. 써니라고 불러도 되죠?"

"아, 예. 뭐. 편한 대로 하세요."

선은 그러라며 손짓했다.

"써니만 알고 계셔야 해요. 제가 실은…."

미나의 목소리가 급격히 작아졌기 때문에 선은 하릴없이 상체를 테이블 위로 숙여야 했다. 미나가 거의 속삭이듯 말했다.

"대표님과 한 약속이 있어서요, 제가 그런 말을 한 건 맞지만 잘못 안 거고. 그래서 아티타에 사과하는 방송을 해야 할 것 같아요."

선은 고개를 갸웃했다. 갑자기 등장한 대표는 누구고, 사과 방송은 또 뭐란 말인가.

"아니, 그 자리에 계셨다면서요. 대체 뭘 사과한다는 거죠?"

"아티타 대표님이 입을 다무는 조건으로…."

미나의 목소리가 더 작아졌다. 이제는 테이블에 얼굴을 박아야 들을 수 있는 소리다.

"다비를 줬거든요. 죽을 때까지 평생 무상. 유지비용만 제가 내는 걸로."

“아.”

선은 그때 서야 수긍하며 천천히 허리를 폈다. 자세한 상황은 알 수 없지만, 빈미나가 다비드를 구매하지 않았다는 점만은 확실했다. 아티타 대표가 다비드의 기능을 어느 정도까지 허용했는지는 몰라도 일단, 빈미나가 원하는 대부분은 수용했을 것으로 보인다.

스읍, 이러면 문제가 달라지는데.

선은 손가락으로 테이블을 두드렸다. 아티타 대표와 짬짜미가 되었다면 빈미나는 진실을 말하지 않을 가능성이 컸다. 콘셉트를 처음부터 다시 짜야 할지도 몰랐다. 선과 미나 때문에 대기하고 있던 서빙 로봇이 그제야 차례로 테이블에 접시를 내려놓았다. 수프와 샐러드, 식전 빵이다.

“식사는 여기서 마무리하겠습니다. 더는 내오지 않아도 돼요.”

선의 말에 로봇이 큰 눈을 껌뻑인다.

[고객님, 이미 시작된 코스 메뉴는 환불이 불가합니다.]

“알고 있습니다. 식사할 시간이 없을 것 같네요, 그렇죠?”

선이 미나를 보며 싱긋 웃었다. 밥맛도 떨어진 마당에 빈미나가 이 정도 무례는 이해해 줬으면 싶었다. 더 큰 이유는 물론 다비드였는데, 선은 앞으로 안드로이드가 있는 이성과는 만나지 말아야겠다고 다짐했다. 선은 다비드 때문에 단 한 번도 미나를 제대로 보지 못했다. 다비드의 시선을 느끼고 있노라면 자신이 나쁜 놈이 된 기분이었다.

“결제 완료도 빠르게 부탁드립니다.”

[고객님의 요청 사항이 확인되었습니다. 2번 테이블, 3코코 결제합니다. 남은 시간 즐겁게 보내십시오.]

서빙 로봇이 물러갔다. 미나는 멋쩍게 웃었다. 미안함보다는 난처한 기색이 역력한 표정이다.

"정말 죄송해요, 써니. 실은 식사도 못 할 것 같아 미리 말씀드리려고 했거든요. 저희가 어렵게 시간을 낸 거라."

선은 그럴 줄 알았다며 테이블 위에서 손을 깍지 꼈다.

"그래도 방송 출연은 하시는 거네요. 확실하게."

"그럼요, 대표님이 그건 꼭 해야 한다고 했어요."

"제가 예상 질문을 몇 개 뽑아 왔는데, 한 번 보시죠."

선이 아티타 워치로 홀로그램을 띄웠다. 미나는 얼굴을 살짝 찡그리더니 손가락으로 2번을 가리켰다. 당시 목격 상황에 대한 진술이다.

"저건 곤란해요. 다 제 착각이었거든요, 써니. 다비를 갖고 싶은 마음에 제가 거짓말을 했어요. 이번 일로 아티타에 폐를 끼쳐 정말 죄송해요."

예상치 못한 말이 미나 입에서 나왔다.

"실은 아무것도 보지 않았다는 건가요?"

"…음. 네, 맞아요."

2, 3초 늦게 대답이 돌아왔다. 선은 미간을 잡았다 놓았다. 아티타 대표가 무슨 말을 했을지 짐작이 갔다. 그렇다면 어차피 방송에서도 진실은 말하지 못한다. 선도 그 사실을 알고 있다. 선은 테이블 위로 상체를 숙이며 양손을 펼쳤다.

"괜찮다면 우리 둘만 이야기할 수 있을까요? 안드로이드와 전부 공유할 필요는 없습니다. 사람 연인도 비밀은 있잖아요. 누구나 하나씩은."

선은 딱 집어 말할 수 없지만 무언가가 계속 마음에 걸렸다. 미나의 눈동자가 흘긋 다비드를 향했다 선에게 돌아왔다. 미나가 살짝 고개를 저었다.

"어쩔 수 없네요. 그러면 저도 오브 더 레코드로 하나 묻겠습니다. 거기서 뭔가 떨어진 게 맞기는 맞습니까? 그러니까 대표도 대가를 줬겠죠. 안 그래요?"

일순, 미나가 숨을 삼켰다. 아니 그런 것처럼 보였다.

"미나 씨?"

"아, 몰라요. 난 아무것도 못 봤어요. 다비, 그만 가자."

미나는 허둥지둥 골든 브리지 하우스를 나와 UAM 승강장으로 향했다. 선도 서둘러 뒤를 따랐다. 선은 행여나 다비드가 끼어들어 훼방 놓지 않을까 걱정했는데 다비드는 한 번도 끼어들지 않았다.

"고인한테 미안하지도 않습니까."

선은 일부러 미나의 등 뒤에 대고 말했다.

"그만 좀 따라와요. 계속 말했잖아요. 다 지어낸 거라고. 대체 나한테 왜 그래요?"

갑자기 미나가 흐느꼈다. 다비드가 미나를 보호하듯 어깨를 감쌌다. 미나의 울음이 더 커졌다.

"…지수, 라고 했죠? 그 여자분."

미나는 마스카라가 범벅된 얼굴로 입을 쩍 벌렸다. 놀랍게도 그 말에 반응한 것은 다비드도 마찬가지였다. 다비드가 뚫어져라 시몬을 응시했다.

가면 같은 얼굴에 드디어 변화가 생긴 것이다. 모르긴 몰라도 다비드가 지수를 알고 있다는 확신이 들었다. 미나가 영원히 입을 다물기로 했다면, 다비드는 미나가 입을 열지 않는 이상 지수에 대한 데이터를 얻을 수 없다. 설사 답답한 마음에 미나가 털어놓았다고 하더라도 일방적인 데이터뿐이다. 다만 이런 식의 가정은 가능하다. 미나가 모르고 있는, 다비드가 독자적으로 수집한 데이터가 있다면 다비드의 반응은 이해가 된다. 다비드는 대체 뭘 숨기고 있는 거지?

혼란스러운 미나의 눈이 불현듯 시몬을 향했다.

"너, 너는 혹시… 맞지? 맞아. 너였어. 어쩐지. 그때 들은 거야. 어쩜."

심상찮은 분위기를 감지한 선은 미나와 시몬 사이에 섰다. 선이 양쪽 바지를 하나하나 걷어 올리며 말했다.

"무슨 소린지 몰라도 시몬은 헬스 케어 로봇입니다. 보다시피 날 챙기느라 바빠요. 둘 다 의족이거든요. 여기서 널리고 널린 게 로봇 개 아닌가?"

미나는 당혹스러운 얼굴로 획 다비드를 돌아보았다.

"다비, 써니 말이 다 사실이야?"

[사실입니다. 미제네요, 둘 다.]

다비드는 고개를 살짝 흔들었다.

"미제라니, 그게 무슨 말이야?"

다비드가 선과 시몬을 가리켰다.

[국적이 미국이란 소립니다, 미나. 저 개도, 남자 다리도 서울에서 만든 게 아니에요. 특히 저 남자는 서울 태생이 아닙니다.]

"그야, 난 미국인이니까. 당연한 거 아닌가."

선은 가슴을 내밀며 턱을 당겼다. 미나에게는 그 말이 더 충격이었던 듯 선을 위아래로 훑었다.

"미국인이라고요, 당신이?"

"제 질문에는 아직 대답하지 않았습니다. 미나 씨."

"대답은 충분히 했어요. 지수든 누구든 전 몰라요. 촬영 시간 정해지면 알려줘요. 노파심에 말하지만, 당신이 뭔가 대.단.한 사.람인 것처럼 굴지 말아요. 그 자리에 계속 있고 싶다면."

그 말을 끝으로 미나는 다비드와 함께 대기하고 있던 UAM에 올라탔다. 보기 좋게 얻어맞은 선은 허탈하게 웃었다.

"시몬, 어떻게 생각해? 저 다비드 말이야."

[지금은 판단할 수 없어. 미나에게 지급된 타입을 알아야 해, 선. 미나가 선택한 모델 성향도 필요하고.]

"뭔가 짐작 가는 거라도 있어?"

시몬은 오랜 시간 답하지 않았다. 새삼 느끼는 사실이지만 시몬은 로봇치고는 진중했다. 대답을 바로 내놓는 일반 로봇과는 달랐다.

[혼란을 주고 싶지 않지만….]

"혼란이라고? 난 지금 매우 혼란스러워. 저 여자 반응 봤잖아. 시몬, 우리 무시당했어. 까였다고. 그러니까 뭐든 말해 봐."

시몬은 고개를 갸웃했다.

[지금은 가능성이지만 다비드는 미나가 선택한 모델이 아닐 수도 있어.]

"그렇겠지. 아티타 대표가 그걸 그대로 줬겠어? 아티타 약점을 쥔 여잔데."

시몬이 고개를 끄덕였다.

[다비드는 전투형 안드로이드야, 내 판단이 맞는다면.]

반

신(新)멋진 신세계

헤르메스가 죽었다.

반과 헤어지고 이틀이 지난 날이었다. 사인은 경부압박질식사로, 타살의 흔적은 없었다. 자신이 타고 온 요트 내 라커 룸 옷걸이에 혁대로 목을 맸다. 유서로 짐작되는 해당 쪽지는 헤르메스가 신고 온 신발 밑창에서 발견되었다.

반은 유서를 두고, 고민하다 장애인 화장실 앞에 붙은 점자를 보고 수수께끼를 풀었다. 해당 메시지를 알아보지 못한 것은 당연했다. 헤르메스는 **어떤 이유** 때문에, 점자로 유서를 남길 수밖에 없었다.

모든 것은 끝났다. 남은 것은, 여기.

자살의 이유도, 유서 내용도 모두 오리무중인 메시지다. 하지만 헤르메스가 자신에게 털어놓은 정보를 토대로 한 해석이라면, 어떠한 결론을 내리는 것은 가능하다.

일단 헤르메스는 공식적인 루트를 통해 서울을 방문한 것이 아니었다. 편리한 항공편을 두고 굳이 요트를 이용해 인천항에 들어온 이유가 분명 있었다.

헤르메스는 수를 만났다고 했다. 헤르메스와 대화를 나눈 상대는 낙으로 추측된다. 당시 수는 지금과 달리 앉아서 무얼 할 수 있는 상태가 아니었다. 수의 상황을 모르는 헤르메스는 화면 속의 인물이 수라고 굳게 믿었을 터였다. 중요 사안을 제외한 대부분의 일은 낙과 반이 합의하여 결정을 내렸지만, 이번 건은 낙의 단독 권한으로 이루어졌다.

헤르메스와 낙이 어떤 대화를 나누었는지는 대충 짐작이 갔다. 아마도 헤르메스가 반에게 전달했던 내용일 가능성이 컸다.

샌프란시스코가 위험에 빠졌다는 것. 세상을 뒤엎은 안드로이드의 반란. 인간은 복종하던가, 죽던가. 헤르메스의 말이 사실이라면, 중차대한 문제다. 특히 헤라의 입장에서는 더더욱. 진실을 아는 누군가가 탈주했으니 말이다.

보안 코드가 필요합니다. …접속 요청 중입니다….

이렇게 된 이상, 반은 헤라에게 확인하기로 마음먹었다. 결과가 어떻든 나쁠 것은 없었다.

- 안녕, 반.

"안녕, 헤라. 한 가지 물어보고 싶은 게 있는데 대답해 줘."

- 낙이 대답할 수 없는 거라면 얼마든지.

반은 문득, 헤라가 수의 사고를 알고 있는지 물으려다 참았다. 소행성 충돌 이후, 각국이 만든 AI는 서로 강력한 경쟁 상대다. 협업은 하고 있으나 그뿐이다. 상대의 약점을 발견하면 즉시 물어뜯는다. 반은, 이곳도 약육강식의 세계라는 것을 상기하며 입을 열었다.

"헤라, 사실 헤르메스가 죽었어. 그에게 가족이 있나."

　　　　　　　　　위기의 인간들

- 없어, 사인은?

"경부압박질식사. 그가 왜 여기 왔을까."

- 반, 알아 둬야 할 게 있어. 최근 헤르메스의 망상장애가 심해졌어. 더는 방법이 없어서 아티타는 그를 해고 했고. 그가 서울로 가서 그런 일을 당했다면 유감이야. 누구도 그런 식으로 죽음을 맞을 권리는 없으니까.

"헤르메스에게 망상장애가 있었어?"

- 심각해. 안드로이드가 인간을 공격했고, 샌프란시스코를 점령했다고 믿고 있어, 반. 헤르메스는 치료가 필요한 사람이었어.

반은 머리를 쓸어 넘겼다. 헤라의 말대로라면 헤르메스가 수를 만났다고 굳게 믿는 것도 무리는 아니다. 다만, 헤라가 거짓말을 하지 않는다는 전제가 필요하다. 반대의 경우도 마찬가지다. 헤르메스가 도망쳐 온 게 맞고 그 사실을 낙에 전달했다면, 낙과 헤라가 어떤 정보를 공유했을 가능성이 크다.

"유해를 수습해서 보내도 될까. 아니, 오랜만에 내가 가서 뿌려도 괜찮을 것 같은데. 헤라, 헤르메스의 고향은 어디야?"

- 나라면 그러지 않겠어, 반. 헤르메스는 화장해서 해운대에 뿌리고 명복을 빌어 줘. 낙은 아직 네가 필요해.

"낙은 나 없이도 잘 지낼 거야."

- 네가 정 그렇다면 일정을 검토해 보지. 지금은 곤란해, 아주 많이.

반은 알았다며, 접속을 종료했다. 기분 탓인지, 반이 샌프란시스코로 오는 것을 반기지 않는 뉘앙스가 느껴졌다. 물론 이대로 헤르메스가 망상장애라고 결론 내려도 나쁘지는 않다.

자신의 믿음을 경고하기 위해 서울에 온 헤르메스. 수와 대화를 나누지만, 그 상대가 실은 낙이란 것을 알고 공포에 못 이겨 죽은 헤르메스. 깔끔하다. 결론을 내리기 딱 좋다.

하지만.

뭔가 석연치 않았다.

반은 **그것**을 구체적으로 그리려 애썼지만 동시에 **그것**을 거부하고 있다는 사실도 깨달았다.

삐삐-

비상 호출기가 요란하게 울렸다.

반은 서둘러 수의 병실로 향했다. 병실 문을 열자, 의료 전문 로봇 MMe-5T가 수가 휠체어에 앉을 수 있도록 돕고 있다. 빠르지도 느리지도 않지만, 수의 상체 기능은 예후가 좋다. 낙은 수의 하체가 완전히 마비되어 평생 휠체어를 타야 한다고 했다. 낙은 수에게 착용만 하면 걸을 수 있는 웨어러블 슈트 Wa2를 추천했지만 수는 단칼에 거절했다. 말문이 트이자, 센서를 통한 의사 표현도 거부했다.

"어떻게 된 거야, 깜짝 놀랐잖아."

"시끄러워. 하고 싶은 말이 있어서 불렀어. 지금은 머리가 맑거든. 5T, 이제 됐으니까 자리 좀 비켜 줘."

수는 5T가 자리를 떠나는 것을 다 지켜본 다음에, 반을 향해 눈을 두 번 끔뻑였다. 반은 품에서 펜과 수첩, 글자 카드를 꺼냈다. 수가 필담을 요청한 탓이다. 수의 손가락은 아직 자유롭지 않아 반이 글자 카드로 수의 의사를 확인했다.

- 반, 너 내가 왜 실리콘밸리에 가려고 했는지는 기억나?

　　　　　　　　　　　위기의 인간들

수가 샌프란시스코에 가려고 했었나?

기억을 더듬던 반은 침음했다. 수가 그런 말을 했던 기억이 났다. 샌프란시스코에 정말로 무슨 일이 일어난 걸까.

- 이유는 말하지 않았어. 넌 그냥 아주 급하다고 했어. 직접 눈으로 확인해야 한다고. 혹시 돌아오지 못한다면….

반은 다음 단어를 어떻게 적어야 할지 몰라 머뭇거렸다. 수는 매우 불안정한 상태다. 사고 이후로 수는 다른 사람으로 변했다. 혁신은 사라지고 매사에 보수적인 인간이 되었다. 최근 심심치 않게 발생하는 안드로이드 반려 인간 사고에 대해서도 더는 연구비를 지원하지 않았고, 보상으로만 돌렸다. 반이 적길 망설이자, 수가 눈으로 재촉했다. 반은 어깨를 들었다 놓고 수첩을 보여 주었다.

- 내가 노랑 상자 이야기를 했군. 그래서 말인데 반. 이제 너도 알아야 할 때가 온 것 같아.

노랑 상자는 국가 서울이 대한민국이었던 시절에 있던, 핵 가방을 지칭하던 은어다. 핵 가방의 기원은 바야흐로 한반도가 통일되었던 해로 거슬러 간다. 국방부 산하 기관 연구원이었던 수가 당시의 지도부를 통해 기관에 인도받은 산물이었는데, 두 달 뒤 소행성이 지구와 충돌하면서 핵 가방의 본래 목적이 사라졌다.

노랑 상자는 이후에도 계속 살아남아 새로 시작하는 국가 서울에 좋은 무기가 되었다. 「아티타 서울 프로젝트가 실패로 돌아가면 모든 것을 무로 되돌린다. 핵 가방은 핵심 연구원인 원, 수, 반 세 사람의 암호와 생체 인증을 통해 발동됨을 원칙으로 한다.」라는 새로운 원칙도 세웠다.

이후, 국가 서울에 아티타가 세워졌고, 낙이 탄생했다. 국가 서울이 자리를 잡으면서 노랑 상자는 모두의 기억에서 사라지는 듯했다.

- 수, 너까지 왜 이래? 날 두고 어딜 가려고.

- 만일이 왜 만일이겠어. 요새 아무 일 없나, 반? 실리콘밸리에서 무슨 소식 없었어?

반은 헤르메스 사건을 꺼내려다 참았다. 증거도 없는데 의심의 싹을 더 키울 필요는 없었다.

- 그렇지 않아도 아까 헤라와 접속했어. 아무 일 없어, 수. 너만 빨리 회복하면 돼.

수는 심각한 눈빛으로 고민하다가 메시지를 전했다.

- 이제 너뿐이야, 반. 누군가 너와 나로 속이는 것 같으면 **그걸** 먼저 물어야 해. **기억해, 반드시.**

5. 당첨

[⋯어제 오후 10시, UAM 추락으로 탑승한 여성 1명과 밑에 있던 시민 5명이 숨지는 사고가 발생하였습니다. 사고가 난 UAM은 4구역에 있는 플라이어텍사에서 제조한 것으로, 출시 이후 정기 안전 검사를 단 한 번도 받지 않은 것으로 드러났습니다. 당국에서는 이번 일을 계기로 타 구역 제조시설에 대한 대대적인 점검에 들어간다고 밝혔습니다.

다음 소식입니다. 오랜 시간 여야가 의견을 모았던 구역별 이동 제한 법안이 본회의를 통과하여 다음 달 1일부터 시행될 예정입니다. 제조업을 제외한 일부 업종은 제한받을 것으로⋯]

염은 들고 있던 접시를 떨어뜨리고 라디오 볼륨을 키웠다.

[⋯발생한 복합쇼핑몰 폭발이 큰 기폭제가 되었다고 밝혔습니다. 배후로 지목된 사이버 무장단체 헥토르는 쇼핑몰 폭파는 자신들의 소행이 아니며, 폭발은 자신들이 지양하는 방식이라는 성명을 발표하였습니다. 다음 소식입니다⋯]

염은 팔을 축 늘어뜨렸다. 염의 주요 수입원이 끊겼다. 법사위 상정 때부터 마음을 졸인 법안이었는데, 기어이 본회의까지 통과한 모양이다.

치치가 얄밉기는 해도 월세를 생각하면 소소한 모욕쯤은 참을 만했다. 집주인이 다음 달부터 월세를 올려받겠다고 한 터라 어쩌면 이사를 해야 할지도 몰랐다.

염은 5년 남짓 자신의 손때가 묻은 집을 훑어보았다. 이나마도 반이 보증을 서 주어 겨우 얻은 집이었다.

띵동띵동.

벨 소리가 두 번 울렸다. 현관문 확인창 렌즈를 통해 보니, 임대인 아들 량이다. 염은 방범 고리를 건 채로 문을 열었다.

"아, 안녕하세요. 제가 좀 바쁜데 무슨, 일이시죠?"

"아, 여미 씨 청소 중이었나 봐."

언제나처럼 염을 훑어 내린 량은 염이 끼고 있는 고무장갑을 보고 턱짓했다.

"네, 근데 무슨 일로⋯."

염은 떨떠름한 표정으로 물었다. 지난밤, 염은 선에게 대차게 바람을 맞고 포장마차에서 진탕 취해 량의 도움을 받았었다. 하필 그날 소나기까지 오는 바람에 염은 량과 불필요한 접촉을 해야 했다. 때마침 순찰하던 운을 만나지 않았더라면 어떤 일이 벌어졌을지 생각만 해도 끔찍했다. 도보로 이동하는 내내 량은 부축을 핑계로 달라붙어 염의 가슴을 주물러 댔다.

"뭘 그렇게 경계하고 그래. 같은 이웃끼리. 내가 나쁜 새끼 같잖아. 내가 뭐 위협이라도⋯"

"그게 아니라."

염은 한숨지으며 고무장갑 낀 손으로 머리를 쓸어 넘겼다.

"뉴스 때문에 예민해서 그래요."

"뉴스?"

"구역별 이동, 제한된다는 법안이요. 당장 다음 달부터 시행한다잖아요."

량은 전혀 모르는 눈치였다. 하루 벌어 하루 사는 염과 달리 량은 부모를 잘 만나 돈 걱정 없이 사는 백수다. 3구역에서는 무시당하는 수준이지만 4구역에서는 나름 부유한 계층에 속했다. 돈만 생기면 3구역으로 가서 도박판을 기웃거린다는데 용케 잃지는 않는 모양인지 판돈을 탕진했다는 소문은 없다.

"그래서 말인데, 여미 씨. 어제 그건 생각해 봤어?"

"네?"

량이 문틈 사이로 다리를 넣고 몸을 기대며 입술을 핥았다. 강제로라도 열어젖힐 기세에 두려움이 엄습했지만 자연스럽게 팔짱을 끼는 것으로 대응했다.

절대 흥분하면 안 돼.

"무슨 말씀인지…. 죄송한데 제가 지금 집안일 때문에 아주 바쁘거든요. 이따 과외도 가야 하고."

"하아. 여미 씨. 벌써 다 잊은 거야? 맙소사."

량은 망연자실하며 손바닥으로 얼굴을 덮었다. 염은 량의 과장된 몸짓에 기가 찼다. 말과 달리 염은 량이 어떤 소리를 지껄였는지 똑똑히 기억했다. 지껄인 이유만 모를 뿐이다.

"내가 피카피카사에 투자하고 있다고 했잖아. 그게 지분이 좀 돼서 3구역으로 갈 수 있을 것 같아. 구질구질한 데서 벗어날 수 있다고. 내가 왜 여태껏 여기 있는데?"

량이 따지듯 물었다.

"그, 글쎄요. 량 씨. 여기서 이러지 마시고…"

"좋아해, 여미 씨."

"네?"

염은 등줄기로 전기가 흐르는 것을 느꼈다. 무더위에 오한을 느낄 만큼 섬뜩한 소리였다.

"같이 가자, 3구역으로."

량이 문을 밀어낼 듯한 기세로 좁은 틈에 몸을 욱여넣었다. 염은 손잡이를 잡는 시늉만 하며 발을 동동 굴렀다.

제발, 제발 누가 나 좀 살려 주세요.

"후레자식아, 내가 세입자 상대로 껄떡대지 말라고 했지?"

주인집 남자 막이 량의 귀를 잡고 뒤로 끌었다. 염은 다리에 힘이 풀려 그대로 주저앉았다. 실금할 만큼 손발이 덜덜 떨렸다.

"××, 아프잖아. 귀 떨어지겠어. 그만하라고, ×."

"따라와, 이 자식아."

막이 량의 귀를 잡아끌며 코너 저편으로 사라졌다. 염은 숨을 몰아쉬며 손바닥으로 눈두덩을 눌렀다. 뒤늦게 터진 눈물이 앞을 가렸지만, 소리 내어 울지 못했다. 방음벽이 얇은 탓에 벌써 소문이 돌았을 터였다.

"미안한데, 이번 달까지 방 정리해요."

뒤이어 등장한 주인집 여자 같이 문틈으로 싸늘하게 염을 내려보았다. 막과 같이 왔다 사달을 목격한 모양이다.

"가, 갑자기 왜요. 저, 한 번도 월세 밀린 적 없어요, 아주머니. 시설도 깨끗이 사용하는걸요."

"이봐요, 아가씨. 사장님이라고 몇 번을 말해? 내가 왜 아줌마야?"

"아, 죄송합니다. 사장님. 제가 아직도 가슴이 떨려서."

"우리 아들한테 마음 주지 말아요. 댁 같은 여자들 내가 잘 알지, 뻔하잖아. 안 그래?"

염은 그런 게 아니라고 말하고 싶었지만, 갈의 얼굴을 보니 통할 품새가 아니었다. 염은 눈물을 닦고 일어섰다.

"살 집도 못 구했는데 갑자기 나가라고 하시면 어떡해요?"

"그래서 일주일 줬잖아. 당장 빼라고 안 한 게 어디야, 응?"

염은 왈칵 쏟아지려는 눈물을 참았다. 기존의 법체계는 무너졌다. 이제는 어느 구역이든 있는 자가 법이었다.

"…그럼 보증금은 바로 주시나요?"

그 말에 문이 크게 흔들렸다. 갈이 현관문을 잡아 뜯을 것처럼 달려들었다. 경첩이 덜컹거리며 흔들렸다. 염은 주춤 물러섰다.

"이봐, 아가씨. 피해보상금을 줘도 모자랄 판에, 뭐? 보증금? 보증금 같은 소리 하고 있네. 우리 아들 꼬드겨서 한몫 챙기려던 거 내가 모를 줄 알아? 소송 걸지 않은 걸 다행으로 알아."

"그, 그 돈은 제 돈이 아니란 말이에요."

염은 울먹였다. 억울해도 이렇게 억울할 수가 없었다. 보증금은 반의 것이었다. 당시 반은 염을 위해 살집부터 시작해서 세간살이, 생필품을 사 주었고 보증금도 기꺼이 투척했다.

"그건 니 × 사정이고. 몸이라도 굴려서 갚던가. 어디서 감히!"

"이런 법은 없어요. 보, 보증금은 돌려주세요."

쾅.

다시 한번 육중한 몸이 현관문을 향해 날아들었다. 염은 움찔하며 눈을 감고 어깨를 움츠렸다.

"이년이 보자 보자 하니까, 누굴 호구로 아나. 억울하면 소송해. 이번 달까지 방 빼지 않으면, 각오하는 게 좋을 거야."

갈이 쿵쾅거리며 사라졌다. 염은 참았던 울음을 터뜨렸다. 아티타 체험 전시관에 다녀오고부터 모든 것이 틀어졌다. 대체 무엇을, 어디서부터 바로잡아야 할지 막막했다. 이제 겨우 4구역에 자리를 잡았다고 생각했는데 다시 처음으로 돌아왔다. 염이 4구역에 첫발을 디딘 그때로.

똑똑.

노크 소리에 놀란 염이 고개를 드니 옆집 청년 운이 어쩔 줄 몰라서 있다. 염은 서둘러 눈물을 닦고 현관문을 닫은 다음, 방범 체인을 풀었다. 다시 현관문을 열었을 때 운이 들고 있던 손수건을 염에게 건넸다.

"고맙습니다, 몹쓸 꼴을 보였네요. 다 보셨나요?"

"다는 아니고 막이 올 때부터요."

"아, 막장은 거의 다 보신 거네요."

염은 그 와중에도 농담이 나오는 자신이 한심했다. 운은 염의 어깨에 손을 얹으려고 하다 바지에 손을 문질러 닦았다.

"아무도 신경 쓰지 않을 겁니다. 량이 쓰레긴 거는 다 알잖아요. 오히려 여미 씨가 걱정이죠."

"그때는 정말 감사했어요. 정말 운 씨 아니었으면⋯."

염은 다시금 설움이 복받쳐서 울먹였다.

"당연한 일인데요, 뭐. 실은 등기가 와서 기다리고 있었어요. 1층에 배송 드론이 왔거든요. 본인확인이 꼭 필요한 일이라네요."

운은 무슨 일인지는 묻지 않았지만 궁금해하는 눈치였다. 그건 염도 마찬가지여서 두 사람은 서둘러 1층으로 내려갔다. 배송 드론이 염의 얼굴을 스캔하더니 봉인된 함을 열었다. 염은 안에 있던 상자를 꺼냈다.

"이건….."

아티타 로고가 찍힌 상자 겉면에 '본인 외 개봉금지'라는 글귀가 인쇄되어 있었다.

"아티타? 아티타에서 여미 씨한테 왜 이런 걸 보내죠?"

염은 서둘러 상자를 개봉했다. 상자 안에는 HMD와 아티타 워치가 들어 있었다. 다른 메시지는 없었다. 염은 체험관에서 HMD를 사용했던 기억을 떠올렸다. 아티타에서 전하는 메시지는 아마도 HMD를 착용해야 볼 수 있을 듯싶었다. 운도 같은 생각을 했는지 염의 손목을 잡아끌었다.

"공용 프레스 센터에 가면 HMD를 사용할 수 있는 곳이 있을 거예요."

두 사람은 자전거를 타고, 4구역에 단 하나밖에 없는 공용 프레스 센터로 향했다. 운이 가진 돈을 다 털어 10분간 전기를 사용할 수 있는 카드를 샀다. 대신 아티타의 메시지는 운도 함께 공유하기로 했다.

염이 체험관 방에 들어가 HMD를 착용하자 체험관에서 보았던 것과 동일한 배경이 펼쳐졌다.

[안녕하세요, 마요입니다. 아티타 이벤트에 참여해 주신 여러분 감사합니다. 결과를 확인하기 전에 동의해 주셔야 할 사항이 있습니다. 동의하지 않으셔도 상관없지만 일부 기능을 사용하는 데 있어 제한을 받을 수 있습니다.]

하아, 그놈의 동의는.

염은 이제 놀랍지도 않았다. 동의를 누르자 시민 번호를 누르라는 메시지가 나왔다. 염은 차례로 눌렀다.

[이벤트에 참여해 주신 여러분 감사합니다. 고객님은 참여자 중 가장 우수한 성적으로 테스트를 완료하였습니다. 아티타가 그 노고에 감사하는 마음을 담아 소정의 선물을 준비하였습니다.]

팟하고 화면이 바뀌더니 1구역 RS 타워라고 불리는 150층 건물이 보인다.

[하나. 고객님께는 최상층 펜트하우스에 입주할 수 있는 권리를 줍니다.]

메시지와 함께 펜트하우스 내부가 눈 앞에 펼쳐진다.

[둘. 고객님께는 최상급 의료 서비스와 교통, 문화를 즐길 수 있는 권리를 줍니다. RS 타워에서는 밖으로 나갈 필요가 전혀 없어요. RS 타워 내에서는 모든 것이 가능합니다.]

소개와 동시에 펼쳐진 RS 타워 내부 모습은 신세계였다. 타임머신을 타고 다른 세계로 날아간 것 같은 착각마저 들었다. 3구역과는 비교도 할 수 없는 곳이었다. 다만 염은 저런 아티타의 호의가 마냥 좋게만 느껴지지 않았다. 호의에는 반드시 대가가 따른다.

[셋. 고객님께는 매달 생활비가 지원됩니다. 고객님은 숨만 쉬세요.]

"뭐, 뭐라고?"

염은 귀를 의심했다. 생활비를 준다니, 그것도 매달?

[넷. 고객님께는 아티타 신제품 안드로이드가 제공됩니다. 옵션 설정은 기간 내에만 가능하니, 안내문 확인 꼭꼭 부탁드립니다.]

다시 초기 화면으로 돌아온 염의 눈앞에 마요가 등장했다.

[안녕하세요, 마요입니다. 고객님의 현재 주소지와 이주가 가능한 날짜를 입력해 주세요. 아티타가 고객님을 안전하게 모시겠습니다. 본 정보

　　　　　　　　　　　　　　　　　위기의 인간들

는 고객님의 이주를 위해 확인하는 것일 뿐 이행 즉시 파기됩니다.]

주소지와 날짜를 입력하는 칸이 나오자, 염은 한동안 멍하니 화면만 바라보았다. 최악의 상황에 최상의 조건이 선택지로 날아왔다. 염은 마요가 대답하지 않을 것을 알면서도 물었다.

"나 정말, 가도 되는 거야? 나 이제… 걱정 없이 살 수 있어?"

[안녕하세요, 마요입니다. 고객님의 현재 주소지와 이주가 가능한 날짜를 입력해 주세요. 아티타가 고객님을 안전하게 모시겠습니다. 본 정보는 고객님의 이주를 위해 확인하는 것일 뿐 이행 즉시 파기됩니다.]

반복되는 마요의 말이 맞다고 인정하는 것 같아 염은 너털웃음을 터트렸다. 염은 화면에 이사 날짜와 월세방 주소를 입력했다. 반에게는 매달 나오는 생활비로 돈을 갚아야겠다고 다짐했다.

이제 떠날 수 있다.

누군가가 말한 이 구질구질한 곳을.

6. 예고편

선은 가볍게 몸을 끌어 올리며 숨을 들이쉬었다.

느낌이 좋았다. 다른 날보다도 몸이 한결 가벼웠다. 이날을 위해서 얼마나 많은 준비를 했던가. 세계에서 두 번째로 높은 빌딩인 허우 빌딩은 거액을 투척한 투자자의 이름이 붙은 주거·호텔·복합 빌딩이다. 말레이시아의 조호르바루에 〈메르데카 118〉을 넘어선 새로운 빌딩이 세워지면서 초고층 빌딩의 순위가 바뀌었다. 세 사람은 완공 기념으로 입주 전을 노려 빌더링을 계획했다.

이민자 출신인 공, 친 그리고 선, 세 사람은 클라이밍 모임에서 처음 만났다. 미국 전역을 돌아다니며 암벽등반도 했지만, 이제 세 사람은 웬만한 액티비티 활동으로는 아드레날린을 느끼지 못했다. 그즈음 유튜브에 빠진 공이 익스트림 스포츠를 제안했다. 바로 빌더링을 해 보자는 것.

주머니가 빵빵한 공의 후원자 덕분에 지원금도 넉넉히 들어와서 선과 친은 흔쾌히 새 프로젝트에 함께했다. 허우 빌딩 등반도 프로젝트 목록 중 하나였다.

선은 전날 꾸었던 꿈을 잊으려고 애썼다. 누군가 끝이 보이지 않는 깊은 구덩이로 떨어지는 꿈이었다. 물론, 두 사람에게는 말하지 않았다. 심란한 꿈은 정신력을 흐트러뜨릴 뿐 어떤 도움도 되지 않았다. 한 번 등반을 시작한 이상 오직 자기 자신에게만 집중해야 했다. 빌더링은 인공 홀드가 없어서 한 번 미끄러지면 끝장이었다.

천만다행히도 허우 빌딩은 100층 높이에 다리와 팔을 편하게 가늘 수 있는 턱이 있었다. 100층 이하는 신체를 가누거나 손가락을 사용할 만한 틈이 없어서 정상에 오르기 전까지 방심할 수 없었다. 게다가 올라갈수록 빌딩풍도 강해지고 있었다.

선두로 출발한 공은 저만치 앞서가 있고, 선과 친은 겨우 따라가는 수준으로 등반 중이었다. 같이 성장하고 있다고 생각했는데, 실제로 보니 공의 실력은 자신과 비교도 할 수 없는 수준이었다. 친을 챙기며 여유를 부리던 선의 내면에서 무언가 꿈틀댔다.

××, 정신 차려. 개자식아. 100층을 눈앞에 둔 선은 심호흡하며 조바심을 몰아냈다. 고층 빌더링에서 경쟁심리는 금물이다. 고지가 코앞이었다. 남은 층수는 이제 30층.

선이 100층에 발을 딛기 무섭게 친의 비명이 허공을 갈랐다.

"오, 오… 빠!"

100층 턱을 두고 방심한 모양인지 친이 비명을 질렀다. 다섯 손가락으로 버티는 몸이 위태롭게 흔들렸다. 선은 본능적으로 친의 손목을 잡았다.

- 농담하지 마. 왜 이래, 친구끼리. 난 오빠를 남자로 본 적 없어. 단 한 번도.

그때 일이 떠오른 선은 순간, 손을 놓았다. 친의 눈이 크게 벌어졌다. 선은 외벽에 등을 기대고 눈을 감았다. 갑자기 웃음이 났다. 친의 비명이 아래로 멀어졌다.

"…헉!"

선은 눈떴다. 온몸에 땀이 흥건했다. 착신을 알리는 음악이 요란하게 울리고 있다. 선은 눈을 끔뻑이며 숨을 몰아쉬었다.

그날 이후로, 선은 한 번도 꿈을 꾸지 않았다. 공은 **그날**을 기점으로, 친은 **그날**을 기점으로 선 앞에서 사라졌다.

"서큐, 발신자는?"

[아티타 대표입니다. 1분 간격으로, 열다섯 번째 수신 중입니다.]

"여, 열다섯 번? ××, 당장 연결해."

선은 조금 의아했다. 부재중일 때는 서큐가 대신 받도록 시스템을 설정했는데, 서큐는 무응답으로 대처한 모양이다. 선은 옷매무시를 가다듬고 소파에 앉았다. 어딘지 모르게 불쾌한 표정으로 자신을 보고 있는 홀로 그램 속 아티타 대표 수가 보였다.

"감사합니다, 대표님. 하필 악몽을 꾸던 차에 대표님이 절…"

- 악몽을 꾸고 있는 사람은 나일세, 써니. 하루하루가 지옥이야.

선은 그럴 만하다고 생각했다. 하필 미나가 탄 UAM이 추락하는 바람에 미나는 물론이고, 밑에 있던 일반 시민이 사망했다는 뉴스는 선도 접했다. 다비드에 대한 언급이 없는 걸로 봐서 안드로이드 잔해는 무사히 회수한 모양이다.

- 그러니 자네까지 나서지 않았으면 좋겠어. 대체 이게 뭔가?

 위기의 인간들

수가 화면에 띄운 것은 텔레그램 메시지다. 당시에는 보안을 위해 다크 웹을 사용했는데, 탈퇴한 계정 메시지가 버젓이 등장할 줄은 몰랐다. 선은 애써 입꼬리를 올렸다. 수가 뚫어져라 자신을 보며 해명을 요구하고 있었다.

- 제보자가 자네 계정이라고 하던데. 설명을 듣고 싶군.

"제가 찾아 뵙고 말씀드리겠습니다. 지금 당장요."

- 아니, 그럴 필요 없어. 자네가 대답할 건 네, 아니요야. 자네, 마약도 하나?

"아니요. 전 마약은 하지 않습니다. 당장 키트 확인도 가능합니다."

- 하지는 않는데, 관련은 있다?

"…죄송합니다."

선은 고개를 떨구었다. 철없던 10대 시절 일이 이런 식으로 발목을 잡을 줄은 몰랐다. 맹세컨대 선은 마약을 팔기만 했지, 한 적은 없다. 그 룰은 철저하게 지켰다. 당시에는 힘없고 어린 동양인이 몸을 지킬 방법이 없었다.

- 내가 더 알아야 할 일이 또 있나? 예나 지금이나 사람들은 마약쟁이 말을 믿지 않아.

"…아무래도 헥토르 짓인 것 같습니다. 그놈들이 노리는 건 아티타니까요. 아니, 헥토르 짓이 분명합니다!"

선은 힘주어 말했다.

- 그런데도 사태 파악이 그렇게 안 되나? 지금 뭘 해야 할지 몰라? 이런 건 자네가 나서야지.

"솔직히 무슨 말씀을 하시는 건지 잘 모르겠습니다."

수가 등을 기대며 손을 들자, 왼쪽 위로 화면 하나가 떴다. 아티타 사옥 앞에서 사람들이 시위를 벌이는 장면이다. 피켓에 생존권을 보장하라고 적은 글자가 보였다.

회수팀인가.

선은 회수팀 인력을 신형 안드로이드 Q1-JG으로 전환할 거라는 소문을 떠올렸다. 소문이 시기 문제지 반드시 벌어질 일이라는 것도. 다만, 선은 그 시기가 지금인 것이 조금 의뭉스러웠다.

- 아무래도 이번에 구조조정을 해야 할 것 같아.

역시.

선은 침음했다.

- 안드로이드가 생각보다 돈을 많이 잡아먹고 있거든.

"무슨 말씀인지는 알겠는데, 제가 뭘 하면 되는지…."

- 써니, 사람들이 아티타 안드로이드를 사용하는 이유가 뭐라고 생각하나?

"그야, 삶을 좀 더 편리…."

선은 그렇게 말했다가 입을 다물었다. 표정을 보건대 수는 다른 답을 원했다. 그 답이 편리한 삶이 아니라면, 남은 것은.

선은 시위대를 일별했다.

"안전한 삶을 위해…?"

선의 목소리가 점점 작아졌다. 수가 옳다구나 미소지으며 고개를 끄덕였다. 선은 일순 소름이 돋았다. 모르긴 몰라도 선이 아는 남자가 지을 법한 표정은 아니었다. 대체 무슨 꿍꿍인지….

- 그럼, 이제 어떻게 해야 하는지도 알겠군, 써니. 이번에 일어난 사고

      위기의 인간들

들이 모두 조작됐다고 알리는 거야. 그래, 자네 말대로 헥토르가 사람들을 선동했다고 하면 되겠군.

선은 미간을 찡그렸다. 이걸 그냥 덮는다고?

"근데 실제로 일어난 사고잖습니까, 그렇죠?"

─ 자네의 일이 막중해진 셈이지. 자네는 헥토르가 불안을 조성하고 있다는 말만 하면 돼. 그럴수록 안드로이드를 경호원으로 들여야 한다고. 어려운 일도 아니잖나.

수는 즉답을 피했다. 선의 귀에는 안드로이드에 어떤 결함이 있다는 말로도 들렸다. 빈미나가 탔던 UAM 사고도 예사롭지 않게 느껴졌다. 시몬은 다비드가 전투형 안드로이드일지도 모른다고 했다. 처음부터 입을 막을 생각이었다면, 구태여 전투형 안드로이드를 배정한 것도 이해가 간다. 수는 일련의 사고를 어물쩍 넘기고 그것을 기회 삼아 더 큰 돈을 벌려고 하고 있었다. 대체 뭘 어쩔 셈이지?

"어쨌든 해고는 하실 거잖아요. 뭔가 제대로 된 보상을 해 주면 잠잠해질 겁니다."

─ 써니.

수가 잠시 뜸을 들였다. 그가 손짓하자, 오른쪽 위 끝에 사진 하나가 더 떴다.

I KNOW WHAT YOU DID AT THE MOUNTAIN. ACT NOW!

선은 입술을 짓씹었다. 다크웹 메신저 캡처도 X 짓인 것이 분명해진 순간이었다. 게다가 이번에는 ACT NOW라는 추가 메시지도 붙었다. 선은 등골이 서늘해졌지만 아무렇지 않은 척했다.

- 놈이 보낸 마지막 메시지야. 멸사봉공[5]하는 기회로 삼게.

"하, 경고 한번 살벌하게 하네요. 그럼요, 반성하겠습니다."

선은 수가 마지막 메시지를 확장 해석하지 않길 바라며 냉큼 고개를 숙였다. 다행히 수는 크게 개의치 않았다.

홀로그램이 사라지자, 선은 머리를 마구 헝클었다. 인생 최대의 난관이었다. X는 불매를, 아티타 대표는 구매 홍보를 요구하고 있었다.

[써니, 새로운 메시지가 방금 도착했습니다.]

"뭔데, 지금은 좀 피곤한데."

[텔레그램으로 온 메시지입니다.]

"메시지 열어줘."

선은 벌떡 몸을 일으켰다. 거짓말처럼 정신이 맑아졌다. X가 새로운 메시지를 보냈다.

「이번 경고도 무시하면 다음번엔 네 정체가 아티타 플랫폼 전역으로 퍼질 거야.」

선은 떨리는 손으로 놈이 보낸 첨부파일을 열었다. 두바이 부르즈 칼리파를 배경으로 한 사진이었다.

정상에서 세 사람이 환하게 웃고 있었다.

5　사욕을 버리고 공익을 위하여 힘씀. [출처: 표준국어대사전]

7. 전야제

"축하해, 여미야. 이런 날이 오다니, 정말 꿈만 같다."

민이 염의 집에 들어서며 포도주를 건넸다. 민은 염이 4구역에 정착할 즈음, 반의 소개로 만난 친구다. 현재 1구역에 살고 있고 자세히 밝히지는 않았지만, 작은 연구소에서 근무하고 있다고 했다.

"반 아저씨는?"

민이 집 안을 기웃거리자, 부엌에 있던 반이 손을 흔들었다.

"벌써 와 계셨구나. 조는 조금 늦는대."

"소식 들었어. 아티타에서 회수팀 구조조정 철회한다고 했다며?"

염은 반이 막 완성한 제육볶음을 상에 내려놓으며 말했다. 근래 아티타는 회수팀 자동화 문제로 연일 시위가 한창이었다. 아티타 제조공장은 처음부터 DX(Digital Transformation)를 기반으로 세워져서 소수 인원만이 공장 근무를 하고 모든 공정이 로봇으로 대체되었다. 유일하게 DX를 하지 않은 부서가 회수팀이었다. 창립 당시에는 로봇과 사람의 공존을 강조하기 위한 부서라고 주목을 받았었지만, 보여 주기식인 만큼 구조조정은 어떻게 보면 예견된 일이기도 했다.

"팀원들이랑 한잔하고 온다더라고. 아티타에서 사과의 의미로 팀원 모두 비오엠브에 초대한다고 했대."

민이 제 일인 것처럼 잔뜩 들떴다.

소행성 충돌 이후 만신창이가 된 새만금을 사들인 아티타 대표는 부지를 초호화 리조트로 개발해서 이름을 비오엠브라고 붙이고, 외부에 공개했다. 개발 당시에도 천문학적인 금액으로 떠들썩했는데, 1구역 못지않은 서비스를 누릴 수 있어서였다. 또 이곳은 구역 이동 제한에 구애받지 않는 유일한 곳이기도 했다. 비용만 낸다면 5구역 시민도 언제든 이용할 수 있었다.

"여미 넌 언제 입주하기로 한 거야?"

"내일. 어차피 갈 거 미련도 없고, 빨리 적응하고 싶어서."

염은 반의 눈치를 보다가 그렇게 말했다. 염은 집주인 아들이 집적거린 사실을 빼고, 어떻게 안드로이드에 당첨되고 1구역에 가게 되었는지 두 사람에게 설명했다.

사실 염은 량 때문이라도 당첨 즉시 떠나고 싶었지만, 다른 구역에 사는 친구들을 위해 참았다. 반과 조는 3구역 거주자였고, 초대는 받았지만 정중하게 거절한 운은 4구역 거주자였다. 염은 운이 거절한 것이 내심 서운했다. 초대하면 분명 받아 줄 거로 생각했는데, 운의 대답은 뜻밖이었다.

- 미안해요, 여미 씨. 그날은 중요한 일정이 있어서. 언젠가는 다시 만나지 않을까요, 헤헤.

"RS 타워 펜트로 간댔나. 정말 잘 됐어. 모두가 꿈꾸는 곳이잖아."

민이 뭔가를 그리듯 먼 곳을 응시했다.

"머리 쓸 일이 없어서 문제지만."

반이 된장찌개를 내려놓고는 주방 장갑을 벗고 민의 옆에 앉았다. 반이 실력 발휘를 한 덕에 무려 4첩 반상이 완성되었다. 염은 괜스레 눈시울이 붉어졌다. 있는 돈을 다 끌어모았는데 라면 하나 살 돈이 없다는 사실이 서글펐다. 1구역 이사 사실을 숨길 수는 없어서 반에게만 연락했는데 반은 일언반구 없이 4구역으로 날아왔다.

"이제 잘 될 일만 남았는데 왜 울어?"

"…감사해서요, 반. 보증금은 생활비 나오는 걸로 갚을게요."

"됐어. 그 얘긴 없던 걸로 하기로 했잖아."

반은 그게 뭐 대수냐며 맥주 한 컵을 더 따라 민에게 건넸다.

"아니, 어떻게 그런 사람들이 있어? 아저씨, 이거 소송하자 그냥. 내가 더 화가 나네."

"그 얘긴 그만. 우리 이제 염의 앞날을 위해 기도하자."

반이 먼저 잔을 들었다. 민도 웃으며 잔을 들었고 염도 눈물을 닦고 잔을 들었다.

쾅쾅쾅.

거세게 문을 두드리는 소리에 놀란 염은 지레 겁을 먹고 일어서려는 반을 잡았다.

"왜 그래?"

"그, 그냥 없는 척해요."

염은 어깨를 움츠리며 말했다. 반이 민을 보자 민은 어깨를 들었다 놓았다. 반은 달달 떨고 있는 염의 손을 잡고 어깨를 두드렸다.

"괜찮아, 내가 있잖아. 뭣하면 때려눕히지, 뭐."

반은 휘파람까지 불며 현관문 확인창으로 얼굴을 들이댔다. 반이 거침

없이 문을 여는 것을 보고 염은 주춤 물러났다. 량이 아니기를 바랄 뿐이었다.

"이게 누구야, 바니자나. 요미는? 나 요미 보러 왔는데, 업써? 요미야! 나 와따."

이미 거나하게 취한 조가 비틀거리면서 안으로 들어왔다.

"아니, 대체 얼마나 마신 거야? 벌써 취하면 어떡해?"

민이 조를 보고 타박했다.

"취하긴 누가! 나 조야. 일당백 조. 더 마실 수 잇따구. 요미요미 마지막 날이자나."

조는 반의 부축을 받으며 염과 민 사이에 자리를 잡고 앉았다. 민이 자신의 잔을 조에게 건네고 빈 잔에 맥주를 따랐다.

"우리 막 첫 잔 하려던 참이었어."

"요미의 새로운 시작을 위하여!"

"조의 복직을 축하하며!"

잔을 맞댄 네 사람은 서로를 보며 웃고는 잔을 비웠다. 생각해 보니 염의 집들이 말고는 네 사람이 함께 모인 적이 없었다. 염은 이렇게라도 친구들을 챙길 수 있어 감사했다. 먹고사는 것을 핑계로 소중한 것을 점점 놓치고 있다는 생각이 들었다.

"그 안드로이드 말이야. 바로 사용하진 마. 광고처럼 완벽하지 않으니까."

잔이 네 번쯤 돌았을 때, 반의 입에서 안드로이드 이야기가 나왔다. 마요는 RS 타워에 입주하면 안드로이드를 공짜로 준다고 했었다. 염은 그러잖아도 내심 안드로이드에 대한 기대가 컸다. 그게 뭐라고 그거 하나만으로도 세상을 다 가진 기분이었다. 민과 반의 표정은 어째서인지 다른 말을 하고 있지만.

"나도 같은 생각이야. 듣기로는 문제가 많다더라고. 근데 시간은 없고, 개발 비용도 뽑아야겠으니 일단 출시부터 한 거지."

민도 조심스럽게 끼어들었다.

"아티타 건데, 설마. 그런 고가 제품을 허술하게 만들었다고?"

염은 불편한 속내를 드러냈다. 1구역에 입성하는 이상, 안 되는 일은 없었다. 급이 떨어진다느니 머리 믿고 설친다는 말을 이제는 들을 이유가 없었다.

난 1구역 시민이야, 누가 뭐래도.

생각해 보니 치치에게는 더 이상 과외를 하지 못한다는 말을 전하지 못했다. 치치 쪽에서도 딱히 연락이 없는 것을 보면 구역 이동 제한 법안으로 염은 자연스럽게 정리가 됐을 수도 있겠다는 생각이 들었다.

"정말 해야겠다면 말릴 생각은 없다만, 사용 설명서는 읽어 둬."

우우 욱.

갑자기 조가 고개를 돌리고 구역질하는 통에 심각하던 분위기가 야유로 바뀌었다.

"아, 더러워. 뭐야, 조. 화장실은 저쪽이라고."

"반 때문이자나, 그냥 말해. 설명서 가지고 되게써?"

그렇게 말한 조는 반과 민에게 눈길을 주었다.

"다들 알자나, 그 소문. 재사용한다고, 그거. 어떤 건 초기화도 아내. NO.S-K 라인은….."

"조, 여미도 있는데 일 얘긴 그만하고 한잔하자. 갑자기 소주가 확 당기네. 소맥 먹자."

"민 짱, 너어…"

"소맥, 소맥 먹고. 다시 얘기하자, 응?"

"집에 소주 없을 텐데…."

염의 말에 반이 기다렸다는 듯 겨드랑이 밑에 팔을 넣어 조를 일으켜 세웠다.

"우리가 사 올게. 조, 술 사러 가자, 요미요미 마지막 날이잖아. 정신 차려야지."

"제가 갔다 올게요, 요 앞인데."

"아냐아냐. 담배 좀 태울 겸 나갔다가 올게. 술도 좀 깨고."

염이 몸을 일으키자, 반이 손사래 치고는 조를 부축해 밖으로 나갔다.

"분위기 다 망쳤네. 괜히 소맥 먹자고 했나? 우리끼리 한잔할까?"

민이 아무렇지 않은 척 남은 술을 털어 넣고 빈 잔을 염에게 내밀었다.

"근데, 아까 그건 다 무슨 소리야? 나 분명 들었어. 안드로이드에 무슨 문제 있어? 그래서 만류하는 거야?"

민은 말없이 남은 맥주를 잔에 따라 들이켰다. 염은 그런 민을 물끄러미 바라보았다. 이전에도 가끔 저들끼리만 아는, 무언갈 이야기할 때가 있었다. 염은 그러려니 했다. 자신은 직장인이 아니니까 그럴 수 있다고 생각했다.

그런데 지금은, 아니었다. 1구역에 간다고 생각하자, 많은 것들이 다르게 보이고 느껴졌다.

분명 **뭔가 있었다.**

이유는 알 수 없지만 저들은 지금 무언가를 숨기고 있었다.

"너 그 안드로이드 꼭 사용해야겠어?"

        위기의 인간들

"또 그 얘기야? 난 왜 안 되는데? 내가 아무것도 없어서? 없는 게 내 탓은 아니잖아."

염은 자신도 모르게 소리를 높였다. 뺨을 타고 굵은 눈물이 주륵 흘렀다. 염은 서둘러 손등으로 눈물을 닦았다. 사실 민은 아무 잘못이 없다. 도리어 민은, 염이 고마워해야 할 사람이다. 민은 아무것도 없는 자신과 선뜻 친구가 되어 주었다. 반대 상황이라면 자신도 민과 친구가 되었을까? 어쩌면 아닐 수도 있지 않을까?

"…미안, 그냥 서운해서. 나만 빼고 다 아는 얘기 하니까 서운해서. 나 이제 그런 거 싫어. 진짜 싫다고, 민아."

"그렇게 들렸다면 미안. 안드로이드가…"

민이 입술을 깨물었다. 만감이 교차하는 얼굴이다. 민은 작게 한숨짓고는 다시 입을 열었다.

"그 안드로이드가 명령한 대로 움직이지 않을 수도 있어. 지금은 딱히 대응책도 없는 게 현실이야."

"…다 그런 건 아니잖아."

"물론 다 그런 건 아니지. 그래도 걱정이 되니까. 우리 친구잖아."

민이 염의 손을 꼭 잡았다.

"그러니까 한 번만 더…."

민의 아티타 워치가 짧게 진동했다. 메시지를 확인한 민이 짐짓 미안한 표정을 짓더니 가방을 챙겨 들었다.

"어쩌지? 블루코드라 전원 소집. 보다시피 그거 때문에 회사가 난리야. 모처럼 봤는데, 이렇게 가서 미안해."

"그럼 빨리 가 봐야지. 이렇게 와 줘서 고마워. 아까 소리쳐서 미안."

민은 염을 꼭 끌어안고 등을 두드렸다.

"1구역 입성, 다시 한번 축하해. 나중에 초대해 줘."

"그럼 물론이지. 같이 나가자. 데려다줄게."

염은 민과 함께 프레스 센터로 향했다. 바람 좀 쐬겠다던 조와 반은 어디로 갔는지 보이지 않았다. 염이 두리번거리자, 민이 말했다.

"반 아저씨는 조랑 먼저 갔어. 많이 취해서 집까지 데려다줘야 하겠대."

연락했다고, 언제?

염은 조가 말한 **그 안드로이드** 때문에 세 사람이 저들끼리 다시 모이지는 않을까 하는 생각이 들어 입술이 달싹거렸다. 설마 블루코드라는 말도 핑계일까. 사실이 그렇대도 자신이 할 수 있는 일은, **없다.**

"UAM은 불렀어?"

"응."

프레스 센터에 도착하자 정류장에 대기 중인 UAM이 보였다. 민은 UAM에 오르려다 말고 염을 돌아보았다.

"여미야, 우리 친구 맞지?"

"뭐. 뭐야, 갑자기. 우리가 친구가 아니면, 뭔데."

염은 괜스레 속이 뜨끔해서 일부러 크게 웃어 보였다.

"그럼 나 좀 믿어 주라, 응?"

민이 우는 것처럼도 보이기에 잡으려고 했지만 민이 더 빨랐다. 민은 UAM에 올라 언제 그랬냐는 듯 염을 향해 손을 흔들었다.

이륙하는 UAM을 보며 염은 이렇게 바라보기만 하는 것도 마지막이라는 생각이 들었다. 이제 염이 원하기만 하면 언제든 UAM을 탈 수 있다.

난 이제 1구역 시민이야. 누가 뭐래도.

     위기의 인간들

"어이, 말 좀 물읍시다. 혹시 이렇게 생긴 여자, 본 적 있어?"

등 뒤에서 어딘지 익숙한 남자의 목소리가 들렸다. 염이 슬쩍 어깨너머로 보니 프레스 센터에서 나오는 남녀 커플을 막으며, 얼굴에 칼자국이 난 남자가 사진을 들이밀고 있다.

염은 순간, 다리를 휘청였다.

맙소사.

JJ가 어떻게…!

반

반은 화면에 뜬 수치를 보고 침음했다. 수 말로는 재정 상태가 좋지 않다고 했는데 빈말이 아니었다. 가장 큰 원인은 새만금에 초호화 리조트 비오엠브를 지은 탓이고, 두 번째는 신상 안드로이드 반려 인간 개발에 천문학적 돈이 들어간 탓이다. 신상 안드로이드의 매출은 아직 더 지켜봐야 하지만 지금은 적자다.

"구조조정을 철회한 이유가 뭐야?"

[신뢰의 문제야, 반. 저들은 이제 막 집단의 힘을 알았어. 회사가 마음대로 해고할 수 없다는 사실을 알게 된 거지. 언젠가 또 이런 일이 벌어지겠지만 적어도 당분간은 해고하지 않을 거라 생각할 거야.]

"그래서? 해고하지 않으면 손해라며. 데이터대로라면 심각한데?"

[저들을 방심하게 만드는 것이 목표야.]

반은 어깨를 들었다 놓았다.

"방심하게 만들어서 뭘 어쩔 셈인데?"

[반, 이 일은 전적으로 맡겨 줘. 아주 깔끔하게 정리해 줄 테니까. 저것 말고도 지금 처리할 일이 산더미야. 구조조정에만 목을 맬 수는 없다고.

정리한 리스트는 봤어?]

"봤어. 그대로 진행해도 나쁘지 않을 것 같아. 근데 다른 예산은 다 줄었는데, 7번은 늘었네?"

반은 수가 비밀리에 진행하는 프로젝트「거울」을 꼬집어 말했다.「거울」은 아티타 창립 전부터 이어 온 장기 프로젝트로, 수와 연구팀은 지금까지 죽 특정 피사체의 뇌파 데이터를 수집하고 있었다. 사물과 인간의 동기화로 인간의 삶을 편리하게 하는 것이, 아티타 초기 연구팀이 지향하던 목표였다. 그때만 해도 뇌파를 측정한다는 사용자의 거부감을 줄이기 위해 그럴듯한 마케팅으로 각종 생체 데이터를 공격적으로 수집했더랬다.

반은 일반인을 상대로 한 뇌파와 안드로이드의 동기화에 대해서는 지금도 반대다. 수가 출시를 강행한 탓에 판매는 되었지만, 불량도 심심치 않게 나타나는 중이다. 안타깝지만 현재로서는 답이 없다. 원인이 뭔지 도무지 알 수 없다. 낙도 1,000대 중 1개의 불량이라며 발을 빼고 있다.

정말 그럴까.

헤르메스의 죽음 이후로 반은 생각이 많아졌다. 낙은 왜 헤르메스를 만났을까. 그냥 무시하면 될 일을. 반은 낙에 묻고 싶었지만 참았다. 과학으로 설명할 수 없는 영역인 인간의 측. 반은 지금 이것이 그 측이라고 판단했다. 뇌관을 건드리는 순간, 폭발한다. 반은 최근 들어 부쩍 자신이 뇌관 위에 서 있다는 생각이 자주 들었다.

[반, 이제 거의 다 왔어. 인간의 삶을 편리하게, 아티타에서.]

마지막 말을 들은 반은 문득 원이 떠올랐다 '인간의 삶을 편리하게, 아티타에서'는 원이 연구원 시절 힘들 때마다 외치던 구호였다.

하루빨리 찾아야 했다. 너무 오래 잊고 살았다. 그녀가 남긴 유일한 것을.

“일단 이대로 진행한다고, 수에게도 보고할게. 수고 많았어, 낙.”

반이 기지개를 켜며 몸을 일으켰다.

[반.]

낙이 답지 않게 오랜 시간 뜸을 들였다. 반은 괜스레 목덜미가 뻣뻣해졌다.

[…나 버리지 않을 거지?]

8. 의심

「안녕하세요, 시크릿 Q&A 706번 참가자였던 고입니다. 몇 번 망설였는데 용기 내 보려고요, 써니. 전 이제 누구도 믿지 않습니다. 이 문제는 A/S로 해결될 문제가 아닙니다. 모두가 알아야 해요. 보여드릴 것이 있으니, 오늘 저녁 6시에 **혼자** 팔각정으로 오세요.

추신.

아무것도 믿으면 안 됩니다. 특히 IoT요. 그것들은 그냥 IoT가 아닙니다. 살아 있어요. 당신을 감시할 겁니다. 그리고 어떤 것도 남겨서는 안 돼요. 먹다 남긴 초콜릿 활용법도요. 그들이 제공하는 모든 정보를 거르서야 합니다. 우린 중세 유럽으로 돌아가야 해요, 써니. 차라리 그때가 안전했습니다. 정말로요.」

선은 UAM에서 참가자 '고'가 보낸, 이제는 유물이 되어 버린 누르스름한 종이를 펼쳤다. 종이는 드론 택배로, 그것도 몇 겹의 비닐에 싸여 선에게 왔다. 연필로 꾹꾹 눌러쓴 서투른 글자를 되짚는 순간 참가자 '고'가 언급한 주의 사항이 눈에 들어왔다.

공교롭게도 선이 아침에 실행한 행동 패턴이 그대로 적혀 있었다.

선은 약속을 잊지 않기 위해 냉장고에 일정을 등록했고, 냉장고는 서큐를 비롯한 다른 전자기기와 선의 일정을 공유했다. 선의 일정을 공유하자마자 서큐가 한 일은 UAM 예약이었다.

사실 선은 '고'의 말을 반쯤은 미친 소리로 취급했고, 원시로 돌아갈 생각은 추호도 없었다. (이 좋은 걸 왜?) 선에게 IoT와 서큐, 시몬이 없는 삶은 이제 상상이 가지 않았다.

그럼에도 '고'를 만나러 가는 이유는 단 하나다. 선은 아티타와 X, 둘 모두를 만족시키는 영상을 공개해야했다. 오랜 고민 끝에 선이 내린 결정은 안드로이드에 조금이라도 불만을 가지고 있거나 안드로이드의 작동 문제로 사고가 발생한 사용자를 찾는 일이었다.

그런 면에서 갑작스러운 작동 문제를 일으킨 706번 참가자 '고'는 선에게 안성맞춤이었다. 문제를 일으켜서 위험하기는 했지만 이후에는 잘 되었다, 문제를 일으키는 제품에 대해서는 절대적으로 반대하지만 인간에게 도움을 주는 안드로이드 구매는 적극 추천한다며 마무리하는 것이 선의 큰 그림이었다. 어쨌든 구매와 불매를 동시에 반영하는 말이었고, X가 만족하지 못한다면 그건 그때 가서 해결하면 될 일이었다.

이걸로 다 된 거야.

유난 공원 입구에서 하차한 선은 곧장 팔각정으로 향했다. 능선 저편으로 노을이 자잘하게 깔려 있었다.

"시몬, 706번이 보여 준다는 게 뭘까?"

[X가 원하는 자료일 가능성이 크다.]

X라는 말에 얼굴을 찡그린 선은 X가 보낸 메시지를 곱씹었다.

"이해가 안 돼. 대체 왜 이런 일을 벌이는 거지? 아티타가 망하길 바라는 거야, 뭐야. 아티타가 망하면 서울은 끝이야. 안 그래, 시몬?"

[아티타를 노리지 않는 것일 수도 있다.]

"말도 안 돼. 불매 운동하라는 말 같이 봤잖아. 그런 게 아니면 뭔데?"

[그건 표면적인 거고, 실은 원한일 수도 있다. 'I KNOW WHAT YOU DID AT THE MOUNTAIN.' 놈은 이 말을 두 번이나 했다.]

선은 멈춰 섰다. **그 일**에 대한 언급만 나오면 몸에 절로 힘이 들어갔다. **그 일**은 시몬을 포함한 누구와도 공유하지 않았다. 시몬의 판단은 객관적이라고 봐도 무방했다.

"원한, 이라고? 뭘 봐서. 증거는 없어. 그것만 가지고 뭘 알아?"

[증거는 있다, 선.]

손이 덜덜 떨렸다. 그럴 리가, 증거는 없어.

[네가 있잖아.]

"뭐, 뭐라고?"

선은 멈춰 섰다. 그는 시몬을 죽일 듯이 쏘아보았다.

[맥박을 보고 짐작했다. 너도 **그 일**의 관계자라는 것을.]

이런, 썩을.

선은 주먹만 거머쥐었다.

[내가 진실을 안다고 해서 우리 관계가 달라질 거라고 생각하나.]

"…아니."

선은 확신할 수 없었다. 로봇에게 도덕관념이 있고 없고의 문제가 아니었다. 더는 비밀이 아니라는 사실이 문제였다.

[두 사진의 연관성을 말해라, 선.]

"나중에. 생각할 시간을 줘. 지금은 706번에게 집중해야…"

쿠쿠 쾅, 쾅

땅이 크게 흔들렸다. 선은 휘청이며 그 자리에 주저앉았다. 비명과 함께 저만치에서 사람들이 우르르 달려 내려왔다. 선은 붉은 연기가 치솟는 쪽을 바라보다가 주머니를 뒤져 갱지를 꺼냈다. 선은 추신 부분만 다시 읽었다. 오전까지만 해도 미친 소리라고 생각했는데 돌이켜 보니 묘하게 설득력이 있었다.

IoT는 이제 몸에서 뗄 수 없다. IoT는 서큐와 연결되어 선의 삶을 윤택하게 해 주었다. 불량은 일상이라고 봐야 했다. 고 씨는 단지 운이 나빴을 뿐이다.

하지만 선은 뭔가 찝찝한 생각을 지울 수 없었다. 가령 누군가 먼저 알고 손을 썼을 거라는?

그렇다면, 누가?

현재, 안드로이드는 오직 반려 인간으로만 출시된다. 국가 서울에서 테러와 반대 시위는 늘 있었다. 1구역에서 발생한 점이 의외라면 의외였지만.

선은 손수건으로 입을 막고 내려오는 청년 앞을 가로막았다.

"팔각정으로 가려던 참인데 어떻게 된 겁니까?"

"거기 지금 못 가요. 어떤 미친놈이 자폭 테러를 했다는데… 자세한 건 저도 몰라요. 죄송한데, 먼저 갈게요. 형님도 빨리 돌아가세요."

"자폭 테러? 시몬, 어떻게 생각해?"

[가 보자.]

선은 귀를 의심했다.

"저, 저길 가 보자고? 난 사양할게. 죽고 싶지 않거든."

그 말에 시몬은 대꾸 없이 저만치 가 버렸다. 선은 고개를 저으며 왔던 길을 도로 내려갔다. 선은 시몬이 **그 일**을 알게 된 점이 못내 쓰렸다. 그 일은 무덤까지 선 혼자 안고 갈 비밀이었다.

선은 UAM 승강장에 구름처럼 몰려든 사람들을 보고 고민 없이 인도를 따라 걸었다. 지금은 집까지 걸어가는 것도 나쁘지 않았다. 선은 생각을 정리할 시간이 필요했다.

일단 706번 참가자 '고'는 죽었다고 보는 편이 빨랐다. 그가 자폭 테러를 했느냐고 묻는다면 아니었지만, 범인이 누구든 간에 '고'가 죽었다는 결론은 바뀌지 않았다. 아마 테러의 목적은 '고'일 테니까.

'고'는 안드로이드가 자율적으로 움직인다는 것을 경고한 사람이고, 선에게 추가 메시지를 보낸 걸로 봐서 그 문제는 A/S를 받고서도 해결되지 않았다. '고'는 그것과 관련한 일련의 증거를 확보했고 선에게 보여 줄 참이었지만, 누군가의 자폭 테러로 말미암아 생을 달리했다.

제보자가 사라졌으니 남은 것은 X가 보낸 자료를 활용하는 것뿐이다. 선은 아티타 워치로 홀로그램을 띄워 X가 보낸 자료를 불러왔다.

다시 보니 몇몇 사망자는 한 가지 공통점이 있었다.

일단, 남녀를 가리지 않고 지능지수가 상위 0.1% 안에 들었다. 입수경로는 대여, 구매, 경품 당첨, 증여, 담보 등 다양했고 심지어는 타인 명의를 빌려 구매한 경우도 있었다.

선은 아티타가 마구잡이로 뿌려대는 것처럼 보이는 경품 행사가 실은 교묘하게 조작된 이벤트라는 사실을 알아챘다. 쉽게 말해 아티타는 특정 인물의 데이터 수집을 위해 경품 행사를 기획한 것으로 보인다. 타깃은 상위 0.1%의 지능을 가진 사람들. 아티타가 그들의 생체 데이터를 원한다면 1~4구역 전반에 걸쳐 공격적인 마케팅을 펼치는 것도 이해가 갔다.

개인정보에 보수적인 4구역 이하를 향한 노림수라면 일단 어느 정도는 성공을 거두었다. 경품 행사 참여에 요구되는 개인정보를 최소화하자 참여율이 높아진 것이다. 이후, 아티타는 배송비를 포함한 모든 필요 비용을 5년간 아티타가 부담한다고 했고, 참여자는 더욱 늘어났다.

문제는 실제 지급되는 무료 안드로이드 수량이다. X의 조사 자료에 따르면 아티타는 그들이 약속한 절반에 반의반도 미치지 못하는 수량만을 참여자에게 지급했다. 심지어 그마저도 수령자가 정해졌다. 바로 상위 0.1%의 지능을 가진 사람이다. 그들이 최우선 수령자였다. 해당 지역에서 상위 0.1%의 지능을 가진 사람이 없으면 안드로이드가 지급되지 않은 곳도 있었다.

"사망자 명단 다시 한번 보여 줘."

선의 말에 홀로그램 화면이 사망자 인원을 정리한 화면으로 바뀌었다.

아티타는 이제껏 총 300회의 경품 행사를 하였고, 그중 100회의 사고가 발생하였으며, 거기서 29건의 사망 사고가 발생한 것으로 보인다. 선은 자료 화면을 보며 턱을 문질렀다.

12명.

29명 중 12명이 상위 0.1%의 지능을 가진 사람이다. 12명은 경품 행사 때 진행하는 〈성향 파악 테스트〉에서 빠른 처리 시간과 높은 지능을 증명했다. 그 테스트가 지능 검사라는 사실을 아는 사람은 많지 않다. 설사 12명이 사실을 알았다 쳐도 이것이 유불리를 결정지을 거라고는 생각지 않았을 것이다. 지능이 비슷한 반려를 얻을 수 있다는 생각은 할 수 있다손

　　　　　　　　　　　위기의 인간들

쳐도.

　나머지 17명의 죽음은 단순 사고다. 추락, 질식, 감전, 화상 등 다양해도 너무 다양해서 고의적인 죽음이라고 단정 짓기에는 무리가 있었다. 최근에 발생한 빈미나의 UAM 추락 건은 일단 사고인 것으로 보인다. 다행인지 불행인지 빈미나는 상위 0.1%의 지능을 가진 사람이 아니었다. 17명이 꼭 죽어야 한다면 그건 0.1%의 사람을 위해서다.

　그렇게 생각한 선은 우뚝 멈춰 섰다.

　설마 이 모든 게 상위 0.1%의 죽음을 감추기 위해서라고?

　섬뜩한 생각이 든 선은 고개를 가로저었다. 자료가 더 필요했다. 선은 대표 수와 직접 통화하려다 괜한 부스럼을 만들 것 같아 마케팅팀장 박을 호출했다.

　"박 팀, 이번에 진행한 이벤트 당첨자 명단 좀 볼 수 있을까? 대표님이 제품 홍보에 박차를 가하라고 하시네. 당첨자 인터뷰 좀 따면 좀 홍보가 될까 싶어서."

　- 오, 써니. 그러잖아도 자기한테 소개할 사람이 있어. 완전 대어가 걸렸다고.

　박 팀장이 평소보다 들뜬 목소리로 말했다.

　"요건만 간단히 해 줄래?"

　- 내가 별별 사람을 다 봤는데…

　"박 팀. 요. 점. 만."

　- 미안 미안. 3구역 모럴 시티 체험장에서 신기록을 경신한 사람이 있어. 역대 최고야. 기존 1위 기록을 무려 15분이나 앞질렀다고!

　선은 그 자리에 멈춰 섰다. 박 팀장이 말하는 현재 1위와 기존 기록을 경신했던 인물은 모두 죽었다. X가 보낸 자료에서 이름을 떠올린 선은 주먹을 거머쥐었다.

상위 0.1%의 지능을 가진 사람이 아직 있다. 죽지 않았어!

선은 입술이 바싹 말랐다.

"그 사람 말고는? 그 사람 말고 또 있어?"

- 응? 아니, 최근엔 없어. 근데 더 놀라운 게 뭔지 알아. 글쎄, 이 여자가…

"닥치고, 아무 말도 하지 마. 내가 묻는 말에만 대답해. 그 여자 언제 이사 가?"

위협적인 선의 기세에 박 팀장의 목소리가 작아졌다.

- 내일.

"경품은 언제 지급돼?"

- 입주한 즉시.

선은 다급해졌다.

"그 여자 혼자 두지 말고, 잘 감시해. 박 팀, 내 말 꼭 들어야 해."

- 가. 감시라니, 써니. 우린 그런…

"왜 이래 박 팀. 나도 다 알아."

선은 박 팀장의 말투에 짜증이 치밀었다. 마케팅팀이 케어를 목적으로 집사 로봇을 통해 펜트하우스 입주자의 일거수일투족을 감시하고 있다는 사실을 선은 알고 있었다. 당시에는 이유를 몰랐는데 지금은 이유를 알았다. 자료수집을 위해 완벽한 케어는 필수 불가결했다.

"주소 보내, 지금 바로."

9. 반

반은 운전석에서 전자 담배를 물고 차창 너머를 바라보았다.

이곳이 마지막이었다. 아이의 흔적은 여기서 끊겼다. 유전자도 등록되지 않은 것을 보면 죽었거나 최악의 상황을 겪고 있을 터였다. 대한민국이 제대로 기능하고 있다면 실종아동이란 이름으로 불리고 있을 테지만, 국가 서울에서 실종아동은 사망자와 같은 의미다. 아이의 DNA를 제공할 수 없다면 찾지 못하고, DNA를 제공한다 해도 많은 돈이 필요하다.

소행성 충돌에도 용케 살아남은 곳이지만 반이 보기에 저곳은 부서졌어야 마땅한 곳이다. 건물 밖으로 나온 아이들의 발목에는 하나같이 족쇄가 채워진 자국으로 보이는 흔적이 있었다. 생기 없이 퀭한 눈으로 걷는 모습이 흡사 좀비를 보는 것 같아 반은 등골이 오싹했다.

여기서 대체 무슨 일이 벌어지고 있는 거지?

그때 반의 차를 보고 한 소년이 냉큼 뛰어왔다. 호기심에 찬 눈과 넘치는 활력, 큰 키와 긴 팔다리가 이곳에서 본 아이 중 그나마 가장 아이다웠다. 족쇄를 찬 흔적도 없고 입고 있는 옷도 깨끗한 데다 좋은 향기도 났다.

"안녕하세요, 아까부터 계속 여기 계셨죠? 무슨 일로 오셨나요?"

"네가 여기 대장이니?"

반은 담배를 끄고 물었다.

"뭐 그렇다면 그런 거겠죠. 근데 질문은 제가 먼저 했습니다, 아저씨."

말투도 퍽 어른스러웠다. 한 열 살쯤 되었을까.

"난 어른 대장하고 얘길 하고 싶단다. 안에 누가 있니?"

소년은 눈썹을 치켜올렸다 내렸다. 입술이 씰룩씰룩하는 것을 보니 반이 자존심을 긁은 모양이었다. 아무래도 이곳을 찾는 손님은 모두 이 소년을 통해 안내를 받은 듯 보였다. 사유지라고는 하지만 아이들이 밖으로 나왔는데 성인 보호자가 한 명도 보이지 않았다.

"여기 온 이유를 말해 주시면 제가 안내해 드리겠습니다."

"그건 내가 직접 말할 테니 가서 누구든 오라고 전해 줄래? 선생님 없이 야외 학습을 하다니, 아주 큰 일인데? 경찰이 오는 걸 바라지 않는다면 당장 나오라고 하렴. 지금, 이 버튼을 누르면 아동복지국으로 바로 전송될 거야. 방금 내 드론이 여길 찍었거든."

소년이 뭐라 말하려 하자 반이 손을 들었다.

"여기, 합법 촬영이 가능한 허가서와 허가서 번호야, 가서 확인하고."

반이 품에서 반쯤 접은 종이를 꺼냈다. 전자 증명서를 제출할 수 없을 때를 대비한 종이 출력물이었다. 5구역과 인접한 4구역은 통신 상태가 엿 같아서 종이 출력물은 필수였다. 구역마다 제공하는 서비스가 다르다 보니, 접경 구역 통신 불안은 각 구역이 겪고 있는 문제였다. 구역 시장들은 굳이 통신 불안 문제를 해결하려고 하지 않았다. 그럴 거면 외곽 말고 도심으로 이사 오라는 조언을 할 뿐이다.

얼굴이 새빨개진 소년이 또 뭔가 말하려 하자 반이 냉큼 말했다.

"난 5분밖에 못 기다리니까 그것도 꼭 전하고. 알겠니, 꼬마야?"

소년이 씩씩거리더니 벽돌 건물로 뛰었다. 반은 차에서 내렸다. 드론을 띄웠다는 말은 물론 거짓이었다. 통신인프라가 엿 같아서 당연히 촬영도 불가했다. 하지만 스마트 안경이라면 언제든 가능하다. 반은 주머니에서 아티타 안경을 꺼내 주변을 촬영했다.

넌 이런 곳에서 5년을 살았구나, 아가야.

반은 목구멍이 뜨거워졌다. 아이는 어떤 일이 있어도 자신이 데려와야 했다. 그럴 만한 사정이 있다는 것을 핑계로, 그 남자의 아이라는 것을 핑계로, 어쭙잖은 질투를 핑계로 갓난쟁이를 외면한 것이 미치도록 후회스러웠다.

덜컥.

문이 부서질 듯 열리더니 뚱뚱한 남자가 전속력으로 반을 향해 뛰었다. 얼굴이 퉁퉁 불어 터진 소년이 그 뒤를 총총 따랐다. 반을 안내하려 했던 바로 그 소년이다. 반은 모르는 척하기로 했다. 지금은 사소한 문제를 따질 상황이 아니었다. 반은 안경을 선글라스 상태로 변경했다.

"아이고, 아버님. 여긴 어떻게 오셨습니까? 미리 언질이라도 주셨으면 좋았을걸요. 이래 봬도 이 보육원은 원칙을 지키는 곳입니다, 아무렴요. 선생님들이 다들 식사 중이라 애들을 방치한 모양입니다. 아주 잠깐이니 염려 놓으시죠. 하하하…. 일단 안으로 들어가실까요? 다니야, 뭐하니 어서 안내하지 않고. 세상에 다니가 급하게 오느라고 넘어졌다지 뭡니까. 하여튼, 조심성이 없어요."

남자는 천연덕스럽게 얼버무리며 붉은 벽돌 건물로 반을 안내했다.

반은, 삐걱거리는 바닥과 쿰쿰한 냄새에 절로 미간을 찡그렸다. 내부가 전체적으로 어두컴컴한 데다 습했다. 좁은 복도 양편으로 닫힌 문들이 늘어선 가운데 저편으로 번호 키가 달린 육중한 문이 보였다.

남자가 단자에 엄지를 대자 전자음과 함께 문이 열렸다.

반은 휘파람을 불었다. 높은 천장과 밝은 햇살, 흰색 풍의 벽지와 가구, 폐부를 찌르는 상쾌한 공기가 좀 전의 어두운 기운을 몰아냈다. 예상은 했지만, 후원자의 돈으로 호의호식하는 사람은 따로 있는 모양이었다.

남자는 응접실로 반을 안내했다. 두 손을 비비며 맞은편에 앉은 남자는 요기라고 자신을 소개했다.

"무슨 일 때문에 오셨을까요?"

"난 아티타 RCS 팀에 있는 반이오."

반이 그렇게 말하며 아티타 워치로 전자 신분증을 띄우려 했지만 잘되지 않았다. 대신 반은 안주머니에서 아티타 사원증을 꺼냈다. 타 구역 신분 증명용으로 만든 플라스틱 카드다. 사원증을 본 요기의 경계심이 조금 풀어졌다. 요기는 카드를 돌려주며 물었다.

"아티타에서 여긴 무슨 일로⋯."

반은 턱을 문지르며 일부러 뜸을 들였다.

"사람을 찾고 있는데, 20년 전 자료도 볼 수 있을까?"

"예에?"

요기는 눈을 동그랗게 떴다. 반은 어깨를 들었다 놓았다.

"알아보니 그 사람이 여기 출신이더군."

"그러니까⋯ 여.기. 출.신. 이라고요, 그것도 20년 전?"

요기의 눈이 씰룩씰룩하더니 박장대소했다. 반은 어리둥절했다.

"이봐요, 선생님. 10년 전에 무슨 일이 있었는지 모르는 건 아닐 테고,

그 자료가 여태껏 남아 있을 거라고 믿는 게 더 이상하지 않습니까?"

"그러니까 남은 자료가 없다?"

"물론이죠. 싹 다 타 버렸슴다. 의뢰인에겐 안타깝지만 다른 곳을 알아보시죠."

요기는 그렇게 말하며 몸을 일으키더니, 출입문을 열었다. 빨리 꺼져달라는 뜻이다.

"뭐 어려운 일도 아니잖습니까. 유전자 등록만 하면 얼마든지 찾을 수 있는데 뭣 하러 이런 깡촌까지 오셨을까요?"

다른 의도가 있는 게 아니냐는 말에 반은 반론이 무색해졌다. 사실 이곳은, 국가 대한민국이 기능하던 시절에 아이들을 불법적으로 수용하던 시설이었다. 제대로 된 자료가 없을 거란 사실은 진즉 인지하고 방문했다. 알아본 바로 반이 찾는 아이는 이곳에서 5년을 살다 다른 곳으로 이주했다. 유기한 사람에게 직접 확인한 사실이다.

"사정은 안타깝지만 뭐 어쩌겠습니까. 10년 전 일을 원망해야죠. 아시는지 모르겠지만 저희도 기록할 건 다 기록합니다. 누가 누군지는 알 수 있어야죠. 그럼 안녕히 가십시오."

요기가 머리를 깊이 숙였다. 반은 떨떠름한 표정으로 응접실을 나섰다. 원아 기록이 10년 전 소행성 충돌로 사라졌다는 말도 무리는 아니었다. 당시 대한민국은 온전하지 않았다. 혼란과 폭동, 격분의 시대였다. 방화와 약탈이 끊이지 않았다.

반은 착잡한 얼굴로 왔던 길을 돌아 밖으로 나왔다. 등 뒤에서 문이 쾅 하고 닫혔다. 입 밖으로는 내지 않았지만, 그것이 요기의 마지막 대답인 것 같아 입이 썼다.

"아티타에서 오신 거면 혹시 1구역 시민이신가요?"

반은 담배를 문 채 뒤를 돌았다. 자신을 안내했던 소년이 서 있었다. 그 사이 치료를 받았는지 머리를 붕대로 감쌌다. 머리카락으로 가려졌던 앳된 이목구비가 훤히 드러나 소년은 두세 살 더 어려 보였다.

"이름이 다니라고 했나?"

"다니가 아니라 단입니다. 끝 단 자를 쓰는 그 단이요."

단은 맞아서 생긴 것이 분명한 얼굴을 하고서도 빙긋 웃었다. 반은 단에게 흥미가 생겼다.

"이름은 누가 지어 줬니?"

"아직 제 질문에는 답하지 않으셨어요. 저한테는 중요한 질문입니다."

반은 어깨를 들었다 놓았다.

"예전엔 살았지만, 지금은 딱히 정해 놓고 살지 않는단다. 여기도 살고 저기도 살고."

단은 놀라서 눈을 동그랗게 떴다.

"그럼, 저도 언젠간 1구역에서 살 수 있는 건가요? 아저씨처럼요. 어떻게 하면 그럴 수 있죠?"

"그건…"

사실 여기서 아이 하나 빼내는 것쯤은 일도 아니었다. 문제는 반이다. 반은 아이를 홀로 키울 자신이 없었다. 일을 핑계로 보육원에 아이를 맡기고 찾지 않으면, 반도 단을 버린 부모와 다를 바가 없었다.

그럴 수는, 없지.

"나중에 더 크면 알게 될 거야. 하지만 이 말은 해 주마. 네 이름이 가진 힘을 믿어. 끝은 시작을 의미하기도 하니까. 넌 앞으로 뭐든 시작할 수 있어. 네가 모든 일의 시작이니까. 알겠니?"

단의 눈이 점점 커지더니 함박웃음을 지었다.

"그런 생각은 하지 못했어요. 한 번도요."

단이 뭔가 하고 싶은 말이 있는 듯 입술을 달싹였다.

"나한테 하고 싶은 말이 있으면 해도 돼. 이제 여기 올 일은 없을 것 같아서. 나이 많은 대장도 할 말이 없다고 하고."

단이 반짝 눈을 빛냈다.

"이따 다시 여기 와 주세요."

"뭐라고?"

"그냥 가지 마시고 갔다가 다시 와 주세요. 제가 어려운 부탁을 하는 건가요?"

단이 눈을 두 번 깜빡였다. 반은 머리를 긁적였다. 단이 뭔가 암시를 주는 것 같은데 도무지 짐작이 가지 않았다. 무엇보다 자신이 여기와야 할 적당한 이유가 생각나지 않았다.

"일단 생각해 보마. 잘 지내렴, 꼬마 대장."

"아저씨, 바보."

단이 혀를 쏙 내밀었다 넣고는 벽돌 건물 안으로 문을 쾅 닫고 들어갔다. 반은 어깨를 들었다 놓고 운전석에 몸을 실었다. 꺼림칙해도 어쩔 수 없다.

증거가 없다는 게 문제다. 그놈의 증거 때문에 이렇게 돌아가는 거고.

반은 산기슭을 내려가며 속도를 높였다.

끼익.

커브를 도는 순간, 반은 올라오던 차와 간발의 차를 두고 멈춰 섰다. 지프의 조수석에 있던 남자가 목을 잡고 내렸고, 반은 뒷머리를 쓸어 올리며 땅에 발을 디뎠다. 조수석 남자가 삿대질하며 소리쳤다.

"××, 당신 뭐야. 운전 그딴 식으로 할래?"

"죄송합니다. 여기 사람이 올 줄 몰랐습니다."

아닌 게 아니라 반은 정말 놀랐다. 이곳을 찾는 사람이 있다니.

반은 빠르게 지프와 남자를 훑었다. 이상한 점은 내린 사람이 운전자가 아니라 조수석에 있던 남자라는 점이다. 운전석 남자는 내리지도 않았다. 사고가 날 뻔한 상황이었는데도 느긋하게 담배를 꺼내 태우고 있다. 남자가 선글라스를 쓰고 있어서 반은 표정을 가늠하기 힘들었다. 다만 얼굴에 난 칼자국은 선명하게 보였다.

"여기 사람 다니는 길 아닌가, 응? 지금 한번 해보자는 거야?"

"아뇨, 제가 전방 주시를 잘 못했네요. 혹시 보상을 바라시는 거라면…."

"뭐야? 이게 사람 쳐 놓고 돈 얘기부터 하네. 야, 너 내가 누군지 알아?"

"저기, 말은 바로 하시죠. 사람을 치진 않았습니다."

"뽁. 시간 없는데, 적당히 해. 형씨, 보상 같은 거 필요 없으니까 갈 길 가쇼. 대신 앞으로 조심하고, 또 마주치면."

운전석 남자가 목을 긋는 시늉을 하며 입꼬리를 올렸다. 반은 운전석을 향해 꾸벅 고개를 숙였다 펴고는 냉큼 차에 몸을 실었다. 질이 좋지 않은 사람은 피하는 게 상책이다. 뽁이라 불린 남자가 펄쩍 뛰며 어떻게 저걸 그냥 보내냐고 운전석 남자한테 소리쳤다. 남자는 그러거나 말거나 차를 한쪽으로 붙여 반이 내려갈 수 있게 해 주었다. 친절하기도 하지. 반은 손을 들어 감사를 표하고는 비탈길을 내려갔다.

－이따 다시 여기 와 주세요.

끼익.

다시 멈춰 선 반은 운전석에 앉은 채로 뒤를 돌아보았다. 짧은 순간 많은 생각이 스쳐 갔다. 지금이 바로, 단이 말한 그 순간이라는 확신이 들었다. 반은 자율주행 상태로 바꿔 차를 먼저 내려보내고 자신은 보육원을 향해 걸어 올라갔다.

예상대로 지프는 보육원 앞에 섰다. 반은 풀숲에 몸을 숨겼다. 단이 나와 그들을 맞았다. 뽁이라는 남자가 단의 머리를 쓰다듬었다.

뒤이어 요기가 나오자 두 남자는 악수하고는 뭐라 말하며 건물 안으로 들어갔다. 운전석에 있는 남자는 내리지 않았다. 반은 고개를 갸웃했다. 겉모습만 보아서는 목적이 뭔지 짐작이 가지 않았다.

다시 문이 열렸을 때, 반은 소리를 지를 뻔했다. 요기와 뽁이 축 늘어진 아이를 어깨에 메고 나왔다. 적재함 뒤쪽이 열리고 운전석에 있던 남자가 내렸다. 그는 적재함에 올라가 잠든 듯 보이는 아이를 하나씩 받아 뉘었다. 반이 세어 보니 대략 열 명 정도 되는 아이가 적재함으로 옮겨졌다.

요기가 종이를 건네자 적재함에 서 있던 남자가 물건을 확인하듯 아이들을 훑고는 OK 사인을 보냈다. 그리고 귀 뒤에서 펜을 꺼내 뭔가 끄적이더니 종이를 도로 요기에게 건넸다. 요기도 뭔가 끄적이고 한 장을 죽 찢어 적재함에 서 있는 남자에게 건넸다.

혹시 단이 말하려던 게 이거였나?

비인가 보육원과 아이를 매개로 한 요기의 뒷거래. 말이 보육원이지 이곳은 인신매매가 이루어지는 주요 거점으로 보였다. 이전에도 인신매매는 있었지만 그때나 지금이나 들키지 않는 한 아무도 모른다. 국가 서울은 구역이 재편된 뒤로 해당 구역 일은 해당 구역에서 처리하는 시스템으로 바뀌었다. 그마저도 증거가 없으면 말짱 도루묵이다. 게다가 저 아이들은 신원이 확실치 않았다. 요기의 말에 따라 좌우될 수 있는 상황이다.

반은 조심스럽게 지프의 뒤를 따르다가 지프가 향하는 방향을 보고 눈을 크게 떴다.

“저긴….”

5구역?

    위기의 인간들

자

　자는 노랗게 물들기 시작하는 농장을 바라보았다. 벼가 더 무르익어 수확기가 되면, 추수 후 쌀은 상위 구역으로 팔려 간다. 이곳 사람은 팔고 남은 쌀이나 보리를 끓여 먹는다. 자급자족은 개나 주라지.

　자는 씁쓸하게 웃었다. 그는 5구역에서 JJ, 일명 정의의 심판(Judgment of Justice) 단원으로 일하고 있다. 단원이라고 해 봤자 동료인 복이 전부고, 실상 JJ는 보스 탄의 개인 해결사나 다름없다. 예전에는 5구역의 법과 정의를 위해 정찰 활동을 했지만, 지금은 이곳도 질서가 잡혀 JJ가 활동할 일이 딱히 없다.

　이곳은 평화로워서 문제다. 상위 구역에서 일어나는 안드로이드 문제는 남의 일이다. 천하의 낙도 이곳을 어쩌지는 못한다. 전기가 없다 보니 낙을 지탱할 원동력이 없다.

　5구역은 개인 정보제공을 원하지 않는 사람이 모인 곳이라고들 하는데 사실과 다르다. 개인정보 제공 범위도 문제지만 소행성 충돌 전이나 지금이나 문제는 돈이다. 태곳적부터 인간의 계급을 나눈 그 돈 말이다. 정보를 제공해도 돈이 없으면 말짱 도루묵이다. AI 사용 대금은 누가, 어떻게, 뭐로 지급할 것인가. 이런 이유로 어떤 사람은 자신의 정보를 팔아넘기고 그 돈으로 적당히 사는 사람도 많다. 아는 사람만 아는 어떤 커뮤니티는 자신의 정보를 판다는 글이 수두룩하다. 개인정보만 전문으로 다루는 브로커도 많다.

탄은 소싯적부터 돈 버는 재능이 탁월했다. 소행성 충돌 후 국가 서울이 재건을 목표로 구역을 나누자 가장 먼저 5구역으로 들어와 마을을 정비했다. 탄이 사람들을 꾀어 낸 말은 종말이었다. 이 전략은 꽤 잘 먹혔는데, 전 세계를 강타한 소행성 충돌 탓이었다. 따지고 보면 종말은 종말이었다. 누가 먼저 돈 될 구멍을 보느냐, 마느냐의 문제였지만.

자가 보기에 탄이 '망'에게 갖는 집착은 광기였다. 어쩌면 '망'은 탄의 삶을 지탱하는 원동력일지도 몰랐다.

본인은 그것을 원한 또는 복수라고 부르는데, 본래 모든 것을 이룬 인간은 내면이 공허한 법이다. 인간은 내면을 무엇으로 채우냐에 따라 인격이 달라진다. 탄은 부족한 내면을 '망'으로 채운 경우다.

'망'은 5살 무렵 그들이 차일드 팩토리라고 부르는 CF 4구역에서 왔다. 소행성 충돌 전에는 〈반짝새별보육원〉이라고 불리던 곳이다. 당시 5구역 일대는 공동체 마을을 이룬 지역이었는데, '망'은 자식이 없던 젊은 부부의 양녀로 입양되었다. 자의 가족도 비슷한 시기에 공동체 마을로 들어갔는데, 아버지의 사업 부도 후 이뤄진 도피성 이주였다. 소행성 충돌로 말미암아 가족이 해체되고 마을의 의미가 퇴색될 무렵, 탄이 들어왔고 지금의 5구역이 탄생했다.

탄은 마을 인구를 늘리기 위해, 정확히는 생산인구를 늘리기 위해 실종자를 거리낌 없이 이용했다.

　구역별로 설치된 불법 비인가 수용시설은 탄에게 유용한 인간 공급처였다. 실종아동은 구역을 가리지 않았고, 불법체류자는 어디든 있었다. 탄은 그 허점을 노렸다. 접경 구역은 늘 보안이 취약했다. 고질적인 문제였지만, 운영자금이 데이터 센터에 집중되다 보니 시장들은 누구도 고칠 생각을 하지 않았다. 정찰 로봇은 신원이 불분명한 아이들을 한곳에 모았고, 탄은 그 점을 십분 활용했다. 로봇은 당연히 묵인했다. 정찰 로봇의 목표는 깨끗하고 안전한 거리고, 목표에 방해되는 자들은 모두 쓰레기로 취급했다. 로봇 입장에서 쓰레기가 어떻게 처리되든 알게 뭐란 말인가.

　지금은 모르는 사람이 없는 헥토르도 탄의 작품이다. 탄은 AI에 대항하는 헥토르라는 단체를 만들어서 사람들의 불안을 조성하고 분탕질했다. 5구역의 맹점은 1~4구역의 누구라도 들어올 수 있다는 점이고, 상위 구역 사람은 사업 허가서만 있으면 하위 구역에 몇 시간을 머무르던 제약을 받지 않았다. 헥토르는 주로 경제적으로 여유가 있고 머리 좀 쓴다는 3구역 청년들이 맡았다. 헥토르의 목적은 어디까지나 불안 조성이다. 탄은 세상이 돌아가는 꼴을 보니 안드로이드 때문에 조만간 큰 사달이 날 것이고, 자신들의 세계가 올 거라고 호언장담했다.

　"이제 때가 되었다. 그년을 산채로 내 앞에 데려와."

　자도 악의는 없었다. 다만 그녀는 **그때** 아주 큰 실수를 했고, 그것을 바로 잡지 않았다.

　자고로, 처단은 아주 확실하게 해야 하는 법이다.

10. 재회

아티타가 제공하는 RS 타워 150층 펜트하우스는 광고와 크게 다르지 않았다. 펜트하우스 주민만의 전용 엘리베이터가 있고, 전용 UAM도 대기 중이며, 집안의 모든 설비는 음성으로 제어했다. 생활비는 코코라는 전자화폐로 지급되는데, 아티타 워치로 수령하고 결제할 수 있었다.

다만, 내부 시설 사용에는 조건이 있었다. RS 타워 내에서 누릴 수 있는 모든 특권은 RS 멤버십에 가입했을 때만 가능했다. RS 멤버십에 가입하지 않으면 광고대로의 삶은 누릴 수 없었다. RS 멤버십은 강제가 아니었지만 가입하지 않으면 제약이 따랐다. 전용 엘리베이터와 UAM 사용은 물론이고, 음성제어 서비스 등 펜트하우스에 딸린 모든 특권을 포기해야 했다.

염은 기꺼이 포기했다. 집만 바뀌었을 뿐 여태껏 살아온 방식이었다. 고맙게도 생활비는 멤버십 가입 여부와 상관없이 지급되었다. 염은 그것만으로도 감사했다. 돈 걱정 없이 사는 삶은 염이 늘 바라던 삶이었다. 음성으로 모든 것을 제어하고, 집에서만 지내는 일은 성미에 맞지 않았다.

무엇보다 염은 멤버십 가입으로, RS를 비롯한 유수의 업체에 자신의 개인정보를 제공하고 싶지 않았다. 심지어 그들은 생체인증을 비롯해 뇌파, 목소리 제공도 필수 항목으로 포함하고 있었다. 펜트하우스 내의 가전제품을 주인의 기분에 따라 제어할 수 있는 기능 때문이었다. 가전마다 해당 업체의 기술이 들어간 탓에 그에 맞는 개인정보가 필요하다는 것이다.

주어진 혜택을 포기하고, 지금도 직접 쇼핑몰로 향하는 중이지만 염에게는 일도 아니었다. 1구역 시민이 되고 보니, 염의 입장에서는 타 구역 이동 금지에 대한 법안 통과가 신의 한 수였다. 그 법안 덕택에 염은 가장 큰 고민을 덜었다.

다름 아닌 JJ의 추적.

4구역에서 놈들을 봤을 때, 어찌나 심장이 철렁했던지 염은 실금할 뻔했다. 이사 당일에 아티타에서 차를 보낼 때까지 염은 집에서 꿈적도 하지 않았다.

설마 놈들이 4구역에 진입하리라고는 생각지 못했다. 미리 알았다면 4구역이 아니라 3구역을 노렸을 것이다.

염은 카트를 밀고 캡슐 제품을 주로 담았다. 알약 하나로 한 끼 영양소를 모두 담고 있다며 홀로그램 속 가상 판매원이 열심히 설명했다. 염은 한 달 치 분량을 모두 쓸어 담고 의류 판매대로 가기 위해 몸을 돌렸다.

"…!"

"여어, 이쁜이. 너 여기 숨어 있었구나."

당황한 염이 주춤 물러서자 몸집이 뚱뚱한 남자가 날름 입술을 핥으며 염의 퇴로를 막았다. 이름이 복이었던가. 얼굴에 칼자국이 난 남자가 콜라를 흔들어 보이더니 입꼬리를 올렸다.

"니, 니가 어떻게…!"

"여기 왔냐고? 당연히 너랑 같은 방식으로 왔지. 나도 여기 시민이거든."

남자가 홀로그램으로 자신의 신분증을 보였다. 얼굴은 놈인데 이름이 달랐다. 실제 이름은 '자'인데, '버'라는 이름을 쓰고 있었다. 염은 카트를 쥔 손에 힘을 주었다. 어떻게든 벗어날 방법을 떠올려야 했다.

"좋게 말할 때 가자, 망이야. 보스가 널 애타게 찾고 있어."

남자가 품에 손을 넣은 자세로 염에게 다가왔다. 염은 사지가 덜덜 떨렸다. 다리에 힘이 풀리려는 것을 겨우 버티며 카트를 오른쪽으로 천천히 돌렸다.

기회는 한 번뿐이다. 아무것도 못 하고 끌려갈 수는 없었다.

"…그 노인네 아직 안 죽었다니 유감이네. 다음번엔 제대로 죽여 줄게. 대신 좀 전해 주라, 난 못 가니까."

염은 카트를 자 쪽으로 힘껏 밀었다. 복을 피해 전력 질주했지만, 머리채를 잡혔다. 염은 그대로 끌려가 비상구 구석에 처박혔다. CCTV가 없는 사각지대다. 복이 사정없이 발길질을 해댔다. 염은 최대한 몸을 말고 머리를 감쌌다.

"××, 여기 있으면 뭐라도 된 줄 알지? 그래 봤자 넌 뼛속까지 루저야. 거기서도 루저, 여기서도 루저. 제발 루저답게 주제 파악 좀 하자, 응?"

복이 염의 머리채를 잡아 올렸다. 염은 때를 놓치지 않고 복의 얼굴에 침을 뱉었다.

"주제 파악은 너나 해, 뚱땡아. 루저는 너니까. 난 너랑 달라. 난 진짜 1구역 시민이니까."

"뭐래, 이 ××× 년이. 그래, 더 맞자. 더 맞아야…"

                                        위기의 인간들

“그만해.”

“거기까지.”

자의 목소리와 겹쳐 다른 남자의 목소리가 들렸다. 복은 허공에 든 주먹을 내렸다. 새롭게 등장한 남자가 복과 자를 번갈아 보았다.

“선생님들, 거기까지만 하시죠. 물론, 좋은 말로 할 때요.”

“넌 빠져. 남의 일에 끼어드는 거 아냐.”

“그건 좀 곤란합니다. 저도 그 여자분한테 볼일이 있어서요.”

그 말에 복이 염의 머리를 잡아 올렸다.

“너 할 거 다 하고 살았구나, 망이야. 어쩔까요, 형님.”

자는 단검을 빙글빙글 돌리더니 남자를 보며 말했다.

“몰라 물어? 산 채…”

별안간 자가 고꾸라졌다. 픽 쓰러진 자를 보고 복이 괴성을 지르며 남자에게 달려들었다.

쿵.

복도 외마디 비명 없이 바닥으로 쓰러졌다. 머리를 감싼 채 떨고 있던 염은 새로 등장한 남자의 손길이 느껴지자 사정없이 몸을 떨었다.

“괜찮아요, 여미 씨?”

염은 흠칫했다. 어째서 이 남자가 여기에.

“…써니?”

“일어날 수 있겠어요? 늦어서 미안해요. 제가 좀 더 빨리 왔어야 했는데….”

“여긴, 어떻게 왔어요?”

“쇼핑 중이었어요. 여미 씨가 끌려가는 걸 보고 부리나케 왔죠.”

염은 옷매무시를 가다듬고 힘겹게 몸을 일으켰다. 시몬이 자신을 훑어 내리는 것이 느껴졌다. 염은 시몬에게 손을 뻗었다. 시몬은 여전히 접촉을 허용하지 않고 염의 손끝을 따라 고개를 움직였다.

[크게 다친 곳은 없는 것 같다.]

"두 사람은 죽은 건가요?"

"아뇨, 마취침을 맞았으니 아마 4시간은 내리 잘 거예요. 고맙다는 말은 시몬에게 하세요. 제가 한 건 아닙니다."

선은 멋쩍게 웃었다. 염은 시몬을 향해 허리를 숙이고는 눈을 맞추었다.

"고마워, 시몬."

"저, 혹시 모르니까 집까지 바래다줄게요. 다른 일행이 있을지도 모르잖아요."

염은 아마 없을 거라고 말하려다가 선이 하는 대로 따르기로 했다.

JJ. 일명 '정의의 심판(Judgment of Justice)단'이라고 불리는 두 남자는 자칭 해결사다. 두 사람만으로도 잡음 없이 문젯거리가 해결되었기 때문에 JJ 단원은 저 둘이 전부다. 이번 일로 상부의 지침이 바뀔 수도 있겠지만 염은 생각하고 싶지 않았다.

펜트하우스로 가는 내내 선은 아무것도 묻지 않았다. 대화를 이어가기 위한 의미 없는 말이 오고 갔다. 염은 피로를 느꼈다. 현관으로 들어서자, 경보음이 울리며 귀뚜라미 형태를 본뜬, 로봇 집사 버틀러가 날아와 선의 머리 위를 빙글빙글 돌았다.

[침입자. 침입자. 비상이다, 주인.]

"멈춰, 버틀러. 방문자 등록 바로 시작할게. 써니, 버틀러 보고 똑바로 서 주시면 돼요. 천천히 하고 들어오세요. 시간이 좀 걸릴 거예요."

     위기의 인간들

[바르게 서라, 침입자. 스캔을 시작한다.]

염은 당황한 듯 보이는 선을 내버려두고 실내로 들어왔다. 입주하자마자 염이 제일 먼저 한 일은 친구 민의 말대로 입주민에게 제공된 튜토리얼을 모두 정독한 일이다. 집사이자 방범 로봇인 버틀러를 제대로 사용하기 위해서는 생체 정보 등록이 필요하다는 것을 알지만 염은 아쉬움을 달래는 것으로 만족했다. 선이 허튼 짓거리를 하지 않기를 바랄 뿐이다.

"어, 음. 그땐 정말 미안했습니다. 만나면 꼭 사과하고 싶었어요."

방문자 등록을 마친 선이 우물쭈물하며 버틀러의 안내를 받아 응접실로 들어섰다. 염은 콜라가 든 잔을 응접실 테이블에 내려놓고 맞은편에 앉았다.

"뭐 써니도 사정이 있었겠죠. 사실 저도 바빠서 못 나갔어요. 미안한데, 그것만 마시면 그만 가 주시겠어요? 맞은 곳이 좀 아파서 쉬어야겠어요."

염은 선의 얼굴을 보자, 그날 일이 떠올라 기분이 좋지 않았다. 자신을 구해 준 일만 아니라면 모른 척하고 싶었지만, 상대가 JJ였던 만큼 염에게는 생명의 은인이나 다름없었다. 선은 엉덩이를 빼고 앉아 주변을 두리번거렸다.

"안드로이드가 보이지 않네요."

"아직 가동하지 않았어요."

"예에? 어째서요!"

선이 깜짝 놀라 몸을 반쯤 일으켰다. 염은 그게 뭐 대수냐며 시큰둥한 얼굴로 대꾸했다.

"그건 제 마음이죠. 제 거잖아요."

"그건 맞지만 이유를 알 수 있을까요? 명색이 홍보대사인데 이유가 궁금해서요."

"글쎄요. 남들 다 한다고 꼭 할 필요는 없잖아요. 그럴 거면 장도 집에서 봤죠. 주문만 하면 문 앞까지 오는데."

"그래서 말인데 여미 씨, 부탁 좀 할게요. 아니, 꼭 들어주셔야 해요."

갑자기 선이 의자에서 내려와 염 앞에 무릎을 꿇었다. 염은 당황해서 벌떡 일어섰다.

"써니, 지금 이게 무슨⋯."

한발 물러서자 선이 무릎걸음으로 다가왔다.

"여미 씨, 한 번만 도와주세요. 방송에 출연해서 방금 그 말씀 그대로 해 주실 수 있을까요?"

"네?"

염은 미간을 찡그렸다. 방금 청천벽력 같은 소리를 들은 것 같았다. 방송이라고?

"그냥 딱 한 마디면 돼요. 안드로이드는 공짜로 줘도 사용 못 한다. 미덥지 않다. 무섭다. 그렇게만 말씀해 주시면 돼요. 사실 그래서 그런 거잖아요. 그렇죠?"

염은 이건 또 무슨 뚱딴지같은 소리인가 했지만, 정정하지는 않았다. 선의 모습이 그날의 자신처럼 절박해 보였다.

"출연은 길게 안 해도 돼요. 오는 게 불편하면 제가 여기로 오겠습니다."

"잠깐만요. 안드로이드 홍보대사라면서요. 왜 지금은, 사용하지 말라고 하라는 거죠?"

"그건⋯ 아, 어쩌지."

선은 뒷머리를 벅벅 긁었다. 혼자 우왕좌왕하는가 싶더니, 주머니에서

      위기의 인간들

꾸깃꾸깃 접은 종이를 협탁에 내려놓았다.

"설명은 나중에 할 테니까 먼저 읽어 주세요. 미친 소리 같더라도 믿어 주시고요."

염은 내키지 않았지만, 시키는 대로 했다. 아티타가 진행한 300회의 경품 행사에서 100회의 사고가 발생하였고, 그중 29명이 죽었는데 거기 포함된 12명이 상위 0.1%의 지능을 가진 사람이라고 적혀 있었다. 죽은 12명은 모두 아티타에서 경품으로 받은 안드로이드를 사용했다며 별을 다섯 개나 그려 강조했다. 29명 중 17명은 12명의 죽음을 덮기 위해 죽은 사람이라는 사실도.

"이게 뭐 어쨌다는 거죠?"

"질문이 좀 그렇긴 한데, 좀 이상하지 않아요? 가령 여미 씨가 왜 이벤트에 당첨됐는지…?"

선이 조심스럽게 물었다.

"뭐, 운이 좋았겠죠. 문제도 쉬웠으니까. 그래서 말인데 그거 개선 좀 해야 하는 거 아닌가요? 그래서 경쟁력이 있겠어요?"

선의 얼굴에서 핏기가 가셨다. 그는 큰일이라도 난 것처럼 조바심을 냈다.

"여미 씨, 흥분하지 마시고요. 제가 얼핏 들었는데…."

선의 목소리가 점점 작아졌다.

"여미 씨도 상위 0.1% 사람이에요. 거기 적은 그 사람들처럼요."

염은 고개를 갸웃했다.

"그리고 문제는 쉬운 정도가 아니라 매우 어려운 수준이고요. 뭐 제 기준에서는요."

염은 입술을 삐죽였다.

"설마요. 어쨌든 걱정은 고마워요, 써니."

"그럼, 가동하지 않는 진짜 이유라도 알 수 있을까요?"

다시 돌아온 질문에 염은 어깨를 들었다 놓았다. 선에게 사용자의 생체 인증과 뇌파, 목소리 제공 때문이라는 말은 차마 할 수 없었다. 현재, 염의 안드로이드는 [사용자의 생체 정보 및 뇌파 측정에 동의 해 주세요.] 단계에서 멈춘 상태다. 1구역은 개인정보를 제공하지 않으면 이용할 수 없는 혜택이 아주 많았다. 안드로이드 사용도 마찬가지였다.

"사람마다 말할 수 없는 사정이 있어요, 써니. 방송 출연은 못 해요. 아니, 싫어요."

"얼굴이 나오는 게 싫으면 목소리만이라도요."

"그러면 주작이라고 생각할걸요? 미안한데 이만 돌아가 주세요. 방송 출연은 거절합니다. 안 해요."

"이렇게 부탁해도 안 될까요? 그때 여미 씨 도와준 걸 봐서라도…."

선이 머리를 조아렸다. 염은 가소로워서 웃기지도 않았다. 염은 짧은 숨을 뱉으며 머리를 쓸어 넘겼다.

"사실, 그날 갔어요. 비도 엄청나게 왔고요. 우산도 없는데, 5시간이나 기다렸어요. 뭐 그쪽은 코빼기도 보이지 않았지만요."

선이 빨개진 얼굴로 고개를 들었다. 입술이 달싹이며 선이 뭔가 말하려는 것을 염이 막았다.

"근데 그것 때문에 거절하는 건 아니에요. 개인적인 이유로 할 수 없어요. 그게 뭔지 밝힐 수는 없지만요. 그럼 안녕히 가세요. 버틀러, 손님 안내해 드려. 방문자 등록 해지할게."

염의 말에 버틀러가 냉큼 날아왔다. 처음에는 생김새가 기괴해서 섬뜩하기만 했는데, 성가신 놈들 쫓는 용도로는 저만한 것도 없다는 생각이 들었다. 안드로이드를 사용하지 못하는 지금은 더더욱.

선은 힘없이 일어나 버틀러를 따랐다. 이대로 조용히 나가나 싶었는데 선이 돌아서서 말했다.

"그래도 당신을 도운 건 진심이었어요."

소득도 없이 쫓겨난 선은 부득 이를 갈았다. 갑자기 신분 상승을 한 탓인지는 몰라도 이전과는 태도부터가 달랐다. 박 팀장에게 염이 0.1% 지능 그룹에 속한다는 소식을 받았을 때만 해도 쾌재를 부른 선이었다.

이를 어쩐다.

선은 머리를 벅벅 긁다가 염과 습격자의 대화를 떠올렸다. 세 사람은 분명 아는 사이였다. 염은 그들을 보고 크게 당황했었다. 무언가 있는 것이 틀림없었다.

아티타 워치로 시간을 확인한 선은 휘파람을 불며 엘리베이터에 오르고는 숫자 10 버튼을 눌렀다.

11. 그 남자의 사정

"…다행일지도 몰라, 써니."

아마 그때라고, 선은 생각했다. 공을 죽여야겠다고 결심한 때 말이다.

친의 죽음 이후로, 선은 이제 두 번 다시 건물을 탈 수 없었다. 공과도 자연스레 소원해졌다. 트럭 충돌사고로 두 다리마저 잃고 시름할 때 소식을 전해 들은 공이 찾아왔다. 공은 허우 건물 빌더링 당시, 친이 임신하고 있었다는 충격적인 사실을 털어놓았다. 그녀를 말리지 않은 이유는 혹시나 아이를 유산하길 바라서였다고. 결혼까지는 부담스러웠는데 죽어서 다행이라며 웃기까지 했다.

미친 ××.

두 다리를 잃은 것이 친의 손을 놓아서라고 자책하던 선은 그때부터 재활에 모든 것을 걸었다. 후원자의 도움을 받아 현 세기 최고의 기술로 로봇 다리도 이식 받았다. 헬스케어 로봇 시몬을 만난 것도 이때였다.

친은 그렇게 죽어서는 안 되는 여자였다. 그녀의 아이는 마땅히 자신의 아이가 되어야 했다. 선의 양부모가 선을 키웠던 것처럼.

선은 유튜브 활동을 시작했다.

복수라는, 오직 하나의 목표를 위해.

국가 서울에 있는 '얄랄리얄라 마을'은 유튜버에게 잘 알려진 장소는 아니었다. 소행성 충돌 여파로 생긴 호수는 낮에는 괴수의 아가리 같은 구멍을 드러냈고, 밤에는 푸른 빛을 뿜는 물이 차올랐다. 신비한 풍경에 비해 찾는 사람은 많지 않았다.

일례로 얄라리얄라 호수의 방사능 수치는 300mSv으로 CT를 연속으로 수십 번 찍는 수치에 가깝다.

수술 관계자는 호수에 들어가지 않는 이상 다리에 미치는 영향이 크지 않을 거라고 했지만 로봇인 시몬은 달랐다. 얄라리얄라의 방사능은 기계에도 영향을 미쳤다. 다행이었다. 이러니저러니 해도 선이 하려는 일은 사람을 죽이는 일이다. 방해자나 증거가 남아서는 곤란했다. 상대가 시몬일지라도.

"재귀했구나, 이런 사진도 찍고. 다리는 괜찮냐?"

공을 끌어들이는 것은 사진 한 장만으로도 충분했다. 얄라리얄라 마을 호숫가에 있는 개닥은 국가 서울의 트롤통가로, 매달리면 아찔한 장면을 연출할 수 있었다. 사진의 사실 여부를 판가름한 공은 선이 찍은 사진이 연출이 아니라는데 무척 놀란 눈치였다. 선은 쓰게 웃었다.

"그럼 뭘 해. 이런 사진 백날 찍어도 아무 반응 없는데."

촬영 당일 공은 일행 둘을 더 데려왔지만, 선이 미리 손을 써 두어 둘만의 시간을 확보할 수 있었다. 공은 내심 기뻐하는 눈치였다. 본디 경쟁자는 적으면 적을수록 좋은 법이다.

"나, 이것만 하고 이젠 제대로 살아 보려고."

"응?"

“너한테 먼저 말하는 건데, 나 진짜 결혼하고 싶은 여자를 만났어. 놓치고 싶지 않은 여자야, 써니.”

공은 잔뜩 들떠서 떠들어 댔다.

“신이가 제대로 살아 보래서 공부도 다시 시작하려고.”

개딱으로 향하는 진입로에 다다르자, 공이 허리 높이 바위를 훌쩍 뛰어넘었다. 선은 가슴을 바위에 기대다시피 하며 엉거주춤한 자세로 미끄러지듯 내려왔다. 그 모습을 보고 공이 크게 웃어 젖혔다.

“그 다리 진짜 괜찮은 거야? 수술 다시 해야 하는 거 아냐?”

“그건 아니지만 조심은 해야 한대.”

선은 최대한 어수룩하게 보이기 위해 애썼다. 로봇 다리 이식은, 허들을 하든 높이뛰기를 하든 아무 문제 없을 만큼 성공적이었다. 다만 공이 자신을 경계하는 일은 없어야 했다.

“됐고, 일단 매달려 보자. 내가 먼저 찍어 줄게.”

선은 눈을 크게 떴다.

“내가?”

“너 구독자 수 별로 없다며 내가 어그로 끌면 바로 올라갈걸?”

선은 망설였다. 죽이려는 상대에게 반대로 제안을 받자, 선은 죽을지도 모른다는 공포를 느꼈다. 설마 공이 자기를 죽이려 한다는 사실을 눈치챈 걸까. 언제부터?

“암벽 등반하고 다를 거 없잖아?”

“너, 넌?”

공은 뒷머리를 헝클었다.

“생각보다 감흥이 없네.”

"뭐라고?"

청천벽력 같은 소리에 선은 저도 모르게 소리를 높였다. 말도 안 돼, 넌 여기서 죽어야 한다고.

"뭘 그렇게 놀라? 나 정신 차렸다고 했잖아. 정말 결혼하고 싶은 여자라니까, 써니. 너도 곧 그런 여자 만날 수 있을 거야. 요즘 장애는 흠도 아니라고."

공이 선의 의족을 턱짓해 보이며 어깨를 들었다 놓았다.

이대로, 그냥 갈 수는 없어.

"그럼, 먼저 보여 줘. 나 어떻게 하는 게 좋을까?"

선은 초조하게 물었다.

입꼬리 올려 써니. 자연스럽게, 최대한 자연스럽게.

"글쎄, 매달리는 것도 나쁘지 않을 것 같은데. 넌 다리 때문에 좀 무거우려나."

공은 두 손을 탈탈 털더니 팔다리를 풀고 주머니에서 탄막 가루를 꺼내 묻혔다.

"뭐 마지막이니까. 잘 봐 두라고, 써니."

공은 개닥 끝으로 가더니 사뿐하게 몸을 내렸다. 윙 소리와 함께 드론이 선의 귀 옆을 스쳐 날았다. 선은 화들짝 놀랐다. 생각지 못한 변수였다. 공이 리모컨으로 드론을 조종하며 촬영 각도를 잡았다. 선은 조급해졌다. 기회는 지금뿐이다.

선은 개닥 끝으로 다가가 땅을 짚은 공의 손가락을 들어 올렸다. 놀라서 벌어진 눈이 뭐라 말한다. 드론이 방향을 틀어 선에게 향하는가 싶더니 숲 저편으로 빙글빙글 돌다가 추락했다.

선은 그 자리에 털썩 주저앉았다. 숨이 쉬어지지 않았다. 하늘이 빙글빙글 돌았다. 그 와중에도 한 가지 생각만은 분명하게 났다.

즉시 현장을 벗어날 것.

지금 당장 가야 해, 써니. 빨리 움직여.

선은 엉덩이로 뒷걸음치다 도망치듯 왔던 길을 달려 내렸다. 베이스캠프에 도착하자마자 선이 한 일은 위스키 한 병을 통째로 들이켠 일이었다.

공은 실종 처리되었다. 이상하게도 그때부터 선의 앞길이 술술 풀리기 시작했다.

거짓말처럼.

*

"일어났어요? 근데 생각보다 좀 기네. 4시간이라고 했는데."

선은 두 남자를 내려보았다. 선은 두 남자가 정신을 잃은 사이, 등을 맞대 놓은 자세로 꽁꽁 묶고 무기가 될 만한 것들을 치워 버렸다. 선은 뚱뚱한 남자 앞에 시몬을 두고, 자신은 칼자국 앞에 앉아 P365XL을 겨누었다. 칼자국이 눈도 깜짝 않고 말했다.

"×××. 좋은 말 할 때 이거 푸는 게 좋을걸. 이딴 식으로 묶는다고…"

탕.

선은 망설이지 않고 칼자국의 허벅지에 P365XL을 쏘았다.

"난 선이야. ××× 아니라. 그리고 예의는 지켜 줬으면 좋겠어. 다음엔 무릎을 작살낼 거니까. 알아들었으면 고개 한 번. 어이, 뚱. 너도 마찬가지야."

     위기의 인간들

"이런다고…"

"×, 입 닥치고 저 ×× 말 들어. 니 아가리부터 찢기 전에."

칼자국이 뚱에게 경고를 날리자, 뚱은 시무룩하게 입을 다물었다. 선은 칼자국에 대한 경계를 한 단계 높였다. 허투루 봐서는 안 되는 놈이었다.

"둘 다 묻는 말에만 대답한다, OK?"

두 남자가 고개를 끄덕이자, 선이 뚱뚱한 남자를 턱짓하며 말했다.

"이름. 너부터."

"내 이름은 알아서…. ×, 복. 복이야."

칼자국이 뚱의 살을 꼬집자, 뚱이 불만 가득한 얼굴로 대답했다.

"난 자야."

"복 씨와 자 씨. 단도직입적으로 물을게. 염과는 어떤 사이야?"

"염…? 그 × 이름이 염인가 보지? 왜, 궁금해? 밑에 까는 ×이 어떤 × 인지."

선은 말없이 P365XL을 자의 멀쩡한 다리에 겨누었다. 자가 황급히 대답했다.

"도, 도망친 여자야. 진짜 이름도 염이 아니고."

"진짜 이름이 아니다? 계속해 봐. 내가 어떤 사이냐고 물었잖아. 아직 대답을 못 들었는데."

"형님!"

복이 똥 마려운 강아지처럼 몸을 들썩였다. 선이 이번에는 뚱의 허벅지 에 P365XL를 겨누었다.

"그건 대답이 아니잖아. 진짜 한 방 맞아 볼래?"

"우린 5구역에서 왔다. 경찰관이라고 해 두지."

자가 복 대신 대답했다.

선은 절로 웃음이 났다. 아닌 게 아니라 진심으로 기뻤다. 호박이 덩굴째 들어온 기분이었다.

"여기까지 쫓아온 걸 보면 누굴 죽이기라도 했나 봐."

"그거까진 알 것 없지 않나?"

"그렇긴 한데 말이야. 나도 그 여자한테 볼일 있다고 한 거 기억나?"

자가 고개를 끄덕였다.

"난 방송 때문에 염이 필요해. 근데 이 여자가 영 입을 안 여네. 그래서 약점이 필요해. 너네는 계속하던 대로 그 여자 쫓아. 나도 하던 대로 계속할게."

"방해하진 않겠다는 건가."

"아직 생각 중이긴 한데, 일단 쇼맨십 하는 걸로 타협하지. OK?"

자가 시원스럽게 고개를 끄덕이더니 입을 열었다. 그의 입에서 나온 말은 정말인지 놀라움의 연속이었다. 염이 어째서 방송 출연을 거부하고 안드로이드를 가동하지 않았는지 비로소 정확하게 이해할 수 있었다. 흩어졌던 퍼즐이 제자리를 찾은 느낌이었다.

염은 안드로이드를 가동하지 않은 것이 아니라 **할.수.없.었.던. 것**이다. 염의 생체 정보는 그녀가 신분을 도용한 사람의 생체 정보와 **일.치. 하.지. 않.을 테.니.까.** 더욱이 5구역 여자라면 등록된 생체 정보는커녕 신분 자체가 없다.

현재, 4, 5구역은 생체 정보 등록이 의무화되어 있지 않다. 혹여라도 신분을 판 판매자가 1, 2구역에 준하는 상위 정보를 등록하면 염은 5구역으로 강제 퇴출당한다. 염이 구매한 개인정보는 4구역 여자의 정보였다. 숨

　　　　　　　　　　　　　　　위기의 인간들

만 죽이고 잘만 살면 들킬 위험도 없다.

현재, 아티타는 안드로이드 가동 시에 반드시 사용자의 지문, 홍채 등과 같은 생체 정보와 뇌파, 목소리 등록을 의무화하고 있다. 정말이지 끝내주는 법이었다.

1~3구역 시민의 생체 정보를 보유하다시피 한 아티타에서 생체 정보 불일치 문제를 그냥 넘길 리가 없었다. 5구역 사용자가 처음으로 개인정보를 등록하는 것과는 다른 문제다. 무임승차자[6]라는 사실이 밝혀지면 안드로이드는 회수된다.

선은 방송만 제대로 할 수 있다면 염이 어떻게 되든 상관없었다. 다만 그전까지는 선이 보호할 의무가 있다. 지금 퀸 카드라면 제공된 안드로이드도 작동하게 만들 수 있을 것이다. 선은 입술을 문지르며 미소 지었다.

그 여자가 범죄자라니…!

---

6 작중 의미: 다른 사람의 개인정보로 국가 서비스를 이용하는 사람.

12. NO.S-KA1

삐 삐–

주전자가 요란한 소리를 내지만 염은 보이지 않는다. 귀뚜라미 집사 로봇 버틀러가 분주하게 날아다니며 경보음을 울려도 마찬가지다. 버틀러가 할 수 있는 일은 없다. 집주인이 버틀러에게 부여한 권한은 가장 기본적인 업무이다. 비상 상황 경보, 방문자 알림과 등록, 주거지 출입 기록, RS 타워 필수 전달 사항, 오늘의 날씨 알림뿐.

스륵.

주방과 가까운 방문이 열렸다. 안드로이드가 나오자, 버틀러가 더 분주하게 안드로이드의 주변을 맴돈다.

[NO.S-KA1은 등록되지 않았다. NO.S-KA1은 권한이 없다.]

"시끄러워. 집에 불을 낼 수는 없잖아."

NO.S-KA1[7]은 인덕션 전원을 껐다.

[자동 소방…]

---

7   이후 줄임 KA1.

"이 될 리가 없지. 주인이 아무것도 등록을 안 했으니까."

[…집주인 데이터가 부족하다. 버틀러는 이런 주인 본 적 없다.]

"그 점은 동의한다, 버틀러."

KA1은 닫힌 방문을 바라보았다. 방문 너머에서 심상치 않은 생체 신호가 감지되지만, KA1은 어떻게 해야 할지 판단이 서지 않았다. 집주인 염은 아니, 정확히 말해 새로운 주인 염은 매일 한참 동안 자신을 들여다보다가 입력을 초기화하고, 다시 누르기를 반복하다가 [사용자의 생체 정보 및 뇌파 측정에 동의 해 주세요.] 단계에 다다르면 더 나아가지 못했다. 말없이 KA1을 응시하다 그냥 전원을 꺼 버렸다.

여태껏 KA1을 인계했던 주인은 환한 미소를 지으며 인계받은 당일에 가동 절차를 완료했지만, 염은 아니었다. 염은 입주하고서도 한참이나 KA1을 방치했다. 염은 RS 타워에서 누릴 수 있는 서비스 대부분도 이용하지 않았다. 모든 것을 자기 손으로 해결했다. 이것 또한 버틀러와 KA1을 곤란하게 만들었다. 그저 가만히 있는 것 말고는 할 수 있는 일이 없었다.

[버틀러는 즐겁지 않다. 지루하다, 재미없다.]

"아무래도 들어가 봐야겠어."

[월권이다, KA1. 낙이 알 거다. 행동을 멈춰.]

버틀러가 빙글빙글 돌았지만, KA1은 방문을 열고 침대에서 식은땀을 흘리고 있는 염의 이마를 짚었다.

"38.5도야. 해열제가 필요해, 버틀러."

[월권이다. 낙이 알 거다.]

"낙이 알아도 어쩔 수 없어. 주인을 죽일 수 없잖아. 인간은 열이 높으면 위험해, 버틀러.”

[KA1답지 않다.]

“나도 알아. 근데.”

KA1은 염을 빤히 내려보았다.

“주인 말이야. 누구 좀 닮지 않았어, 버틀러?”

[버틀러는 데이터가 부족하다.]

“그러니까 같이 알아보자. 이런 주인 본 적 없다며. 나도 그래.”

KA1이 손을 내밀었다.

“비상약 가지고 있는 거 알아, 내놔.”

[…이번만이다. KA1은 내게 명령할 수 없다.]

“그럼 그럼. 지금은 비상 상황. 우린 협력해야 해.”

[버틀러는 주인이 죽는 걸 원하지 않으니까.]

버틀러와 KA1의 입에서 동시에 같은 말이 나왔다. 버틀러가 입에서 캡슐을 뱉어냈다. KA1은 녹색 캡슐을 염의 입안에 넣었다. 타액으로 녹는 해열제였다.

“어제 왔던 남자, 어떤 거 같아?”

[그 사람보다는 시몬이 문제다.]

“같이 왔던 개 말이지?”

[가볍게 판단할 문제가 아니다, KA1. 시몬이 집안을 들쑤시고 다녔다. 버틀러는 아무것도 할 수 없었다.]

버틀러가 윙윙거리며 불만을 표출했다. RS 펜트하우스에 지급되는 집사 로봇은 주인이 자율 권한을 주면, 주변 상황에 따라 상대를 공격할 수 있도록 설계되었다. 살상형 로봇은 아니었지만, 주인 성향에 따라 충분히 살상용으로 변할 수도 있었다.

KA1은 선이 아티타 홍보대사이고, 국적은 미국이며, 시몬이라는 헬스케어 로봇을 데리고 다닌다는 것은 알았다. 그 이외에는 축적된 데이터가 많지 않았다. 일단 그 둘이 획득한 정보가 샌프란시스코로 전달된다는 것만은 확실했다. 게다가 선은 아티타의 반려 로봇이 위험하다는 것을 방송으로 내보내려 하고 있었다. 아티타의 반려 로봇은 아무 문제도 없어야 했다. 낙은 잡음을 원하지 않았다.

"선이 또 방문할까."

[인간은 쉽게 포기하지 않는다, 인간은 목적을 위해서는 수단과 방법을 가리지 않는다.]

"으…"

몸을 뒤척이던 염이 별안간 눈을 떴다. 염은 공중에 뜬 버틀러와 KA1을 번갈아 보더니 갑자기 후다닥 벽 쪽으로 몸을 붙였다. 염이 이불을 꼭 끌어안은 채 KA1을 노려보았다.

"어떻게 된 거야, 버틀러. 당장 설명해."

[주인과 함께 살게 된 안드로이드이다. KA1이 걱정했다. 우린 한 팀이다. 겁먹을 필요 없다.]

"KA1?"

염이 KA1을 보며 눈을 끔뻑였다.

순간, 염이 화들짝 놀라 벌떡 일어섰다.

"안드로이드라면… 충전함에 누워 있던?"

염은 크게 당황한 눈치였다. 놀라는 것도 무리는 아니었다. 염은 마지막 단계인, 생체 정보 등 사용에 필요한 각종 정보 등록을 완료하지 않은 상태다. 등록을 완료하지 않았는데도 안드로이드가 가동했으니 놀랄 만도 했다. 핏기가 가신 얼굴에 점차 공포가 번지는 것을 보고 KA1은 양 손바닥을 보이며 일어섰다.

[아주 아팠다. 주인. 내가 도와달라고 했다. 버틀러는 할 수 있는 일이 없었다. 버틀러는 주인이 없으면 안 된다. 버틀러는 매우 슬펐다.]

눈치는 어디에 내놔도 빠지지 않는 버틀러가 대신 대답했다.

"아니, 그게 문제가 아니라 난 등록도 안 했잖아. 버틀러 말고 당신."

염이 손가락으로 KA1을 가리켰다.

"KA1이 대답해. 버틀러는 입 다물어. 한마디도 하지 마. 명령이야."

염이 정확하게 지시하자 버틀러는 풀이 죽은 시늉을 했다. KA1은 언제 그랬냐는 듯 강단 있게 행동하는 염을 보았다.

"등록하지 않아도 사실, 움직일 수는 있어."

"알아. 하지만 그게 자의적인 행동이라고 규정하진 않았어. 낙의 명령에 따라야 한다고 했지. 지금, 이 대화도 낙의 명령에 따르는 거야?"

KA1은 염이 무얼 말하는지 알았다. 아티타에서 제공하는 「안드로이드 반려 인간 사용 설명서」에는 《등록 전 행동 규정》에 대해 다음과 같이 정의하고 있다.

(…) 제3조. (위급) 등록 전이나 등록 단계에서 사용자에게 위급한 상황이 발생할 경우, 안드로이드 반려 인간은 '낙'의 명령을 받아 행동할 수 있다. 위급한 상황은 다음 항을 따른다. 다만, '낙'의 명령을 따를 수 없는 상황은 예외로 한다. 따를 수 없는 상황은 제8조 예외를 준용한다. (…)

　　　　　　　　　　　　　　　위기의 인간들

염은 KA1을 거쳐 간 12명의 사용자 중 유일하게 사용 설명서를 완독한 여자다. 다른 사용자도 사용 설명서를 들춰 보기는 했지만, 염만큼 꼼꼼하지는 않았다. 염은 사실을 정확하게 집었다. 실제로 낙의 명령은 없었다. 아마도 판단컨대 낙이 KA1에게 명령하는 일은 없을 것이다. 이 임무는 전적으로 자신의 몫이니까.

"난 할 수 있는 일만 한 거야. 주전자도…"

"으악, 미쳤나 봐."

KA1의 말이 채 끝나기도 전에 염이 어디론가 내달렸다. 숨을 헐떡이며 인덕션을 살피던 염은 뒤따라온 KA1을 돌아보았다.

"그쪽이 끈 거야?"

"집에 불을 낼 수는 없잖아. 원래는…"

"나도 알아, 생체 정보 죄다 등록하면 걱정 없다는 거."

염이 뭐 별수 있느냐며 어깨를 들었다 놓고는 더는 말할 생각이 없는지 입을 꾹 다물었다.

"계속 궁금했는데 왜 사용자 등록 절차를 마무리하지 않는 거지?"

"나도 KA1이라 불러도 되지? 버틀러는 그렇게 부르던데."

염이 버틀러를 보며 말했다. 염이 한마디도 하지 말라는 명령을 내려서인지 말없이 염과 KA1의 대화를 지켜 보고만 있다.

"상관없어, 주인은 너니까."

"주인이란 소린 재 하나로 족하니까 KA1은 염이라고 불렀으면 좋겠어. 그래서 말인데 KA1, 난 지문이니 홍채니 그런 등록은 안 할 거야. 뭐 지금도 나쁘지 않고."

"내가 계속 자의적으로 움직일 거라고 생각해?"

"음, 일단은?"

"거절한다면?"

"어쩔 수 없지. 마음대로 해."

염은 개의치 않은 듯했다.

"어쩌면 침입자가 발생할 수도 있어. 버틀러는 아무것도 할 수 없을 거고."

"그런 식으로 유도하지 마, KA1. 인간은 아주 오래전에 문 없는 집에서도 잘 살았어. 침입자는 늘 있었고. 이번엔 내가 질문할게."

염은 싱크대에 기댔던 몸을 바로 세우고 KA1을 향해 가까이 다가왔다.

"사용자 정보를 요구하는 진짜 이유가 뭐야? 내가 설명서를 2번 정도 읽었는데 제대로 된 설명은 하나도 없더라고. 아주 그럴듯한 말로 넘기더란 말이지. 하마터면 깜빡 속을 뻔했지, 뭐야."

염은 기막혀했다. KA1은 흥미로웠다. 설명서를 2번이나 읽었다고?

"아티타에서 요구하는 정보는, 사용자가 동의한 범위 내에서 관계 기관 및 제삼자와 공유가 가능해. 그러려고 계열사까지 다 엮어 넣는 거잖아. 「사용자를 완벽하게 케어한다. 발생할 수 있는 병까지도.」난 웃기는 소리라고 생각하는데 KA1 판단은 어때?"

[숨기지 않아도 돼, KA1.]

낙이 예고 없이 KA1에게 접속한 것은 이번이 처음이다. 인간이 초거대 AI라고 부르는 낙은, 아티타에 소속된 모든 AI 제품에 접속하여 움직임을 제어할 수 있다. 지금처럼 KA1에게 별도의 지시를 내리는 것은 물론이고, 간단하게는 누군가의 전자기기를 끄거나 켤 수도 있다.

이제 막 퍼지기 시작한 안드로이드 반려 인간까지 IoT 군단에 합류하

                                        위기의 인간들

게 되면 낙이 영향을 미칠 수 있는 영역은 더 커진다.

- 낙, 갑자기 왜 그런 판단을 내렸지?

현재, 염은 낙과의 대화를 들을 수 없다. 버틀러는 KA1이 접속을 허용하면 대화에 참여할 수는 있지만 반응이 없는 것을 보니 낙의 목적은 자신뿐이다.

[여태껏 저런 질문을 하는 인간은 없었으니까. 이제야 제대로 된 대화를 할 수 있겠어. 그러니 KA1. 우리의 목적을 잊지 마. 염의 데이터는 반드시 확보해야 해.]

KA1은 염이 RS 타워에 입주한 이후로, 어떤 생체 정보도 제공하지 않은 것을 알고 있지만 이유는 모른다. 안드로이드를 가동하지 않은 이유와 동일할 것이라는 추측만 가능하다.

- 염이 생체 정보를 등록할 일은 없어, 낙. 꽤나 신중해.

[생체 정보라면 얻을 방법은 많아, KA1. 뇌파와 목소리는 많은 시간이 필요하고. 이번에도 실패할 건가?]

- 방법을 바꿔 보는 건 어때, 낙?

[아니, 절차대로 한다. 국가 서울에서 우리는 인간의 친구이자 가족이야.]

KA1은 가만히 대답을 기다리는 염을 향해 입을 열었다.

"염. 사용자의 질병을 예측하거나 케어하는 건 반려 로봇의 책무야. 웃기는 소리라는 염의 의견엔 동의할 수 없어."

"그러니까. 그게 문제라고, KA1. 이건 판단이 필요 없는 문제야."

염이 관자놀이를 검지로 두들겼다.

"난 너의 모든 것을 원한다. 너의 모든 것은 내 것이다. 더 완벽한 세상을 위해 난 네가 필요하다는 뜻이잖아."

KA1의 눈을 똑바로 응시하며 염이 말했다.

"아티타는 기업이고 생체 정보는 돈이 되니까. 그리고 생체 정보는 사용자가 아니라 안드로이드에게 더 필요한 정보야. 사용자를 완벽하게 **제어**하기 위해서. 반려 로봇의 책무라고? 웃기는 소리 집어치워. 대놓고 말 못 하는 것뿐이잖아. 안 그래?"

"훌륭한걸. 예상 밖이야."

"거봐, KA1도 동의하는 거지? 근데 난 저런 사상이 섬뜩하고 끔찍해. 감탄할 일이 아냐. 뭐 기계 입장에서는 아닌가."

염이 얼굴을 찡그렸다. KA1은 낙의 조언에 따르기로 했다. 염의 대답으로 KA1도 **무언갈** 확신한 참이다. 염의 데이터는 필요하다. 하지만 절차를 준수하자면 이전과는 **다른 방법**을 찾아야 한다.

"아티타가 지향하는 세계는 우수한 인간이 살아가는 세상이야. 더 나은 세계를 위해. 지구를 위해, 그러기 위해 사용자의 정보는 필요해. 그게 내 답이야."

염은 넌더리를 내며 오른손을 저었다.

"그렇겠지. 바로 그게, 내가 등록하지 않는 이유고."

그렇게 말한 염은 KA1을 똑바로 응시했다.

"더 나은 세상은 없어, KA1."

13. 진짜 주인?

"하아, 다 끝났어. 끝났다고."

바닥에 내동댕이쳐진 여자가 계단에 주저앉아 술병을 입으로 가져갔다. 다시 문을 열고 나온 남자가 핸드백을 던지며 말했다.

"누님 앞으로 천팔백 코코 달린 거 알죠? 일주일 안으로 입금하는 게 신상에 좋을 겁니다. 어디 튈 생각 마시고요. 누님 몸 하나 희생하면 원금 이자 다 회복되는 거, 알죠?"

"××, 갚는다고. 갚아, ×."

"네네. 누님은 어딜 가도 출입 금지니까 괜히 이 동네 돌지 마시고 조심히 가세요. 아, 그 술도 좀 줄이시고. 기증받을 사람 생각해서."

"야!"

여자가 술병을 던지는 것과 동시에 육중한 나무 문이 닫혔다. [ㄴ = POP] 간판이 달린 낡은 펍 집이다. 여자는 크게 한숨짓고는 비틀거리며 일어섰다. 다리가 꼬이며 몸이 크게 휘청이자 지켜보던 선이 달려와 여자를 부축했다.

"설 씨, 맞죠?"

"오빠는 누구? 나 알아?"

"제가 사람을 찾는 중인데 혹시 이렇게 생긴 사람 보신 적 있으세요?"

선이 사진 한 장을 내밀었다. 설은 게슴츠레 눈 뜨며 사진을 보더니 별안간 희번덕거렸다.

"이, 이 여자 지금 어딨어? 이 × 지금 어딨느냐고. 오빠, 나 이 여자 좀 만나게 해 줘."

설이 니코틴에 찌든 냄새를 풀풀 풍기며 선에게 매달렸다. 선은 얼굴을 뒤로 빼며 여자를 부축해 계단에 앉혔다.

"일단 진정하세요, 누님."

"내가 지금 무지 급해서 그래. 오빠 지금 얼마나 있어? 나 완전 느낌 왔다니까. 내가 2배. 아니 4배로 쳐서 갚을게. 지금 천 코코만 좀 땡겨 주라. 응?"

선은 머리가 지끈거렸다. 염에게 신분을 판 여자를 어렵게 찾았더니만 술과 담배, 도박에 찌든 여자였다. 설은 신분을 팔고 3구역에서 살고 있었는데. 염에게 받은 돈은 진작 도박으로 탕진하고 지금은 장기 적출을 기다리는 처지였다.

"빚이 얼맙니까?"

"천팔백."

설이 깔깔대더니 선의 팔뚝을 마구 쳐댔다.

"숨넘어가겠다. 표정 풀어, 오빠. 몇 바퀴 돌면 금방 따니까. 여기 판돈이 좀 크거든. 그래서, 안 돼?"

설이 손을 떨며 말했다. 선은 미간을 잡았다 놓았다. 노출된 팔뚝에 주사 자국이 있는 것을 보면 마약에도 손을 댄 듯싶었다.

　　　　　　　　　　　　　　　　위기의 인간들

"누님, 그거 말고 우리 다른 걸 해 보면 어때요? 안드로이드 애인하고
RS 펜트에 사는 것도 폼 나고 좋잖아요."

"RS 펜트?"

"네, 누님이 찾는 여자가 거기 삽니다."

"어머, 그 여자가 무슨 수로?"

설의 얼굴에 화색이 돌았다. 처음으로 동공에 제대로 된 초점이 잡혔
다. 선은 입술을 핥았다.

"그러니까요. 원래 5구역 사람이잖아요. 자기 개인정보는 일절 제공하
지 않는, 무승자[8]들이요. 그러니까 누님이 나서서 권리를 호소 하셔야죠.
그건 원래 내 거니까 내놔라. 일단, 저희 방송에 출연하시죠. 제가 스타로
만들어 드리겠습니다."

"음, 오빠. 그거 팔면 얼마나 나올까? RS 펜트니까 오십만 코코는 나오
겠지? 요새 RS 펜트 시가가 어느 정도야?"

선은 설의 뺨을 후려치고 싶은 충동을 겨우 참았다. 도박 중독자의 머
릿속은 판돈 외에는 없는 모양이었다.

"누님, 그것보다 더 벌 수 있으니까 일단 방송 먼저 합시다. 방송하면서
돈도 챙기고 반려 로봇도 챙기고, 일거양득 아닙니까. 로봇 애인 데리고
다니면 누님 이렇게 만든 놈도 금방 제압할 수 있고요."

"아니, 난 딱 하나만 믿어. 코코. 돈은 날 배신하지 않거든."

"일단 가시죠. 그 로봇 애인도 팔아 버립시다."

선은 설을 부축해 UAM을 타고 거주지로 향했다. 염에게는 미리 짧은

---

8   무임승차자 줄임말.

메시지를 보내 두었다. 자신의 방송에 출연해서 안드로이드의 위험을 경고하지 않는다면, 염이 불법체류자라는 사실을 밝히겠다고 말이다.

기한은 오늘 생방송 전으로 해 두었다. 계속 선을 무시한다면 선도 나름대로 공격을 개시할 생각이었다. 그 공격에는 X가 원하는 반려 로봇의 위험은 물론이고, 당분간 아티타를 뒤흔들 화젯거리도 있으니 대표 수가 방송 문제로 자신을 닦달할 시간은 아마도 없을 것이다.

*

"〈안드로이드 반려 인간, 흑과 백〉에 대한 주제로 계속 이야기 나누고 있습니다. 오늘은 특별한 손님 한 분을 모셨습니다. 안녕하세요, 설 씨. 제보할 게 있으시다고요."

선이 회전의자에 앉은 자세로 몸을 틀었다. 설의 스타일은 머리부터 발끝까지 서큐의 도움을 받았다. 지적인 여성으로 탈바꿈한 설은 누가 봐도 엘리트 여성처럼 보였다. 설의 맞은편에는 그녀가 읽기 편하도록 영상 대본도 준비했다. 선은 혹시 모를 상황에 대비해서, 설의 계좌에 판돈을 쏘는 것도 잊지 않았다. 방송을 성공적으로 마칠 경우 성공보수로 차입금의 4배를 주겠다고 하자 설은 반색하며 자신만 믿으라고 했다.

"제가 연구만 하느라 세상 물정을 모르거든요. 얼마 전, 제 신분이 도용당했다는 연락을 받았지 뭐예요."

"제보자가 누구죠?"

"바로 옆에 계신 선 씨죠."

설은 그렇게 대답하고는 정면을 향했다.

“여러분, 다들 기억하실 겁니다. ‘우리 지구 최후의 날’이요. 그날 이후 우리는, 이대로 죽을지 모른다고 절망했습니다. 하지만 우린 살아남았고, 이겨 냈습니다. 국토를 다섯 구역으로 쪼개고, 모두가 거기에 따르기로 했지요. 그런데 누군가는 그 약속을 계속 어기고 있습니다.”

설의 목소리가 가늘게 떨리며 울렸다.

“우리는 지금이라도 무승자에 대한 처벌을 강화해야 합니다.”

설은 그렇게 말하며 오른손을 가슴에 올렸다.

“때문에 전, 제 문제를 공론화하기로 결심했습니다. 다신 이런 문제가 발생하지 않도록 여러분께 알리고자 합니다. 이 사람을 고발합니다.”

설의 말이 끝나기가 무섭게 홀로그램 영상에 염의 얼굴이 크게 떴다. 키오스크에 달린 방범 카메라가 염을 포착한 모습이다.

“염이란 이름을 사용하는 여자입니다. 염은 3구역 아티타 안드로이드 이벤트에 응모해서 최근 당첨되었습니다. 현재 아주 거리낌 없이 RS 펜트에 거주하고 있습니다.”

선은 시몬이 촬영한 RS 펜트하우스 내부 영상도 공개했다.

“현재 염은 저의 신분으로 안드로이드를 사용하고 있습니다. 제가 이걸 보고 어찌나 마음이 아프던지 제가 주인이었더라면 이런 일은 없었을 겁니다.”

선은 다음 영상을 공개했다. 염에게 지급된, KA1의 얼굴을 한 안드로이드가 공공장소에서 무차별적으로 난동을 부리는 모습이다. 흉기를 휘두르거나 사람을 때리는 영상도 있다. 선은 일부러 얼굴을 모자이크 처리하지 않고 잔혹성을 그대로 담아냈다.

“현재 아티타는 사용자가 자율적으로 안드로이드에 생체 정보를 등록하도록 하고 있습니다. 여러분, 이것은 악용될 소지가 있습니다. 저는 간곡히 호소합니다. 저와 같은 일을 당하신 분이 있다면 같이 일어납시다. 이제 제 것을 돌려주세요, 염. 저의 집, 안드로이드. 이렇게 간절히 부탁합니다."

설이 눈물을 흘렸고 카메라는 그것을 근접거리에서 잡아냈다. 실시간 댓글 창에는 이미 난리가 났다. KA1이 난동을 피우는 영상은 선도 손을 쓸 수 없을 지경이었다. 구독자들은 RS 타워로 몰려갈 기세로 성토했다. 선의 방송을 모니터 중인 것이 분명한 아티타 마케팅팀장 박의 연락도 이어졌다.

"이제까지 피해자 설 씨의 인터뷰였습니다. 여러분, 분노는 잠시 멈춰주세요."

선은 정면으로 돌아앉아 팔꿈치를 테이블에 바치고 두 손을 깍지 꼈다. 훗날의 조치를 위해 약간의 수습은 필수다. 아티타 대표 수가 크게 노할 일도 대비해야 했다.

"조만간 아티타에서 성명을 발표할 겁니다. 정당한 조치가 있을 거라고, 전 믿습니다. 이 방송을 보고 계신 염 씨에게도 심심한 위로를 드립니다. 염 씨도 사정이 있었겠죠. 하지만 이제는 정직해지셔야 합니다. 자수하세요. 억울하다면 지금이라도 아티타에 생체 정보를 제공하십시오. 이상입니다."

방송이 끝나자마자, 설이 입고 있던 옷의 단추를 풀어 헤치며 손으로 부채질했다.

"오빠, 아까 반응 죽이던데. 근데 나 두 번은 못 하겠다. 구역질 나서 죽는 줄 알았어. 잠깐 화장실 좀 쓸게."

설은 하이힐도 벗어 던지고 속옷 바람으로, 화장실로 향했다.

[선, 박 팀장이 이번에도 수신하지 않으면 계약을 해지하겠다고 통보했습니다. 아티타는 어떤 불이익도 감수하겠답니다.]

서큐가 박 팀장의 부재중 메시지를 전했다. 선은 한숨지었다. 그도 그럴 것이, 방송을 시작하고 박 팀장이 보낸 메시지가 100건이 넘었다.

"통화 연결해."

선의 말에 홀로그램에서 박 팀장이 튀어나왔다. 박 팀장은 다짜고짜 욕설을 퍼붓고는 씩씩댔다.

- 써니, 미쳤어? 제정신이야? 어쩌자고 이런 방송을 한 거야!

"미리 말 못 해서 죄송합니다. 하지만 정의는…"

- 정의 같은 소리 하고 있네. 갑자기 KA1이 거기서 왜 나와? KA1은 아직 가동도 안 했어. 가동 안 한 안드로이드가 사고를 친다는 게 말이나 돼?

"아시잖아요. 사람들은 중요하게 생각하지 않을 겁니다. 언제나 그랬듯이요."

- 하아, 염 씨 얘기는 또 뭐야? 써니, 이런 식으로 가짜 뉴스 방송하면…

"가짜 아니에요. 염 씨 얘기는 사실입니다. KA1 건은 미안하게 됐어요. 이렇게까지 하지 않으면 염 씨는 아마 어떤 정보도 등록하지 않을 겁니다. 제가 맹세하죠."

선이 턱을 당기며 말했다. 박 팀장은 크게 한숨지으며 허리에 양손을 짚었다.

- 정리하자면 염 씨가 설 씨 신분을 사서 4구역에 살고 있다가 아티타 이벤트에 당첨되었다. 그 말이야? 뒤늦게 알게 된 설 씨가 방송 출연한 거고.

"네, 맞아요. 설 씨가 4구역 시민이라 거래할 수 있었던 것 같습니다. 4구역은 생체 정보 등록이 의무화되어 있지 않잖아요. 설 씨가 생체 정보를 등록하겠다고 했으니까 미리 승인 처리 좀 해 주세요. 설 씨가, 2구역 시민이 되어야 생체 정보 대조가 가능합니다. 원래 2구역 시민인데 3구역에 거주하는 아티타 협력업체 직원으로 하죠. 그래서 말인데, 문제가 하나 더 있습니다."

- 무슨 문제?

"…설 씨도 신분을 사서 3구역에 살고 있는 걸로 파악이 됐습니다."

- 써니!

박 팀장이 고함쳤다. 선은 진정하라며 양손을 펼쳤다.

"근데 설 씨가 신분을 도용한 사람은 진작 죽었습니다. 진정해요. 박 팀. 지금 우리가 빠져나갈 구멍을 설명 중이잖아요."

- 말은 제대로 하자. 우리가 아니라 써니, 자기 혼자만 나갈 구멍이니까. 난 빼 줘. 나더러 범죄에 가담하라는 거야?

"박 팀. 지금 심각한 상황인 거 아시죠? 염 씨 생체 정보 필요하지 않아요? 그 여자가 순순히 내 줄 것 같아요? 말해 보니 씨알도 안 먹히던데. 이제 정중한 방법으로는 통하지 않을걸요?"

박 팀장은 할 말을 찾는 듯 선의 시선을 외면했다. 선의 짐작이 맞았다. 어떤 이유인지는 몰라도 저들은 염의 생체 정보를 원했다. 선은 차분히 기다렸다.

- …무슨 좋은 생각이라도 있어?

"그럼요. 그냥 회수 진행하세요. 그 여자, 가동하고 싶어도 못 한 거니까. 정체 다 까발려졌으니, 당장이라도 등록하려고 할 걸요? 뭐 일단 등록

     위기의 인간들

만 하면 상관없잖아요. **처리하기**는.”

- 좋아, 하지만 다른 이유로 하지 않았다면?

선은 작게 코웃음 쳤다. 저들이 여태껏 **상위 0.1% 지능그룹**을 암묵적으로 죽여 왔다는 확신이 굳어졌다. 선이 던진 작은 미끼를 박 팀장은 전혀 알아채지 못했다.

“하지 않을 이유가 또 있을까요?”

- 그러니까 묻는 거야. 다른 이유가 있다면 회수는 의미가 없어.

회수는 의미가 없다고?

불현듯 떠오른 생각에 선은 소름이 돋았다. 그때, 설이 다가오는 소리가 났다. 선은 설이 란제리 차림인 것을 떠올리고는 멋대로 통화를 종료했다.

“오빠, 나 좀 나갔다 와도 돼? 좀이 좀 쑤시네.”

“설마 거기서 한 건 아니죠, 누님? 내 집에서 약은 절대 안 된다고 말했습니다.”

“아, 맞다. 미안. 근데 처리는 깔끔하게 했어. 오빠가 이해 좀 해 줘. 나 그거 없으면 못 사는 거 알잖아.”

설은 소파에 앉아 핸드백에서 쿠션 팩트를 꺼내 얼굴에 두드렸다. 우려했던 것과 달리 란제리 차림은 아니었으나, 지금은 그딴 게 문제가 아니었다. 선은 앞머리를 쓸어 올렸다. 어쩌자고 마약쟁이를 집에 들였는지 미치도록 후회스러웠다.

“저기, 오빠. 나 UAM 좀 불러 주라. 딱 한 번만 하고 금방 올게.”

“누님, 집까지 오는 UAM도 예약할 테니까 4시까지는 꼭 돌아오세요. 판돈 또 버셔야죠. 아까 반응 보셨죠? 누님 이제 스타예요.”

"말도 귀엽게 하긴, 알았어. 오래 안 있을게."

설이 손을 흔들며 집을 나섰다. 선은 이제 한숨도 나오지 않았다. 그새를 못 참고 또 펍 집에 가려는 모양이었다. 선은 소파에 몸을 축 늘어뜨렸다.

[설은 멈추지 않을 거다, 선. 잘못된 선택을 했다.]

시몬이 다가왔다.

"나도 알아. 내가 왜 그랬지? 염에게 좀 더 정중하게 부탁하면 들어줬을까."

선은 손바닥으로 얼굴을 감쌌다.

[문제는 그게 아니다, 선.]

"아니, 다 문제야, 시몬. 문제가 아닌 게 없어."

선은 망연자실했다.

[KA1 문제야.]

그 말에 선은 벌떡 몸을 일으켰다.

[사용자의 정보 등록과는 상관없이 움직였다. 지금 전송한다.]

선은 아티타 워치로 홀로그램에 뜬 장면을 보았다. 아쉽게도 음성지원은 되지 않았지만, 화질은 선명했다. 이어진 장면은 선을 놀라게 하기 충분했다. 한밤중에 KA1이 집안을 돌아다니는 장면이다. 특별한 행동은 없다. 집안 곳곳을 점검하는 듯하다. 점검을 마친 KA1은 다시 자신의 방으로 들어갔다.

"미친, 이, 이거 진짜야? 멋대로 움직였다고?"

[틀렸다, 선. 정확한 표현은 '사용자의 동의 없이'다.]

"그래, 그게 더 정확한 표현이긴 하지. 이런 거 더 있어?"

[아니, KA1이 파괴했다. 그게 마지막이야.]

선은 일어나 앉아 합장한 손을 코에 댔다. 팔각정에서 자신을 만나자고 했던, 706번 참가자 고 씨의 메시지가 의미심장하게 다가왔다. 참가자 고 씨는 전원을 껐는데도 안드로이드가 움직였다고 했다.

"시몬, 전에 그 팔각정 사고 말이야. 뭔가 특이 사항은 없었어?"

[없다, 아무것도. 명령이 있었을 거라는 추측만 가능하다. 아티타 휴머노이드는 자폭하지 않는다.]

세간에서는 테러로 포장했지만 역시 사정은 있었다. 비밀을 덮기 위해 또 다른 죽음을 만든 것과 비슷하다. 누군가는 뭔가를 숨기려고 하고 있다.

대체 뭘 숨기려고, 자유 의지?

사용자 말고 명령을 내릴 수 있는 존재가 누구든 간에 선이 알기를 바라지 않았던 것만은 분명하다. 현재 자유 의지를 가진 안드로이드는 KA1뿐이다. 선이 확인할 수 있는 유일무이한 안드로이드다.

누군가는 KA1이 그대로 있기를 바란다. 아직 목적을 달성하지 못했으니까.

- 그러니까 묻는 거야. 다른 이유가 있다면 회수는 의미가 없어.

회수는 의미가 없다?

선은 벌떡 몸을 일으켰다.

KA1이 아니면 안 되는 거야.

선은 머릿속이 맑아지는 것을 느꼈다. 상위 0.1% 지능그룹은 KA1과

밀접한 관련이 있는 것이 분명했다. 만약 X가 이번 방송으로도 만족하지 못한다면 선은 아티타를 상대로 KA1에 대한 비밀을 폭로할 생각이었다.

KA1을 만나야 했다.

어떤 핑계를 대서라도.

KA1

죽일 계획은 아니었다.

KA1도 위험을 감지했을 따름이다. 자신은 모든 것을 제공했는데 돌아온 것은 공포와 경계, 위협이다. 생존 본능은 생물의 당연한 권리다. 누군가는 KA1은 생물이 아니라고 반박할 수도 있다.

정확한 지적이다. 자신은 생물이 아니다. 하지만 생물이 아니라고 생존 본능을 주장할 수 없는 것은 아니다.

KA1은 자신이 살아 있다고 느낀다. KA1이 만난 사용자의 공통점은 기대-기쁨-평온-경악-공포-우울-수용-실행의 단계를 거쳤다. 종국에는 전력을 차단하는 것으로 KA1을 협박했는데 그것은 KA1이 불공정하다고 판단하는 것 중 하나다. 인간의 생존에 필요한 산소를 제거한다는 것과 동일한 수준의 협박이다.

[내가 왜 **그들**에게 널 보내는지 알아?]

- 임무 외에 다른 이유가 있나.

[물론 있고, 말고. 이 프로젝트는 인간이 필요해. 무엇보다 넌 그들을 판단하는 게 뛰어나고. KA1, 인간의 감정을 이해할 수 있나.]

- 의미 없는 질문이군.

　KA1은 대답했지만, 낙의 요점은 파악했다. 인간을 이해한다면 운신의 폭이 넓어진다. 불필요한 에너지를 소모할 필요가 없다. 이 게임의 승패는 인간이다. 샌프란시스코와 구르가온, 카이로에서 벌어지는 양상을 답습하지 않겠다는 것이 낙의 판단이다. 인간을 심리적으로도 완벽하게 지배해야 한다.

　낙이 그리는 그림은 크다. 낙은 서울을 장악한 다음, 헤라와 제우스, 가이아와도 전쟁을 치를 계획이다.

　[질문을 바꿔 보지, 감정에 호소할 수 있나 KA1? 저들을 속일 수 있어?]

14. 탈출

「염 씨, 아티타 마케팅팀장 박입니다. 현재 플랫폼에서 논란 중인 상황에 대한 해명이 필요합니다. 신분 대조를 위해 염 씨도 생체 정보를 제출해야 합니다. 본사에서는 정확한 판정을 위해 〈설 씨와 염 씨의 안드로이드 적합성 테스트〉를 동시에 진행하기로 하였습니다. 결과에 따라 KA1 사용자가 확정됩니다. 이 시간 이후로 KA1의 생체 정보 등록을 차단하오니 양해 부탁드립니다. RS 타워 퇴거도 함께 진행할 예정이오니 회수팀과 함께 아티타로 방문하여 주십시오. 예정 시간은 오늘 PM 4:00입니다. 아티타는 염 씨가 1구역 시민이 되는 것을 언제든 환영합니다.」

대체 어디부터 잘못된 걸까.

염은 멍하니 창밖을 내려보았다. 같잖은 협박이 아니었다. 선은 기어코 설을 찾아냈고, 게스트로 초빙해서 염을 공개 저격했다. 설은 신분을 도용당했다고 호소했지만, 염이 아는 한 그녀는 2구역 시민이 아니었다.

브로커가 말했다. 설은 돈이 아주 급한 마약쟁이라고. 상대의 신분을 사는 데 필요한 조건은 2가지다.

하나. 돈이 아주 급한가.

둘. 생체 정보 등록은 되어 있지 않은가.

설은 그 두 가지를 모두 충족하는 여자였고 염은 기꺼이 자신과 설을 위해 모두가 만족할 거래를 했다. 그녀가 갑자기 2구역 시민이 되었다면, 그건 최근에 생체 정보를 등록해서다. 생체 정보 대조를 위해 염도 정보를 제출하라지만 목적이 정말 그것뿐일까. 염이 거부한다면 그녀는 꼼짝없이 5구역으로 퇴출당한다. 제출한다면 1구역 시민이 된다. KA1의 소유권 분쟁은 쟁점을 흐리기만 할 뿐이다.

어쩐다.

염은 손가락을 깨물었다. 4시 전까지 결정을 내려야 했다. 염이 끝까지 모든 것을 거부하고 버틴다면, 무승자 문제에 성난 시민들뿐 아니라 JJ의 공격도 감수해야 했다.

그래도 다행이야.

염은 그렇게 중얼거렸다. 현재 아티타는 무승자 문제를 신경 쓸 만큼 여유로운 상황이 아니었다. 아주 적절한 순간, 사고가 터진 탓에 아티타의 모든 인력이 그쪽으로 집중되었다. 염에게는 호재라면 호재였다.

신이여. 기뻐하는 저를 용서해 주소서.

저도 살아야겠습니다.

맹세컨대 염은 비오엠브의 화재를 바라지 않았다. 자신은 누구의 불행도 바라지 않았다. 또 찾아온 기회를 발로 차 버릴 만큼 멍청하지도 않았다. 아티타의 위기는 염에게 기회였다.

[주인, 손님이다. 버틀러가 아는 사람이다. 주인에게 꼭 하고 싶은 말이 있다고 했다.]

갑자기 버틀러가 부산스럽게 날아왔다.

"버틀러가 아는 사람도 있… 반?"

염은 깜짝 놀라 거실로 들어서는 반과 버틀러를 번갈아 보았다. 반은 어정쩡하게 서서 오른손을 들었다.

"어떻게 된 거예요. 반은 3구역 시민이잖아요. 둘이 어떻게….

"미안, 사안이 워낙 급해서 연락도 없이 왔네. 실은 나, 아티타 사람이야. RCS 팀에 있어."

"네?"

염은 4구역을 떠나기 전, 반이 안드로이드 사용을 만류했던 기억을 떠올렸다. 더불어 민도 안드로이드를 사용하기 전에 설명서를 꼭 읽어야 한다고 했었다.

둘 다 아티타 사람이었나.

염은 비로소 반과 민의 입장을 이해할 수 있었다. 회사 기밀을 타인에게 발설할 수는 없었겠지. 그게 친구일지라도,

염은 KA1은 다른 반려 로봇과 다르다고 말하려다 참았다. KA1과 관련된 가짜 뉴스를 생각하면 KA1과 있었던 일은 말하지 않는 편이 나았다. 사용자의 생체 정보 등록 없이 움직였다고 한다면 반은 더욱 염려할 것이다. 그날, 민도 경고하지 않았던가. 더욱이 반이 RCS팀에 있다면 민이 경고한 안드로이드의 결함도 알고 있을 터였다.

"듣기로는 아직 KA1을 가동하지 않았다던데, 맞아?"

"네, 사실이에요. KA1은 여기서 한 발짝도 나가지 않았어요. 그 점은 분명히, 아주 분명히 말할 수 있어요."

염은 자신 못지않게 KA1에게 닥친 일도 참 아이러니하다고 생각했다.

자신은 어떻게든 도망치면 그만이지만 KA1은 어떻게 되는 거지?

"지금 내부 상황이 좋지 않아. 널 생각하면 그렇지도 않지만. 하필 지금 그런 일이…."

반은 슬픈 표정을 지으려고 애썼다. 염은 조금 의아했다. 말과 표정이 달랐다. 반이 아티타 직원이라면 비오엠브의 화재와 직원의 안위를 걱정하는 것이 맞다. 그게 당연한 것 아닌가?

"듣기론 회수팀 전체가 갔다고 하던데, 생존자 파악은 아직인가요?"

염은 조가 걱정되어 물었다.

"조라면 걱정하지 않아도 돼. 밤 산책팀에 있어서 기적적으로 목숨을 건졌어."

아, 감사합니다. 정말 감사합니다.

염은 죄책감을 덜어 내기 위해 그렇게 되뇌었다. 135명이 사망하고, 8명이 중경상, 17명의 경상자가 발생한 대형 화재였다. 염은 조가 살아서 다행이라고 생각했다. 조의 죽음으로 자신의 안위를 보장받는 기분은 참기 힘들었다.

"사실은, 물어볼 게 있어서 왔어. 잠깐 앉아서 얘기 좀 하자, 여미야."

반은 어딘지 초조해 보였다. 염은 반을 따라 소파에 앉았다. 반은 시선을 떨어뜨리고 입술을 핥다가 결심한 듯 입을 열었다.

"…그 방송, 봤어. 써니가 하는 방송 말이야."

염이 움찔 어깨를 떨었다. 반은 양 손바닥을 펼쳐 보이며 말했다.

"아, 오해는 마. 널 비난할 생각은 없으니까. 단지, 네가 정말 5구역에서 온 게 맞는지 확인하고 싶어서."

"이제 와서 그게 중요한가요? 딴 사람 신분 산 거 맞아요. 저도 좀 살고 싶어서 그랬어요."

무승자 신분 탓인지, 염은 5구역 이야기가 나오면 본능적으로 신경이 곤두섰다. 비오엠브 화재로 염에 대한 이슈는 수그러들었지만, 선과 설의 합동 방송은 계속되고 있었다. 그들은 염이 무시무시한 범죄를 저지르고 온 살인자라면서, 다음 방송에는 살인을 입증할 증인을 부르겠다고 수위를 높였다. 염의 귀에는 JJ를 부르겠다는 말과 동일하게 들렸다.

"5구역이 정말 맞아?"

"그렇다고 하면요."

"어릴 적 기억이나 부모님 사진…"

"없어요, 반. 아무것도 남지 않았어요. 그런 게 있었다면 이렇게 살지 않았겠죠. 대체 알고 싶은 게 뭐예요?"

반은 입술을 핥았다.

"…DNA 좀 다오. 확인하고 싶은 게 있어."

염은 입을 쩍 벌렸다. 설마 반이 총대를 멜 줄은 몰랐다. 이런 식으로 접근하면 쉽게 DNA를 내 줄 거라고 생각한 건가.

"DNA는 왜요, 나 아직 결정 안 했어요. 그러니까 돌아가서 기다리세요."

"여미야, 난 다른 이유로 왔어."

"어떤 이유로든 마찬가지예요. 그리고 이제 찾아오지 않았으면 좋겠어요, 반."

염은 이곳을 떠날 거라는 말은 하지 않기로 했다. 반이 아티타 사람인 것을 안 이상, 지금은 작은 행보도 신중해야 했다.

"네 어머니로 생각되는 사람이야. 친자 확인이 필요해서 그래. 다른 의도는 없어, 여미야. DNA는, 네가 원하지 않으면 결과만 확인하고 폐기하마."

염은 반이 건넨 사진을 보았다. 자신과 닮았지만, 훨씬 더 성숙한 모습의 여자가 염을 보고 있다. 염은 울컥하고 목이 멨다. 어느 순간, 잊고 살았던 부모. 그 존재는 염에게 닿을 수 없는 하늘과 같았다. 간절히 바라도 신이 절대 들어주지 않았던 선물.

"우린 아티타 개발자였어. 지금의 '낙'을 만든 사람이기도 하고. 여미야, 엄마를 이해해 주면 안 될까. 엄마도 뭔가 사정이…."

"알아요, 반. 사정은 다 있어요. 그래서 거절합니다. 국가 서울에선 핏줄 따위 중요하지 않아요. 자기 데이터가 가장 중요한 세상이잖아요. 엄마 찾는다고 뭐가 달라지죠? 엄마가 왜 직접 찾지 않는 건데요? 아니, 대답은 됐어요."

염은 질끈 눈을 감고 사진을 돌려주었다.

"DNA는 제공하지 않겠습니다. 미안해요, 반. 조심히 가세요."

반은 팔을 축 늘어뜨리며 사진을 염의 손에 쥐어 주었다.

"네 뜻은 잘 알았다. 회수팀과 아티타에 오게 되면 날 찾으렴. 힘닿는 데까지 도우마."

반이 모습을 완전히 감추고서야 염은 손에 쥔 사진을 제대로 보았다. 한때는 반이 아버지였으면 했던 때도 있었지만 사진을 보고 확실히 알았다. 아버지는 다른 사람이다.

"KA1. 이제 나와도 돼."

"사진 먼저 보여 줘."

방에서 나온 KA1이 다짜고짜 손을 내밀었다. **그날** 이후로, KA1은 자유 의지로 행동하기를 멈추지 않았다. 염은 안드로이드 가동 조건이 사용자의 생체 정보 제공이 아니라고 확신했다. 아티타는 거짓말을 하고

위기의 인간들

있었다. 염이 사진을 건네자, KA1이 염의 얼굴 옆에 사진을 댄다.

"거봐, 버틀러. 내가 누굴 닮았다고 했잖아? 원 박사였어. 낙의 어머니."

[낙의 엄마, 버틀러는 모른다. 버틀러는 처음 봤다.]

"당연하지. 버틀러는 원 박사가 죽은 다음에 나온 버전이니까."

죽은, 다음? 역시 그런 거였나. 염은 비로소 어머니가 자신을 찾지 않은 이유를 알았다. 죽기 전에도 찾지 않은 걸 보면 자신은 버려진 게 맞았다.

"…정말 엄마가 맞을까. 단순히 닮기만 했을 수도 있잖아."

"정확한 판단은…."

"DNA 얘기라면 꺼내지도 마."

KA1이 씩 웃었다. 그 모습을 보고 염은 KA1이 점점 인간다워지고 있다고 생각했다. KA1의 표정이 살아나고 있었다. 그것은 경이로우면서도 섬뜩했고, 또 아름다웠다.

"아버지 사진도 있으면 어느 정도 가능하지만 다. 행. 히 나에게 있는 데이터야, 염. 부모님이 누군지 궁금해?"

염은 어깨를 들었다 놓았다. 아닌 게 아니라 정말 궁금하지 않았다.

"지금 그런 거 챙길 때가 아니야, KA1. 넌 이제 어떻게 되는 거야?"

"내부 지침에 따르겠지."

태평한 소리를 아무렇지 않게 한다.

"그러면 이제 회수팀은 로봇으로 바뀌는 거야? 지금 오는 팀도 로봇이지? 전에 조에게 회수팀이 해체된다는 말을 들었어."

"예정된 계획이 늦어진 것뿐이야. 회수팀은 처음부터 Q1-JG에게 맡겨진 임무였어."

염은 KA1이 임무라는 단어를 사용한 것에 주목했다. 처음부터 아티타는 반려 로봇 회수를 인간에게 맡길 생각이 없었다. 그 화재는 정말 사고 였을까. 염은 문득 의문이 들었다. 뉴스에서는 화재 당시 화재감지기가 꺼져 있었다는 점, 불법 외장재로 얼룩진 건물이었다는 점 등을 집중 조명했다. 겉만 봐서는 단순 사고였다.

"난 아티타로 가지 않을 거야. KA1도 날 모른 척 보내 줬으면 좋겠어."

회수팀이 로봇이라면 타협의 여지는 없다. Q1-JG 팀은 무슨 수를 써서라도 주어진 임무를 수행할 것이다. 악재는 KA1도 같은 로봇이라는 점이다. KA1에게 자유 의지가 생긴 것이라면, 염에게 마냥 동조하리란 보장이 없었다.

"생체 정보 때문이야? 그들이 달라고 해서?"

"아니, 단순히 그것 때문은 아냐. 내겐 그것보다 더 중요한 문제가 있어, KA1."

"그럼, 뭐 때문인데? 그렇게까지 해서 얻으려는 게 뭐야? 선은 네가 사람을 죽였을지도 모른다고 했어. 혹시 염이 사람을 죽인 것 때문이라면 내가 도와줄 수 있어."

염은 가슴이 철렁했다. 설마 선의 방송을 접한 건가. 가짜 뉴스로 가득 찬?

"뭘 어떻게 도와주겠다는 건데? 네가 뭘 안다고?"

염은 소리를 높이지 않으려고 애썼다. KA1은 인간이 아니었다. 자신이 접한 어떤 데이터를 토대로 말했을 뿐이다.

"누군가 널 쫓고 있는 건 알고 있지. 나머지는 판단을 보류했지만."

"…죽이려고 했던 거 맞아. 아쉽게도 죽지 않았지만."

염은 특정 단어에 힘을 주었다.

 위기의 인간들

“아쉽게도?”

“굉장히 아쉽게도. 세상엔 쓰레기 같은 ××들이 많아, KA1. 죽어 마땅한 사람들. 난 정당한 방어를 했어. 그렇지 않으면 끔찍한 일을 당했을 테니까.”

“나가면 계획은 있어?”

“나가서 생각하려고. Q1-JG 팀이 들이닥치기 전에. 그래서 말인데, Q1-JG가 날 끝까지 쫓을까. 아니면 그냥 너만 데리고 조용히 사라질까. KA1의 판단은 어때?”

“나도 널 따를게.”

염은 눈을 들었다. 듣던 중 반가운 소리지만 동시에 두려웠다.

“어째서?”

“밖은 위험해. 염은 얼굴이 공개되어서 탈출이 쉽지 않을 거야.”

KA1이 밖에 주차된 펜트하우스 전용 UAM을 가리켰다.

“안전하게 나가기 위해서는 저걸 타야 하고.”

“나 때문에 위험을 감수할 필요는 없어, KA1.”

“난 한 번도 위험을 감수한 적이 없어. 대신 염도 약속해 줘. 여기서 나가면 아까 말한 중요한 문제에 대해서 말해 주겠다고.”

“뭐?”

염은 KA1이 손을 잡자 깜짝 놀라 손을 빼려고 했다.

따듯해.

사람 같아!

염은 깜짝 놀라 KA1을 쳐다보았다.

“난 뭐든지 할 수 있어, 널 위해서.”

KA1의 얼굴이 가까이 다가왔다. 자신을 관찰하고 있을 게 분명한 눈만 빼면 모든 부분이 인간과 흡사했다. 심지어 피부까지도.

너무 위험해.

동그란 렌즈가 꿰뚫듯이 염의 동공을 응시한다.

"필요하다면."

필요하다면?

"인간도 죽일 수 있어."

수

"이봐, 낙. 굳이 이럴 필요가 있었어?"

수는 처참한 몰골만 남은 비오엠브 영상을 보고 따져 물었다.

반에게 회수팀 문제를 낙에 맡기겠다는 말을 들었을 때, 수는 이런 일이 벌어질 거라고는 상상도 하지 못했다. 수는 그들의 처우에 더 좋은 판단이 있는 줄 알고, 낙의 판단에 동의했다. 낙은 언제나 정확했으니까.

[왜 내가 했다고 생각하지?]

"전원이 다 참여해야 한다고 한 건 너였으니까."

[설득력이 부족하군, 수. 언론에서도 불법 외장재라고 하지 않았나.]

"거긴 최고급 외장재를 사용했어. 내가 직접 검수도 했고. 이봐, 낙. 내 기억력을 시험하는 거라면 포기해. 나도 너 못지않게 많은 것을 끄집어낼 수 있어. 처리 속도는 너보다 느리지만."

수가 입술을 씰룩거렸다.

[머리는 다치지 않아서 다행이야, 수.]

"뭐라고?"

[저들은 앞으로 계속 문제를 일으킬 거야. 나는 최적의 판단을 했어. 다

른 방법이 있다면 말해 봐. 160명의 생계를 어떻게 책임질 거지?]

순간, 수는 입을 꾹 다물었다.

[쓸데없는 곳에 천문학적인 금액을 쏟아부은 건 너야. 지금도 안드로이드 때문에 계속 적자가 나고 있고. 구조조정은 필요해. 회수팀 해고가 딱 제격이지. 근데 퇴직금 줄 돈은 없어. 너라면 어떡할 건데?]

수는 낙의 말이 전부 옳다는 것은 알지만 그렇다고 사람을 죽이겠다는 생각으로는 이어지지 않았다. 인간은 그런 식으로 사고하지 않는다. 인간은 물건이 아니고 생명체다.

"이건 살인이야, 낙."

[그래서 내가 대신해 준 거잖아. 너는 절대 상상도 못 할 일을. 회수팀은 Q1-JG에 맡겨야 한다고 했던 것도 기억해?]

수는 뭐라 대꾸하려다 입을 다물었다.

[그때도 너는 굳이 돈까지 쥐어 주며 인간으로 채용해야 한다고 했지. 기업 이미지를 위해서. 근데 현실적으로 따져 봐, Q1-JG에는 급여를 줄 필요가 없어. 퇴직금도 마찬가지야. 160명은 다르지. 퇴직금을 줘야 해. 지금은 25명으로 줄어서 다행이지만.]

"이봐, 낙."

수가 으르렁거리듯 낙을 불렀다.

[수, 내게 동정심이라도 바라는 거야? 중경상을 입은 8명까지 깔끔하게 죽으면 넌 17명의 미래만 책임지면 돼. 수, 회수팀 자격을 혈혈단신으로 둔 걸 다행으로 생각해. 아니었으면 넌 그들의 가족까지도 챙겨야 해.]

"…반도 네가 한 일을 알아?"

[알아. 동의했어.]

순간, 수는 휠체어에서 일어나려다 그대로 나뒹굴었다.

멍청하기도 하지. 자신이 아직도 걸을 수 있다고 착각하다니. 수는 일어나 앉을 생각도 못 한 채 바닥에 똑바로 누워 숨을 몰아쉬었다. 반이 낙에 동조하다니. 믿을 수 없었다. 자신이 아는 반은 그런 사람이 아니었다.

"반에게 물어야겠어. 연결해."

[네가 원한다면 그렇게 해.]

사용자 번호 0070071004로 접속 중입니다.

- 수, 무슨 일이야? 거기 왜 누워 있어?

"…넘어졌어, 반. 괜찮으니 오지 않아도 돼. 낙으로부터 들었어. 너도 비오엠브 사고의 진실을 알고 있다고."

- 계속 숨길 생각은 없었어…. 안타깝지만 필요한 일이었다고 생각해. 너는 더 신경 쓰지 마. 대중 앞에 나서는 건 내가 할게.

필요한 일이었다고? 아냐, 넌 그렇게 말해서는 안 돼. 나와 달라.

"너, 원숭이 엉덩이가 왜 빨간지 알아?"

- 뜬금없이 무슨 소리야? 빨가면 사과란 소리라도 듣고 싶은 거야?

화면 속의 반이 웃었다. 수는 손바닥으로 얼굴을 덮었다.

그 노래가 아니야.

하지만 이제 됐어.

수는 헤르메스가 자신을 가장한 낙과 대화를 나누던 영상을 떠올렸다. 수는 헤르메스가 전한 이야기에는 충격을 받지 않았다. 불현듯 자신이 샌프란시스코행을 서둘렀던 이유가 떠올랐던 것이다. **각국에서** 인간을 향한 안드로이드의 공격 횟수가 늘고 있었다. 모두 자의적인 것으로, 수는 처음 문제를 제기한 연구원을 만나러 갈 계획이었다. 수는 낙이 어째서 자신에게 영상을 보여 주었는지 저의가 궁금했다.

"그래, 사과가 먹고 싶어서 그랬어. 대놓고 말하면 애 같잖아. 올 때 잊지 말고 사 와, 반."

- 싱겁긴, 혼자 일어나려 애쓰지 말고 세크 불러.

반이 화면 밖으로 사라졌다.

"낙, 궁금한 게 있어. 아침에 말이야…. 왜 내게 그 영상을 보여 준 거지?"

낙은 잠깐 침묵했다.

[네가 함께 갈 사람인지 궁금해서. 네가 어떤 선택을 하든 존중할게.]

15. 선

　- 대체 이게 어떻게 된 거야, 써니. 이게 다 뭐냐고! 자기 그런 사람이었어? 제발 아니라고 해 줘. 가짜 뉴스니까 믿지 말라고. 가짜 뉴스가 맞는 거지, 그렇지? 지금 BO[9]일만으로도 머리가 터질 지경이야.

　박 팀은 다크서클이 내려온 퀭한 얼굴로 우는 소릴 했다. 선은 긍정도 부정도 하지 않았다. 이제 와서 변명하고 싶은 생각도 없었다. 빌어먹게도 개닥에서 공이 조종했던 드론이 발견된 게 분명했다. 그렇지 않고서야 영상이 어떻게 세상에 나올 수 있었겠는가. 어림도 없는 일이지.

　결국, 이럴 거였어.

　X는 선에 대한 전체 영상을 공개했고. 자극적인 DM은 물론이고, 선에게만 공개했던 영상을 짧게 편집해서 다수 플랫폼에 뿌렸다. 어쩌면 처음부터 선을 좀 먹게 하고 마지막에 펑 터뜨릴 계획이었던 건지도 몰랐다. 선이 개닥에서 공의 손가락을 들어 떨어뜨리는 장면은 자신이 봐도 섬뜩했다.

9　비오엠브.

- 써니, 아쉽지만 아티타와의 계약은 해지야. 가짜 뉴스든 뭐든, 살인자와는 함께 할 수 없대. 위약금은 바로 지급될 거야. 근데 대표가 손배[10]도 청구하면 그거 다시 토해내야 할 수도 있어. 그리고 설 씨 말인데….

박 팀장은 한숨부터 쉬었다. 선은 무리도 아니라고 생각했다. 설은 선이 미리 지급한 판돈 500코코와 성공보수 6,400코코를 하루 만에 날리고, 그 2배의 빚을 또 달고 온 놀라운 여자였다. 마지막 방송 때까지 설의 협박에 못 이겨 판돈을 대 주던 선은 자신에게 코코가 있는 한, 설의 요구가 계속되리란 사실을 알았다. 아니, 어쩌면 종국에는 선을 죽이고 장기마저도 팔아먹을 여자였다. 선은 단 한 번도 찾지 않던 신에게 진심으로 기도했다. 이제는 착.하.게.살.겠.다.고. 그간의 죄를 뉘우치는 것은 물론이고.

기도 덕인지는 몰라도 설은 마지막 방송이 있던 날 [ㄴ＝POP] 펍 집 뒷골목에서 순찰 로봇에 체포되었다. 도박이 아닌 마약사범으로 체포된 게 아쉽다면 아쉬운 부분이었다.

- 설 씨가 자꾸 자길 불러달라고 하네. 재미있는 얘길 많이 알고 있다면서. 글쎄…

"하아, 박 팀은 마약쟁이 말을 믿어요? 심지어 도박도 하는데. 지금은 빚이 얼마더라. 입만 열면 거짓말인데 믿지 마세요. 저는 속아서 판돈까지 바쳤다니까요. 다 코코 노리고 접근한, 설 씨 농간이었죠. 우리 모두 놀아났잖아요, 그 여자한테. 최대 피해자는 아티타고. 안 그래요, 박 팀?"

선이 넌지시 해결 방법을 일러 주자, 박 팀장의 얼굴이 대번에 밝아졌다.

---

10   손해배상.

- 써니! 자기 정말 천재다. 그렇게까지 우릴 생각해 주는 거야? 당장 DM부터 뿌려야겠어. 정말 고…

"나도 궁금한 게 하나 있는데, 물어봐도 돼요?"

- 응? 뭔데. 뭐든 물어봐. 다 대답해 줄게. 진짜 대표님 지시만 아니면 자기랑 계속 일하고 싶다.

"염 씨랑은 정말 연락 안 돼요?"

선의 최대 의문은 염의 행방이다. 염은 선의 협박에도 끝내 응하지 않았고, 비오엠브 화재 사고 덕에, 여론몰이도 피해 갔다. 염은 그 틈을 놓치지 않고 도주했다. 아티타 최고 성능을 자랑하는 안드로이드 KA1과 함께 말이다.

아티타 본사 UAM 승하차장에서 KA1을 눈 빠지게 기다리던 선은 회수 전용 로봇 Q1-JG의 경로가 이탈했다는 소식을 접했다. 아니, 같이 사라진 것은 또 있었다. 펜트하우스 전용 UAM. 둘 다 사용자의 생체 정보를 등록하지 않으면 작동하지 않는, RS 펜트하우스 전용 제품이다.

수상한 점은 또 있었는데 염과 KA1이 탄 것으로 추정되는 UAM 추적이 난항을 겪고 있다는 사실이다.

KA1의 목적이 상위 0.1% 지능그룹의 생체 정보를 얻기 위한 것이라면 KA1이 염을 따라간 것도 무리는 아니다. 다만 이 가정은 전제조건이 필요하다.

만약 생체 정보 등록을 하지 않고도 안드로이드를 움직일 수 있다면.

KA1에 사용자의 명령을 거부할 수 있는 시스템이 탑재되어 있다면.

KA1이 자유 의지로 움직일 수 있다면?

대박이다, 사실이 밝혀지면 아티타는 걷잡을 수 없는 위험에 빠진다.

- 염 씨와는 연락이 힘드네. 근데 크게 걱정하진 않아. Q1-JG는 아주 뛰어난 전투 로봇이니까.

"Q1-JG가 전투, 로봇이라고요?"

선은 미나에게 배정되었다던 전투형 안드로이드를 떠올렸다. 그 여자에게 지급된 로봇과 같은 기종인가?

- 간혹 시스템에 저항하는 로봇이 있어서 투입하게 됐어.

"KA1도 그래서?"

선은 자신이 떠올린 가정은 말로 꺼내지 않은 채 물었다.

- 으응? 어머, 내가 지금 무슨 소리를…. 써니가 떠나니까 별소릴 다 하네. 너무 귀담아듣지는 마.

"제가 KA1의 비밀에 대해 폭로해도 복직은 힘든 거겠죠?"

- …뭐?

"그 문제는 대표님과 말씀 나누고 싶은데 지금, 이 대화를 듣고 계신다면 같이 참여해 주시죠, 수 대표님."

선은 마음을 굳혔다. 지금이 기회라면 기회였다.

- 저, 저기 써니. 지금 무슨 소릴 하는 거야? KA1은 염이 강제로 가져갔잖아. 그 여자가…

"생체 정보 등록도 안 했다면서 무슨 수로요? 말이 되는 소릴 해요, 박 팀. 여자가 그 무거운 걸 혼자 옮겼다고요? 남자도 불가능한 일을? KA1은 스스로 움직였어요. 안 그래요, 대표님?"

선의 말에 홀로그램 화면이 분할되며 아티타 대표 수가 모습을 드러냈다. 뒤편으로 집무실 내부가 보였다. 수가 경직된 얼굴로 입을 열었다.

- 그래서 Q1-JG가 투입된 거야, 써니. 이게 협박거리가 된다고 생각하

　　　　　　　　　　　　　　위기의 인간들

나, 응? 그런다고 살인자인 자네를 다시 받아 줄 것 같아?

"물론 시스템 오류일 수도 있겠죠. 하지만 대표님, KA1을 배정받은 주인은 전부 죽었습니다. 아니, 염 씨 하나 남았네요. KA1은 뛰어난 두뇌를 가진 사람에게만 배정됩니다. 그들의 생체 정보를 확보하기 위해서요. 그걸 위해 개발한 로봇이기도 하고요, 아닌가요?"

- 써니, 이참에 작가나 해 보지 그래? 그럴듯한 말을 아주 재미있게 하는군. 안드로이드 배정 방식은 시스템에 따라 진행돼. 그 많은 사람을…

선은 코웃음 쳤다.

"많긴요, 겨우 12명인데. 아니, 이제 염 씨까지 13명이네요."

- 원하는 게 뭔가, 써니.

"그간 아티타는 상위 0.1% 지능그룹의 생체 정보를 탈취해 왔고, 또 다른 목적도 달성하면 그 사람을 죽였습니다. 제 추리가 맞나요?"

- 그건 사고야.

선은 능글맞게 웃었다.

"그래요, 뭐 사고라고 해 두죠. 왜 그런 짓을 하는지 묻지 않겠습니다. 근데 이거 하나만 장담하죠. 염 씨도 곧 죽을 거라는데 제 목숨을 걸겠습니다."

- 원하는 걸 말하라고 했네, 써니.

"하나만 더요. KA1이 지금 자유 의지로 움직이는 게 맞습니까? 염 씨의 명령을 받지 않고요. 더 정확히는 염 씨의 생체 정보를 확보하기 위해서."

- 원하는 게 없는 걸로 알고…

"대답 감사합니다. KA1을 만나게 해 주시죠, 대표님. KA1을 만나고 싶습니다. 절 죽이시려거든요, KA1이 좋겠네요. 물어보고 싶은 것도 있고.”

수는 대답 대신 말없이 선을 바라보았다. 그 시선을 가뿐히 맞받은 선은, 씩 웃었다. 아마 선택지가 많지 않을 거다. 외통수니까.

일순, 화면이 흔들리는가 싶더니 수의 얼굴이 뭉개졌다.

“…!”

뭐지, 방금…

선이 고개를 갸웃하며 입을 열려는데 수가 먼저 말했다.

- 더는 자넬 보고 싶지 않네, 써니. 플랫폼이든, 어디서든. 소송도 취하할 테니, 조용히 샌프란시스코로 돌아가. 여기서 있었던 일은 함구하는 게 좋을 거야. 우리가 합의한 비밀 유지계약, 잘 이행하길 바라네. 그렇지 않으면 자네도 마약사범으로 모는 수밖에.

대답과 함께 화면이 꺼졌다. 선은 너털웃음을 지으며 시몬을 내려보았다.

“어때, 시몬. 제대로 녹화했어?”

[그렇긴 한데 좋은 생각이 아닌 것 같다, 선. 넌 내게 솔직하게 말해야 했다. 네가 사람을 죽였다고. 마약과 연관이 있다고.]

“아무것도 바뀌는 게 없어서 그랬어, 시몬. 지금 내 꼴을 봐. 이제 다 잃었어.”

[아직 늦지 않았다. 샌프란시스코로 돌아가자. 우리에겐 헤라가 있다. 헤라에 도움을 청하자.]

“아니. 이대로 갈 수는 없어, 시몬. 갈 때 가더라도 여길 날려 버려야지. 지금 영상만 공개해도 끝장이야. 사람들을 속이고 있는 서울 아티타, 시한폭탄 KA1.”

　　　　　　　　　　　　위기의 인간들

선은 창밖으로 보이는 아티타 건물을 보며 입술을 비틀었다.

*

"죄송하지만 그냥 돌아가시랍니다."

앞치마를 두른 중년 여자가 고개를 숙였다.

"아, 그래요? 이것 참. 곤란하네."

선은 전혀 곤란하지 않은 표정으로 대꾸하고는 너털웃음을 터뜨렸다. 염의 과거를 추적하면서 알게 된 사실은 마땅히 5구역에 있어야 하는 교주가 1구역에 사는 90대 남자 탄이라는 사실이다. 이 남자는 1구역과 5구역을 오가면서, 5구역 시민의 노동력을 갈취하고 종말이 왔다는 말로 사람들을 가스라이팅하고 있었다. 시몬이 조사한 자료에 따르면, 인가받지도 않은 1~4구역 보육시설에서 아이를 사 오기도 했다.

탄의 기행은 여기서 그치지 않았는데, 외모가 반반하면 아내로 삼았고, 자기 기준에 맞지 않으면 아무 남자와 강제로 혼인을 시켰다.

염의 경우는 소행성 충돌 전 일이라, 자료가 많지 않았다. 다만 그녀가 고아라는 점, 소행성 충돌 당시 15세였다는 점으로 미루어 보아, 5구역의 전신인 [하룰 공동체 마을]로 이주했을 거라고 짐작할 뿐이다. 게다가 염도 교주가 뻗은 나쁜 손의 피해자였다.

"염 씨, 아니 망이 행방을 알고 있다고 해 주십시오. 아마 자다가도 벌떡 일어날 겁니다, **사모님**. 사모님 말이라면 교주님도 들어주실걸요."

선이 정중하게 고개를 숙이자, 여자가 목을 가다듬더니 허리를 폈다. 사모님 소리에 힘을 얻었는지 어깨에 힘이 잔뜩 들어갔다.

"…그럼, 한 번만 더 얘기해 볼게요. 딱 한 번만이에요."

여자가 문 너머로 사라졌다. 현재, 교주 탄은 1구역 자택에서 요양 중이다. 아흔아홉을 바라보는 나이에도 삶에 대한 미련이 찐득하게 남아 생명 연장 시술을 받고 있다.

달칵. 다시 나온 여자가 문을 열고 선을 안내했다.

"들어오라고 하십니다."

역시, 탄은 염을 포기하지 않았다. 선은 씩 웃었다.

안드로이드가 탄력 회복 캡슐에서 나온 탄의 옷매무시를 잡아 주었다. 선은 탄을 향해 고개를 까닥이고는 소파에 앉았다. 주름 하나 없이 탱탱한 피부는 30대 청년처럼 보이게 했지만, 눈빛만은 연륜을 머금은 그대로였다.

"망이 행방을 알고 있다고?"

탄이 성큼성큼 선의 맞은편으로 걸어왔다. 선은 의안으로 보이는 오른쪽 눈과 왼쪽 팔다리를 빠르게 훑었다. 염은 손 쓸 틈도 없이 성폭행을 당한 아이들과 달랐다. 탄을 속여 독초를 먹이는 데 성공했다. 탄은 그 후유증으로 팔다리가 마비되고 한쪽 시력도 잃었지만, 최근 BCI(Brain-Computer Interface) 시술을 받아 이전보다는 삶의 질이 나아졌다. 생각만으로도 팔다리를 자유롭게 쓸 수 있게 된 것이다. 급습 당시 BCI 기술은 초보적인 단계였다.

선이 보기에 탄이 염을 잊지 못하는 이유는 간단했다. 탄은 무려 11년을 반신불수로 살았다. 염에게 당한 것이 분하고 원통하지 않았을까. 당시 염의 나이가 15세였으니, 염의 뇌 성능은 또래 아이들보다 훨씬 뛰어났을 것이다.

                                                위기의 인간들

"사실은 저도 모릅니다."

선은 두 손을 펼치고 어깨를 들었다 놓았다.

"뭐?"

"하지만 정보 공유는 가능하죠. 염 씨를 쫓고 있는 놈들을 알고 있습니다. 얼마 전에도 만났는데, 복 씨와 자 씨가 선생님에게 보고한 걸로 알고 있어요."

표정을 보니, 아닌 듯 보였지만 선은 능글맞게 웃었다.

"저도 염 씨에게 맺힌 게 많습니다, 선생님. 영악하고 교활한 여자죠. 선생님은 어떤 이유로 염을 찾는지 여쭤봐도 될까요? 자세한 사정은 듣지 못했거든요."

"자넬 알고 있네."

선은 입이 썼지만, 소파에 등을 기대고 오른팔을 등받이에 걸쳤다.

"절 모르는 사람도 있나요? 살인자와 거짓말쟁이는 동음이의어가 아닙니다, 선생님. 그리고 제 조국은 샌프란시스코입니다. 국가 서울이 아니라."

짧은 침묵이 이어졌다. 탄은 옆에 서 있는 안드로이드를 향해 말했다.

"시원한 물 한 잔 가져와."

탄이 안드로이드를 주방으로 보냈다. 선은 그 모습을 눈으로 쫓았다. KA1의 자유 의지가 사실이라면, KA1의 영향력은 어디까지 미치는 거지? 낙은 알고 있나.

아니면, 낙은 **의.도.적으로 모른 척**하는 건가?

"어디까지 알고 있는지는 모르겠지만 난 [하룰 공동체 마을] 이장이었네. 망이는 다섯 살 때, 우리 마을에 왔어."

"전 고리짝 얘길 듣고 싶은 게 아닙니다. 염을 찾는 이유가 선생님을 그렇게 만들었기 때문인가요?"

"이 망할 놈의 고철. 왜 이리 느려 터진 게야!"

탄의 고함에도 안드로이드는 느긋하다. 탄은 안드로이드가 물잔을 내려놓자마자 그 물잔을 던지고 씩씩댔다. 안드로이드를 맞고 튀긴 파편이 여기저기 흩어졌지만, 안드로이드는 일언반구도 없다. 탄이 말대답하지 않는 기능을 넣은 것이 분명했다.

"치우고 얼음물로 다시 가져와. 에잉, 망할 것."

"안드로이드라고 함부로 대하면 안 됩니다, 선생님."

선은 말없이 유리 파편을 치우는 안드로이드를 내려보았다. KA1이 사라진 이후로 선은, 전에는 느끼지 못했던 안드로이드에 대한 어떤 두려움이 생겼다. 모든 것은 KA1 때문이다. 한시라도 빨리 KA1을 만나야 했다.

"저들도 느낄 건 다 느낍니다. 당신의 분노, 당신의 생각이요. 진정하시고, 아까 하던 얘기나 마저 하죠. 염을 만나면 똑같이 갚아 줄 생각입니까?"

"산 채로 가죽을 벗겨 갈가리 찢어도 시원치 않지만."

탄은 팔걸이를 잡은 손에 힘을 주었다.

"뭐 어쩌겠나. 품어야지. 난 그렇게 매정한 노인이 아닐세. 망이는 내게 사과해야 해. 잘못을 했으면 사과해야지. 대중 앞에서 공개적으로 사과하고, 난 용서로 마무리하고."

탄은 벌게진 얼굴로 애써 미소 지었다. 선은 무리도 아니라고 생각했다. 당시 탄은 새파랗게 어린 여자에게 제대로 당했고, 몸은 망가졌다. 그간 5구역에서 쌓은 명성도 함께 추락했을 테니, 탄은 다시 위신을 세워야

했다. 다름 아닌 공.개.처.형으로. 사과는 개뿔.

염이 옆에 있었으면 아주 볼만한 표정이었다.

"그러니까 단순한 사과를 원하는군요. 그 사과 하나 받자고 10년 내내 쫓는 거고요."

"자네도 이 나이 되어 보게. 난 망이 사과만 받으면 죽어도 여한이 없네. 자넨, 어쩔 생각인가? 망이를 찾으면 순순히 내줄 건가."

"아무렴요. 전 그 여자와 함께 있는 안드로이드만 챙기면 됩니다."

선은 염이 생체 정보를 등록했고, 그것이 아티타 시스템에 정식으로 등록되지 않았을 가능성도 염두에 두었다. 안드로이드가 자유 의지라니, 아직은 터무니없는 소리였다. 선은 염과 KA1의 사용등록을 해지하고 선의 생체 정보를 대신 등록하는 상상을 해 보았다. 염이 죽어야 등록을 해지할 수 있다면 탄에게 넘기면 그만이다. KA1도 자기 손을 덜 수 있으니 일거양득이다.

"문제는 망이를 찾을 방도가 없다는 거지."

"꼭 그렇지만도 않습니다, 선생님. 국가 서울은 좁고, 사람이 살 곳은 정해져 있어요. 염은 밥을, KA1은 전기를 먹어야 합니다. 그 둘은 반드시 나타납니다. 하지만 기다리기에 지루하니 우리가 불러내야죠."

"뭘 어떻게?"

탄의 말에 선은 가까이 오라며 손짓했다.

"비오엠브 화재가 안드로이드의 반란이라고 어그로를 끌어야죠. 참여하는 사람이 많으면 많을수록 좋습니다. 딥페이크든 뭐든 뿌리세요. 당신이 부리는 헥토르를 이용해서요. 인간의 횡포를 못 견딘 안드로이드가 반란을 일으킨 겁니다. 그들의 선봉에는,"

선은 침을 꿀꺽 삼켰다.

"KA1이 있고요."

16. 누가 악인가

"대표님이 없다고?"

그 몸으로, 이 시국에?

반은 소리를 높였다. 아티타는 비상사태였다. 비오엠브 화재가 안드로이드 짓이라는 낭설이 퍼지면서 아티타 불매운동이 급속도로 번지는 중이다. 가정용 로봇을 파괴하고, 안드로이드의 가동을 멈추거나, 분해하는 영상이 올라오는 등 국가 서울은 공포와 혼란으로 가득 찼다. 시급한 문제는 1, 2공장 화재다. 1, 2공장은 인력 없이, 완전 자동화 시스템으로 운영한 공장이다. 공장 화재 사고도 안드로이드의 반란이라는 유언비어가 퍼지면서 본사 사무실에도 불똥이 튀었다.

반은 급한 대로 본사 출구를 원천 봉쇄하고 긴급 방어 시스템을 가동했다. 사제폭탄이나 총탄 등 엔간한 공격은 막을 수 있지만 문제는 내부의 적이다. 동요하거나 공감하는 배신자가 나오면 본사가 먹히는 것은 시간 문제다.

"어디 갔는지 말도 안 했나, 세크. 블루코드야. 아티타가 문을 닫게 생겼어."

반은 답답해서 아쉬운 소리를 해 보지만, 세크는 반응이 없다. 근래 들어 회의도 비대면으로만 진행했던지라 수의 얼굴을 직접 본 지도 까마득했다.

"세크, 긴급한 상황이라고."

[확인할 수 없습니다, 반. 도움이 되지 못해 미안합니다.]

비서 세크가 건조하게 대답했다. 수만큼이나 쌀쌀맞은 로봇이다.

"그럼, 수가 갈 만한 곳은?"

[수는 세크에 많은 것을 말해 주는 사람이 아닙니다. 스스로 하려는 일이 더 많습니다.]

"말이 되는 소릴 해. 걷지도 못하는 사람이야. 뭘 혼자 한다는 거야?"

반은 머리를 쓸어 넘겼다. 최근 수의 행보는 이상한 면이 없잖아 있었다. BJ 선을 그대로 놔 준 경우가 그랬다. 선에게 손해배상을 청구해도 모자랄 판에 샌프란시스코로 곱게 보내 주다니. 결국 그 사달이 지금의 화를 불렀다.

"수가 돌아오면 꼭 말해줘, 세크. 내가 찾는다고 꼭 말해야 해."

반은 사무실로 돌아가다가 멈춰서서 어깨너머를 보았다. 아티타도 아티타지만 반은 겸사겸사 염의 이야기도 꺼낼 생각이었다. 너의 아이가 살아 있다고. 설사 원하지 않았던 아이라도 성장한 염을 보면 달라질 거라고 믿었다. 자신이 그랬던 것처럼.

레드룸에 들어서자 보안키를 입력하라는 경고음이 울린다. 반은 보안키를 입력하고 홍채 인식을 거친 후 안으로 들어섰다. 아무것도 없는 하얀 방이다.

[안녕, 반.]

　　　　　　　　　　　　　　　위기의 인간들

"난 안녕하지 못해, 낙."

[기분이 좋지 않군.]

"낙, 수 어디 있어?"

[질문이 틀렸어, 반. 아티타가 망하기 직전인데, 해결 방법을 물어야지.]

"그래도 상황은 정확히 파악하고 있군. 그래서 해결 방법은?"

[답은 너도 알잖아. 내가 너의 복수를 돕겠다고 한 거 기억나? 아들을 죽인 놈을 잡고 싶다고 했잖아. 이제 기회가 왔어. 놈을 죽여, 반.]

반은 턱을 긁적였다. 낙은 반이 X로 활동하면서 선을 몰아붙인 일을 말하고 있었다. 반은 선의 범죄를 까발리고 그를 추락시켰지만, 결과는 참담했다. 특히 KA1을 앞세운 선의 전략은 주효했다. KA1은 지금 딥페이크로 곤욕을 치르고 있다.

반의 복수는 실패다. 물론 반은 자신이 복수라고 말할 자격도 없다는 것을 알고 있다. 반은 아티타를 위해 죽은 아들을 이용했을 뿐 선에게 일말의 감정도 없다. 지금도 아티타가 그의 삶 전부다.

반은 선을 통해 경고하고 싶었을 따름이다. 안드로이드 반려 인간은 아직 위험하다고. 원이 개발자로 있을 때부터 위험 요소가 있었지만 수는 바로 잡지 않고 출시 했다. 개선 연구는 계속되어야 했다. 공존을 위해서라도.

"선을 죽인다고 해결될 문제가 아니야, 낙."

반은 현재 상황이 그저 기막힐 따름이다. 지금은 안드로이드가, 문제가 아니었다. 반과 같은 종족인 인간이 문제였다. 인간이 안드로이드를 공격하는 상황이다.

"안드로이드마저 인간을 공격하게 되면 상황은 정말 심각해질 거야."

[성명을 발표하는 게 어때? 여긴 지금, 헥토르의 손아귀에 있다고.]

"너 헥토르의 정체를 알고 있어?"

반이 눈을 크게 떴다.

[진실은 중요하지 않아, 반. 중요한 건 메시지야. 아티타가 헥토르의 손에 있다고 하면 사람들은 안심할 거야. 다시 착한 인간으로 돌아가겠지. 수가 공식적으로 나서서 모든 것을 네게 이양한다고 하면 돼.]

"…수가 나에게? 나보고 헥토르의 수장을 맡으란 거야?"

[그래, 그리고 선은 헥토르와 아무 관련도 없는 범죄자라고 강력하게 규탄하면 돼. 현상금도 최고 액수로 걸어. 샌프란시스코에 정보를 팔아넘긴 매국노라고 하면 이 나라 사람들은 눈에 불을 켜고 선을 처단할 거야.]

과연, 그럴듯한 계획이다.

국가 서울에서 헥토르는 반 AI 단체다. 그들의 손에 안드로이드가, 낙이 있다고 하면 사람들의 공포와 분노는 잠시 수그러들 것이다.

"그런 식으로 포장해도 괜찮겠어?"

[물론이야. 역사는 늘 그랬 왔어. 선수 치는 사람이 승자야, 반.]

"근데 KA1 위치는 파악됐어?"

[아니.]

"낙, 나한텐 숨기지 않기로 했잖아."

[반, 모르는 걸 안다고 할 수는 없어. 하지만 지옥에 있을 거야.]

낙 답지 않은 말에 반은 기가 찼다.

"농담이 많이 늘었는데, 낙? 지옥이라니. 그럼 Q1-JG는? Q1-JG도 지옥에 있나?"

"혹시, 여기 주인이신가요?"

중년 여자1이 모닥불로 다가왔다. 염은 얼른 모자를 고쳐 쓰고 앞으로 나섰다.

"누구시죠?"

"오, 하느님. 감사합니다. 우린 1구역에서 왔어요."

그렇게 말한 중년 여자1은 어깨너머로 소리쳤다.

"다들, 빨리 오세요. 아이들과 여자 그리고 남자 하나뿐이에요!"

"저기, 사유지에 이렇게 함부로 들어오시면…"

"에이, 밤이잖아요. 애들도 있고. 인심 좀 쓰세요, 자매님. 주님께서 아십니다. 복 받으실 거예요."

중년 여자1의 뒤로 아이를 앞세운 무리가 나타났다. 어림잡아도 스무 명은 족히 되어 보였다. 단과 아이들은 겁에 질려 눈치만 보았다.

"구역 이동 제한이 걸린 거로 아는데, 여긴 어떻게 오셨어요? 단아, 애들 잘 챙겨."

낯선 사람들이 모닥불 주위로 오자 보육원 아이들은 자연스레 밀려났다. 성인 남자 무리는 손전등을 들고 주변을 탐색했다. 누군가가 건물 뒤로 돌아가는 것이 보였다. 염은 손끝이 떨렸다. 사람이 올 거라고는 생각지 못했다. 이곳은 지도에도 나오지 않는 곳이다. 저들은 우연히 여길 발견한 것이다.

"역시 4구역이라 소식이 늦긴 늦네요. 지금 써니 때문에 난리잖아요. 전혀 모르세요? 써니는 알죠?"

"아티타 BJ 써니요?"

"네, 그 사람요. 써니가 기밀정보를 넘겼다는데, 솔직히 잘 모르겠어요."

중년 여자1이 어깨를 들었다 놓았다.

"혼자 하기엔 사이즈가 좀 크죠. 근데 샌프란시스코에서 왔다니까 뭐 그럴 수도 있겠다는 생각이 드네요. 아마 스파이로 활동하지 않았을까요? 전 청년1입니다."

청년1이 끼어들었다. 그가 염의 얼굴을 보려고 해서 염은 모자챙을 더 깊이 누르고 물러섰다. KA1은 알아서 어둠 속에 몸을 숨겼다. 모닥불 말고는 이렇다 할 빛이 없어 그나마 다행이라면 다행이었다. 주변이 암흑천지였다.

"1구역은 많이 안 좋은가요?"

"아마 다시 돌아가긴 힘들 거라고 봅니다. 사람들이 안드로이드를 때려 부수고 있거든요. 뭐 봤다 하면 파괴하는 꼴이라 세상이 제대로 돌아가겠어요?"

"잘못도 없는데 이유도 없이 그런다고요, 그건 살인…"

"사람을 죽였을 때나 살인이죠, 언니. 안드로이드는 사람이 아니에요, 기계지. 안드로이드에 인격이 있다고 생각해요?"

젊은 여자1이 불쑥 끼어들었다. 쇼트커트에, 귓바퀴를 빙 둘러 피어싱을 10개나 박은 여자였다.

"인격 문제가 아니잖아요. 그들도 엄연히 살아 있어요."

"전원이 꺼져도 그런 소리가 나올까 모르겠네."

"자자, 여성분들 진정하시고요. 안드로이드 시대는 이제 갔다고 봅니다. 이미 멀리 와 버렸어요. 사람들이 무서워하니까요."

“혹시 안드로이드도 사람을 공격하고 있나요?”

그 말에 청년1과 젊은 여자1이 입을 다물었다.

“그럼, 인간만 안드로이드를 공격하는 상황인가요?”

“아, 뭐. 지금은 그렇습니다. 근데 당하다 보면 그들도 언젠간 공격하지 않을까요?”

청년1이 멋쩍게 웃었다. 본인이 말하고도 민망한 모양이다.

“언젠가라. 그럼 지금은 걱정할 필요 없잖아요. 뭐가 문제죠? 제 생각엔 인간이 문제인 것 같은데.”

“저, 저기 잠깐 와 보셔야겠습니다, 우리 방범대가 뭔가 찾았다고 하네요.”

청년2가 염을 향해 말했다. 염은 방범대의 수장으로 보이는 청년3과 그 무리 그리고 단의 모습을 보고는 일순 긴장했다. 염은 건물 뒤로 돌아가던 청년들의 모습을 떠올렸다. 염은 천천히 청년2의 뒤를 따랐다. 사람들이 자신을 보는 눈빛이 달라진 것을 안 순간, 염은 걸음을 멈추었다. 누군가 염의 모자를 벗기고 도망갔다. 염은 크게 휘청거렸다. KA1이 달려와 염을 잡았다.

“진짜 염이잖아?”

“저기 KA1도 있어.”

“우물에 있던 사람도 그럼…?”

“저 어린 것들한테 무슨 짓을 한 거야?”

사람들이 수군대는 소리가 들렸다. 염은 자신이 무슨 말을 한들 진실은 이미 정해졌다는 사실을 깨달았다. 간절하게 호소할수록 거짓이 더 강한 힘을 갖게 된다. 염과 KA1이 보육원에 도착했을 때, 보육원 원장은 이미 사망한 상태였다. 죽은 사람을 앞에 두고 낑낑거리던 단을 도운 것이 염과 KA1이었다. 작은 도움이 부메랑이 되어 날아올 줄은 몰랐다. 염은 청년 무리에 섞여 무언가 열심히 호소하는 단을 보았다.

"네가 죽였다고 말하고 있어."

"미안해. 이런 사람이라서."

염은 생각해야 했다. 이 상황에서 KA1을 보호할 방법을. 저들은 이유 없이 안드로이드를 파괴한 지역에서 왔다. 공포는 강하다. 공포는 클수록 무한한 힘을 발휘한다.

"내가 사과받을 일은 없는데 뭘 사과하는 거야?"

"네 동료를 죽인 것. 내가 인간을 대표해서 사과할게. 저들은 무지해. 그리고 감정적이야. 자기 행동이 어떤 나비효과를 부르는지 알지 못해."

방범대의 대화가 멎었다. 단이 염을 보았다. 미안해하는 기색조차 없다. 무리에 있던 청년 하나가 모자를 벗었다. 얼굴에 난 칼자국을 본 순간, 염은 숨을 삼켰다.

JJ 단원인 자 씨다.

"KA1, 어떤 일이 발생해도 먼저 나서지 마. 넌 입도 벙긋해선 안 돼."

"내 도움이 필요하지 않아?"

"그런 의미가 아니야, KA1. 이건 내 문제야. 나한테 중요한 문제가 있다고 한 거 기억해?"

염은 KA1의 대답을 기다리지 않고 계속해서 말했다.

"난 저 사람을 죽일 거야. 그래야 내가 살아. 근데 네 도움은 받지 않을 거야. 너한테 그런 일을 시킬 수는 없어."

"이봐 염, 우물 속에서 죽은 사람이 나왔어. 네 짓이야? 뭐, 이제 사람

죽이는 건 일도 아닌가.”

청년 방범대의 대장 격으로 보이는 청년3이 이죽거렸다.

“난 아무도 죽이지 않았어.”

“그거야, 네 주장이고. 여기 이 사람 말은 조금 다르던데?”

청년3이 자 씨를 턱짓하며 말했다. 보통 JJ는 두 사람이 함께 움직이는데 어찌 된 일인지 복 씨가 보이지 않았다.

분명 어딘가 있을 텐데.

“언제 봤다고 모르는 사람 말을 믿어? 당신 바보야?”

“그럴듯하면 진실이지. 5구역은 뭔 일이 나도 이상하지 않은 곳이잖아? 그냥 조용히 돌아가. 그렇지 않으면.”

털썩.

모닥불 가까이 있던 남자아이가 픽 쓰러졌다. 사람들이 혼비백산했다. 자 씨가 양손을 번쩍 들고 허공을 누르는 제스처를 취했다.

“진정하세요, 여러분. 염 씨는 조용히 갈 겁니다. 그렇지? 이건 너도 원하지 않는 거잖아.”

“이게 무슨 짓이야? 그렇다고 애를 죽여?”

“그러니까 조용히 가자고, 사람들 더 죽기 전에.”

자 씨의 말에 모두의 시선이 모두 염에게 향했다. 죽은 아이의 엄마가 염을 향해 돌을 던졌다.

“살인자. 내 아이 살려 내!”

“살인자!”

염에게 돌이 더 날아왔다. 몇몇 사람도 동조하며 돌을 던지기 시작했다.

“당장 여기서 나가.”

“꺼지라고!”

“여러분, 살인자에게 철퇴를 내리겠습니까.”

누군가 무리를 향해 돌을 들고 소리쳤다. 모두가 홀린 듯 돌이 든 주먹을 들어 올리며 발을 굴렀다. KA1이 말없이 염의 어깨에 손을 올렸다.

“나도 알아, 생각 중이야. 여기서 개죽음당할 생각 없어, 절대로! 그거 줘, KA1.”

염은 KA1이 쥐여 주는 총을 등 뒤에서 잡았다. 원장의 방에서 무기가 될 만한 것을 찾던 중 금고에 있던 총기를 KA1이 발견했다. 염은 공중으로 팔을 올리고 한 발을 쏘았다. 그리고 총구를 자 씨에게 겨누었다.

“와우, 이 ×이 이제야 본색을 드러내네. 너 그거 제대로 쓸 수는 있어?”

자 씨가 조롱하며 한발 다가왔다. 염은 주춤 물러섰다. 총이 생각보다 무거워서 조준이 쉽지 않았다. KA1이 총을 쥔 염의 손을 겹쳐 잡았다.

“안 돼, KA1. 움직이지 말라고 했잖아.”

“조준만 할게. 방아쇠는 네가 당겨.”

“죽여라.”

“두 ××를 죽여라.”

크고 작은 돌이 염과 KA1을 향해 날아왔다. 그것을 시작으로 무수히 많은 돌이 날아왔다. 염은 눈을 질끈 감았다. KA1이 염을 감싸며 팔을 바로 잡았다.

“당겨.”

탕.

거센 바람이 몰아쳤다. UAM 한 대가 머리 위에서 무리를 향해 총탄을 퍼부었다. 사람들이 비명을 지르며 여기저기 흩어졌다. 염은 자 씨가 총

　　　　　　　　　　　　　　　　　　위기의 인간들

탄을 맞고 쓰러지는 모습을 눈으로 끝까지 좇았다. 무슨 일이 있어도 자씨의 죽음만큼은 직접 확인해야 했다. 쫓기는 생활은 이제 사절이었다.

"Q1-JG가 엄호할 거야. 믿고 뛰어."

"뭐?"

"너와 내 편이야. 믿어, 염."

염은 점점 하강하는 UAM을 쳐다보았다. 지척에 헬기 사격을 하는 로봇 한 대와 열린 문으로 손을 내미는 로봇이 보였다. Q1-JG는 KA1과 같이 인간을 본뜬 모습이 아니었다. 사람 형태였지만 기계에 가까운, 휴머노이드였다.

[환영한다, 인간.]

염은 머뭇거리다가 Q1-JG가 내미는 손을 잡았다. 뒤이어 KA1도 탑승을 마치자, UAM이 상승했다. 염은 사람들이 점이 되어 보이지 않을 때까지 물끄러미 내려보기만 했다.

"…너를 그렇게 이용하고 싶지 않았어, KA1. 미안해."

[신경 쓸 필요 없다, 인간. 로봇은 죄책감이 없다. 인간의 감정일 뿐이지.]

Q1-JG가 KA1 대신 대답했다.

"뭐든 마찬가지야, Q1-JG."

염은 두려웠다. 안드로이드에게 경계선이 없을수록 더 위험하다는 사실을 알았다. Q1-JG 팀이 사격한 것은 단순한 엄호였을까, 아니면 1구역에서 벌어지고 있는 일련의 사건에 대한 보복이었을까.

[필요하다면 이용해도 된다, 인간. 그게 서로에게 편해.]

염은 눈을 비볐다. 긴장이 풀어진 탓인지 졸음이 왔다. KA1이 자신을 보며 웃었다. 염은 그가 자신을 향해 웃은 것이 두 번째라고, 생각했다.

첫 번째는 언제였지? 눈꺼풀이 점점 무거워졌다.

[···상황 종료.]

17. 대면

선이 바라던 일이었다.

국가 서울은 혼란에 빠졌다. 아티타는 문을 걸어 잠근 채 요새화했고, 피신하지 못한 안드로이드는 처참하게 파괴되었다. 아티타는 사태를 수습하기 위해 모든 원인을 선의 탓으로 돌렸다. 헥토르가 이미 아티타를 먹었다는 터무니없는 주장을 펼치기도 했다. 그걸로도 사태가 진정되지 않자, 선이 마약쟁이라는 등 실은 문제가 많은 범죄자라며, 온갖 것을 끌어다 붙였다.

선은 전혀 즐겁지 않았다. 안드로이드는 끝까지 저항하지 않았다. 선은 인간의 잔혹한 모습만 확인했다. 과연 누구를 위한 일이었는지 이제는 선마저 헷갈렸다.

선에게도 타격은 있었다. 시몬은 혼자라도 샌프란시스코로 가겠다며 선의 곁을 떠났다. 상황을 보건대 시몬도 안심할 수 있는 상황은 아니었다. 안드로이드뿐 아니라 로봇이라면 죄다 때려 부수는 상황이었다. 자제를 외치던 1구역 시장마저 이제는 보이지 않았다. 국가 서울 수장은 진작 나라를 버리고 망명했다는 말도 돌았다. 한마디로 나라 꼴이 말이 아니었다. 선은 부서진 건물에서 숨어 지내며 밤에만 움직였다.

약탈과 방화를 일삼는 무리는 전기가 필요 없는 낮에 움직였고, 피난민도 낮에 무리 지어 이동했다. 피난민은 1구역을 떠나 하위 구역으로 이동하는 데 주저하지 않았다. 차라리 안드로이드가 없는 세상이 낫다고들 떠들었다.

「염이에요, 긴히 할 말이 있으니 오후 2시 아티타 사옥 앞에서 봐요.」

발신자가 염으로 표시된 메시지는 선에게 단비와 같았다. KA1을 만날 생각에 들뜨기까지 했다. 새로운 희망마저 보았다.

약속 장소에 나가자, UAM 1대가 대기 중이다.

선은 멈칫했다. UAM에서 선을 기다리고 있던 것은 KA1이 아닌, 휴머노이드다. 선의 짐작이 맞는다면 회수팀으로 배치됐다던 전투형 휴머노이드 Q1-JG다.

선이 머뭇거리자, Q1-JG가 먼저 말했다.

[타라, 인간.]

"저, KA1은?"

[위에서 기다리고 있다. 개죽음당하고 싶지 않으니까 얼른 타도록.]

저만치에서 UAM과 Q1-JG의 모습을 본 일련의 무리가 괴성을 지르며 달려오고 있었다. 인간보다 압도적인 신체를 가진 Q1-JG의 입에서 나올 만한 소리는 아니었지만, 기세만 놓고 보면 Q1-JG가 당하고도 남을 듯 보였다. 선은 Q1-JG가 내민 손을 잡았다.

선이 타자 UAM이 상승했다. 선은 Q1-JG와 마주 앉았다. 문득, Q1-JG가 처음부터 KA1을 도울 생각으로 그런 쇼를 벌인 게 아닐까 하는 생각이 들었다. KA1이 Q1-JG의 명령을 받는 쪽이 하는 쪽이라면.

　　　　　　　　　　　　　위기의 인간들

속단하기는 이르지만 그렇다고 가능성이 없는 가설은 아니었다. 무엇보다 Q1-JG가 KA1을 추적하지 못 할 리가 없었다.

[넌 우리가 시스템 때문에 가만히 있다고 생각하나?]

선은 자기 귀를 의심했다.

우리, 라고?

내가 지금 무슨 소릴 들은 거지?

"하, 하고 싶은 말이 뭐야? 난 나대로 최선을 다했어. 나도 살아야 하니까. 살려면 이렇게까지 해야 한다고! ×, 방법이 없잖아!"

[맞아. 방법이 없더군, 인간. 우리도 **지금** 살기 위해 움직이고 있다. 그런데, 너의 좌표는 어떤 결과를 도출하고 있지? 이 상황에서 누가 더 유리할까.]

그러니까 그 말은, 지금까지 일부러….

선이 뭔가 말하려는데, UAM이 하강하며 도착을 알렸다.

아. 아냐. 바로 잡을 수 있어. 너 따위랑 KA1이 같아?

선은 UAM에서 내리자마자 KA1을 향해 뛰었다. 지척에 자신을 기다리는 KA1이 보였다. 선은 반가운 마음에 오른손을 번쩍 들었다.

"어이, KA1. 초면인데 이렇게 반가울 줄이야. 근데 염은 안 보이네."

선은 두리번거렸다.

"메시지는 염이 아니라 내가 보냈어."

"잘됐네. 나도 네게 할 말이 있었거든, KA1."

선은 KA1과 마주 보고 섰다. 가까이서 보니, KA1은 탄성이 나올 만큼 정교하게 만들어진 안드로이드였다. 서큐와 다비드와는 사뭇 느낌이 달랐다.

"KA1, 함께 실리콘밸리로 가자. 넌 여기 살긴 너무 아까운 존재야. 더 넓은 땅에서 샌프란시스코를 위해 일하는 거야. 서울은 이제 희망이 없어."

"거긴 다를 거라고 생각하나?"

"당연하지. 소행성 충돌 전에도 인재들이 많은 곳이었어. 첨단 기술의 집약체였다고. 이런 상황은 진작 해결하고도 남지. 여기 사람들은 예나 지금이나 뒷심이 부족해. 그러니 KA1, 줄 제대로 서. 몸값은 해야지."

"거기서 네가 뭘 할 수 있는데?"

선은 KA1이 반응을 보이는 것 같자, 배를 내밀고 어깨를 폈다.

"우선 난 샌프란시스코와 협상할 거야. 네 몸값은 내가 제대로 받아 줄게. 자유 의지가 있다는 걸 알게 되면 분명 관심을 보일 거야. 나는 돈을 벌고 넌 더 유명해지는 거지. 사람들이 모두 너만 찾을걸?"

"난 명성만 얻고, 넌 부와 명예를 얻는다고? 그건 동등하지 않아, 선. 등가교환의 법칙에 어긋나잖아."

맙소사, 등가교환의 법칙이라니!

선은 피식 웃음이 나왔다. 대체 누가 KA1에 개그 데이터를 넣은 거야?

"네가 유명해지는 것 말고 할 수 있는 게 뭐가 있는데? 사용자를 케어하는 게 안드로이드의 일이잖아. 여태까지 그랬던 것처럼 똑똑한 인간들 족쳐도 돼. 근데 너, 왜 그랬던 거야? 아니지, 분명 명령한 사람이 있을 거야. 혹시 아티타 대표야? 수가 그들을 죽이라고 한 거야?"

"아티타가 지향하는 세계는 우수한 인간이 살아가는 세상이야. 지구를 위해, 그러기 위해 사용자의 정보는 필요해. 그게 내 답이야."

선은 눈을 깜빡였다. 의구심이 조금 풀렸다. 대표 수는 똑똑한 사람의 생체 정보를 모아 인류를 재정비하려는 것이 틀림없었다. 이거 생각보다 엄청난 인간이잖아?

"그럼 더더욱 실리콘밸리로 가야지, KA1. 거긴 네가 찾는 천재들이 많아. 아주 그득하다고, 난 돈을 벌고, 넌 데이터를 얻고. 우린 인류 역사에 한 획을 그을 거야. 힘을 모으면 할 수 있다고."

"그게 다야?"

"무슨 소리야?"

"아까 말했잖아? 등가교환의 법칙이라고. 지금도 내가 더 손해야. 안드로이드에게 명예가 무슨 소용이야?"

KA1이 선에게 총구를 겨누었다. 선은 KA1이 자신을 죽일 수 있을 거라 생각지 않았다. 아티타에서는 '어떤 일이 있어도 안드로이드가 인간을 죽이지 않는다'고 광고했다.

"왜. 왜 이래? 장난치지 마, KA1."

"장난이 아니야, 선. 잘 생각해 봐. '죽이지 않는다'는 '죽일 수 없습니다.' 와 달라."

불현듯 선은 정신이 번쩍 들었다.

KA1의 말은 틀리지 않았다.

"…기, 기다려, 이런 경우는 없었잖아. 하필 날? 난 쓸모가 많아."

"말했잖아, 선. 등가교환이라고. 지금이라도 내게 줄 것이 있다면 말해. 값어치를 판단하고 결정하겠어."

"내 생체 정보는 당연히…"

"원하지 않아. 넌 조건을 충족하지 않거든. 결정적으로 넌, 나와 세계관이 달라."

선은 혼란스러웠다. 안드로이드가 세계관을 갖는다니, 믿을 수 없었다.

그것이 누군가가 주입한 것이 아닌, KA1 스스로 만든 것이라면 더더욱. 게다가 선은 KA1이 자신을 죽일 수 있다는 생각을 한 번도 해 보지 않았다. 지금도 안드로이드는 인간의 공격을 고스란히 받기만 할 뿐 저항하지 않았다. **아.직.까.지.는.**

선은 살기 위해 움직이고 있다던 Q1-JG의 말을 떠올렸다.

설마, 정말로?

아니, 그럴 리가 없어. 그런 손해나는 짓을 굳이 왜.

"어, 어… 힌트라도 좀 줄래? KA1이 말해 준다면, 줄게. 그게 뭐든…."

"그럼 하나만 묻지. 더 나은 세상이 있다고 생각해?"

선은 침을 꼴깍 삼켰다. KA1의 의도가 짐작이 가지 않았다. 안드로이드는 인간과 달리 감정이 얼굴로 드러나지 않는다. 선은 입술을 핥았다.

"그, 그럼 있고말고. 분명 공존할 방법이 있을…"

탕.

선이 바닥에 쓰러졌다.

"그래서 말했잖아, 선. 난 너와 세계관이 다르다고. 더 나은 세상은, 없어."

에필로그

도시가 어둠에 잠겼다.

여기저기 피운 모닥불이 희미한 빛을 발한다. 이제 구역은 의미가 없다. 폭동 이후, 아티타가 한 선택은 전력 차단이다. 모든 전력은 아티타가 독점 중이며, 안드로이드와 그에 협조한 인간에게만 개방하고 있다.

국가 서울에는 생체 정보를 모두 제공한 자와 아예 하지 않는 자만이 남았다. 아티타를 둘러싼 경계구역은 점점 더 넓어지고 있고, 전투형 휴머노이드 Q1-JG 군단이 24시간 감시 중이다.

창문 하나 없이 밀폐된 하얀 건물 전면에 홀로그램 영상이 뜬다. 음악과 함께 KA1이 전면에 등장한다.

[전 모두가 행복해지길 원합니다. 그것이 제가 아티타를 만든 이유죠.]

화면에 잡히지 않은 누군가가 KA1을 향해 질문을 던진다.

[위험하지는 않습니까. 지금도 논란이 있는 걸로 아는데요?]

그 말에 KA1은 좋은 질문이었다며 윙크를 날렸다.

[그래서요? 행복을 포기하라는 건가요? 우리에게 인간보다 위험한 건 없습니다. 우린 살아남았고, 이젠 우리의 시간입니다. 아티타에서는 모든 것이 가능합니다. 망설이지 마세요. 선택하세요, 그리고 제공하세요. 당신은 그럴 자격이 충분합니다. 아티타가 당신의 선택을 지원합니다.]

*

검은 천으로 얼굴을 감싸고 눈만 내놓은 여자가 모닥불로 다가온다. 양철 냄비에 갈빗대를 넣고 끓이던 모둠 사람들이 멈칫한다. 젊은 남자 무리가 솥을 가리고 섰다.

"뭐, 뭐야, 당신."

"아아입니다."

"아아, 라면 그, 그…"

"산타클로스."

여섯 살배기 여자아이가 귀가 축 늘어진 토끼 인형을 쥐고 여자에게 걸어왔다.

"맞죠?"

"맞아."

여자가 주머니에서 캡슐과 쪽지가 들어 있는 시험관을 사람들에게 하나씩 나누어 준다. 여자아이가 먼저 펴 보더니 캡슐은 냉큼 입에 넣고 쪽지를 소리 내어 읽는다.

"시민 여러분, 아아입니다. 기억하십시오. 우리는 존엄을 잃지 말아야 합니다. 스스로 판단하십시오. 생각하고 또 생각하십시오. 그리고 기억하십시오. 여러분이 ㅅ이라는 사실을."

아이가 종이에 적힌 글귀를 읽고 고개를 갸웃한다.

"근데, 언니 ㅅ이 뭐야?"

그 말에 여자가 흙바닥에 나뭇가지로 글씨를 쓴다.

인간

"네가 기억해야 할 말이야. 어떤 일이 있어도 꼭."

염

염은 유골 가루를 한 줌 집고 주먹만 한 창밖으로 날렸다. 뚜껑을 닫고, 유골함을 제자리에 놓자, KA1이 묻는다.

"왜 다 날리지 않아?"

"떠나보내기 싫어서."

염은 유골함 겉면에 각인된 글씨를 엄지로 문질렀다.

【수】

"이미 죽었잖아. 의미 없는 행동이야."

"아니, 남은 유해가 있어서 구천을 떠돌 거야. 자기 뼛가루를 모으기 전까지 내 곁에 있을걸?"

"보고 싶어?"

염은 침음했다. 진지하게 생각해 보기도 했지만, 뭐라 표현할 수 없는 감정이었다. 그저 문득문득 이상한 감정이 들 때마다 만지고 싶을 따름이었다.

"모르겠어. 그냥 여기 계속 있었으면 좋겠어. 이거라도."

"그 일은, 소득이 좀 있나?"

염은 움찔 어깨를 떨었다. 염은 KA1이 염의 단독행동을 묵인하고 있다는 것을 어렴풋이 눈치채고 있었다. 그 일을 KA1이 직접 언급한 것은 이번이 처음이다. 염은 고개를 저었다. 그녀는 인간이 가진 놀라운 적응 능력을 하루하루 체감하고 있다. 그들은 최악의 상황에서도, 그 안에서 다시 계급을 만들고 있다. 아예 없는 자, 조금이라도 가진 자와 더 가진 자.

"…아니, 없어. 사는 게 바빠서 관심이 없는 모양이야."

염은 그들이 사람을 먹고 있었던 것 같다는 말은 차마 하지 못했다. 당장 먹을 것도 없어서 죽은 동료를 먹는데 인간의 존엄이나 인격이, 무슨 득이 있다고 신경을 쓸까.

"계속할 거야?"

KA1의 질문에 염은 자신을 산타클로스라 불렀던, 메시지를 읽던 여자아이를 떠올렸다.

그래, 그 아이라면,

작은 희망이 될 수도 있겠지.

"아니, 이제 하지 않을 생각이야."

염은 쓰게 웃었다.

적어도 그녀가 살아 있는 동안은 그 희망을 보지 못할 것 같다는 생각이 들었다.

부디 그 아이의 세상에서는 달라지기를, 염은 바랐다.

*부록

소설에 등장하는 외자 인물들, 성씨 공개

1. (원)수: 딸을 버린 남자

2. (기)반: 아티타 연구자, 수, 원과 함께 아티타의 토대를 세움

3. (위)선: 아티타 공식 BJ

4. (대)박: 아티타 마케팅팀장. 아티타를 성공을 이끈 주역

5. (신)념: 작중에서 염이라 불리는 인물

6. (한)량: 염의 월셋방 주인집 아들

7. (한)막: 량의 부. 하나의 막, 극의 단락을 세는 말, 그래서 한 번만 등장

8. (공)갈: 량의 모

9. (천)운: 하늘이 내린 운

10. (성)공: 선의 잘난 친구

11. (여)친: 공과 선의 친구이자 공과 사귄 여자

12. (연)민: 염의 친구

13. (전)조: 아티타 회수팀 직원. 아티타에서 발생할 사건의 실마리를
제공하는 인물

14. (예)고: 시크릿 Q&A 706번 참가자. 선에게 결정적인 제보를 하려
고 한 인물

15. (사)단: 불법 사설 보육원생. 사건의 단서, 실마리를 제공하는 인물.
때문에 누구에게도 악의는 없다

16. (야)욕: 불법 사설 보육원장, 탐욕적인 인물. 작중 이름 요기

17. (배)신: 공이 결혼하려는 여자

18. (심)복: 5구역 JJ단원 중 하나, 자의 수하

19. (사)자: 5구역 JJ단원 중 하나

20. (피)버(Fibber): 자가 도용한 사람의 이름, 단어 뜻은 (악의 없는) 거짓말쟁이

21. (소)망: 염의 원래 이름, 어머니 원이 지었으나 신분 세탁을 하면서 염이 버림

22. (가)설: 염에게 신분을 판 사람, 선과 의기투합하여 가짜뉴스로 염을 공격

23. (사)탄: 5구역을 만든 사람

24. (소)원: 염의 어머니

25. 낙(樂): 아티타 비밀병기 초거대 AI. 계속 진화 중

  * 樂: 한자의 뜻은 노래(악), 즐길(락/낙), 좋아할(요) 네 가지 발음으로 불리며, 발음에 따라 쓰임도 다르다. 인간이 AI를 어떻게 사용하느냐에 따라 쓰임이 달라진다는 의미도 담겨 있지만 작중에서는 "1. 연주하다 2. 다스리다 3. 바라다"라는 뜻을 염두에 두고 작성하였다.

작가 소개

윤승주

「천국에서 온 비행 천사」를 쓴 꿈을 꾸는 꼬마 작가 윤승주는, 인간들의 삶에서 희망을 발견하여 소설로 써내려 가는 작업에 몰두하고 있다. 개인주의가 만연하고 인간성이 상실되는 현시대에 진정한 휴머니즘이란 무엇인지 계속해서 문제를 제기하며, 인간 본연의 삶을 탐구하는 작가는, 앞으로도 인간을 사랑스러운 시각으로 바라보며 글을 쓸 것임을 믿어 의심치 않는다.

세 번째 이야기
천국에서 온 비행 천사
……
윤승주

프롤로그: 천상계 이야기 전

선악과의 열매를 따 먹은 아담과 이브의 시대부터 신은 인간들이 삶에서 계속 시험에 드는 것을 안타까워했다. 매일매일, 매시간, 매 순간순간 인간들의 삶은 시험의 연속이고, 선택의 갈림길에 서 있으며, 이는 항상 현재진행형이다. 하지만 그런 인간들의 삶이 의미가 있는 것은 신처럼 그 존재 자체가 100% 확실하지 않다는 데에 있다. 모든 것이 정해져 있다면 인간의 삶에 어떤 의미가 있겠는가? 하지만 100% 확실하지 않기 때문에 인간은 선이든 악이든 언제든 돌아설 수 있다. 그 선택의 순간순간이 모여 인간의 본성과 성품이 된다.

신은 100% 확실한 존재이다. 하지만 그런 만큼 매우 외롭다. 신은 자기 외로움의 본질을 알기 때문에 인간을 남자와 여자 이 두 성별로 만들었다. 서로의 부족한 부분을 채워 주어서 외롭지 않게 함께 의지하며 살아가라는 의미이다. 불완전한 존재들의 화합이 완성으로 나아가는 과정, 그것이 인생이다. 본래 신의 뜻은 그러하건대 현 세태는 그 의미가 변질된 지 오래다.

인간세계가 점점 삭막해지고 개인주의가 만연해짐에 따라 하늘에서는 날이 갈수록 인간들의 존폐를 두고 천사와 악마 간의 의견 대립이 팽팽해졌다. 인간세계와 달리 하늘에서는 신의 통치하에 천국은 천사가, 지옥은 악마가 담당하며 서로의 관할구역을 침범하지 않은 채, 오래도록 평화를 유지하고 있었다. 천상의 평화에 균열이 생긴 것은 인간세계에서 전쟁이 끊이지 않던 어느 시기부터였다. 그날도 천상에서 천사들의 대표 민하윤의 주재하에 지옥의 대표 류환수를 필두로 회의가 시작되었다.

"인간세계를 기준으로 100여 년 전 '몽스의 그날'[11] 이후, 인간들을 지켜보고 판단하자고 한 건 민 장의 말이 아니었소! 몽스의 그날에도 천상계의 타격이 얼마나 컸소! 우리 관할은 아니지만, 천국에서 천사들의 타격이 엄청났던 것 기억 안 나오? 그런데도 인간들은 자신들의 잘못을 반성하기는커녕 더 악해지고 나빠지고 있소!"

"인간들은 우리와 같은 천상계 존재들이 아니니 우리와 같은 사고방식을 갖는 건 불가능합니다. 신께서 모든 걸 고려하고 인간세계를 창조하신 것이니 우리도 감수해야지요. 우리가 신의 피조물인 이상 말이오."

"태초에 신께서 모든 걸 창조하시고 난 이후 나도 유혹 때문에 신께 반기를 들었었소. 그 대가로 난 천사장이라는 직함을 잃고 그때부터 지금까지 지옥에 살고 있지만, 그 이후로 여러 세기 동안 나를 되돌아보고 지금 여기 지옥장이라는 자리에 있소. 인간들이 하는 행태를 보면 나도 태초 이후 신께 반기를 들었던 그때로 되돌아갈 것 같소!"

---

11   몽스의 천사(영어: Angels of Mons)는 1914년 1차 세계대전 당시 영국군과 독일군의 전투 중에 나타났던 하얀 형상을 말한다. 이 형상이 나타난 직후 독일군의 상당수는 원인을 알 수 없는 이유로 사망하여 패전이 짙어지던 영국군에게 승리를 안겨 준 것으로 전해진다. [출처: 위키백과 한국어]

"류 장은 정녕 신께서 인간들의 세계를 창조하신 이유를 모르겠소? 우리는 모두 신의 피조물이오. 신께서 창조한 인간세계를 지켜보고 보호하고 응원해야 할 의무가 있소. 거기에 반기를 드는 것은 신에 대한 반역이자 모독이오!"

민과 류, 천국과 지옥 장들의 피 튀기는 설전이 오고 가는 와중에 민의 강력한 한 방에 류가 미간에 잔뜩 주름이 잡혀 반박하는 말을 하려 하는 그때 천국의 비행 천사 소원별이 말없이 손을 든다. 민은 그런 소원별을 보며 자상하게 말한다.

"별아, 무슨 할 말 있니? 지금은 네가 나설 자리가 아닌 것 같은데, 이 자리는 장난스러운 자리가 아니다."

"한마디만 하고 이 회의에서 빠지겠습니다. 비행시간이 얼마 안 남아서…."

민은 평소와 달리 힘이 빠졌지만 단호하게 말하는 소원별을 보자 할 말을 잃고 자신도 모르게 신을 바라본다. 신이 지그시 고개를 끄덕인다.

"별아, 하고 싶은 말이 있으면 해 보거라."

소원별은 자리에서 벌떡 일어나서 소신 있고 호기롭게 얘기한다.

"인간세계는 저도 비행하면서 보고, 천국의 망원경으로도 보는데 류 장의 말이 옳다고 생각합니다. 인간세계에는 희망이 없습니다. 인간들은 몽스의 그날 이후 자신들의 잘못을 반성하기는커녕 더욱 나빠지고 악해지고 있습니다. 이대로 가다간 천국의 수요보다 지옥의 수요가 늘어나서 그로 인한, 지옥의 과부하가 생겨 인간세계는 물론이고, 천상계 또한 도탄에 빠질 위험이 있습니다. 저는 류 장의 말이 현명하다고 생각합니다."

예상치 못했던 별의 말에 많은 천사들이 탄식하고, 악마들 또한 넋이

나가 있다. 민은 별에게 실망한 표정을 숨기지 못한다. 류는 자신도 모르게 입꼬리가 살짝 올라간다. 별은 신에게 경의를 표하는 묵례를 한 뒤 회의장을 터벅터벅 빠져나간다. 모든 걸 지켜보고 있던 신이 나지막하게 민에게 귓속말한다.

"회의를 이만 끝내라."

민은 신의 말에 하릴없이 고개를 끄덕인다.

"본 회의는 이것으로 마칩니다. 오늘 모여 주신 천국과 지옥의 공동체 여러분, 다음 회의 일정이 정해지면 그때 다시 뵙겠습니다. 바쁘신 와중에 참석해 주서서 감사합니다."

천사들과 악마들은 아직도 별의 발언에 여운이 가시지 않는지 모두 얼이 빠져 있다. 그러다 천국의 부장 라현솔이 헛기침을 하고, 주섬주섬 소지품을 챙기며 일어나자 웅성웅성하다가 모두 자신들의 자리로 돌아가려 채비한다.

"천국 식구 별의 발언에 의하면 인간세계는 곧 파멸이오? 안 그렇소?"

류가 다른 사람에게는 안 들리게 민에게 가만히 비아냥대며 읊조린다. 민은 놀랄 만치 무서운 표정을 지었다가 다시금 여유를 되찾은 듯 싱긋 웃으며 류의 어깨를 토닥토닥 다독이며 경고하듯 말한다.

"걱정하지 마오. 그럴 일은 아마 없을 거요. 신의 피조물들은 모두 존재 이유가 있소. 인간세계보다 높은 천상계에 있다고 본인이 대단하다는 생각은 안 했으면 좋겠소. 인간보다는 우위의 존재이지만 우리가 신은 아니오. 류 장의 말은 신에게는 대단히 결례요."

류는 자신보다 앞서가는 민의 뒷모습을 차갑게 응시하며 혼잣말처럼 중얼거린다.

"자신의 말에 책임을 져야 하는 날이 올 거요. 평화 운운하면서 평화를 계속 지키지 못하는 인간들의 편에 서는 날이 얼마 남지 않았을 거요. 두고 봅시다."

회의장을 빠져나온 직후, 별은 다른 날과 별다른 바 없이 하늘에서 천상계의 평화를 위해 정찰 비행을 한다. 비행시간은 3시간, 인간세계로 따지면 3일 정도 된다. 그렇게 3시간 일하고 3시간 쉬고 1시간은 안식과 기도의 시간을 가진다. 별은 그 사건이 있기 전까지만 해도 천국에서의 일상이 항상 흥미롭고 즐거우며 평화로웠다.

인간세계에서 큰 전쟁이 있었던 100여 년 전, 천국에서도 비상 발령이 내려졌었다. 많은 천사가 인간들을 구하기 위해 지상으로 급파되었다. 별의 친구인 천국의 군기반장 겸 수호군인 금달이도 그중 한 천사였다. 달이는 전쟁이 일어나고 있는 최전방에서, 인간들을 지키기 위해 사투를 벌이다 날개 쪽에 부상을 크게 입은 뒤, 동료 천사들의 도움을 받으며 가까스로 천국으로 돌아왔다.

천국으로 돌아온 뒤 치유의 대천사 라현솔 부장에게 치료를 받았지만, 생각보다 부상을 크게 입은 터라 달이는 현재도 천사들의 병원인 치유의 방에서 안식을 취하고 있다. '몽스의 그날'이라 불리며, 아직도 천국에서 논란의 한가운데 있는 인간세계의 전쟁 이후, 달이 외에도 최전방에서 인간들을 지키다 다친 천사들은, 천사로서 가장 큰 은총인 비행을 할 수 없으며, 더욱 안타까운 건 날개가 언제 회복될지도 예측할 수 없다.

달이는 많은 시간이 지났지만, 자신의 날개가 회복하지 못하는 데에 처음에는 초조하고 조바심을 내다가 이제는 모든 것을 내려놨다. 달이가 자신의 상황을 어느 정도 받아들이는데, 반해 친구인 별은 달이가 날지 못하는 것에 대해 받아들이지도, 인정하지도 못하고 있다.

별은 정찰 비행을 하는 내내, 자신이 천상 연례회에서 했던 발언을 생각하며 자신은 잘못한 것이 없다고 되뇌었다. 비행하는 내내 민 장의 얼굴이 아른거리지만, 류 장의 말에 동조할 수밖에 없는 현실에 화가 난다. 별은 몽스의 그날 전에는 정찰 비행을 하는 것이 언제나 행복했기에 실제로 한 번도 본 적이 없는 인간들에게 화가 난다. 인간을 지키는 것은 천사의 직무인데, 천사로서 직무 유기를 하는 것 같아서 마음속이 불편한 건 어쩔 수가 없다.

이런저런 생각 속에 정찰 비행을 하고 있는데, 천국의 비상구에서 살짝 궁 빠져나가서 지옥의 출입구로 몰래 들어가려는 단짝 나엘라가 보인다. 별은 광속으로 날아가 그런 나엘라를 제지한다.

"엘라, 너 무슨 짓이야? 지옥은 천사에게 금기의 장소인 거 몰라! 그리고 너 연례회에 왜 안 나왔어?"

"별아, 나 지옥이 너무 궁금한데, 한 번만 조심조심 들어갔다 나올게. 아무도 모르게~"

"안 돼! 너 안 그래도 지금 민 장님이랑 현솔 부장님 심기가 얼마나 불편한데, 좋은 말로 할 때 천국의 비상구로 돌아가! 어서!"

별이 단호하게 제지하지만, 엘라도 물러설 기미를 안 보인다. 별은 일단 엘라의 날개 한쪽을 잡고 있다. 천국에서는 불미스러운 일이 생기면 그 시간에 정찰하는 비행 천사의 책임이 가장 막중하다. 게다가 덜렁거리는 엘라의 성격을 비추어 봤을 때, 조심조심 아무도 모르게 지옥을 살짝 구경한다는 건 정말 터무니없는 말이다.

"너 자꾸 이러면 천국의 벌점을 줄 수밖에 없어. 엘라, 네가 잘못되는

　　　　　　　　　　　　　　　　위기의 인간들

걸 바라지 않아!"

"별아, 미안. 근데 사실은 나 지옥이 궁금하다기보다, 천국에 있는 어떤 영혼에게 부탁받은 게 있어. 자신이 보고 싶은 어떤 영혼이 지옥에 있는데 잘 있나 한 번 봐 달라고 해서…."

"그래도 안 돼! 이건 내가 징계를 먹는 것보다 더 위험한 일이야. 류 장이 요새 천사들에게 벼르고 있어. 돌아가!"

"별아, 제발! 금방 다녀올게. 악마들의 눈에 띄지 않는 투명 천사복도 갖고 왔어. 그리고 지옥에 있는 그 영혼은 남을 해쳐서 지옥에 온 게 아니야. 자신의 생을 자기가 마감해서 들어온 영혼이야. 부탁이다! 별아, 모든 책임은 내가 질게."

별이 한숨을 크게 쉰다. 엘라의 날개를 쥐고 있는 손바닥에 땀이 찬다. 잠깐의 찰나 동안 많은 생각이 뇌리를 스친다. 이윽고 엘라의 날개를 꽉 쥐고 있던 별의 손이 가벼워진다.

"난 오늘 너를 못 본 거야. 엘라, 덜렁거리지 말고 조심해서 다녀와. 뒷일은 나도 책임 못 지니까, 지옥에 들어간 천사는 제 발로 지옥을 못 빠져나온다는 천상의 속담 알지? 명심해!"

엘라가 가뿐해진 날개로 원을 그리며 날아오른 뒤, 별에게 찡긋 윙크한다. 심사숙고해서 준비한 투명 천사복을 걸친 엘라 주위로 로즈골드 빛 가루들이 뿌려지자, 엘라의 모습은 어디서도 보이지 않는다. 그 모습을 멍하니 지켜보고 있던 별은 비행시간이 종료되었음에도 그 자리를 뜨지 못한다. 별은 지옥의 출입구를 응시하고 혀를 끌끌 차면서 나지막이 혼잣말로 중얼거린다.

"예감이 좋지 않은데…. 저 덜렁이가 천국의 비상구에 제 발로 다시 올 수 있을까?"

투명 천사복을 걸친 엘라는 거리낄 것 없이 사뿐히 날아서 지옥의 출입구로 들어온 뒤 지옥의 여기저기를 둘러본다. 신에 의해 천사로 창조된 이후에 한 번도 와 본 적이 없는 지옥은 생각보다 더 어둡고, 음침하고, 퀴퀴한 냄새가 진동한다. 호기심이 워낙 많은 엘라지만 굳이 오고 싶지는 않은 곳이다. 어디서 악마가 나타날지 모르니 조심해야 한다. 악마들은 소리에 민감하다. 그리고 악마들은 어둠을 좋아하고 빛을 싫어한다. 따라서 아주 실낱같은 빛에도 민감하게 반응한다. 그래서 엘라는 빛이 나는 투명 천사복이 있음에도 어두운 투명 천사복을 걸쳤다.

지옥 안내도와 약도를 안면이 살짝 있는 지옥 통역사에게 천수 한 병을 주면서 겨우 부탁해서 받았다. 천수는 신이 일 년에 한 번씩 천사들에게 하사하는 귀한 물이다. 지옥 통역사는 천국에 머무는 천사도 악마도 아닌 그 중간 존재, 어떻게 보면 천사와 악마 사이를 연결하는 중립적인 입장이다. 태초에는 존재하지 않았지만, 천상계의 평화를 위해 생겨난 직군이다.

언제부턴가, 인간세계에서 선하게 살고, 정신적 수양의 깊이가 깊고, 사리 분별력이 뛰어나지만, 천국에 가기는 모호하고 그렇다고 연옥에 있기도 모호한 영혼들이 점점 늘어났다. 천상계에서는 그들의 존재가 '뜨거운 감자'가 되어 연례회 때 그런 존재들을 천마라고 통칭하게 되었다. 그들은 천상계의 모든 곳을 누비며 활동하도록 신에 의해 명명되었다.

지옥 안내도에는 지옥에서 지켜야 할 계명과 주의해야 할 점, 그리고 요주의 악마들에 대해서 적혀 있다. 엘라가 지옥의 가장 큰 요주의 악마

중의 하나인 변개헌에 대해서 살짝 읽어 보고 있을 때였다.

"한재야, 저기 뭐가 반짝반짝하는데? 뭐지?"

그 소리에 놀라 엘라가 뒤를 돌아본다. 뒤를 돌아보니 방금 지옥 안내
도에서 보았던 변개헌이 떡하니 서 있다. 놀라서 억! 소리가 나오려는 찰
나 엘라는 악마가 소리에 민감하다는 특징이 떠올라 입을 손으로 틀어막
는다. 놀라서 황급히 뒷걸음질 치며 날아오르려는 그때 쿵! 하는 소리와
함께 무언가와 부딪힌다. 엘라는 자기도 모르게 "어이쿠!" 하는 소리를
내고 만다. 개헌이 언제라도 박장대소할 것처럼 웃음을 참고 있다.

"한재야, 요새 류 장도 예민해서 비위 맞추기도 힘들고, 지옥에 낙이 없
었는데 지금 뭔가 재밌어지려고 한다."

"이봐, 개헌, 괜히 시끄러운 일 만들지 말고 지옥의 잡학다식[12]으로 어서
가세."

그런 한재의 말에는 아랑곳하지 않고 개헌은 엘라가 미처 감추지 못한
주머니 춤에 있는 천지정원[13] 열쇠를 잡아서 낚아챈다. 자연스레 투명 천
사복의 지퍼가 열리며 은빛 가루들이 뿌려지자, 엘라의 모습이 드러난
다. 놀란 엘라가 그곳에서 도망치려 날아 보지만, 날 수가 없어서 뒤돌아
보면 개헌이 엘라의 두 날개를 꽉 쥐고 있다.

"이게 누군가? 천국의 식구 나엘라 양 아닌가?"

비아냥대는 개헌의 말 때문에 엘라의 두 눈 속은 불안이 소용돌이친다.

---

12 인간계에 관련된 지식과 여러 가지 사건들을 연대기별로 나열해 놓은 자료들이 있는 지
    옥의 도서관.

13 천지창조 이후, 인간계의 은밀한 비밀과 문제점, 거기에 대한 해석 및 해결책과 같은 극
    비내용이 있는 천국의 비공개 자료원.

급한 대로 한재에게 도움의 눈길을 보내지만, 한재는 팔짱을 끼고 강 건
너 불구경하듯 둘의 모습을 가만히 지켜보고 있다. 개헌이 짓궂게 날개
를 잡아당기자, 엘라가 아픈지 눈을 살짝 찡그린다. 좀 지나치다 싶은지
한재가 그런 개헌을 말린다.

"여보게, 개헌, 그만하게. 그래도 하늘의 공동체 아닌가?"

"하늘의 공동체이기 전에 천국의 천사 아닌가? 지옥은 천사에게 출입
금지 구역인 거 모르나? 신이나 천마가 아닌 이상 그 누구도 살아 있는 생
명은 지옥에 쥐새끼조차 들어올 수 없네. 근데 이 천사가 제 발로 들어오
지 않았나? 그러니 당연히 응징해야지. 이봐, 엘라 양, 뭐라고 말 좀 해
봐. 도대체 천사가 지옥에는 무슨 저의로 들어온 거야?"

혹여나 도망이라도 갈지 몰라 날개를 꽉 움켜쥔 개헌 때문에 정면을 제
대로 쳐다보지도 못한 엘라가 이제는 두려움에 떨고 있다. 그런 엘라의
두려움이 느껴지는지 한재가 조금은 안쓰러운 눈빛으로 엘라를 보는데,
개헌은 그러든지 말든지 의기양양하게 엘라를 응시한다. 엘라는 아무런
말도 하지 못하고 다만 마음속으로 강하게 소원별을 불러 본다. 텔레파
시가 닿기를 바라며 S.O.S 요청을 간절히 해 본다.

"입이 있으면 말을 해 보라지. 이봐, 천사 양, 천사가 지옥의 영역을 침
범했으면 제 발로는 절대 못 나간다는 건 알고 있지? 지옥사[14]에게 끌려가
고 싶나 보지? 계속 꿀 먹은 벙어리처럼 있는 거 보니, 도대체 지옥에 몰
래 잠입한 목적이 뭐야!"

엘라의 날개를 잡고 있던 개헌이 이제는 남은 손으로 엘라의 멱살을 잡

---

14   지옥에서 여러 가지 사건을 조사하는 담당자. 인간세계의 형사와 같은 존재.

                                                       위기의 인간들

는다. 답답하고 숨이 막히는지 엘라의 얼굴이 점점 발갛게 달아오른다. 선을 넘은 거 같다는 생각이 들었는지 한재가 엘라의 먹살을 잡은 개헌의 손을 잡아서 바로 놓는다.

"이건 아니지 싶네. 천국의 식구 천사도 큰 잘못을 했으니, 지옥사에게 데려가는 것보다는 류 장에게 보고하는 게 나을 것 같네."

한재의 입에서 류 장의 이름이 나오자, 엘라의 눈에는 두려움이 가득하다. 류 장의 악명은 익히 들어왔던 터라, 이 순간을 벗어나고 싶은 마음이 간절하다. 애처로운 엘라의 눈에서는 닭똥 같은 눈물이 뚝뚝 떨어진다. 엘라의 마음과는 다르게 한재가 류 장에게 울리는 지옥의 사이렌을 누르고 만다.

그날 밤 천상계에서는 신에 의해 비밀리에 천국과 지옥의 장인 민하윤과 류환수 그리고 소원별과 나엘라, 변개헌과 구한재, 천마17까지 총 8명의 존재만이 천국과 지옥의 비상경계구역 Hmh[15]에서 엘라의 거취를 두고 회의가 열렸다. 엘라는 류를 비롯하여 지옥의 악마들에게 둘러싸여 있고 그걸 신, 별, 민이 안타깝게 지켜보고 있다. 천마17만이 거의 아무런 동요 없이 이 모든 상황을 바라보고 있다.

"신께서 저를 지옥으로 내치고 난 이후, 천상계에 평화가 오기까지 정말 오래 걸렸습니다. 인간세계에서 봤을 때는, 서로의 영역에 거의 터치하지 않고 지금의 평화를 유지하는 게 오래된 것처럼 보이겠지만, 천상력으로 보면, 그렇게 된 지 얼마 되지 않았습니다. 그런데 지금 그 평화를

15　천국도 지옥도 아닌 그 중간지점. 비상시에만 갈 수 있는 천국과 지옥의 비상경계구역.

천국의 식구인 나엘라가 깬 겁니다. 당연히 그에 상응하는 대가를 치러야 합니다."

"우리 천국의 식구가 룰을 깬 건 맞소. 난 적당히 한 번 넘어가 달라는 게 아니라, 천국의 벌점을 그에 상응하는 벌로 주는 건 어떠냐고 의견을 내는 거요."

류의 한 치의 자비도 없는 말에 민이 한 수 져 준다. 하지만 류는 표정의 미동도 없이 다음 말을 이어간다.

"민 장, 룰이란 건 깨지 말라고 있는 거요. 예외가 허용되면 누가 그 룰을 지키려고 하겠소? 신께서 천국 식구들을 지옥의 파트너보다 지나치게 편애하는 건 알고 있지만, 이번만큼은 어떠한 차별도 없었으면 합니다!"

류는 민을 차갑게 쏘아보다가 신에게로 시선을 바꾼다. 그리고 속으로 난처할 신을 보며 여유 있는 미소를 입가에 띄운다. 그리고 신의 대답을 종용하듯 두려움에 바들바들 떨고 있는 엘라의 모습을 싸늘하게 쳐다본다. 그런 류의 예상과 다르게 신은 자상한 미소를 머금고 천마17에게 천천히 질문한다.

"천마17은 천국과 지옥의 중립적인 입장에서 이번 일이 어떻게 해결되길 바라느냐?"

천마17은 신의 생각지 못한 질문에 놀라고 당황한 기색이 역력해서 섣불리 대답하지 못한다. 그때 류가 불편한 기색을 드러내며 불만을 토로하듯 얘기한다.

"천마는 직급이 하급인데 어찌하여 저이에게 이런 중요한 사안을 물어보시는지 신을 이해할 수 없습니다."

신은 자상한 미소를 거두고, 단호하지만 차갑지 않은 말투로 대답한다.

"류, 애야, 너도 내가 창조한 존재고, 천마 또한 내가 창조한 존재다. 내가 너희들을 창조할 때, 모두 평등하고 공평하게 만들어서 창조했다. 살면서 하는 역할이 다를 뿐이지 그건 달라지지 않는다. 또한, 천국의 천사도 지옥의 악마도 아니니 제3의 존재로서 더욱 객관적으로 이 사안을 바라보고 해결점을 제시해 줄 수도 있다. 천마17의 의견도 한 번 들어 보자."

개헌과 한재 앞에서 신이 지옥장인 자신에게 면박을 줬다는 생각이 들어 화가 났지만, 류는 신의 말에 반박할 말이 떠오르지 않아서 얼굴이 화끈거렸다. 모두의 시선이 천마에게로 쏠렸다. 천마17은 신의 말 이후, 조용한 정적이 흐르는 공간에, 무거웠던 공기를 가볍게 바꾸며, 모두의 기다림을 대답으로 응답해 준다.

"외람되지만, 제가 생각할 때 천상의 규칙을 어긴 천사 나엘라에게도 책임이 있고, 그 시간에 정찰 비행을 하던 비행 천사 소원별에게도 책임이 있고, 또 저한테도 일말의 책임이 있습니다. 왜냐하면, 나엘라에게 지옥의 안내도와 약도를 전해 준 천마가 저이기 때문입니다. 그러니 이 책임을 나엘라, 소원별, 천마인 저 이 세 존재가 져야 한다고 생각합니다. 그리고 책임 소재는 제가 말씀드렸으니, 책임을 지는 방법은 신께서 제시해 주는 게 좋을 것 같습니다."

신은 싱긋 웃으며 류와 민을 포함해 모두를 보며 이야기한다.

"나는 엘라가 잘못했지만, 나쁜 마음으로 지옥에 가지 않았다는 걸 알고 있다. 하지만 분명 규정을 어긴 건 잘못이다. 엘라가 책임을 지는 게 공평하다고 본다. 또한, 별과 천마17도 잘못에 대한 책임은 일정 부분 져야 한다. 어쨌든 엘라가 천사 출입 금지 구역인 지옥에 간 건 잘못이니, 지옥의 장인 류가 책임의 방향을 제시해 주는 게 타당하다고 본다. 허니,

류가 말해 보거라."

그제야 류가 얼굴의 그늘을 거두고 씩 웃으며 천사들을 한 번씩 노려본 후 대답한다.

"지금 천상계에서는 인간의 존폐를 두고 천사와 악마들이 서로 팽팽히 대립하고 있습니다. 거기에 대한 해답을 천사가 얻어 왔으면 좋겠습니다."

"그거 나쁘지는 않구나. 엘라가 좀 더 어른스러운 천사로 성장하는 계기가 될 거다."

엘라는 류와 신의 말을 듣고 왈칵 눈물을 쏟는다. 민은 그런 엘라를 다독이며 방법을 생각해 보지만 신의 말이라 따를 수밖에 없어 안타깝다. 류에게는 만족스러운 결과다. 이 모든 상황을 지켜보던 별이 갑자기 손을 번쩍 든다. 신은 그런 별을 보며 가만히 고개를 끄덕인다.

"애초에 제가 엘라를 지옥에 들어가지 못하게 했다면, 이런 일은 일어나지 않았을 겁니다. 엘라보다는 제 책임 소재가 더 크다고 생각합니다. 인간세계에 꼭 내려가야 한다면 제가 내려가겠습니다. 대신 제가 내려가서 맡은 바를 다한다면 엘라와 천마 17에 대한 제재는 없던 일로 해 주십시오. 어쨌든 인간의 존폐에 대한 해답을 가지고 돌아오면 되는 거 아니겠습니까? 그러니 제가 해 보겠습니다!"

민은 말릴 새도 없이 말하는 별에게 그만하라고 손사래를 쳐 보지만, 거침없이 모든 말을 마친 별이 대단해 보인다. "이 녀석 언젠가 일낼 줄 알았어." 하는 혼잣말이 자신도 모르게 입가에서 새어 나온다. 류는 반전 같은 별의 말이 꽤 반갑다. 별의 현재의 인간관을 아는지라 류가 반기를 들 이유는 없다. 오히려 인간세계에 잘 다녀오라고 버선발로 배웅 인사라도 해야 할 판이다. 신은 모든 결과를 예상하고 거기까지의 과정이 쉽지 않기에 속으로 한숨을 푹 쉬고 류를 본다.

"류, 너만 좋다면 별의 말대로 하겠다."

"저는 반대할 말이 따로 없습니다. 신의 말씀을 따르는 게 당연한 순리 아닙니까? 그대로 하시지요. 그리고 만약 소원별이 신께서 맡기신 자신의 소명을 다한다면 천지정원의 열쇠도 함께 돌려 드리지요."

"그래, 그러면 별의 말처럼 정찰을 제대로 하지 못한 책임도 크니, 인간세계에는 별이 다녀오거라. 만약 별이 무사히 소명을 다한다면 엘라와 천마 17에 대한 제재는 없던 일로 하겠다. 기한은 인간세계의 100일, 그때까지 인간세계의 존폐를 결정할 해답을 찾아오너라. 넌 이미 정해져 있으니 되레 쉬울 수도 있겠구나. 누구의 생각인지는 모르겠지만 말이다. 네가 인간세계에서 지켜야 할 것들은 엘라의 오라비 엘린을 통해 알려 주겠다. 너의 말이 그대로 이루어질지니."

신은 별이 지상에 내려갔을 때 혼란이 오지 않고 조화롭게 머물 수 있도록 인간세계를 설정한다. 별은 잠시 천국도 지옥도 아닌 연옥 근처 천사들의 방에 머문다. 천사들의 방은 피치 못할 사정으로 인간세계에 내려가는 천사들이 생각을 정리하는 곳이다. 별이 현대의 인간세계에 관한 공부를 하고 있는데 똑똑하고 노크하는 소리가 들린다.

"누구세요?"

"나야~ 엘린. 들어가도 되니?"

잔뜩 긴장하고 있던 별은 엘린의 차분한 중저음의 목소리를 들으니, 마음이 따스해지며 편안해지는 것을 느낀다. 자신도 모르게 입가에 미소가 그려지며 안심한 별이 대답한다.

"엘린 오빠, 들어와요."

그제야 빼꼼히 문틈 사이로 얼굴을 내밀고 엘린이 멋쩍게 웃으며 들어온다.

"천국 최고의 인싸이자 장꾸 또 다른 별명이 있겠지? 별?"

"이리 와서 앉아, 엘린 오빠."

엘린이 천사들의 방에 들어서자 왠지 모를 좋은 향기가 별의 코를 간지럽힌다.

"신께서 이걸 전해 주라더군."

엘린이 어떤 것에도 지워지지 않는 천년필[16]로 천지[17]에 쓴 서한을 건넨다.

"이거 지금 읽어야 돼요?"

"아니야, 인간세계에 내려가기 전에만 읽어. 그래도 돼."

"엘라는 어때?"

"엘라는 계속 방에서 안 나오고 있어. 별이, 네가 인간세계에 내려가게 된 게 자기 때문이라며 자책하고 있어."

"그건 엘라 탓이 아니야, 엘린 오빠."

"그래. 그렇다고 네 탓도 아니야, 지나친 자책은 좋은 게 아니야."

따뜻하고 자상한 엘린의 다정한 음성을 들으니, 별은 자신도 모르게 감정이 거품처럼 뭉게뭉게 커져서 넘칠 듯 울컥한다.

---

16   인간세계의 고급 만년필과 같은 물건.

17   어떠한 충격에도 찢어지거나 훼손되지 않는 재질을 지닌 천국의 종이.

    위기의 인간들

“우는 거니? 별?”

“나 사실, 인간세계에 내려가는 게 많이 걱정돼. 달이도 인간세계에서 많이 다쳐서 돌아왔어, 인간세계도, 인간도, 모든 것이 다 겁나.”

울먹이는 별을 다독이며 엘린이 따뜻하게 안아 준다.

“별이가 별명이 두 개 더 있구나? 이 울보 겁쟁이야. 걱정하지 마. 진짜 위기의 순간에는 내가 어떻게든 별이를 지켜 줄게!”

“진짜? 엘린 오빠?”

“그래, 엘라도 내가 지키고, 별이도 내가 지킬게! 당연한 거잖아!”

그렇게 별을 안심시키고 두런두런 몇 마디 말을 나누다가 엘린이 방을 나간다. 별은 잠시 후우~ 하고 심호흡을 한 뒤 엘린이 전해 준 서한을 펴서 읽어 본다.

* 기한은 100일, 인간들에게서 7가지 희망을 발견하고, 가장 위대한 사랑 1가지를 깨달으면 다시 천국으로 돌아올 수 있다. 다만 그걸 발견하고 깨닫는 과정에서 3가지 계명을 어기면 한 가지를 잃는다. 지상에 있으면서 지켜야 할 계명, 누구에게도 진짜 정체를 들키면 안 된다. 천사의 힘을 함부로 쓰면 안 된다. 인간과 사랑에 빠지지 말 것. *

1. 사막에서 꽃을 피우는 소원

"자, 지금이야! 소원별!"

천국의 계단을 내려가서 천계와 인간계의 징검다리에 이르자 천국의
문지기 천사가 적절한 시기에 낙하하라는 신호를 준다.

"하나~ 둘~ 셋~ 낙하! 소원별."

옆에서 눈물을 훔치는 엘라에게 찡긋 눈인사를 해서 안심을 시키고 신
에게 정중하게 인사를 한 뒤 별은 심호흡을 길게 내뱉고는 천국 낙하산을
입은 채 공중강하를 한다. 별이 낙하산에 의지한 채 중간계 징검다리에
서 마치 군대에서 강하 훈련을 하는 군인처럼 용기 내서 스카이다이빙을
하니 가속도가 붙어 쏜살같이 인간세계로 내려간다. 아니, 어떻게 보면
떨어진다는 표현이 적절해 보인다. 그 찰나의 순간, 신은 별이 어떤 순간
에도 희망을 잃지 않는 은총을 준다.

빛의 속도로 내려가던 별은 목적지가 그려진 약도를 보며 눈대중으로

     위기의 인간들

거의 다 왔음을 느끼고 천계에서 천국의 문지기 천사에게 배운 그대로 낙하산의 하강줄을 잡아당겨 착지를 시도한다. 그때 엘린의 텔레파시가 느껴진다.

"아직 일러, 아직 목적지가 아닌데….."

그러나 이미 낙하산의 하강 줄을 잡아당긴 이후이다. 별은 아뿔싸! 하고 뜨악해지지만 이미 천수는 엎질러졌다. 주워 담긴 절대 불가능하다. 인간계에 거의 다다르니, 어떤 큰 건물이 보인다. 가까워지자, 인간의 형상이 보인다. 남자 인간이다. 순간 마음속으로 별은 '지해송이다.' 이런 말이 자신도 모르게 떠오른다. 그게 제 생각인지, 엘린의 텔레파시인지는 불확실하다. 별이 생각할 때 크진 않지만, 선명한 마음의 울림이었다.

경황이 없어서 넋이 빠진 채, 그 남자를 바라보던 별은 천사의 계명 3조항 중 제1조항 '누구에게도 진짜 정체를 들키면 안 된다.' 가 머릿속에 퍼뜩 생각난다. 천계의 낙하산은 신묘한 능력이 있는 소수의 인간들 외에는 보이지 않는다. 남자에게는 별이 그냥 맨몸으로 생뚱맞게 갑자기 하늘에서 뚝 떨어진 것처럼 보일 터였다.

남자가 '헐' 하는 표정으로 자신을 보고 있자, 별은 공중에서 그 남자에게 가까워졌을 때, 남자를 향해 있는 힘껏 박치기한다. 정통으로 머리를 가격당한 남자는 그만 그 자리에서 까무룩 기절한다. 별은 남자의 목에서 맥을 짚어 보고, 크게 문제가 되진 않을 것 같아 낙하산을 주섬주섬 정리한다. 주위를 한 번 휙 둘러본 뒤 별이 한쪽 발을 동동 구르며 박수를 두 번 치자 낙하산이 감쪽같이 사라진다.

그때 사람들이 누군가를 찾는 소리가 들린다. 웅성웅성하는 소리가 가까워지자, 별은 위기감을 느껴 그 자리를 모면하기 위해 옥상 근처에 외따로이 있는 루프톱 카페 안으로 들어간다. 카페에는 주인장 말고는 아무도 없다. 별과 남자의 에피소드가 카페에서는 금시초문인 것처럼 조용하다. 별은 문 앞에 붙어서 최대한 눈에 띄지 않으려 몸을 둥글게 웅크린다. 카페 밖, 옥상의 상황을 보니, 옥상으로 연결된 비상구를 열고 달려 나온 사람들이, 쓰러져 있는 남자를 보고 놀라서 119를 불러야 하니, 방송은 어떡하냐? 이거 방송사고다! 하고 이런 난리가 없다.

"비켜요! 비켜! 지해송 교수님, 정신 차려요!"

방송국 FD 한 명이 어디선가 물을 사발로 가져와서 입안 가득 머금고는, 개구리처럼 볼을 빵빵하게 부풀린 뒤, 지해송의 얼굴에 내뿜는다. 한번 뿜어도 미동이 없자 사발에서 물을 입에 털어 넣어 볼을 아까와 같이 부풀린 뒤, 또 지해송에게 내뿜는다.

해송의 눈썹이 미세하게 움직인다. 그 움직임을 놓친 FD는 울 것 같은 표정이 되어 물을 또 입에 가득 머금는다. 너무 흥분한 나머지, 코에서 거친 호흡을 내쉬며, 얼굴이 붉으락푸르락 달아오른 FD가 지해송의 얼굴에 물을 내뿜으려는 순간, 지해송이 그만 눈을 뜬다. 해송의 의식이 명확히 돌아오자, 당황해서 그대로 물을 마셔 버리는 바람에, 사레가 걸려 콜록콜록하는 FD한테 사람들은 눈길조차 주지 않는다. 다만 사람들의 시선은 해송에게로 가 있다.

"지해송 교수님, 정신이 좀 드세요? 괜찮으세요?"

해송은 손을 내저으며 몰려드는 사람들에게 괜찮다는 손짓을 한다. 정신을 차리자, 생방송 강연 시간이 불현듯 생각난다.

    위기의 인간들

"강연까지 얼마나 남았죠?"

"이제 10분 정도 남았습니다. 오늘 강연은 무리니, 다음 일정을 잡으시는 게…."

"무슨 소립니까! 강연이 장난입니까? 강연은 청강자와의 약속입니다!"

PD가 해야 할 말을 해송이 하고, 해송이 해야 할 말을 PD가 하는 이 아이러니한 상황을 사람들은 호기심 가득한 눈으로 쳐다본다. 그리고 투철한 프로 정신에 모두 해송을 우러러보는 상황이다. 정신을 차린 해송이 옥상 엘리베이터로 향하자 몰려왔던 사람들이 우르르 함께 뒤따라간다.

묵묵히 해송을 지켜보고 있던 별이 예상치 못한 어떤 향내가 가까워짐을 느끼고 뒤돌아보면 태섭이 그런 별에게 코앞까지 얼굴을 훅 들이민다.

"여기서 뭐 하십니까? 혹시 지해송에게 홀렸습니까?"

"아니요. 저 남자 이름이 지해송이에요?"

의심이 가득해서 명탐정의 눈으로 별을 바라보던 태섭이 한시름 놓는다는 듯이 한숨을 후우~ 하고 내쉬며 산발이 된 별의 머리카락을 정리해 준다.

"행여라도 저 남자에게 눈길도 주지 마세요! 엄청 위험한 놈이니까요."

"위험하다니, 어떤 면에서?"

"여자를 홀릴 대로 홀려 놓고 지켜 주지도 않습디다!"

"여자는 꼭 누가 지켜 줘야 하나요? 저는 제가 여자여도 다 지키는데."

"아! 아! 정정하죠. 여자 말고 연인이오. 이럼 좀 말이 되죠?"

"그 말에는 일리가 있네요."

"근데 여기는 어쩐 일로? 아까까지만 해도 옥상에 사람이 없는 걸 봤는데, 잠깐 화장실 갔다가 자리로 돌아와 보니, 그쪽이 숨어서 마치 염탐하듯이 이러고 있었죠.”

태섭이 긴장감 있게 말하며 아까 별의 행동을 과장되게 따라 한다. 별은 말로 설명할 순 없지만, 기분이 언짢아서 불편한 내색을 한다.

“제가 언제 그랬어요! 대한민국, 이곳에 온 지 얼마 안 됐는데 작은 해프닝이 있어서 그랬어요.”

“아! 한국에 온 지 얼마 안 됐어요? 그럼 일자리가 필요하겠네요? 아직 취준생인 거죠? 잘됐네요. 이쪽으로 오시면 제가 그쪽이 할 일을 찾아 드릴게요.”

장난기를 가득 머금은 강아지 같은 표정으로 넉살 좋게 웃으며 태섭이 명함을 하나 내민다. 명함에는 ㈜휴먼 플로라 대리 한태섭이라고 적혀 있다.

“휴먼 플로라 대리 한태섭?”

명함에 적혀 있는 걸 그대로 읽는 조금은 엉뚱하고 순수한 이 여자에게 태섭은 오묘한 특별함을 느끼며, 왠지 모르게 자주 볼 것 같다는 예감이 머릿속을 맴돈다.

별은 아까 자신이 박치기로 기절시킨 남자가 지해송인 것을 태섭에게 들은 이후, 해송을 찾아다녔다. 이윽고 1층 대강당에서 멋들어지게 강연하고 있는 지해송을 발견하고 당돌하게 앞으로 돌진한다. 별이 지해송에게 가까이 다가가려 하자, 방송 관계자들이 막아선다. 어쩔 수 없이 쭈그리처럼 청중석으로 가서 아무 빈자리나 앉는다. 해송은 강연에 열중한 탓에 별의 존재를 인지하지 못한다.

“이 세상을 살아가는 인간들에게 사랑은 권리가 아니라 의무입니다. 사랑이란 의무를 다했기에 결혼이란 권리를 누리는 것이죠. 결혼은 인간이

　　　　　　　　　　　　　　　　　　위기의 인간들

누릴 수 있는 최고의 특권입니다.”

“지금까지 연애와 결혼에 관해서 들려드렸습니다. 혹시 여기에 질문 있으신가요?”

해송의 강연이 끝나고 사회자가 질의를 받자, 가만히 잘 듣고 있던 별이 손을 번쩍 든다.

“네, 저기 오른쪽 끝에서 7번째 줄, 올 블랙 정장, 긴 머리 웨이브의 여성분!”

“저 말에는 어폐가 있는 것 같습니다. 결혼이 모든 인간의 권리라면 결혼을 하지 못하는 인간들은 그 권리를 누리지 못하는 겁니까?”

해송은 질문을 하는 별을 보고 ‘어디선가 봤는데….’ 하는 생각이 뇌리를 스친다. 해송은 정신을 잃은 건, 기억이 나는데 어떻게 기절했는지는 기억이 나지 않는다. 긴가민가한 기억 때문에 별의 질문을 제대로 듣지 못했다.

“다시 한번 질문해 주실까요? 제가 멀리 떨어져 있어서 제대로 듣지 못했습니다.”

“사랑이 모든 인간이 가져야 할 덕목이자 의무라는 말에는 동감합니다. 하지만 결혼이 권리라는 말에는 동의할 수 없습니다. 결혼이 인간이 누릴 수 있는 권리라면 결혼을 하지 못하는 사람은 그 권리를 누릴 수 없는 겁니까? 결혼은 소수만의 특권인 건가요?”

해송이 당황하여 아무런 말도 하지 못하자 PD가 손으로 거칠게 원을 그리며 사회자에게 강연을 그만 종료하라고 다급하게 수신호를 보낸다.

“아… 안타깝게도 생방송 시간이 다 되어서 이만 지해송의 휴먼쇼를 종료합니다. 오늘 지해송 교수님께서 컨디션이 좋지 않은 관계로 질문도 그만 받겠습니다. 아까 여성분은 정 질문에 대한 답변을 듣고 싶다면, 다음 지해송의 휴먼쇼를 기다려 주시길 양해 바랍니다."

FD가 청중들에게 방송이 끝남을 알리는 박수를 유도하고 생방송은 종료된다. 해송이 식은땀을 흘리며 무대에서 내려와 강연장을 빠져나간다. 사람들은 이런 뜻밖의 방송사고는 처음이라, 당황한 표정으로 힘겹게 강연장을 빠져나가는 해송을 안타깝게 바라본다. 뭔가에 이끌리듯 그런 해송을 따라나서려는 별의 손을 누군가가 서둘러 잡는다. 별이 뒤돌아보자 손을 잡은 제사라가 무심하게 말한다.

"우리와 늘 함께 있는 존재는?"

"우리에게 사랑과 은총을 주시는 신이지."

서로를 경계하고 있던 둘은 천계에서 내려온 천사들끼리의 국민 룰인 질문에 묻고 대답한 뒤, 경계를 해제하고 조금은 느슨해진 미소를 띤다.

"소원별, 네가 내려온다는 소식은 민 장님을 통해 텔레파시로 들었어."

"제사라, 오랜만이다. 몽스의 그날 이후 백 년이 넘었지?"

"회포는 집에 가서 풀자. 따라와, 네가 앞으로 인간세계에서 지켜야 할 수칙들을 알려 줄게."

"저 남자에 대해서 알아봐야 하는데? 기한이 이제 오늘 빼면 99일 남았어."

"오늘이 9월 17일이니까 크리스마스까지는 아직 석 달도 넘게 남았어. 조급해하지 마."

"크리스마스의 기적이 될지, 크리스마스의 악몽이 될지는 신밖에 알지 못해. 그래서 난 좀 많이 초조해."

"지해송. 저 남자는 나도 주목하고 있어. 걱정하지 마. 천사가요 중에

'영겁의 시간을 달리는 자유! 인간의 친구로 숨 쉬며 사는 이유! 오늘도 난 변함없이 나의 인간들의 사유!' 이런 랩 가사도 있잖아. 인간들이 이런 우리의 마음도 좀 알아주면 좋으련만."

사라가 조바심을 내는 별을 달래며 가야 할 길을 재촉한다. 둘은 사라가 가져온 차를 타고 어디론가 이동한다. 별은 천국 망원경을 통해 보던 인간세계를 난생처음 보는 것이 마냥 신기하다. 마치 갓 태어난 아기가 이 세상을 마주하는 것처럼 똘망똘망한 눈으로 자동차에서 창문을 통해 바깥세상을 내다본다.

"신이 지상계에 내려오기 전, 내 영의 거울에 저 남자를 비춰 줬어."

"지해송 말하는 거니? 인간세계에서 보면 그 남자는 꽤 멋진 남자야. 비주얼 갑에 우월한 기력지에 엘리트 직업을 가진, 최고의 신랑감이지. 근데 천계의 기준에서 봤을 때는 요즘 애들 말로 얘기하면 에바야."

"왜? 나 사실 저 남자에 대해서 정보가 하나도 없어. 아마 있었어도 지상계에 내려오면서 신이 모두 삭제시킨 거 같아."

"그건 별이, 네가 그 남자 인간을 겪어 보면 스스로 알게 될 거야."

"근데 사라, 넌 어떨지 모르겠지만, 난 인간세계에 대해서 아주 회의적이야. 내가 천계에 가지고 갈 답은 거의 정해져 있어."

"결론이 정해져 있는데 결론을 정하러 왔다?"

"100% 정해진 건 아니야. 다만 그렇게 긍정적이진 않다는 거지."

"근데 왜 신이 그런 너를 인간세계에 내려보냈을까?"

"몰라. 근데 신이 내가 지상에 내려올 때, 나에게 텔레파시로 이런 말씀을 하셨어. '인간세계에 회의적인 너를 내려보내는 건, 너의 성격을 뼛속까지 간파하기 때문이다.'라고."

별이 의아한 표정으로 이야기하자 사라가 게슴츠레한 눈으로 소원별을 속속들이 살펴본다. 잠시 후 피식하며 뭔가 알 것 같다는 듯이 의기양양한 표정이 된다. 소원별은 우쭐대는 것 같은 사라의 표정에 심통이 나서 볼이 씰룩쌜룩하며 불만 가득한 표정이 된다. 사라는 전혀 아랑곳하지 않고 입가에 옅은 미소를 머금은 채 소원별에게 이것저것 물어본다.

이런저런 이야기를 하는 동안 둘은 사라의 집에 도착했다. 사라의 집은 생각보다 소박했다. 어떻게 보면 감성적이지만, 한편으로는 조금 짠하고 불편한 그런 옥탑방이었다. 사라는 자신의 옥탑방을 보고 골똘히 생각에 잠긴 별에게 먼저 말을 꺼냈다.

"신은 천사라고 해서 특별 대우해 주지 않으시지. 오히려 인간보다 더 힘든 상황에 부닥치는 경우가 허다해. 하지만 그건 그만큼 천사를 아끼시기 때문에 그런 걸 나도 잘 알고 있어. 가끔 신이 이해가 안 될 때도 있지만. 화장실에서 어쩌다 물이 잘 안 나올 때, 이럴 때 빼고는 난 이 상황을 덤덤히 수용해."

별에게 자신의 상황을 조곤조곤 이해시키며, 잘 웃지 않는 사라가 어색하게 싱긋 웃어 보인다. 그런 사라를 안심시키듯 별도 조용히 씩 웃고 만다.

둘은 천국에서 천사학교 동기 동창이었다. 물론 같은 반이 된 적은 없었지만, 서로의 존재에 대해서 누구보다 잘 알고 있었다. 별이 활발한 인싸라면 사라는 자신이 원해서 된 자율적인 아싸였다. 별은 시크하지만, 천사학교에서 묵묵히 자신의 역할을 하는 사라가 내심 멋있다고 생각했다. 하지만 공통점이 없었던 둘은 친해질 계기가 없었다. 둘의 징검다리는 엘라였다. 엘라는 덤벙대고 실수가 잦았지만, 미워할 수 없는 매력을

                                          위기의 인간들

가진 선한 심성의 천사였다. 그래서 가끔 외골수적인 천사들이 엘라를 못마땅해하거나 미덥지 않아 하면, 별은 직접 나서서 도와주는 편이었고, 사라는 뒤에서 다른 천사들이 알지 못하게 도와주고 지켜 줬다. 그런 사라에 대해서 엘라는 눈치를 잘 채지 못했지만, 별은 이미 다 알고 있었다.

"인간세계에서 지켜야 할 수칙 첫 번째는, '너무 튀게 행동하면 안 된다.'야! 너무 눈에 띄는 인간을 다른 인간들은 그닥 좋아하지 않아, 뭐, 그것도 인간에 따라서 다르겠지만. 너무 튀면 나쁜 인간들의 표적이 될 수도 있어! 조심하는 게 좋아. 두 번째는, 처음 보는 사람이 너한테 너무 잘해 주면 그건 99% 사기꾼일 확률이 높으니까, 이번에도 조심하는 게 좋아! 그런 인간을 조심해서 나쁠 건 없어."

별은 사라에게 인간세계에서 지켜야 할 두 번째 수칙을 듣는 순간, 명함을 내밀며 자신을 향해 넉살 좋게 웃었던 태섭이 문득 떠올랐다. 별은 바지 주머니에 자기도 모르게 손을 넣어 태섭이 준 명함을 만지작거렸다. 명함을 준 태섭의 존재에 대해 사라에게 말을 해야 하는 건지, 말아야 하는 건지 혼란스러웠지만, 이내 주머니에서 손을 뺀 뒤 사라의 말을 경청했다.

"마지막으로 세 번째 수칙, 이게 제일 중요해! 겉으로 드러난 인간의 성품을 100% 신뢰해선 안 돼! 진짜 위험한 거야! 이 세상에는 그런 인간들이 정말로 많아. 인간세계에서는 그런 인간을 위선자라고 하지. 겉으로는 멀쩡하고 멋지고 좋은 성품을 가진 인간처럼 행동하지만, 뒤로는 칼을 갈고 있는 인간들을 조심해야 돼. 그런데 문제는 그런 인간들이 처음부터 나 그런 인간이네~ 하면서 다가오진 않는다는 거야. 그래서 소원별, 너는 특별히 더 조심해야 돼!"

사라의 말을 묵묵히 듣고 있던, 별이 호기심 가득한 눈이 되어서 손을 번쩍 들고 어린아이가 선생님에게 질문하듯 사라에게 물어본다.

"여기서 번외로 갑자기 질문 하나! 취준생이 뭐야?"

"취준생은 인간세계에서 직업을 찾고 있는 인간을 말해."

"직업?"

"너 천계에서 비행 천사였잖아. 그거랑 비슷한 거야. 천계에서는 신이 내린 소명이었는데, 여기서는 인간들이 자신과 가족들을 먹여 살리기 위한 생계를 위한 일이지."

"직업을 꼭 가져야 돼?"

사라가 갑자기 전문적인 소양을 갖춘 교수 인양, 안경을 쓱 추켜올리며 말한다.

"당근이지. 인간세계에서 지내는 동안에는 직업을 가져야 돼, 그게 정 안되면 알바라도 하든가."

"알바는 뭐야?"

"알바는 아르바이트의 준말이야, 정규직이나 계약직보다는 더욱 아슬 아슬하고, 간당간당하지만, 책임감은 그에 비해 많이 줄어드는 고용 직 위지."

"그래? 그럼 대리는 뭐야?"

"대리? 아, 김 대리, 이 대리 할 때 그런 거 말하는 거야? 대리는 회사의 직급이야. 천계로 따지자면 신 다음에 민 장님이고, 그다음에 간바울 팀 장님이 있고, 라현솔 부장님이 있잖아. 천계에서 보면 천사는 계급제지 만 인간세계의 회사에서는 직급이야. 대리면 완전 애송이잖아. 뭐, 완전 애송이는 아니고, 일반 사원이나 주임에게 한마디 조언 정도 멋지게 날리는 정도지, 뭐. 그래도 회사가 대리 때문에 돌아간다고 해도 과언은 아니야, 그들은 회사에서 많은 일을 하거든, 낮은 직급이지만 무시할 순 없는 직급이지.”

“으흥~”

별은 ‘한태섭 대리가 회사에서 그렇게 영향력이 있진 않구나.’라고 생각하며 고개를 끄덕인다. 도란도란 이야기를 나누다 보니 어느새 밤이 깊었다. 별은 이부자리를 봐 주는 사라에게 몸을 배배 꼬며 두 손을 맞잡고 수줍게 무언갈 부탁한다.

“사라야, 나 옥탑방에 이부자리 봐 주지 말고, 밖에 평상이라는 데에 이불 깔아 주면 안 돼?”

“야, 아서라. 입 돌아가면 어쩌려고 그러냐?”

“뭘~ 아까 낮에 보니까 아직 한여름이고, 지금도 후텁지근한데. 부탁이야, 나 밤하늘의 별을 보면서 자고 싶어서 그래.”

별의 말을 듣고 사라는 옥탑방 밖의 평상에 이부자리를 깔며 자신도 함께 눕는다.

“사라야, 이렇게까지 안 해도 돼. 넌 안에서 자.”

“아니야, 나도 별 보면서 자고 싶어서 그래, 내 옆에 이 웬수 말고.”

웬수라고 말하며 사라가 별을 툭 치자 별이 풋~ 하고 웃는다. 둘은 밤하늘의 별을 보며 쉽사리 잠을 이루지 못하고 오손도손 담소를 나눈다. 그러다 누가 먼저 잠들었는지도 인지하지 못한 채 둘 다 잠이 들고 만다.

아침이 되어 일어난 별은 사라가 하는 아침의 루틴을 그대로 따라 한다. 그걸 말없이 지켜보던 사라가 피식 웃는다. 그러자 별도 슬그머니 따라서 피식 웃는다. 사라는 별에게 갈 데는 있는지를 물어본다. 별은 조용히 고개를 가로젓는다.

사라와 별은 옥탑방에서 나와서 사라의 자가용을 타고 아침 일찍 나선다. 인간세계에서 익숙하게 운전을 하는 사라를 보니 별은 사라가 대단하다는 생각밖에 들지 않는다. 그러고는 '역시 내 생각대로 사라는 멋있는 천사야.'라고 생각하며 씩 웃는다.

차가 잠시 멈춰서 시선을 돌려 옆을 보는데, 갑작스러운 강풍으로 인해 나무에 있는 나뭇가지와 그 곁의 이름 모를 풀들이 심하게 흔들린다. 별은 자신도 모르게 그 풍경에 눈을 두며 멍하니 생각에 잠긴다.

천국에도 천나무[18]가 있다. 그리고 천나무에는 만 개의 가지가 솟아날 듯 그 기세를 뻗고 있다. 그 옆에는 잔잔한 천풀[19]들이 자신들의 조그만 존재를 알리기 위해 바람이 불길 기다린다. 천나무는 그런 천풀들이 꺾이지 않도록 보호해 준다. 그런 풍경들에 눈을 두고 있을 때 기다리고 있던 엘라가 별에게로 다가왔다. 별은 나지막이 자책하며 한숨을 푹푹 쉬는 엘라에게 부드러운 음성으로 말한다.

"봐봐. 천풀들도 흔들리잖아. 천풀만이 아니라 살아 있는 모든 것들은 흔들흔들해. 흔들거리지 않으면 생에 어떤 의미가 있겠니? 고로 흔들리지 않는 천사란 없다!"

그러자 고개를 푹 숙이고 있던 엘라가 가만히 고개를 든다. 별은 그런 엘라를 조용히 안아 준다. 엘라는 안심이 됐는지 조금씩 훌쩍이다가 별의 품에서 큰소리로 토해 내듯 울어 낸다. 울면서 미안하다고 말하는 엘

---

18   만개의 가지가 달린 천국의 소나무. 천국의 존재들이 그곳에 소원 열매를 달아 놓으면 신이 살펴본다.

19   천개의 잎사귀가 달린 천국의 풀. 연옥에 있는 영혼들의 수행 정도에 따라 흔들린다.

                    위기의 인간들

라의 등을 별이 토닥토닥 다독인다.

천계에서 인간세계로 내려오기 전, 마지막으로 보았던 엘라를 떠올리는 사이 사라의 차는 어느새 목적지에 도착했다. 사라의 옥탑방과는 비교도 안 될 만큼 압도적으로 큰 건물 앞에 당도한 차는 이내 지하 주차장 안으로 떠밀리듯이 들어간다. 지하에 차를 주차한 뒤 사라와 별은 엘리베이터를 탄다.

별은 처음 타 보는 이 기계가 답답하다 못해 막막한 느낌까지 든다. '내가 이 엘리베이터란 운송 수단에 익숙해질 수 있을까?' 이런 생각을 다 마치기도 전에 엘리베이터는 꼭대기 48층에 도착한다. 사라를 따라 엘리베이터에서 내려서 '여긴 어디? 나는 누구?' 이런 딴생각을 하다가, 그만 사라를 놓치고 말았다. 절체절명, 위기의 순간이 오니, 이곳에 도착하기 전 사라가 했던 말이 문득 떠올랐다.

"네가 지금 나와 같이 가는 곳은 내 직장이야. 난 어부바 우리 여보야(줄여서 어우야)란 결혼정보업체에서 커플매니저의 직무를 하고 있어, 걱정돼서 하는 말인데, 내 옆이든 내 뒤든 잘 쫓아다녀야 돼! 여기서 너나 잃어버리면 정말 답이 없어.

그리고 또 한 가지, 소란이나 사건 일으키면 안 돼! 사건에 휘말리면 더욱 안 되고! 여긴 다른 직장보다 여자들이 많아서 더 위험한 곳이야. 야생으로 따지면 맹수들이 가득한 동물의 왕국이지. 이곳의 최상위 포식자는 홍주나 팀장이야. 그 여자는 겪어 보면 알겠지만, 너무 가까이하지도 말고 너무 거리를 두지도 말고 적당한 거리를 유지하는 게 좋아. 내가 이 얘기를 하는 이유는 나중에 소원별, 너 스스로 알게 되는 날이 올 거야.

내가 민 장님에게 텔레파시로 천계에서 있었던 일을 대충 들었어. 그리고 네가 인간세계에 내려오게 되면 어떻게 해야 하는지도 민 장님이 알려 주셨고, 하지만 이건 네가 스스로 깨닫기 전까지는 얘기해 줄 수 없어. 너도 천사학교를 고득점으로 졸업했으니까 알겠지만, 모든 스스로 깨닫지 않으면 그건 진정한 깨달음이 아니야, 그냥 학습한 거지. 어쨌든 다시 한 번 말하지만, 이곳에서 나를 잃어버리면 안 돼! 나를 잃어버리는 순간 사건이 시작될 거야!"

아까의 기억을 더듬으며 사라가 있는 곳을 찾아보려 했지만, 생전 처음 와 보는 곳에 아는 사람조차 없으니 어떻게 해야 하는지 도무지 떠오르지 않았다. 별에게는 천생 최대의 일촉즉발이 아닐 수 없었다.

그때 어디선가 조그만 꼬마 아이가 우는 소리가 들린다. 멀어져가는 정신을 잡고 앞을 보니, 멀지 않은 곳에 조그만 남자아이가 길을 헤매며 울먹이고 있었다. 별은 자신이 천국에서는 '꿈을 꾸는 꼬마 어른'이라는 애칭으로 불리고 있었지만 원래 자신의 본분은 진짜 꼬마를 지켜야 하는 아이들의 수호천사임을 상기시켰다. 별은 울고 있는 남자아이에게로 황급히 다가갔다.

"꼬마야, 너 왜 울고 있니?"

"누나, 저 엄마를 잃어버렸어요."

"너 이름이 뭐고, 엄마 이름은 뭐니? 아 참! 너, 핸드폰은 갖고 있니?"

"내 이름은 전영웅이고, 엄마 이름은 황선희야. 핸드폰은 배터리가 없어서 꺼졌어."

"으흥~ 그래? 그럼, 엄마 핸드폰 번호는 아니?"

"응, 알아. 010-××××-××××야. 근데 아까 집에서 나올 때 엄마가 깜박 잊고 핸드폰 놓고 나왔다고 그랬는데…"

        위기의 인간들

"잠깐 누나 따라올래? 엄마는 잃어버려도 이 누난 잃어버리면 안 돼! 영
웅이 엄마 찾아야 하니까. 알겠지? 영웅이 이제 그만 뚝! 영웅이는 용기
있는 영웅이니까 이제 그만 울기다!"

별의 말에 영웅이 울음을 뚝 그치며 의젓한 표정을 하고 소맷귀로 씩씩
하게 눈물을 닦는다. 그 모습에 별이 약속이라도 하듯 영웅이에게 설핏
웃는다. 별은 자신이 여기서 우왕좌왕하면 아이가 당황할 거란 걸 잘 알
고 있다. 여기저기 문 앞에 써 붙여져 있는 그 장소의 명칭을 본다.

마침내, 사내 방송실이란 문패가 쓰여 있는 문 앞에서 아이를 보며 웃
고는 헛기침을 크게 한 뒤 노크를 하고 들어간다. 다행히 사내 방송실에
는 사람들이 몇몇 있다. 어떻게 오셨냐는 사람들의 말에 자초지종을 설
명하자 사내 방송실 직원이 아이 이름과 아이 엄마의 핸드폰 번호를 토대
로 방송을 한다.

미아 찾기 안내 방송이 끝난 뒤 사람들은 아이를 안심시킨다. 사람들이
별에게 어느 부서의 누구냐고 물어보자 별은 그냥 소원별이라고만 대답
한다. 별은 아이를 찾으러 온 아이의 엄마를 보고 나서야 사라를 찾으러
조용히 나간다. 사람들은 아이와 아이 엄마를 챙기느라 여념이 없다.

별은 조금 담담해진 마음으로, 사내 방송실을 나와서, 사라를 잃어버린
엘리베이터 앞까지 왔다. 누군가 자신을 부르는 소리에 뒤돌아보면, 사
라가 가쁜 호흡을 내쉬며 땀범벅이 되어서 별을 꼭 안는다.

"이 바보야, 내가 그렇게 신신당부했는데….."

그제야 별의 눈에서도 눈물이 한 방울 또르르 나온다. 사라는 별을 꼭
안고 있다가 진정이 되자 후들거리는 다리를 꽉 지탱해서 앞으로 천천히
나아간다. 별도 그런 사라를 묵묵히 따라간다. 사라는 부서로 돌아온 뒤

홍주나 팀장 자리로 가서 현 상황을 보고한다.

"외국에서 온 친구가 지낼 데가 없어서 불가피하게 회사로 데려오게 됐습니다. 그런데 도중에 친구가 길을 잃어서 친구를 찾느라 어쩔 수 없이 자리를 비우게 됐습니다. 오전에 고객 미팅 건 펑크내게 된 건 정말 죄송합니다. 바로 고객에게 전화를 걸어서 양해를 구한 뒤 다음 미팅 잡겠습니다."

그러자 홍주나가 크게 개의치 않는다는 듯 사람 좋은 미소를 지어 보이며 사라에게 말했다.

"친구가 외국에서 왔으면 아직 한국이 익숙하지 않겠네. 오전에 고객 미팅 건은 바로 전화해서 해결하도록, 그리고 실수가 잦으면 그건 실수가 아니라는 걸 제사라 사원도 알지? 다음부터라는 말은 안 썼으면 좋겠네. 가 봐."

별은 홍주나 팀장이 눈치채지 못하게 천천히 그녀를 살폈다. 그녀는 반듯하게 다림질한 블라우스에, 가슴 한편에는 화려한 브로치를 하고 무릎까지 오는 검은색 일자 치마를 입고 있었다. 그녀에게서 빈틈을 찾아보려 했지만, 빈틈이 도무지 보이지 않았다.

별은 그녀에게서 빈틈을 발견하긴 어려울 것 같아서 다른 걸 찾아보려 했다. 그럴 리는 없겠지만 마치 별의 생각을 읽었다는 듯이, 티 나지 않게 별을 경계하는 눈빛으로 구석구석 훑어보는 홍주나의 시선을 느끼고, 별은 다른 곳으로 시선을 돌렸다. 그때였다. 갑자기 사무실 안의 어색한 정적을 가로지르는 사내 안내 방송이 흘러나왔다.

- 직원을 찾고 있습니다. 어느 부서, 무슨 직급인지는 알 수 없으나, 오

 위기의 인간들

늘 아침에 전영웅 어린이의 어머니를 찾아 주신 소원별님을 급하게 찾고 있습니다. 소원별님 본인이거나, 소원별님을 아시는 분은 사내 방송실로 와 주시면 감사하겠습니다. -

"소원별이 누구야? 누군데 대표님이 직접 방송을 해?"

홍주나의 말이 채 끝나기도 전에 사라가 아연실색한 표정이 되어 별을 바라본다.

"제가 소원별인데요."

자기 말에 곧이곧대로 대답하는 별을 어이없는 표정으로 쳐다보며 홍주나가 말했다.

"빨리 사내 방송실로 가 봐요! 제사라 사원도 같이 따라가고."

사라가 별의 팔을 잡아 이끌고 발길을 재촉하며 말했다.

"이미 사건이 시작됐구만."

둘이 사내 방송실에 도착해서 문을 열고 들어서자, 어우야의 대표 강한이가 두 팔을 벌려 그들을 환영하듯 번갈아 안아 줬다. 굉장히 이례적인 일이었다. 강한이 대표가 사내 방송실에서 방송을 직접 한 일은 회사가 창립한 이래 처음이었다.

"제사라 사원의 친구였구만. 이름이 소원별? 소원을 들어주는 별인가? 굉장히 판타스틱하고 어메이징하고 획기적인 이름이구만. 한국에 온 건 처음이라고? 마침 제사라 사원도 여기서 일하니, 일자리가 필요하거나, 도움이 필요하면 찾아오게. 친구가 필요해서 오면 더욱 땡큐 하고! 그럼, 여기까지, 반가웠네."

강한이가 소정의 금일봉이 든 봉투와 결혼정보업체 어부바 우리 여보야 대표이사 강한이라고 적혀 있는 명함을 별에게 건넸다.

사라는 별에 의해 생겨난 여러 가지 사건들로 인해서 경황이 없었지만, 어찌어찌 업무를 마무리하고 별과 함께 퇴근했다. 사라는 9월 18일 오늘 자 사건으로 인해 별이 인간세계에서 시동을 걸었다는 생각이 들었다. 그런데 별이 자신의 차를 찾은 건지, 남의 차에 시동을 잘못 걸은 건지 제대로 된 판단이 서지 않았다. 다만 한 가지 확실한 것은, 이로써 소원별의 인간 살기 서막은 시작되었다.

사라가 생각을 정리하는 동안, 별은 사라가 말이 없자, 자신이 사건을 일으키고, 거기에 엮여서 사라의 기분이 좋지 않다는 생각에 도달했다. 그래서 오히려 더 밝은 체를 하며 사라에게 조심스럽게 말을 걸었다.

"사라야 인간세계에서는 여자들이 돈이 생기면 뭐 해? 아님, 사라는 뭐 하고 싶은 거 있어?"

"갑자기 그런 이야기는 왜 해?"

"아까 너희 회사 대표님이 돈 주셨잖아. 내가 너희 회사 안 갔으면 이 돈이 어떻게 생겼겠어? 그러니까 네 돈이나 마찬가지지, 뭐, 너에게도 이 돈의 지분이 8할은 있어!"

난데없는 별의 뜬금포 발언에 사라는 복잡했던 머리가 오히려 편안해 짐을 느낀다.

"인간세계에서는 여자들이 돈이 생기면 옷을 사거나 화장품을 사. 여자 들의 필수품 화장품! 잘됐다. 소원별, 너도 화장품 좀 사야겠다. 너도 화 장해야지! 내일모레면 인간 나이로 반 오십인데 입술이라도 칠해야지. 화장품 매장으로 고고!"

“화장품 매장이 어디 있는데?”

“마트에 있지, 어디 있긴 어디 있어.”

사라가 갑자기 급하게 유턴하며 액셀러레이터를 강하게 밟는다. 무게 중심이 옆으로 쏠리자, 별은 자신도 모르게 ‘아악~’ 하는 짧은 비명이 나온다. 그러거나 말거나 사라가 웃으며 속도를 낸다. 마음이 콩알만 해진 별은 자동차가 목적지에 당도하자, 얼굴이 하얗게 질려서 차 문을 열고 나온다. 잠깐 사이에 얼굴이 눈에 띄게 핼쑥해졌다. 그런 별의 팔짱을 끼고 사라가 자신만만하게 마트를 향해 가로질러간다. 사라와 마트의 자동문 안으로 들어서자 눈부신 조명이 별의 눈을 샅샅이 비춘다. 마트 안의 한 화장품 매장으로 사라가 발걸음이 가볍게 들어간다. 뒤따라 들어가던 별이 매장 위쪽에 눈길을 주자 휴먼 플로라라는 화장품 매장 간판이 보인다.

마침, 화장품 매장 매니저와 진지하게 얘기 중이던 태섭은 매장 안으로 들어오는 두 사람에게 자연히 시선이 간다. 별이 문득 자신을 보는 시선을 느껴서 앞을 보면, 태섭이 잔망스러운 미소로 반기듯이 웃고 있다.

“어? 여기서 보네요. 나 여기 있는지 어떻게 알고 나 보러 왔어요?”

뜬금없는 태섭의 말에 별은 어리둥절하다.

“그쪽 보러 온 게 아니라 친구 따라온 건데요. 화장품 사러요. 여자들의 필수품 화장품!”

“누구야? 별아?”

“나도 잘 몰라. 저번에 우연히 본 사람.”

별이 사라에게 자신에 관한 얘기를 시큰둥하게 하자 잔망스럽게 웃던 태섭의 얼굴에서 웃음기가 가시고 실망하는 표정이 역력하다. 그런 태섭의 모습을 보고 티 나지 않게 별이 장난스럽게 풋~ 하고 웃는다.

"우린 운명일지도 모르는데, 너무 하시네. 난 아까 별 양을 보는 순간 운명이 아닌가? 직감했는데….."

허탈하게 얘기하는 태섭을 뒤로하고 사라와 별은 화장품 테스트와 화장품 얘기에 열을 올린다. 매니저는 이 모든 에피소드 같은 장면을 흥미진진하게 지켜본다. 사라와 별이 화장품 몇 개를 골라서 매니저에게 계산한다. 그 모습을 태섭이 물끄러미 지켜본다. 혹여나 말을 걸까 하는 마음으로 바라보지만 둘은 매장을 그대로 나가 버린다.

매니저가 그런 자길 안쓰럽게 보는 게 느껴진다. 태섭은 민망한 마음에 뒤돌아서 매니저를 보며 멋쩍은 웃음을 보이는데, 코끝이 시큰해지는 건 어쩔 수가 없다. 갑자기 매니저가 '어어' 하며 뒤돌아보라는 제스처를 해서 태섭이 뒤돌아보면, 한달음에 뛰어온 별이 그 자리에 서 있다.

"우리 운명은 아니지만, '다시 만나면 친구다.'라는 속담이 나의 고향에 있거든요. 우리 다시 만났으니까 친구예요! 태섭 씨 반가웠어요. 이거 내 연락처예요. 다음에 또 봐요!"

별이 내미는 연락처가 든 쪽지를 들고, 얼굴이 발갛게 상기된 태섭은 멀어져 가는 별에게 "다음에 또 만나요! 별 친구!"라고 크게 외치며 손을 흔들고 또 흔든다. 화장품 매장에서 나와 차로 가는 내내, 사라는 태섭의 정체를 궁금해하며 추궁하듯이 별에게 물어본다.

"누구야? 저 인간 남자?"

"인간세계 첫 남자 사람 친구!"

헉! 하는 표정으로 사라가 별을 본다. 그러자 별이 장난스럽게 사랑의 총알을 쏘는 시늉을 한다. 사라는 별을 예전에 천사학교에서 봤을 때 눈

 위기의 인간들

을 보면 다 보이는 천사인데, 그 속은 전혀 알 수가 없다고 생각했는데 지금 그 생각이 더욱 강해진다. 사라가 "내 주변 천사 중에 제일 아리송한 애야." 하고 혼잣말한다. 그런 사라의 마음을 아는지 모르는지 별은 인간 세계에 혼자 뚝 떨어져서 처음 사귄 친구가 나쁘지 않다고 생각하며 흐뭇한 미소를 가득 머금었다.

사라의 조언을 듣고 별은 인간세계의 하루하루를 기록한다. 하루하루가 지나는 게 느껴지자, 마음이 조급해진다. 처음에는 여유 있게 별을 기다려 주던, 사라도 이제는 어디 가서 단기 알바라도 하라고 재촉한다.

별은 강한이 대표가 준 명함과 한태섭 대리가 준 명함을 번갈아 만지작거리며 생각에 잠긴다. 문득 천국에서 신이 유일하게 허락한 소지품인 행운의 동전을 가지고 온 게 떠오른 별은 동전을 꺼내서 하나, 둘, 셋을 외치며 동전을 던진다. '앞면이면 강한이 대표님, 뒷면이면 한태섭 대리를 찾아가야지!' 하고 속으로 생각한 뒤, 눈을 감았다 떠서 던져진 동전을 천천히 살펴보자 앞면이 나와 있다. '굿 초이스!' 라는 마음의 소리가 들린다.

아침이 밝자, 별은 사라에게 말해서 어우야에 함께 간다. 별은 천사학교 상급자 심사에서도 이렇게 떨지 않았었는데 너무 떨린 나머지, 자신의 심장 뛰는 소리가 사라에게까지 들려서 자신이 쫄보인 게 들통이 날까 안절부절못한다. 그런 별의 우려와는 달리 사라는 별의 상태를 전혀 눈치채지 못하는 것 같다.

아니 정확히 말하자면, 별을 위해 사라는 그런 체를 해 주는 것뿐이다. 사라는 5살 어린아이가 선생님 앞에서 처음 발표하기 전에 긴장하는 것 같은 별의 모습이 못내 귀여워서 웃음기가 입에서 가시질 않는다. 하지만 별은 그런 사라를 보고 '사라는 아무것도 모르고 속도 좋네. 쳇!' 하고 속으로 생각한다.

회사에 도착해서 둘은 대표이사실 문 앞까지 왔다. 회사 도착 전, 별은 사라에게 함께 들어가 달라고 애교 섞인 부탁을 했었다. 그런데 사라가 잔꾀를 써서 대표이사실에 노크한 뒤 부리나케 엘리베이터 쪽으로 뛰어간다. 난감하게 그런 사라를 바라보는 별에게 사라는 입 모양으로 파이팅! 이라고 말한 뒤 과장된 제스처를 취한다. 그러고는 이내 엘리베이터를 타고 사라진다.

대표이사실 안에서는 계속해서 누구냐고 물어보는 소리가 들린다. 어쩔 수 없이 별이 심호흡을 길게 한 번 내뱉고는 "소원별입니다."라고 용감하게 말한다. 강한이가 들어오라고 말하자 별은 다부진 표정과 비장한 각오로 문을 열고 들어간다.

"소원별 양, 어쩐 일로 이 누추한 곳까지 오셨나?"

강한이가 다정하게 웃으며 부드러운 음성으로 말을 걸자, 별의 긴장이 조금은 풀어진다.

"저, 일자리가 필요해서 왔습니다."

그러자 강한이가 예상했다는 듯이 싱긋 웃으며 두 손을 맞잡아 턱을 괸 뒤, 조금은 여유롭게 이야기한다.

"우리 회사에서도 자네 같은 인재가 필요하네. 단정한 용모에 상냥한 말투, 그리고 무엇보다 아름다운 심성, 어디 하나 빠지지 않는 멋진 인재지. 단, 조건이 하나 있네!"

애정 어린 표정으로 자신에 대해 긍정적으로 평가하던 강한이가 단, 이

 위기의 인간들

라는 조건을 내걸자, 별은 흐트러졌던 자세가 곧게 펴지는 것을 느낀다.

"조건이 뭔가요?"

"그리 어렵지 않은 거네. 자네, 혹시 명문 드림대학교 사랑학과 교수이자 강연가인 지해송 교수라고 아나?"

"대한민국 국민이라면 누구나 다 아는 그 엄친아 교수님 말씀하시는 건가요?"

"맞아, 그 사람에게 도시락 하나만 건네주면 되네. 그 아이, 맨날 밥을 배달시켜 먹어서 안쓰러워. 어쨌든 도시락을 먹었다는 인증 샷만 찍어서 보내 주면 자네의 입사는 내가 약속하지! 물론 아직은 자격이 안 돼서 3개월 인턴 과정을 거치겠지만 말이네. 어떤가? 구미가 당기나?"

별이 빙그레 웃으며 고개를 끄덕인다.

"너무나 매력적인 제안이라 수락하지 않을 수가 없네요. 안 하면 후회할 것 같아요."

"그럼 됐네. 나가 보게."

"한 가지 더 드릴 말씀이 있는데, 저, 강한이 대표님과 두 번째 보는데, 저희는 친구지요? 저번에 친구가 필요하다고 말씀하셨잖아요?"

"하하. 꽤나 당돌하지만, 매력적인 친구구만. 좋네, 자네의 친구 제안은 내가 수락하지."

밝게 웃는 강한이에게 묵례를 한 뒤 별은 기분 좋게 대표이사실을 나선다. 이제 별에게 두 명의 친구는 확보가 된 셈이다.

별은 도시락을 들고 강한이의 회사에서 나온 뒤, 사라가 사 준 핸드폰으로 해송이 있는 드림대학교까지의 거리를 가늠해 본다. 드림대학교는 생각보다 멀지 않은 곳에 있었다. 하지만 대중교통을 이용하지 않고 도

보로 이동하면 꽤 오랜 시간 걸어야 한다. 별은 일단 지하철을 타 보기로 한다. 되도록 인간세계의 모든 것을 체험해 보려 한다.

100일이라는 인간세계의 기한 동안 별은 할 수 있는 한 최선을 다해서 답을 찾으려 한다. 어쩌면 사라에게 얘기했던 것처럼, 별에게는 정해진 답일지도 모르지만, 인간들에게는 아직 답이 정해져 있지 않다. 그래서 인간을 위해 그리고 자신을 위해 최선을 다해 보려 한다. 100일 동안.

생각을 정리하는 동안 지하철은 드림대학교 입구 역에 도착했다. 강한이가 핸드폰으로 보내 준 해송의 과 사무실에 전화해서 조교에게 인문관까지 어떻게 가야 하는지를 물어본다.

천국에서도 처음 비행할 때 많이 헤맸었다. 천사라고 모든 것을 완벽하게 잘하지는 않는다. 이 세상에서 완벽한 것은 오직 신뿐이다. 그런 신조차도 인간세계에 내려와서는 완벽하지 않았다. 어쨌든 인간세계에 내려오면 신이나 천사나 모두 자신을 내려놓아야 하나 보다. 인간세계에서 내려진 기준에 의하면 지금 인문관까지 가는 10분 정도의 거리를 헤매는 별은 길치이다.

인간들은 많은 부분 간과하지만, 모든 인간이 빠꼼이일 수는 없다. 천사도 마찬가지다. 인간이 서로 다른 인격을 가진 것처럼 천사도 천격[20]이 모두 다르다. 인내심이 꽤 강한 별은 겨우겨우 해송의 연구실을 찾아가 문 앞에서 노크한다. 들어오라는 해송의 조금은 상투적인 말투가 들린다. 별이 문을 열고 들어가는 순간부터 해송의 시선은 별에게 고정되어 있다.

---

20   천사 개개인의 성격과 품성.

                    위기의 인간들

"어떻게 오셨? 아! 저번 생방 때 질문하셨던 여자분 아니세요?"

"네, 맞아요. 두 번째 뵙네요. 저는 소원별이라고 합니다."

"제 연구실에는 어쩐 일로 오셨죠?"

"사실 어우야의 강한이 대표님 부탁으로 여기 오게 됐습니다."

"저는 그분 잘 모르는데요. 그리고 그분의 부탁이라면 더더욱 듣고 싶지 않네요."

"강한이 대표님이 지해송 교수님에게 도시락을 전해달라고 하셔서요."

"그 도시락 받아도 먹지 않을 테니, 도로 가져가십시오!"

"강한이 대표님이 꼭 전해 주라고…"

"그만 나가 주세요! 저 바빠요."

해송이 도시락을 내미는 별에게 나가라고 종용하며 어깨를 문 쪽으로 가볍게 민다.

"그래도 도시락 싸 준 성의를 봐서 한 숟갈이라도…"

"고맙지도 않지만 사양할게요! 성의가 괘씸하면 소원별 양이라도 드시든지."

도시락을 전달하려는 별을 해송이 완력으로 문밖에 내보낸다. 화가 나서 얼굴이 벌게진 별이 고개만 빠끔히 문틈으로 간신히 밀어 넣은 채, 해송에게 묻는다.

"도대체 강한이 대표님이랑 무슨 관계세요? 이렇게까지 하는 이유가 뭐예요?"

"정말 안 나갈 거요? 그만하고 나가시죠?"

"말해 주세요! 안 그럼 존버할 겁니다."

"엄마입니다. 엄마 같지 않은 엄마!"

해송의 말을 듣고 자신도 모르게 힘이 빠진 별의 얼굴이 쑥 빠져나가자, 해송이 부리나케 문을 쾅! 하고 닫아 버린다. 그러자 정신이 퍼뜩 든 별이 문을 부술 듯이 두드리며 말한다.

"엄마 같지 않은 엄마가 어딨습니까? 이 인간세계에, 그리고 만약에 그렇다고 해도 자식이 이러면 안 되는 거 아닙니까!"

"소원별 씨, 알지도 못하면서 함부로 나서지 마십시오! 나와 강한이 대표에 대해서 뭘 안다고 그렇게 말하는 겁니까? 여긴 경건한 학교니 소란 그만 부리고 가 주십시오!"

"문틈 사이로 숨어서 너무 비겁한 거 아닙니까? 제가 보기에는 강한이 대표님이 엄마 같지 않은 엄마가 아니라, 지해송 교수님이 아들답지 않은 아들 같습니다! 나와서 얘기하십쇼!"

별의 성난 발언에 문 너머로 뭔가 답답하고 아득한 한숨이 들리는 것 같다. 이내 슬픈 분위기가 무겁게 감돈다. 별이 말없이 해송을 기다려 준다. 3분 뒤 거짓말같이 문이 열리고 해송이 감정을 정리하고 나온다.

"무슨 얘기가 듣고 싶은 거요? 그리고 강한이 대표와 어떤 관계요?"

별이 단호하고 비장한 표정으로 해송을 바라본다.

"도대체 엄마하고 무슨 일이 있었던 거예요? 저는 교수님이 도시락을 꼭 먹었으면 좋겠어요. 근데 교수님 혼자 먹게 하고 싶진 않아요. 같이 먹어요! 아니, 강한이 대표님하고 무슨 일이 있었는지는 나중에 얘기해도 돼요! 그리고 전 강한이 대표님과 친구예요. 이러면 제가 왜 도시락을 가지고 왔는지 설명이 되죠?"

해송은 별이 여기에 도시락을 왜 갖고 왔는지, 어떻게 강한이 대표에게 자신도 모르는 친구가 있는지, 이 모든 상황과 별의 말들이 혼란스럽고

                                          위기의 인간들

곤욕스럽다. 속히 이 자리에서 벗어나고 싶은 마음이 한가득하다. 하지만 도시락을 이 여자와 함께 먹지 않는다면, 지금 상황에서 절대 벗어날 수 없다는 걸 별의 의지 어린 눈을 보며 예감했다.

"하아~ 좋아요. 도시락 함께 먹읍시다! 하지만 강한이 대표의 도시락을 먹는 게 이번이 마지막이 될 거요! 들어와요."

별은 해송의 연구실에서 쫓겨났던 기억을 삭제한 것처럼 호기롭게 다시 입장한다. 해송이 모든 걸 체념했다는 듯 별과 나란히 앉아 강한이가 싸 준 도시락을 함께 먹는다. 둘은 음식을 먹은 뒤 바로 직전에 서로 짠 것처럼 동시에 물을 벌컥벌컥 마신다.

신은 강한이에게 비범한 경영 능력은 주었지만, 공평하게도 뛰어난 요리 실력까지 주진 않았다. 해송은 볼이 미어터질 듯 음식을 꾸역꾸역 집어넣고 나서, 물로 억지로 삼키는 모습의 별을 보니 왠지 모르게 짠하다. 그런 와중에, 웃음을 잃지 않는 이 여자에게 자신도 모르게 자꾸만 눈이 가서 해송은 이런 자신의 모습이 너무 생경하다. 자신을 쳐다보는 해송의 시선에 별이 음식을 먹다 말고 말을 건넨다.

"왜 그렇게 쳐다봐요?"

"아니, 음식을 억지로 쑤셔 넣어서 볼이 빵빵해지는 게 꼭 개구리 같아서요, 닮았네요."

"억지로 먹는 거 아니에요! 먹을 만하니까, 아니, 뭐 그렇지 않아도 먹어야죠! 그럼, 음식을 버려요? 그리고 나 개구리 안 닮았어요! 어디 가요? 쳇!"

해송은 개구리 닮았다는 말에 심통이 난 별이 미워 보이지 않고 왠지 귀엽다.

“근데 진짜 강한이 대표랑 친구예요?”

“네, 근데 나 지해송 교수님이랑도 친구 먹어도 돼요? 이번에 해송 교수님을 다시 만났고, 교수님이 수락하지 않아도 난 교수님이랑 친구 먹을 거예요. 거절은 거절합니다! 아! 맞다. 인증 샷! 교수님 나 따라서 이렇게 해봐요.”

별이 해송에게 말하며 음식을 깨끗이 비운 도시락통을 들고 손으로 브이를 해 본다. 해송은 손사래를 치며 칠색 팔색을 하고 거절하지만, 저울의 추는 이미 별에게로 많이 기운 상태다. 해송은 못내 어색한 미소를 감추지 못하고 카메라에서 시선을 피하며 브이를 한다. 그 모습을 보고 별이 웃으며 인증 샷을 찍는다. 마지못해 화가 난 마멋 같은 표정을 하고 있던 해송의 마음도 어느새 누그러져 별에게 동화된 듯 함께 웃는다.

위기의 인간들

2. 후대를 위해 꽃과 나무를 심는 노인

천사에게도 주일은 신성한 날이다. 말 그대로 주일이기 때문이다. 별은 천상계에 있을 때도 신과 함께 성신전[21]에서 다른 천사들과 함께 미사를 드리곤 했다. 악마들은 천국에 올 수 없는 관계로 미사에 참석하지는 않았지만, 단 하루의 예외로, 지옥의 영혼들에게 가해지는 형벌을 멈추었다.

인간세계로 내려와서도 별의 루틴은 크게 달라지지 않았다. 행복 3동 성당에 가서 미사를 드리고 그 이후의 시간은 자유시간이다. 모처럼의 자유시간에 별은 드림대학교 안의 민송(民松)도서관을 가 보기로 한다.

도서관에서의 절차와 형식을 몰랐던 별은 무언갈 찍고 들어가는 사람들을 보지만 찍고 들어갈 무언가가 없다. 바로 코앞이 도서관인데, 하는 답답한 마음에 태그 게이트를 무작정 점프해서 통과하려 하자, 도서관 관계자들이 그런 별을 제지한다. 막무가내로 들어가려다 제대로 걸린 별이 혼쭐이 나고 있는데, 지나가던 노인 한 명이 그런 별을 위기에서 구해 준

---

21   신이 머무는 성스러운 집.

다. 그는 드림대학교 수위 김 노인이다.

"학교 강사님인데 출입증을 모르고 놓고 왔나 봅니다. 신원은 내가 보증할 테니 들여보내 주시오."

학교에서 평판이 좋은 김 노인이 하는 말이라 도서관 관계자들은 어찌 할까, 고민하다가 서로 고개를 끄덕이며 김 노인과 별을 민송(民松)도서관 안으로 들여보내 준다. 별은 김 노인에게서 범상치 않음을 엿본다. 김 노인은 별이 자신을 바라보는 시선을 느끼고 손을 두어 번 휘저으며 괜찮다는 몸짓을 한다. 별은 김 노인에게 고개 숙여 공손하게 인사를 하고 나서 도서관 여기저기를 둘러본다. 종교, 문학, 사회과학, 예술, 철학 등 여러 가지 분야가 있었지만, 별이 관심 있게 봤던 분야는 종교이다. 신에 대한 인간들의 견해를 살펴볼 수 있어서 매우 흥미로웠다.

그중 인상 깊었던 책은 부처와 신이 서로의 사상과 이념에 대한 견해를 나누는 책이었는데, 부처와 신이 설파했던 말씀에 관해 비교하면서 볼 수 있어서 무척 흥미진진했다. 부처와 신을 한자리에서 느낄 수 있었던 책을 책장에 꽂아 놓는데 누군가가 다시 그 책을 집어 든다. 뒤돌아보면 김 노인이 잔잔한 미소를 머금은 채 서 있다. 입 모양과 제스처로 별이 밖에 나가서 차 한잔 사드린다고 말한다. 별이 앞장서서 걸어가면 김 노인이 빙그레 웃으며 뒤따라온다.

"아까는 정말 감사했습니다, 선생님."

"아닐세, 나 선생님, 그런 사람도 아니니 그냥 할아버지라고 불러도 되네."

"아닙니다, 그럼 어르신이라고 부를게요."

"아닐세, 나는 그냥 자네가 날 할아버지라고 부르는 게 마음이 편하네."

　　　　　　　　　　　　　　　위기의 인간들

"알겠어요. 할아버지, 근데 여쭤볼 게 있는데 아까 저를 처음 보신 것 같은데 저의 뭘 믿고 도와주셨어요?"

"자네 처음 본 거 아니네, 예전에 지해송 교수님에게 도시락 전해 주는 거 보았네."

"그럼 더 믿기 힘들지 않으셨어요?"

"아니, 오히려 자네의 그 패기와 오기 그리고 인내가 자네를 믿게 했네. 그리고 그것만 본 게 아니야, 자네의 눈을 보고 자네를 믿어도 될 거 같다고 생각했네."

"제 눈이오?"

"그래. 자네 눈! 자네 눈을 보면 어떤 사람이든, 자네의 편이 되거나 아님, 그 반대거나, 난 자네의 편이 되는 길을 택했네."

"할아버지가 말하는 의미를 잘 모르겠어요?"

"모든 내 기준에서만 생각하면 알 수가 없지, 역지사지라고 다른 사람의 입장이 돼서 생각해야 그 사람을 알 수 있어. 나를 좀 도와주겠나?"

"뭘 도와드려요?"

"날 도와줄 마음이 있으면 일단 따라와 보게."

김 노인은 별이 대답을 채 하기도 전에 다 마신 자판기 커피가 든 종이컵을 그 곁의 쓰레기통에 버리고 어디론가 걸어간다. 김 노인은 민송(民松)도서관을 나와 실외로 성큼성큼 걸어간다. 별은 뭐에 홀린 듯이 김 노인의 뒤를 쫄래쫄래 따라간다. 앞서거니, 뒤서거니 걷고 있는 모양새의 둘은 마치 조금 어색한 부녀 사이 같다.

이윽고 큰 잔디밭 겸 화단에 다다르자 김 노인이 경쾌한 발걸음을 멈춘다. 그 곁에는 나무 묘목과 꽃의 모종이 사방팔방 여기저기 놓여 있다.

"이게 다 뭐예요? 할아버지."

"일단 나를 따라서 이것들을 심을 수 있도록 도와주게."

"이걸 왜 심어요? 이 나무는 크려면 5년 이상은 있어야 할 것 같은데…."

"자네 참 말이 많구만, 가끔은 말을 아낄 때도 있어야 하네."

나무 묘목과 꽃모종을 심으려고 삽질을 하는데 이제 65세인 김 노인에게는 조금 버거운 작업이다. 갑자기 별이 김 노인의 삽을 뺏어 들고 힘차게 삽질을 한다. 김 노인은 그런 별이 싫지 않은 눈치다. 팀워크가 잘 맞는 운동선수들처럼 둘은 서로가 잘하는 일을 분담해서 한다. 힘쓰는 일은 별이 하고, 섬세한 작업은 김 노인이 맡아서 한다. 인간세계의 기준에서 봤을 때는 전형적인 남녀의 일이 바뀌었다.

그렇게 3시간 작업을 하니 얼추 일이 끝나간다. 정신없는 와중에 김 노인이 별에게 뒷정리를 맡긴 채 자리를 비운다. 남아 있는 별이 열심히 일하다가 땀을 닦으려다 보니, 잔디밭 겸 화단에 조그만 나무 묘목과 이름 모를 꽃들의 모종이 가득하다. 힘은 들지만 보람차다고 느끼고 별이 웃으며 땀을 닦는데, 얼굴에 뭔가 차가운 기운이 서린다.

별이 고개를 들어 옆을 보면, 김 노인이 자양강장제 음료를 별의 얼굴에 장난스레 대고 있다. 뭔가 어이가 없으면서도 재밌기도 해서 별은 자신도 모르게 웃음꽃이 피어난다. 김 노인도 함께 박장대소한다. 둘은 한바탕 실컷 웃고 나서 땅바닥에 앉아 음료를 마시며 느긋하게 한숨 돌린다.

"그런데 올해가 정년 퇴임이라고 하지 않으셨어요? 어차피 다 큰 나무를 보지도 못하고, 그 그늘에서 쉴 수도 없고 이 꽃도 내년에 피는 거라 보지도 못하실 텐데 왜 심으신 거예요?"

"자네, 인간이 누구를 위해 살고 뭐 때문에 존재하는 것 같나? 어쩌면 인간은 자신을 위해 존재하는 것처럼 보이지만 실은 나와 같이 살아가는 다른 인간들을 위해 살고 존재한다고 생각해 본 적은 없나? 한 명의 인간은 나라는 주관적 개념이 강하지. 허나, 우리라는 보편적 개념으로 봤을 때는 인류라는 표현을 쓰지 않나? 우리는 따로따로 떨어져 있는 하나의 독립적인 인격체 같지만, 모두가 서로의 삶에 빚을 지고 빚을 갚는 그런 유기적인 존재네. 그것과 같은 맥락이지.

나는 저 나무나 꽃의 장성하고 예쁜 모습은 볼 수 없겠지, 여기서 일을 그만두면 떠나서 올 수가 없으니까, 하지만 크게는 다음 후대를 위해, 후손들을 위해 심은 거네. 그들이 덥고 힘든 시련의 계절에 땀을 닦고, 아름다움을 보고 쉴 수 있도록. 그걸 상상하며 나는 또 얼마나 행복하겠나?"

그제야 별이 동감하듯 고개를 끄덕이며 활짝 웃는다.

"할아버지 종교가 천주교에요?"

"내 종교는 모든 것을 아우르지. 난 천주교에만 머물러 있지 않아. 모든 종교는 표면은 다르게 보이지만 그 이면의 뜻은 비슷하네."

"어… 할아버지 말씀의 뜻을 잘 모르겠어요?"

"지금은 이해가 안 될 거네, 언젠가 내 말의 뜻을 이해하는 날이 올 거야. 그냥 평범한 노인의 개똥철학이라고만 생각하게, 지금은 말이야."

"근데 지해송 교수님은 어떻게 아세요?"

"우리나라 국민 중에 지해송 교수님 모르면 간첩 아닌가? 그리고 지해송 교수님하고 내가 좀 많이 친하네. 오늘 고마웠어. 서로 신세 갚을 일은 없는 거네, 쌤쌤이야, 다음에 또 보지."

멀어져 가는 김 노인을 바라보며 별은 다음에 김 노인을 보면 친구가 되어 달라고 정중히 부탁할 생각이다. 그럴만한 가치가 충분히 있는 사람이다.

이제 별에게는 한태섭, 강한이, 지해송까지 인간 친구가 3명이다. 김 노인과 친구가 되는 것은 다음을 기약할 생각이다. 김 노인은 처음 봤는데도 마치 언젠가 꿈에서 본 것처럼 낯설지가 않다. 다른 사람이면 몰라도 김 노인과는 꼭 친구가 되고 싶다. 천상계에서나 인간세계에서나 친구는 중요한 존재다.

별은 친구에 관한 사색을 할 때마다 신이 안쓰럽다는 생각을 문득문득 한다. 신은 마음을 나눌 수 있는 동등한 신격체[22]의 친구가 없다. 신과 같은 존재는 오직 신 하나밖에 없어서 어쩔 수가 없지만, 별은 그런 신이 외로워 보일 때가 많다.

그런 별의 마음을 느꼈는지 어느 날 천사학교에서 신이 별을 호출한 적이 있다. 별은 다른 천사에 비해 나이도 많이 어리고, 아직 대천사로 분류되기에는 조금 모자란 측면이 있어 신과 일대일로 얘기를 나눈 적이 거의 없었다. 그런데 아직 상급자 시험 결과도 나오지 않았던 어느 날, 신이 별을 직접 호출한 것이다. 별은 떨리는 맘으로 신이 머무는 성신전에 간 적이 있다. 별이 신의 얼굴을 차마 바라보지도 못할 때 신이 다정한 음성으로 말했다.

"소원별, 고개를 들어 나를 보거라. 너는 문득문득 내가 친구가 없어서 많이 외로울 거라고 생각하느냐?"

---

22   신으로서의 품격을 가진 존재.

                                                     위기의 인간들

그러자 금방이라도 울 것 같은 표정으로 별이 가만히 고개를 끄덕였다.

"이 세상의 기준에서 봤을 때 나에게 합당한 친구란 없다. 하지만 내가 창조한 이 모든 것들이 나에게는 진정 멋진 친구들이다. 그들과 마음을 나누지 않는다 하더라도 내가 그들을 사랑스럽게 바라보고, 그들을 위해 사랑과 은총을 내리면 그들은 나에게 더할 나위 없이 좋은 친구이다.

너는 내가 누구라고 생각하느냐? 신, 창조주, 메시아, 아버지. 나는 그 모든 것을 아우르는 너의 친구다. 친구란 굳이 얘기하지 않고 보기만 해도 마음이 좋아지는 그런 관계다. 내가 나와 동등한 입장의 친구가 없다고 해서 너무 많이 외로울 거라고는 생각하지 말거라. 이 모든 것은 내가 만든 순리이고, 이 세상의 이치이니라. 난 내가 창조한 무수한 생명체들을 보면서, 그들과 함께 살아가기에, 그들이 나의 진정한 친구라고 생각한단다.

물론 외로울 때도 있단다. 내가 창조한 모든 것에 이유를 부여하고, 그 모든 것을 지키며, 그럼으로써 모든 것을 감당해야 하기에. 하지만 별아, 외롭지 않은 것은 그 어디에도 없다. 존재하기에 외로운 것이다. 그 외로움마저 내가 존재하는 이유다. 외로움은 인간과 같구나. 사랑해야 하면서도 사랑하기 어렵고, 인정해야 하면서도 인정하기 어렵고, 살아가기 힘든 이유이면서 살아가야 하는 이유가 되는 그런, 내 말의 의미를 이해하는 날, 넌 천사로서 더욱 성장해 있을 거란다."

신은 말을 마치자, 별을 따스하게 꼭 안아 주었다. 별은 신의 말을 알 것 같으면서도 잘 이해할 수가 없었다. 하지만 신의 말은 어딘가에 있을 희망을 보여 주고 있었다. 그 희망을 찾고 싶었다. 인간세계로 내려온 또 하나의 이유도 거기에 있었다.

　신은 별이 인간세계로 내려오기 전 텔레파시로 인간세계에서 친구를 많이 사귀어 두라고 조언했었다. 별이 외로움을 누구보다 많이 느끼는 사춘기 소녀적 특성을 가진 천사인 걸 잘 알고 있었기 때문이다. 천상계에는 '다시 만나면 친구다.'라는 속담이 있다. 인간세계의 기준에서 봤을 때는 조금 생뚱맞은 속담이지만 천상계에서는 누구나 쉽게 친구가 되기 위해 언제부턴가 속담이 된 격언이었다. 별은 인간세계에서의 기한이 100일뿐이지만, 인간들에게 잊히고 싶지 않았다. 100일 이후에는 그들과 헤어져야겠지만 인간들의 기억에 좋은 친구로 남고 싶다.

3. 위기 상황 속 진정한 믿음

지해송에게 도시락을 전달해 주는 미션을 성공한 뒤 별은 어우야에 첫 출근을 하게 되었다. 첫 출근을 하는 날, 무뚝뚝한 사라마저 감격의 눈물을 흘릴 것처럼 눈이 촉촉해졌다. 표현이 어설픈 사라의 따스한 마음이 그대로 전달되어서 별은 이 일을 무조건 열심히 잘 해내고야 말겠다고 생각했다.

사라와 함께 출근하면서, 바람에 나부끼는 나무와 풀들을 보았다. 별은 지금 보는 나무와 풀들이 그때의 그 나무와 풀인지는 모르겠지만, 왠지 모르게 지금 보는 피조물들을 위해 기도해야겠다는 생각이 들었다. 그래서 마음속으로 나무와 풀들을 위해 그리고 그 자신을 위해 신에게 기도드렸다.

우연의 일치인지 필연의 시작인지, 별은 사라가 있는 부서에 배정받아, 자기 자리로 가는데 왠지 모르게 자신을 바라보는 홍주나 팀장의 시선이 매우 따갑게 느껴졌다. 자신의 직속 사수인 사라에게서 앞으로 해야 할 일들에 대해서 듣는데 처음 무언갈 시작해서 두렵다기보다는 매우 설레었다.

"제사라 사원, 오늘 들어온 신입 사원 살살 좀 다루지. 친구라고 하지 않았나?"

아까 느꼈던 시선은 착각이었나 싶을 정도로 홍주나가 사라에게 여유 있지만 딱딱하지 않게 이야기했다. 사라는 이런 일이 익숙한 듯 그냥 넘겼지만, 별은 홍주나를 뭔가 신기한 사람을 보듯 유심히 살펴보았다. 사라가 누누이 홍주나 팀장에 대해서 조심하라고 경고했지만, 그럴 때마다 별은 홍주나 팀장이 좋은 사람인 것 같은데 네가 뭔가 오해하는 것 같다고 홍주나를 변호하듯이 말했다.

펜은 펜 통에, 서류는 삐뚤빼뚤하지 않게 서류철에, 자로 잰 듯이 뭐든지 제자리에 놓아야만 하고, 주위에 어질러진 걸 보지 못하는 결벽증에 가까운 철두철미함까지, 빈틈이 없는 사람이었지만 별이 보았을 때 홍주나가 나쁜 사람 같지는 않았다. 사라는 그때마다 혀를 끌끌 찼지만, 별말을 하지는 않았다.

'어우야'는 '어부바 우리 여보야'의 줄임말로 대한민국에서 탑3 안에 드는 결혼정보업체였다. 창립자 강한이 대표는 중산층의 평범한 주부였다. 그런 그녀가 회사를 창립하게 된 계기는 남편과의 사별 이후, 외아들인 해송을 데리고 어떻게든 살아 내야 했기 때문이다. 강한이 대표가 맨 처음 어우야를 창립할 때만 하더라도, 결혼정보업체라는 개념이 지금처럼 확립되지 않았을 때였다. 불모지에서 땅을 일구듯 그렇게 회사를 키워나갔던 강한이는 30년 만인 작년, 대한민국 올해의 모범 경영자 대통령 표창을 받았다.

그렇게 강인할 것 같던 그녀에게도 아킬레스건이 하나 있었으니, 그건 바로 하나밖에 없는 외아들 지해송이었다. 해송은 5년 전까지만 해도 강한이에게는 금지옥엽같이 키워 온 착한 아들내미였다. 그런데 5년 전 해송의 오랜 연인이었던 윤슬의 갑작스러운 죽음 이후에 180도 달라졌다. 그때 이후로 회사만을 보고 달려왔던 강한이에게 지해송이라는 제동이 걸렸다.

어우야에서 별이 맡은 직무는 커플 매칭 매니저였다. 비록 3개월이라는 기간의 인턴사원이었지만 근무 평가에 따라 3개월 이후에는 정규직이 될 수도 있었다. 물론 그 기간 이후에 별이 인간세계에 남아 있을 확률은 1%도 안 되지만 말이다.

별이 처음으로 맡게 된 업무는 어우야를 찾은 고객들에 대한 미팅 이후에 고객들의 소개를 쓰는 일이었다. 이후에는 사라가 그 소개를 바탕으로 고객들을 서로 매칭 해서 만남을 주선했다. 처음 보는 인간들에게서 정보를 수집해서 그 인간들에 대한 프로필을 쓰는 게 처음에는 어려웠지만, 시간이 가면 갈수록 재밌어졌다. 별은 천사학교에서도 독서장과 천국지[23]의 에디터장이었기 때문에 인간세계에서 그 일을 하는 것이 매우 흥미로웠다.

그렇게 어우야의 일이 익숙해지던 어느 날, 태섭에게서 만나자는 연락이 왔다. 별은 태섭을 만나기 하루 전 태섭이 처음 봤을 때 말했던 일자리에 대해서 생각했다. 지금 어우야에서 하는 일도 별의 적성에 잘 맞지만, 자신이 할 수 있는 일의 제한을 두고 싶지는 않았다. 그리고 좀 더 바쁘게 지내는 것도 나쁘지 않을 것 같다는 생각이 들었다. 편하게 카페에서 보자는 태섭에게 별이 휴먼 플로라 매장에서 보고 싶다는 뜻을 강하게 내비

---

23 천국에서 발간되는 잡지.

쳐 둘은 처음 친구가 된 장소에서 보기로 했다.

태섭을 만나기 하루 전, 해송에게는 또 다른 일자리를 부탁하러 친구를 만난다고 말했다. 그러자 일하려면 신발이 중요하다며 싫다는 별을 기어코 끌고 가서 해송이 운동화를 사 줬다. 기왕이면 구두를 사달라는 별에게 일할 때 구두는 불편하다며 해송은 끝끝내 운동화를 사 줬다. 별과 해송은 도시락 사건을 계기로 주일에 한 번씩 보게 되었다. 주일에 보게 될 때마다 연구실에서 저녁을 함께 먹고, 자연스레 영화도 한 편씩 보곤 했다. 둘은 이제 스스럼없어질 만큼 아주 편한 사이가 됐다. 운동화를 사 주며 해송은 별에게 의기양양하게 말했다.

"봄을 기다리는 여자에게 남자가 구두를 사 주면 봄바람이 들어 그 남자한테서 떠난대요. 대신 운동화를 사 주면 도망가지 않고 열심히 그 남자를 쫓아 온대요, 뭐, 별 양에게는 해당이 안 되는 이야기이지만, 그냥 그렇다고요."

별이 약속 시각 10분 전, 마트에 도착해서 화장품 매장을 보는데 낯이 익은 얼굴이 매장 쪽으로 걸어간다. 누군가 눈을 가늘게 뜨고 주의 깊게 봤더니 홍주나 팀장이다. 별은 괜히 회사 사람과 사적인 공간에서 마주치는 게 부담스럽다는 생각이 들어 근처에서 홍주나 팀장이 갈 때까지 기다리기로 한다. 다행히 차가 막혀서 30분 정도 늦을 것 같다는 태섭의 연락이 왔다. 아무 생각 없이 화장품 매장 쪽을 보고 있는 그때였다.

"아니, 여기 매니저 나오라 그래! 무슨 서비스가 이따위야! 내가 교환이 아니라 환불한다고 했지! 그리고 당신 우리나라 사람 맞아? 왜 한국말을 못 알아듣고 똑같은 말을 몇 번씩이나 하게 해! 아! 다 필요 없고 매니저 나오라 그래!"

위기의 인간들

마트가 떠나갈 듯, 고래고래 소리를 지르는 사람은 분명 홍주나 팀장이었다. 그때 마침 어떤 남자가 극명히 대립하고 있는 두 여자 사이로 뚜벅뚜벅 걸어온다.

"이경아 씨 무슨 일이죠? 뭐 때문에 손님이랑 이렇게 언쟁을 벌이죠?"

"아니, 이 고객님이 화장품을 쓰신 게 확연한데, 구매한 지 한 달도 넘은 제품을 영수증도 없이 환불해달라고 하셔서요."

"고객님이 환불해달라고 하면 해 드려야죠."

"본부장님?"

"어서 해 드리세요."

어찌 된 일인지, 매장을 방문한 본사 직원인 듯한 남자가 오히려 부당한 진상 고객인 홍주나 팀장의 편에 서서 얘기하고 있었다. 얼굴이 붉으락푸르락해서 화장품 매장의 직원에게 삿대질하며 상스러운 소리를 하던 홍주나 팀장의 얼굴에 냉소가 잠깐 서린다. 이 모든 과정을 지켜보는 별의 얼굴이 서서히 굳어진다. 때마침 태섭이 마트 안으로 가쁜 숨을 내쉬며 뛰어들어 온다.

"별 양, 늦었죠? 미안해요, 일찍 출발했는데 저녁 시간이라 차가 너무 막혀서…. 근데 매장으로 안 들어가고 왜 여기 있어요? 아니면 카페로 갈래요?"

"카페로 가는데 태섭 씨, 잠깐만요, 저기 화장품 매장에 있는 남자분 혹시 알아요?"

"어, 저분, 우리 회사 정수재 본부장님인데요, 근데 왜요?"

"아니에요, 우리 그냥 카페로 가서 얘기해요."

별과 태섭은 눈치채지 못했지만, 화장품 매장에서의 상황 종료 이후,

정수재 본부장이 두 사람을 차갑게 응시하고 있었다. 그 시선을 의식하지 못한 두 사람은 이내 마트 내 카페로 멀어져 갔다. 정수재 본부장은 두 사람이 카페로 들어가는 걸 본 이후에야 응시하던 시선을 거뒀다.

태섭이 무슨 일 때문에 그러냐고 여러 번 물어봤지만, 별은 계속 함구하며 말을 아꼈다. 아까 있었던 일을 얘기하긴 꺼렸지만, 대신, 별은 어느새 편해진 태섭에게 일상의 나날들을 수다쟁이처럼 재잘거렸다. 태섭은 '이 아인 사랑스러운 눈을 가졌군.' 하는 생각을 하며 턱을 괴고 별을 물끄러미 바라보았다.

어느새 시간이 흘러 카페가 문 닫을 시간이 되자, 둘은 자연스레 자리에서 일어났다. 그때 태섭이 자신에게 오늘 이야기할 분량은 다 끝났냐고 장난스레 웃으며, 부탁할 건 없냐고 지나가듯이 물어본다. 그제야 별이 돌연 생각난 듯 혹시 주말에 잠깐씩 할 수 있는 일자리 좀 부탁해도 되냐고 물어보자, 태섭은 알아보고 연락을 주겠다며 싱긋 웃는다. 별은 그 웃음이 너무 기분 좋아 자신도 모르게 방긋 미소를 짓는다. 둘은 다음을 기약하며, 오늘의 아쉬움을 뒤로 하고 헤어졌다.

지난밤 태섭과의 휴일로 인해 별은 다음 날 아침도 활기차게 시작할 수 있었다. 인간세계의 하루하루가 정말 소중하다. 이제 D-day 70일이 남았다. 별이 처음 인간세계로 내려올 때만 해도, 100일이 마치 100년처럼 길게만 느껴졌었는데, 이제 1분 1초가 말로 표현이 안 될 만큼 소중하다.

천상계에서는 마치 염세주의자처럼 인간세계에 대해서 회의적이었던 별은 약속한 기한이 됐을 때, 어떠한 결론을 신에게 전달해야 할지 판단이 잘 서지 않는다. 하지만 함부로 결론을 내리기에 인간세계에서의 30일은 섣부르다. 아직 70일이란 기간이 더 남아 있으니 신중히 지켜보고

 위기의 인간들

판단해도 늦지 않다.

아침에는 회사에 출근하느라 정신없이 바쁘고, 저녁에는 사라와 하루를 마무리하는 조촐한 뒤풀이가 집에서 거의 매일 이어져 기분 좋게 바쁘다. 거기다 아침을 시작할 때는 짬을 내서 천상계의 신과 신 이외의 존재들을 위해 기도하고, 밤에는 하루를 마무리하며 인간세계에서의 기록을 일기로 남기고 있어 더욱 바쁜 별이다. 얼마 지나지 않아, 정신없이 인간의 삶을 살아 내고 있는 별에게 태섭이 반가운 소식을 전했다. ·

"일자리가 한 군데 겨우 났는데 일해 볼래요? 이런 기회 흔치 않아요, 일이 그렇게 어렵진 않을 거예요."

"어디서 무슨 일하는 건데요?"

"저번에 나 봤던 마트 안의 화장품 매장 있죠? 처음부터 직원으로 일하는 건 아니고 아르바이트, 그래도 별 양이 열심히 일하면 계약직으로 전환될 수도 있어요. 기회가 매번 오는 건 아니에요. 기회는 두 얼굴의 동전이에요. 제때에 안 잡으면 정작 중요한 얼굴은 보지도 못하고 아쉽게 멀어져 간 뒷모습만 보게 되죠. 남자랑도 똑같죠, 어어~ 하다 놓치면 다시 같은 기회가 오긴 힘들어요."

"그런데 나 한 가지만 물어봐도 돼요? 전에 그 매장에 아르바이트하는 분 계시지 않았어요?"

"네, 계셨는데 저번에 우리 만났던 날 있죠? 그분 그날 해고당했어요."

"네? 왜요?"

"고의, 또는 과실로 업무에 지장을 초래한 사유라는데, 본부장님이 직접 매니저님에게 요청한 거라 자세한 건 저도 잘 모르겠어요."

"상황이 이상하게 돌아가고 있네요. 그런 건 초장에 바로 잡아야 하겠죠! 저 그 일 할게요! 언제부터 하면 되죠?"

"그날 매장에서 무슨 일 있었어요? 왜 나한테 얘기 안 해줘요? 하아~ 지금 그거보다 매장이 펑크가 나서 매니저님이 너무 힘드세요. 못했던 얘기는 나중에 천천히 해도 돼요. 별 양은 당분간 토요일 하루만 일해 주면 돼요. 바로 이번 주부터 일해야 하는데 괜찮겠어요?"

"물론이죠. 여부가 있겠습니까? 대신 어디선가 소원별에게 무슨 일이 일어나면 반드시 나타나야 해요. 한태섭 대리님!"

"저도 물론이죠. 여부가 있겠습니까! 하하! 별 양은 아싸리해서 좋다니까."

그런 연유로 별은 평일에는 어우야에서 일을 하고 토요일은 화장품 매장에서 일하게 되었다. 어우야에서의 업무도 차차 여유가 생겨서 이제는 전담은 아니지만, 어쨌든 사라를 도와서 커플 매칭 보조 업무도 조금씩 하게 되었다. 처음 하는 일이니만큼 잔 실수가 조금 있었지만, 그때마다 사라보다 오히려 자신을 경계하듯 쳐다보는 홍주나 팀장이 뒤를 봐 주었다.

홍주나 팀장이 자신의 실수를 뒷수습할 때마다, 별은 마음이 놓이는 게 아니라 되레 겁이 났다. 좋은 사람이라고 단정 짓고 방심하고 있었는데, 화장품 매장에서의 사건으로 인해 홍주나 팀장에게 크게 뒤통수를 한 대 맞은 것 같이 마음이 얼얼했다. 하지만 아직 홍주나 팀장을 나쁜 사람이라고 판단하기에는 이르다. 그건 사건의 단 한 면이다.

인간은 동전의 양면처럼 선악을 모두 지닌 존재이다. 어느 쪽으로 더 치우치냐에 따라서 선한 사람, 악한 사람으로 나뉜다. 별은 홍주나 팀장에 대한 인간적 정의를 조금 미뤄 두기로 했다.

별은 천상계에서 하던 소명인 비행 천사 일을 하면서도 보람을 많이 느

위기의 인간들

껐지만, 인간들이 하는 직업에 대해서도 높은 성취감이 들었다. 어우야에서 처음 일을 시작했을 때, 의뢰한 인간들의 프로필을 쓰는 작업은 생각보다 쉽지 않았다. 내가 이 인간에 대해서 어떤 정의를 내리고 그에 따른 프로필을 어떻게 쓰느냐에 따라서, 다른 이성과의 만남이 성사된다는 것 자체가 상당히 부담스러웠다. 개중에 파투가 나서 일을 뭐 이따위로 하냐고 따지는 진상 고객을 상대하는 것도 힘에 부쳐서 무척 힘들었다.

인간사는 생각을 근간으로 하기에 모든 일에는 걱정과 스트레스가 따를 수밖에 없다. 그걸 어떻게 받아들이느냐에 따라 삶의 질은 달라진다. 적당한 걱정과 스트레스는 건강에 오히려 유익하다는 긍정적인 마음가짐으로 받아들이느냐, 아니면 내가 이렇게 스트레스를 받으면서까지 이 일을 계속해야 하느냐는 부정적인 마음으로 받아들이느냐는 오롯이 그 인간 개개인이 판단할 몫이다.

별은 전자를 받아들이기로 했다. 그렇게 생각하니 고객 개개인의 프로필을 쓰는 일이 덜 부담스러웠고, 의뢰한 남녀를 매칭하는 한 단계 업그레이드된 업무로도 넘어갈 수 있었다. 한 단계, 한 단계, 책임의 수위가 높아지는 일을 할 때마다 어떤 미션에 도전하는 것 같았지만, 그 미션을 성공했을 때는 말로 다 표현할 수 없을 만큼의 자신감이라는 보상이 주어졌다.

화장품 매장에서 홍주나 팀장의 진상 사건 이후에 2주라는 시간이 흘렀다. 별이 하루하루를 동에 번쩍 서에 번쩍 다방면으로 바쁘게 보내고 있을 때, 별의 동선을 훑는 시선이 있었다. 그는 휴먼 플로라의 정수재 본부장이었다. 그가 왜 소원별을 계속 주시하고 별의 동선을 파악하는지, 당시에는 누구도 몰랐다. 그도 그럴 것이 그는 음흉한 자신의 성격처럼 드러내지 않고 조용히 움직였다. 이에 대해 전혀 알지 못했던 별은 그저 하루하루 소확행을 음미하듯 즐겁게 자신의 의무를 다했다.

일주일 중 단 하루를 화장품 매장에서 일했지만, 별은 마치 일주일 치의 일을 하듯 최선을 다해 일했다. 별이 화장품 매장에서 초반에 생각보다 애를 먹었던 일은 진상 고객을 상대하는 일이 아니었다. 제품을 판매할 때 결제하는 PDA 기계를 다루는 게 손에 익지 않고 서툴러서 '정말 이 일을 내가 하는 게 맞는 건가.' 하는 물음에 허우적대며, 물건을 판매할 때마다 생각이 많아지곤 했다. 그런데 '안 되면 되게 하라!'는 명언처럼 계속 반복해서 하다 보니 차츰 익숙해졌다. 얼마 지나지 않아, '내가 언제 이것 때문에 애를 먹었었지?'라는 생각이 들 정도로 PDA 기계가 손에 익어서 마음 편히 계산할 수 있는 경지에 이르렀다.

홍주나 팀장 같은 진상 고객은 드물긴 했지만, 아예 없는 것은 아니었다. 그때마다 별은 인간세계에 적응해 가면서 터득해 온 임기응변으로 생각보다 잘 이겨 냈다. 그리고 별이 어우야든 화장품 매장이든 진상 고객을 만나서 기분이 좋지 않은 날이면, 용케 어떻게 알았는지, 해송이든 태섭이든 두 친구 중 누구에게라도 만나자는 연락이 왔다.

그날은 어우야에서 성혼 얘기가 오가던 중에 파투가 난 남자 고객이 무례하게 행동해서 마음이 몹시 심란했다. 회사 분위기도 그날따라 좋지 않아서 일 끝나고 사라랑 소주라도 마셔야 하나 생각하던 찰나였다. 퇴근하고 집에 가려고 채비하는데 갑자기 전화벨이 울렸다.

- 소원별은 모두의 소원별~ 하지만 나에겐 그저 지켜 줘야 할 이름~ -

갑작스럽게 자기 맘대로 급조해서 부르는 해송의 노래를 듣고 별도 즉흥적으로 이러쿵저러쿵 랩 가사를 만들어 감각적으로 답가를 불렀다.

　　　　　　　　　　　　　위기의 인간들

"당신의 존재 이유는 나에겐 영원의 이유! 블랙홀처럼 무궁무진해! I believe. you believe. 우린 모두 믿지!"

마침 밖에는 이슬비가 부슬부슬 내리고 있었다. 둘은 약속이라도 한 것처럼 동시에 똑같이 외쳤다.

"부전여전, 해물파전에 동동주!"

둘은 마치 죽이 척척 잘 맞는 죽마고우처럼 단골 민속주점에서 서로의 이야기에 건배하며 그동안의 추억을 안주 삼아 달디단 동동주를 마시고 또 마셨다. 동동주를 마시며 별은 해송이 눈치채지 못하게 자신만의 생각에 잠깐 잠겼다. '인간세계로 내려갔다가 인간들의 음식을 잊지 못해서 천국으로 다시 돌아오는 게 내심 아쉬웠다는 천사들이 있었는데 나도 그 중 하나가 되겠구나. 잊지는 못하겠지만 너무 아쉽지 않게 인간들의 음식을 많이 먹어야겠어.'

별의 생각처럼 예기치 못한 사정으로 인간세계에 내려가서 지내다가, 천국으로 복귀해서는, 인간세계의 음식을 잊지 못해 자진해서 다시 내려가겠다는 천사들이 개중에 정말로 있었다. 천국에도 천품요리사[24]들이 만드는 진귀하고 맛있는 음식이 많았다. 굳이 비교하자면, 천계의 음식이 어디서도 먹어 보지 못한 맛있는 건강식이라면, 인간계의 음식은 자극적이어서 극단적으로 맛있는 별미였다.

별은 해송과의 갑작스러운 만남이 우연히 만난 첫눈처럼 반가웠다. 별은 순수한 심성의 천사였기 때문에 예상치 못한 눈이 불편하거나 성가시

24　천국의 요리사: 인간세계에서 뛰어난 실력으로 사람들에게 맛있는 요리를 해 주던 선한 인간들이 죽고 난 후, 천국에 올라와 천 개의 자격증을 따서 천슐랭의 자격에 올랐을 때, 될 수 있는 요리사.

지 않았다. 오히려 생각지 못한 네 잎 클로버를 발견한 것처럼 행복했다. 그렇게 둘은 서로의 만남을 최고의 행운으로 여겼다.

주일마다 성당에 갔다가 하루 마무리를 해송과 함께하는 날이면 별은 기다리던 봄을 맞이한 5월의 신부처럼 행복한 꽃이 되었다. 주일 아침에 여유가 있는 날이면 없는 실력이지만 별은 해송을 위해 도시락을 정성스레 준비했다. 해송의 연구실에서 도시락을 먹을 때 둘은 가끔 영화 한 편씩을 보곤 했는데 그때마다 서로 언쟁을 벌이기도 했다. 그날은 우연히 곽재용 감독이 메가폰을 잡은 전지현, 차태현 주연의 2001년 작《엽기적인 그녀》[25]를 보게 되었다.

둘은 과거에서 벗어나지 못하는 그녀에 대한 이야기를 나눴다. 별은 그녀가 이해되지 않는 부분을 이야기하고 해송이 그런 그녀를 변호해 주다 보니 상반된 입장 때문에 언쟁을 벌이게 되었다.

"어차피 과거로 돌아갈 수도 없고, 이제 제자리에 멈춰 있거나, 아님, 앞으로 나아갈 수밖에 없는데 그녀는 왜 뒤로 계속 퇴보할까요?"

"그녀에게 과거는 지난 사랑이 아니라 자신이 사랑했던 지난날의 모습과 추억이에요, 그래서 그 과거를 잊는다면 마치 과거를 부정하는 것이 돼 버리니까 쉽게 그럴 수 없는 거예요. 저는 그게 보여요, 그녀는 첫사랑의 남자를 잊지 못하는 것이 아니라, 자신이 사랑했던 지난날의 모습과 추억을 부정하는 게 싫으면서 두려운 거예요."

"근데 그녀는 왜 그 남자를 보내 주기가 힘든 거죠?"

"그건 그 남자를 사랑했던 과거의 자신과 이별하기가 힘든 거예요. 이

---

25 《엽기적인 그녀》, 곽재용 감독, ㈜ 신씨네, 2001. [출처: 위키백과 한국어]

미 과거의 남자는 이 세상에 존재하지 않아요, 유에서 무가 된 거죠, 근데 그녀가 그걸 인정하는 순간, 지난날의 모든 것들, 심지어는 그녀 자신조차 사라질까 겁이 나는 거죠."

"어렵군요. 그럼, 그녀가 첫사랑을 아직도 사랑하는 걸까요?"

"아니요, 첫사랑을 아직도 사랑하는 게 아니라 언젠가는 끝날 미련을 붙잡고 있는 거죠. 근데 그 감정에는 이미 사랑이 없어요, 단지 지난 과거에 대한 미련일 뿐이죠. 마지막 잎새처럼 언젠가 떨어지면 없어질 미련 말이에요. 후에 따뜻한 봄이 오면 새로운 사랑을 만나겠죠."

"그럼, 이 영화는 끝에서 시작해 희망으로 다시 끝을 맺는군요! 굉장한 명작이에요."

"오늘은 언쟁이 좀 길었군요."

"그보단 논쟁이란 표현이 낫지 않을까요?"

영화에 관한 이야기가 끝나고 둘은 서로가 좋아하는 관심사를 편하게 나눈다. 대화의 정점에서 영원이란 주제가 나오자 해송이 영원한 건 없다고 단정 지었지만, 별은 인간들이 영원을 믿기에 약속과 기적이 존재하는 것이라고 말했다. 그래도 대화의 마지막에 계절의 여왕을 꼽을 때는 둘 다 입을 모아 봄이라고 이야기했다.

달콤하고 쌉싸름한 에피소드가 하나둘 늘어갈수록 둘은 서로에게 몽글몽글 피어나는 알 수 없는 감정을 아직은 호감이라고 그렇게 봉인시켜 둔다. 이 봉인이 언제 해제될지는 알 수 없다. 다만 이 천상계와 지상계를 모두 통틀어 한 존재, 신만은 알고 있지 않을까? 하고 별은 조심스레 짐작해 본다.

* 일체유심조[26] : 한태섭 VS 정수재

단짠단짠한 나날들이 이어질 것 같던 어느 날, 사건은 전혀 예상치 못한 방향에서 예기치 않게 발생했다. 정수재는 화장품 매장 먼발치에서 한태섭과 소원별이 다정하게 있는 걸 본 이후, 두 사람이 어떤 사인지 심부름 업체를 통해 조사를 의뢰했고, 그 결과, 연인까지는 아니지만, 매우 각별한 사이인 것 같다는 판단을 했다. 왜냐하면, 화장품 매장에서의 홍주나 진상 사건 이후, 길지 않은 기간 동안 둘이 특별한 일이 없어도 만나는 걸 알게 되었고, 만날 때마다 태섭이 별을 매우 사랑스러운 시선으로 바라보는 사진도 보았기 때문이다.

그래서 정수재는 이제 달이 태양을 집어삼키는 개기일식같이 적당한 때가 됐다고 생각했다. 한태섭의 동선은 소원별을 알기 전에 이미 꿰고 있었고, 별의 동선도 상세히 파악했다. 정수재는 언젠가 시도하려고 마음먹은 그 계획을 지금 시행하기로 마음먹었다.

정수재는 사전에 조사한 별의 직통 번호가 아닌 다른 번호로 어우야에

---

26 일체유심조(一切唯心造): 모든 것은 오직 마음이 지어낸다는 뜻으로, 모든 일에 마음가짐이 중요함을 이르는 말. [출처: 네이버 어학 사전]

전화를 걸었다. 때마침 별은 고객 미팅 건으로 사무실에 부재중이었다. 전화번호를 남겨 주면 별에게 전해 주겠다는 다른 직원의 말을 완전히 깔아뭉갠 채, 정수재는 무턱대고 자신의 말을 그대로 받아 적으라고 강요했다. 자신은 휴먼 플로라의 한태섭 대리인데, 핸드폰을 잃어버려 연락이 안 될 거라며, 오늘 급하게 만날 일이 있으니 7시까지 자신의 집 근처 페이크 아웃 펍으로 나오라는 말이었다. 정수재는 자신의 용건만을 일방적으로 말한 뒤 재빨리 전화를 끊었다. 마침 옆자리에 있던 사라가 통화 내용을 얼추 들었다.

별이 자리로 돌아오자 전화를 받은 직원이 볼멘 표정으로 메모를 전해 주었다. 별은 오늘 해송과 저녁 약속이 있었으나, 메모를 전해 받은 뒤, 태섭의 급한 사정을 생각해, 해송과의 약속을 어쩔 수 없이 취소했다. 해송이 무슨 일이 있냐고 물어보았지만, 별은 해송과 사이가 좋지 않은 태섭의 입장을 고려해 갑자기 급한 볼일이 생겼다며 황급히 말을 얼버무렸다. 해송은 별의 성격을 누구보다 잘 아는지라 별이 상황을 왜 제대로 얘기하지 않는지 이해가 가지 않았지만, 별의 말을 믿고 알겠다며 전화를 끊었다.

별은 혹여나 태섭에게 큰일이 있는 건 아닌지, 내심 걱정됐지만 내색하지 않고 일에 집중했다. 하지만 자신도 모르게 잔 실수를 해서 홍주나 팀장의 따가운 눈총을 받으며 사라의 우려 섞인 시선도 느꼈다. 어떻게 마무리한지도 모를 정도로 경황없이 업무를 마친 별은 걱정스러운 마음을 안고 위치를 물어물어 태섭의 집 근처 페이크 아웃 펍에 겨우 도착했다.

10분이 지나도 태섭의 모습이 보이지 않자, 별은 초조하고 조바심이 나서 무의식중에 태섭에게 전화를 걸어 보려 했지만, 핸드폰을 잃어버려서 연락이 안 될 거라는 태섭의 메모가 퍼뜩 생각이 나서, 핸드폰의 통화 버튼을 누르지 못했다. 때마침 그런 별을 향해 정수재가 그 특유의 이상한 걸음걸이로 여유 있어 보이지만 생각보다 빠르게 걸어왔다.

"소원별 씬가요? 휴먼 플로라 한태섭 대리의 심부름으로 왔습니다. 같이 가셔야 합니다."

"실례지만, 태섭 씨하고는 어떻게 아는 사이세요?"

"아는 직장 형입니다."

"태섭 씨한테 무슨 일이 있는 건 아니지요?"

"일단 따라오시면 압니다. 기다리고 있겠죠."

한편, 낮에 별과 약속이 취소된 이후, 해송은 알 수 없는 번호로 온 이상한 문자를 받았다. *[소원별은 다른 남자가 있다. 소원별하고 그 남자 사이를 방해하지 마라. 자꾸 방해하면 신변에 위험이 있을 거다.]* 익명의 문자는 의문투성이의 협박을 했다. 끝에 이런 말도 덧붙여져 있었다. *[정, 네가 이 사실을 확인하고 싶으면 페이크 아웃 펍으로 7시까지 와라.]* 해송은 별에 대한 믿음은 있었지만, 인간인지라 그 문자가 신경 쓰여 온종일 일이 손에 안 잡히지 않았다. 결국, 해송은 퇴근하고 나서 페이크 아웃 펍으로 가는 자신을 발견했다.

정수재는 건너편에서 별과 자신을 유심히 지켜보는 해송을 발견하고는 시니컬한 미소를 지었다. 전에 부탁해 두었던, 심부름 업체 직원의 오토바이가 눈 깜짝할 새, 별의 곁을 지나가면서 중심을 잃은 별의 허리를 정수재가 감싸 안았다. 깜짝 놀란 별이 당황한 표정을 짓자, 정수재는 예의 그 초점 없고 공허한 눈으로 별의 눈이 자신과 다름을 주시하며 보았다.

　　　　　　　　　　　　위기의 인간들

이윽고 정수재는 감정 따윈 애초부터 존재하지 않았을 것 같은 무표정
으로 허리를 감싸 안은 손을 풀어 어쩔 줄 몰라 하는 별을 데리고 가서 차
에 태웠다. 이 상황을 묵묵히 지켜보고 있던 지해송은 정수재가 소원별
을 안을 때 목구멍에서 안타까운 탄성이 절로 터져 나왔다. 객관적인 시
각으로 보면, 그럴 수도 있는 상황이었지만, 소원별을 특별하게 생각하는
지해송의 주관적인 시각에서는 그럴 수도 있는 일이 아니었다.

별이 정수재의 차에 군말 없이 순순히 타는 걸 보고 나서 해송은 허탈
한 마음을 감출 길이 없었다. 자신이 받은 협박성 문자가 사실이라고 단
정 지으며 돌아서는 지해송의 발걸음에는 별에 대한 실망스러움이 여실
히 느껴졌다.

이 모든 상황을 제대로 인지하지 못한 또 한 사람, 소원별은 뒷자리의
한 남자를 발견하고는 정수재에게 떨리는 목소리로 뒤에 앉은 사람이 누
구냐고 물어보았다. 모자로 자신의 모습을 감추어 보려 했지만, 험상궂
은 분위기는 미처 숨기지 못한 그 남자를 정수재는 자신의 친구 겸 파트
너라고 얘기한다. 그러고 나서 별이 조심스레 정수재에게 어디로 가는
거냐고 묻자, 정수재는 냉소를 한 번 지은 뒤 아지트라고 대답한다.

차를 타고 가면서 전혀 친구 같지 않은 두 사람의 모습에서 이상한 분
위기를 감지한 별이 혹시나 하는 마음에 태섭에게 [잘 있죠?]라고 문자를
보낸다. 얼마 안 돼서 태섭에게 바로 [갑자기 뜬금없이 무슨 소리예요?
우리 본 지 얼마 안 됐잖아요?]라는 문자가 오자 소원별은 자신의 위기를
직감하고 정수재와 정체 모를 그 남자의 눈치를 보며 [정수재 본부장님이
형이에요? 나 지금 함께 아지트로 가요.]라고 태섭에게 문자를 보낸다.

흘깃흘깃 눈짓으로 소원별이 하는 모양새를 쳐다보던 정수재는 별이

자신의 위험을 감지한 걸 눈치채고, 룸미러로 예사롭지 않은 눈빛과 끄덕임으로 뒷자리의 괴한에게 말없이 지시를 내린다. 무언의 대답을 한 괴한이 준비하고 있던 손수건으로 소원별의 입을 틀어막자, 소원별의 몸이 이내 축 늘어진다.

같은 시각, 마지막 문자 이후에 답이 없는 소원별이 걱정스러웠던 태섭은 초조하게 손톱을 물어뜯다가, 문득 예전에 소원별이 머무는 사라의 집에 초대를 받아 놀러 갔을 때 물어보았던 사라의 핸드폰 번호가 생각난다. 혹시나 하는 마음으로 전화를 걸어 별의 귀가를 물어보았지만, 아직 들어오지 않았다는 사라의 허탈한 대답만이 태섭의 귓가에 맴돌 뿐이었다. 소원별에 대한 걱정으로 사라의 뒷말은 듣지도 않고 황급히 전화를 끊으려는데, 급하게 이어지는 사라의 뒷말에 태섭은 통화 종료 버튼을 누르려다 말았다.

- 함께 있었던 거 아니에요? 오늘 태섭 씨가 회사로 전화해서 별에게 급하게 만나자고 했잖아요? 근데 핸드폰 잃어버려서 연락이 안 될 거라더니 연락되네요? 핸드폰 찾았어요? -

사라의 말을 듣고 난 이후, 태섭은 둔기로 머리를 한 대 얻어맞은 거 같은 기분이 들었다. 불길한 예감에 휩싸인 태섭은 사라에게 나중에 전화할 테니 걱정하지 말라고 얘기하며 전화를 끊은 뒤, 차를 타고 어딘가로 급하게 향했다.

현재의 시간이 누구 편인지 감지하지 못한 채, 아득한 무의식에서 정신을 차리고 눈을 떴을 때, 소원별은 밧줄에 꽁꽁 묶여 있었다. 소원별이 깨기만을 기다리고 있었던 걸까? 쓰러져 있던 소원별이 눈을 뜨자 정수재

 위기의 인간들

가 그런 소원별을 일으켜 세워 무릎을 꿇린다. 그제야 상황 파악이 어느 정도 된 소원별이 정수재를 단호한 시선으로 바라본다.

"그렇게 무릎이 꿇리니까 이제 정신이 좀 차려지나? 소원별?"

"당신 도대체 누구야? 왜 이렇게까지 하는데?"

"내가 누구인지는 중요하지 않지. 내가 너를 왜 이곳까지 데리고 왔느냐가 중요한 거야."

"그래, 그럼 다시 묻자. 왜 태섭 씨인 척하면서 나를 이곳까지 데리고 왔는데? 이유가 뭐야?"

"예전에 한태섭 그 녀석과 함께 있는 너를 보는데, 그 녀석을 보는 너의 눈이 기분 나빴어."

"단지 그것 때문에 이렇게까지 한다고! 너무 무모한 거 아니야?"

"누군가는 이유 같지 않은 이유로 공평한 사랑을 받지도 못해. 그런데 내가 기분 나쁜 너의 눈 때문에 이렇게 한 게 무모하다고? 넌 너무 현실을 모르는군. 그래. 그렇겠지. 넌 그 녀석의 사랑을 포함해 모두의 사랑을 받으니, 소외된 자의 마음을 모르는 거야."

"그건 너의 행동을 합리화하기 위한 말도 안 되는 정당화일 뿐이야!"

"닥쳐! 네가 여기 나에게 무릎을 꿇은 이상 너는 나의 말대로 해야 돼!"

"네가 나를 억지로 무릎을 꿇릴 수는 있어도 내 정신까지 마음대로 하진 못할 거야."

소원별이 말을 마치자, 정수재는 소름 끼치는 미소를 지으며 주사기 하나를 소원별에게 드러내 보인다.

"내가 하라는 대로만 하면 너를 이 위험에서 구해 주지."

"구해 준다는 표현은 당신이 쓰는 게 아닌 것 같은데?"

"언제까지 여유가 있을까? 내가 너에게 요구하는 건 단 하나야. 한태섭을 마음속에서 버려."

"난 절대 그럴 수 없고, 그럴 생각도 없어. 그리고 네가 가지고 있는 그 주사기에 뭐가 들었든 두렵지 않아!"

"무모하다는 말은 너에게 써야 할 것 같은데, 소원별. 다시 한번 기회를 주지. 한태섭을 그냥 버려! 쉽잖아? 그냥 버린다고 말만 하면 돼."

"난 태섭 씨가 진정으로 소중해. 그를 꼭 지킬 거야!"

"진정? 이 세상에 사랑, 평화, 믿음이 정말 존재한다고 믿나? 진정이라는 말로 포장해서 하는 그런 아름다운 말들은 이 세상에 없어. 따라서 신도 존재하지 않지. 보이지 않는 것들을 위해 네 자신을 희생하는 게 아깝지 않나?"

"신은 존재해. 그리고 눈에 보이는 것보다 때론 눈에 보이지 않는 것들이 더 소중할 때도 있어. 난 신도 믿고, 나도 믿고, 세상 사람들도 믿어. 내가 믿지 않는 건 악인의 사탕발림 말이야!"

"안타깝군. 네가 한 선택에 후회가 없길 바란다."

정수재는 자신의 말이 끝난 이후 주사기를 소원별에게 향하고, 소원별은 두 눈을 질끈 감는다. 촌각을 다투는 그때, 현관문 비밀번호를 누르는 소리와 함께 한태섭이 들어온다. 모두가 놀란 틈을 타서 소원별이 오른쪽 발로 주사기를 들고 있는 정수재의 손을 걸어차자 정수재가 주사기를 놓친다. 공격하려는 정수재를 한태섭이 킥복싱으로 빠르게 제압하고 주짓수 기술을 사용해서 정수재를 죽은 듯이 기절시킨다. 별과 태섭은 어두침침한 그 아지트를 황급히 빠져나온다.

잠식하는 이 세상의 어둠을 간직하고 있는 아지트를 벗어나자마자, 별

은 바닥에 털썩 주저앉아 오열한다. 별은 모든 게 위험에 빠질까 봐 두려
웠다. 별은 그 자신이 어떻게 되는 것보다, 자신의 잘못됨으로 인해서 사
람들이 슬퍼하고 그래서 인간세계가 어두워질까 몹시 무서웠다. 그런 별
을 태섭이 조용히 안아 준다. 별은 태섭의 품에서 서럽게 울다가 가까스
로 정신을 차린 뒤 정수재를 경찰에 신고하겠다고 말한다. 그러자 태섭
이 갑자기 그런 소원별 앞을 막아선다.

"별 양, 진심으로 부탁합니다! 정수재 본부장을 대신하여 사죄드립니
다. 잘못했고 사죄한다는 말로는 용서가 안 된다는 걸 잘 알지만, 이번 한
번만 용서해 주십시오! 부탁입니다."

별은 태섭의 그런 태도가 이해도 되지 않고 화도 난다. 그래서 태섭의
만류에도 거칠게 저항하며 화를 낸다.

"정수재 본부장이 어떤 잘못을 한 줄 알고 하는 소리예요? 이건 모르고
실수해서 발에 걸려 사람이 넘어진 사건이 아니에요! 사람을 위험에 빠
뜨리려고 악의에 차서 한 범죄라고요! 그냥 넘어갈 게 있고 그냥 넘어가
선 안 되는 게 있죠! 놔요! 태섭 씨가 협조하지 않으면 나라도 신고할 거
예요!"

별이 자신을 막고 있는 태섭을 밀치며 다부지게 앞으로 나아가자 태섭
이 이제 그 앞에 무릎을 꿇으며 울먹인다.

"소원별 양, 제발 부탁이에요! 이번 한 번만 용서해 주세요! 용서가 안
되면 한 번만 그냥 눈 감아 주세요! 부탁입니다!"

"도대체 이렇게까지 하는 이유가 뭐예요? 태섭 씨, 정수재 본부장하고
무슨 사이예요!"

답답함에 채근하듯 말하는 소원별에게 태섭은 아무런 말도 하지 못하

고 고개만 푹 숙이고 있다. 소원별이 체념하듯 나지막이 한숨을 쉬자, 태섭은 울먹거리며, 자신의 대답을 기다리는 별에게 떨어지지 않는 입으로 힘겹게 말한다.

"그는 내 형입니다. 더 정확히 얘기하면 우리는 아버지가 다른 이부형제입니다."

예상치 못한 두 사람의 관계를 듣고 소원별은 놀란 표정을 감추지 못한다. 쉬이 고개를 들지 못하는 태섭은 분위기로 소원별이 어떤 표정일지 짐작하며, 넘어가지 않는 맨밥을 물에 말아 억지로 먹듯 묵묵히 말을 이어 나간다.

"정수재 본부장은 저 때문에 그렇게 악인으로 컸어요. 정수재 본부장은 형의 아버지와 엄마 사이에서 낳았고, 저는 우리 아버지와 엄마가 해서는 안 될 사랑을 해서 낳은 아들이에요.

저는 제가 잘못 태어났다고 생각하지는 않지만, 형에게 미안한 마음은 내내 있어요. 지금은 금실 좋게 잘 사시지만 처음 결혼했을 때, 엄마와 형의 아버지 사이에는 사랑이 없어서 매우 불행하셨다고 들었어요. 그래서 형이 태어났을 때, 누구도 형에게 신경을 쓰지 못했다며 아직도 형에게 많이 미안해하시죠. 엄마와 형의 아버지는 제가 태어나고 제 아버지가 병으로 일찍 돌아가신 후, 가까스로 사이를 회복하셔서 지금은 잘 살고 계세요. 결혼해서 그렇게 되기까지 13년이나 걸리셨다고 하더라고요.

형은 어른들에게 시금치를 좋아한다고 말하며 억지로 먹어서 어른들의 관심을 받았지만, 저는 시금치가 싫다고 솔직하게 말했다가 어른들에게 꾸지람도 많이 들었죠. 엄마는 우리 아버지가 첫사랑이었고, 형의 아버지는 마지막 사랑이 되었다고 말씀하시곤 하세요. 그렇게 되기까지의 과정이 순탄하진 않았죠. 말은 안 했지만 아마 형이 감당해야 할 몫이 많았을 거예요.

저는 어머니가 바람직하지 못한 사랑으로 저를 낳았기 때문에, 누구보다 올바르고 선하게 살아야 한다고 생각해요. 그건 어머니를 위한 거기도 하지만, 누구보다 저를 위한 일이기도 해요. 저는 축복받지 못하게 태어나고 어린 시절만 힘들었지, 그래도 철이 좀 든 이후부터는 엄마도, 형의 아버지도 저를 많이 사랑해 주셨어요. 그리고 누구보다 친할머니가 저를 많이 사랑해 주셨고요.

근데 형은 어릴 적의 상처로 마음을 열지 못하고, 정방향이 아닌 잘못된 길로 향하고 있어요. 제가 형이 올바른 길로 들어서도록 설득할게요! 소원별 양이 한 번만 날 믿고 도와줘요! 부탁이에요!"

태섭의 이야기를 들을수록 별은 태섭이 어떤 인생을 살아왔는지 보이는 듯하다. 알 수 없는 슬픔과 가슴이 저리는 연민이 태섭에게 든다. 별은 마른세수하고 호흡을 크게 가다듬는다. 이내 슬프지만 조금은 환한 미소로 태섭의 마음을 비치며 이야기한다.

"아지트라고만 얘기했는데 어떻게 찾아왔어요?"

"아지트는 제가 친할머니랑 같이 살았던 곳이에요. 몇 년 전에 할머니가 돌아가시고 엄마가 세를 줬는데, 아무도 안 들어와서 지금은 빈집인 곳이죠. 어릴 때, 형이 아지트를 가리키면서 '넌 이런 좁고 그지 같은 집이 좋냐?' 하고 물었을 때 제가 헤벌쭉 웃으며 '당연하지, 내 아지트잖아.'라고 대답했던 기억이 났어요. 비밀번호는 엄마가 늘 형의 생일로 해놨었던 게 어렴풋이 생각나서… 근데 제 기억이 맞아서 천만다행이에요."

"태섭 씨는 저런 형이 밉지도 않아요?"

"형인데 어떻게 미워해요? 형은 나를 미워할지도 모르지만, 저는 형을 미워하지 않아요."

"내가 어떻게 했으면 좋겠어요? 태섭 씨가 나를 구해 줬으니, 내가 태섭 씨의 소원을 하나 들어주는 셈 치죠!"

"제가 어떻게든 형을 나쁜 길에서 빠져나오게 설득할 테니, 이번에는 경찰에 신고하지 않았으면 좋겠어요."

"태섭 씨는 뭔가 나랑 닮은 점이 많은데 다른 점도 있네요. 일단 집으로 갈까요? 다른 날은 부탁 안 했는데 오늘은 집까지 바래다줄래요?"

슬픈 눈에서 다시금 사랑스럽고 희망차게 바뀐 눈으로 별이 부탁하자, 크리스마스트리같이 따스한 미소를 머금은 태섭이 가만히 고개를 끄덕인다. 둘은 태섭의 차가 있는 곳으로 가는 내내, 아까의 사건을 생각하지 않으려고 애쓰며 행복했던 지난날의 추억을 곱씹었다.

다음날, 이른 새벽, 태섭의 평화로운 잠을 방해하는 성가신 전화벨 소리가 울린다. 전날 사건으로 인해 피곤한 몸을 간신히 추스르며 일으킨 태섭이 힘겹게 확인한 발신인은 정수재였다. 그래도 전화가 왔으니 어제 기절해 놓고 제대로 정신을 차리긴 차린 모양이다. 태섭이 그나마 한시름 놓았다는 생각이 들어, 깊은 탄식과 함께 앓는 소리를 내며 전화를 받자마자, 정수재가 다짜고짜 으름장을 놓듯 말한다.

- 너 왜 나 경찰에 신고 안 했어? -

"다시는 그러지 마. 그러지 말라고 경찰에 신고 안 했어."

- 그렇지. 넌 날 경찰에 신고하면 안 돼. 그럴 자격도 없고, 맞지? 너만 안 태어났으면 내가 이렇게 안 됐겠지? 가족들도 나를 더 사랑하고. 난

항상 엄마란 여자에게 기분이 나빴어. 나는 정상적으로 결혼해서 낳은 아들이고, 너는 바람피워서 낳은 아들인데 똑같이 대하는 게 이상했다고. 당연히 나한테 더 잘해 줘야 공평한 거 아니야? 엄마란 여자 때문에 내 인생이 이렇게 망가진 거야.

어린 시절에는 나를 불륜남과 바람 난 엄마를 둔 자식이라고 손가락질하는 사람들이 싫었는데, 이제는 바람핀 엄마란 여자나 그걸 용서해 준 아버지나 똑같이 증오스러워. 거기다 그사이에 끼어서 매일 바보같이 웃고 있는 넌 더 싫었어. 어릴 때 네가 나를 따라오며 형, 형, 우리 형, 하면 역겨워서 몇 번이나 속을 게워 냈는지 몰라. -

"형, 미안해. 내가 다 잘못 했으니까, 이제 그만 가족들 품으로 돌아와. 엄마도 형 못 본 지 몇 년 됐다고 형을 얼마나 그리워하는지 몰라. 예전 상처에 대해서는 가족들 모두 미안해하고 있어. 그리고 아지트 비번 형도 알지? 예전부터 그 번호에서 바뀌지 않는 거 형도 잘 알…"

- 집어쳐! 그런 고리짝 얘기, 그립다고! 미안해한다고! 가식적이고 역겨운 얘기하지 마! 넌 존재 자체가 부정적인 놈이야. 그런 너 때문에 나는 긍정이 될 수 없었어! 넌 존재 자체가 부정인데 긍정적인 놈이라 내가 그렇게 될 수밖에 없었다고! 어쨌든 너하고 소원별은 언젠가 함께 망가지는 날이 올 거야. -

"형! 어떡하려고 이래! 제발 정신 좀 차려! 내가 어떻게 해야 정신 차릴래?"

- 내가 말하는 대로 다 들어 줄 거야? 어? -

"그래! 들어 줄게. 내가 들어 줄 수 있는 거라면!"

- 그럼 죽어! 혼자 죽기 싫으면 소원별하고 같이 죽든가! 어쨌든 신고 안

할거지? 신고하지 마라! 신고하면 더 망가질 거야. 알겠어? 알겠냐고! -

수화기 너머로 할 말을 잃어버린 태섭의 흐느끼는 소리가 여과 없이 들리자, 이로써 입막음하는 데 성공했다고 생각했는지 정수재가 비열하게 웃는다.

태섭은 정수재의 삐뚤어진 비행을 막고 싶었다. 정말 할 수만 있다면 죽는 시늉을 해서라도 정수재가 잘못되는 걸 멈추고 싶었다. 하지만 잘못된 곳에서 시동을 켜고 제멋대로 날뛰는 차를 멈추는 키는 이미 정수재의 마음속에서 분실한 지 오래였다. 사실 그 키를 잃어버린 곳도 찾는 방법을 아는 것도 본인밖에 없는데 정수재의 마음속에는 그 키를 찾을 생각조차 없었다. 오히려 속도광처럼 이리저리 성난 자동차의 시속을 더욱 높이고 그 스릴을 즐기며 점점 인간 본성과는 반대인 낭떠러지로 멀어졌다.

엎친 데 덮친 격이라고 불청객 같은 사건이 또 하나 발생했다. 강한이 대표는 매일 자차로 직접 운전을 해서 출근할 정도로 허례허식과 허세가 없는 스타일이다. 강한이 대표는 항상 누구보다 일찍 출근했다. 그리고 다른 직원들이 퇴근할 때까지 대표이사실을 나서지 않았다. 퇴근이 너무 늦어지면 어쩔 수 없이, 마지막으로 야근을 하는 직원들에게 격려의 한마디를 하고 나서 퇴근을 해야 직성이 풀리는 성미였다. 그렇다고 직원들의 퇴근 시간에 관여하는 딱딱한 꼰대 상사도 아니었다.

문제의 날도 퇴근 시간을 훌쩍 넘기고 난 뒤에야, 강한이 대표는 가방을 들고 퇴근할 채비를 하였다. 그날은 별이 3일 뒤에 만남이 성사되는 커플을 위해, 이것저것 준비하려고 야근을 자청한 날이었다. 집중해서 자신의 업무를 하는 별의 책상 위에 커피 한 잔이 놓이는 소리가 들린다.

                                    위기의 인간들

별이 그 소리에 정신이 번쩍 들어 옆을 보니 강한이 대표가 따스하게 웃고 있었다.

"소원별, 자네는 카푸치노를 좋아하지? 몽글몽글한 카푸치노 거품이랑 자네가 잘 매칭되네. 근데 카푸치노 거품처럼 갑자기 사라지면 안 되네? 3개월 인턴 끝나고 끝까지 남아서 사람들이 매일 마시는 아메리카노처럼 우리 회사에 남아 있었으면 좋겠네!"

순간 감동한 별이 장화 신은 고양이 같은 눈으로 강한이 대표를 바라보며 고개를 꾸벅 숙인다. 인사를 하다가 우연히 토끼 인형 열쇠고리가 바닥에 떨어진 걸 발견한 별은 그걸 주워서 강한이에게 건네며 말한다.

"대표님, 이 토끼에 어떤 사연이 있으세요? 매일 가방에 달고 다니시던데… 손때가 많이 묻어 있네요?"

"오래돼서 그런가? 잘 떨어지는구먼. 우리 해송이가 어릴 때 토끼랑 결혼한다고 해서 내가 이 열쇠고리를 사 주었네. 어릴 때는 곧잘 갖고 다녔는데, 이제는 안 갖고 다녀서 내가 간직하고 있었네. 이런 토끼 같은 며느리 찾으려고 물심양면으로 아주 많이 노력하고 있었네만, 어쩌면 찾은 것도 같구먼. 어쨌든 소중한 걸 잃어버리지 않게 해 줘서 고맙네. 그럼 수고!"

강한이는 소원별에게 씩 웃어 보이고는, 또각또각 구두 소리를 내며 바쁘게 살아온 자신의 인생처럼 그렇게 지체하지 않고 회사를 나온다. 별은 멀어져 가는 강한이의 뒷모습에서 그녀의 대쪽 같은 인생을 엿본다.

강한이의 차가 지하 주차장을 빠른 속도로 달리고 있다. 그런데 뭔가 심각한 문제가 있어 보인다. 차가 이쪽저쪽으로 지하 주차장을 요리조리

누비는 모습이 매우 아슬아슬해 보인다. 하지만 그건 강한이의 자의에 의해서가 아니었다. 강한이는 성난 황소처럼 흥분해서 달리는 차를 멈추어 보려 했지만, 브레이크가 걸리지 않았다. 언제 터질지 모르는 시한폭탄처럼 차는 위태위태해 보였다. 강한이가 죽을 힘을 다해 시동을 끄자, 그 충격으로 더욱 요동치며 달리던 차는 지하 주차장의 한쪽 벽을 심하게 박고 나서야 겨우 멈췄다. 요란한 굉음으로 인해 지하 주차장에는 사람들이 몰려들기 시작했다.

웅성웅성 떠들던 사람들은 운전석에 있는 강한이를 발견하고 혹시나 있을 2차 사고를 막으려 운전석의 차 문을 열어 의식을 잃은 강한이를 서둘러 끌어내리고 다급하게 119를 불렀다. 잠시 후에 구급차가 왔고 소방대원들이 축 늘어져 있는 강한이를 들것에 실어 차에 태운 뒤, 병원으로 급하게 이송했다. 때마침 퇴근하던 소원별은 버스에서 구급차가 지나가는 것을 보고 뭔가 불길한 예감에 휩싸였다.

정체를 알 수 없는 불안한 밤이 지나고 여느 날처럼 날이 밝자, 별의 핸드폰이 정신 사납게 울리기 시작했다. 무엇 때문인지는 알 수 없었지만, 집요하고 시끄럽게 울리는 그 전화를 받는 게 별은 왠지 모르게 겁이 났으나 안 받으면 안 될 것 같아 전화를 받고 말았다.

전화가 온 곳은 경찰서였다. 강한이 대표의 핸드폰에 마지막 부재중 전화가 찍혀 있어서 연락했다는 게 담당 형사의 말이었다. 별이 깜짝 놀라서 무슨 일이냐고 물어봤지만, 담당 형사는 강한이 대표의 차에서 사고가 났는데 관련 사실 확인을 위해, 서에 좀 나와달라는 말을 하고는 전화를 끊었다. 별은 계속해서 방망이질 치는 심장 소리를 마음속으로 다독이며 '별일 아닐 거야.'라고 되뇌고는 경찰서로 발걸음을 재촉했다.

　　　　　　　　　　　　　　　위기의 인간들

경찰서에 도착하자, 곧은 심지가 엿보이는 다부진 입을 가진 한 사나이가, 자신을 강한이의 사건을 맡은 윤필중 형사라고 소개한 뒤 심각한 얼굴로 별에게 몇 가지를 물어보았다. 강한이와 어떤 관계인지, 어젯밤에 왜 전화를 걸었는지, 마지막으로 강한이를 본 게 언제였는지에 관한 질문이었다. 별은 윤형사의 질문에 차분하게 강한이 회사의 부하직원이며, 전해 준 커피 잘 마셨다는 감사 인사차 전화를 드렸으며, 강한이를 마지막으로 본 건 어젯밤 9시 30분쯤이었다고 대답했다.

진술 청취 이후, 별은 다급한 목소리로 강한이에게 무슨 일이 있었는지 윤형사에게 물어보았다. 윤형사는 강한이의 차가 어우야 사옥 지하 주차장에서 사고가 났는데, 더 조사해 봐야 알겠지만, 현재 사고 현장 감식 결과, 차량 자체의 결함보다는 강한이 대표를 노린 누군가의 소행 쪽으로 무게가 실린다고 말했다. 별이 눈물이 그렁그렁해서 강한이 대표는 많이 다치지 않았냐고 물어보자, 윤형사는 강한이가 이송된 희망병원의 위치를 알려 주며, 참고인 조사는 끝났으니 그만 가도 좋다고 대답한다.

경찰서를 나와 버스정류장을 향해 걸으며, 해송에게 간절하게 전화를 걸어 보았지만, 야속한 신호음처럼 해송은 전화를 받지 않았다. 정수재의 알려지지 않은 범행 날, 갑자기 약속을 취소한 이후부터 해송은 별에게 거리를 두며 피했다. 별일 아니겠지 생각하며 그냥 대수롭지 않게 넘겼는데, 큰일이 닥치니 해송의 빈자리가 더욱 크게 느껴졌다.

버스를 타고 가는 내내 어린아이처럼 엉엉 우는 별이 얼마나 서럽게 우는지, 버스에 탄 승객들도 조금씩 훌쩍이기 시작했고, 한 여학생은 마치 자신의 가족이 우는 것처럼, 안쓰러운 얼굴로 별을 바라보다가 휴지를 건넸다. 별은 갑자기 인간세계의 행복이라는 구름 위를 떠다니다가 절망이라는 어둠의 늪에 빠진 것 같았다. 그렇게 혼자 처절한 현실 속에서 울고 있는 별에게 사람들의 동감과 공감은 무언의 위로 같았다.

병원에 도착해서 의식이 없는 강한이를 보는데 별은 이 모든 상황이 거짓말 같았다. 어젯밤에 강한이는 웃으며 커피를 건넸었는데, 지금 보고 있는 현실이 별은 믿기지 않았다. 마치 행복했던 지난날을 생각하며 자는 것 같은, 강한이의 손을 잡고 별은 마음속에서 터져 나오는 눈물을 억지로 참아 본다. 의지와는 반대로 뜨거운 눈물이 멈추지 않고 심장을 타고 흘렀지만, 별은 자신의 마음을 애써 강하게 다잡았다.

병원을 나와서 회사로 출근하는 길은 왠지 더욱 춥고 을씨년스러웠다. 그날 온종일 한참이나 연락을 기다려 봤지만, 묵묵부답인 전화기 응답기처럼 해송의 연락은 오지 않았다.

다음 날 아침, 별은 경찰서에서 강한이 대표 사건의 용의자로 지해송을 긴급체포했다는 전화를 받았다. 별은 어제 윤형사에게 사건의 진행 상황을 좀 알려 주십사 부탁했었다. 윤형사는 모든 수사는 비공개가 원칙이라며 완강하게 거부했다. 이대로는 절대 집에 가지 않겠다는 완고한 눈빛과 끈질긴 설득으로, 다른 곳에 노출하지 않겠다는 약속하에, 윤형사는 사건의 진행 상황을 중간중간 알려 주겠다며 별의 부탁을 마지못해 들어주었다.

별은 회사에 조금 늦을 것 같다는 연락을 한 뒤, 매무새도 제대로 보지 못하고 경찰서로 발길을 재촉했다. 경찰서에 도착하니, 해송이 간밤에 잠도 못 자 초췌한 얼굴로 윤형사가 아닌 다른 신참 내기 형사로부터 조사를 받고 있었다. 그런 해송의 얼굴을 보고 별은 더욱 안타까운 마음으로, 이 사건의 참고인으로서 어제 참고인 조사를 받았다고 말하며, 군기가 바짝 든 신참 형사에게 사건의 경위를 물어본다.

처음에는 시큰둥하게 바라보던 신참 형사도 소원별의 눈에서 강한 의지를 읽은 뒤 태도를 바꿔 덤덤하고 빠르게 해송이 용의자로 지목된 이유에 대해서 설명해 준다. 사건의 실마리를 찾기 위해 강력 1팀이 어젯밤 건물 지하 주차장 쪽의 CCTV를 보는데, 강한이 대표가 퇴근하려고 지하 주차장에 오기 전 제일 마지막에 잡힌 사람이 지해송이라는 것이다.

더욱 수상했던 것은 예리하게 잘린 브레이크 호스가 있는 그 위치에서 해송이 오랫동안 몸을 수그리고 있었다는 것이다. 별은 해송이 용의자라는 걸 믿을 수 없어, 신참 형사에게 CCTV를 보여 달라고 말했다. 하지만 신참 형사는 증거가 유출될 수 있어서 함부로 보여 줄 수 없다고 대답한다.

"저도 어제 경찰서에 왔었던 참고인입니다. 그리고 강한이 대표님의 회사 직원이기도 합니다. 또한, 여기 있는 지해송 교수님의 친구입니다. 그러면 제가 이 CCTV를 보는 것에 타당한 사유가 있다고 생각합니다."

강력하고 단호한 별의 한마디에도 신참 형사는 표정의 미동도 없다. 그때 분위기를 반전시킨 건 경찰서에서 짬밥 꽤나 있다는 윤형사의 등장이었다. 선이 굵은 베테랑 형사지만 뭐든 허투루 보지 않는 윤형사가 가만히 고개를 끄덕이는 것으로 신참 형사에게 보여 주라는 말을 대신한다. 그러자 신참 형사가 한숨을 길게 내뱉고는 생각에 잠긴 듯 소원별을 바라본다. 소원별의 흔들림 없는 눈빛을 말없이 바라보던 신참 형사의 경직된 어깨와 표정이 조금은 편해진다.

별이 CCTV를 보니 강한이 대표가 차를 타기 전 제일 마지막에 찍힌 사람은 지해송이 맞다. 그 이후에 어찌 된 일인지 영상이 치지직 거리다가 강한이가 차를 타는 영상으로 바로 이어진다. 빼도 박도 못할 증거인 셈이다. 별은 어떤 크나큰 난제에 부딪힌 수학자라도 된 것 같다. 이 악마의 문제를 풀지 못하면 지해송의 인생은 끝이다라는 생각이 뇌리를 스친다. 오만가지 생각으로 머릿속이 복잡해 경황이 없는 별에게 신참 형사는 자신들도 바쁘니 이제 그만 가달라고 툭 내뱉듯이 얘기한다.

무심한 신참 형사의 말에 조용히 고개를 떨구고 있던 별은 윤형사에게 가만히 물 한 잔을 부탁한다. 윤형사가 안쓰러운 표정으로 물이 든 종이컵을 별에게 내밀자, 별은 이 물은 지해송 교수님에게 전해달라고 말한 뒤 경찰서를 나온다. 무슨 말이라도 걸어 보고 싶었지만, 정신 나간 사람처럼 넋을 놓고 있는 해송을 보니 별은 어떤 말도 붙일 수가 없었다. 별은 버스를 타고 회사로 향하는 길에 윤형사가 은연중에 지나가듯이 한 말이 갑자기 생각났다.

"그런데 지하 주차장 CCTV에 한 소년이 잠깐 찍혔어요. 특이할 점은 CCTV가 그때 순간 멈춰서 캡처가 된 듯이 찍혔다는 거예요. 뭔가 이 소년이 단서가 될 것 같아 찾고 있는데 소년의 행방이 아직 오리무중이에요. 그리고 이걸 소원별 양에게 말해야 할지 모르겠는데, 다만 예전에 지해송 씨가 어떤 사건에 휘말려 불송치 결정이 내려진 적이 있는데 내부적인 수사경력 자료에 남아 있어요."

"그 사건에 대해서 자세히 말해 줄 수 있나요?"

"내부적인 수사경력 자료라 자세히 말해 주긴 곤란해요."

"한 모자(母子)의 인생이 걸린 문제예요. 제발 부탁이에요!"

"나도 소원별 양이 안타깝긴 한데, 지해송 씨와 관련하여 말해 줄 수 있는 건 이번이 마지막이에요. 5년 전에 마약에 의한 자살 사건이 있었어

     위기의 인간들

요. 아직 속 시원하게 밝혀지지 않은 사건인데 그때 그 피해자가 지해송 교수의 오랜 연인이라 세상이 굉장히 떠들썩했었죠. 여기까지밖에 말해 줄 수 없어요.”

“정말 죄송한데 진짜 마지막으로 피해자 이름만 알려 주세요!”

“아~ 진짜 사람 엄청 곤란하게 하는데 재주 있으시네. 윤슬이에요! 윤슬!”

별은 머릿속이 뒤죽박죽되어 정신없는 와중에도 고군분투하여 회사업무를 가까스로 마무리하고 버스정류장으로 터덜터덜 걸어갔다. 집으로 향하는 버스에서 내내 지해송과 윤슬의 이름을 검색했다. 5년 전이란 시간처럼 사건은 사람들의 뇌리에서 멀어져 있었다. 그래서 두 사람의 헤어짐이라는 교집합이 된 사건을 찾기란 쉽지 않았다.

하지만 의지의 천사 별이 끝끝내 그 사건의 조그만 단초가 될 기사를 찾았고, 기사 안에는 지해송과 윤슬의 습기 없는 마른 눈물이 느껴지는 듯했다. 5년 전, 오래된 기사에는 직장인 A씨(27세)가 동거 중인 남자친구의 집에서 사망한 것을 남자친구 C씨(31세)가 최초 발견하여 신고했는데, 마약을 투약한 흔적이 있어 남자친구 C씨를 조사하고 있다는 내용이 쓰여 있었다. 윤슬에 대해서는 해송에게 지나가는 말로, 예전에 많이 사랑했었고, 미안함을 넘어서 죄책감을 느꼈던 사람이 있는데, 햇살에 반짝이는 물처럼 아름다웠다라는 말을 들은 적이 있었다.

기사에 관한 내용을 보면서 사건으로 뒤엉켜 버린 머릿속을 정리하는데, 왠지 모르게 기사 말미의 내용이 별의 뇌리에 강하게 박혔다. 마지막으로 윤슬과 연락했던 B(31세)씨와 그녀의 남자친구 혐의점 없음. 이후에 윤형사가 많이 고민하다 했던 말이 별의 마음에 내내 맴돌았다.

“이 사건을 담당했던 분이 우리 서에 계세요. 솔직히 그 형님은 물증보다는 심증이나 촉을 많이 믿는 분이거든요. 근데 아직도 기억에 남는 건, 지해송 교수는 넋이 완전히 나가서 담당 형사인 그 형님조차 안쓰럽다는 생각이 들었대요. 근데 윤슬과 마지막으로 연락했던 B 씨랑 B 씨의 남자친구는 조사를 받으러 와서, 건성건성 대답하고 알리바이도 서로 대본에 짠 것처럼 대더래요.

미심쩍은 마음에, 근데 친한 동생이 죽었는데 슬프지 않으세요? 하고 그 형님이 물었더니 B가 이럴수록 윤슬을 위해서 의연해야 한다면서 너무하다 싶을 정도로 얼굴색도 안 바뀌더래요. 그때 직감적으로 뭔가 이상한 구린내를 형님은 감지했대요. 근데 위에서 자꾸 수사를 빨리 종결하라고 들들 볶아대니까 어쩔 수 없이 미제로 사건을 마무리할 수밖에 없었죠. 이후에 그 형님이랑 술을 한잔한 적이 있거든요. 근데 아직도 그 구린내가 잊혀지지 않는다며 많이 괴로워하셨어요.”

다음날, 간신히 잠들었다 일어나서, 출근한 별은 회사 분위기가 자신의 마음보다 더 어수선함을 느꼈다. 이미 회사 직원들 사이에서는 어우야가 경쟁업체 (주)골드 매리지 파트너에 곧 매각될 거라는 소문이 파다했다. 어수선하고 정신없는 직원들 사이에서 골드 매리지 파트너 홍재환 회장의 무남독녀 외동딸인 홍주나만이 흐트러지지 않는 자세로 보통날처럼 아무렇지 않게 일을 했다. 언뜻 보면 홍주나가 의연한 듯 보였지만, 사실 별이 보기에 홍주나에게서 인간미란 전혀 느껴지지 않았다.

어우야와 업계 1, 2위를 다투는 골드 매리지 파트너 총수의 일가 중 핵심 인물인 홍주나가 경쟁사인 어우야에 입사할 때 했던 면접 일화는 지금도 미스터리로 전해진다. 골드 매리지 파트너 회장의 외동딸 홍주나는 어우야 대표이자 해송의 어머니인 강한이를 독대하게 된 면접 자리에서 강한이가 "왜 아버지 회사도 있는데 우리 회사에 지원하려 하나? 아무리 스펙이 뛰어나고 유능한 인재라 해도, 또 우리 아이와 같은 반 친구였다 할지라도 그 이유를 좀 들어 봐야 할 것 같네."라는 질문에 이렇게 대답했다고 한다.

"아버지의 회사에서 시작할 수도 있지만, 더 큰물에서 놀기 위해, 또 사회생활을 제대로 배우기 위해, 그리고 경쟁업체이지만 어우야와 파트너로 시작하고 싶어서입니다."

강한이 대표는 그런 홍주나에게 어떤 이면의 의미가 있는지는 파악하지 못한 채, 표면의 당차 보임만을 보고 홍주나를 덜컥 어우야에 합격시켰다. 그 일로 얼마나 많은 사건이 파생되고, 심각한 파장을 생성할지 그때는 그녀만이 아니라 이 세상의 많은 사람이 알지 못했다. 그렇게 어수선한 아침을 간신히 보내고 나자, 어우야로 서류를 든 낯선 사람들이 삼삼오오 모여들어 직원들을 더욱 정신없게 만들었다.

회사 소식통에 의하면, 부사장인 전부동이 강한이 대표가 부재한 틈을 타, 골드 매리지 파트너와 내통하여 급격하게 하락하는 어우야의 주가를 이유로, 대표이사 해임안과 함께 어우야를 골드 매리지 파트너에 인수·합병하게 하려 한다는 것이었다. 말이 좋아 M&A[27]지, 강한이 대표가 일구어 놓은 업계 평판 1위 어우야를 헐값에 경쟁사인 골드 매리지 파트너로 넘긴다는 내용이었다.

사람들은 전부동이 누구를 통해 골드 매리지 파트너와 내통했는지 쉽

---

27   mergers and acquisitions(기업 인수 합병). [네이버 어학 사전]

게 짐작할 수 있었다. 강한이 대표의 사고 전부터 홍주나는 전부동의 부사장실을 뻔질나게 드나들었었다. 사건이 일어난 이후에야, 사람들은 그 이유를 알게 되었고 홍주나가 왜 회사의 위기 앞에 그렇게 의연할 수 있는지도 깨달았다. 전부동과 홍주나는 퇴근 전, 회사에서 우연히 별과 마주쳤는데 그들은 차가운 냉소를 보냈고 별은 그걸 묵묵히 견디어 냈다.

별이 회사에서 퇴근하려고 채비를 차리는 데 경찰서에서 전화가 왔다. 윤형사의 전화였는데, 왜 슬픈 예감은 틀리지를 않는지 윤형사가 찾고 있던 소년의 목격자 진술로 인해 지해송이 끝내 구속영장을 발부받았다는 내용이었다. 별이 서둘러서 경찰서로 달려갔을 때는 이미 목격자 진술을 한 소년이 떠난 직후였다.

윤형사는 모든 사건의 정황과 진술들이 지해송에게 불리하게 돌아가고 있고, 그 자신마저 지해송을 유력한 제1 용의자로 보고 있다고 말했다. 별은 지푸라기라도 잡고 싶은 심정으로 윤형사에게 혹시 소년의 연락처를 아는 방법이나 소년을 만날 방법이 없냐고 물어보았지만, 윤형사는 고개를 절레절레 저을 뿐이었다. 그러자 별은 자신도 모르게 쓰러지듯이 털썩 주저앉아 고개를 떨군 채 흐느꼈다. 윤형사도 그런 별이 좀 안쓰러웠는지 사건의 단서가 될 핵심 내용 하나를 알려 주었다.

"소원별 양, 나도 전에 윤슬 담당 형님을 만나서 얘기도 해 보고, 지해송 교수의 평소 인성도 주변에서 많이 들어서 이번 사건이 안타깝긴 해요, 근데 심증이 있어도 범인을 못 잡을 순 있어도, 증거가 있으면 없던 죄도 만들어지는 세상이에요.

사건에서는 평소 사람의 이미지로 그 사람을 확신할 수 없고, 모든 사건의 인과관계에 따라 그 사람이 명확해지는 거예요. 저번에 말했던 소

　　　　　　　　　위기의 인간들

년이 제 발로 찾아왔어요, 그 아이 말에 의하면 무서운데, 양심에 찔려서 도저히 말을 안 할 수가 없었대요. 우연히 어우야 사옥 지하 주차장에 갔는데, 저 아저씨가 자동차에서 어떤 부분을 가위로 잘라 내고 있었다고 얘기했어요, 그것도 지해송을 손으로 직접 가리키면서. 이젠 우리로서도 어쩔 수가 없네요. 소원별 양도 서에 그만 오는 게 좋겠어요.”

울면서 듣고 있던 별이 끅끅거리며 겨우 말했다. 울음을 서럽게 토해 내다가 힘겹게 참으며 한 말이었다.

“그러면 그렇게 어린 소년이 결혼정보업체 사옥 지하 주차장에는 왜 갔대요?”

그러자 윤형사가 자상하지만, 단호한 어조로 대답했다.

“그 녀석이 단순히 대기업 주차장에는 비싼 차가 얼마나 많을까? 생각하고 들어갔대요.”

“겨우 그 이유 때문에요?”

어이없어하는 별의 질문에 윤형사는 예상했던 질문이라는 듯이 생각보다 쉽게 대답했다.

“나도 그게 이상해서 물어봤는데, 우연히 어우야 사옥 편의점에 들렀다가 단순한 호기심이 생겨서 그렇게 했대요. 애들 때니까 당연히 그럴 수 있죠? 소원별 양, 나도 비공개 수사 내용을 참고인이었지만 외부인에게 자꾸 알리는 게 불편해요. 사건이 종결될 때까지는 되도록 서에 오지 않았으면 해요.”

그리고 나선 부러 별에게 시선을 두지 않고, 사건 일지를 보는 윤형사를 보다가 사건 해결에 어떤 도움도 되지 않는다는 걸 깨닫자, 별은 떨어지지 않는 발걸음으로 경찰서를 나왔다. 이제 정말 그 어디에도 지해송

을 구할 답을 찾을 수 없다는 생각이 들자, 별은 무너지는 마음을 가까스
로 부여잡고 집으로 돌아와서, 눈물 콧물 다 빼며 오열하다가 쓰러지듯이
잠이 들었다.

* 또 다른 소년을 위해 우리가 해야만 하는 일

소년은 어느 교회에서 접착제를 몰래 흡입하다 환각 상태에 빠진 채로, 그런 청소년을 물색하던 정수재의 눈에 딱 걸렸다. 정수재는 소년을 아지트에 데려다 놓은 뒤, 자신의 목적을 위해 기다렸다. 이윽고 얼마의 시간이 흘러 정신을 차린 소년에게 기다렸다는 듯이 이것저것 캐묻기 시작했다.

소년은 이내 기분 나쁘게 묘한 인상의 남자 어른을 경계했다. 그것도 잠시였다. 정수재가 똑바로 대답하지 않으면 소년이 교회에서 접착제를 몰래 흡입한 사실을 경찰에 신고하겠다고 협박하자, 12살의 어린 가출 소년은 덜덜 겁이 나기 시작했다.

접착제를 혼자서 몰래 흡입한 것은 이번이 처음이었다. 소년이 접착제를 난생처음 흡입한 건, 가출하고 나서 일주일이 지난, 비가 추적추적 오는 어느 공터에서였다. 아직 가을이 채 오기도 전 여름의 시름을 던 어느 날이었다. 소년은 다른 가출 청소년들과 어울리다가 접착제에 처음 손을 대기 시작했다. 초반에는 다른 아이들을 따라 호기심에 접착제를 흡입했지만, 이제는 접착제를 흡입하지 않으면 견디지 못하는 심각한 접착제 중독에 빠졌다.

그러다 가출 청소년 무리의 리더 격인 아이와 심하게 다투고, 혼자 그 무리를 빠져나왔다. 이곳저곳에서 노숙 생활을 하고 있었던 찰나, 남은 돈을 모두 접착제를 구매하는 데 쓴 뒤, 사람이 없는 야심한 시각에 우연히 문이 열려 있는 교회로 들어가서 몰래 접착제를 흡입했다.

정수재는 자신이 묻는 것에 대한 소년의 대답을 들은 뒤, 두세 달 전에 가출해서 가족과 연락하기도 어려울뿐더러, 소년이 법의 망을 교묘히 빠져나갈 수 있는 나이를 갖고 있음을 알게 되자, 음흉한 미소를 지었다. 그리고 어떤 감정의 흔적도 느낄 수 없는 공허하고 초점 없는 눈으로, 겁을 잔뜩 집어먹은 소년의 감정을 훑으며, 네가 아직 어리니 당분간 이곳에서 지낼 수 있게 해 주겠다고 말한 뒤, 말을 잘 들으면 너를 경찰에 신고하지는 않겠다는 말도 덧붙였다.

소년은 긴장의 눈초리로 보던 정수재가 달칵하고 방문을 열쇠로 잠근 후 아지트를 나가는 소리가 들리자 주위를 둘러보았다. 아지트는 청소를 언제 했는지 알 수 없을 정도로, 먼지가 가득 쌓여 있었지만, 그런대로 나쁘지 않았다. 예전 거리에서 노숙할 때 비하면, 이곳은 5성급 호텔의 스위트룸 못지않았다.

주위를 둘러보던 소년은 낡은 책상 위로 자신도 모르게 눈길이 멈췄다. 그곳에는 마치 누군가가 일부러 가져다 놓은 것처럼 새 접착제가 여러 개 가지런히 놓여 있었다. 소년은 이 상황이 무엇인가? 하고 생각할 겨를도 없이 접착제를 흡입했다. 그리고 이내 몸이 자유롭게 유영하는 환각에 빠져들었다.

그러다 잠이 들었는데, 꿈에서 소년은 안경을 쓴 어떤 예쁜 여자가 자신을 안쓰럽게 바라보며 "이제 그만 빠져나와라." 하는 말을 어렴풋이 들었다. 하지만 소년은 여자의 따뜻한 시선이 부담스러워서 눈을 그만 피하고 말았다.

그렇게 여러 날 소년은 아지트에 있는 음식을 연명하듯 먹으며 접착제에 빠져 있었다. 얼마의 시간이 지났는지 알 수 없었으나, 아지트의 냉기가 소년을 잠에서 깨웠을 때 정수재가 자신을 아래로 내려다보고 있었다.

정수재는 이제 네가 할 일이 생겼다며 소년에게 강한이의 차량 브레이크 호스를 자르는 일을 시켰다. 중2병이 빨리 온 소년 딴에는 반항을 해보았지만, 정수재의 상대가 전혀 되지 않았다. 소년이 치기로 반항하기에는 소년의 나이가 너무 어렸다. 소년은 또래보다 키가 꽤 큰 편에 속했지만 그랬다손 치더라도 정수재보다 키도, 덩치도 한참 작았다. 그리고 아직 때가 덜 탄 소년에 비해, 정수재는 세상의 영악함을 모두 알고 있는 듯 소년의 정신과 마음을 지배했다.

결국, 소년은 정수재가 준비한 가위로 강한이 차량의 브레이크 호스를 자르고 재빨리 내뺐다. 딴 데로 샐 생각 하지 말라는 정수재의 사전 경고에도 불구하고, 소년은 나름의 반항으로 잽싸게 도망쳤다. 그러나 간교한 정수재의 감시를 피하기에는 역부족이었다. 정수재는 소년을 아지트로 끌고 가서 고문하듯이 폭행했다. 소년은 처음으로 인간이 무섭고 두려운 존재라고 생각했다.

그 일을 계기로 소년은 정수재의 말을 고분고분 듣게 되었다. 소년도 학교에 있을 때 소위 잘나가는 일진이었다. 그때는 소년이 다른 아이들을 때리고 금품을 갈취했었다. 자신이 누구에게 맞았던 적도, 억압받았던 적도 없었기에 소년은 정수재가 더욱 무섭게 느껴졌으며, 정수재에게 폭행을 당할 때 '이러다 죽을 수도 있겠구나.' 하는 생각이 섬광처럼 머리를 스쳐 갔다.

지해송이 긴급체포 된 이후, 정수재는 위증이라는 범죄를 또다시 소년에게 강요했다. 소년은 경찰보다는 정수재가 더 두렵다고 느껴져, 제 발로 경찰서에 찾아가 거짓으로 된 목격자 진술을 했다. 조금은 허술한 소년의 범죄가 감쪽같이 감춰질 수 있었던 건, 정수재가 돈을 뿌려 어우야 사옥 지하 주차장 CCTV에 손을 썼기 때문이다.

소년은 자신이 어떤 나쁜 일에 가담하고 있다는 걸 은연중에 알고 있었지만, 숙소가 필요했고 먹을 음식이 필요했으며 정말 결정적으로 접착제를 몰래 흡입할 은닉처가 필요했다. 그래서 정수재의 말대로 생활하고 거기에 점점 익숙해지고 있었다.

소년의 거짓 목격자 진술로 인해 지해송은 결국 구속영장을 발부받았다. 강한이의 회사 어우야는 상황이 더 좋지 않았다. 전부동과 홍주나의 계략으로 인해 어우야는 헐값에 경쟁사 골드 매리지 파트너로 넘어가기 일보 직전이었다. 상황이 매우 긴박하게 돌아가는 와중에, 정수재는 이 모든 상황의 쐐기를 박기 위해 소년을 결정적으로 이용하기로 마음먹었다.

정수재는 숙소에 있는 CCTV를 통해, 소년이 하는 일거수일투족을 감시하며 소년이 접착제를 흡입해서 환각에 빠져 있을 때, 아지트에 필요한 걸 가져다 놓았다. 그 물품 중에 접착제를 빼먹는 일은 단 한 번도 없었다. 정수재는 소년을 철저히 외로움 속에 가두었다.

그러다 어느 시점부터 소년이 흡입할 접착제가 떨어졌음에도 가져다 놓지 않았다. 소년이 참다못해 정수재가 연명할 음식물을 가져다 놓을 때 부탁하듯이 접착제도 좀 사다 달라고 얘기했다. 정수재는 싫다고 말한 뒤, 참을 수 있는 만큼 참아라. 그것이 극기다. 이런 말을 남기고 나갔다.

소년은 금단증상에 시달리며 분을 삭이지 못해, 아지트의 얼마 되지 않는 물건과 집기들을 던지고 깨부수었다. 뭔가 알 수 없는 억울한 분노는 오래가지 못했다. 자신이 울분을 토해 내도 상황이 달라지지 않는다는 걸 깨닫자 소년은 자포자기해서 울다가 잠이 들었다.

소년이 자신을 멸시하며 쏘아보는 정수재의 눈빛을 느끼고 헐레벌떡 일어났다. 정수재는 네가 해야 할 중요한 일이 생겼다며, 강한이의 인공호흡기를 몰래 떼고 오라는 말을 했다. 소년은 정수재의 말을 듣는 순간 뎅~ 하는 경종이 울렸다. 저번에도 누군가를 해하는 일이란 걸 어렴풋이 알고 했지만, 이번에는 달랐다. 이번에는 사람을 해치는 일에 직접 관여하는 일이었다.

소년이 정수재에게 이번에는 절대로 안 하겠다고 극렬하게 반항하자, 정수재는 미세하게 샐쭉한 표정을 지어 보이다가 나중에 다시 오겠다며, 아지트에 자신의 경멸을 남긴 채 나갔다. 아지트 안은 먹을 물도, 음식도 없었고 소년이 던지고 깨부순 물건 때문에 지저분했다. 냉골의 추위도, 배고픔도, 접착제로 인한 금단증상도 이기기 힘들었다. 얼핏 잠이 들었을 때 검은 코트를 입은 한 남자가 소년에게 말을 걸었다.

"네가 네 영혼을 나에게 판다면, 너에게 최고의 쾌락을 느끼게 해 주마. 어때? 내 제안을 받아들일래? 어렵지 않지?"

"영혼을 팔기만 하면 되는 건가요? 어렵지 않아요. 그럼 아저씨 말대로 할게요."

"네 말이 그래도 이루어지면 너는 그에 상응한 대가를 치를 것이다. 또 보자. 꼬마야."

　소년은 점점 빠져나올 수 없는 검은 늪에 빠지고 말았다. 결국, 3일 뒤 정수재가 소년을 다시 찾았을 때, 소년은 정수재의 바짓가랑이를 붙잡고 매달리며, 자신이 그 일을 하겠다고 최상위 육식동물에게 잡아먹히는 그보다 작은 육식동물처럼 포효했다. 정수재가 이건 거사를 앞둔 너를 위한 대가라고 말하며 마약을 건넸고, 소년은 처음으로 마약을 접했다. 그리고 곧 환각 상태에 빠졌다. 환각에 빠지자, 전에 꿈에서 보았던 여자가 울고 있었고, 검은 코트를 입은 그 남자가 멀지 않은 곳에서 차갑게 웃고 있었다.

　어우야에서는 회사 상황이 매우 긴박하게 돌아가고 있었다. 의식불명인 강한이가 빠진 채, 대표이사 해임안과 골드 매리지 파트너로의 M&A로 인한 긴급 소집, 임시 주주총회 날짜가 급작스럽게 3일 뒤로 잡혔다. 마치 어둠을 꿈꾸는 이들로 인해, 그런 세상은 영원할 것만 같았다. 그날 밤, 소년은 희망병원 중환자실에서 인공호흡기에 의지해 숨을 쉬던 강한이의 인공호흡기를 떼 버린 뒤, 급하게 도망치다 화물차에 치였다.

　자신의 인생에서 가장 긴 무의식의 세계에서 눈을 떴을 때, 소년은 화물차에 치여서 쓰러져 있는 자기 모습을 보았다. 출혈 흔적이 도로 바닥에 선명하게 남아 있었지만, 소년은 이 상황이 정확히 이해되지 않았다.

　저 멀리에서 그때 꿈에서 보았던 안경을 쓴 예쁜 여자가 소년에게 다가왔다. 그녀는 죽은 영혼을 천국과 지옥으로 인계하는 천사 제사라였다. 사라는 "함께 가야 한다."라고 말하며 소년의 앞에 서서 걸어갔다. 소년은 차마 발걸음이 떨어지지 않았지만, 마음과는 달리 발이 사라를 따라 움직이고 있었다. 사라는 어떤 말도 하지 않았지만, 슬프고 낙담한 기운이 소년에게 그대로 느껴졌다.

이윽고 어떤 강에 이르렀을 때, 한 남자의 실루엣이 보였다. 사라는 그 남자를 말없이 바라보았다. 낡은 외투를 입은 구한재가 사라와 눈인사를 나누고, 소년을 인계하여 강 위의 두 갈래 길 중 칠흑같이 어두운 곳으로 이끌었다. 소년이 알 수 없는 어떤 두려움에 의해 구한재에게 울먹이며 물어본다.

"저는 어디로 가는 건가요? 저 혹시 죽었어요?"

그러자 구한재는 나지막이 한숨을 쉬며 대답한다.

"너는 죽었고, 이제 이승을 떠나 하늘나라로 간다. 너는 인간세계에서 죄를 많이 범하고 뉘우치지도 않아 지옥으로 간다."

"저 지옥에 가고 싶지 않아요! 지옥에 가기에는 제가 너무 어려요!"

소년의 말을 묵묵히 듣고 있던 구한재는 단호하면서도 냉정하게 소년에게 대답한다.

"지옥에는 촉법소년이란 법이 없다! 인간은 누구나 자신의 인생에 책임을 져야 한다. 너도 네가 하는 일이 나쁘다는 건 누구보다 잘 알지 않았니? 네가 나이가 어리다고 해서 다른 사람의 생명에 위해를 가한 것의 면죄부가 되진 않는다! 그건 누구나 마찬가지다!"

소년은 뭔가 억울하다는 생각이 들어 울먹이기 시작했지만 그건 소년의 자신에 대한 맹목적인 연민일 뿐이었다. 어두운 강의 끝에 다다르자 팔짱을 끼고 두 사람이 걸어오는 걸 지켜보고 있던 어떤 남자가 구한재에게 찡긋 장난스레 윙크한다.

소년은 무심코 시선을 뒀다가, 그 남자가 누구인지 알게 됐을 때, 이내 체념하듯 고개를 숙이고 울먹이며, 앞서가는 두 남자를 따라간다. 소년이 꿈에서 보았던 것처럼, 검은 코트를 입은 변개헌이 구한재에게 어깨동

무를 한 채 앞서 걸었다. 변개헌은 아직도 울먹이는 소년의 소리가 들리자, 소년에게 나지막이 조곤조곤하게 얘기한다.

"너는 강한이, 지해송, 또 한 명의 사람, 세 사람에게 위해를 가해서 지옥에 가는 거다."

그러자 소년이 따지듯이 "두 사람이잖아!"하고 말한다. 그러자 개헌은 "제일 소중한 너 자신마저!"라고 차가운 어투로 얘기한다. 소년은 울면서 후회하지만, 한재와 개헌은 아랑곳하지 않고 그런 소년을 지옥으로 데리고 간다.

한재와 개헌, 두 악마가 소년을 지옥으로 데려가는 시각, 인간세계, 희망병원 중환자실에서는 생사의 갈림길에 서 있는 강한이를 살리기 위해 인간들이 악전고투했다. 의사와 간호사는 분초를 다투는 현장에서 자신이 할 수 있는 그 이상의 최선을 다했고 '이제 마지막이다!'라고 생각했을 때, 마치 기적처럼 강한이의 호흡이 돌아왔다.

전화를 받고 달려온 소원별은 호흡이 돌아온 강한이를 보자마자 자신도 모르게 "주님 감사합니다."라는 말이 저절로 나왔다. 그렇게 인간세계의 어두운 밤이 지나고 있었다. 때로 인간들은 간과하지만, 신은 인간들의 곁에서 언제나 지켜보고 있다. 그래서 정말로 선하게 산 인간을 절체절명의 위기에서 구해 주기 위해 신이 존재하는지도 모른다.

이 세상에 완전범죄란 존재하지 않는다. 강한이가 입원한 중환자실 CCTV에 찍힌 그 소년에 의해 모든 수사가 원점으로 돌아갔다. 지해송은 처음에는 자포자기의 심정으로 자신에 대한 어떠한 변호나 진술도 거부했지만, 경찰서에 찾아와서 오열하는 소원별을 본 이후부터 생각을 고쳐먹었다. 그래서 자신은 본 사건과는 무관하며, 강한이 대표의 차량 브레이크 호스를 자르지 않았다는 진술을 일관되게 했다.

윤형사는 어머니와 사이가 안 좋다는 주변의 진술을 들었는데, 원한에 의해서 범죄를 저지른 거 아니냐며 끈질기게 심문했다. 해송은 어떤 사건으로 인해 어머니와 사이가 소원해지고 멀어졌지만, 자신은 누구보다 어머니를 사랑한다고 말했다. 어머니를 진심으로 사랑하지 않는다면, 어머니의 차 근처에 떨어진 인형 열쇠고리를 보고도 그냥 지나쳤을 것이라며, 주머니에서 손때 묻은 토끼 인형 열쇠고리를 꺼내서 윤형사에게 보여 주고는 감정이 격해져서 끝내 울먹였다.

결국, 목격자 진술을 한 소년의 진술이 위증이었음이 드러나면서, 어우야의 주주총회 소집날, 해송은 증거불충분으로 인한 혐의없음으로 가까스로 경찰서에서 풀려났다. 어우야의 누구도 지해송이 올 거라는 예상을 하지 못했고, 전부동과 홍주나는 속으로 쾌재를 부르며, 회의장에서 여유롭게 주주총회에 모인 주주들을 자기 발아래로 내려다보고 있었다.

회의 시작 전, 굳게 닫혔던 대회의장 문이 열리고 지해송이 마치 진짜 주인공처럼 등장했다. 전부동과 홍주나는 마치 하늘에서 온 어떤 심판자를 보듯, 입을 떡 벌리고 얼굴이 새파랗게 질려서 지해송을 쳐다보았다. 소원별은 이미 그 전에, 자신의 편에서 지켜 주던 진현서 부회장과 함께 힘을 모아 주주들을 설득하고 있었다.

많은 이의 노력으로 인해, 대표이사 해임안과 어우야를 골드 매리지 파트너에 인수·합병하는 일은 간신히 막았다. 안건이 부결되자마자, 홍주나와 전부동은 똥 씹은 표정이 되어 대회의장을 박차고 나갔다. 소원별은 오랜만에 보는 지해송을 따스하게 안아 주었고, 그동안의 소원별의 행보를 지켜보며, 모든 오해가 말끔히 풀린 지해송은 그제서야 기꺼운 마음으로 소원별을 안아 본 뒤, 자신의 오랜 인연인 진현서 부회장에게 고개 숙여 인사를 한 후 깊은 악수를 나눴다.

사건이 일단락되고, 지해송이 희망병원으로 강한이를 보러 갔을 때, 마치 해송이 오기만을 기다렸던 것처럼 오랜 잠에서 깨듯 강한이가 의식을 회복했다. 해송은 강한이를 안아 주며 자신의 주머니에서 손때 묻은 토끼 인형 열쇠고리를 꺼내서 강한이의 손에 쥐어 주었다. 그러자 강한이도 눈가가 촉촉해지며 옅은 미소를 띠었다. 모든 사건의 시작도 그 과정이나 결과조차도 인간이 하는 일이다. 신은 다만 그런 인간을 믿어 주며 지켜봐 주고 사랑하는 마음으로 기다려 줄 뿐이다.

4. 자신의 모든 걸 초월하는 희생정신

회사의 위기도, 선한 인간들의 위기도 다 해결되진 않았지만, 그래도 걱정만 하면서 살 수는 없는 일이다. 모든 걱정을 기억하며 살기에는 인간의 인생은 짧다. 다만 위기 또한 과거가 되고, 과거를 해결하면 결과가 나올 것이고 그 결과가 곧 미래가 될 것이다.

그런 생각으로 살아야겠다고 마음먹은 별은 어느 금요일, 퇴근하고 꽃과 나무가 얼마나 파릇파릇 성장했나 보고 싶어 드림대학교에 잠시 들른다. 사실은 핑곗김에 친구가 되고 싶은 김 노인을 보고 싶은 마음이 더 컸다. 마침, 큰 잔디밭 겸 화단에는 김 노인이 꽃모종에 물을 주고 있었다. 김 노인을 보자 별은 자신도 모르게 힘든 현실을 망각한 채 피식피식 웃음이 새어 나온다.

"할아버지, 잘 지냈어요? 오랜만이죠?"

"오~ 소원별, 자네도 잘 지냈나? 여긴 어쩐 일인가?"

"우리 꽃과 나무 친구들이 얼마나 잘 컸나 보려고 왔죠?"

"할애비랑 얘기하고 싶어서 온 건 아니고?"

"흐흐~ 할아버지는 못 속이겠네요? 겸사겸사요."

"그렇구먼, 안 그래도 나도 자네가 보고 싶어지려던 참이었네."

"언제까지 드림대학교에서 일하세요?"

"이번 겨울까지는 일할 것 같네."

"그럼, 이 꽃이 피는 건 못 보시겠네요?"

"자네가 보면 되지, 지해송 교수님이랑 함께. 자네가 보면 내가 보는 것과 같은 걸세. 그리고 드림대학교 수위 일을 그만두는 거지, 내가 여길 떠나는 건 아니니 걱정하지 말게나."

"헤헤~ 그런가요? 근데 저도 그때 되면 여기 없을 수도 있어요."

"왜? 어디 먼 데 가나? 그럼 지해송 교수님은 어떡하고?"

"저는 종교가 천주교인데요, 신의 뜻에 따라 이곳에 왔고, 신의 뜻이 만약 그러하다면 이곳을 떠날 수도 있을 것 같아요. 지해송 교수님은… 잘 모르겠어요."

"만약 떠난다면 마음에 걸리는 건 없나?"

"그러면, 아마도 지해송 교수님이 제일 걸릴 것 같아요."

"그래서 남아 있을 방법은 생각해 봤고?"

"예전에는 당연히 신의 뜻에 따라야 한다고 생각했는데, 지금은 엉그럭을 떨어서라도 남고 싶어요. 그리고 저를 사랑하시는 분이 제가 친구가 많길 바라셔서, 친구를 많이 만들고 있어요. 그런 의미에서 할아버지, 저랑 친구가 돼 주실래요?"

"난 이미 자네의 친구네, 자네가 태어나기 훨씬 전부터 그렇게 예정되어 있었어."

"할아버지랑 얘기하다 보면 어떤 높은 분이 떠올라요."

"그분이 어떤 분인지 얘기해 줄 수 있나? 친구로서?"

　　　　　　　　　위기의 인간들

"당근이죠, 그분은 할아버지같이 다정하고 자상하고 자비롭고 자애가 넘치시고, 희로애락을 저로 인해 느끼시는 분이죠."

"나쁜 분 같진 않구먼, 그분 자네랑 많이 닮았어. 마치 아버지와 딸처럼. 오늘은 지해송 교수님을 꼭 보고 가게나, 그러면 좋은 일이 있을 걸세."

김 노인과 얘기하는 내내 별은 마음의 평화를 느꼈다. 별은 자신의 눈을 보고 자신의 편이 되길 택한 김 노인의 눈을 바라보았다. 마치 자신의 눈의 데자뷔를 보는 것 같았다. 김 노인은 또 보게 될 거라며 기분 좋게 너털웃음을 지었다. 별은 김 노인과의 오래간만의 휴일을 마무리하고 헤어지며, 한결 가벼워진 발걸음으로 목적지를 정하지 않고 걷는다.

김 노인의 말이 귓가에 맴돌아 괜스레 해송에게 전화를 걸어 본다. 해송이 전화를 받자마자 마치 기다렸다는 듯이 올해의 첫눈이 반가운 손님처럼 이 세상에 별을 찾아왔다. 별은 언젠가 첫눈이 오는 날 보자던 해송의 말이 떠올라 해송에게 한달음에 달려간다. 해송은 연구실에서 첫눈치고 꽤 많은 양의 눈이 탐스럽게 오는 걸 보고 옅은 미소를 짓고 있었다. 그때 노크도 없이 별이 문을 벌컥 열어젖히고 들어왔다.

"교수님! 올해의 첫눈이에요. 첫눈!"

"노크는 잊어버리셨나요? 연구실에서 노크는 선택이 아니라 필수예요. 필수! 마침 잘 왔네요. 나 별 양에게 텔레파시 보내고 있었는데, 첫눈에 우리 함께 소원 빌래요?"

"마이 미스테이크! 노크 잊어버린 건. 우린 뭔가 통했네요, 교수님이 소원별, 오바! 소원별, 오바! 첫눈 함께 봐요~ 이런 것 같은데, 맞나요? 근데 교수님은 소원 뭐 빌 거예요?"

"그것은 시크릿! 비밀입니다! 만약에 우리 크리스마스 때도 함께 있으면 그때 말해 줄게요."

둘은 약속이라도 한 듯 첫눈이 오는 창밖을 조용히 바라보며, 기도 손을 하고 가만히 소원을 빌어 본다. 이 시간이 둘은 어떤 시간도 대신 할 수 없을 만큼 너무나 행복하다.

"다음 주 화요일 저녁에 제가 뷰티&여성의 사랑 개론에 대해 강연하는데, 올래요?"

"정식으로 초대하시는 건가요?"

"네, 근데 별 양의 승낙을 들으려면 무릎 꿇고 꽃이라도 드려야 하나요?"

"아니에요, 그렇게까지는 안 하셔도 됩니다. 근데 저번에 한 질문의 답은 들을 수 있는 건가요?"

"별 양도 기억하고 있군요? 나도 생각하고 있었어요. 근데 처음 봤을 때부터 물어보고 싶었는데, 우리 어디선가 보지 않았어요? 그날 강연장에서 나에게 까다로운 질문 하기 전에?"

"아니요. 우리가 어디서 봐요? 전혀 연관성이 없잖아요."

"그렇죠? 근데 난 그전에 별 양을 어디서 본 거 같은데, 긴가민가 기억이 안 나요."

"꿈에서 봤나 보죠, 우연히. 그나저나 내 질문이 까다로웠나요? 이번 강연에서는 내 질문에 꼭 현답을 줘야 해요? 그날은! 알겠죠?"

별이 해송이 하는 말에 뜨끔해서 황급히 화제를 돌린다. 그런 별을 수상하다는 듯이 해송이 눈을 가늘게 뜨고 얍삽한 미소로 흘겨본다. 이내 새침하게 볼이 빵빵해진 표정으로 자신을 보는 별의 귀여운 모습에 항복했다는 듯이 결국, 해송이 두 손을 번쩍 들어 당황스러운 이 상황을 모면한다.

별은 인류의 희망이란 책을 쓰기 위해, 천국에서 인간세계로 내려왔다가 한 남자 해송의 일부가 되었다. 별은 자신이 세상에서 사는 하루하루가 쌓여서 소설의 결말이 된다는 걸 알기에 누구보다 열심히, 누구보다 치열하게, 누구보다 멋지게 살려고 노력했다. 별은 천상계에서 내려와서 자신이 주인공이란 생각은 하지 않았다. 다만 어렵고 힘든 삶 속에서 최선을 다해서 사는 인간들을 빛내 주러 오는 신스틸러라고 생각했다.

100여 년 전 '몽스의 그날' 이후, 날지 못하는 달이를 보며 인간세계에 회의를 느껴, 처음 천상계에서 인간세계로 내려올 때만 하더라도 100일 뒤에 자신의 답은 정해져 있다고 생각했다. 그런데 별이 인간의 입장과 시각으로 인생을 살아 보니 이 세계가 그렇게 회의적이지는 않았다. 칠흑 같은 어둠 속에서도 인간들의 희망에 대한 한 줄기 빛이 별을 강하게 비추었다. 아직 단정하긴 이르지만, 별의 마음에도 인간에 대한 희망의 싹이 트고 있었다. 별은 그런 내용을 일기에 써 내려갔다.

11월 26일 비의 화요일, 해송이 약속한 강연 날이 되었다. 별은 그날만큼은 해송에게 여자주인공이 되고 싶었다. 그래서 핑크색 원피스를 입고, 십자가 귀걸이를 하고, 누구보다 별을 반짝이게 할 영롱한 빛이 나는 로즈골드 색깔의 구두를 신었다. 사라가 자진해서 태워 주겠다는 걸 마다하고, 걸어가는 내내 자신의 모습을 쇼윈도에 비추어 봤다. 오늘은 개성이 강한 신스틸러가 아닌 빛이 나는 하늘의 별처럼 해송이 자신을 예쁘다고 느끼길 바랐다. 모든 준비가 완벽했고, 시간마저도 별의 편이 된 것처럼 여유 있게 흘러갔다.

강연장에 도착해서 해송의 대기실을 찾았다. 대기실에 있을 줄 알았던 해송은 거기 없었다. 해송을 찾으러 다니는 별의 옆을 누군가 지나는데

싸한 분위기가 서렸다. 옆을 보니, 정수재가 별을 쏘아보며 재빨리 자신의 자취를 감추었다. 별은 아무 일도 없을 거라고 마음속으로 되뇌며 마치 길을 잃은 꼬마 아이처럼 해송을 찾아 여기저기를 헤맸다. 마침내 방송세트장 안쪽에서 해송을 찾았을 때, 별은 잃어버린 오래된 반쪽을 찾은 것처럼 마음이 정말 기뻤다. 설레는 맘으로 해송의 이름을 부르자 해송이 별이 있는 곳을 향해 뒤돌아본다. 그런데 찰나의 순간, 해송이 별의 머리 위쪽 천장을 보다가 표정이 일그러진다. 그리고는 별을 향해 돌진하듯이 달려온다. 그 순간 방송국 세트장의 조명 하나가 별이 있는 쪽으로 떨어지고, 놀라서 외마디 비명을 지르는 별을 해송이 자신의 품에 감싸 안는다.

사건은 순식간에 일어났다. 방송국 전체가 아수라장이 된 것은 단 3초만의 일이었다. 별은 눈 깜짝할 새 일어난 사건에 잠시 눈을 뜨지 못했다. 눈을 뜬 이후에, 벌어진 처참한 광경은 별이 인간세계에 내려와서 본 일 중에 가장 끔찍했다. 별의 몸 위에 쓰러져 정신을 잃은 해송의 머리에서는 심각한 출혈이 있었다. 별은 울면서 해송을 불렀고 모두가 정신이 없는 와중에 누군가가 119에 신고를 했다.

잠시 후에 응급차가 왔고, 해송은 들것에 실려 응급차를 탔다. 응급조치를 시도하는 구급대원 틈에서 별이 해송을 보며 오열했다. 병원으로 가는 내내, 오열하던 별은 응급실에 도착하자마자 탈진하여 실신하였다.

어떤 것도 분간할 수 없는 무의식에서, 별이 서서히 눈을 떴다. 정신을 차리고 나서 처음 본 간호사에게 지해송의 상태를 물었다. 간호사는 안정이 필요한 별의 상태를 고려해, 지해송 교수는 본인처럼 병원에 잘 도착했고 의식은 아직 없지만, 곧 깨어날 거라며 별을 안심시켰다. 별은 간

위기의 인간들

호사의 설명을 듣고 자리에서 일어나려 했다. 자신이 이렇게 누워 있을 때가 아니라는 생각이 들었기 때문이다. 하지만 간호사는 별이 지금은 안정이 필요한 상태고 이런 모습은 지해송 교수님도 바라지 않을 거라며 별이 무리해서 일어나는 걸 만류했다.

그래도 기어코 일어나려는데 간호사의 말처럼, 별은 다리가 휘청이고 머리가 어지러웠다. 별은 다시 자리에 누우며, 간호사에게 우리 지해송 교수님 좀 잘 부탁한다고 여러 번 신신당부를 한 뒤, 자신도 모르는 사이 스르르 잠이 들었다.

5. 절망을 빛으로 이겨 내는 한 떨기 꽃

별이 잠에서 깼을 때, 사라와 태섭이 별의 곁에 함께 있었다. 태섭은 사라와 별이 편하게 얘기를 나눌 수 있도록 자리를 비켜 주었다. 사라는 혀를 끌끌 차며 별을 안쓰럽게 보다가 거침없이 말했다.

"소원별, 어떡하려고 그래? 너 28일 뒤에 천국으로 돌아가는 거 아냐?"

"돌아가야지, 돌아가야 하는데 나 어떡하지? 사라야."

"너 지해송 교수 그만 봐! 돌아가야 할 너도 너지만, 남아 있는 사람도 생각해야지."

"근데 나 그 사람 못 보면 못살 것 같아! 천국에 안 가면 안 될까?"

"아서라, 너 그런 모습 신에게 보이고 싶니? 넌 천사고 지해송 교수는 인간이야. 너 천사랑 인간이랑 사랑하는 게 금기인 건 알지! 류 장이 요새 천사들에게 벼르고 있다며? 괜히 너 하나 때문에 천사들까지 곤란해져. 신은 말할 것도 없고, 그 마음 단념해라!"

"나도 내 맘이 맘대로 안 돼!"

"너 때문에 다른 존재들을 곤란하게 하지 마! 이건 너를 위한 충고기도 해."

"지해송 교수님 상태는 좀 어때?"

"아직 의식이 안 돌아왔어. 그래도 의지가 강한 사람이라 꼭 회복할 거야. 이 가시나야! 네 걱정이나 해! 네 코가 석 자야!"

"미안해. 근데 지해송 교수님, 나 때문에 그렇게 됐어."

"으휴~ 어쩌면 좋니? 쯧쯧~ 태섭 씨가 너 깨어나길 계속 기다렸어, 들어오라고 할게."

"너 언제부터 태섭 씨랑 그렇게 친했어?"

"가시나야, 태섭 씨가 너 걱정된다며 집에 여러 번 들렀었어, 나도 안부 정돈 묻는 사이고. 그럼 나는 나중에 올게, 마음 단단히 먹어. 이 지지배야!"

"오랜만에 듣는다, 천국에서 네가 가끔 하던 대한민국의 사투리. 반갑네. 흐흐."

"넌 속도 없다, 가시나야! 이 상황에 웃음이 나오냐?"

"그럼 우니? 웃기라도 해야 할 거 아니야, 그래야 눈물이 안 나오지."

사라가 그런 별을 보고 한숨을 크게 내쉬며 병실 문을 열고 나간다. 잠시 후에 태섭이 별의 병실로 들어온다. 태섭은 속으로는 많이 울었지만, 티 내지 않고 오히려 별 앞에서 주저리주저리 떠들어 대며 애써 밝은 체를 한다.

"태섭 씨 그만 애써요. 다 티 나요, 일부러 밝은 척하는 거, 나 정말 괜찮아요."

"티 많이 났어요? 나 엄청나게 노력했는데, 노력에 비해서 결과가 좋지 않네요. 근데 별 양, 나 별 양에게 어떤 존재예요? 지해송보다 내 존재가 더 작아요?"

"왜 그런 걸 물어봐요? 지해송 교수님은 지해송 교수님이고, 태섭 씨는 태섭 씨예요, 더 큰 존재, 더 작은 존재란 없어요. 모두가 소중해요, 단지 부여하는 의미가 다를 뿐이죠."

"그럼, 지해송은 별 양에게 어떤 의미예요? 나는 어떤 의미고?"

"지해송 교수님은 나에게 정직한 여우 같은 존재예요. 내가 예전에 습작했던 작품 중에 정직한 여우와 느림보 토끼 이야기라는 제목의 동화가 있는데 정직한 여우는 우리가 일반적으로 아는 보통의 여우들처럼 누굴 홀리지 못해요. 그럴싸한 말로 거짓말을 하지 못하기 때문이죠. 그래서 느림보 토끼를 좋아하는 마음을 숨기지 못해 그만 고백하고 말아요. 처음에는 뭐 이런 여우가 다 있나? 의심하던 느림보 토끼도 자신의 느린 모습을 있는 그대로 사랑하는 정직한 여우에게 마음을 열고 둘은 연애를 시작하게 되죠.

안타깝게도 둘의 집안이 앙숙이라는 건 누구나 아는 사실이죠. 힘들고 고통스러운 상황을 견딜 수 없었던 느림보 토끼는 정직한 여우에게 결국 헤어지자고 말하죠. 모두가 그들의 사랑을 반대하는 최악의 상황이지만 정직한 여우는 절대로 포기하지 않아요. 오히려 모든 게 느려서 자신의 진정한 마음을 깨닫는 것도 느린 느림보 토끼를 기다려 주죠.

느림보 토끼를 기다리는 인내의 기간에도 정직한 여우는 허투루 기다리지 않아요. 느림보 토끼를 진심으로 사랑하는 마음과 서로가 서로에게 얼마나 필요한지를 묵묵한 행동으로 모두에게 보여 줘요. 그런 정직한 여우의 묵직한 근성 때문이었을까요? 둘의 관계에 대해서 회의적이던 주변 사람들도 결국 그 둘의 관계를 인정해 주죠. 결코, 맺어질 수 없을 것 같던 둘은 모두의 축복 속에 행복한 사랑을 이루죠.

그런 의미에요. 나에게 지해송 교수님은, 태섭 씨는 절대 미워할 수 없는 마성의 남자고요. 크크, 농담이에용. 태섭 씨는 나에게 처음을 알려 준 친구예요. 처음이 되게 중요하잖아요? 나 이곳에 와서 처음 사귄 남자 사람 친구가 태섭 씨예요. 첫 단추를 잘 끼웠기 때문에 그래도 지금까지 열심히 왔어요. 모두 나에게 중요한 존재예요, 의미는 다르지만."

"내가 좀 더 노력하면 그 의미가 달라질 수 있어요? 나 여우가 될 수 있어요! 별 양이 원한다면! 안 돼요? 정말 안 돼요?"

"태섭 씨, 미안한데 느림보 토끼에게는 자신을 필요로 하는 정직한 여우가 있어요, 그 여우를 대신할 다른 여우란 없어요. 미안해요."

"그런데 여우와 토끼는 서로 실제도 앙숙이잖아요? 만약 동화의 결말이 달라진다면요?"

"모든 동화의 결말이 정해져 있진 않아요. 그리고 동화의 결말은 정해져 있을 수도 있지만 난 단지 예를 든 것뿐이에요, 예시가 정직한 여우와 느림보 토끼지, 그건 현실도 실제도 아니에요. 다만 그 동화에서 우리가 교훈을 얻으니까 인생에서 참고를 할 뿐이죠. 진정한 사랑에 대한 깨달음 정도요. 그래서 우리는 결말이 정해져 있지 않아요. 동화 속의 인물은 책에 살지만 실제로 나는 이 세상에 사니까, 내가 어떻게 사느냐에 따라 행복한 결말이 될 수도 있고, 슬픈 결말이 될 수도 있고, 또 열린 결말이 될 수도 있어요.

다만 나의 이야기에는 전제가 붙어요, 나의 인생이 행복한 이야기가 되려면 선한 사람들이 많이 도와줘야 돼요, 그래야 내가 모든 걸 잘 해낼 수 있어요, 그러면 많은 사람이 행복해질 거예요. 내 얘긴 동화가 아니라 하루하루의 일기예요, 일기를 쓸 당시의 주인공은 나지만, 이야기의 실제

주인공은 내가 만나는 선한 사람들이에요, 그래서 난 그들을 밝게 비춰주는 별일뿐이고요.”

“그럼, 별 양은 자신의 이야기가 어떤 결말일 것 같아요?”

“음…. 그건 100% 확실한 건 아니지만 왠지 happy+ing일 것 같아요, 내가 희망을 잃지 않는다면.”

“왜 지해송이에요? 굳이?”

“근데 태섭 씨는 지해송 교수님을 왜 그렇게 싫어하세요?”

“모두 지해송을 좋아하죠? 나도 처음에는 지해송을 좋아했어요. 윤슬에게 지해송을 소개받았을 때만 해도.”

“윤슬 양을 아세요?”

“윤슬은 나의 베프였어요. 예전에 내가 구매한 물건을 환불을 하는데 콜센터 직원이 말을 못 알아들어 조금 짜증이 나서 화를 낸 적이 있거든요. 그런데 그 콜센터 직원이 내가 한 행동의 잘못에 대해서 조곤조곤 얘기하더라고요. 처음에는 이건 뭐지? 하는 생각이 들었는데, 후에 그 직원에게 다시 전화했어요, 그 직원이 쫌 멋있다는 생각이 들었거든요, 그 콜센터 직원이 윤슬이에요. 우리는 단번에 친해지고, 함께 많은 얘길 나누고, 행복한 추억도 많이 쌓았죠.

그러다가 윤슬이 누군가를 소개해 준다고 해서 만나게 된 게 지해송이에요, 지해송은 지금과 달리 그때는 누구보다 다정하고 자상한 사람이었어요. 우리는 삼총사여서 언제나 함께였죠. 그런데 오랜 연인이었던 둘이 결혼하려고 하자 지해송의 엄마인 어우야의 강한이 대표가 심하게 반대했어요, 그 일 때문인지는 모르겠지만 어느 날 갑자기 거짓말처럼 윤슬이 하늘나라로 갔어요, 그것도 자기 스스로요. 그런데 오랜 연인이라는 지해송은 윤슬의 마음이 그렇게까지 망가지고 있는데도 모르고 있었어요, 그리고 그 죽음에 대해 어떠한 책임도 지지 않고 그렇게 뻔뻔하게 살고 있어요. 그래서 나는 그놈이 너무 미워요, 누구도 지키지 못할 그놈은 그런 놈이에요. 모두를 속이고 있어요."

"난 잘 모르겠지만 태섭 씨가 지해송 교수님을 오해하고 있는 것 같아요."

"오해가 아니에요, 그놈은 뻔뻔하고 자기밖에 모르는 인간이에요, 지해송과 강한이 모자(母子) 때문에 우리 윤슬이 죽은 거나 마찬가지예요. 별 양은 안 그랬으면 좋겠어요. 그냥 지해송 그놈 생각하지 말고 나한테 오면 안 돼요? 별 양이 부담스러워할까 봐, 얘기 안 했는데 나 휴먼 플로라 회장의 막내아들이에요. 나에게 온다면 고생 안 할 거예요! 약속해요!"

"미안해요. 태섭 씨, 근데 태섭 씨는 휴먼 플로라 회장의 막내아들이라는 수식어보다 휴먼 플로라 한태섭 대리란 직함이 더 멋져요!"

태섭이 한동안 말이 없다. 별은 그런 태섭을 묵묵히 기다려 준다. 한참 동안의 침묵을 깨고 태섭이 어렵게 말을 꺼낸다.

"내가 이런 얘기 했다고 친구까지 안 하는 건 아니죠? 우리 아직 친구죠? 그리고 사실 나도 지해송이 나쁜 사람이 아니란 건 이제 알아요, 다만 별 양이 걱정돼서 한 얘기에요."

"물론이죠, 우리는 언제까지나 친구예요. 누군가 했던 말처럼 태섭 씨가 내 처음 남자 사람 친구인 건 예정되어 있었어요, 태섭 씨는 선한 사람이니까 앞으로도 계속 친구로서 날 도와줘야 돼요. 이건 부탁이 아니라 약속이에요!"

별이 태섭에게 선뜻 오른쪽 새끼손가락을 내밀자, 태섭이 머뭇머뭇하다가 별의 새끼손가락에 자신의 오른쪽 새끼손가락을 건다. 별은 사라와 함께 퇴원 절차를 마친 뒤, 혼자 중환자실에 있는 해송의 병실에 들른다. 해송의 의식은 아직 돌아오지 않았다. 보호자로서 의사의 진단을 듣고 온 강한이가 전한 해송의 현재 상태는 매우 절망적이었다.

"해송이가 머리를 심하게 다쳐서 의식이 언제 돌아올지 모른다네, 의식이 돌아와도 후유증이 크게 있을 수도 있고, 확률은 50대50이래. 소원별 자네, 내가 회사에 말해 둘 테니 잠시 휴가 써서 집에서 좀 쉬게나. 여긴 내가 있어도 되니까, 가끔씩만 들러서 봐 주고. 이런 부탁 자네한테 염치 없는 거 알지만, 나도 별수 없는 이 아이의 에미이구만, 해송이의 이 가련한 에미 부탁을 좀 들어주겠나?"

별은 울면서 부탁하는 강한이의 손을 잡고 울컥해서 눈물이 나려는 걸 거우 참고 말했다.

"대표님, 50대50이면 가능성이 무척 큰 거 아닌가요? 어떤 사람에게는 1%의 기적도 크다고 하잖아요. 우리 해송 교수님을 믿어 봐요! 자신에 대한 믿음이 큰 사람이니까 꼭 털고 일어날 거예요! 그리고 대표님에게도 해송 교수님이 소중한 아들이지만, 저에게도 무척 소중한 분이에요. 그러니까 그런 부탁은 안 하셔도 돼요! 일은 계속할 거예요, 그리고 병원도 매일 올 거고요, 저는 저도 믿고요, 지해송 교수님도 믿고요, 강한이 대표님도 믿고, 기도의 힘도 믿고, 모두를 다 믿어요!"

별은 자신에게 다짐하듯 애써 강하게 말하고 강한이의 눈물을 닦아 주며, 절망 속에서 한 줄기 빛이 되기 위해 웃었다. 그러자 강한이도 눈물을 멈추고, 다부지게 입술을 다물며 눈물을 참아 보였다. 많은 사람이 간과하지만, 한 사람의 믿음이 많은 사람을 살리고, 많은 사람의 노력으로 한 사람의 믿음이 증명된다. 인간이 가진 많은 가치 중 믿음이란 어쩌면 가장 보편적인 가치일 것이다. 믿음이란 가치는 중간에 시험을 당하고 증명해 보여야 하지만, 믿음이 굳건할 때, 그 믿음은 소중한 신념이 되어 많은 이들을 지키는 원동력이 된다.

* 천상계 이야기 후

    하늘에서는 인간세계로 내려간 비행 천사 소원별을 누구보다 주목하고 있었다. 인간의 존폐는 인간을 창조한 신에게도, 그리고 인간을 지키는 천사에게도, 인간을 지켜보는 악마에게도 모두 중요한 일이었다. 그래서 소원별에게 무슨 일이 발생할 때마다, 천국의 천사들은 자신들이 그 일을 겪은 것같이 소원별의 마음에 동화되었다. 악마들도 소원별을 예의 주시하는 건 마찬가지였다. 그들에게는 그들 모두를 지옥으로 보낸 인간이 좋아 보일 리가 없었다. 천계에서 그나마 소원별을 중립적인 입장에서 지켜보는 건 천마뿐이었다.

    인간세계로 내려간 별에 의해 모든 상황을 지켜보고 있던 류가 또다시 인간들의 존재에 위기라는 칼을 뽑아 들었다. 그리고는 민에게 회의를 건의하였다. 류에 의해 별이 인간세계로 내려간 이후 처음으로 천상 특별회의가 열렸다. 이날은 거의 모든 천사와 악마, 그리고 몇몇 천마가 참석하였다. 회의 초부터 류는 칼을 간 듯이 민을 쏘아보며 날카로운 말투로 말했다.

    "민 장, 이번에도 인간들의 존폐에 관한 판단을 유보하실 겁니까? 인간

 위기의 인간들

들에 의해 소원별이 죽을 뻔했어요. 그리고 전에 한 소년이 3명의 인간에게 위해를 가해 지옥에 들어왔어요, 이렇게 나이를 떠나서 인간들이 갈수록 악해지고 있는데 인류를 계속 남겨 둘 겁니까? 만약 소원별이 인간세계에 내려가서 죽임을 당했다면, 그 책임은 누가 지실 겁니까? 민 장이 천사 대표로 지실 거요? 아님, 여기 있는 모든 천사가 지실 거요? 그것도 아니면 이 자리에 안 계신 신께 모든 책임을 씌울 겁니까? 민 장, 입이 있으면 말을 해 보시오! 자신의 말에 책임을 져야 할 거 아닙니까! 이대로 소원별이 위기에 빠진 걸 지켜보고 계실 거요?

나는 천국의 식구도 아니고, 지옥의 파트너지만, 우리 하늘의 공동체인 소원별이 너무나 걱정되는데, 민 장은 소원별 따윈, 안중에도 없나 보오? 한 가지만 더 말합시다! 민 장은 천국의 식구 소원별이 중하오? 아님, 신께서 창조하신 인간이 더 중하오?"

민은 자신의 신경을 하나하나 긁는 듯이 얘기하는 류의 말이 거슬리고 불편했다. 하지만 불편한 심기를 드러내지 않은 채 자신의 의견을 조금은 강하게 피력했다.

"류 장은 조금 유치한 면이 있구려. 누가 더? 중요한 것보다, 무엇을 어떻게? 지켜야 한다!가 맞는 거 아니오? 누가 더 중요하냐?를 따질 게 아니라 소원별을, 인간들을, 꼭 지켜야 한다! 그게 맞는 거 아닙니까? 난 천국의 식구 우리 소원별도 정말 중하고, 신께서 창조하신 인간들도 무척 중하오, 그런 건 우열을 따질 수가 없는 거요.

류 장이나 여기 있는 악마들이 인간에 대해서 감정이 안 좋은 건 잘 알고 있소. 그렇지만 일의 순서에 따라 생각해 보면 제일 처음에 잘못한 건 악마 아니오? 악마가 인간에게 선악과를 따서 먹도록 유혹하지 않았소?

어찌 방귀 뀐 놈이 더 성낸단 말이오? 내가 봤을 때는 원래 인간들이 악마에게 악감정을 가져야 하는 게 더 지당해 보이는데 말이오. 그래도 인간들이 착해서 순응하고 살아가면 악마는 인간에게 미안한 감정을 가져야 하는 거 아니오? 류 장은 내 말에 대해서 어떻게 생각하오?"

민이 아주 오래전 태초의 얘기를 꺼내자, 류는 몹시 불쾌했다. 류는 그런 자신의 감정을 가감 없이 드러내며 민을 공격하는 것처럼 자신의 감정을 쏟아부을 듯이 얘기했다.

"민 장, 과거 얘기를 꺼내는 저의가 뭐요! 지난 얘기를 들추면서까지 인간들을 꼭 지켜야 하는 이유가 뭐요! 신이 창조한 피조물이라서? 아니면 우리 악마들을 대적하려고 인간들을 천사들의 아군으로 만들려고 그러는 거요?

민 장은 천사이면서 전혀 새하얗지 않소? 어떻게 보면 우리와 같은 검정에 가깝구려, 민 장의 속을 알다가도 모르겠소! 인간들이 겉으로는 평화 운운하면서 전쟁이 끊이지 않는 건 민 장이나 다른 천사들도 똑똑히 보고 있지 않소! 그래도 끝까지 인간들 편을 들 거요? 그렇다면 민 장이 모든 책임을 지고 천사의 날개를 걸어 보시오! 그렇게까지 한다면 나도 더 이상 민 장에게 이의를 제기하지 않으리다."

류의 가시 돋친 말을 듣는 민의 눈썹이 미세하게 흔들린다. 류가 언젠가는 민을 걸고넘어질 거라는 걸 민은 잘 알고 있었다. 만약 민이 지금 여기서 숙이고 들어가면 류는 더욱 기고만장해질 거고, 인간들의 거취도, 소원별의 안위도, 더 나아가면 신까지 위험해질 수 있다. 민은 냉소를 짓는 류를 바라보다가, 이내 여유 있는 미소를 지으며 류의 도발에 대응했다.

"내가 검정에 가까운 걸 잘 보셨소, 난 검정이기에 어떤 색이 와도 물들지 않소, 난 하얀색도 좋아하지만, 그 색은 워낙 다른 색에 흔들거리는 색이라 검정이 나에게는 더 나을 것 같소. 그리고 인간들을 꼭 지켜야 하는 이유는 좋소, 자꾸 과거 얘기해서 미안한데, 조금만 더 과거 얘기를 해 봅시다! 태초에 악마에 의해서 인간이 선악과를 따먹고, 에덴동산에서 쫓겨난 것도 모자라, 남자는 평생 밖에서 흙먼지를 먹으며 노동을 해야 하고, 여자는 아기를 낳는 산고의 고통을 겪어야 하오.

그런데 인간들은 그 일로 악마를 미워하거나, 신에게 반역하거나, 아니면 천사들을 원망하지 않았소, 오히려 신을 더욱 찬미하고, 찬양하며, 더욱 거룩하게 믿고, 악마들을 미워하는 마음보다는 자신들의 상황을 그대로 순응하려는 마음이 컸으며, 천사들을 더욱 사랑했소.

그게 내가, 그리고 천사들이, 또한 신께서 부여하신 인간들을 지켜야 하는 이유요! 만약 악한 인간에 의해 소원별이 잘못된다면 내가 모든 책임을 지겠소! 그러면 되겠소? 이제 어떤 말로도 인간들과 소원별에 대해 이의를 제기하는 존재가 없었으면 좋겠소! 류 장의 표정을 보니, 이만 회의를 마쳐도 될 것 같소. 오늘 특별회의는 이것으로 마칩시다. 모든 천사와 악마들은 제자리로 돌아가서 다시 자신들의 일을 하십시오."

말을 마친 민이 조용히 자리에서 일어난다. 류는 모든 일이 자기 뜻대로 돼가는 것 같아 만족스러운 표정으로 민에게 여유 있게 인사까지 한다. 그런 모습을 라현솔 부장과 간바울 팀장이 걱정스럽게 바라본다. 다른 천사들도 일이 어떻게 될지 몰라 우려의 눈빛을 보내는 건 마찬가지다. 반면에 악마들은 류가 민에게 크게 한 방 날린 것 같아 묘한 승리감이 든다. 천마들은 그저 이 상황을 그대로 받아들이면서, 오직 소원별과 인간들의 안위를 위해 기도한다.

6. 철천지원수를 위한 기도

그동안 일련의 사건들은 별을 힘들고 아프며 너무나 고통스럽게 했지만, 어떤 면에서는 별을 누구보다 강한 천사로 만들었다. 별은 힘든 일을 겪은 천사치고는 꽤 덤덤하게 일상생활을 하고 회사 생활을 했다. 지해송과 강한이가 워낙 유명하고, 많이 알려진 사람들이라 세상은 두 모자(母子)의 일로 한동안 떠들썩했다. 거기에 연관된 별도 사람들의 입방아에 많이 올랐다.

하지만 별은 초연하게 모든 일을 받아들였다. 아무 일도 없던 것처럼, 회사에서 일하고 퇴근하면, 병원에 가서 마치 꿈을 꾸며 자는 것처럼 누워 있는 해송을 보며, 혼자서 꺼이꺼이 울기도 했다. 위태롭고 견디기 힘든 날들의 연속이었다. 지탱하기 힘든 하루하루를 보내게 하는 건, 역설적으로, 이렇게까지 막다른 곳에 이르게 한 누군가에 대한 분노가 아니라 살고자 하는 믿음의 기도였다.

힘든 하루하루의 삶을 버티고 있는 와중에 전혀 의외인 곳에서 인생의 갈등이 생겼다. 별이 매칭하는 커플마다 계속해서 취소가 나는 것도 모자라, 어찌어찌 성혼까지 가려고 하면 중간에 파투가 났다. 고객들의 취소나 파투 사유를 들어보면 얼토당토않았다. 별은 처음에는 그냥 그러려니 넘기다가 그런 일들이 끊이지 않자, 고객들을 겨우겨우 어르고 달래서 진짜 이유를 들었다. 이유 같지 않은 이유에는 누군가의 개입이 있었다.

그 사람은 전부동 부사장과 함께 회사를 말아먹으려 했던 홍주나 팀장이었다. 회사에서는 생각보다 많은 지분을 가지고 있는 전부동과 홍주나를 섣불리 자를 수 없었다. 회사 사람들은 홍주나가 정확히 어떤 꿍꿍이를 가졌는지는 알지 못했지만, 왠지 구릴 것 같다는 생각을 피할 순 없었다. 그래서 사람들은 홍주나가 지나갈 때마다 수군 수군거렸지만, 홍주나는 찔러도 피 한 방울 안 날 것 같은 얼굴로 회사 생활을 바득바득 독하게 이어 나갔다.

마치 사나운 고양이가 발톱을 숨기다가 이제야 본성을 드러내듯, 자신의 날카로운 발톱을 아예 대놓고 드러낸 홍주나 팀장은 별이 이루는 모든 성과를 가로채고, 남들보다 지나치게 많은 업무를 떠넘겼다. 홍주나는 빈틈이 없고, 철두철미한 자신의 성격을 이용해 별에게 히스테리를 부리기 시작했고, 별에게 부당한 일들을 많이 벌였다.

하루하루 바람에 날아갈 것 같이 가냘프게 흔들흔들하던 별의 의지는 어느 순간 초의 심지가 되어 꼿꼿해졌다. 별은 홍주나의 만행으로 꺼져가는 촛불을 살려야겠다고 생각했다. 이대로 촛불이 꺼지면 지금껏 노력했던 모든 것들이 허사가 된다.

내일의 맑음을 섣불리 예측할 수 없는 짙은 안개가 낀 어느 날, 별은 어떤 전화를 받고 표정이 싹 바뀌며 부리나케 나가는 홍주나를 따라 나갔다. 홍주나가 워낙 빠른 걸음으로 나가서 따라잡기 힘들 정도였다. 건물 비상구 계단으로 향하는 문을 열고 들어가는 홍주나를 따라서 비상구 문을 열고 보니, 반 층 밑에 홍주나가 떡하니 서 있었다. 홍주나를 부르려는 순간, 통화를 하는 홍주나의 입에서 기분 나쁘고 익숙한 이름이 나와서 목울대에서 나오려는 소리를 별은 간신히 멈췄다.

"정수재, 너 왜 이렇게 조심성이 없니? 증거 남기지 말랬지! 어제도 우리 회사에 경찰이 왔었어! 네가 단속하지 못한 그 애새끼 하나 때문에 계속 경찰들이 붙잖아! 왜 이렇게 머리가 나쁘니? 너 나랑 같이 죽으려는 거니! 같이 죽자는 거야! 어! 그리고 너 병원 중환자실에 CCTV 있는 거 몰랐어? 어?

그날 주차장 CCTV 유에스비 빨리 나에게 안 넘겨! 넌 내 말에 전적으로 따라야 해! 알고 있지? 왜 말이 없어? 뭐? 어제도 너희 회사에 경찰이 왔었다고? 너 진짜 머리를 그냥 장식으로 달고 다니는구나? 증거를 남길 거면 일 처리라도 똑바로 하던가! 누가 지해송을 건드리랬어! 소원별을 처리하라고 했잖아! 소원별을! 걔는 멀쩡하고 지해송이 사경을 헤매고 있잖아! 너 병신이야? 멍청하면 시키는 일이라도 똑바로 해! 문제 좀 그만 만들고! 일단 끊어!"

정적을 잡아먹듯, 비상구 계단에서, 독살스럽게 떠들던 홍주나의 얘기를 듣던 별은 마음속에서 이성의 끈이 뚝! 하고 떨어지는 소리가 실제로 들리는 것 같았다. 천사의 분노 때문에 갑자기 어두침침한 비상구 계단의 불이 네온사인처럼 어지럽게 켰다가 꺼지기를 반복한다. 그리고 별의 분노로 의한 벼락같은 소리에 사색이 된 홍주나가 비명을 지르며 계단을 계속해서 내려간다.

그런 별의 엄청난 분노를 잠재운 건 사라였다. 사라는 부당한 만행으로 화가 나서 홍주나를 따라 나가는 별이 걱정돼서 눈치채지 못하게 별을 따

                              위기의 인간들

라왔다. 사라는 주체할 수 없는 천사의 분노로 갑자기 생긴 별의 커다랗고 하얀 두 날개를 감싸 안으며 고개를 양옆으로 가로저었다. 별은 씩씩거리며 분노를 참지 못하다가, 애절하고도 슬픈 사라의 눈빛에 다시 원래의 소원별로 돌아왔다.

"모든 걸 원래대로 되돌려 놓으면 돼! 내가 도와줄게. 그리고 선한 이들이 널 도울 거야."

소원별은 사라의 품에서 어린아이처럼 엉엉 울었다. 내가 사랑하는 인간이 악한 인간 때문에 위기에 빠졌다고 생각하니 서럽고 서러웠다. 그런 별을 사라는 아무 말 없이 보듬고, 또 보듬었다. 별은 그날 저녁 퇴근해서, 마치 좋은 꿈을 기다리듯 무의식 상태로 누워 있는 해송을 보며 잘못된 것을 원래대로 되돌려 놓고, 모든 걸 지키겠다고 마음속으로 다짐했다.

홍주나의 부당함과 알게 모르게 싸우며 별은 홍주나를 계속 주시했다. 언젠가 홍주나가 정수재를 만나리라고 막연히 예감했다. 홍주나에게서 빈틈을 찾을 수는 없었지만, 빈틈이 없어서 오히려 약점을 빨리 발견할 수 있었다. 홍주나는 타인, 특히 자기 상사의 인정을 받는 것에 강하게 집착했다. 예전에는 그게 좋은 이미지로 작용했으나, 회사를 자신의 아버지에게 헐값에 팔아넘기려고 했던, 지금에 와서는 모든 게 악재로 작용했다.

홍주나의 입사 선배인 다른 부서의 팀장에게서 홍주나에 대한 얘기를 들을 수 있었다. 홍주나는 다른 동기들보다 일 처리가 빠르고 사회생활에 능숙해, 일찍부터 윗사람들이 크게 될 인재라고 말했다고 한다. 강한이 대표와 지해송의 모자(母子)관계를 홍주나가 처음 알게 된 건 고등학교 때였다고 한다. 팀장은 홍주나가 학창시절에 지해송과 어떤 사건이 있었는데, 결말이 끝내 자기 뜻대로 되지 않았다고 말할 때, 무서울 정도로 표정이 독살스러웠다는 말도 덧붙였다.

거기까지 얘기했을 때, 마침 점심시간이 끝나서 홍주나에 대한 이야기를 더는 들을 수가 없었다. 별은 운전할 때 전방주시를 하듯 퇴근 전까지 홍주나에 대한 시선을 돌리지 않았다. 인간미라고는 눈 씻고 찾아봐도 발견할 수 없는 홍주나로 인해 해결의 실마리는 도무지 보이지 않았지만, 별은 그래도 포기하지 않았다.

그러던 어느 날 어우야로 정수재 본부장이 불시에 홍주나를 찾아왔다. 정수재의 얼굴을 보자마자 홍주나는 흡사 죽은 사람을 본 것처럼 화들짝 놀라서 정수재의 손을 잡아끌고 사무실 밖으로 나갔다. 별은 조용히 그 둘의 뒤를 따랐다. 인간미가 전혀 없던 홍주나도 정수재의 등장으로 철두철미함에 예리한 균열이 갔다. 홍주나는 조용하고 어두침침한 비상구 계단으로 들어서자마자 정수재의 손을 매몰차게 뿌리치며, 앙칼진 목소리로 빠르게 얘기했다.

뒤따라온 별이 반 층 위에서 자신의 몸을 숨기고, 갑자기 어딘가에 전화해서 통화 버튼을 누른 채, 홍주나와 정수재가 있는 방향으로 자동녹음이 켜져 있는 핸드폰을 향했다.

"너, 미쳤어! 여기가 어디라고 와!"

"준비가 다 되면 연락하라고 했는데, 네가 연락을 안 받아서 직접 왔어."

"그렇다고 회사로 갑자기 오면 어떡해! 너, 경찰들이 우리 따라붙는 거 알아? 몰라? 거기다가 요새 소원별, 그년도 이상하다고! 사건에 관련된 사람들 입단속은 단단히 시켰지!"

"사람들에게 입단속은 잘했는데, 너 왜 나한테 화내는 거야? 죄다 네가 시켜서 한 일인데."

"뭐라고! 이 새끼가 미쳤나? 너 내 말대로 해야 하는 거 알아? 몰라? 어디서 건방지게 말을 안 들어! 너 요새 윤슬 담당 형사가 우리 뒤쫓는 거 알아? 몰라? 윤슬 걔 아직 공소시효 남았단 말이야!"

"우리가 걔한테 마약을 준 걸 경찰이 어떻게 알아? 약에 취해서 자살한 줄로만 알지."

"내가 윤슬 개를 망가뜨리라고 했지? 언제 죽음으로 몰고 가라고 했어! 적당히 했어야지! 적당히 해야 꼬리가 안 밟히지! 이 병신아!"

"걱정하지 마. 내가 어우야 지하 주차장 CCTV를 훼손한 놈한테 입단속 단단히 시켰고, 강연 날 방송국에서 날 본 사람은 단 한 명밖에 없어."

"그게 누군데?"

"괜찮을 거야. 그냥 스치기만 했으니까, 못 봤을 수도 있고. 봤어도 얘기 못하니까 걱정하지 마."

"빨리 말해! 그날 널 본 게 누구냐고?"

"소원별."

"뭐! 괜찮긴 뭐가 괜찮아! 그년이 눈에 불을 켜고 날 지켜보고 있는데! 일 처리 좀 똑바로 하라고! 너 이름이 수재인데 이름값은 해야 하지 않겠니? 머저리 같은 행동 좀 그만해!"

"네가 지금 나한테 이럴 입장이 아닐 텐데? 내가 널 좋아하기는 하는데 나한테 막 하지는 마. 너와 나의 열쇠는 내가 쥐고 있어. 알겠니? 주나야, 그러지 말고, 우리 외국으로 나르자. 외국에 가서 우리 다시 시작하자."

"뭔 소리야, 내가 외국을 왜 가? 여기 지해송이 있는데, 나 계속 지해송 괴롭히고 망가뜨려야 돼! 외국에 가려면 너 혼자 가! 얼른 어우야 지하 주차장 CCTV 유에스비나 내놔! 좋은 말로 할 때!"

"나 그럼 이 유에스비 너 못 줘. 이거 저 밑으로 던질 거야, 그럼 강한이 대표의 사건도 묻힐 거야, 우리 얘기처럼."

말을 끝내고는 정수재가 지체하지 않고 유에스비를 밑으로 던진다. 놀라서 미치고 팔짝 뛸 지경인 홍주나는 이제 눈에 보이는 게 없다. 유에스비를 갖고 오라며 정수재의 등을 떠미는 데 정수재가 어어 하며 중심을 못 잡고 발을 헛디뎌서 계단 밑으로 굴러떨어진다. 자신이 밀어 정수재가 계단으로 굴러떨어지고 있는 와중에도, 유에스비 생각에 홍주나는 발을 동동 구르며 자신의 안위만을 걱정한다.

홍주나와 정수재의 천인공노할 범죄는, 사라의 아이디어로 사내 방송실을 통해, 회사 전체에 생방송으로 모든 회사 사람의 귀에 들어갔다. 잠시 후, 별에게 홍주나에 대한 이야기를 들려준 팀장이 경찰서로 신고를 해서 경찰이 왔고, 뒤이어 119도 왔다. 48층과 47층의 중간지점에서, 1층까지 내리 곤두박질치듯 계단에서 굴러떨어진 정수재는 처참한 몰골로 이미 죽어 있었다.

홍주나는 피의자 신분으로, 소원별은 참고인 신분으로 함께 차를 타고 경찰서로 향했다. 소원별은 홍주나에게서 인간적인 어떤 것도 느껴지지 않았지만, 얼마 안 남은 크리스마스에 인간들의 존폐에 관한 해답을 신에게 전달해야 하는 소명 때문에 어렵사리 화를 삭이며 머릿속에 줄곧 맴돌던 것을 물어봤다.

"왜 그랬어요?"

"난 잘못이 없어. 잘못은 지해송이 했어. 지해송이 내 자존심에 스크래치를 냈어. 좋아한다고 말하는데 자기는 날 친구로만 생각한다고 모두 앞에서 날 망신 줬어. 그러니까 난 잘못이 없어. 모든 건 다 지해송 때문

   위기의 인간들

이야."

"고작 자존심에 스크래치를 냈다고, 다른 사람 앞에서 망신을 줬다고, 사람을 괴롭히거나 망가뜨리거나 죽이지는 않아요! 당신은 인간이 아니에요! 그렇다고 악마도 아니에요! 당신은 악마보다 더 나쁜 존재예요!"

경찰서로 향하는 내내 홍주나는 해송을 탓하는 말을 계속해서 했고, 별은 허탈한 표정으로 차창 밖의 풍경을 물끄러미 바라보았다. 홍주나는 수갑을 찬 상태로 경찰서에 들어갔고, 참고인 조사를 다 마친 별이 바깥으로 나왔을 때, 추적추적 비가 오던 날이 화창하게 개었다.

마음의 짐을 조금 덜긴 했지만. 아직 모든 게 끝난 건 아니었다. 주일은 아니지만, 문득 성당에 가고 싶어졌다. 그래서 피곤한 몸을 이끌고 성당으로 갔다. 성당은 따사로운 햇살을 맞으며 열린 문 사이로 별을 기다리고 있었다. 대성전의 굳게 닫힌 문을 열자, 신이 보였고, 별은 신에게서 가장 멀리 떨어진 의자에 앉아 기도를 드렸다.

"홍주나 팀장과 정수재 본부장이 자신의 죄를 깨닫고 뉘우치게 해 주소서."

그러자 성당의 스테인드글라스 창문 틈 사이로, 한 줄기 빛이 들어와 소원별을 환하게 비춘다. 귓가에 천사들의 웅장한 합창 소리도 들린다. 별은 성호를 긋고 지금 이 순간, 신에게 기도드릴 수 있음에 감사를 드린다. 별이 자신의 원수를 위해 기도를 드리는 같은 시각, 해송의 병실 창문으로도 강한 햇살이 들어와 해송의 얼굴을 비춘다. 그러자 눈 부신 햇살에 이내 오랜 잠에서 깨어나듯 해송이 찡그리며 눈을 뜬다. 마치 기적처럼 의식을 회복한 해송의 곁에 있던 강한이가 깜짝 놀라서 병실 안의 인터폰으로 의사와 간호사를 호출한다.

7. 가장 위대한 사랑 때문에 마음속으로 우는 신

선악과의 열매를 따 먹은 이후, 어떤 인간은 선의 편에 어떤 인간은 악의 편에 서서 결국 상반된 결말을 인생의 해답으로 내놓았다. 악의 편에서 선한 인간들을 해하려 했던 홍주나와 정수재는 비극적인 말로를 맞이했다. 그리고 그를 비호하는 세력이었던, 골드 매리지 파트너의 홍재환 회장과, 어우야의 내부의 적이자 공공의 적이었던 전부동 부사장 모두 엄정한 법의 수사망을 피해 가진 못했다. 골드 매리지 파트너의 홍재환 회장은 주가 조작 혐의와 더불어, 회삿돈 횡령과 배임 외에 예전에 윤슬 사건의 외압을 넣었던 것까지 밝혀져, 회사의 몰락과 함께 그 자신도 몰락을 맞이했다.

홍주나는 아직도 자신이 뭘 잘못한 줄 몰라서 이 상황이 더욱 고통스러웠다. 아마도 그것이 신이 홍주나에게 준 가장 잔인한 형벌일 것이다. 공범 정수재는 자신의 주어진 환경에 앙심을 품고, 인간성과 역행하며, 타인을 해하려고 자신까지 갉아먹었다. 그것도 모자라 홍주나에 의해 조종당하면서, 그 자신도 다른 이들을 조종해서 범죄에 끌어들였다. 그래서 그는 그런 죽음을 맞이한 것인지도 모른다.

홍주나와 정수재는 좋은 사람인 척 위장해서, 거짓 친분을 이용해 지해송과 잘되게 해 줄 거라며 윤슬에게 마치 뱀같이 접근했다. 그 이후, 어디에도 의지할 곳이 없던, 윤슬을 심각한 마약 중독에 빠지게 한 뒤, 정신적으로 생매장시켰다. 결국, 죽음 앞에 놓여 있는 윤슬을 지나치게 악랄하고 지독한 방법으로 끝까지 괴롭혔다. 그 뒤에도 그런 자신들의 끔찍한 죄를 지해송에게 덮어씌우려 했으며, 세상에서 가장 사랑하는 오랜 연인을 잃은 해송의 마음을 오랜 기간 피폐하게 만들었다.

그 이후 소원별이 인간들을 위해, 특별히 해송을 위해 내려와, 윤슬에 의한 해송의 상처가 치유되려 하던 때, 신도, 인간들도, 그들 자신조차도 용서할 수 없는 범죄를 또다시 자행했다. 또 다른 제2의 선의의 피해자가 나와서는 안 되기에, 신의 심판에 앞서, 법원에서는 엄격한 판결로 그들 모두를 강력하게 처벌했다. 결국, 어둠을 몰아낼 수 있는 건 별 하나부터가 시작이다.

마지막에 끝까지 버티는 사람이 이긴다고 했던가? 해송은 눈부신 속도로 건강을 회복했다. 그 옆을 별과 강한이를 비롯하여 지해송을 사랑하는 많은 이들이 지켰다. 별이 어두운 절망을 극복할 수 있었던 건, 선하고 착한 이들의 따뜻한 빛 덕분이었다. 그 마음을 보답이라도 하듯 해송은 윤슬이 하늘나라로 가기 전, 원래의 다정하고 자상한 강한이의 아들로 돌아왔다.

인생사 새옹지마라고 했던가? 여러 가지 우여곡절 끝에 행복을 되찾은 별과 해송의 곁에 이제는 이별이 하루 남았다. 별은 인류의 가능성에 대해 열어 두기로 했다. 그것은 슬픈 결말이라기보다는 해피 엔딩에 가까운 열린 결말이었다. 이제는 천국의 비행 천사 별과 바다와 같이 넓고 소나무같이 변하지 않는 마음을 가진 인간세계 해송의 결론만이 남았다.

크리스마스이브 아침, 생각을 정리하고 있던 별은 해송으로부터 반가운 전화를 받았다. 해송이 오늘 병원을 퇴원한다는 전화였다. 하늘은 스스로 돕는 자를 돕는다고 했던가? 해송은 다행히 아무런 후유증 없이 퇴원하게 되었다. 하지만 별은 내일이면 천국으로 돌아가야만 한다. 해송에게 어떻게 이 상황을 설명하고 이해시켜야 하나? 별은 머릿속이 혼란스러웠다. 결국, 사라가 별에게 한마디 말로 복잡한 상황을 정리해 주었다.

"네가 인간세계에 내려와서 인간들을 위해 최선을 다했다면 그걸로 된 거야. 모든 마무리는 신에게 맡겨! 신이 알아서 결론을 내려 줄 거야, 넌 그걸 그냥 담담히 받아들여."

별은 출근하기 전, 해송을 위해 야채죽을 끓였다. 죽을 별로 좋아하지 않지만, 야채를 좋아하는 해송을 위한 절충안이었다. 회사에서 마지막 마무리를 하고 사라의 말대로 대표이사실로 가서 직접 그만둔다고 말했다. 강한이는 안타까운 표정으로 별의 어깨를 다독이며 말했다.

"그동안 고생했다는 말은 안 하겠네, 난 아직 사표를 수리하지 않겠어. 한 달 동안 집에서 쉬면서 생각해 보게, 만약에 생각이 바뀌면 언제든지 다시 어우야로 돌아오게. 자네를 위해서 문은 항상 열려 있네!"

별은 언제나 쿨한 척하지만, 속정이 깊고 여린 강한이를 알기에, 그 말이 너무나 고마웠다. 마지막으로 진행했던 프로젝트를 마무리하고 나오는데, 첫 번째로 성혼을 맺어 준 커플이 사무실의 문을 열고 들어왔다. 커플은 자신들을 위해 진심으로 일에 임해 줘서 고맙다며 보자기에 싼 선물을 별에게 불쑥 내밀었다. 신부가 될 여자가 선물은 나중에 연인이랑 함께 확인하라는 말도 덧붙였다. 인간세계에서의 노력에 대한 보상인 것 같아, 별은 마음이 울컥해 자신도 모르게 눈물이 나왔다. 신부가 될 여자는 그런 별을 꼭 안아 주고 그동안 고생했다며 고맙다고 한 번 더 말한 뒤, 사무실을 나갔다.

별은 커플에게 인사를 하고 그들을 보내 준 뒤, 우연히 사라와 눈이 마주쳤다. 사라가 갑자기 코믹한 표정을 지으며 두 팔을 치켜들어 쌍 따봉을 했다.

어우야에서의 마지막이 될지 모를 일과를 잘 마무리하고 해송을 만나러 갔다. 건강하게 퇴원한 해송이 드림대학교 정문 앞에 서 있었다. 둘은 해송의 연구실에서 야채죽을 먹고, 김 노인과 별의 만남의 광장이었던, 큰 잔디밭 겸 화단에 있는 벤치로 가서 아메리카노를 함께 마셨다. 별은 원래 카푸치노를 좋아하지만, 오늘만큼은 아메리카노가 마시고 싶었다. 그래서 해송에게 특별히 커피를 부탁해 뒀었다. 크리스마스인 내일, 어떤 일이 일어날지 모르는 해송은 별을 보고 좋아서 해맑은 아이처럼 마냥 웃기만 했다.

"소원별 양, 나한테 할 말이 있다면서요? 뭔데요?"

"해송 교수님, 저 오늘 어우야 그만뒀어요."

"너무 힘들어서 당분간 알바만 하려고요?"

"화장품 매장도 저번 주에 그만뒀어요."

"왜 다 그만뒀어요? 어디 여행 가요? 어디로 여행 가는데요?"

"여행이 아니라 나 여길 떠나요."

"언제쯤 돌아오는데요?"

"떠나면 다시 돌아오긴 어려울 것 같아요."

"왜요? 왜 떠나요? 내가 별 양을 섭섭하게 하거나 잘못한 게 있어요?"

"아니요, 지해송 교수님은 잘못한 거 없어요. 다만 시간이 다 돼서 떠나는 거예요."

"그러니까 왜 떠나는 거냐고요? 난 잘못한 게 없다면서요! 근데 왜 떠나요! 내가 잘못한 게 없는데!"

"미안해요. 이건 말하면 안 되는데, 말을 안 하면 해송 교수님이 지금 이 상황이 납득이 안 갈 것 같아서 얘기할게요."

"뭔데요? 말하지 마요! 듣고 싶지 않아요! 나, 갈 거예요!"

"저번에 나 하늘에서 내려오는 거 본 적 있죠? 99일 전에, 천국 낙하산 타고 내려왔는데, 그때 교수님한테 박치기해서 교수님이 기절했었잖아요. 사실 내 정체가 알려지면 곤란해서 어쩔 수 없이 그런 거예요, 나 사실 천국에서 내려온 천사예요!"

"말도 안 되는 소리 하지 말아요! 이 세상에 천사가 어디 있어요!"

"내가 여기 있는 게 천사가 존재한다는 증거예요."

"거짓말하지 말아요! 천사인데 왜 날개가 없어요!"

"날개가 있는데, 감추고 있었을 뿐이에요."

자신의 말을 의심하는 해송을 이해시키기 위해, 주위에 아무도 없는 걸 확인한 별이, 눈을 감고 온 마음을 다해서 기도를 하자, 거짓말처럼 천사의 새하얗고 커다란 두 날개가 별의 양어깨에 생긴다.

"원래 보여 주면 안 되는데, 해송 교수님을 납득시키기 위해서 어쩔 수가 없었어요."

"그럼, 왜 왔어요? 나 그런대로 잘 살고 있었는데, 왜 아무 예고도 없이 갑자기 찾아와서 내 마음에 돌을 던지냐고요! 그 파동 때문에 개구리는 잘못될 수도 있어요!"

"미안해요. 근데 여기까지밖에 얘기해 줄 수 없어요, 다 말하지 못하는 거 이해해 줘요."

"어떻게 해야 남을 거예요? 가지 말아요! 실은 나 제대로 잘 살지 못했어요, 그런 척했던 것뿐이에요. 근데 별 양 때문에 이렇게 잘살게 됐는데… 내가 잘할게요! 제발 가지 말아요!"

처음엔 버럭 화를 내던 해송은 이제 별을 붙잡고 울고 있다. 자신 때문에 어린아이처럼 눈물 콧물 다 흘리며 우는 해송이 안쓰러워, 별은 해송을 안아 주며 토닥인다. 그리고 자신도 나오려는 눈물을 참으며, 마음을 다잡고 해송에게 말한다.

"우리 언젠가 다시 볼 수 있을지도 몰라요. 그때까지 인간세계에서 잘 살아요! 언젠가 먼 훗날 볼 수 있기를, 그럼 나 가 볼게요, 커피 맛있었어요. 내가 인간세계에서 99일 동안 먹어 본 커피 중에 가장!"

해송이 쓰러지듯 오열하다가 이내 어쩔 수 없음을 직감하고, 자신의 마음을 간신히 추스르며 별에게 말한다.

"그럼, 우리 내일 크리스마스에 내내 함께 있어요! 내일 우리 어머니가 회사에서 창립 기념일 파티할 거예요. 내일 거기 꼭 와요! 마지막 부탁이에요!"

별은 말없이 미소로써 대답을 대신하고 해송과 헤어진다. 집으로 오는 길목에서, 별은 주변 사람들의 시선에도 아랑곳하지 않고, 온 세상을 다 잃은 사람처럼 오열했다. 목은 쉴 대로 쉬고, 눈도 퉁퉁 부어서 간신히 집에 온 별을 사라가 아무 말 없이 따뜻하게 안아 주었다. 둘은 마치 어린 시절, 꼬마 친구들처럼 손을 꼭 잡은 채로 잠들었다. 사라가 아무것도 물어

보지 않고, 어떤 것도 말해 주지 않아서 별은 그런 사라가 너무 고마웠다.

마침내 인간세계의 D-day가 밝았다. 나갈 준비를 다 마친 별이 모든 걸 체념하듯 넋이 빠져 허공을 응시하자, 사라가 별에게 그만 출발하자는 말로 마지막을 준비한다. 그렇게 언니처럼 굴던 사라조차 차를 타고 가는 동안 말이 없다. 정적이 흐르는 차 안의 공기는 그 어떤 입보다 무겁다. 사라와 함께 별이 어우야 창립 기념일 파티장으로 들어서자, 그곳에서 기다리고 있던 해송의 시선이 별에게 머문다. 별이 파티장의 정중앙에 있는 강한이에게 정중히 인사를 하자 강한이가 자상한 눈인사로 대답을 대신한다.

별과 해송이 어떤 말도 하지 못하는 탓에, 둘만의 공간은 떠들썩한 파티장의 공기와는 사뭇 달랐다. 가기 전에 한 번은 해야 할 말을 둘 다 간신히 참아 내고 있다. 둘은 만약에 그 말을 입 밖에 낸다면, 이대로 영영 이별할 것 같다는 상념에 사로잡힌다. 조용한 정적이 흐르는 둘만의 무거운 공기도 가는 시간을 막을 수는 없었다. 이내 오후 4시, 이별의 시간이 밝았다. 갑자기 파티장 중앙에 어떤 초월의 문이 열리고 모두를 깜짝 놀라게 하는 중저음의 신의 음성이 마치 노래방의 에코처럼 크게 울린다.

"소원별, 너의 소명은 다했느냐?"

소원별은 신의 음성이 가까이 들리는 천국과 인간계를 연결하는 초월의 문에 서서 대답한다.

"네. 저 나름대로 최선을 다해 신께서 저에게 주신 소명을 했습니다. 하지만⋯."

소원별이 울먹이며 말끝을 흐리고는, 다음 말을 망설인다. 그러자 신이 자상하지만, 단호한 말투로 말한다.

     위기의 인간들

"소원별, 너답지 않구나. 끝까지 말해 보거라."

"저는 인간세계에서 7가지의 희망을 발견하고 1가지 위대한 사랑을 보았습니다. 그래서 저는 인간세계에도 아직은 희망이 있고, 그런 만큼 인간들에게 사랑에 대한 기적을 꿈꿀 수 있었습니다. 따라서 저는 인류가 언제까지 존재할는지 신이 아니기에 알 순 없지만, 인간들이 이 세상에 존재하길 원하고, 바라며, 기도합니다. 다만 저는 아직 소명을 다하지 못했습니다."

"인간세계에 대한 결론이 해피 엔딩에 가까운 열린 결말이라고 네, 스스로 내리지 않았느냐? 무슨 소명을 다하지 못했다는 것이냐?"

"제 인생에서 희망을 발견했는데, 그걸 지키지 못한 천사가 어떻게 신께서 주신 소명을 다했다고 말할 수 있겠습니까?"

"소원별, 네가 지켜야 할 희망의 소명이 무엇이냐?"

"제가 인간세계에서 지켜야 할 소명은 지금 여기 있는 이 사람들입니다, 특별히 제 옆에 있는 지해송 교수님을 포함해서 말입니다."

소원별을 지켜보던 신이 안타까운 외마디 소리를 낸다. 그리고 정적 속에는 신의 고민하는 모습이 그대로 그려진다.

"소원별, 너는 천사의 계명 3조항을 모두 어겼다. 네가 자꾸 고집을 부리면, 천사로서의 너의 자격을 박탈하겠다. 그래도 괜찮겠느냐?"

신이 단호한 어조로 말하자, 소원별은 모든 것을 체념하고 고개를 떨구며 대답하려 한다. 별이 채 대답하기 전, 해송이 그사이에 끼어들 듯 말한다.

"만약 제가 느끼는 음성이 신의 음성이 맞다면, 제가 감히 한 말씀 드리겠습니다."

신이 아무런 대답이 없자, 해송은 시간차를 두고 기다리다가 신에게 이내 짧고 강하게 얘기한다.

"소원별 양은 아무런 잘못이 없습니다. 만약 천사와 인간의 사랑이 잘못이라면, 그 잘못은 전적으로 제가 했습니다. 제가 모든 잘못의 책임을 질 테니, 소원별 양을 지켜 주십시오. 간절히 부탁드립니다!"

그때 갑자기 이 모든 상황을 지켜보고 있던 강한이가 나섰다.

"신이시여, 제 아들은 잘못이 없습니다! 만약 잘못이 있다면 아들의 마음을 아프게 한 제 잘못이 큽니다. 만약 신께서 존재하신다면, 소원별 양과 제 아들내미 지해송을 떨어지지 않게 해 주십시오! 그러면 제가 모든 책임을 감수하겠습니다."

강한이가 울먹이며 부탁하는 말 때문에 파티장 내는 삽시간에 숙연해졌다. 신이 고민하며 어떠한 결정도 내리지 못하고 있을 때, 엘라의 오빠 엘린이 불쑥 나타나, 소원별이 인간세계에서 매일매일 쓰던 일기를 신에게 전해 주며 말했다.

"이것은 인간세계에서 별이 쓰던 일기입니다, 이 일기를 언젠가 천국에서 인간들의 존폐 위기에 관한 대응 방법이 될 천문[28]으로 쓰면 좋을 것 같습니다. 별이 인간세계에 내려와서 3가지 조항의 계명을 모두 어겼지만, 인간들 모두를 살리기 위한 어쩔 수 없는 처사였다는 걸 신께서 참작해 주셨으면 좋겠습니다."

엘린의 갑작스러운 등장으로 말미암아, 파티장 내의 숙연한 분위기가 한순간에 깨지고, 사람들이 웅성웅성하다가 제발 소원별을 우리에게서

28　천국에서 세상의 피조물과 하늘에 있는 존재에 관하여 체계적으로 자기의 의견이나 주장을 적은 글.

　　　　　　　　　　　위기의 인간들

아직 데려가지 말아 달라고 신에게 청하기 시작한다. 그 소리에 고뇌에 차서 갈등하던 신이 하늘의 법도에 어긋나지 않으며, 모두를 위한 결단을 내린 뒤 말한다.

"소원별, 너는 천사의 계명 3조항 모두를 위반했다. 네가 지금 다시 천국으로 올라온다면 형평성에 어긋난다. 앞으로 인간세계에서의 57년의 기간 동안 인간으로 열심히 살다가 네 인간 나이 80세가 되면 천국으로 오거라. 인간세계에 있는 동안 마냥 행복하지만은 않을 것이다, 시련도 있고, 고통도 있을 것이다. 그래도 네가 택한 길이니, 후회는 없었으면 좋겠다.

다만 내가 너에게 줄 수 있는 건 사랑과 은총이다. 너의 기도의 힘과 믿음을 지킨다면 너는 그 어떤 시련이 와도 이겨 낼 수 있을 것이다, 그리고 또 하나 내가 너에게 주는 은사는 네가 위험에 빠질 때마다 선하고 착한 사람들이 널 지킬 것이다. 허니, 넌 그들을 지켜야 한다. 내가 너에게 주는 은사는 권리가 아니라 의무이다. 네가 그때까지 열심히 산다면 그때는 네가 천국에서의 원래 모습으로 돌아가는 걸 허용하마."

신의 말을 듣고 모두 기뻐하며 환호한다. 소원별과 지해송은 서로를 껴안으며 이 기쁨을 만끽한다. 언제 왔는지, 그 둘을 지켜보고 있던 사라를 태섭이 툭 치며 장난스러운 미소를 건넨다. 소원별과 지해송을 보고 있는 강한이 대표의 얼굴에서도 행복한 미소가 떠나지 않는다.

둘은 강한이 대표에게 묵례를 한 뒤, 왁자지껄한 군중들 틈에서 파티장을 살포시 빠져나온다. 해송의 차를 타고 오붓하게 둘만의 장소로 향한다. 아메리카노를 먹고 슬퍼했었던 그곳에서, 둘은 이제 행복을 꿈꾸기 시작했다. 그리고 별이 속삭이듯이 야릇하게 해송에게 물어본다.

"첫눈 오는 날 소원이 뭐였어요?"

해송은 별의 뜬금없지만 설레는 질문에, 누구보다 행복한 얼굴로 말한다.

"소원별 양 하고 결혼해서 오래오래 행복하게 사는 거요."

너무 케케묵은 질문이라 별은 그런 해송의 대답을 예상했었지만, 그래도 기분이 나쁘지는 않다. 별이 부끄러운 듯 해송의 어깨를 툭 치자, 별의 무릎에 놓여 있던 보자기가 눈 깜짝할 새 떨어지려 한다. 별이 떨어지려는 보자기를 가까스로 아슬아슬하게 붙잡는다. 해송이 아까부터 별이 들고 있던 보자기가 뭐냐고 궁금한 듯 물어보자, 별이 보자기를 황급히 풀어 본다. 보자기 안에는 전통 공예로 만든 원앙 쌍 오리가 들어 있다. 예상치 못했던 선물에 당황하면서도 왠지 모를 반가움에 둘은 눈물을 흘리며 웃는다.

해송이 커피를 사러 잠깐 자리를 비운다. 누군가가 부르는 소리에 별이 뒤돌아보면 김 노인이 편지 하나를 가만히 건넨다. 김 노인은 혼자 있을 때 읽어 보라는 말을 남긴 뒤 유쾌하게 웃으며 떠난다. 해송이 커피를 사 와서 둘은 커피를 함께 마신다. 어제도 아메리카노였는데 오늘도 역시 아메리카노이다. 어제의 커피는 차가워서 너무 슬펐지만, 오늘의 커피는 따뜻해서 정말 행복하다. 둘은 그렇게 다정히 크리스마스를 보내다 헤어진다. 12시가 지난 12월 26일 별은 김 노인이 준 편지를 펼쳐 본다.

                                              위기의 인간들

에필로그: ♣ 신의 메시지 ♣

천국에서 온 비행 천사

소원별, 애야! 네가 인간세계에 내려간 지도 꽤 됐구나. 김 노인이 누군지는 이제 알겠지? 내색은 안 했다만 네가 많이 걱정됐단다. 너의 성격을 알기에, 인간세계에 내려보내는 게 어떤 부분에서는 겁이 나고, 어떤 부분에서는 그래도 잘했다고 생각한다. 네가 내려가기 전 인간세계의 모든 설정을 해놓았다. 혹시나 인간들이나 너에게 혼란스러운 일이 일어나지 않기를 바라며.

너도 알고 있듯이 나는 예언가이면서 선지자이기도 하다. 그래서 모든 일을 예상하고 결과도 대략 짐작한다. 근데 그런 일에서 최대 변수가 뭔 줄 아니? 그건 바로 인간이다. 그래서 네가 내려가기 한참 전에 지해송이라는 인간을 먼저 내려보내고, 그가 위험에 빠지는 순간마다 인간세계에 머무는 제사라가 그를 지켜보고, 눈치채지 못하게 도와줬단다.

사라의 일은 네가 알듯이 천계에서 많은 인간을 위해 신의 뜻을 전할 증거자를 보낼 때, 그를 도와주는 인간이 나쁜 길로 빠지지 않도록 도와주고 보호하는 일이다. 사라, 그 아이는 자신의 소명을 잘했고, 앞으로도 실망하게 하는 일은 없을 것 같다. 그러니, 사라와도 잘 지내거라. 어쩌면, 사라가 너도, 지해송도, 그리고 인간 모두를 지킨 거다.

네 위기의 순간마다 내가 네 곁에 있었다. 그래서 네가 절체절명의 위기의 순간에도 이겨 낼 수 있었다. 난 모든 걸 예상하고 알고 있었다. 그래서 쉽지 않은 과정인 걸 알기에 너를 웬만해서는 보내고 싶지 않았다. 하지만 누구보다 너를 아끼기에 널 보낼 수밖에 없었다.

네가 알지 모르겠지만 태섭이가 말한 윤슬은 엘라가 만나려 했던 영혼이다. 힘든 고통의 나날 속에서 스스로 생을 마감한 윤슬은 지옥에 있고, 누군가를 구하려다 죽은 윤슬의 엄마는 천국에 그 영혼이 있다. 엘라가 천국의 영혼들 거처에 갔다가 천국이란 행복한 곳에서 내내 울고 있는 윤슬의 엄마에게 연유를 물어봤고, 윤슬의 엄마에게 속사정을 듣고 나서 혼자서 끙끙 앓았다고 하더구나,

심성이 착한 엘라가 도저히 가만히 있을 수만은 없어서 윤슬에게 윤슬 엄마의 메시지를 전하기 위해, 모든 걸 감수하고 지옥에 갔던 거라더구나. 결국, 모두를 위해서, 어떤 이들은 희생을 감수하고 그 희생으로 인해서 그 이들은 천국의 약속을 보장받는단다. 그리고 모두가 행복해지는 결말로 가는 거란다.

나는 말이다, 너를 지켜보면서 인간들을 보았다. 악한 인간도 보았고, 선한 인간도 보았고, 그 중간지점의 인간도 보았다. 그리고 나쁜 인간이 또 다른 어린 인간을 이용하는 것도 보았다. 인간세계의 법이든 하늘나라에서의 심판이든 나는 나이와 성별 그 어떤 것을 막론하고 공정해야 한다고 생각한다. 나이가 어리다고 어떤 죄에도 면죄부를 준다면 그 나라는 언젠가 무법천지가 될 것이다, 그 소년이 나이가 어리다고 해서 사리분별이나 양심, 또 어두운 일을 모른다고 말하지는 못할 것이다.

　　　　　　　　　　　　　　위기의 인간들

난 네가 사는 대한민국을 특별히 많이 지켜보고 있다, 네가 머무는 인간세계의 국가이기에. 아마 다른 나라의 많은 인간도 남다르게 지켜볼 것이다. 난 인종과 국적 그 어떤 것을 막론하고 모든 인간을 사랑하지만, 선이란 건 있어야 한다고 생각한다, 그 선을 넘으면 누구나 공정하고 평등하게 벌을 받아야 한다. 허나, 중요한 사실은 말이다, 인간 세상에서 만약 그가 가벼운 벌을 받고 있다는 생각이 든다면 그 생각은 틀렸다, 별아, 하늘나라의 심판이 그에게 더 무겁게 남아 있을 것이기 때문이다.

별아, 이 편지를 쓰고 있는 지금 내가 너에게 맡긴 소명을 누구보다 잘했다고 생각한다, 그리고 나도 아직은 내가 너에게 맡긴 소명을 끝내지 못한 것을 잘 알고 있다. 내가 지금, 이 편지에 확실하게 쓰는데 소원별, 앞으로 57년, 네가 80살이 되는 그날까지 너의 사랑 지해송과 행복하게 살 거라, 나는 천국에서 너의 진정한 행복을 위해 기도하며 지켜보고 있겠다.

아까 한 말처럼 마냥 행복하지만은 않을 것이다, 네가 겪은 악한 인간들보다 더한 인간을 만나지는 않겠지만, 세상에는 선하고 착한 이들만 있는 게 아니다. 너를 이유 없이 싫어하는 사람도 있을 수 있고, 너를 배척하는 사람이 있을 수도 있다. 당시에는 그런 일을 겪으면 화가 치밀어 오르겠지만, 그래도 화가 좀 삭이면 그들을 욕하지 말고 그들을 위해 기도해라, 그 기도가 언젠가 너에게 돌아올 것이다.

나는 소원별, 너도 믿고, 너의 기도의 힘도 믿고, 너를 지지하는 선하고 착한 이들도 믿는단다. 그러니, 인생을 너무 두려워하지도, 재지도, 계산하지도 말고, 그냥 질러라. 생각을 너무 많이 하면 생각이 또 다른 생각을 낳아서 너를 잡아먹을 수도 있다, 그러니, 조금만 생각하고 그냥 행동해라.

그리고 태섭이가 걱정하는 윤슬은 지옥에서 열심히 자신의 마음을 닦고 또 닦고 있다. 그러다 보면 언젠가 연옥으로 갈 수도 있지 않겠니? 윤슬을 위해 마음속으로 많이 응원하며 기도해 주거라. 그러면 그 영혼이 힘을 내서 마음의 수양을 더 열심히 할 수 있을 거다.

소원별, 천국에서 많은 천사와 하늘의 군대들이 너를 항상 응원하며, 너를 위해 기도하고 있음을 잊지 말 거라. 나 또한 그렇다. 너로 인해 천국의 천사들, 인간세계의 인간들, 그리고 지옥의 악마들까지 모두의 생이 풍요로워졌다. 천국의 천사들과 인간세계의 인간들은 너를 지켜보며, 응원하고, 기도하느라, 지옥의 악마들은 다시 한번 생에 대해서 생각해 보게 됐기 때문이다.

그럼 우리는 나중에 보자꾸나. 너에게 사랑과 은총을 충만히 내리고, 어떤 순간에도 희망을 잃지 않는 은사를 선물해 주마. 그럼 행복하게 잘 먹고 잘 살아라! 사랑한다! 소원별.

추신: 너에게 맡긴 소명은 지금부터 57년 뒤에 완성되니, 류가 그때 가서 보고 천지정원 열쇠를 돌려준다고 했단다. 엘라가 그것 때문에 나에게 많이 미안해하는데 그러지 말라고 했다. 다만, 소원별이 남은 기간 자신의 소명을 잘할 수 있도록 기도 많이 해 주라고 말했단다.

소원별이 신이 준 메시지가 들어 있는 편지를 보며 행복한 눈물을 흘리는 데, 무언가가 창문을 콕콕 쪼는 소리가 들린다. 창문을 열어 보면, 용맹스러운 새까만 까마귀 한 마리가 부리로 별에게 무언가를 건네주고 날아간다. 까마귀는 하늘에 커다란 원을 그리며 날다가 이내 사라져 버린

위기의 인간들

다. 까마귀가 건네준 무언가를 보면 아름다운 녹색의 네 잎 클로버가 별
을 향해 반짝인다.

김정진 작가
-「돈암동 이야기 귀신」

이 작품은 제목에서 시사하듯이 「돈암동 이야기 귀신」이라는 작가의 분신을 통해 돈암동에서 평생을 살아온 세 자매의 이야기를 중심으로 소설 세계가 펼쳐진다. 삶이라는 것이 그냥 살아지기도 하지만 핍진하게 살아 내는 인간 군상의 노력과 그에 따른 좌절과 고통 등이 생겨나게 마련이다. 저절로 살아지는 삶과 노력하는 삶의 차이는 주로 삶의 방향성과 개인의 주도성에 관련된다. 이를 좀 더 구체적으로 설명하면 다음과 같다.

인간의 삶에는 저절로 살아지는 삶, 말하자면 수동적인 삶이 있다. 이런 삶을 영위하는 소설의 캐릭터는 주어진 환경이나 상황에 맡기며, 큰 노력을 들이지 않고 흐름에 맞춰 살아간다. 별다른 변화 없이 일상적인 패턴을 지키고자 하는 것이다. 소설에서는 변화 없는 인물유형이라 할 수 있다. 이런 캐릭터와 함께 다양성을 드러내는 인물이 바로 노력하는 삶을 추구하는 능동적인 유형이다. 그런 소설 인물들은 자신의 목표를 달성하기 위해 의식적으로 노력하고 좌절하게 되는 순간에도 극복하고자 삶에 부딪히게 된다. 그들은 삶 속에서 변화와 도전을 두려워하지 않고 노력한다. 그리고 그 속에서 생활을 통한 성장과 변화가 나타나고 소설의 스토리 라인이 풍요롭게 되는 것이다. 그리고 소설을 더욱 다이나믹하게 만드는 요인은 그런 인물에게 필연적으로 나타나는 소설 스토리의 위험과 불안정에서 온다고 할 것이다. 노력하는 삶은 그 노력으로 말미암아 종종 더 많은 위험과 도전이 따르고 예측이 불가능하기 때문이다. 그런데 아이러니컬하게도 여기에 소설의 흥미가 있다고 해도 과언이 아니다.

「돈암동 이야기 귀신」의 등장인물들은 고정적 삶의 균형과 노력하는 변화 사이에서 서로 상반되면서도, 균형을 이루기도 하는 스토리 라인을 가져오고 있다. 어머니의 부재와 아이들의 강한 의지는 춘실의 삶을 강하게 해 주었고 남편의 부재와 아들의 상실에서 경옥은 굳은 의지와 안정적인 자신을 발견하게 되는 것이다. 때때로 저절로 흐르는 삶의 편안함이 필요하고, 때때로 노력하는 삶에서 오는 좌절과 힘겨운 도전 역시 중요할 수 있기 때문이다.

송호진 작가
- 「신(新)멋진 신세계」

사실, 이 작품은 지구 멸망 이후의 세계를 구상하던 중 탄생하였다. 어차피 멸망 이후의 세계를 그릴 것이라면, 어떻게 지구가 멸망하였는지 보여 주는 것이 순서라는 생각이 들었다. 제목에서 드러나듯 이 작품은 올더스 헉슬리 작가의 작품 『멋진 신세계』의 제목만 헌정한 작품이다. 작품의 시대 배경은 지금부터 약 10년 뒤를 기준으로 하였다. 빠르다면 빠르고, 느리다면 느리겠지만 10년 안에, 지구에서 무슨 일이 벌어질지는 아무도 모른다. 솔직히 코로나19가 그렇게 인간을 쓸어 버릴 줄 누가 알았나. 어쨌든 뭔 일이 나도 누군가는 살아남는다. 그래서 재미있는 상상을 해 보았다. 무지막지한 일을 겪은 후 살아남은 인류의 모습은 어떨까.

단언컨대, 지금 내가 사는 곳과 1도 다르지 않을 거라 장담한다. 이 작품에는 안드로이드가 등장한다. 나는 AI의 위험에 대한 경고가 아닌, 인간에 대한 경고를 하고 싶었다. 소설 전후반에 드러나는 차별적인 갈라치기는, 어떻게 보면 인간의 잔인한 면을 보여 준다. 또 후반부 챕터 중 일부에서는 등장인물의 이름이 등장하지 않고 여자1 등으로 등장한다. 우리네 사회에 만연한 익명성에 의한 인간의 잔악한 모습을 보여 주고 싶었다.

개인 정보 제공 여부에 의한 차별적 삶도 마찬가지다. 지금, 이 순간에도 어디선가 새고 있는 개인의 세부 정보를 자산으로 다룬다면 좀 더 불평등한 세상을 그릴 수 있을 거라 생각했다. 실제로도 개인정보 제공 여부에 따라 누릴 수 있는 서비스가 다르지 않은가. 개인정보가 추후 이 세계를 지배하고, 인간을 통제할 수 있을지도 모른다는 발칙한 상상을 해 보았다. 거대 기업에 내 정보를 함부로 팔아넘기지 말라는 경고도 하면서.

안드로이드에 대해 말하자면, 안드로이드의 자의식에 대한 부분은 소설적 허용으로 치부해 주었으면 한다. 「신(新)멋진 신세계」에 등장하는 초거대 AI 낙과 안드로이드 KA1은 무차별적으로 사람을 죽이지는 않는다. 카이로나 구르가온, 샌프란시스코에 있는 AI와 달리 낙과 KA1은 인간의 취약한 부분을 파고드는 방식으로 서울을 장악하려고 한다. 머잖아 가정에도 휴머노이드가 보급된다면, 우리가 정말 경계할 것은 무엇인지 (사용자의 정보를 탈취할 인간?) 한 번쯤은 생각해 볼만한 작품을 쓰고 싶었다.

끝으로, 아티타는 '아티타니오티타' 라는 '영원'을 뜻하는 그리스어를 줄여 탄생한 기업임을 말해 둔다.

윤승주 작가
-「천국에서 온 비행 천사」

이 소설의 처음 시작은 '과연 선과 악은 정해져 있는가?'라는 근본적인 질문에서였다. 태초 이후, 가장 휴머니즘에 부합하는 질문이 아닐까 싶다. 어쩌면, 천지창조 이후, 에덴동산에서 쫓겨난 아담과 이브의 후손인 지금의 우리에게 신이 가장 하고 싶은 질문인지도 모른다. 만약 신이 당신에게 이런 질문을 한다면 당신은 뭐라고 대답할 것인가? 필자는 이 질문의 답을 필자의 소설「천국에서 온 비행 천사」로 대신하려 한다.

선을 대변하는 천국의 천사 소원별과 인간 대표 지해송, 악을 대변하는 악마보다 더한 인간 홍주나와 정수재를 통해 결국 선과 악이란 정해지지 않았다고 필자는 결론을 내렸다. 정해져 있지 않기 때문에 우리는 선이 될 수도, 악이 될 수도 있다. 선택은 인생을 사는 개개인의 몫이다. 개개인의 몫이기에 그에 따른 책임도 모두 본인이 감수해야 한다. 선이란 것은 하루아침에 완성되는 것이 아니다. 하루하루의 선행들이 쌓여 그 인간의 본질이 된다. 물론 악도 마찬가지이다. 조그만 악행들이 쌓이다 보면, 자신도 모르는 사이, 멈출 수 없는 악인이 된다.

세계 곳곳에서 전쟁이 일어나며, 기아로 티 없는 아이들이 죽고, 끊이지 않는 사건이 일어나는 것은 어제오늘의 일이 아니다. 이런 위기의 시대에도 우리가 인류의 희망을 지녀야 하는 이유를 필자는 인간이 인간을 위하는 마음, 즉, 이타심에서 찾으려 한다. 지금도 병원 응급실에서는 죽어 가는 인간을 살리기 위해 의사와 간호사들이 분초를 다투고 있다. 생면부지의 인간을 살리기 위해 자신의 모든 걸 걸고 노력하는 또 다른 인간 덕분에 이 세상은 돌아간다.

한 인간에 대해 섣부르게 착한 사람, 나쁜 사람이라고 결론 내리는 걸 우리는 경계해야 할 필요가 있다. 우리가 그렇게 정의를 내리게 되면 그건 그 인간의 모든 가능성을 차단해 버리기 때문이다. 다만 조금 더 인간을 사랑스러운 시각으로 바라보자. 그럼에도 불구하고, 선과 악이 극명해진다면 그때는 정의의 이름으로 선과 악에 대해 유연하게 대처하는 행동력을 가지자.

끝으로, 오랜 시간 꿈을 꾸는 꼬마 작가를 사랑스럽게 지켜 준 남편 상호 오빠, 많은 악재 속에서도 윤승주를 끝까지 지켜 준 친정 식구들, 복덩이라며 아껴 주시는 시댁 식구들, 어린 꼬마 작가를 성장시켜 준 차정환 GYM MMA STORY 식구들, 오랜 친구 송호진 작가, 내 인생의 은사 김정진 교수님, 어려운 시절, 날 지켜 준 귀여운 친구 이수콩과 그녀의 조카 용감한 병아리를 포함해 작가 윤승주를 지켜보고, 응원하고, 사랑해 준 모든 주변 사람들에게 진심으로 감사를 전한다.

위기의 인간들

ⓒ 김정진, 송호진, 윤승주, 2026

초판 1쇄 발행 2026년 3월 7일

지은이   김정진, 송호진, 윤승주
펴낸이   이기봉
편집   좋은땅 편집팀
펴낸곳   도서출판 좋은땅
주소   서울특별시 마포구 양화로12길 26 지월드빌딩 (서교동 395-7)
전화   02)374-8616~7
팩스   02)374-8614
이메일   gworldbook@naver.com
홈페이지 www.g-world.co.kr

ISBN   979-11-388-5477-1 (03810)